【臺灣現當代作家
研究資料彙編】14

鍾肇政

國立台灣文學館
出版

主委序

　　臺灣文學發展至今，已蓄積可觀且沛然的能量，尤於現當代文學領域，作家們的精彩創作與文學表現，成績更是有目共睹。對應日益豐饒的文學樣貌，全面梳理研究資源、提昇資料查考與使用的便利性，也就格外重要。

　　本會所屬國立台灣文學館自成立以來，即著力於臺灣文學史料之研究、整理及數位化，迄今已積累相當成果，民眾幾乎可在彈指之間，獲取相關訊息及寶貴知識；為豐富臺灣文學研究基礎，繼 99 年出版收錄 310 位現當代作家評論資料的《臺灣現當代作家評論資料目錄》後，今（100）年進一步延伸建置「臺灣現當代作家研究資料庫」，將現當代文學作家及系列作品建構起多向查考、運用的整合機制，不僅得以逐步完善 310 位現當代作家評論資料的確切性及新穎度，研究者亦能更加便捷地掌握研究概況、動態，進而開闢不同的研究路徑及視野。

　　為深化既有成果，也同步推動「臺灣現當代作家研究資料彙編計畫」，預計分年完成自臺灣新文學之父賴和以降，50 位現當代重要作家研究資料彙編，系統性纂輯、呈現作家手稿、影像、文學年表、研究綜述、評論文章及目錄、歷史定位與影響等。目前已完成第一階段賴和等 15 位重要作家研究資料彙編工作，此為國內現行唯一全方位的臺灣現當代文學工具書，也是研究臺灣作家、文學發展的重要讀本依據，乃極具代表性意義的起點，搭配前述資料庫，相信能為臺灣文學研究奠定益加厚實的根基；亦祈各方不吝指正，以匯聚更多參與及持續前行的能量。

行政院文化建設委員會主任委員

館長序

　　近幾年，臺灣現當代文學的研究，朝著跨領域整合的方向在發展，但不管趨勢如何，對於作家及其作品的理解與詮釋，恆是最基本且是最重要的工作。因此，作家到底是一個什麼樣的人？他的出身、學經歷究竟如何？他在哪些主客觀條件下從事寫作？又怎麼會寫出那樣的一些作品？這些都有助於增加理解；進一步說，前人究竟如何解讀作家的為人和他之所作？如何評述其文學風格及成就？這些相關文獻提供了我們重新展開深入探索的基礎，了解前修有所未密，後出才能轉精。

　　當臺灣文學在 1980 年代獲得正名，在 1990 年代正式進入學院體制，「學科化」就彷彿是一場學術運動，迄今所累積的研究成果已極可觀，如果把前此多年在文學相關傳媒所發表的評論資料納入，則可稱之為臺灣文學的「研究資料」，以作家之評論而言，根據國立台灣文學館委託台灣文學發展基金會所蒐羅的作家評論資料（310 位作家，收錄時間下限是 2009 年 8 月），總計近九萬筆。這龐大的資料，已於去年編印成八巨冊的《臺灣現當代作家評論目錄》；在這樣的基礎上，以個別作家為考量的「研究資料彙編」計畫，其第一階段的成果即將出版（15 冊），如果順利，二、三年內將會累積到50 冊。

　　「臺灣」是我們生存的空間，「現當代」約指新文學發生以降迄今，「作家」特指執筆為文且成家者。臺灣現當代作家之所以值得研

究，乃是因為他們以其智慧和經驗創造了許多珍貴的文學作品，反映並批判社會，饒富現當代意義，如果能夠把他們的研究資料集中，對於正在學習或有文學興趣的讀者，應該會有莫大的助益。

賴和被尊稱為臺灣新文學之父，他出生於甲午戰爭那一年（1894），爾後出生的作家，含在臺灣土生土長，以及從中國大陸來臺者，人數非常多，如何挑選重要作家，且研究資料相對比較豐富者，是一件不容易的事，這就需要專家的參與；基本上，選人要客觀，選文要妥適，編選者要能宏觀，且能微視，才能提出有說服力的見解。

毫無疑問，這是一個重大的人文基礎建設，由政府公部門（國立台灣文學館）出資，委託深具執行力的社會非營利組織（台灣文學發展基金會），動員諸多學術菁英（顧問群、編選者）來共同完成，有效的運作模式開創一種完美的三合一典範，對於臺灣文學，必能發揮其學科深化的作用，且將有助於臺灣文學的永續發展。

國立台灣文學館館長　李瑞騰

編序

◎封德屏

緣起

　　1995 年 10 月 25 日，在臺灣師範大學教育大樓的 201 室，一場以「面對臺灣文學」爲題的座談會，在座諸位學者分別就臺灣文學的定義、發展、研究，以及文學史的寫法等，提出宏文高論，而時任國家圖書館編纂張錦郎的「臺灣文學需要什麼樣的工具書」，輕鬆幽默的言詞，鞭辟入裡的思維，更贏得在座者的共鳴。

　　張先生以一個圖書館工作人員自謙，認真專業地爲臺灣這幾十年來究竟出版了多少有關臺灣文學的工具書，做地毯式的調查和多方面的訪問。同時條理分明地針對研究者、學生，列出了十項工具書的類型，哪些是現在亟需的，哪些是現在就可以做的，哪些是未來一步一步累積可以達成的，分別做了專業的建議及討論。

　　當時的文建會二處科長游淑靜，參與了整個座談會，會後她劍及履及的開始了文學工具書的委託工作，從 1996 年的《臺灣文學年鑑》起始，一年一本的編下去，一直到現在，保存延續了臺灣文學發展的基本樣貌。接著是《中華民國作家作品目錄》的新編，《臺灣文壇大事紀要》的續編，補助國家圖書館「當代文學史料影像全文系統」的建置，這些工具書、資料庫的接續完成，至少在當時對臺灣文學的研究，做到一些輔助的功能。

　　2003 年 10 月，籌備多年的「台灣文學館」正式開幕運轉。同年五月《文訊》改隸「財團法人台灣文學發展基金會」，爲了發揮更大的動能，開始更積極、更有效率地將過去累積至今持續在做的文學史料整理出來，讓

豐厚的文藝資源與更多人共享。

於是再次的請教張錦郎先生，張先生認為文學書目、作家作品目錄、文學年鑑、文學辭典皆已完成或正在進行，現在重點應該放在有關「臺灣現當代作家評論資料目錄」的編輯工作上。

很幸運的，這個計畫的發想得到當時臺灣文學館林瑞明館長的支持，於是緊鑼密鼓的展開一切準備工作：籌組編輯團隊、召開顧問會議、擬定工作手冊、撰寫計畫書等等。

張錦郎老師花了許多時間編訂工作手冊，每一位作家的評論資料目錄分為：

（一）生平資料：可分作者自述，旁人論述及訪談，文學獎的紀錄。

（二）作品評論資料：可分作品綜論，單行本作品評論，其他作品（包括單篇作品）評論，與其他作家比較等。

此外，對重要評論加以摘要解說，譬如專書、專輯、學術會議論文集或學位論文等，凡臺灣以外地區之報刊及出版社，於書名或報刊後加註，如中國大陸、香港、新加坡等。此外，資料蒐集範圍除臺灣外，也兼及中國大陸、香港、新加坡、日本、韓國及歐美等地資料，除利用國內蒐集管道外，同時委託當地學者或研究者，擔任資料蒐集工作。

清楚記得，時任顧問的學者專家們，都十分高興這個專案的啟動，但確定收錄哪些作家名單時，也有不同的思考及看法。經過充分的討論後，終於取得基本的共識：除以一般的「文學成就」為觀察及考量作家的標準外，並以研究的迫切性與資料獲得之難易度為綜合考量。譬如說，在第一階段時，作家的選擇除文學成就外，先考量迫切性及研究性，迫切性是指已故又是日治時期臺籍作家為優先，研究性是指作品已出土或已譯成中文為優先。若是作品不少而評論少，或作品評論皆少，可暫時不考慮。此外，還要稍微顧及文類的均衡等等。基本的共識達成後，顧問群共同挑選出 310 位作家，從鄭坤五、賴和、陳虛谷以降，一直到吳錦發、陳黎、蘇偉貞，共分三個階段進行。

張錦郎教授修訂的編輯體例，從事學術研究的顧問們，一方面讚嘆「此目錄必然能成爲類似文獻工作的範例」，但又深恐「費力耗時，恐拖延了結案時間」，要如何克服「有限時間，高度理想」的編輯方式，對工作團隊確實是一大挑戰。於是顧問們群策群力，除了每人依研究領域、研究專長認領部分作家外（可交叉認領），每個顧問亦推薦或召集研究生襄助，以期能在教學研究工作外，爲此目錄盡一份心力。

「臺灣現當代作家評論資料目錄」專案計畫，自 2004 年 4 月開始，至 2009 年 10 月結束，分三個階段歷時五年六個月，共發現、搜尋、記錄了十餘萬筆作家評論資料。共經歷了三位專職研究助理，近三十位兼任研究助理。這些研究助理從開始熟悉體例，到學習如何尋找資料，是一條漫長卻實用的學習過程。

接續

本來以爲五年的專案工作可以暫時告一段落，但面對豐盛的研究成果，無論是參與這個計畫的顧問或是擔任審查工作的專家學者，都希望臺灣文學館能在這樣的基礎下挖深織廣，嘉惠更多的文學研究者。

「臺灣現當代作家評論資料目錄」的專案完成，當代重要作家的研究，更可以在這個基礎上，開出亮麗的花朵。於是就有了「臺灣現當代作家研究資料彙編暨資料庫建置計畫」的誕生。爲了便於查詢與應用，資料庫的完成勢在必行，而除了資料庫的建置外，這個計畫再從 310 位作家中精選 50 位，每人彙編一本研究資料，內容有作家圖片集，包括生平重要影像、文學活動照片、手稿及文物，小傳、作品目錄及提要、文學年表。另外每本書分別聘請一位最適當的學者或研究者負責編選，除了負責撰寫五千至一萬字的作家研究綜述外，再從龐雜的評論資料中挑選具有代表性的評論文章，全文刊載，平均 12～14 萬字，最後再附該作家的評論資料目錄，以期完整呈現該作家的生平、創作、研究概況，其歷史地位與影響。

由於經費及時間因素，除了資料庫的建置，資料彙編方面，50 位作家

分三個階段完成。第一階段挑選了 15 位作家,體例訂出來,負責編選的學者專家名單也出爐了,於是展開繁瑣綿密的編輯過程。一旦工作流程上手,才知比原本預估的難度要高上許多。

首先,必須掌握 15 位編選者的進度這件事,就是極大的挑戰。於是編輯小組在等待編選者閱讀選文的同時,開始蒐集整理作家生平照片、手稿,重編作家年表,重寫作家小傳,尋找作家出版品的正確版本、版次,重新撰寫提要。這是一個極其複雜的工程。要將編輯準則及要素傳達給毫無編輯經驗的助理,對我來說,就是一個極大的考驗。於是,邊做邊教,還好有認真負責的專任助理宇霈,以及編輯老手秀卿下海幫忙,將我的要求視為使命必達,讓整個專案在「高壓政策」下,維持了不錯的品質及進度。

當然,內部的「高壓政策」,可以用身教、言教的方法執行,但要八位初出茅廬的助理,分別盯牢 15 位編選的學者專家,無疑是一件「非常人」可以勝任的工作。學者專家個個都忙,如何在他們專職的教學及行政工作之外,把這件有意義的編選工作如期完工,另外還得加上一篇完整的評論綜述,這可是要大智慧、大勇氣的編輯經驗了。

有些編輯經驗可以意會,不可言傳,這是多年血淚交織的經驗與心得,短時間要他們全然領會實在有些困難。但迫在眉睫的工作總得完成,於是土法煉鋼也好,揠苗助長也罷,一股腦全使上了。在智慧權威、老練成熟的學者專家面前,這些初生之犢的年輕助理展現了大無畏的精神,施展了編輯教戰手冊中的第一招——緊迫盯人。看他們如此生吞活剝地貫徹我所傳授的編輯要法,心裡確實七上八下,但礙於工作繁雜,實在無法事必躬親,也只好讓他們各顯身手了。

縱使這些新手使出了全部力氣,無奈工作的難度指數偏高,進度遇到瓶頸,大夥有些喪氣,這時就得靠意志力及精神鼓舞了。我曉以大義的說,他們正在光榮地參與一個重要的文學工程,絕對不可輕言放棄。

成果

　　雖然過程是如此艱辛，可是終究看到豐美的成果。每位編選者雖然忙碌，但面對自己負責的作家資料彙編，卻是一貫地認真堅持。他們每人必須面對上千或數百筆作家評論資料，挑選重要或關鍵性的評論文章，全面閱讀，然後依照編選原則，挑選評論文章。助理們此時不僅提供老師們所需要的支援，統計字數，最重要的是得找到各篇選文作者，取得同意轉載的授權。在進度流程初估時，我們錯估了此項工作的難度，因為許多評論文章，發表至今已有數十年的光景，部分作者行蹤難查，還得輾轉透過出版社、學校、服務單位，尋得蛛絲馬跡，再鍥而不捨地追蹤。

　　除了挑選評論文章煞費苦心外，每個作家生平重要照片，我們也是採高標準的方式去蒐集，過世作家家屬、友人、研究者或是當初出版著作的出版社，都是我們徵詢的對象。認真誠懇而禮貌的態度，讓我們獲得許多從未出土的資料及照片，也贏得了許多珍貴的友誼。例如楊逵的兒子楊建、孫女楊翠，龍瑛宗的兒子劉知甫，張文環的女兒張玉園，楊熾昌的兒子楊皓文，鍾理和的兒子鍾鐵民、孫女鍾怡彥及鍾舜文，梁實秋的女兒梁文薔，呂赫若的兒子呂芳卿、呂芳雄等，我們和他們一起回憶他們的父祖輩可敬可愛的文學人生。

　　閱讀諸篇評論文章，對先民所處的時代有更多的同情與瞭解。從日本研究臺灣文學的學者尾崎秀樹〈臺灣文學備忘錄——臺灣作家的三部作品〉一文中，可以清楚瞭解臺灣人作家對日本殖民統治的意識，乃由抵抗而放棄以至屈服的傾斜過程。向陽認為，其中也能發現少數因主流思潮的覆蓋而晦暗不明的作家，例如不為時潮所動，堅持以超現實主義書寫的楊熾昌。然而經過時間的考驗，曾經孤獨的創作者，終究確立了他在臺灣文學史上的地位。

　　在閱讀中，許多熟悉的名字不斷出現。1962 年，張良澤以一個成大中文系學生的身分，拜訪了鍾理和遺孀，且立下了今後整理臺灣文學史料的

志業。1977 年 9 月，張良澤主編的《吳濁流作品集》，堂堂六冊由遠行出版。1979 年 7 月，鍾肇政、葉石濤、張恆豪、林梵、羊子喬等人編纂《光復前臺灣文學全集》，由遠景出版，這些作家、學者、出版家，都為早期臺灣文學的研究貢獻了心力。

1987 年 7 月臺灣解嚴，臺灣文學研究的風潮日漸蓬勃。1990 年 4 月 23 日，《民眾日報》策劃「呂赫若專輯」，標題為〈呂赫若復出〉；1991 年前衛出版社林文欽出版「臺灣作家全集‧短篇小說卷‧日據時代」；1997 年自真理大學開始，臺灣文學系所紛紛成立，臺灣文學體制化的脈動，鼓舞了學院師生積極從事日治時期臺灣文學史料的蒐集。這股風潮正如陳萬益所言，不只是文獻的出土，也是一種心態的解嚴，許多日治時期作家及其家屬，終於從長期禁錮的氛圍中解放。許俊雅認為，再加上當初以日文創作的作家作品，也在 1990 年代後被逐漸翻譯出來，讀者、研究者在一個開放的空間，又免除語文的障礙，而使臺灣文學研究開始呈現多元的風貌。

1990 年開始，各地縣市文化中心（文化局），對在地作家作品集的整理出版，以及臺灣文學館成立後對日治時期作家以迄當代重要作家全集的編纂，對臺灣文學之作家研究，也有了很好的促進作用。《鍾理和全集》、《鍾肇政全集》、《楊逵全集》、《張文環全集》、《呂赫若日記》、《葉石濤全集》、《龍瑛宗全集》，如雨後春筍般持續展開。「臺灣意識」的興起，使本土文學傳統快速的納入出版與研究行列。

每位編選者除了概述作家的研究面向外，均有獨到的觀察與建議。陳建忠細論賴和及其文學接受史的演變歷程後，建議未來研究者回歸到賴和文學本體與專業研究方向；張恆豪除抽絲剝繭細述「吳濁流學」的接受及演變歷程外，並建議幾個有關吳濁流及《亞細亞的孤兒》尚待關注及努力的議題；須文蔚建議未來的研究者，可從紀弦 1950～1960 年跨區域文學傳播角度出發，彙整紀弦對上海、香港、臺灣及東南亞華文地區詩歌的影響；或從紀弦主編過的《火山》詩刊、《新詩》月刊等著手，從文學社會學

或文學傳播的角度出發。柳書琴、張文薰為顧及張文環多元面向，除一般期刊論文外，亦選譯尚未譯介的論文，希望展示海內外不同世代之路徑與成果；應鳳凰以深入 50 年代文本的研究基礎，將鍾理和的研究收納得更為寬廣。彭瑞金則分別對葉石濤及鍾肇政進行深入細膩的研究，以及熟稔精密的剖析，他認為葉石濤文學是長期累積的成果，他所選錄的 20 篇葉石濤相關評論文章，代表各種背景的評論者、評介者閱讀葉石濤文學的方法；而鍾肇政上千筆的研究資料，呈現的多是鍾肇政文學的外圍研究，較少從文學的角度去探求解析。清理分析成果後，才可以作為續航前進的動力。

　　然而在近二十年本土文學興盛的臺灣文學研究中，是不是也有遺漏與偏失？陳信元的〈兩岸梁實秋研究述評比較〉，也足以讓我們思考。陳義芝除肯定覃子豪詩藝的深度與厚度，以及對後繼青年的影響外，如果從文獻蒐集、詮釋的角度來看，他認為覃子豪研究仍有尚未開發的議題。

　　學者兼作家的周芬伶，對琦君的剖析與論述細微而生動，她細膩的文字觀察，清楚道出琦君研究的未到之處；張瑞芬則以明快的文字，將林海音一生的創作、出版與編輯完整帶出，也比較了評論者對林海音小說、散文表現的不同看法，相同的則是林海音編輯生涯中對作家的提攜與貢獻。

期待

　　感謝臺灣文學館持續支持推動這兩個專案的進行。「臺灣現當代作家評論資料目錄」的完成，呈現的是臺灣文學研究的總體成果；「臺灣現當代作家研究資料彙編」套書的出版，則是呈現成果中最精華最優質的一面，同時對未來的研究面向與路徑，做最好的建議。我們可以很清楚的體會，這是一條綿長優美的臺灣文學接力賽，我們十分榮幸能參與其中，我們更珍惜在傳承接力的過程，與我們相遇的每一個人，每一件讓我們真心感動的事。我們更期待這個接力賽，能有更多人加入。誠如張恆豪所說「從高音獨唱到多元交響」，這是每一個人所期待的。

編輯體例

一、本書編選之目的，為呈現鍾肇政生平、著作及研究成果，以作為臺灣文學相關研究、教學之參考資料。

二、全書共五輯，各輯內容及體例說明如下：

輯一：圖片集。選刊作家各個時期的生活或參與文學活動的照片、著作書影、手稿（包括創作、日記、書信）、文物。

輯二：生平及作品，包括三部分：

1. 小傳：主要內容包括作家本名、重要筆名，生卒年月日，籍貫，及創作風格、文學成就等。

2. 作品目錄及提要：依照作品文類（論述、詩、散文、小說、劇本、報導文學、傳記、日記、書信、兒童文學、合集）及出版順序，並撰寫提要。不收錄作家翻譯或編選之作品。

3. 文學年表：考訂作家生平所進行的文學創作、文學活動相關之記要，依年月順序繫之。

輯三：研究綜述。綜論作家作品研究的概況，並展現研究成果與價值的論文。

輯四：重要文章選刊。選收國內外具代表性的相關研究論文及報導。

輯五：研究評論資料目錄。收錄至 2010 年 10 月底止，有關研究、論述臺灣現當代作家生平和作品評論文獻。語文以中文為主，兼及日文和英文資料。所收文獻資料，以臺灣出版為主，酌收中國大陸、香港、日本和歐美國家的出版品。內容包含三部分：

1.「作家生平、作品評論專書與學位論文」下分為專書與學位論文。

2.「作家生平資料篇目」下分為「自述」、「他述」、「訪談」、「年表」、「其他」。

3.「作品評論篇目」下分為「綜論」、「分論」、「作品評論目錄、索引」、「其他」。

目次

輯一◎圖片集
影像◎手稿◎文物

 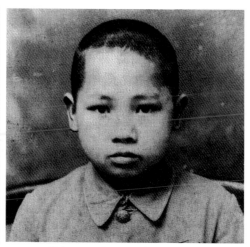

1925年，約七個多月大的鍾肇政，此為其人生中的第一張照片。（翻攝自《鍾肇政回憶錄・一》，前衛出版社）

小學時期的鍾肇政，此時年約12歲。（翻攝自《鍾肇政回憶錄・一》，前衛出版社）

幼年時期的鍾肇政（左）與大妹連喜（中）及堂弟（右）合影。（翻攝自《鍾肇政回憶錄・一》，前衛出版社）

就讀淡水中學時期的鍾肇政，此時年約17歲。（文訊資料室）

1950年，鍾肇政與張九妹結婚。（文訊資料室）

1960年，鍾肇政任教於桃園龍潭國校。（翻攝自《鍾肇政全
集1》，桃園縣立文化中心）

1967年，新居落成，與文友們合影。後排左五為鍾肇政；前排左三龍瑛宗，
左四陳火泉，右二吳濁流，右三林海音。（翻攝自《鍾肇政全集38‧影像
集》，桃園縣立文化中心）

1970年4月，張良澤留日歸國後，首次以彩色膠卷拍攝鍾肇政全家福。（翻攝自《肝膽相照——鍾肇政・張良澤往返書信集・鍾肇政卷》，前衛出版社）

1973年，鍾肇政（左）與林海音（中）、聶華苓（右前）、殷張蘭熙（右後）合影於龍潭。（翻攝自《鍾肇政全集38・影像集》，桃園縣立文化中心）

1975年，慶祝鍾肇政50華誕。前排左起：張彥勳、鄭煥、吳濁流、鍾肇政夫婦、楊逵、賴傳鑑、林鍾隆、張良澤；後排左起：江上、鍾連喜、黃文相、李喬、鄭清文、許介麟、馮輝岳、潘榮禮、曾門。（翻攝自《鍾肇政回憶錄・二》，前衛出版社）

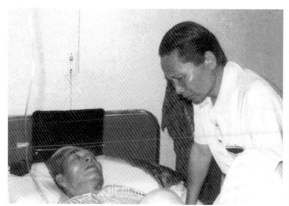

1976年，鍾肇政至臺北市中華開放醫院，探望
病床上的吳濁流。（翻攝自《鍾肇政回憶錄‧
二》，前衛出版社）

1978年9月，於高雄市與文友合影，左起：彭瑞
金、鍾肇政、葉石濤、張良澤。（翻攝自《肝
膽相照──鍾肇政‧張良澤往返書信集‧鍾肇
政卷》，前衛出版社）

1977年，鍾肇政（左）於東海花園與楊逵合
影。（翻攝自《鍾肇政全集38‧影像集》，桃
園縣立文化中心）

1978年，於林海音宅內與文友合影。前排左起：鍾肇政、鍾理和遺孀
鍾台妹、巫永福、鄭清文；後排左起：鍾鐵民、季季、林海音、何凡、
趙天儀。（翻攝自《鍾肇政全集38・影像集》，桃園縣立文化中心）

1979年，鍾肇政（右二）與導演李行（右一）、演員秦漢（左二）及
鍾鐵民（左一），於高雄美濃討論電影「原鄉人」。（翻攝自《鍾肇
政全集38・影像集》，桃園縣立文化中心）

1981年5月，鍾肇政首次訪日，遊於筑波大學學園。左起：鈴木達
也、林秋山、尹雪曼、樋口靖、鍾肇政、張良澤。（翻攝自《肝膽
相照──鍾肇政‧張良澤往返書信集‧鍾肇政卷》，前衛出版社）

1981年，鍾肇政（左起）、李昂、林瑞明合
影。（翻攝自《鍾肇政全集38‧影像集》，桃
園縣立文化中心）

1981年，「益壯會」成員合影。後排左
起：鄭世璠、鍾肇政；前排左起：龍瑛
宗、王昶雄、郭啟賢。（翻攝自《鍾肇政
全集38‧影像集》，桃園縣立文化中心）

1982年，鍾肇政（左）與洪醒夫合影於大溪。（翻攝自《鍾肇政全集38‧影像集》，桃園縣立文化中心）

1984年，鍾肇政（右）與陳芳明合影於美國華盛頓。（翻攝自《鍾肇政全集38‧影像集》，桃園縣立文化中心）

1983年，鍾肇政（左）與陳若曦合影於龍潭鍾宅。（翻攝自《鍾肇政全集38‧影像集》，桃園縣立文化中心）

1985年，「吳濁流文學獎」頒獎典禮於鍾理和紀念館舉行，鍾肇政（右）與曾貴海合影。（翻攝自《鍾肇政全集38·影像集》，桃園縣立文化中心）

1984年，鍾肇政（左）與黃娟合影於美國華盛頓。（翻攝自《鍾肇政全集38·影像集》，桃園縣立文化中心）

1985年，鍾肇政與文友合影。左起：吳錦發、鍾肇政、涂秀田。（翻攝自《鍾肇政全集38·影像集》，桃園縣立文化中心）

1989年8月，日本筑波大學舉辦「臺灣文學研究會」，與會臺灣作家合影。前排左起：林南、杜潘芳格、李敏勇夫人、鍾肇政、林宗源、杜醫師；後排左起：林文義、李敏勇、吳錦發、向陽。（向陽提供）

1989年，鍾肇政於龍潭書房留影。（翻攝自《鍾肇政集》，前衛出版社）

1989年，於臺中文英館舉行吳濁流文學獎評選會議。前
排左起：鍾肇政、吳萬新、陳千武、白萩；後排左起：
葉石濤、鍾鐵民、李喬、鄭炯明、李敏勇夫婦。（翻攝
自《鍾肇政全集38・影像集》，桃園縣立文化中心）

1990年，鍾肇政（左起）於彰化與龍瑛宗、鍾鐵
民合影。（翻攝自《鍾肇政全集38・影像集》，
桃園縣立文化中心）

1991年，鍾肇政（右）於龍潭書房與東方白
合影。（文訊資料室）

1993年2月6日，鍾肇政參加在臺北陽明山嶺頭
山莊所舉辦的臺灣文學營，與文友們合影。左
起：彭瑞金、李喬、葉石濤、鍾肇政、鍾鐵
民。（文學臺灣基金會提供）

1994年6月11日，鍾肇政（中）與葉石濤
（右）、林佛兒（左）於林白出版社合影。
（文學臺灣基金會提供）

1998年，於高雄美濃「鍾理和紀念館」舉行鍾
理和雕像揭幕式。左起：李喬、鍾肇政、彭瑞
金。（翻攝自《鍾肇政全集38．影像集》，桃
園縣立文化中心）

1998年，鍾肇政（左）於淡水真理大學與鄭
炯明合影。（翻攝自《鍾肇政全集38‧影像
集》，桃園縣立文化中心）

1999年，鍾肇政應邀擔任成功大學駐校作家，
與學生們對談。（翻攝自《鍾肇政全集38‧影
像集》，桃園縣立文化中心）

1999年，鍾肇政（右）與葉石濤合影於真理大學舉辦之「福爾摩沙的文豪——鍾肇政文學會議」。（翻攝自《鍾肇政全集38‧影像集》，桃園縣立文化中心）

2002年，鍾肇政（中）於鍾宅門口與下村作次郎（左）、塚本照和（右）合影。（翻攝自《鍾肇政全集38‧影像集》，桃園縣立文化中心）

2004年，「客家文學數位建置」發表
會。左起：莫渝、鍾肇政、杜潘芳格。
（翻攝自《鍾肇政全集38‧影像集》，
桃園縣立文化中心）

鍾肇政（右二）於「吳濁流文學獎、巫永福評論
獎」頒獎典禮上與得獎者合影。（文訊資料室）

鍾肇政於龍潭國校宿舍前留影。（翻攝自《臺灣文學十講》，前衛出版社）

1961年7月8日，鍾肇政致張良澤第一封信。（翻攝自《肝膽相照——鍾肇政‧張良澤往返書信集‧鍾肇政卷》，前衛出版社）

鍾肇政長篇小說〈川中島〉人物表手稿。（翻攝自《鍾肇政全集38‧影像集》，桃園縣立文化中心）

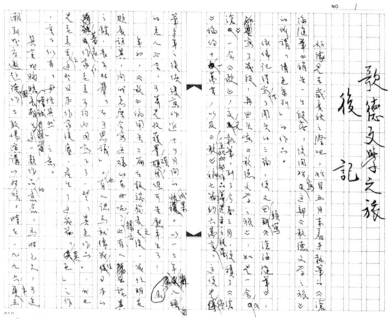

鍾肇政〈原鄉人——作家鍾理和的故事〉手稿。（翻攝自《鍾肇政
全集38‧影像集》，桃園縣立文化中心）

鍾肇政〈歌德文學之旅後記〉手稿。（鍾肇政提供）

NO. 1

鍾肇政〈滄海隨筆〉手稿。（鍾肇政提供）

鍾肇政〈那一段青春歲月——記我的「文友通訊」青春群像〉。
（翻攝自《鍾肇政集》，前衛出版社）

2001年，鍾肇政為〈魯冰花〉題字。（翻攝自《鍾肇政全集38·影像集》，桃園縣立文化中心）

2001年，鍾肇政為〈濁流三部曲〉題字。（翻攝自《鍾肇政全集38·影像集》，桃園縣立文化中心）

輯二◎生平及作品
小傳◎作品◎年表

小傳

鍾肇政（1925～）

　　鍾肇政，男，筆名九龍、鍾正、趙震、路加、路家等，籍貫臺灣桃園，1925 年 1 月 20 日生。

　　彰化青年師範學校畢業，臺灣大學中文系肄業。曾任國民小學教師、《民眾日報》副刊主編、臺灣文藝雜誌社社長兼主編、東吳大學東方語文學系兼任講師、總統府資政、臺灣筆會會長、臺灣客家公共事務協會理事長、臺北市客家文化基金會董事長。曾於 1957 年發起《文友通訊》（1957 年 4 月～1958 年 9 月），為戰後第一份作家聯誼性的通訊媒介。目前專事寫作，並擔任寶島客家廣播電臺董事長。曾獲臺北市西區扶輪文學獎、中國文藝協會文藝獎章、臺灣文學獎、教育部小說創作獎、嘉新新聞獎基金會小說創作獎、吳三連文藝獎、臺美基金會文藝類成就獎、國家文藝獎特別貢獻獎、真理大學臺灣文學家牛津獎、二等景星勳章、總統文化獎百合獎、二等卿雲勳章、首屆客家終身貢獻獎等獎項。因長期住在桃園龍潭，與長期住在高雄左營的葉石濤並稱為「北鍾南葉」。

　　鍾肇政為戰後跨語言一代的作家，一生經歷日治時期、太平洋戰爭、終戰、政府遷臺等重大歷史事件，是開啟臺灣「大河小說」創作的第一人。創作文類以小說為主，又以長篇小說為大宗，兼及論述、散文、傳記。長篇小說大致上可分為兩個系列，其一是自傳體小說，以《濁流三部曲》為代表，藉由描繪終戰前夕一個知識青年的成長，反映整個時代及社

會蛻變的軌跡；其二是歷史素材小說，以《臺灣人三部曲》和描寫霧社事件的《馬黑坡風雲》、《高山組曲——川中島》、《高山組曲——戰火》為代表，呈現日治時代 50 年來，臺灣人民的生活樣貌，完整記錄歷史事件的真正面目。陳芳明認為：「他保留的歷史記憶，既屬漢人，也屬原住民；既屬男性，也屬女性。小說中的敘事永遠維繫雙重視野，回眸過去，也面對現在。」

　　短篇小說方面，則顯現了勇於接受新事物、不斷成長的特色，題材多元，包括周遭人物的生活，人與人的恩怨情仇，生與死等等，並嘗試運用各種手法來表現，彭瑞金曾深入分析：「《殘照》、《輪迴》時期的鍾肇政短篇，對生命的奧祕，對人際的悲歡離合，對人心靈深處隱晦的情欲愛恨，多所窺探。」「從〈中元的構圖〉到〈白翎鷥之歌〉，作家悲天憫人的胸懷不但逐層展露出來，而且漸深漸廣，作家的心靈人格在這裡完成。」

　　鍾肇政除個人創作外，同時也於 1965 年編選《本省籍作家作品選集》、《臺灣省青年作家叢書》，並翻譯多部日本文學、以及日治時代臺灣作家的作品，例如井上靖《冰壁》、吳濁流《臺灣連翹》等書，著作等身。他一生致力於臺灣文學以及客家文學的發展與推廣，且大力提攜後進，對臺灣文學界有著極大的影響力，李喬曾說：「鍾肇政是一株文學巨樹，一個里程碑，其文學已入經典，其人格行誼也成為一典範。」

作品目錄及提要

【論述】

世界文壇新作家

臺北：林白出版社
1969 年 4 月，40 開，150 頁
河馬文庫 12

本書收錄作者將 1960 年代世界文壇公認的多位頂尖新作家，所做的概括性簡介。全書收錄〈菲利浦・梭雷司〉、〈梭爾・貝婁〉等 11 篇文章。正文前有〈小引〉，正文後附錄〈日本文壇縱橫談〉、〈日本文壇面面〉、〈日本文壇龍種種〉、〈日本的文學評論〉。

西洋文學欣賞

臺北：志文出版社
1975 年 12 月，32 開，254 頁
新潮文庫 123

本書介紹從古希臘到現代的西洋文學淵源與演變，並概要敘述作家生平事蹟及作品內容。全書收錄〈希臘古典文學〉、〈中世紀的文學〉等七篇文章。正文前有〈小引〉、〈關於西洋文學的欣賞〉、〈如何閱讀外國文學〉、〈西洋文學與中國〉、〈讀書計畫〉，正文後附錄〈西洋文學欣賞後記〉、〈讀書生活的回憶〉。

臺灣文學十講／莊紫蓉編

臺北：前衛出版社
2000 年 11 月，25 開，448 頁
臺灣文學研究系列 15

本書為鍾肇政在武陵高中舉辦十場臺灣文學講座之筆錄結集。全書分為「文學下鄉」、「一個臺灣作家的成長（上）」、「臺灣文學之父賴和和他的時代（上）」等十章。正文前有莊紫蓉〈感謝

與感動——代序〉，正文後附錄莊紫蓉〈探索者、奉獻者——鍾肇政專訪 1〉、〈女性、愛情、文學——鍾肇政專訪 2〉、〈音樂與文學——鍾肇政專訪 3〉。

鍾肇政口述歷史／莊華堂編

臺北：唐山出版社
2008 年 7 月，25 開，393 頁

本書為 2007 年鍾肇政於各大學之臺灣文學系或相關系所，所舉行的 12 場巡迴演講紀錄。全書收錄「ㄅㄆㄇㄈ是啥麼哇糕？——戰後語言轉換期的臺灣」、「臺灣文學的祕密結社——文友通訊時期的臺灣文學」、「我是臺獨三巨頭？——我在白色恐怖的時代」等 12 講次。正文前有鍾肇政〈自序——打開天窗說亮話〉、翁金珠〈序——為臺灣文學傳燈〉、李永得〈序——船到灘頭水路開〉、莊華堂〈活動緣起——我們跟鍾老的約會〉，正文後附錄〈鍾肇政生平大事記〉。

【散文】

永恆的露意湖——北美大陸文學之旅

桃園：桃園縣立文化中心
1993 年 6 月，25 開，237 頁
桃園縣作家作品集 1

本書記錄作者在 1964 年 6 月，赴北美洲做了一趟長達八十多天的旅程，而寫下的遊記。全書收錄〈永恆的露意湖〉、〈文研會在芝加哥〉、〈密西西比河畔的沉思〉等十篇文章。正文前有〈縣長序〉、〈文化中心主任續〉、〈自序〉，正文後附錄〈文學行腳——臺灣文學在日本〉、〈寫作年表〉。

桃園老照片故事 3・鍾肇政的文學影像之旅／莊育振編

桃園：桃園縣文化局
2005 年 7 月，26×19 公分，119 頁

本書集結鍾肇政 1928～2004 年的相關照片，並藉由文字描述這些照片的故事與意義性。全書分為「滄海隨筆」、「澎湃不息的臺灣文學大河」、「大事紀」、「行跡地圖」四部分，共收錄 100 張照片及 15 張手稿。正文前有〈前言〉、謝小韞〈局長的話〉、莊育振〈編者的話〉、作者〈自序〉。

【小說】

濁流

臺北：中央日報社
1962 年 5 月，32 開，363 頁
中央副刊叢書第 2 種

長篇小說。本書以主角——陸志龍的生活為核心，敘述臺灣光復前後社會的變局，除了描寫臺灣青年在隨時可能被徵召的時代，如何面對在日本殖民政策與教育制度下所受到的雙重壓力，亦多所著墨於兩性之間的曖昧與情感。

魯冰花

臺北：明志出版社
1962 年 6 月，40 開，263 頁
明志叢書

臺北：遠景出版公司
1979 年 6 月，32 開，226 頁
遠景叢刊 134

臺北：風雲時代出版公司
1989 年 12 月，新 25 開，226 頁
風雲文學叢書

臺北：遠景出版公司
2004 年 11 月，25 開，239 頁
臺灣文學叢書

長篇小說。為作者第一部正式發表的長篇小說，本書藉由描寫一位具有繪畫天分，卻於生前未受重視的兒童畫家，探討臺灣在 1960 年代的社會中，所發生的社會階層、貧富差距、教育制度、人心鬥爭等問題和現象。

遠景出版公司 1979

風雲時代出版公司

遠景出版公司 2004

殘照

彰化：鴻文出版社
1963 年 12 月，40 開，232 頁
雄雞文庫

中篇小說集。為作者早期作品，本書主要以愛情的純潔和崇高
為主軸。全書收錄〈殘照〉、〈摘茶時節〉、〈初戀〉三篇。正文
後有〈後記〉。

大壩

臺北：文壇社
1964 年 5 月，32 開，290 頁
文壇叢書 067

長篇小說。本書故事內容以石門水庫的開發為背景，藉由老農
人──何癸土在面臨到文化傳統、生態環境的新改變，以及下
一代對婚姻的新觀念，而產生的內心衝擊與掙扎，探討臺灣新
舊時代的社會轉型過程。

流雲

臺北：文壇社
1965 年 10 月，32 開，396 頁
文壇叢書 068

長篇小說。本書時空背景轉為光復後不久的臺灣，藉由描寫主
角──陸志龍在日本投降之後返回故鄉所要面對的新生活，顯
現出臺灣人如何消除心中根柢固的日本軍國主義，如何重新
適應中國的文化、生活以及語言。

大圳

臺中：臺灣省新聞處
1966 年 9 月，32 開，234 頁
省政文藝叢書 2

高雄：大業書店
1966 年 11 月，32 開，233 頁
長篇小說叢刊 62

臺灣省新聞處　　　大業書店

長篇小說。本書以石門水庫附屬工程——大圳的開發為背景，描述頂坪村民們在面臨新建設對生活帶來的改變與衝擊之下，所產生的影響，以及因價值觀差異而造成的派系之爭。

輪迴
臺北：實踐出版社
1967 年 5 月，40 開，212 頁
實踐文藝叢書 2

短篇小說集。本書收錄作者 1958～1961 年間創作的短篇小說，結合本土性與現代感，並嘗試各種題材和手法，帶有些許意識流的色彩。全書收錄〈柑子〉、〈蕃薯少年〉、〈阿樣麻〉、〈劊子手〉、〈友誼與愛情〉、〈榕樹下〉、〈梅雨〉、〈簷滴〉、〈回瀾〉、〈夕照〉、〈茶和酥糖〉、〈輪迴〉12 篇。正文後有〈後記〉。

沉淪（上）、（下）
臺北：蘭開書局
1967 年 6 月，40 開，510 頁
蘭開文叢 4-5

長篇小說。以日治時期北部大家族——陸家為核心，描述其家族所發生的故事，包括家族的開拓發展過程、年輕人的愛情等等，最後，大家族內的中年輩領導青年輩，組織成義勇軍，共同抵抗日本人的接收。

大肚山風雲
臺北：臺灣商務印書館
1968 年 6 月，40 開，204 頁
人人文庫 708

中、短篇小說集。書中以第二次世界大戰期間，作者在大肚山服日本學徒兵役的過程作為背景，是一部貼近自傳性質的戰爭經驗小說。全書收錄〈大肚山風雲〉、〈廿年前的故事〉、〈前夜〉、〈野戰病院〉、〈俘虜營的故事〉、〈配給所的姑娘〉、〈南郭崗上〉七篇。

中元的構圖

雲林：康橋出版社
1968 年 12 月，40 開，206 頁
康橋文庫 1

短篇小說集。本書主要以戰爭後遺症所產生對生活的影響和創傷、以及情慾的描繪為主軸。全書收錄〈中元的構圖〉、〈大機里潭畔〉、〈長夜行〉、〈在那林立裡〉、〈大料崁的嗚咽〉、〈細雨夜曲〉、〈道路、哲人、夏之夜〉、〈闇夜、迷失在宇宙中〉、〈溢洪道〉、〈雲影〉十篇。

江山萬里

臺北：林白出版社
1969 年 4 月，40 開，431 頁
河馬文庫 7

長篇小說。描寫太平洋戰爭末期到日本無條件投降之間，主角——陸志龍在青年師範學校就學的生活，以及受徵召當學徒兵的過程，顯示出在戰爭摧殘、物資缺乏的情況下，臺灣人對於戰爭即將結束、臺灣即將光復，所抱持的新希望。

馬黑坡風雲

臺北：臺灣商務印書館
1973 年 9 月，40 開，222 頁
人人文庫特 263

長篇小說。本書以 1930 年 10 月 27 日發生的霧社事件為主題，描述馬黑坡社首領——莫那魯道和族人們，在日本人高壓統治的生活之下，所產生的心境變化，累積多年的壓抑與不滿，終於促使他們趁日本人舉行運動會的機會，聯合馬黑坡等六個部落，共同起義抗日。

大龍峒的嗚咽

臺北：皇冠出版社
1974 年 4 月，32 開，242 頁
皇冠叢書第 378 種

中、短篇小說集。本書為 1973 年，作者於《聯合報》副刊所連載的「臺灣民間故事新編」系列之集結。全書收錄〈大龍峒的嗚咽〉、〈蓮座山恩仇記〉、〈九龍潭之夜〉、〈太陽扁和枝無葉〉、〈百步蛇之戀〉、〈仙鞋戀〉六篇。

靈潭恨

臺北：皇冠出版社
1974 年 4 月，32 開，225 頁
皇冠叢書第 379 種

中、短篇小說集。本書為 1973 年，作者於《聯合報》副刊所連載的「臺灣民間故事新編」系列之集結。全書收錄〈靈潭恨〉、〈涼傘頂秋雨曲〉、〈七星湖畔〉、〈打鼓山的美女〉、〈林投樹下〉五篇。

綠色大地

臺北：皇冠出版社
1974 年 6 月，32 開，328 頁
皇冠叢書第 385 種

長篇小說。本書描述生長於農村的主角郭茂村，出身貧苦卻認真上進，學成歸國後回到故鄉，原希望藉由良好的學歷條件，改善家中環境，追求理想中的生活、工作甚至愛情，但當他回到故鄉之後，才重新體會到簡樸與單純的美好。正文後有〈後記〉。

青春行

高雄：三信出版社
1974 年 7 月，32 開，308 頁

長篇小說。本書描寫臺灣光復之後，主角——陸志龍擔任學校教員期間所發生的故事，包括和女同事們之間的情感、對於愛情的憧憬幻想、同事們之間的相處、對未來的期待……，藉由平凡簡單的生活點滴，襯托出真實美好的青春歲月。

插天山之歌

臺北：志文出版社
1975 年 5 月，32 開，417 頁
新潮叢刊 5

長篇小說。敘述日治末期太平洋戰爭之際，主角——留日青年陸志驤，原本準備返臺參與地下抗日活動，為了躲避日本殖民政府追緝，於是在家族的掩護下展開山中逃亡生涯，而後又在逃亡過程中，與相遇的女子奔妹產生一段真摯的感情。

文壇社

八角塔下

臺北：文壇社
1975 年 10 月，32 開，381 頁
文壇叢書 110

北京：人民文學出版社
1992 年 2 月，25 開，365 頁
臺灣當代名家作品精選集

臺北：草根出版公司
1998 年 4 月，25 開，400 頁
臺灣文學名著 16

草根出版公司

長篇小說。作者以書中主角作為自身的投射，描述在淡江中學求學階段所發生的故事，在非人道、失去尊嚴以及被壓抑的殖民教育中，主角並沒有墮落、沉淪，反而經由對友情、愛情、理想的追求過程，找尋到真正的自我。正文後有〈後記〉、〈又一個後記〉。

滄溟行

苗栗：七燈出版社
1976 年 10 月，32 開，391 頁
七燈藝術文庫 1

長篇小說。本書背景為日治時代中期臺灣社會的農民運動，除了描寫主角陸維樑帶領農民們，共同抵抗日本人不公平的壓榨與欺凌之外，亦多所著墨於男女之間在受到民族仇恨與傳統禮教的束縛下，矛盾而掙扎的愛情。

望春風

臺北：大漢出版社
1977 年 3 月，32 開，286 頁
大漢叢書 10

臺北：前衛出版社
1986 年 10 月，32 開，298 頁
前衛叢刊 57

臺北：草根出版公司
1997 年 1 月，25 開，357 頁
臺灣文學名著 14

長篇小說。本書爲臺灣音樂家鄧雨賢的故事。鄧雨賢所創作的雨夜花、望春風、月夜愁……皆爲最能代表臺灣人心聲的曲子，即使多年之後，仍然傳唱於臺灣人的生活中。作者運用生動的筆調，真實的將這位天才音樂家的人生，自然而寫實的呈現出來。正文前有〈序〉。1997 年草根出版公司重排新版，正文前新增〈第三版序〉。

大漢出版社　　前衛出版社　　草根出版公司

鍾肇政傑作選

臺北：文華出版社
1979 年 3 月，32 開，363 頁
文華文庫第 5 種

中、短篇小說集。全書收錄〈柑子〉、〈中元的構圖〉、〈大料崁的嗚咽〉、〈溢洪道〉、〈大肚山風雲〉、〈阿樣麻〉、〈骷髏與沒有數字板的鐘〉、〈前夜〉、〈青春〉、〈豪雨〉、〈阿枝和他的女人〉、〈迷你車與女孩〉12 篇。正文前有楊熾宏〈鍾肇政造像〉、〈鍾肇政手跡〉、葉石濤〈論鍾肇政文學的特質（代序）〉，正文後附錄〈鍾肇政寫作略年譜〉。

濁流三部曲（3 冊）

臺北：遠景出版公司
1979 年 3 月，32 開，1124 頁
遠景叢刊 112

北京：中國文聯出版社
1986 年 3 月，32 開，1020 頁
香港臺灣與海外華文文學叢書

臺北：遠景出版公司
2005 年 1 月，25 開，1231 頁
臺灣文學叢書 31-33

長篇小說。分為《濁流》、《江山萬里》、《流雲》三冊。是鍾肇政小說創作中帶有自傳性風格的起點，書中主角為作者自身的投射，他用日治時期的生活經驗，加上個人青春時期對愛情的苦悶徬徨為主軸，呈現出殖民時代的善與惡。

遠景出版公司 1979　　中國文聯出版社　　遠景出版公司 2005

馬利科彎英雄傳

臺北：照明出版社
1979 年 4 月，32 開，280 頁
照明文庫 2

長篇小說。描寫高山英雄——布達・馬烏伊勇敢面對異部落的復仇與慘烈的廝殺，並帶領族人們守護家園，細膩的描繪出原住民嫉惡如仇的正義感、堅強反抗的勇氣及動人的民族情感。全書分為「馬利科彎之豹」、「布達和阿咪娜」、「血灑馬西多巴安高地」、「埋石為盟」四章。正文前有〈序〉。

鍾肇政自選集

臺北：黎明文化公司
1979 年 7 月，32 開，394 頁
中國新文學叢刊 76

中、短篇小說集。本書爲鍾肇政自選小說作品之集結。全書收錄〈輪迴〉、〈熔岩〉、〈梅雨〉、〈簷滴〉、〈茶和酥糖〉、〈南郭崗上〉、〈野戰病院〉、〈野外演習〉、〈雲影〉、〈大機里潭畔〉、〈月夜的召喚〉、〈尫叔和他的孫子們〉、〈白翎鷥之歌〉13 篇。正文前有鍾肇政之素描、生活照片及手跡、略年譜，正文後附錄〈作品書目〉、〈作品評論引得〉。

遠景出版公司 1980

臺灣人三部曲（3 冊）

臺北：遠景出版公司
1980 年 6 月，32 開，1111 頁
遠景叢刊 160

北京：廣播出版社
1983 年 9 月，25 開

臺北：遠景出版公司
2005 年 1 月，25 開，1279 頁
臺灣文學叢書 5-7

長篇小說。分爲《沉淪》、《滄溟行》、《插天山之歌》三冊。描述日治時期的臺灣人歷史，並用小說的方式呈現，作者將長達 50 年的歷史，分爲初葉、中葉、末葉三段時期，每時期獨立寫成約 30 萬字，並以同宗族裡的三代人物，作爲各時期的主角，藉由大家族的發展史，透視當時的臺灣社會，故事布局場面宏大、結構整齊、氣魄雄偉，是一部具有民族史詩風格的作品。

川中島──高山組曲第一部

臺北：蘭亭書店
1985 年 4 月，32 開，260 頁
蘭亭叢書 29

長篇小說。本書描述霧社事件後，日本人強迫僅存兩百多人的原住民遺族們離開故鄉，遷移到川中島，書中主角──畢荷・瓦利斯爲原住民青年，卻在親日的背景下成長，藉由他的內心交戰，呈現出兩種不同文化的矛盾與相通。正文前有〈自序〉、呂昱〈血染櫻花的後裔們（代序）〉，正文後附錄呂昱〈解開苛政下隱忍圖存的奧秘──評鍾肇政的《川中島》〉。

戰火——高山組曲第二部

臺北：蘭亭書店
1985 年 4 月，32 開，294 頁
蘭亭叢書 30

長篇小說。本書描述太平洋戰爭末期，川中島的生活與環境變化，以及高砂義勇隊在戰場上的表現，並探討霧社事件過後的第二代原住民青年們，對於自身民族意識以及外來文化教育的矛盾與衝突。正文前有〈自序〉、呂昱〈血染櫻花的後裔們（代序）〉，正文後附錄呂昱〈歷史就是歷史——評鍾肇政的《戰火》〉。

卑南平原

臺北：前衛出版社
1987 年 3 月，32 開，284 頁
前衛叢刊 63

長篇小說。本書以卑南文化遺址出土作爲背景，描寫一群考古學者及研究生們，在考究遺址的過程中，內心的熱忱以及對於理想、愛情的美好憧憬，書中並運用古今時空交錯的手法，藉由主角——石永鴻的幻想，構思出一段虛構的歷史，使卑南遺址和古代原住民的生活樣貌更加生動的呈現。

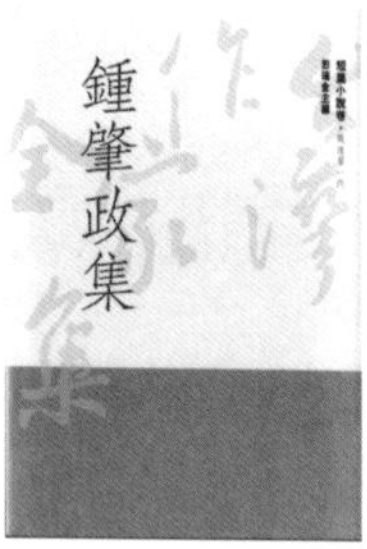

鍾肇政集／彭瑞金編

臺北：前衛出版社
1991 年 7 月，25 開，302 頁
臺灣作家全集・短篇小說卷／戰後第一代 5

短篇小說集。鍾肇政的小說以長篇爲大宗，短篇數量較少，卻自成一格，題材風格多樣化，呈現勇於嘗試、求新求變的特質。全書收錄〈大嵙崁的嗚咽〉、〈中元的構圖〉、〈骷髏與沒有數字板的鐘〉、〈阿枝和他的女人〉、〈屘叔和他的孫子們〉、〈白翎鷥之歌〉、〈馬拉松、冠軍、一等賞〉、〈父與子〉、〈月夜的召喚〉九篇。正文前有作家照片、〈出版說明〉、鍾肇政〈緒言〉、彭瑞金〈心路歷程的碑石——鍾肇政集序〉，正文後附錄彭瑞金〈傳燈者鍾肇政〉、〈鍾肇政小說評論引得〉、〈鍾肇政生平寫作年表〉。

前衛出版社　　　草根出版公司

怒濤

臺北：前衛出版社
1993 年 2 月，32 開，401 頁
臺灣文學經典名著 2

臺北：草根出版公司
1997 年 4 月，25 開，401 頁
臺灣文學名著 15

長篇小說。本書描寫戰後初期的臺灣人民，短短數年間，面臨被殖民、終戰、國民政府接收等變局，人民對新生活從期待、無奈、憤怒到絕望，最後，一場二二八事件，點燃了臺灣人民波濤洶湧的昂揚戰志。全書分為 13 章。正文後有〈後記〉。

歌德激情書

臺北：草根出版公司
2003 年 10 月，42 開，202 頁
臺灣文學讀本 11

短篇小說集。本書以知名德國文學、劇作及思想家——歌德為主角，描述其人生中所經歷的幾段愛情故事，以及在他生命之中最刻骨銘心的幾位女性。全書收錄〈啊！烏爾麗克〉、〈永遠的史坦因夫人〉、〈克莉絲汀娜吾愛〉、〈十三歲的探險〉、〈處女凱特欣〉、〈野玫瑰〉、〈少年維特的故事〉七篇。正文後有〈尾聲〉、〈後記〉。

白翎鷥之歌／許俊雅策劃導讀；楊大緯繪圖

臺北：遠流出版公司
2005 年 7 月，25 開，89 頁
臺灣小說・青春讀本 4

短篇小說。本書以白翎鷥的童謠做為背景，並用擬人化手法書寫，使內容描述更加貼切生動，藉著書中白翎鷥的自白，探討臺灣從傳統農村社會轉型為工業化社會所帶來的生態問題，顯示作者對於臺灣自然環境的深切關懷。

【傳記】

丹心耿耿屬斯人——姜紹祖傳
臺北：近代中國出版社
1977 年 10 月，25 開，182 頁
近代中國叢書‧先烈先賢傳記叢刊 1

本書描寫新竹北埔青年姜紹祖，率領義軍三百多人，投入抗日行列的故事。全書分為「顯赫世第」、「悲歡歲月」、「民主國的成立與瓦解」等 11 章。正文前有〈緒言〉，正文後附錄〈丹心耿耿屬斯人〉、〈忠烈之家〉、〈墨蹟與根源〉、〈時不我與〉、〈北白川宮受創之謎〉、〈關於「姜贊堂先生遺稿」〉。

文華出版社

春暉出版社

原鄉人——作家鍾理和的故事
臺北：文華出版社
1980 年 7 月，32 開，247 頁
臺灣文藝叢書 1

高雄：春暉出版社
1993 年 10 月，25 開，232 頁

本書描寫作家鍾理和一生的傳奇故事，全書分為「楔子」、「奔逃篇」、「雪地篇」等 13 章。正文後有〈後記〉，附錄鍾肇政〈笠山半日〉、鍾鐵民〈原鄉人及其他〉、葉石濤〈府城之星，舊城之月：記李行的「原鄉人」〉、鍾理和〈原鄉人〉。

鍾肇政回憶錄（一）——徬徨與掙扎
臺北：前衛出版社
1998 年 4 月，25 開，344 頁
新臺灣文庫 37

本書描述鍾肇政在人生歲月中，文學創作的過程，包含少年時期對文學的啟蒙、文學創作瑣憶、卅五年來的筆墨生涯……。全書收錄〈徬徨少年時——記五十年前的中學生活〉、〈我的頑童生涯〉、〈歌仔戲到宜人京班——一個頑童的傳統戲劇經驗〉等 13 篇。正文前有照片、〈自序〉，正文後有錢鴻鈞〈編後記〉。

鍾肇政回憶錄（二）——文壇交遊錄

臺北：前衛出版社
1998 年 4 月，25 開，350 頁
新臺灣文庫 38

本書記錄作者與文壇中多位文友，如吳濁流、楊逵、葉石濤、
龍瑛宗、鍾理和、施明正、東方白、文心、黃娟等人的往來互
動與真摯情誼。全書收錄〈重建臺灣文化的拓荒者——談我所
認識的謝里法〉、〈青春的日子——悼念老友文心〉、〈老兵不死
——懷念老友張彥勳〉等 19 篇文章。正文前有照片、〈自序〉，
正文後有錢鴻鈞〈編後記〉。

【書信】

臺灣文學兩地書／鍾肇政、東方白著；張良澤編

臺北：前衛出版社
1993 年 2 月，25 開，333 頁
新臺灣文庫 24

書信集。本書為鍾肇政與東方白在 1979～1991 年間書信往返
的總集結，記錄美麗島事件過後，臺灣社會文化的情勢與轉
折，同時也可看出兩人的文學觀點及深厚情誼。正文前有鍾肇
政〈序〉、東方白〈美里之夜〉、張良澤〈編者序〉，正文後有
張良澤〈編後語〉。

臺灣文學兩鍾書／鍾理和、鍾肇政著；錢鴻鈞編

臺北：草根出版公司
1998 年 2 月，25 開，413 頁
草根文學 16

書信集。本書為鍾肇政與鍾理和在 1957～1960 年間書信往返的
總集結，在文學路上屢受挫折的兩位文人，藉由信件互相鼓
舞、打氣，字句之間皆可看出彼此相知相惜的情誼。正文前有
鍾肇政〈序〉及鍾鐵民〈心靈的慰藉——《臺灣文學兩鍾書》
序〉，正文後附錄二篇〈文友書簡〉及 16 次的〈文友通訊〉。

肝膽相照——鍾肇政・張良澤往返書信集・鍾肇政卷／張良澤編

臺北：前衛出版社
1999 年 11 月，25 開，430 頁
新臺灣文庫 41

書信集。本書收錄 1961～1997 年間，鍾肇政寫給張良澤的信件。鍾肇政為日治時期橫跨戰後的第一代作家、張良澤為戰後的新一代作家，從兩人的信件中，可以了解戰後文學的形成背景、臺灣社會的變化以及作家的文學心路歷程，全書收錄 263 封。正文前有鍾肇政〈序〉、張良澤〈序〉，正文後有張良澤〈編後記〉。

【兒童文學】

茶香滿地的龍潭／郭東泰等繪圖

臺北：臺灣省教育廳
1982 年 12 月，20.6x17.7 公分，66 頁
中華兒童叢書・文學類・高年級 51203

本書為臺灣省政府教育廳編印的中華兒童叢書系列之一，主要介紹桃園龍潭的歷史演變以及人文景物，全書收錄〈先說那口美麗的潭〉、〈美麗的菱潭〉、〈靈潭變龍潭〉等 14 篇文章。

姑媽做的布鞋／曹俊彥繪圖

臺北：臺灣省教育廳
1983 年 4 月，20.6x17.7 公分，49 頁
中華兒童叢書・文學類・中年級 31214

本書為臺灣省政府教育廳編印的中華兒童叢書系列之一，以生動的圖文描繪臺灣的民間故事。全書收錄〈姑媽做的布鞋〉、〈勇敢殺敵的阿火旦〉。

第一好張得寶／曹俊彥繪圖

臺北：臺灣省教育廳
1985 年 1 月，20.6x17.7 公分，54 頁
中華兒童叢書・文學類・中年級 41227

本書為臺灣省政府教育廳編印的中華兒童叢書系列之一，以生動的圖文描繪臺灣的民間故事。

【合集】

鍾肇政全集／錢鴻鈞、莊紫蓉編

桃園：桃園縣立文化中心；桃園縣文化局

1999 年 6 月；2000 年 12 月；2001 年 4 月；2002 年 11 月；2004 年 3 月；2004 年 9 月；2004 年 11 月，25 開

共 38 冊；第 3、4、5、17 卷爲首批印行，第 1～13、17、18 卷前有呂秀蓮縣長〈序〉、葉石濤〈總序〉，第 12、19、23 卷書前新增許應深縣長序〈直直走不轉彎〉，第 14～16、20～22、24～38 卷前爲朱立倫縣長序〈蹦至龍潭的天外文學巨石〉。

鍾肇政全集 1・濁流三部曲（上）

桃園：桃園縣立文化中心

2000 年 12 月，25 開，603 頁

本書收錄長篇小說《濁流》、《江山萬里》。正文前有呂秀蓮〈縣長序〉、葉石濤〈總序〉。

鍾肇政全集 2・濁流三部曲（下）

桃園：桃園縣立文化中心

2000 年 12 月，25 開，628 頁

本書收錄長篇小說《江山萬里》、《流雲》。正文後有〈後記〉。

鍾肇政全集 3・臺灣人三部曲（上）

桃園：桃園縣立文化中心

1999 年 6 月，25 開，650 頁

本書收錄長篇小說《沉淪》、《滄溟行 1～8》。正文前有呂秀蓮〈縣長序〉、葉石濤〈總序〉。

鍾肇政全集 4 · 臺灣人三部曲（下）

桃園：桃園縣立文化中心
1999 年 6 月，25 開，630 頁

本書收錄長篇小說《滄溟行 9～20》、《插天山之歌》。正文後有
〈後記〉。

鍾肇政全集 5 · 魯冰花 · 八角塔下

桃園：桃園縣立文化中心
1999 年 6 月，25 開，637 頁

本書收錄長篇小說《魯冰花》、《八角塔下》。正文前有呂秀蓮
〈縣長序〉、葉石濤〈總序〉，正文後有〈後記〉。

鍾肇政全集 6 · 大壩 · 大圳

桃園：桃園縣立文化中心
2000 年 12 月，25 開，566 頁

本書收錄長篇小說《大壩》、《大圳》。正文前有呂秀蓮〈縣長
序〉、葉石濤〈總序〉。

鍾肇政全集 7 · 丹心耿耿屬斯人——姜紹祖傳 · 馬黑坡風雲 · 馬利科彎英雄傳

桃園：桃園縣立文化中心
2000 年 12 月，25 開，650 頁

本書收錄傳記《丹心耿耿屬斯人——姜紹祖傳》、長篇小說
《馬黑坡風雲》、《馬利科彎英雄傳》。正文前有呂秀蓮〈縣長
序〉、葉石濤〈總序〉。

鍾肇政全集 8・青春行・望春風
桃園：桃園縣立文化中心
2000 年 12 月，25 開，634 頁

本書收錄長篇小說《青春行》、《望春風》。正文前有呂秀蓮〈縣長序〉、葉石濤〈總序〉。

鍾肇政全集 9・高山組曲・靈潭恨
桃園：桃園縣立文化中心
2000 年 12 月，25 開，707 頁

本書收錄長篇小說《高山組曲》、《靈潭恨》。正文前有呂秀蓮〈縣長序〉、葉石濤〈總序〉。

鍾肇政全集 10・卑南平原・夕暮大稻埕
桃園：桃園縣立文化中心
2000 年 12 月，25 開，595 頁

本書收錄長篇小說《卑南平原》、《夕暮大稻埕》。正文前有呂秀蓮〈縣長序〉、葉石濤〈總序〉。

鍾肇政全集 11・原鄉人・怒濤
桃園：桃園縣立文化中心
2000 年 12 月，25 開，659 頁

本書收錄長篇小說《原鄉人》、《怒濤》。正文前有呂秀蓮〈縣長序〉、葉石濤〈總序〉。

鍾肇政全集 12・綠色大地・圳旁人家
桃園：桃園縣文化局
2001 年 4 月，25 開，577 頁

本書收錄長篇小說《綠色大地》、《圳旁人家》。正文前有呂秀
蓮〈呂序〉、許應深〈縣長序——直直轉彎不走路〉、葉石濤
〈總序〉，正文後有莊紫蓉〈整理《圳旁人家》草稿後記〉。

鍾肇政全集 13・中短篇小說（一）
桃園：桃園縣立文化中心
2000 年 12 月，25 開，639 頁

本書收錄《輪迴》、《殘照》、《中元的構圖》三部短篇小說。正
文前有呂秀蓮〈縣長序〉、葉石濤〈總序〉。

鍾肇政全集 14・中短篇小說（二）
桃園：桃園縣文化局
2002 年 11 月，25 開，632 頁

本書分為四部分：「未結集之傑作選」收錄〈骷髏與沒有數字
板的鐘〉、〈那天——我走過八吉隧道〉、〈腳色〉、〈山路〉、〈豪
雨〉、〈阿枝和他的女人〉、〈白翎鷥之歌〉、〈尪叔和他的孫子
們〉、〈尪叔〉、〈迷你車與女孩〉、〈父與子〉、〈夢與真實〉12
篇；「未結集短篇小說（1960～1962）」收錄〈陀螺〉、〈苦
瓜〉、〈雲翳〉、〈自殺者〉、〈熔岩〉、〈小鳥與老鼠〉、〈欄邊〉、
〈雨雲〉、〈窗前〉、〈墓前〉、〈金子和蟑螂〉、〈小英之死〉、〈孽
障〉13 篇；「青春」收錄〈青春〉、〈宜人京班〉、〈清明時節〉、
〈野外演習〉四篇；「童話」收錄〈針線孔〉、〈火柴盒〉、〈魔
帽〉等 23 篇。正文前有朱立倫〈縣長序：蹦至龍潭的天外文
學巨石〉、葉石濤〈總序〉。

鍾肇政全集 15・中短篇小說（三）
桃園：桃園縣文化局，
2002 年 11 月，25 開，591 頁

本書分為三部分：「大肚山風雲」收錄〈大肚山風雲〉、〈廿年
前的故事〉、〈前夜〉、〈野戰病院〉、〈俘虜營的故事〉、〈配給所
的姑娘〉、〈南郭崗上〉七篇；「原住民類短篇小說」收錄〈月

夜的召喚〉、〈回山裡真好〉、〈馬拉松、冠軍、一等賞〉、〈獵熊
的人〉、〈阿他茲與瓦麗絲〉、〈女人島〉六篇;「未結集之中短篇
小說（1950 年代）」收錄〈青春的呼嘯〉、〈老人與山〉、〈老人
與牛〉、〈阿月的婚事〉、〈大巖鎮〉、〈泡沫〉六篇。正文前有朱
立倫〈縣長序：蹦至龍潭的天外文學巨石〉、葉石濤〈總序〉。

鍾肇政全集 16・中短篇小說（四）

桃園：桃園縣文化局
2002 年 11 月，25 開，704 頁

本書分為三部分：「1950 年代短篇小說」收錄〈婚後〉、〈採茶
女兒採茶歌〉、〈獎券春秋〉、〈臺灣青年血淚〉、〈臺灣佬・游長
山〉、〈老人——記我的一位外省朋友〉、〈苦兒求學記〉、〈窄
門〉、〈石門花〉、〈林弟〉、〈祝福〉、〈禍福〉、〈美珠〉、〈水母
娘〉、〈偷看〉、〈過定〉、〈接腳〉、〈上轎後〉、〈鄉愁〉、〈三小時
破案記〉、〈本島古〉、〈寧馨兒〉、〈悔悟〉、〈社會改革家〉、〈控
訴〉、〈種樹者〉、〈投票〉、〈冠軍夢〉、〈兩塊錢〉、〈阿益姐〉、
〈鏡子〉31 篇;「未結集短篇小說（1966 年後）」收錄〈牙粉與
牙刷〉、〈老人與大鼓〉、〈源遠流長〉、〈故鄉子弟〉、〈大除夕的
故事〉、〈鏡潭夜曲〉、〈戰火少年行〉、〈旅途〉、〈頑童阿明〉、
〈重逢〉、〈法蘭克福之春〉、〈自用車時代〉、〈有雨的風景〉、
〈旋轉的風車〉、〈零雁〉、〈櫻村殘夢〉、〈一種別離〉17 篇;
「大龍峒的嗚咽」收錄〈大龍峒的嗚咽〉、〈蓮座山恩仇記〉、
〈九龍潭之夜〉、〈太陽扁和之無葉〉、〈百步蛇之戀〉、〈仙鞋
戀〉六篇。正文前有朱立倫〈縣長序：蹦至龍潭的天外文學巨
石〉、葉石濤〈總序〉。

鍾肇政全集 17・隨筆集（一）

桃園：桃園縣立文化中心
1999 年 6 月，25 開，655 頁

本書收錄鍾肇政的隨筆，包含兩部分：其一為 1991 年 1 月至
1999 年 3 月刊登在《自立晚報》、《臺灣時報》、《自由時報》、
《客家雜誌》等報章雜誌之專欄文章 157 篇，其二為 1966 年至
1998 年為友人作序 68 篇。正文前有呂秀蓮〈縣長序〉、葉石濤
〈總序〉，正文後有〈編後記〉。

鍾肇政全集 18・隨筆集（二）

桃園：桃園縣文化局
2000 年 12 月，25 開，672 頁

本書收錄客家與民主運動、臺灣文學運動（1980～2000）相關
文章共 170 篇。正文前有呂秀蓮〈縣長序〉、葉石濤〈總序〉。

鍾肇政全集 19・隨筆集（三）

桃園：桃園縣文化局
2001 年 4 月，25 開，651 頁

本書收錄《鍾肇政回憶錄（一）：徬徨與掙扎》、自傳性隨筆 56
篇、臺灣文學運動（1960～1979）相關文章 26 篇。正文前有呂
秀蓮〈呂序〉、許應深〈縣長序——直直走不轉彎〉、葉石濤
〈總序〉。

鍾肇政全集 20・隨筆集（四）

桃園：桃園縣文化局
2002 年 11 月，25 開，763 頁

本書收錄《鍾肇政回憶錄（二）：文壇交遊錄》、兩大《臺叢》
推介臺灣青年作家 18 篇、編輯序 19 篇、臺灣文學運動（補）
24 篇、自傳性隨筆（補）23 篇。正文前有朱立倫〈縣長序：蹦
至龍潭的天外文學巨石〉、葉石濤〈總序〉。

鍾肇政全集 21・隨筆集（五）

桃園：桃園縣文化局
2002 年 11 月，25 開，744 頁

本書收錄《永恆的露意湖：北美大陸文學之旅》、高山隨筆、
日本出版界與文壇縱橫談、日本作家小論、晚安臺灣、臺灣的
心（補）共八十餘篇。正文前有朱立倫〈縣長序：蹦至龍潭的
天外文學巨石〉、葉石濤〈總序〉。

鍾肇政全集 22・隨筆集（六）

桃園：桃園縣文化局
2002 年 11 月，25 開，576 頁

本書收錄鍾肇政旅美日記、旅德日記、《滄海隨筆》、《臺灣文藝》編輯報告、吳濁流文學獎評選感言。正文前有朱立倫〈縣長序：蹦至龍潭的天外文學巨石〉、葉石濤〈總序〉。

鍾肇政全集 23・書簡集（一）──臺灣文學兩地書・臺灣文學兩鍾書

桃園：桃園縣文化局
2001 年 4 月，25 開，719 頁

本書收錄書信集《臺灣文學兩地書》、《臺灣文學兩鍾書》。正文前有呂秀蓮〈呂序〉、葉石濤〈總序〉。

鍾肇政全集 24・書簡集（二）──肝膽相照

桃園：桃園縣文化局
2002 年 11 月，25 開，682 頁

本書收錄書信集《肝膽相照》。正文前有朱立倫〈縣長序：蹦至龍潭的天外文學巨石〉、葉石濤〈總序〉。

鍾肇政全集 25・書簡集（三）──情深書簡

桃園：桃園縣文化局
2002 年 11 月，25 開，614 頁

本書收錄 1964 年～1995 年鍾肇政與李喬往返之書信共 638 封。正文前有朱立倫〈縣長序：蹦至龍潭的天外文學巨石〉、葉石濤〈總序〉，正文後有莊紫蓉〈編輯後記〉。

鍾肇政全集 26‧書簡集（四）——情真書簡

桃園：桃園縣文化局
2002 年 11 月，25 開，556 頁

本書收錄 1959～1990 年鍾肇政與鄭清文往返書信 405 封、1968 ～1994 年與李秋鳳往返書信 106 封。正文前有朱立倫〈縣長序：蹦至龍潭的天外文學巨石〉、葉石濤〈總序〉，正文後有莊紫蓉〈編輯後記〉。

鍾肇政全集 27‧書簡集（五）——情摯書簡

桃園：桃園縣文化局
2002 年 11 月，25 開，619 頁

本書收錄鍾肇政 1981～1987 年與呂昱往返書信 180 封、1976～1999 年與林瑞明往返書信 81 封。正文前有朱立倫〈縣長序：蹦至龍潭的天外文學巨石〉、葉石濤〈總序〉，正文後有莊紫蓉〈編輯後記〉。

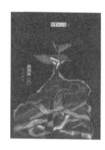

鍾肇政全集 28‧書簡集（六）——情誠書簡

桃園：桃園縣文化局
2004 年 3 月，25 開，706 頁

本書收錄 1960～1990 年鍾肇政與江文雙往返書信 326 封，及 1960～1997 年鍾肇政給陳千武、林海音、黃秀琴、謝里法、七等生、朱真一、陳秋鴻、陳秋濤、莊永明、張瑞麟、邱新德、林國隆、呂興忠、楊允言、徐百媚之書信 193 封。正文前有朱立倫〈縣長序：蹦至龍潭的天外文學巨石〉、葉石濤〈總序〉。

鍾肇政全集 29‧書簡集（七）——情純書簡

桃園：桃園縣文化局
2004 年 3 月，25 開，801 頁

本書收錄 1965～1999 年鍾肇政與葉石濤往返書信 475 封、1961 ～1997 年與黃娟往返書信 164 封。正文前有朱立倫〈縣長序：蹦至龍潭的天外文學巨石〉、葉石濤〈總序〉。

鍾肇政全集 30・演講集

桃園：桃園縣文化局
2002 年 11 月，25 開，609 頁

本書收錄《臺灣文學十講》，以及專訪、演講、講座等 30 篇。
正文前有朱立倫〈縣長序：蹦至龍潭的天外文學巨石〉、葉石濤
〈總序〉。

鍾肇政全集 31・訪談集・臺灣客家族群史總論

桃園：桃園縣文化局
2004 年 3 月，25 開，608 頁

本書收錄訪談集、演講集六十餘篇、臺灣客家族群史總論，及
童話故事四篇。正文前有朱立倫〈縣長序：蹦至龍潭的天外文
學巨石〉、葉石濤〈總序〉。

鍾肇政全集 32・隨筆集（七）・歌德文學之旅・八十大壽
紀念文集（上）

桃園：桃園縣文化局
2004 年 3 月，25 開，654 頁

本書收錄鍾肇政隨筆散文 82 篇、《歌德文學之旅》、《八十大壽
紀念文集（上）》。正文前有朱立倫〈縣長序：蹦至龍潭的天外
文學巨石〉、葉石濤〈總序〉。

鍾肇政全集 33・八十大壽紀念文集（下）・大河之歌——
鍾肇政文學國際學術會議論文集

桃園：桃園縣文化局
2004 年 11 月，25 開，689 頁

本書收錄《八十大壽紀念文集（下）》、《大河之歌——鍾肇政文
學國際學術會議論文集》。正文前有朱立倫〈縣長序：蹦至龍潭
的天外文學巨石〉、葉石濤〈總序〉。

鍾肇政全集 34・書簡集（八）

桃園：桃園縣文化局
2004 年 11 月，25 開，620 頁

本書收錄《臺灣文學兩地書（續）》、1980～1999 年鍾肇政與下
村作次郎往來書簡 42 封、1978～1998 年與江百顯往來書簡 41

封、1999～2001 年林瑞明給鍾肇政書簡 6 封、1974～2003 年鍾肇政給友人書簡 113 封。正文前有朱立倫〈縣長序：蹦至龍潭的天外文學巨石〉、葉石濤〈總序〉。

鍾肇政全集 35・劇本（一）

桃園：桃園縣文化局
2004 年 3 月，25 開，707 頁

本書收錄〈忠義之家〉、〈黃帝子孫〉、〈黑眼珠女郎〉、〈雪影淚痕〉、〈鴿子與少女〉、〈白馬王子〉、〈條條大路〉、〈明星夢〉、〈清明時節〉九部劇本。正文前有朱立倫〈縣長序：蹦至龍潭的天外文學巨石〉、葉石濤〈總序〉。

鍾肇政全集 36・劇本（二）

桃園：桃園縣文化局
2004 年 3 月，25 開，676 頁

本書收錄〈盲者之歌〉、〈按摩女〉、〈茉莉花〉、〈老人與小孩〉、〈喬遷之喜〉、〈車輪下〉、〈望子成龍〉、〈完整的愛〉、〈仙鞋戀〉、〈幸福〉十部劇本。正文前有朱立倫〈縣長序：蹦至龍潭的天外文學巨石〉、葉石濤〈總序〉。

鍾肇政全集 37・年表、補遺、演講大綱

桃園：桃園縣文化局
2004 年 11 月，25 開，718 頁

本書收錄鍾肇政相關之評論論文、鍾肇政年表、資料目錄、隨筆補遺、演講大綱、資料、全集中短篇目錄、全集隨筆目錄。正文前有朱立倫〈縣長序：蹦至龍潭的天外文學巨石〉、葉石濤〈總序〉。

鍾肇政全集 38・影像集

桃園：桃園縣文化局
2004 年 9 月，25 開，501 頁

本書收錄作者照片、手稿及相關史料。正文前有朱立倫〈縣長序：蹦至龍潭的天外文學巨石〉、葉石濤〈總序〉，正文後有細阿芳〈影像集編後記〉、附錄〈影像摘要與分享〉。

文學年表

1925 年 （大正 14 年）	1 月	20 日，生於桃園縣龍潭鄉九座寮祖屋。父親鍾會可，母親吳絨妹。
	4 月	隨父任所遷居大溪鎮內柵。父親任職公學校教頭。
1929 年 （昭和 4 年）	4 月	1 日，遷居臺北州臺北市港町 2 丁目 24 番地。
1931 年 （昭和 6 年）	4 月	進入臺北市太平公學校就讀，開始學日文。
	8 月	遷居桃園市，轉至桃園公學校就讀。
1932 年 （昭和 7 年）	9 月	遷回故鄉龍潭，就讀龍潭公學校二年級。學習客語。
1934 年 （昭和 9 年）	本年	成為小說迷，開始懂得訂閱雜誌。
1937 年 （昭和 12 年）	3 月	龍潭公學校畢業。
1938 年 （昭和 13 年）	4 月	進入私立淡水中學就讀，住校。
1939 年 （昭和 14 年）	11 月	父親任五寮分教場主管（位於大溪鎮八結），全家遷居至八結。
1940 年 （昭和 15 年）	本年	在學校馬偕紀念圖書館借《霧社事件討番記》，閱畢後藏在牀舖下被查獲，而被命寫悔過書。
1943 年 （昭和 18 年）	3 月	淡水中學畢業。
	9 月	任大溪宮前國民學校助教。讀書興趣轉向日本和歌。
1944 年 （昭和 19 年）	4 月	辭教職，進入彰化青年師範學校就讀。經同學引介，開始大量閱讀世界文學名著，隨文剳記，第一本是盧

		梭的《懺悔錄》。
1945 年 （昭和 20 年）	3 月	彰化青年師範學校畢業。服日本學徒兵役，駐守臺中大甲。之後患熱帶瘧疾，以致耳朵失靈。
	4 月	被任命為青年學校教官，派任彰化縣沙山青年學校任教，仍服日本兵役。
	8 月	日本投降，第二次世界大戰結束。
	9 月	復員返鄉。開始閱讀《三字經》、《百家姓》、《增廣昔時賢文》、《幼學瓊林》等書。
	10 月	在家休息一個月後，赴彰化沙山青年學校任教，之後因病辭職返家。
1946 年	5 月	任龍潭國民小學教師，初習華語注音符號及中文，現學現教。
1947 年	10 月	就讀國立臺灣大學中國文學系。不久，因重聽而輟學，返回桃園龍潭國小任原職。決心自修苦讀。
	本年	開始接觸三〇年代文學作品。
1950 年	本年	與同鄉三坑村張九妹結婚。
1951 年	3 月	以生平第一篇短篇小說〈婚後〉參加《自由談》月刊主辦的「我的另一半」徵文，獲得錄取。
	4 月	發表短篇小說〈婚後〉於《自由談》第 2 卷第 4 期。
1952 年	1 月	父親鍾會可遷往東勢，任東勢國校校長。
	5 月	1 日，發表短篇小說〈龍潭陂〉於《臺灣風物》第 2 卷第 3 期。
	12 月	1 日，發表短篇小說〈青春的呼嘯〉於《自由談》第 3 卷第 12 期。
	本年	寫作甚多，且開始試譯日文版本的西洋詩篇，並撰寫兒童讀物，刊出數十篇，惟創作均遭退稿。

1953 年	本年	首部長篇小說〈迎向黎明的人們〉完稿，投寄中華獎金委員會，未獲發表。
1954 年	7 月	24 日，起筆撰寫長篇小說〈圳旁人家〉。
	10 月	1 日，發表短篇小說〈老人與山〉於《文藝創作》第 42 期。
1955 年	5 月	中篇小說〈老人與豬〉獲中華獎金委員會稿費 450 元。
	6 月	5 日，發表短篇小說〈石門花〉於《自由談》第 6 卷第 6 期。
	本年	開始戴上助聽器。
		翻譯日本作家的創作理論，共計數十篇。
1956 年	1 月	短篇小說〈老人與山〉被選入虞君質主編的《現代戰鬥文藝選集》，本書由臺北中華文化出版委員會出版。
	3 月	1 日，以中篇小說〈阿月的婚事〉，參加《豐年》半月刊舉辦之小說比賽獲得第三名；後發表於《豐年》半月刊第 65～67 期。
	4 月	搬至龍潭國校宿舍，日後許多作品皆在此處完成。
	9 月	第一本文集《寫作與鑑賞》由臺北重光文藝出版社出版。
1957 年	4 月	戰後第一份作家聯誼性的通訊媒介《文友通訊》開始發行，每月一期，作品由文友輪閱，閱後提出批評意見。參加者有陳火泉、廖清秀、鍾理和、施翠峰、李榮春、文心等人，之後楊紫江、許山木加入，至 1958 年 9 月停刊，共計發行 16 次。
	11 月	4 日，發表短篇小說〈本島古〉於《中央日報》副刊。

		13 日，發表短篇小說〈禍福〉於《臺灣新生報》副刊。
	本年	發表〈水母娘〉、〈過定〉、〈接腳〉、〈上轎後〉等十餘篇短篇小說；又翻譯多篇日本作家小說作品。
1958 年	3 月	25 日，完成中篇小說〈大嚴鎮〉，約 4 萬 2 千字，發表於《臺灣文藝》2001 年 8 月、10 月號。
	9 月	整理舊稿〈黑夜前〉9 萬字，投稿《新生報》副刊未獲刊登，原稿遺失。
	12 月	1 日，完成短篇小說〈婚宴〉。
		21 日，發表短篇小說〈柑子〉於《聯合報》副刊。
1959 年	3 月	22 日，發表短篇小說〈蕃薯少年〉於《臺灣新生報》副刊。
	4 月	發表短篇小說〈梅雨〉於《聯合報》副刊。
	5 月	10 日，發表短篇小說〈榕樹下〉於《聯合報》副刊。
	6 月	7 日，發表短篇小說〈阿樣麻〉於《臺灣新生報》副刊。
	9 月	22 日，翻譯日本井上靖作品〈冰壁〉，發表於《聯合報》副刊，至次年 3 月刊畢。
	10 月	發表短篇小說〈劊子手〉於《臺灣新生報》副刊。
	11 月	25 日，發表短篇小說〈簷滴〉於《聯合報》副刊。
1960 年	3 月	29 日，發表長篇小說〈魯冰花〉於《聯合報》副刊，至 6 月 15 日刊畢。
	5 月	發表短篇小說〈友誼與愛情〉於《文星》第 31 期。
	7 月	28 日，發表短篇小說〈苦瓜〉於《聯合報》副刊。
		以〈摸索者———一個蹉跎十年者的自述〉參加《自由談》徵文獲第三名，刊於《自由談》第 11 卷第 7 期。

	8 月	4 日，鍾理和病逝，撰〈悼理和兄〉。
	10 月	與文心、林海音等人共同組織「鍾理和遺著出版委員會」，出版鍾理和小說集《雨》，由臺北文星書店發行。
	12 月	獲頒臺北市西區第六屆扶輪社文學獎。
1961 年	2 月	起筆撰寫長篇小說〈濁流〉。
	6 月	投寄 3 萬字的〈輪迴〉至《聯合報》副刊，後未見刊出。
	8 月	4 日，「鍾理和遺著出版委員會」出版鍾理和小說集《笠山農場》，由臺北臺灣學生書局發行。
	12 月	31 日，發表長篇小說〈濁流〉於《中央日報》副刊，至次年 4 月刊畢。
1962 年	2 月	發表中篇小說〈摘茶時節〉於《今日世界》第 238 期〜241 期。
	4 月	23 日，發表長篇小說〈江山萬里〉於《中央時報》副刊，至 9 月 1 日刊畢。嘗試一邊寫作一邊發表；完成後，立即進行〈流雲〉的創作，後因報社停止刊載，而暫時休筆。
	5 月	長篇小說《濁流》由臺北中央日報社出版。
	6 月	長篇小說《魯冰花》由臺北明志出版社出版。
1963 年	3 月	25 日，參加國民黨中央黨部召開的「作家座談會」。
	10 月	發表中篇小說〈初戀〉於《今日世界》第 278 期〜281 期。
	12 月	中篇小說集《殘照》由臺中鴻文出版社出版。
	本年	編寫電視劇《公主潭》等十多部。
1964 年	2 月	2 日，長篇小說〈大壩〉於《文壇月刊》第 44 期開始連載。

	3 月	1 日,應邀參加《臺灣文藝》舉辦之「青年作家座談會」。
		22 日,臺視開始播出鍾肇政編劇之「江湖奇女子」。
	4 月	吳濁流創辦《臺灣文藝》月刊,由龍瑛宗編輯,鍾肇政協助小說部分編輯。
	5 月	長篇小說《大壩》由臺北文壇社出版。
	7 月	起筆撰寫長篇小說〈臺灣人〉,原預定於《公論報》復刊發表,但因篇名「臺灣人」三字而遭警總查辦,原稿被扣。
	9 月	長篇小說〈流雲〉於《文壇月刊》第 51 期開始連載,至次年 2 月刊畢。
	本年	起筆撰寫長篇小說〈八角塔下〉,後因病輟筆,僅完成上部。
1965 年	2 月	6 日,應邀參加青年文藝獎頒獎典禮。
		21 日,完成長篇小說〈大圳〉。
	10 月	長篇小說《流雲》由臺北文壇社出版。
		爲紀念臺灣脫離殖民統治廿週年,受穆中南之邀,編輯「本省籍作家作品選集」十冊,由臺北文壇社出版;同時又編「臺灣省青年文學叢書」十冊,由臺北幼獅書店出版。
1966 年	4 月	10 日,中篇小說〈骷髏與沒有數字板的鐘〉獲得「第一屆吳濁流臺灣文學獎」佳作獎。
	11 月	長篇小說《大圳》由臺中臺灣省政府新聞處出版。
1967 年	4 月	發表〈安部公房與砂丘之女〉於《純文學》第 1 卷第 4 期。
	5 月	發表長篇小說〈八角塔下〉於《文壇》第 83～84 期。

翻譯日本安部公房作品《砂丘之女》，由臺北純文學
出版社出版。

中、短篇小說集《輪迴》由臺北實踐出版社出版。

11 月　14 日，長篇小說〈臺灣人〉改名為〈沉淪〉，發表於
《臺灣日報》副刊，至次年 6 月刊畢。

1968 年　6 月　長篇小說《沉淪》由臺北蘭開書局出版。分上、下
冊，並獲得嘉新水泥公司文化基金會之「嘉新新聞獎
第四屆文藝創作獎」，此書後由鍾肇政本人改編為電
視劇「黃帝子孫」，游娟製作，並於 10 月、11 月在
臺視播出。

受賴石萬之邀，主編「蘭開文叢」系列，由蘭開書局
印行，原預定編輯彭歌《小小說寫作》等 18 本作
品，後僅出版 11 本。

短篇小說集《大肚山風雲》由臺北臺灣商務印書館出
版。

10 月　翻譯《戰後日本短篇小說選》，由臺北臺灣商務印書
館出版。

1969 年　1 月　與張良澤合譯日本三島由紀夫作品《金閣寺》，於
《自由談》連載，至 11 月刊畢。

2 月　1 日，發表〈世界文壇的新作家〉於《幼獅文藝》第
30 卷第 2～4 期。

4 月　《世界文壇新作家》由臺北林白出版社出版。

長篇小說《江山萬里》由臺北林白出版社出版。

7 月　20 日，「吳濁流文學獎基金會」成立，鍾肇政應聘為
管理委員會主任委員。

10 月　發表中篇小說〈那天——我走過八吉隧道〉於《臺灣
文藝》第 4 卷第 25 期。

	11 月	發表短篇小說〈野外演習〉於《中央月刊》第 1 卷第 11 期。
	本年	編寫電視劇本《茉莉花》、《老人與小孩》、《喬遷之喜》等 10 餘部；往後數年持續爲電視臺編寫劇本。
1970 年	7 月	翻譯日本安部公房作品《燃燒的地圖》，發表於《這一代》第 1 卷第 1～5 期。
1971 年	8 月	27 日，發表長篇小說〈青春行〉於《臺灣日報》副刊，至 12 月 30 日刊畢。
	10 月	26 日，發表長篇小說〈馬黑坡風雲〉於《臺灣新生報》副刊，至次年 1 月 11 日刊畢。
1972 年	3 月	翻譯伊撒耶‧班達桑作品《日本人與猶太人》，由臺北林白出版社出版。
	7 月	1 日，發表《名曲的故事——偉大音樂家的故事與名曲欣賞》於《大同》半月刊第 54 卷 13 期～第 55 卷 11 期。
	10 月	翻譯日本三島由紀夫作品《太陽與鐵》、白石浩一作品《幽默心理學》，由臺北林白出版社出版。
	11 月	起筆撰寫長篇小說〈插天山之歌〉。
1973 年	4 月	15～23 日，發表〈臺灣民間故事新編〉，於《聯合報》副刊。
	6 月	2 日，發表長篇小說〈插天山之歌〉於《中華日報》副刊，至 10 月 24 日刊畢。
		26 日，發表長篇小說〈綠色大地〉於《中華日報》副刊，至 11 月 27 日刊畢。
	9 月	27 日，父親鍾會可過世，10 月 3 日安葬。
		長篇小說《黑馬坡風雲》由臺北臺灣商務印書館出版。

1974 年	1 月	14 日起，發表〈臺灣高山故事新編〉於《聯合報》副刊。
	3 月	16 日，發表〈西洋文學欣賞〉於《大同》半月刊第 56 卷第 6 期～第 57 卷第 9 期。
	4 月	「臺灣民間故事新編」系列之《靈潭恨》、《大龍峒的嗚咽》，由臺北皇冠出版社出版。
	6 月	長篇小說《綠色大地》由臺北皇冠出版社出版。
	7 月	自傳體長篇小說《青春行》由高雄三信出版社出版。
	8 月	翻譯《名曲的故事》、英國威爾斯作品《文明的故事》，由臺北志文出版社出版。
		應東吳大學東方語文學系之聘，講授日本文學及翻譯等課程，三年後辭聘，專事小學教學、寫作。
	9 月	翻譯日本井上靖作品《冰壁》，由高雄三信出版社出版。
1975 年	5 月	25 日，文壇十多位文友於龍潭鍾宅聚餐，一起為鍾肇政祝壽。
		長篇小說《插天山之歌》由臺北志文出版社出版。
		翻譯日本伊藤勝彥作品《愛的思想史》，由高雄文皇出版社出版。
	8 月	17 日，發表長篇小說〈滄溟行〉於《中華日報》副刊，至次年 1 月刊畢。
	10 月	長篇小說《八角塔下》由臺北文壇社出版。
	12 月	翻譯《西洋文學欣賞》、《歌德自傳》，由臺北志文出版社出版。
1976 年	1 月	1 日，翻譯《希臘神話》於《大同》半月刊，至次年 2 月刊畢。

	5 月	翻譯瑪文‧杜凱耶作品《日本人的衰亡》，由臺北志文出版社出版。
	6 月	翻譯日本白石浩一作品《高中生心理學》，由臺北林白出版社出版。
	9 月	29 日，發表長篇小說〈望春風〉於《中央日報》副刊，至次年 2 月刊畢。
	10 月	長篇小說《滄溟行》由苗栗七燈出版社出版。
	11 月	翻譯法國梅里美作品《卡爾曼的故事》，由臺北志文出版社出版。
	12 月	3 日，淡江校園舉辦淡江「鄉土作品展」，鍾肇政應邀前往演講「鄉土文學」。
1977 年	3 月	1 日，發表《名著的故事》於《大同》半月刊第 59 卷第 5 期～第 60 卷第 21 期。
		繼吳濁流先生之後接任《臺灣文藝》雜誌社長兼編輯，發行《臺灣文藝》革新第 1 號（總號 54 號）。
		長篇小說《望春風》由臺北大漢出版社出版。
		翻譯日本安部公房作品《燃燒的地圖》，由臺北遠景出版社出版。
	5 月	與臺灣文學研究者塚本照和第一次見面。
	6 月	翻譯《希臘神話》、《非洲故事》、《史懷哲傳》，由臺北志文出版社出版。
	8 月	編選《臺灣文學獎‧吳濁流文學獎作品集》，由臺北鴻儒堂出版社出版。
	10 月	長篇傳記小說《丹心耿耿屬斯人——姜紹祖傳》由臺北近代中國出版社出版。
		翻譯日本久保克兒作品《走出迷惑》，由臺北文華出版社出版。

1978 年	1 月	翻譯日本安部公房作品《箱子裡的男人》於《臺灣文藝》革新第 4～6 號。
	5 月	11 日，應邀前往耕莘文教院演講，講題為「談近代中日文學的關係」。
	8 月	28 日，應邀出席聯合報第三屆小說獎評委會總評會議。 應聘擔任民眾日報副刊室主任，兼副刊主編。
	9 月	5 日，《民眾日報》自基隆遷至高雄正式發行，並舉辦開幕酒會；16 日《民眾日報》副刊開始見報。
	11 月	7 日，林瑞明訪問鍾肇政，談《臺灣人三部曲》。 16 日起，發表〈中國古典名著精華〉於《大同》半月刊第 60 卷 22 期～第 62 卷 24 期。
	本年	創作短篇小說〈法蘭克福之春〉、〈月夜的召喚〉、〈白翎鷥之歌〉、〈厓叔〉、〈厓叔和他的孫子們〉等。
1979 年	2 月	編撰《當代中國新文學大系——小說二集》，由臺北天視出版公司出版。
	3 月	「濁流三部曲」系列合刊本，由臺北遠景出版公司出版。 翻譯韓國宋敏鎬作品《朝鮮的抗日文學》、短篇小說集《鍾肇政傑作選》，由臺北文華出版社出版。 翻譯日本安部公房作品《箱子裡的男人》，由臺北遠景出版公司出版。
	4 月	長篇小說《馬利科彎英雄傳》由臺北照明出版社出版。
	6 月	長篇小說《魯冰花》由臺北遠景出版公司出版。 編譯《名片的故事》，由臺北志文出版社出版。
	7 月	中、短篇小說集《鍾肇政自選集》由臺北黎明文化公

		司出版。
	8月	短篇小說集《白翎鷥之歌》由臺北民眾日報社出版。
	10月	19日,《濁流三部曲》獲「第二屆吳三連文藝獎」,獎金20萬元。
	11月	小學教職退休,經歷過小學、中學、大學教師,共任教32年。
1980年	2月	辭《民眾日報》副刊主編職務。
	3月	撰寫〈原鄉人——作家鍾理和的故事〉;7月,取其中部分內容發表於《中國時報》副刊。
	6月	「臺灣人三部曲」系列合刊本,由臺北遠景出版公司出版。
	8月	4日,偕同多位北部文友南下美濃笠山之鍾理和故居,並與鍾理和遺孀鍾台妹一起主持鍾理和紀念館破土典禮。
		28日,應邀參加第二屆鹽分地帶文藝營,演講「光復後的臺灣文學」。
1981年	1月	成立臺灣文藝出版社,擔任發行人。編著《中國古典名著精華》、《不滅的詩魂——對談評論集》,由臺北臺灣文藝出版社出版。
	5月	1日,應邀參加文藝訪問團,與尹雪曼、林秋山同行,赴韓國、日本訪問,歷時一個月。
		主編《臺灣文藝小說選》,由臺北臺灣文藝出版社出版。
	8月	2日,在高雄與葉石濤歡談。同月,參加益壯會聚會。
	10月	24日,應邀擔任「第四屆吳三連文藝獎」小說組評審,同時擔任評審的有葉石濤與鄭清文。

1982 年	8 月	19 日，參加第四屆鹽分地帶文藝營，演講「大河小說的欣賞與創作」。
		應邀至新竹清華大學演講。
	11 月	起筆撰寫「高山三部曲」，次月於《中華日報》副刊連載，至年底前共 4 次深入霧社各部落訪問及田野調查。
	12 月	應臺灣省教育廳之邀，撰寫《茶香滿地的龍潭》，收於「中華兒童叢書——兒童鄉土誌」系列。
	本年	決定交卸臺灣文藝雜誌社務與編務，至次年 1 月由陳永興正式接辦。
1983 年	4 月	長篇小說「高山三部曲」完成〈川中島〉、〈戰火〉二部，第三部因故未寫。此二部後改名「高山組曲」。
	6 月	母親吳絨妹逝世。
	8 月	7 日，主持鍾理和紀念館落成啓用典禮。
	秋	爲撰寫長篇小說〈夕暮大稻埕〉，多次赴臺北大稻埕採訪。
	冬	起筆撰寫〈夕暮大稻埕〉。次年 4 月完成，並在《臺灣時報》副刊連載。
1984 年	5 月	改寫日本電視劇《阿信》爲小說體裁，6 月底由臺北文經出版社出版。
	6 月	28 日，應邀赴美訪問，回程經加拿大、日本（楊青矗同行），於 9 月 20 日返臺，歷時 85 天，遊歷三國之大城及名勝古蹟多處，並做十餘場演講。
	10 月	陸續撰寫遊記〈永恆的露意湖〉等多篇。
1985 年	1 月	發表遊記〈北美大陸・文學之旅〉於《大同》半月刊，至 12 月刊畢。
	5 月	爲寫長篇小說〈卑南平原〉，赴臺東做田野調查。

	6 月	起筆撰寫長篇小說〈卑南平原〉。
	12 月	1 日,長子鍾延豪遭車禍亡故。
1986 年	1 月	發表〈日本文學名著精華〉於《大同》半月刊;長篇小說〈卑南平原〉於《世界日報》。
	4 月	1 日,發表中篇小說〈夢與真實〉於《聯合文學》第 2 卷第 6 期。
	10 月	25 日,長篇小說《望春風》由臺北前衛出版社出版。
	11 月	5 日,應邀至美國受頒「臺美基金會文藝類成就獎」。
1987 年	3 月	長篇小說《卑南平原》由臺北前衛出版社出版。
	6 月	25 日,翻譯吳濁流日文遺稿《臺灣連翹》,由臺北南方出版社出版。
1988 年	8 月	應邀參加客家風雲雜誌舉辦的「第一屆客家文化夏令營」,之後每年皆參加(第一屆擔任副執行長、第二～十屆擔任營主任、第十一～十二屆擔任榮譽營主任,同時也兼任講師)。
	12 月	28 日,應邀參加客家權益促進會在臺北主辦的「還我客語大遊行」活動。
1989 年	2 月	25 日,應邀參加臺灣筆會舉辦的「二二八文學會議」。
	4 月	長篇小說《魯冰花》改編成電影開拍,於本年上映。
	5 月	應邀上臺視節目「客家文化講座」,每週 1 次,每次半小時。
	8 月	6～15 日,與桃園縣龍潭鄉親數人參觀日本 20 多所文化社教設施,擬籌建「客家文化館」。

1990 年	6 月	鍾肇政與林保仁縣長、林光華議員赴美參加全美臺灣客家會舉辦的「客家文化座談會及全美幹部會議」。
	8 月	18 日，榮獲「第十二屆鹽分地帶文藝營文學貢獻獎」。
	12 月	應邀參加由高雄醫學大學主辦「鍾理和文學研討會」。 擔任臺灣筆會會長。 擔任臺灣客家公共事務協會理事長。 應邀參加聯合報「第十二屆短篇小說獎」決審議會。
	本年	應前衛出版社社長林文欽之邀，擔任《臺灣作家全集》50 冊之編輯小組召集人。
1991 年	1 月	1 日，發表長篇小說〈怒濤〉於《自立晚報》副刊。
	2 月	22 日，應邀至臺中中興大學演講「一代臺灣作家的成長──談我的創作歷程」。 25 日，應邀參加在桃園龍潭舉行「第二屆客家民俗文化大展」。
	5 月	15 日，應邀至臺中靜宜大學演講「從我的創作經驗談臺灣文學」。
	6 月	應邀代表文化界擔任「廢除憲法第 100 條行動聯盟」發起人。
	7 月	1 日，「臺灣作家全集」系列之《鍾肇政集》由臺北前衛出版社出版。 14 日，應邀參加「臺語文字統一標準化研究會議」。
	12 月	10 日，應邀至高雄中山大學演講。
1992 年	3 月	12 日，應邀參加由「臺灣客家公共事務協會」在新埔國校禮堂舉辦的演說會。出席者有林光華、羅美文、梁榮茂、杜潘芳格等人，主持人為楊國鑫。

	5 月	10 日，民進黨成立「新臺灣重建委員會」，鍾肇政受聘為委員之一。
	6 月	7 日，「臺灣客家公共事務協會」會長鍾肇政決定串連文化界、社運界人士組成「反腐化聯盟」，批判民進黨。
		30 日，應邀參加於桃園舉行的「客家民俗文物大展」，演講「客家文化的過去、現在與未來」。
	7 月	14 日，應「國家文化總會」之邀，與謝艾潔共同籌畫「鄧雨賢作品音樂會」，於國家音樂廳演出。
	9 月	15 日，應邀參加誠品書店舉辦之「楊逵、鍾理和回顧展」，演講「楊逵、鍾理和在臺灣文學」。
		17 日，應邀參加臺灣文化學院在臺中 YMCA 北屯會館召開的第一次創校籌備會。
	10 月	榮獲「第五屆客家臺灣文化獎」。
1993 年	1 月	29 日，應邀參加「花蓮客家冬令營」。
		赴美參加「第一屆臺灣客家會懇親大會」。
	2 月	應邀參加臺灣筆會主辦「第一屆臺灣文藝營」，擔任營主任。
		長篇小說《怒濤》、書簡集《臺灣文學兩地書》，由臺北前衛出版社出版。
	3 月	卸下臺灣筆會會長一職，由李敏勇接任。
	4 月	21 日，應邀赴臺北參加臺灣筆會舉辦之「臺灣人文講座」演講，講題為「歷史與文化的結合」。
	6 月	遊記《北美大陸文學之旅——永恆的露意湖》由桃園縣立文化中心出版。
	12 月	16 日，應邀參加聯合報主辦「四十年來中國文學會議」。

19 日，應邀參加桃園縣立文化中心舉辦之「鍾肇政鄉土文學討論會」，彭瑞金評《滄溟行》、李喬評《插天山之歌》、黃秋芳評《怒濤》。

本年　榮獲國家文藝獎特別貢獻獎。

1994 年

1 月　30 日，參加由臺灣客家協會在高雄美濃舉辦的「第三屆客家文化冬令營」。

3 月　10 日，應邀至新竹清華大學中文系演講「從《怒濤》到臺灣文學」。

12 日，參加在苗栗舉辦的全國文藝季活動「客家文化研討會」。

4 月　15 日，編選《客家臺灣文學選》（共二冊），由臺北新地出版社出版。

6 月　11 日，應邀至臺中上智社教研究院參加由臺灣筆會主辦之「臺灣文學會議」，演講「30 年來臺灣文藝」。

8 月　3 日，帶領「臺灣客家協會」到新竹縣拜訪縣長范振宗。談雙語教育、教材、以及吳濁流紀念館等事宜。

5 日，赴臺北主持「臺北客家界陳水扁後援會成立記者會」。

7 日，應邀至位於淡水淡江大學內的「臺灣日本語文學會」演講。

9 月　2 日，應邀至桃園中央大學之臺灣社會發展研習營演講「當前客家問題縱橫談」。

10 月　擔任寶島客家電臺榮譽臺長。

11 月　5 日，應邀於彰化賴和紀念館演講「臺灣文學發展史概論」。

由臺灣客家公共事務協會會長改任為榮譽理事長。

1995 年	2 月	11 日，參加於南投埔里舉辦之「客家冬令營」。
		赴日本下關，參加馬關條約一百周年紀念會。
	4 月	15 日，應邀參加桃園縣立文化中心於桃園高級農工職業學校舉行的「馬關條約一百年──一九九五年新桃園文化講座」，並演講「客家人與一八九五」。
	8 月	與妻子同赴美國，探望次女春芬及新生孫兒。
	11 月	4～5 日，應邀參加由淡水真理大學臺灣文學系主辦的「臺灣文學研討會」。
1996 年	5 月	接受旅德客家鄉親邀請遊德國半個月。
	10 月	應桃園武陵高中之邀請，為校內國文教師演講臺灣文學，總計有十講。
	11 月	10 日，於新竹新埔義民廟參加客家電臺募款餐會；24 日，於桃園龍潭為客家電臺募款。
1997 年	2 月	16 日，應邀至彰化高中演講「望春風」。
		擔任寶島客家電臺基金會榮譽董事長。
	3 月	25 日，應邀參加立法院「臺灣文學系公聽會」。
	4 月	臺灣師範大學聘鍾肇政為人文講座駐校作家，舉辦三次演講活動。4 月 30 日，演講「臺灣文學的語言問題」；5 月 7 日，演講「臺灣客家作家」；5 月 14 日，演講「客家的生存之道」。
	5 月	24 日，參加中正紀念堂展出的「看見原鄉人」攝影展。
	8 月	赴美國德州達拉斯參加「第三屆全美客家鄉親懇親大會」。
	10 月	31 日，應邀至桃園龍潭南天宮擔任客家戲劇競賽之裁判。

11 月	23 日，應邀參加於新竹縣文化中心舉行的「全球臺灣客家聯合會」慶祝大會。
1998 年	2 月	錢鴻鈞編選《臺灣文學兩鍾書》（鍾肇政、鍾理和之書信結集），由臺北草根出版公司出版。
	3 月	接任臺北市客家文化基金會董事長。
	4 月	《鍾肇政回憶錄（一）——徬徨與掙扎》由臺北前衛出版社出版。
	5 月	3 日，開始為自由時報專欄撰寫「臺灣的心」，每週一篇，為期一年。 《鍾肇政回憶錄（二）——文壇交友錄》由臺北前衛出版社出版。
	7 月	30 日，「臺北客家界支持陳水扁連任臺北市長後援會」在美麗華飯店成立，鍾肇政被推舉為會長。
	8 月	4 日，赴高雄美濃參加鍾理和雕像揭幕式。與會者有葉石濤、陳千武夫婦、李喬、彭瑞金、鄭烱明、曾貴海、賴洝、林政華等人。
	9 月	20 日，赴臺大校友會館參加平埔族學會成立大會，鍾肇政為籌委會名譽主席。 22 日，參加桃園縣「客家文化館」第一次籌建委員會，並擔任籌建委員會小組召集人。
	10 月	3 日，與臺北市長陳水扁共同主持「臺北客家文化會館」揭幕式。 14 日，桃園縣政府文化局之編輯小組於鍾宅召開第一次「鍾肇政全集」編輯會議。 29 日，應聯合報副刊主編陳義芝之邀請，於國家圖書館國際會議廳，為「展望 21 世紀兩岸中國文學研討會」做閉幕演講，演講全文並於 12 月 8～9 日刊於

《聯合報》副刊。

11月　7 日，應邀至淡水真理大學，參加「福爾摩莎的瑰寶
　　——葉石濤文學會議」，發表開幕演講，講題為「談
　　葉石濤的翻譯」。

14 日，應邀參加臺美基金會於臺北市福華飯店主辦
的「歷屆臺美獎得獎人座談會」。

12月　2 日，應桃園元智大學中國語文學系之邀，演講「臺
　　灣文學與我」。

7 日，應邀臺灣省文獻委員會召開的「臺灣客家族群
史」編撰會議，鍾肇政擔任編撰計畫總召集人。同
日，應邀參加桃園元智大學經營管理技術學系舉辦的
「文學講座」系列，演講「漫談文學」。

17 日，應邀至桃園元智大學人文藝術中心舉辦客家
演講「漫談客家風情」。

19 日，應邀至竹北參加新竹縣立文化中心舉辦之
「客家運動十年回顧」座談會。

20 日，應邀參加臺中靜宜大學主辦的「第一屆臺灣
文學學術研討會」，座談主題為「殖民地文學」。

27 日，《鍾肇政回憶錄》獲選為 1998 年臺灣本土十
大好書，於臺北市客家藝文活動中心參加臺灣筆會主
辦的「1998 年臺灣本土十大好書頒獎典禮」。

1999 年　　1月　9 日，參加桃園龍潭國小一百周年校慶。

14 日，遠景出版公司簽下《濁流三部曲》、《臺灣人
三部曲》、《魯冰花》三部作品。

2月　26 日，於臺北市客家藝文活動中心舉行寶島客家電
　　臺第一、二屆董監事交接典禮，鍾肇政就任第二屆董
　　事長。

出任財團法人寶島客家電臺董事長。

5月　29 日，應邀至高雄參加財團法人文學臺灣基金會主辦的「葉石濤國際學術研討會」，並發表開幕演說。

30 日，至臺北市客家藝文活動中心主持「吳濁流文學獎」頒獎典禮，在典禮中宣布將卸下廿年來之重擔，次年起「吳濁流文學獎」將改由林建隆負責。

7月　10 日，應邀至誠品書店敦南店參加林建隆新書《動物新世紀》發表會，並作了五分鐘的評論演講。

8月　7 日，與夫人、次子鍾延威夫婦、孫子一同至高雄美濃拜訪鍾鐵民。

8 日，榮獲財團法人文學臺灣基金會「第三屆臺灣文學獎——小說貢獻獎」。

10月　13 日，應桃園元智大學之邀擔任駐校作家，自 20 日起，每週三到校演講或舉行座談。

30 日，鍾肇政由次子鍾延威陪同前往臺北市內湖時報廣場發表演講，此為年度文藝獎得獎者系列活動之一。

11月　5 日，應邀參加在臺北市文獻會舉辦的「客家史研討會」。

6 日，榮獲淡水真理大學「第三屆臺灣文學家牛津獎」，並參加「福爾摩莎的文豪——鍾肇政文學會議」。

本年　春暉電影公司拍攝「作家身影系列二——咱的所在、咱的文學」紀錄片，包括鍾肇政在內共有 13 位作家。

2000 年　1月　19 日，寶島客家電臺於師大綜合大樓舉行客家歌謠音樂會，慶祝鍾肇政 76 歲大壽及鍾肇政夫婦金婚。

2 月　　18 日，應邀至臺北世貿中心參加春暉電影公司的書
展座談會，由錢鴻均引言。

5 月　　3 日，榮獲李登輝總統頒贈二等景星勳章。
應總統府之邀出任總統府資政 。

11 月　　4 日，應邀參加由淡水真理大學臺灣文學系主辦的
「福爾摩莎的心窗——王昶雄文學會議」。
《臺灣文學十講》由臺北前衛出版社出版。

2001 年　　1 月　　31 日，應邀至彰化鹿港天后宮舉行之「賴和高中生
臺灣文學營」，演講「一個臺灣作家的坎坷路」。

5 月　　4 日，榮獲中國文藝協會「年度榮譽文藝獎章」。
27 日，應邀至臺大醫學院參加「賴和獎頒獎式」，擔
任特殊貢獻獎得獎人李鎮源院士的頒獎人。頒獎完畢
後至臺北市客家藝文活動中心「吳濁流文學獎」評審
會場。

6 月　　16 日，與家人前往臺中市臺灣文化學院受頒榮譽博
士學位。

7 月　　14 日，應邀至新竹縣立文化中心參加「吳濁流文學
營」。

9 月　　為「國立臺灣文學館」題字。

2002 年　　7 月　　完成隨筆集《滄海隨筆》。

2003 年　　1 月　　1～4 日，發表〈阿！烏爾麗克〉、〈永遠的史坦因夫
人〉、〈克麗絲汀娜吾愛〉於《自由時報》副刊。
12 日，應邀至新竹縣文化局參加「第三十四屆吳濁
流文學獎」頒獎。

5 月　　應邀參加總統文化獎頒獎典禮記者會，榮獲象徵終生
成就的「總統文化百合獎」。

10 月　　《歌德激情書》由臺北前衛出版社出版。

	11 月	應邀參加由桃園縣文化局及新竹清華大學臺灣文學研究所共同主辦,於桃園龍潭渴望園區的「鍾肇政文學國際學術研討會」。
		應邀參加臺南國家文學館館慶,與好友葉石濤、李喬等人歡聚。
2004 年	2 月	29 日,應邀至臺北客家藝文中心參加「吳濁流文學獎」評審會議。
	3 月	24 日,應邀至臺北政治大學演講「臺灣社會的轉折與臺灣文學」。
	4 月	23 日,應邀參加行政院客家委員會策劃,於臺北光點舉辦的「臺灣客家文學數位化資料庫」啓用典禮。與會作家有杜潘芳格、利玉芳、曾貴海夫婦、鍾鐵民女兒、莫渝、林柏燕等人。
	5 月	續任總統府資政。
	6 月	應邀赴桃園縣文化局演講,講題爲「鄧雨賢」。
	10 月	17 日,應邀參加由臺南國家臺灣文學館舉辦「鍾肇政與葉石濤——國家臺灣文學館周年慶暨北鍾南葉八十大壽誌慶主題書展」。
2005 年	5 月	16 日,應邀至臺北政治大學演講「從《怒濤》談臺灣文學的特色」。
	9 月	《鍾肇政全集》編輯完成。
	10 月	苗栗聯合大學藝術中心舉行爲期兩週的鍾肇政書法展。
2006 年	3 月	15 日,應邀至臺中靜宜大學參加「北鍾南葉,迎春開講——相惜一甲子,鍾肇政、葉石濤憶談文學生涯」,主持人爲楊翠,引言人爲魏貽君,對談內容刊載於 4 月 6〜7 日的《聯合報》副刊。

2007 年	5 月	獲頒行政院客家委員會「客家貢獻終身成就獎」。
	8 月	財團法人蒲公英文教基金會主辦「鍾肇政戰後臺灣文學口述歷史」巡迴演講，共計 12 場，地點爲各大學之臺灣文學系或相關系所。
2008 年	6 月	桃園縣客家文化館之「鍾肇政文學館」啓用。
	8 月	應邀出席「桃園縣客家文化館暨 2008 桃園客家文化節」開幕儀式。
	9 月	21 日，唐山出版社於臺北客家文化會館舉辦「鍾肇政戰後臺灣文學口述歷史──戰後臺灣文學發展史十二講」新書發表會，主持人爲楊翠、莊華堂，與會者有彭瑞金、許俊雅、陳萬益、鄭清文等人。
	10 月	17 日，國立臺灣文學館推出主題特展「大河浩蕩：鍾肇政文學展」，爲期半年，至次年 4 月 1 日止。
2009 年	1 月	16 日，於桃園縣客家文化館之「鍾肇政文學館」歡度 85 歲生日。
	4 月	25 日，應邀參加桃園縣客家文化館舉辦「鍾肇政文學與桃園的對話」講座，對講者爲鍾肇政與莊華堂。
2010 年	1 月	17 日，桃園縣客家文化館舉辦「鍾肇政塑像揭幕儀式暨影像資料館──大河流暢鍾肇政主題展」。
	3 月	28 日，桃園縣文化局主辦「鍾肇政青春顯影系列活動」。

參考資料：

- 莊紫蓉、錢鴻鈞編，《鍾肇政全集》，桃園：桃園縣政府文化局，2004 年 11 月。
- 鍾肇政編，「臺灣作家全集」系列《鍾肇政集》，臺北：前衛出版社，1991 年 7 月。
- 莊華堂編，《鍾肇政戰後臺灣文學口述歷史──戰後臺灣文學發展史十二講》，臺北：唐山出版社，2008 年 9 月。

輯三◎
研究綜述

鍾肇政研究綜述

◎彭瑞金

一、鍾肇政文學概述

　　鍾肇政是臺灣文壇的長青樹，不但著作等身，研究他以及和他相關的文獻資料，尤其可觀。2004 年 11 月完成出版的《鍾肇政全集》有 38 鉅冊，除了最後一冊是資料卷之外，每冊皆厚達七百多頁，甚至有多達八百頁者，內容則包括了小說創作、隨筆、序文、評論、自述傳（回憶錄）、書信、文學講義、演講稿等，無疑是戰後臺灣文學界創作量最豐富的作家。其實，全集還不是鍾肇政文學的全部，尚有不少逸稿、書信、不願意發表的傳記，以及數十部的文學和非文學的譯作。從這樣龐大的文學資料庫衍生的文學相關研究、討論的數量，不難想像是十分驚人的，要從這堪稱天量的「鍾肇政研究資料」中，挑選出十篇左右的代表性論述，無論如何是難以周圓的。

　　畢竟像座文學寶庫般的鍾肇政文學，有哪些寶藏，且容本文做一簡單的描述，以補選文之掛一漏萬。鍾肇政文學中最具個人特色的作品非他的歷史小說莫屬，之中又以臺灣被日本統治 50 年歷史為背景的《臺灣人三部曲》最具代表性。這部作品在形式上開啓了臺灣大河小說寫作的先河，在內容上寫出臺灣人走出命運困境的精神史，是屬於民族的史詩。相關的歷史小說，還有寫 1930 年、霧社賽德克人抗暴（日）的《馬黑坡風雲》，以及其後續發展的《川中島》、《戰火》等臺灣原住民精神史的作品，其他還有《丹心耿耿屬斯人：姜紹祖傳》、《卑南平原》，以及解嚴後所寫、最醒人

耳目的《怒濤》。這類作品最能看見鍾肇政作爲臺灣作家的深層靈魂。

　　《濁流三部曲》、《青春行》、《八角塔下》、《夕暮大稻埕》等，乃至《歌德激情書》等，被歸類爲自傳性小說的作品，也被視爲臺灣小說中的成長小說，和一般成長小說不同的是，這些描寫的是深受殖民地創傷的少年心靈的成長小說。鍾肇政小說創作凡 24 部長篇，9 部短篇，大約有五十篇左右，除了上述二大系列之外，《魯冰花》、《大壩》、《大圳》、《綠色大地》及若干短篇，是作者和時代、現實的對話系列。這個系列，讓人看到的是戒嚴統治下，深受桎梏的作家心靈。

　　小說創作之外的鍾肇政文學，可以一言以蔽之爲鍾肇政爲戰後的臺灣文學運動、社會運動的副產品，除了具有一定分量的自述傳、回憶錄之外，鍾肇政爲臺灣文學界前輩、同輩、晚輩寫的信、序文、評介，如果包括遺逸、未收、未刊者，超過 1000 萬字，因爲被整理出來的書信就超過 600 萬字。這些「作品」可以說鍾肇政爲臺灣文學的奉獻精神立下了一道他人無法超越的紀錄「障礙」。這些書信鼓舞、催生、扶持、造就了無數的作家、成就了無數的作品，絕不是一般的書信價值可供比擬，讓人清晰看到鍾肇政像太陽一樣火熱的臺灣文學心。其實，從小說以外的述作，包括隨筆、書評書介、文評文介、講稿、文學講義，可以說是鍾肇政是以不設限的全方位在推動文學。這些小說以外的「雜文」不經意地記錄了鍾肇政的臺灣文學奮鬥史和戰鬥史，1950 年代和鍾理和、廖清秀、李榮春等人的「文友通訊」，1960 年代和葉石濤的純情書簡，和吳濁流的隔代通訊。1970 年代爲《臺灣文藝》、《民眾日報》副刊的生存和存在奮鬥的心曲，1965 年爲出版「本省籍作家作品選集」、「臺灣省青年叢書」的勞心勞力，1980 年代爲催生「臺灣作家全集」，推動「鍾理和紀念館」、「鄧雨賢音樂紀念館」、客家公共事務協會、客家電臺，都是他的雜文裡面偶然而零碎記錄下的文學功績與辛酸。

　　有人以沿門托缽形容吳濁流臺灣文學運動角色，鍾肇政比較像臺灣文學的農夫或勞工，不是一株一株地種、一方一方地墾，就是一石一石地

挑、一磚一磚地砌，他似乎沒有時間自己去記錄自己勞動的「工跡」，但這些「雜文」卻是真實的見證。他的自述、回憶錄，很少提到他對文友或文學做了什麼，只寫自己的文學成長路，可是從他自己並不平坦、不平易的文學成長過程裡，卻看出他從不對臺灣文學悲觀、退卻的堅定與堅毅，即使在最低潮、挫折的時候，不但不放棄，還不斷地對同伴、後輩伸出援手，釋放溫暖的鼓勵和希望的訊息。鍾肇政的「雜文」，或許是臺灣文學的「稗史」，可是依然是提供了比「正史」更多的臺灣文學研究訊息。

二、鍾肇政文學研究概述

　　綜合鍾肇政文學研究文獻，大約可分為五類；專書方面，一是鍾肇政自己撰寫的回憶錄及書信集，如《鍾肇政回憶錄》二冊，《臺灣文學兩鍾書》（與鍾理和書信）、《臺灣文學兩地書》（與東方白書信）、《肝膽相照》（與張良澤書信）及收入全集之未出版書信、講稿、序、記。二是研究鍾肇政文學的專著，有黃秋芳為國藝會與國家文學獎而寫的傳記《鍾肇政的臺灣文學塑像》、錢鴻鈞《臺灣文學的萬里長城：鍾肇政六百萬字書簡研究》、彭瑞金《鍾肇政文學評傳》。三是研究生的論文，論文又有兩種，一種是以鍾肇政及其作品為主體的研究，如黃靖雅的《鍾肇政小說研究》、林明孝的《鍾肇政長篇自傳性小說研究》以及郭秀理《論鍾肇政的《魯冰花》》、林美華《鍾肇政大河小說中的殖民地經驗》、郭慧華《鍾肇政小說中的原住民圖像書寫》、曾盛甲《鍾肇政小說鄉土情懷之研究——以《大壩》與《大圳》為例》、洪正吉《鍾肇政長篇小說中的女性人物研究》等；另一種是鍾肇政作品為比較研究文本的研究，舉凡大河小說、族群認同、殖民地經驗、文學薪傳、客家文學、客家作家長篇小說人物、臺灣成長小說、客家女性等議題之論文，引用鍾肇政小說為分析文本者。四是會議論文集，計有真理大學為鍾肇政獲牛津文學獎舉辦的《福爾摩莎的文豪——鍾肇政文學會議論文集》及桃園縣文化局和清華大學為慶祝鍾肇政八十大壽而舉辦的《大河之歌：鍾肇政文學國際學術會議論文集》。五是鍾肇政自己

的臺灣文學論述，有《臺灣文學十講》及《鍾肇政口述歷史——戰後臺灣文學發展史十二講》。

　　至於散篇的鍾肇政文學研究文獻，可分為四類：一是鍾肇政的自傳、自述。鍾肇政迄今為止，並沒有正式的「回憶錄」或自傳出版，已出版的《鍾肇政回憶錄》，實際上是散篇編輯而成，但迄今為止，他也沒有停止寫「回憶錄」，2010 年仍在《文學臺灣》持續刊出的〈滄海隨筆〉，也是回憶錄。文學初發時期的鍾肇政，不僅在文字風格上顯現適合往長篇發展的特性，更是有意地把臺灣小說推向長篇創作的新境地，卻似乎從來沒有想過系統式地寫自己的自傳。有關鍾肇政自述、自傳的文獻資料多達一百多筆，品類卻十分駁雜，有作品出版時的自序、後記，有創作、交遊、旅行、生平經歷的回憶，有為文友作序、為編選文集作序，有文壇、文學發展史的回顧。這些不是有意「創作」出來的「作品」，呈現出來的，往往是刻意「創作」不能達到的「真實」，自然成為研究鍾肇政文學不可或缺的重要資訊。

　　二是由他人撰寫的鍾肇政印象記或作家論，這方面的文獻資料尤為可觀，達到二百六十多筆。或許是鍾肇政文學與人是臺灣文學礦藏的印象有觀，近觀遠眺，親炙旁觀都有說不盡的風情。數百筆的文獻中，有的寫和鍾肇政的友誼、交情，大都是文學因緣，也有是他的家人、親友的記述，尤其是後者，透露的是文學人真實生活的一面，文學作品的美，往往是建築在與現實苦戰苦鬥之上的，美好的文學理想，總是汗水、淚水的結晶，特別是鍾肇政一輩的作家，經歷的時代苦難尤其多，文學路走得十分崎嶇，「文友通訊」一代的文友是感同身受，年輕一代的，也都看在眼裡，環繞鍾肇政身邊的各個年代層的文友，都看到他領先群倫，雙手牽著文友帶頭前往奔去的形象，不論是談他的「寫作生活」、「奮鬥精神」、「淚的抗議」，還是論他的「開創」、「堅持」、「風骨」、「仰望」，都共同傳達了今日鍾肇政文學的巨大，是由一石一瓦、一步一腳印，辛勤耕耘積累起來的。縱使這些只是純情的記述，也有文學史上的嚴肅價值。雖然這裡把「作家

論」另立一類，但是文壇人士及文友們的記述裡，自然也具備了某種程度的作家論內涵。畢竟這些記述談的是作家，即使只談人也不能不談他的作品，尤其是具有學術背景的撰述者，所寫的鍾肇政作家或是作品描述，幾乎都不知不覺地走向「作家論」。

　　三是訪談和對談。鍾肇政一輩的臺灣文學家，都有過一段孤寂的文學發展過程，不但是臺灣文學少為人知少為人談，即使作者寫下了嘔心瀝血之作，也往往掀不起文壇的一絲漣漪，從前述的文壇文友對鍾肇政其人其文的論述、描寫文獻看得出來，近三百筆的資料中，不到十分之一出現在 1970 年代以前，訪談、對談文獻也出現完全相同的「時間」佐證，無言的文獻資料卻強烈地留下了歷史刻痕。從 1951 年開始寫作的鍾肇政，大約經歷了 25 年之後，才逐漸成為戰後臺灣文學的代言人，這個時間點也非常吻合以鄉土文學為名的臺灣文學本土化的覺醒點。邁入 1970 年以後，立足本土書寫的「鄉土文學」逐漸成為戰後臺灣文學全面反思的起始點，鍾肇政四分之一世紀的努力，讓他成為這股文學反思的「範式」，而且是成功的範式，一方面是想藉由鍾肇政的作品和創作經驗取經，一方面想探詢鍾肇政走過的路、被「複製」的可能性，觸探鍾肇政文學的人增多了，訪談也增多了。這樣的「時間點」的提示，可以提供研究鍾肇政，以及臺灣文學史的新「窗口」。其實，在所謂「鄉土文學論戰」發生的 1977 年夏天以前，鍾肇政不僅完成了他個人著作的《臺灣人三部曲》、《濁流三部曲》、《馬黑坡風雲》、《魯冰花》等幾個重要的創作系列作品，老早為自己的作品定了型，也開創、確立了自己的作品風格，而且在擎起臺灣文學的大旗上卓具貢獻。可是仍然有許多撰述和訪談是在鄉土文學風潮湧現後，才發現鍾肇政。從「訪談及對談」文獻，大略可以看出大家最想知道的是，鍾肇政作為一個臺灣作家的立足點在哪裡？所追求的又是什麼？著重於鍾肇政日治經驗，或者說作品中的日治時代的訪談主題，基本上和他的小說與自傳或傳記關係的訪談是相同的，旨在探索他的文學創作動機，是否源自一種民族主義的思維，餘外，比較多的訪談是著眼於回顧鍾肇政做為一個

臺灣作家的來時路。訪談也隨著鍾肇政個人的文學進程，有些因投入文學、文化、社會、客家運動所引發的話題，也成爲他被訪談的重要因素，這些訪談議題非盡屬文學，但也絕大部分以他的傑出文學人身分爲話題的開端。也許可以從這樣的訪談錄「時間」分布圖看出，鍾肇政做爲他的那個世代的文學人的身不由己以及不得不己的捨我其誰。在近百篇的訪談錄中，也有不少是針對作品的嚴肅文學評論的討論（對談）紀錄，其作爲鍾肇政文學研究的資料價值，並不亞於任何鍾肇政文學的評論專著。

四是鍾肇政作品評論，大致又可分爲兩大類；第一類是作家論，又稱綜論，第二類是作品論，又稱分論。分論又分爲作品集論及單篇作品論。作品集又可分爲系列作品論，如有關《臺灣人三部曲》、「高山組曲」、《濁流三部曲》的評論，及單行本選集，如散文集、短篇小說集的討論、評論。另外比較特別的是，鍾肇政的文學論述，如《臺灣文學十講》也引發他人的評介和討論。有關鍾肇政作品的評論量非常驚人，超過 500 筆。

有關鍾肇政文學評論的文獻資料，還有「年表」等其他無法歸入前述類別的資料，將近一百筆。「年表」雖然大同小異，有的是「專輯」、「全集」、著作附錄，尤其是他人寫的傳記、評傳、編著，都附錄有「年表」，彼此都有訂正、補充的，及新聞報導、獎詞、誌書辭典之詞條居多，雖不是重要的文獻，也有一定的參考價值。

三、關於「鍾肇政研究資料彙編」

由於受到篇幅的限制，本資料彙編是由一千多筆（專書、專著、文集都是一筆）的文獻資料中挑選出來的 15 件樣本，所代表的鍾肇政文學面向非常有限，即使是從前述的資料分類面向、各類各取一代表篇章，也無法恰適其分地面面俱到，何況就鍾肇政文學的評述言，雨露均霑的安排並不是最能呈現鍾肇政文學評論最理想的方式，本彙編採擇其要者的方式編選，所選 15 篇是：

1、鍾肇政〈蹣跚履痕說從頭——卅五年筆墨生涯哀歡錄〉（文學自

述，1987 年）。

2、何欣〈論鍾肇政〉（綜論，作家論，1983 年）。

3、張九妹口述；鍾喬筆錄〈他為什麼躲在書房〉（家人評述，1988年）。

4、鍾鐵民〈臺灣文學的領袖——鍾肇政〉（綜論，作家論，文友評述，1991 年）。

5、塚本照和〈關於鍾肇政老師〉（綜論，作家論，國際文友的回憶，2003 年）。

6、張良澤〈一九七〇年代的鍾老大——煎熬與希望的中年時代〉（綜論，文友的評述，2003 年）。

7、洪醒夫〈從日據時代活過來的——鍾肇政訪問記〉（訪談錄，1975年）。

8、鄭清文〈探索臺灣人的原型，生活誠實的再現〉（綜論，作家論，1991 年）。

9、李喬、鍾肇政〈臺灣鄉土文學討論會——《臺灣人三部曲》之三《插天山之歌》〉（特定作品對談，2004 年）。

10、彭瑞金〈傳燈者——鍾肇政〉（綜論，作品論，1986 年）。

11、葉石濤〈鍾肇政論——流雲，流雲，你流向何處？〉（特定作品論，1966 年）。

12、壹闡提〈小論《插天山之歌》〉（作品論，1975 年）。

13、彭瑞金、鍾肇政〈臺灣鄉土小說討論會——《臺灣人三部曲》之二《滄溟行》〉（特定作品對談，2004 年）。

14、陳建忠〈後戒嚴時期的後殖民書寫——論鍾肇政《怒濤》中的「二二八」歷史建構〉（作品論，2003 年）。

15、黃秋芳、鍾肇政〈臺灣鄉土小說討論會——《怒濤》〉（特定作品對談，2004 年）。

在眾多自述，自傳研究文獻中，所以選擇〈蹣跚履痕說從頭——卅五

年筆墨生涯哀歡錄〉，主要是它是 1987 年的作品，這個時候，他在文壇打滾、奮戰了 35 年，所有的重要小說創作幾乎全數到位，推展的文學運動，不論是文學園地的開墾和灌溉、經營（《臺灣文藝》、《民眾日報》副刊），文學領域的拓展（爭取出版各種臺灣作家全集、選集、作品集），文友文學後進的提攜扶持，乃至能為臺灣文學所做的一切，都盡全力做過。放下《臺灣文藝》卻雄心勃勃在思考為臺灣文學開天闢地之際，寫出他在文壇前 35 年的感思，當然是全面又整體的「回憶」。

　　這篇長文從他投入文學創作最早的因緣寫起，歷經對文學、對創作完全茫然的摸索到終於走出自己的路來，之間，如何辛苦的閱讀學習、克服語言轉換的波折，或許和他同時代、同背景的作家大同小異，但也是「十載岑寂」，寫了十年才覺得進入創作的軌道。接著記「文友通訊」，這一段起，幾乎不再回憶自己的私事，所記都是臺灣文學的事。從《魯冰花》獲得連載刊出、《濁流三部曲》的陸續完成，到立志完成《臺灣人三部曲》，尤其是後者，「歷時十載」，其實不是在宣告鍾肇政個人的創作經歷，而是用自己的生命歲月去宣示臺灣作家或臺灣文學的成長史。易言之，臺灣文學地圖沒有「鍾肇政文學」。不是少了一塊拼貼，而是少了軸線。鍾肇政當然不會在自傳裡，妄自尊大宣稱自己的文學是臺灣文學的主軸，但順著這篇回憶的思路走，的確讓人看到一位 1950 年代崛起的臺灣作家身影，一開始不僅踽踽獨行而且步履維艱，但最後不但昂首走向康莊大道，而且後面還有眾多的追隨者。

　　何欣的〈論鍾肇政〉發表於 1983 年，雖然這時的鍾肇政已完成他大部分的重要創作，但何欣是學者，不是臺灣文學中人，缺乏一體感，所提供的是客觀的觀察，有許多篇幅被花在介紹鍾肇政的生平及作品內容，至於鍾肇政文學歷史的、或時代的意義，也被很快地鎖定在反映個人經歷時代的心聲，似乎沒有突破葉石濤等前人的發現，尤其是一再詮釋鍾肇政小說中人物的反日、抗日思想都是基於中國民族主義的思惟，未免是論說者的一廂情願。不過，這是早期罕見的，學術界對鍾肇政作品的全面綜論。

　　張九妹的〈他為什麼躲在書房〉，是一篇由小說家最親近的配偶的角度提供的觀察。張九妹是鍾肇政的夫人，在成婚以前是幾乎完全與文學絕緣的山村少女，經媒人介紹而成婚，婚前只知道自己的結婚對象是「小學教師」，長女出生和他的第一篇作品發表同時，透露鍾肇政的文學行程和他的婚姻生活緊密相連，是互補的。張九妹的口述，除了透露她在幕後對丈夫寫作的全力支持並深以丈夫是作家為榮外，還透漏了她提供鄰里街坊的故事，做為鍾肇政短篇創作的題材。鍾肇政的小說，尤其是短篇小說，故事性都很強，或許也是來自婚姻生活的影響。

　　鍾鐵民以鍾肇政為「父執」，可以說是深受鍾肇政提攜栽培的後輩，他的〈臺灣文學的領袖——鍾肇政〉一文，既綜論鍾肇政的人與文，又歷數了鍾肇政縱橫文壇數十年的大小事，在文字風格上，有感性的回憶，也有理性的評論，可以說是只有鍾鐵民這樣和鍾肇政有二世奇緣的人，才能寫也才能寫得出來的「綜述」。鍾鐵民的綜述，追溯到「文友通訊」時代，鍾肇政對同輩作家乃至對前輩的照拂，並且從這些戰後臺灣文學拓荒者、相互取暖的聚合中，如何鍛鍊自己的文學思維、凝聚共同的文學理想、目標「述」起，進而點出鍾肇政在這最初期的臺灣作家集合中的貢獻和價值，側寫「領袖」二字，在鍾肇政是動詞而不是名詞，也是他一生行走臺灣文學的行動符碼。文章後段則歷數鍾肇政在臺灣文學運動史的實績，不論是鼓舞、提攜，鍾鐵民都是感受最深的，文末說：「我個人深深覺得，他真是為臺灣文學而生的。……他是臺灣的文學魂。」這高感度的語言，雖然是出自和鍾肇政有奇緣的鍾鐵民之口，但也普遍適用臺灣文壇所有的人。

　　塚本照和的〈關於鍾肇政老師〉是來自域外的聲音，塚本是日本天理大學的教授，1970 年代來臺擔任交換教授，原本的研究和臺灣文學毫不相關，對臺灣文學也一無所知，因為認識鍾肇政才涉入臺灣文學的研究領域，恐怕這也是他以「老師」稱呼鍾肇政的原因。塚本教授於 1975 年來臺交換教授期滿回去之後，此後不但只要有機會來臺便賣力鑽研臺灣文學、拓展他的臺灣文學領域知識，回到日本之後，更創立咿啞學會，把臺灣帶

回去的種子在日本學界散播，日後日本學界有下村作次郎、中島利郎、澤井律之、垂水千惠等臺灣文學研究者，無疑或多或少都得自塚本照和的啓迪。塚本照和這篇作品，不是論鍾肇政的文學，而是透過兩人交誼的回顧，見證鍾肇政爲拓展臺灣文學生存空間所做的努力。塚本照和回憶沒有特別宣揚他在日本如何爲臺灣文學播種，只是交待鍾肇政委託他帶出《臺灣連翹》原稿、由日本寄往美國出版的危險和恐懼。在戒嚴時期，言論思想的箝制不限本國人，連外國的學者也得戰戰兢兢。塚本教授說出來的「故事」，是鍾肇政爲臺灣文學苦鬥的眾多故事之一，故事告訴人，臺灣文學的每一步都不容易。

　　張良澤的〈一九七〇年代的鍾老大——煎熬與希望的中年時代〉。這是一篇充滿感動和感激之情而寫的文章，卻用最不感性的文字寫出來。撰文時自稱已和鍾肇政相交超過 40 年，顯然是受限於「命題作文」，只寫鍾肇政的 1970 年代，而且只用具體事例和統計數字來描述 1970 年代的鍾肇政。1970 年代的鍾肇政最大的變化是扛起吳濁流留下來的《臺灣文藝》重擔，他在創作力已達豐沛顚峰的年代，提前結束小學教師的職業生涯，做了短暫的副刊編輯人，不但是他對自己現實生活的冒險，更是將自己的創作生命當賭注，賭給臺灣文學的未來。熟知鍾肇政文學生平的張良澤，用具體的數字計算出，鍾肇政爲臺灣文學的未來所犧牲的創作數量，卻誰也無法計算出鍾肇政在 1970 年代縱身一躍爲文學所犧牲的人生成本。

　　洪醒夫〈從日據時代活過來的——鍾肇政訪問記〉是一篇最早、最完整的鍾肇政訪問記。洪醒夫也是深受鍾肇政提攜的作家，訪問的內容是訪問者早已熟悉的事務，顯然只是藉訪問之名，把自己熟知的鍾肇政介紹給讀者而已。這篇訪問記，從鍾肇政的外貌特徵寫起，進而記他走過的時代、他走過的人生路，怎樣的出生，怎樣的成長，如何學習，如何寫作，乃至他已經寫了什麼，正在寫什麼。時光倒流回三十多年前的訪問情境，這篇訪問卻是非常寶貴的鍾肇政文學研究的入門學。35 年後的今天回首看它，意義在於它見證鍾肇政文學怎樣越過滄桑。

　　鄭清文的〈探索臺灣人的原型，生活誠實的再現〉，是一篇預設幾個清晰議題的訪問記，議題具有澄清、質疑、探查等不同面向。鄭清文是略少幾歲的文學伙伴，但因為鍾肇政受的是完全的日本教育，所以二人的文學起步卻十分接近，這篇設有清晰目標的訪問，可以說完全拋開老朋友的客套，直指問題的本心。訪問的第一個議題是，嘔清苦思苦寫一輩子的鍾肇政，何以能夠騰出那麼多時間、精力，長期照顧那麼多的文友？第二個問題是，鍾肇政文學的師承是什麼？是不是像某一些人云亦云的說法，是受到中國文學或五四的影響？第三是澄清鍾肇政文學是為某種使命感而寫的文學，還是寫作本身早已就是一種使命感？第四個問題是澄清小說創作的「思想性」和「思想體系」問題，也就是小說創作到底是在為小說家的「思想」服務，還是把小說的「思想性」交給批評家和讀者即可？第五是探詢鍾肇政文學何以早早情鍾原住民題材？第六是《怒濤》的語言表現方式，可有特殊的用意？第七是，何以〈中元的構圖〉等具前衛性技巧的作品，不見於長篇創作？鄭清文自己的創作一向言簡意賅，即使作訪問亦然，往往三言兩語便攻進問題的核心。

　　1998 年，桃園縣文化局舉辦了三場和鍾肇政作品有關的「臺灣鄉土小說討論會」，分別由鍾肇政與李喬對談《插天山之歌》，與彭瑞金對談《滄溟行》，與黃秋芳對談《怒濤》。三篇對談都與選入的原因是對談的內容都是作品的實質討論，是另一種形式的作品論，對談者與原作者，從作品的背景、主題、寫作的技巧、人物的塑造、讀者的反映，乃至語言的運用，進行全面性的對話。作者也在這樣的對話中，被引發吐露創作過程的祕辛。最重要的是，可能改變評論者或讀者對作品的重新詮釋。《插天山之歌》和《滄溟行》都是鍾肇政代表作《臺灣人三部曲》中的一部，《怒濤》是鍾肇政在解嚴後所作被討論最多的作品，對談有深入解讀的意義。

　　彭瑞金的〈傳燈者──鍾肇政〉是一篇作品綜論，這篇綜述從鍾肇政所隸屬戰後第一代的時空背景引出鍾肇政的文學地位，再分類析論鍾肇政各個階段的創作，再整理出鍾肇政文學的總體雛型來，實為日後作者的

《鍾肇政文學評傳》的寫作基礎。這篇論述特別強調的是鍾肇政文學的臺灣性格，所謂「個性消失，浮現時代」，等於間接回應了文學界對鍾肇政文學「思想性薄弱」的批評。鍾肇政文學不是沒有「思想性」，而是在追求作品臺灣性的大目標時，隱退了自己個人的「思想」。這樣的思惟，也延伸到他所以立志寫大河小說的自我期許。

　　葉石濤的〈鍾肇政論——流雲，流雲，你流向何處？〉和壹闡提〈小論《插天山之歌》〉，都是單行本作品的專論。葉石濤和壹闡提（李喬筆名）都是鍾肇政親近文友，兩篇專論都對鍾肇政文學有重要的詮釋。《流雲》是鍾肇政《濁流三部曲》的第三部，這部被普遍認為具有自傳性小說色彩的三部曲，第三部寫戰後的疑懼和徬徨，特別是帶著戰爭後遺症——失聰的主角陸志龍，日治時代所學幾乎無所用，知識分子在戰後成了廢人，現實世界的生存能力遠不如勞農大眾，投機、轉向發戰後混亂財，既非所能也非所願，學習新學又礙於耳朵不靈光，如何能不徬徨？《流雲》出版於 1965 年，鍾葉二人初識於 1966 年，交淺言深，是因為在文學的道路上二人一見如故，葉文質疑《流雲》主題不夠強烈、明確，思想性不夠，是愛之深、責之切，也可以說某種程度的誤讀。第一，鍾肇政文學此時此境還沒有建構完成，言「思想」云云過早。第二，鍾肇政文學不是意念先行的文學，所謂思想性，得從他的文學總方向、總目標去看。這篇「惡評」並沒有讓二人交惡，反而成為相知相惜的終身文學戰友。《插天山之歌》出現時，有人批評在結構上和《臺灣人三部曲》的嚴肅主題以及鋼骨般的架構不搭調，李喬以同為小說家的慧眼指出，《插天山之歌》不僅是三部中的佳構，亦是鍾肇政文學的傑作，強調主角「陸志驤」的逃亡，串接出外力逼使臺灣的人與人、人與土地堅決又堅強為反抗意志長城的「故事」。可以說為鍾肇政的文學畫龍點睛。隨著日後鍾肇政逐一布白的《插天山之歌》寫作祕辛，更證實它是作家在壓力逼出的傑作。

　　2003 年 12 月，鍾肇政獲得國家文化榮譽的總統百合獎，桃園縣文化局委託清華大學主辦「鍾肇政文學國際學術會議」計有 12 篇各年齡層的學

者發表論文，另有七位國內外的學者、友人撰文表述他們所認識的鍾肇政文學。陳建忠是 12 位發表論文的學者中的新生代學者，〈後戒嚴時期的後殖民書寫——論鍾肇政《怒濤》中的「二二八」歷史建構〉，不僅代表新一代對鍾肇政文學探索的新的視角，也提示鍾肇政文學研究日新月異，將不斷出現新的方向、新的方法。

四、結語

在超過千筆的鍾肇政文學研究文獻資料中，本書所選出的 15 篇研究資料，不能說是研究範例，也不是依類型比例原則的選樣，只能說是反映這個文學研究區塊的景象。也就是說在繁複豐富的鍾肇政文學研究資料堆中，其實大部分的資料都屬於鍾肇政文學的外延研究，探索鍾肇政生平、經歷，尤其是他所經歷的時代的文，遠遠超過對他的作品探求的文，探索他的小說主題人物的延伸意義的文，也遠比只把鍾肇政小說從文學的角度去探求的多。也許這種情形不是鍾肇政文學的特異現象，而是臺灣文學研究現階段的共同現象。「鍾肇政文學評論選」只是鍾肇政文學研究的「回顧」，從回顧中發覺缺失、盲點，作為續航研究前進的動力，應該是本文選編選的終極目的。鍾肇政文學是臺灣文學的寶藏，鍾肇政文學研究資料則是因鍾肇政文學開採出來的倉儲，同樣豐富了臺灣文學，礦藏要開採，倉儲要整理、輸運，文學才有活水。

輯四◎
重要評論文章選刊

蹣跚履痕說從頭
卅五年筆墨生涯哀歡錄

◎鍾肇政

小引

不久之前剛屆「還曆」,且又逢新春之際。曾經對「半百老翁」的說法嗤之以鼻。十年來,對「老」一直都是冷漠的,以為那還是遙遠的事。這一刻,卻奇異地對「花甲老翁」的說法,覺得排拒無力。

不知有幾十個年頭了,以為「一年之計在於晨」的思念,只是少年的激情;在我來說,縱然有過,也已是遙遠遙遠的往事。而這一刻,卻也不無對過往歲月與未來種種,禁不住地沉思起來。

在意氣風發的日子裡,人是不會老的。在一顆堅強的信心,歲月只是追逐的對象,因為它是一切可能的源泉。

那麼是挫折壓彎了脊骨嗎?難道肩上積了 60 年歲月的重量,方始察覺到它的無可抗拒嗎?不管我向自己回答說是或不是,似乎都是虛妄的。

這對一個畢生信仰繆司女神的人來說,好像有一點不可思議——我不該這麼大言不慚,誇言自己信心堅篤。許多年來,也不知有過多少次心灰意冷的心理曲折。然而,時過境遷,好像一絲絲漣漪都消失無踪。

唯獨這一次,我覺得必須在「老」的坑洞底下盤腿而坐,面對四方八面的地層,來作一番「四顧茫然」的省察。我深知,縱有陽光射進來,也是疾如閃電,瞬即消失。既知無法脫困,那就只有翹首仰望那一閃即逝的靈臺之光了。

從三字經百家姓，到初讀白話文
試寫我的另一半，偶步寫作之途

　　凡夫俗子，恐怕都不免在偶然裡過一生。我的生命之航，正也可以說是在偶然裡駛向文學的荊棘道途上的。

　　1951 年剛開春，我接到了一份長期訂閱的 L 雜誌，裡頭有一則公開徵文啓事，題目爲「我的另一半」。這時我結婚已一年，妻正在挺著便便大腹。由於家裡上有雙親，下有我的妹妹，妻以一陌生人置身這個家庭裡，不可避免地發生了若干人與人相處時的喜怒哀樂，因此看到這個題目後，禁不住躍躍欲試起來。

　　由於一直蟄居鄉間，與外界接觸有限，我僅有的常識是：1.報紙有所謂的「副刊」，這是日據時期所沒有的，而這種副刊，以及一些雜誌之類，都是可以自由「投稿」。2.稿子須用「有格稿紙」來寫，才可以投稿。面對這一則徵文啓事，當我躍躍欲試起來之際，我的第一個反應是我應該也可以寫一篇文章「投稿」，參加這項比賽。然而，我同時也面臨一個困窘：「有格稿紙」究竟是怎樣的東西呢？又爲什麼非用此不可呢？

　　那時，我住在祖傳的家裡，在一隻古老的書櫥裡我翻找到一疊「原稿用紙」。我於是作了一個大膽的決定：我就來試寫吧，然後用這分明是日本式的「原稿用紙」來填寫，投稿。

　　這裡我說大膽，其故有二：其一是這種「原稿用紙」不管適用與否，姑且用一用；其二是我能否用中文把想說的話表達出來，還大有疑問。

　　臺灣光復已五年多，在這些日子裡，我確實用了不少工夫學習中文。起初，只是懵懵懂懂地找些《三字經》、《昔時賢文》、《幼學瓊林》一類古書來讀，繼而是中學時讀的漢文教科書裡的一些唐宋八大家、唐詩一類的東西，也都翻出來抄——過去是用日文讀這些古典的，現在重讀，是用自己的語言來讀了。我發現到，這一類艱深的古典作品，當我用中學時在課堂裡學會的日式讀法讀的時侯，意思還可以懂個大槪，改用自己的語言來

讀，反倒變得更深奧難懂。當然，我有日文的「利器」，我可以靠日文來約略領略文中意義，還有就是日文的參考書。

戰時，我在日軍營房裡弄得一身是病，虛弱不堪。戰後有段時間，為了醫病，每隔一天，我便從山裡到臺北看醫生，手上有了餘錢，便利用上臺北的機會，在路旁待遣日人擺的地攤選購書籍。我最大的樂趣——也是希冀，便是買到文學書，尤其有關「漢文」的書。我著實買到好幾本《唐詩三百首》、《荀子》一類的。這些也便是我獨學自修苦讀「漢文」的唯一憑藉。而我也確實靠這些，幾乎背熟不少「唐宋八大家」的文章和唐詩。

有一天，我偶然買到了一本小書，分明是在臺灣印行的，而且全是「漢文」，書名叫《大地之春》，也可以猜出是戰時出版的、鼓吹所謂「日支親善」的東西，並且還是「白話文」的。回程，擠在無立錐之地的火車上，勉強靠胸前一個小小空隙，打開了這本小書。我馬上被這本書牢牢地吸引住，血液也隨之篤篤奔騰起來。這就是白話文！而且不像那些「漢文」，我竟然不必依靠任何參考書而懂個大概！這發現，對我委實是了不起的。以後，我把這本書看了不少遍，每看一遍，便都有新的領略，甚至也自以為懂得了白話文了。

過了些時侯，新的書籍從大陸那邊傳過來了。島內也印行了不少中日對照的書。住在鄉下，與這一類書籍接觸的機會並不多，然而偶然有一兩本到手，我便如飢如渴，讀得津津有味。這中間，我也沒有忽略西洋文學書籍方面的涉獵，雖然全是日譯本，對我的吸引，裨益倒著實不少。同時也明白了報上的所謂副刊，可以提供我不少吸收的對象。我接觸到「我的另一半」徵文，正是我用這方式苦讀了幾年的當兒。

書迷、書蟲，一卷在手廢寢兼忘食
翻譯、譯腦，學習寫作波折又離奇

「大膽的決定」是下了，但卻百分之百是姑妄一試的心情，因為我雖然自以為懂了一丁點白話文，卻也自知完全不出皮毛。事實上，由於從童

稗的啓蒙到成年時爲止（光復那年恰滿 20 歲），不但受的是日文教育，而且置身在完全的日語環境之中。即便到了我下定這個決定的時侯，寫讀、交談不用說都是日語文較能運用自如，連腦細胞裡的思考也全是日語文，白話文只不過是一些從這幾年的閱讀當中學來的有限詞彙與片斷句子而已。因此，我此處所謂的「姑妄一試」，是完全真實的感覺。

另有一層：我正和許許多多的愛讀書的人一樣，對文學作品的創造者——作家，自小就懷有一份敬畏。我大約是在十歲或稍大的時侯即開始懂得了閱讀樂趣。那時有份少年雜誌《譚海》，我不但是長期訂戶，每期必看，還到處去借諸如《少年俱樂部》一類刊物來看。小小年紀即成了一名書蟲，到了廢寢忘食的地步，以致功課一落千丈，公學校畢業去投考中學也名落孫山，好不容易才在一家三流的私立中學覓得就讀的一席之地。

以後年齡漸大，嗜讀文學作品的習氣則從未改變。這中間，曾有一段時間迷戀於日本的古典如和歌作品之外，到了 19 歲時進入彰化青年師範學校就讀時，受一位好友沈君（願吾友在天之靈安息）的影響，開始接觸西洋文學名著，在文學的欣賞方面，算是有了初步的登堂入室境界。狂妄的少年初涉文學殿堂即自以爲高同儕一等，連日本文學、臺灣文學都認定是不值一顧的東西。不過倒也不知不覺中養成了對那些文學巨擘的無限的崇敬，以及一卷在手，可以渾忘身外一切的讀書習慣。

記得很清楚，在那所師範就讀時，由於常有空襲，夜裡都「燈火管制」，只有值更室有一個用長長的長筒型燈罩蒙住的電燈。那小小的光圈便是我與沈君最好的閱讀地點，等教官睡熟了，我們便帶一本書過去，在那個光圈下苦讀不輟，也勤作箚記不輟。後來，被徵去當上了一名「學徒兵」，我就是帶了幾本那樣的筆記去服役的。

總之，我是個全心全靈拜倒在文藝女神石榴裙下的一個卑微小人物。即令我下了決心要試寫這麼一篇文章，除了自知狂妄大膽之外，卻也絲毫沒有要寫作，或者當一名作家的意思。似乎也可以說，由於受到那些副刊和幾種刊物的影響，模糊地覺得那種東西我好像也可以「玩玩」。至於文

學，我的腦子裡只有托爾斯泰、杜思妥也夫斯基、屠格涅夫一類巨人，都是我永遠心甘情願去頂禮膜拜的人物。更何況我寫、讀、說了十好幾年的日文，如今都已無用武之地，行年 20 始開始接觸、學習自己的文字，這樣的一個人豈敢抱持對文學的任何幻想。

我就這樣，開始了我的第一次嘗試。這個時侯，我大體已經通過了翻譯（用日文起草，然後自己翻譯成中文）及「譯腦」（用日文思考一個句子，隨即在腦子裡譯成中文然後寫下來）的學習階段，多半的句子勉強能直接用中文寫，少部分較複雜的意念，則仍須靠日文來想好句子，始運用譯腦的方式寫下來。全篇依字限，約三千字即結束，不敢說花了多少苦心，也談不上嘔心瀝血，倒是相當輕易地就把這篇東西寫完，然後一個字一個字填在「原稿用紙」上投寄出去。

偶中頭彩，得意忘形勤執筆
生命主題，想為歷史留證言

奇異的事情發生了。三月下旬，我初為人父，心頭喜悅正在火熱的當口，4 月 1 日我接到了 L 雜誌四月份新書，赫然發現我那篇生平第一篇文章刊登出來了，而且被放在徵文錄取作品首篇。編者還在文前簡介說作者是本省青年，學習中文未幾年，已有此成績，殊屬難能一類話。儘管只寥寥幾個字，已夠我雀躍三百了。

我的不自量力又告抬頭，我竟以為自己可以寫寫東西了。還記得當時有幾個朋友到鄉下來看我，當大家說要到某地去遊玩時，我脫口說：「我想，我可以賣稿子積一點錢，便不必擔心籌不出旅費了。」以後好久一段時間，每想自己裝著若無其事地說出這話的情形，便覺羞慚無地，恨自己自鳴得意。

我倒是真地開始寫起東西來。人家寫什麼，我也寫什麼，人家有鄉居散記一類系列之作，我便自以為寫鄉居沒有人比我更夠資格。我一篇篇地寫也一篇篇地寄投。哪裡知道，我還連寫作的門都沒摸到，只不過是一時

僥倖，頭一篇偶然中彩而已。寄出去的稿子，一篇篇地給退了回來，使我一次又一次地承受打擊，發表出來的，恐怕十不得其一。

我為什麼沒有被退稿嚇跑呢？有人說我「頭彩」好，有了一份信心。事實是那種退稿，根本足可擊碎任何信心的。如今我反省，約略可以得到如下幾點：其一是生性遲鈍，退稿雖然是沉重的打擊，但過去也就忘了。不過最重要的，恐怕是由於沒有野心吧。我依然相信，我對那些文豪，只有頂禮膜拜的份，絕不敢存與他們為伍的心。我的目標不過是練習練習，能夠圓滿地把自己的意思表達清楚也就夠了。再就是我當上了一名小學教師，我沒有別的路可走，而且雖然自己在音樂方面從小就顯露了不凡的才華，但我從未獲得培養的機會。在戰火兵燹裡長大成人，連樂器都無福接觸，遑論任何音樂方面的修練。這方面，我幾乎已死心了。

我還有一個牢不可破的想法：文學需要天才。從世界文學史可以看出，20 歲以前即寫出傳世名著的，有好幾位，到了二十幾歲，他們多半已有曠世巨著寫下來，就是明證。而這天才，恰恰是我所缺欠的，何況我是個 20 歲才「啓蒙」的人。不論先天後天，我都鐵定成不了作家，這算是我的了悟，則我還何所求呢？——或許也可以說，退稿使我又認清了自己，一些少年的無知與狂妄，便也不知不覺間被退稿磨光了。

兩年、三年過去了。退稿依然，不過從十分之九，漸漸地好像有減至十分之八，十分之七的趨勢。除了寫之外，有時也譯，甚至也明知發表無望，稿子卻有越寫越長之勢。記不得是第三年或第四年，我下了個大決心，竟然要寫長篇小說了。我利用暑假，一口氣寫下了一部 14 萬字的長稿。即令是這樣的一篇東西，我還是明明知道絕不可能獲得發表機會的。

也是為了這麼一部作品，我才首次抓到自己所應抓住的文學主題。那就是：為我所經歷過來的時代，留下一個見證。我活過了八年之久的戰亂日子，還是從青少年過渡到青年的感受性最強烈的年代。尤其讀書時與異族相處，然後又當上了一名日本兵，雖然未被遣到島外，卻也備嘗生死一線的人間絕境，特別是那些對本島人懷有民族仇恨、苛虐兼至的軍營生

活。我急於表達他們使我受到的凌辱與迫虐。一方面，也是因為我心中有這麼迫切的「責任感」，我才能那麼拚命地寫，不顧一切地寫。

十載岑寂，臺灣文學春雷初動
文友通訊，精英咸集聲氣互通

這部長稿，命名〈迎向黎明的人們〉，取材於我的日軍軍旅生活，完成後投寄「中華文藝獎金委員會」（簡稱「文獎會」）。不能說絲毫未存僥倖之心，卻也經常提醒自己：「退稿乃勢屬必至」。果然閱數月之後，稿子翩然歸巢。倒也不是一無所獲，例如造詞遣字方面，自覺已經勉強可以擺脫日文羈絆，對當時以「反共」、「戰鬥」為主的文壇大勢也漸有領悟。換一種說法，我在光復後經過整整十年歲月，總算初步有了中文能力，也培養出冷靜觀察周遭的眼光。

附帶而來的是另一椿收穫：我認識了靠「文獎會」嶄露頭角的幾個同道。首先是廖清秀，1952 年即以長篇小說〈恩仇血淚記〉獲獎，同年並有李榮春，以 70 萬言巨著〈祖國與同胞〉得「文獎會」稿費獎助，打破最高額稿費紀錄，轟動一時。到了 1956 年，更有鍾理和以〈笠山農場〉，榮獲該會長篇第二獎（第一獎從缺）。這些都被當作文壇大事，廣為宣傳，故我也知悉一二。於是我不禁想：臺灣作家終究打破十年來的沉默，新一代的人才一個個出現了！負起臺灣文學責任的人，終於出來了。我自己雖然未能獲得這樣的獎，但是我卻衷心為這些人感到興奮與榮耀，也為臺灣文學的未來慶幸。

我對這些作家有難以言說的崇敬與欽慕，而我長年蟄居窮鄉，渴望有志同道合的朋友。這樣的渴念，使我想到，我為什麼不扮演一個橋樑的角色，讓大家能夠互相認識，以求彼此切磋，互勉互助呢？他們已經被肯定是有才華的，而我則沒有；沒有才華的人，為有才華的人服務，不僅是分內的事，並且可能功德無量。我還有一個大前提：這也是為了整個的臺灣文學啊！我是那麼熱切地希冀著能夠把臺灣文學重建起來，而我也深信這

些有才華的作家們同心協力，必可完成這番大任，那時我也算盡了一份搖旗吶喊的責任了。

　　為了推動這個工作，首先想到的是發行雜誌，不過這想法不得不馬上打消，因為財力人力都不可能做到。退而求其次，一個小小的「通訊」，也可以做到互通聲氣、相濡以沫的功效。少許紙張費、郵費，加上刻鋼板——這小小的勞力奉獻，自問還不難承擔。1975 年春間，我就迫不及待展開了工作，查臺灣作家名址，發信徵求意見與同意——本來就想像到人數不可能太多，結果只得九位。是少得有點意外，卻也為有九位可能成為志同道合的「戰友」而內心振奮不已。四月間，我便開始了《文友通訊》這根本還無法稱為刊物的東西的工作。而同意參加的，僅七位，依年齡次序為：陳火泉、李榮春、鍾理和、施翠峰、鍾肇政、廖清秀、許炳成（文心）。後來還有年輕的許山木、楊紫江兩位加盟。

　　這《文友通訊》起初每月發行一次，末尾改為兩月一次，至次（1958）年九月為止，共發行 16 次，每次八開白報紙二張左右，刊登同仁們對各同仁提出來的輪閱作品的批評意見與動態報告。期間短，內容也貧乏，不過互通聲氣、互勉互助的初步目標，大概算是達到了。因為我們從素昧平生，確實成了志同道合的朋友。尤其值得記下一筆的是從第一次寄發通知，到最後結束，都殷殷以臺灣文學的發展為念，雖然有圈外一位文壇先進因此譏我為「臺灣文學主義者」，如今回憶起來，我倒十分地以此為傲。（《文友通訊》全文後來在過了 25 星霜之後，於 1983 年 1 月，始由《文學界》第 5 集正式揭露。）

退稿專家，艱辛困頓力事耕作
文壇一角，互依互偎相濡以沫

　　《文友通訊》雖然結束，不過如今回憶起來，私人間的友誼倒可以說剛剛才開始，並且它所給予我的影響，也是在結束後才漸漸顯露出來的。

　　容我先說自己的事：由於我是實際從事這件工作的，所以我與諸文友

間的通信最頻繁，因此得益似乎也以我為最多。我對文學有了更深一層的體會，文筆方面也確實較前更得心應手。我早期作品中，被認為比較可觀的〈柑子〉，便是在這一年秋間寫成的——記得也正是這一年，好多家報紙上出現了「星期小說」欄，可以容納七、八千字的短篇，而不再只是寫些一般副刊上所能容納的兩千字左右最多也不過三千字的小小說了。〈柑子〉便是我在這樣的篇幅裡發表的形式上較完整的第一篇短篇小說。

其次是與鍾理和的通信，成為完全私人間的魚雁往返，彼此談得更深入內心是不用說的。而他的新作也都一篇篇寫成並寄來給我，由我再轉投出去。他住在南部深山裡，連有什麼刊物可供投稿都不太明瞭，因此他在投稿方面仍需要由我來當橋樑，而我則成了他的第一個讀者，每每都獲得先睹為快的喜悅與榮耀。而經我轉手投寄出去的稿子（絕大多數投往林海音時代的「聯副」），也多半能得到發表機會，給了這位貧病交煎、命途乖蹇的作家不小的安慰與鼓勵。

還必須一提的是由於《文友通訊》的印發，我（當然不只是我）明白了我們這一群都是「退稿專家」（唯一的例外該是當時在美術評論界及翻譯界十分活躍，文名藉甚的施翠峰吧），所寫多半十之八九遭退，我們這一批人的作品，除了官方所辦的「文獎會」稍可能採用之外，一般報章都只能望門興歎。有個典型的例子，便是鍾理如。他有舊作〈故鄉〉，《文友通訊》發行期間曾提出來供同仁們輪閱，獲得大家一致的推崇。它之為極優異的作品，毫無爭論餘地，可是這樣的作品竟然也四處碰壁，始終無法獲得發表機會。

這其間的原因也許很單純，那就是當時的文壇是反共、戰鬥當令的時代，不符合這種要求的，自然難以出頭。再者，是否也有著若干對以寫實為基礎的臺灣文學，難以接納的客觀心理，乃至排斥的主觀心態，這恐怕是不易下一個判斷的。

然而，有一個相當明顯的文壇趨勢，似應一記。即反共作品透過各種傳播媒體大力提倡，席捲一時之後，到了 1950 年代後半，已顯現出千篇一

律的八股型態，無法獲得廣大讀者的普遍欣賞，更有部分文人好像也有了另創新局的想法，林海音執掌下的「聯副」以「純文學」姿態出現，該可稱爲開風氣之先；1956 年 9 月更有夏濟安一派學院人士的《文學雜誌》創刊，不外也是這個訊息的呈露。鍾理和不但新作有了出路，連以前被退稿的舊作也有不少得到發表機會，應該也是這種文壇風氣漸趨轉變的結果。

難以忘懷的是當時每看到理和的作品刊露出來，我便懷著一顆激動的心，連忙剪報，寄給這位老友——他連報紙也看不到！我有一種很切實的感覺，我和他，就好像是文學的一對難兄難弟，兩人依偎著，互沫著，悄悄地躲在文壇上一個小小角落，互舐創傷。和另一位「文友」李榮春也有過類似情形。李君爲了寫作，拋棄了一切就業機會，廢寢忘食經營他的大部頭作品。當我開始《文友通訊》的工作時，他在一個兄弟開的腳踏車店替顧客擦腳踏車，生活潦倒之極，而他仍不改其樂。在這情形下，我義不容辭地負起了經常與他通信，互相鼓勵的責任。

文壇起變革，命蹇老友忽然殞落
《魯冰花》、《濁流》，長篇作品相繼寫成

1960 年，似乎可以看作是兩個年代交替的一個關鍵年份。夏濟安的《文學雜誌》雖然早已停刊，但風氣已成，林海音主編的「聯副」則繼續踏著穩健的步子。新一代的作家——如果我們這一批稱作光復後第一代臺灣作家，那麼這新一代的，便是光復後第二代作家了——也次第出現。他們不用說更年輕，而且光復後受到較長期間的中文教育，日文包袱也不是輕就幾乎等於沒有。例如黃春明、鄭清文、陳永善、七等生等，我都是在這前後因他們發表作品而結識。

而堪稱文壇大事的，便是《現代文學》的創刊。也可以說，文學上一個新的時代，開始萌發。

這一年開春後，我忽發奇想，忍不住地又要嘗試長篇作品的寫作。由於有過第一部長稿的失敗經驗，我沒敢再去處理那個我認爲有一份責任去

寫下的時代見證之作。我還需要蓄積實力，還需要磨練文筆。我寧可把那個主題再在心中溫存一段時間，以便更有力量時再下筆。於是我從現實取材，以當時教育的病態爲主題，構成一部小型長篇小說。我利用寒假前後一個多月的時間，一口氣把它寫下來，並且還是不打草稿的（記得寫〈柑子〉的時候起，就試著不打草稿）。心想如果寫完後不必作大幅度修改，就不再繕正。結果正如所願。三月下旬附郵投寄給林海音，不料第五天即見報，開始連載。此篇也就是我正式問世的第一部長篇小說《魯冰花》。

　　林海音爲此有信告訴我：預定中的一部連載作品未到，剛好接到此稿，連夜拜讀，覺得不錯，便讓它上了。

　　自從《文友通訊》停後，我和鍾理和往返的信中不只一次談起寫長篇的事，彼此都有「理想中的長篇」的構想，也經常互相激勵，可是理和因爲身體一直在病弱中，精力極有限，不敢冒然著手。而我之有《魯冰花》的寫作，卻是臨時起意的，原不敢盼望有發表機會。不料它刊登出來了。並且我們也早知道，副刊上的連載，我們這些人是不會有份的。現在，既然有這種意外發生，便是一個機會。我那麼天真地，火速給理和去了一函，要他馬上開始那部他「理想中的長篇」的執筆，趕在《魯冰花》之後，繼續占住那個連載的位子。

　　過了這麼多年之後，我有時會想，是不是我十萬火急的催稿，逼得理和透支了體力，以致造成不幸呢？重閱《鍾理和全集》第七卷〈鍾理和書簡〉（遠景出版社）裡理和寫給我的信，可以看出雖然不致如此，但我心中一直有個愧疚。他確實是趕了一段期間的。他的病況還是時好時壞，長稿也就時寫時輟。然後，看看時間來不及了，他這才停止了趕工。脫稿後也說不滿意，準備慢慢地再修改。

　　8 月 4 日，晴天霹靂般傳來噩耗，理和舊疾復發，僅一日即告不治。這也是我第一次遭逢好友之死，教我哭得好傷心，乃有〈哭理和〉的血淚之作。不久還千里迢迢跑了一趟美濃，可惜我終究與這位一直緣慳一面的好友未能一晤，只面對故人遺影及遺孀、一群幼小子女歔欷長歎，淚流滿

面而已。

　　一方面是老友之死使我益覺責任重大，另一方面好像也是《魯冰花》的成功給了我勇氣吧。我終於敢面對我那個「理想中的長篇」了。1961年，著手《濁流》的執筆。記得是被林海音退稿退怕了，改投當時公認的「第一大報副刊」中副，很快地便開始連載，乃相繼有《江山萬里》、《流雲》三部長篇寫成。故事是連貫的，卻採各個獨立的格局，寫臺灣光復前後一個臺灣青年的遭際與社會的變局。這就是後來集中以三部曲形式出版的《濁流三部曲》，也是把前稿〈迎向黎明的人們〉重新構思，擴大內容寫成的作品。

臺灣文藝創刊，臺灣文壇現新貌
兩大叢書出版，歡度光復廿周年

　　從《魯冰花》到《流雲》，短短三年多之間我一口氣完成了四部長篇，都順利發表，而且還得到讀者的熱烈反應，經常有讀者的信由報社轉來，也結識了多位文學上的新朋友。例如吳濁流前輩，便是在《濁流》連載期間結識的。他說：「怎麼會用我的名字作篇名呢？好奇地看起來，這才知道是本省籍青年寫的，於是便給你寫信了。」我就這樣與吳濁流結下了文學因緣。

　　我也算是小有名氣了，偶亦有邀稿函被寄來。一些以前遭退的稿子而被我留下來的，多半也找到了歸宿。可是我的興趣已集中到長篇創作上面，總覺得短篇所能夠表達的時空有限，倒不如集中力量來構成長篇，較能作一個完整的人生剖面的呈露。而我抱持在心胸中的理想長篇，《濁流三部曲》可算已表現出一個重要片斷，但也還只是片斷而已，總覺得還有什麼在胸臆裡擱著。

　　它究竟是什麼樣的主題呢？

　　我還不能確切地抓住它，僅知道它存在著。如果說，每一個作家都有他的「生命主題」，我相信它就是我的「生命主題」。在它具體化以前，我

只能讓它模糊地存在於心胸中，儘管不能抓到，卻也可以確確實實地感覺出它的存在。而且每次有它存在的感覺湧現，我便會為那模糊一團的東西而輕顫。那是靈魂的輕顫，也是血液的輕顫。它的「大」使我害怕，使我為之驚心動魄。這種輕顫，這種驚心動魄，早已是我所熟悉的。寫〈迎向黎明的人們〉前即有過，寫《魯冰花》、《濁流》前也有過。只是這次來得格外強勁，也格外龐大。

　　我先把眼光投在周遭。我自知確實還需要再磨練。我又陸續寫下了兩部長篇《大壩》、《大圳》，都是取材於現實的。臺灣的農村社會，在我筆下已出現了初期的蛻變。也是在這段時間內，剛認識的吳濁流說要辦文學雜誌了。我知道他有一批日據時代的「文化人」朋友，有作家、詩人、畫家，也有純粹的知識人。可是他還願意聽聽我的意見。如此他要辦的這份文學雜誌的刊名，就希望我出個主意。「臺灣文學」吧。我這個臺灣文學主義者，毋需考慮，毋需思索，就提出來了。他面露難色，說是有些人反對，理由是用了「臺灣」兩字，容易受到「注目」。那幾乎還是叫人談虎色變的！可是我倒有個信念，臺灣的文學雜誌，不叫「臺灣文學」還叫什麼呢？而且我們是辦純粹的文學雜誌，可以無所畏懼。吳老倒被我說服了。後來決定的正式刊名是《臺灣文藝》，與我原意並不衝突，我也就沒有異議了。1964 年 4 月，此刊正式創刊問世，可算是給戰後的臺灣文學開創了一個新的時代。

　　我對《臺灣文藝》的誕生感到無比的喜悅，也寄予莫大的期待，心想臺灣文學從此算是有個「據點」了，前途應是頗有可為的。再者，這一兩年來，新一代的臺灣作家也出現了甚多，再不是幾年前的寥落。於是我動了一個念頭：臺灣光復到 1965 年將慶 20 周年，不可不有個臺灣文學的總體性展示。為了這，我偷偷地獨自思考如何來作這種展示。我的目標是十冊，就定名為《光復後臺灣文學全集》吧。我曾與吳濁流商量過，吳氏認為沒有人賠得起，故而也不可能成功。我只好另外找。我找到了當時執文壇牛耳的「文壇社」，得到同意印行這十本書，不過名稱則須改為《臺灣省

籍作家作品選集》。這個名稱，我內心縱有不滿，也只好當作是「無關宏旨」了。我的最大目標是：只要這個內容的書能夠出版就好。

豈料我在進行編這套叢書之際，覺得有幾位作家，作品的質與量都相當可觀，出本個人集子綽綽有餘。老友鍾理和到死還以在世時未能看到一本著作行世為遺憾。這個遺憾，我也曾感到過切身之痛。如今臺灣作家這麼多，有幾個出過作品集呢？我比誰都知道，一個寫作者是多麼熱切希望能出自己的集子。光復 20 周年確實是個機會，何不另外再找一處，出版另外一套每人一冊個人作品集的臺灣文學叢書呢。那麼僥倖地，又讓我找到幼獅書店，同意我這個計畫，而叢書名稱，我援前例放棄主張，甚至來自各方莫名其妙的干擾我都強忍過去——因為能把書印出來就好，其他無關宏旨，於是另一套叢書《臺灣省青年文學叢書》十冊也定案。這一年、1965 年秋間，兩套叢書在我獨力編輯下，順利問世。列名的作家詩人達一百七十餘位之多，相信當時已嶄露頭角的寫作者幾乎一網打盡。這是光復後臺灣文學的第一季豐收，一年來個人的辛勤勞碌，有了圓滿的代價。

臺灣文學獎，提攜後進不遺餘力
臺灣人三部曲，歷時十載終告完成

1965 年尚有一事不可不記。《臺灣文藝》創刊後，很快地就因為經費短缺而改為季刊，而且有稿源不繼的困難。臺灣社會的功利色彩已漸趨明顯，又有那麼多副刊供初學者輕易獲取稿酬，願意無酬供稿給《臺灣文藝》的寫作者實在太有限。吳濁流為了這個困難，想到一個辦法：辦文學獎。有了獎，不但可鼓勵投稿，對培養作家也有積極意義。吳老的想法甚為單純，可是我卻想到另外一層意義：這雖然是《臺灣文藝》的獎，卻同時也應該是臺灣文學的獎，必須賦予更大的意義才對。在這種設想下，當吳氏又來和我商量這件事時，我當下就提供了意見：名稱就叫「臺灣文學獎」吧。可能正合吳老的意思，這回他不再有異議了。我幫他擬具的設置辦法，他也照案接受，這一年年初，「臺灣文學獎」宣告成立（後來成立了

文學獎基金會，名稱改爲「吳濁流文學獎」，時在 1969 年）。《臺灣文藝》第 6 期上作了一個臺灣文學獎特輯，讓評審委員們寫點感想。我寫了寥寥幾行字：

> 它，首先應該是新的；
> 它，其次應該是臺灣的。
> 他，首先應該無愧於臺灣文學的；
> 他，其次應該是潛力雄厚的。

　　記不起是從創刊第二年或者次年，吳氏還把《臺灣文藝》的編務交付給我（主要是小說方面的審稿工作，從此以後我一直負責到底）。我因爲編了兩大套叢書，手上臺灣作家名單堪稱齊全，故此約起稿來倒也方便，勉強使稿源不致匱乏。

　　以上這些工作，在我來說都是「外務」，對我的寫作影響不可謂不大。然而，這工作卻也使我更感受到在「臺灣文學」旗號下的一種連帶感。我不得不常常想到臺灣文學的過去、現在及未來命運。我覺得這正是臺灣人的命運。在這種心情下，長久在胸臆中盤踞的生命主題便也明顯地浮凸了輪廓。那就是──臺灣人。

　　光復 20 周年了，我行年屆滿 40。在我的生命裡，光復前我做了 20 年「大日本帝國臣民」，光復後成了中華民國國民，也滿 20 年。可是與日本是斷絕了，大陸卻始終在遙遠的地方，因此我一直都只是臺灣人。那是不含任何政治意識的單純想法。於是，我爲我的下一部著作命名爲《臺灣人》。也許這是可笑的書名，但當我這麼決定的時侯，我又開始輕顫了。整個構思的階段，我都會感到那種靈魂的顫慄。不管有沒有人認爲可笑，我卻絕對是嚴肅、正經的，因爲我要寫的是日據 50 年間臺灣人的遭遇。我要向歷史挑戰。我開始寫第一部，名字就叫〈臺灣人〉，預定中將來全部寫完，總名便叫《臺灣人三部曲》。我發現到我筆下展現一個廣闊的天地。寫

《大壩》、《大圳》時，來自現實的窒息與掣肘，暫時離我而去了。

　　還可以想起那段全力投入的寫作歲月。我依然在小學教書，為了《臺灣文藝》的編務，還得經常和識與不識的朋友通信，對陌生寫作者的來稿，也盡我所能用書信來表達一點意見。對任何一份友誼，我依然渴切。我活得熱烈，寫得也痛快淋漓；我以「一個人做三個人的工作」自許、自勉——當然，這也足自我膨脹的自欺自慰想法。恰巧那時，停刊多時的《公論報》要復刊，副刊要我提供連載小說，我便交出了正在執筆中的這部作品首批稿子。正式復刊前的試版出來，卻因為副刊上有我這篇〈臺灣人〉而突受干擾，稿被帶走，復刊也被迫延後。

　　好在我這部稿子不會有什麼「問題」，大約過了一年或者半載吧，還是被我要回來。又次年，臺灣日報因為改組一類的事，來索長稿，我便又交出了此稿。刊出時，題目不嫌囉嗦，改為《臺灣人三部曲——沉淪》，總算不再遭受無謂的麻煩。這第一部「產生」經過如此，但第二、三兩部，迫於時勢，不但寫作次序顛倒過來，內容也完全未照預定，第一部裡預為伏下的線，悉告斷裂。這一方面雖然是因為若照預定寫下，便有不少「敏感問題」無法解決，而作為一個寫作者所必須謹慎將事的「自我設限」，也使我深有「處處陷阱」、「危機四伏」的危懼感所致。這中間的無奈實有不足為外人道者。1975 年，最後執筆的第二部總算也完成（次年出版），算算日子，從第一部的寫作，已過了十年以上的歲月。

巨人歸西，臺灣文運臨絕續
文學火炬，眾志成城共同擎

　　在這個階段，我不免對自己約四分之一世紀來的創作，有了個審視的心情。如果以臺灣光復為一個明顯分界，那麼我取材的情形也可以分成二類，即光復前與後。檢視迄此為止的長篇小說作品總共 13 部之中，屬前者有七部，後者也就是取材現實者占六部，勉強成平分秋色之勢。而在我感覺裡則有寫日據時代、寫有日本人的作品，委實太多了的感覺。還有個明

顯的趨勢是以日據時代爲背景的作品較被重視（也許可以說是寫得好些），後者則反是。這一點，我自己有個領略，乃因取材現實，禁忌特多，許多事都是非等閒可以落筆。還有就是：以年齡言，真正懂得日本、日本人的，環顧眾多寫作者之中，好像只有我這種年齡以上的人，因而寫起日據時代，自然較能入木三分。但是，這方面我也有一個相當嚴重的缺陷，那就是：我是在戰爭時期，由少年而青少年而成年的，故最熟悉那個時代的殺伐之風與日本人的虛無暴躁兇惡，以及裸露的民族仇恨。直到 1975 年前後，我改任大學教席，成了一名冒牌教授以後，才有了機會與高文化階層的日本人接觸，總對不同類型的、尤其戰後的日本人有了較具體的認識。

上述對自己作品的檢討，使我對取材日據時代來寫作，萌生了一份厭惡。就有那麼湊巧，一家報紙副刊要我寫「廖添丁」。我自覺無法寫，也不喜歡這種人物，便改以作曲家鄧雨賢爲主題人物。此人是我鄉出身，好久以來我就想寫他。然而一旦立意要寫，便不得不躊躇再四了，因爲他又是日據時代的人物。儘管有這樣的心理矛盾，我還是決定寫，因爲在猶豫復猶豫之後，我不得不下一個結論：縱使厭惡，日據時代是歷史事實，何況我自許的「生命主題」就是作一個歷史的見證啊。偏偏其後的又下一部作品，我的主題人物是乙未抗日名將姜紹祖。此人也是廣義的鄉親，感覺上似不可不爲他留下一鱗半爪，於是便寫了。我無法抹消對自己的厭煩感，連帶地對那些過去的作品，也產生了嫌厭。我著急地想著如何爲自己開拓一番新境。後來，我也聽到了些諷言諷語。我是不是爲討好誰而寫，恐怕只有讓歷史去評斷了。

1976 年秋，吳濁流逝世。吳氏獨力支撐了 13 年整的《臺灣文藝》，面臨存亡絕續。這時也正是鄉土文學運動澎湃而起的時侯，《臺灣文藝》的存續，以及在未來的歲月裡勢必負起的歷史任務，圈內朋友沒有一個不肯定。即以個人而言，我已爲它盡了至少十幾年的棉力；13 年來，它的蹣跚步伐，我該是看得最真切、體會得最深刻的一個。它幾乎沒有銷路。吳氏把每期印出來，差不多可以說只是爲了分送給朋友們而已。然而它至少有

它的象徵意義，我更有一份未可輕卸仔肩的感覺。於是在諸友好的推舉下，勉為其難地負起了接棒的任務──似乎可以說，這種艱鉅，不會有人有能力與勇氣承擔的；我也是在朋友們大家共同來扛的許諾下，以義無反顧的心情同意。於是大家分頭去努力，找來五十幾份每份 1000 元的特別贊助人，及超過 700 份的長期訂戶。

在出賣腦力及心智活動的諸多行業中，文學者無疑是所得菲薄低賤的一群，因此不向作家詩人們伸手，是我的第一個原則。訂戶則是因為爭取的對象以學生為主，故而壓低到一年 100 元。我們為有了上述的成果而慶幸，甚至也為能發稿費而欣喜若狂。加上 1977 年春間革新號推出後不久，當時正如日中天的遠景出版社表示願意支持，這麼一來它更穩如泰山了。可惜遠景接下後，書印得雖然精美，篇幅也增加到每期都有二百幾十到三百頁左右，奈因銷路奇差，賠累不堪，僅兩年多，於 1979 年冬，我便又不得不接回來苦辦。

這是《臺灣文藝》改組後第一次傳出的「危機」，一時在海外宣傳甚廣，乃有羈美鄉親許達然來函表示願意在北美各地代為推廣。這幾乎是對我的一針強心劑，有了海外的接應，縱然實質上的幫助還不算多麼大，不過在心理上則無異是一大助力。此後許君盡力之多，難以盡述，是我接辦《臺灣文藝》的期間，我最心感的朋友之一。

這期間，也正是鄉土文學論戰打得如火如荼的當兒。《臺灣文藝》在眾多朋友的呵護下，極力保持純文學的面目，並在創作優秀的文學作品，提倡嚴肅的文學批評，培養新進作家等各方面盡力以赴。它有鮮明的旗幟，火力卻是內斂的，深深地讓它隱藏在作品的實踐裡；如果有火光，也是作品本身放射出來的。我雖不敢自詡，但這期間的《臺灣文藝》應該可算有相當可觀的成就，尤其小說創作，優異的作品連連出籠，成為公認的最高水準的文學雜誌，贏得了不少的采聲，也差可告慰於創辦人吳濁流先生在天之靈了。

此外，「吳濁流文學獎」的小說創作獎和新詩創作獎也繼續辦理，每年

頒贈一次；我們又有感於評論工作的重要，爭取到「巫永福評論獎」的設置，從 1980 年春開始評選、頒贈。這也應該是值得記下一筆的臺灣文壇的盛事吧。

此處還要附帶報告一事：吳濁流獨力支撐了 13 年之久的《臺灣文藝》，由於行銷不廣，影響也僅及於少數對臺灣文學的使命有所認識的人。然而它是靠前輩的滴滴血汗堆積而成的珍貴文學遺產，其價值無人能否認，特別是近幾年以來，更受到普遍的肯定。然而，它創刊以來也不過 20 星霜，早期的、尤其吳老時代的舊刊早已散佚，以致偶有人搜求，輒有無處追尋之苦。我立意要把那 13 年間共 53 期《臺灣文藝》景印重刊，可謂蓄意已久。直到去年始下定決心，予以重刊出版，到今春全部出齊，合裝成八巨冊，近八千頁，並編有完整目錄。我相信這是我能為謝世已九年的吳老做的唯一的事，不僅了卻我的一椿心願，該也算是替吳氏一償宿願吧。當然，我也相信此舉為研究光復後臺灣文學發展史的人，提供了一點珍貴資料。而在個人方面，從此也可以脫離出版工作這「苦海」了。

編副刊大河小說邁開第一步
育新秀突破困局齊頭衝向前

記得是 1978 年夏間吧，我辭去教職，接下了《民眾日報》副刊主任的工作，除了策劃「一大二小」的每天見報的副刊之外，還兼其中「大」副刊的主編職務。那是一個主任，三個主編三個助理的大編制，有人開玩笑地說是「小報副刊，大報編制」，該算是一奇。民眾日報甫經「改組」並南遷至高雄發行，乃是在新聞報導千篇一律，只有靠副刊來一爭長短的風氣下的產物。進了報社之後才明白過來，副刊主任的職銜雖然還算堂而皇之，在報社裡卻是「職卑位低」，待遇也低得可憐。當然，這對我都無關宏旨，一個以發展臺灣文學為畢生職志的我來說，能供我一展身手，便是最大的「恩寵」了。原先光一份《臺灣文藝》，有時在篇幅的運用上不免有捉襟見肘之苦，現在有了這麼大一塊園地，我委實有如魚得水之樂，於是大

膽起用新人，也漸漸地把大雜燴式的副刊常態，帶往純文學的境界。有個
事實可作爲上面這種說法的佐證：那時我安排了每月一次的「對談評論」，
請葉石濤與彭瑞金兩位評論家，以對談方式暢論一個月間所刊登的短篇小
說，每次都有十到十二篇的作品被提到（這真是可怕的數目，葉、彭兩位
吃了多少苦，恐非外人所能想像，兩位的努力是我畢生難以忘懷也難以釋
懷的，謹附一筆以誌永恆感念）。簡言之，那時的這家副刊，小說篇幅占了
三分之二以上！

　　這種情形在部分朋友之間，引起了拚命寫小說的風氣，李喬的《寒夜
三部曲》大約是這期間逼出來的，稍後又有東方白的《浪淘沙》。前者百萬
言，早已全部完成；後者在五年後的今天猶在源源滾滾、浩浩淼淼不息，
將超過 150 萬言，臺灣文學裡的大河小說，算是從此邁出了第一步。更有
一批年輕新銳的作家也一個個冒出了頭——光是給我留下不可磨滅印象
的，即有成打之多，爲免煩瑣，此處不一一指名道姓了。這裡有個鮮明的
對比：當時，臺北兩大報的文學獎辦起來了，形成一股巨大旋風，但我們
這批新作家裡，靠此獎冒出來的絕無僅有，縱然大家都是以「鄉土文學」
爲主流，卻仍有各寫各的意味。一方有高稿費和巨額獎金，我這邊不但沒
有獎金，稿費也低得不成對比。但是，沒有一個作家埋怨，還有樂此不疲
的樣子。這也是我最感念的事。這個時期，我每個禮拜只到臺北的副刊室
去上班兩天，每次到臺北，總會有一些年輕作家聚過來，暢談文學，個個
意氣風發。我不由地在心中偷偷地想：臺灣文學該靠這一批年輕人了，他
們也都有一種使命感，他們在我心田裡自自然然地展現了一幅美麗的遠
景。我自己雖因劇忙，執筆活動幾近停頓——剛好一直存在於心中的那股
對自己的筆的嫌厭感，也使我毋寧樂於接受這一番停頓與喘息的機會——
卻也忙得興高采烈。

　　這中間，來自各方的「溝通」頗使我困擾，心理壓力無時或釋。似乎
我的小小的努力，被來自各方的關切包圍住了。我唯一希望所寄，是我的
純文學立場能夠使我心安理得，努力以赴。我不得不接受官方一個文學獎

的評選任務，連施明德提議的對《臺灣文藝》的援助，也只能希望他成立類如臺灣文學發展基金會一類的機構，讓我間接受援。在處理文學作品方面，我早已想有所突破，慫恿陳映真復出，並採刊他出獄後的第一篇創作〈夜行貨車〉，以及發表陳若曦的〈路口〉，都是這方面的嘗試（後來這兩篇先後得吳濁流文學獎）。去夏赴美見了東方白，他談起一件往事：他的〈奴才〉投寄《臺灣文藝》，認為只有它敢發表。我也馬上回信說決定在下期《臺文》上刊出。東方白說：「不料接到你的信才幾天，〈奴才〉卻在《民眾副刊》刊出來了。」東方白那爽朗的哄笑聲，使我想起了當時求突破的心，熱切到使自己竟用這種方式來推翻自已甫經拿定主意的事。至於那批年輕作家不曾被長久以來的陰影籠罩過，在「初生之犢」的情形下寫來的含有若於過去被認為「敏感問題」的作品，我都坦然發表出來。美麗島事件、軍法大審等，造成了對臺灣文學界的最大衝擊，我的突破也更進一步，施明正的監獄小說連連出現在《臺灣文藝》上，其中〈渴死者〉並奪獲了吳獎。

急流勇退，讓年輕人接辦臺灣文藝
荒疏六年，重新執筆經營長篇作品

　　如今回憶，說不定這一段期間，我可能有些得意忘形吧。1980 年間，我在報社裡的地位漸漸呈現不穩的狀況，編輯權逐漸被剝奪，我的職務被架空。到了 1981 年，一紙社方命令，把我調為撰述委員，並需到高雄總社去上班。至此，我只好辭去這項工作，實際編輯副刊的期間未及兩年。民眾副刊確乎是闖出一番小小局面來的，可惜甫成氣候便告瓦解。然而，我仍對這家報紙抱有一份感念，因它至少容忍了我這個堪稱報界「異端」的文學界小人物，達一年多之久。

　　緊接下來的兩年——1981、1982 年，我依舊苦撐《臺灣文藝》，可是現實仍然冷酷。大家嚷嚷，贊助與訂戶便來了些，然而第二年續訂率奇差，贊助也不繼，零售方面更始終維持淒冷的局面——每期 200 到 300 不

到，偶然有一期超過了 300，便視爲奇蹟，即使仍有掌聲，還是落個「叫好不叫座」的慘況。

爲什麼？爲什麼會這樣？

這真是「問得好」！臺灣的雜誌界，這差不多是「常態」吧。然而，這回答不成爲回答的。我和許多朋友們豈不也「不信邪」過嗎？

鄉土文學論戰後，鄉土文學的身價非昔日可比；經濟起飛後，中產階級陡增，而且都是較高層次的知識階級，非上一代中產階級可比；社會上普遍富裕了，會尋求文化的滿足……理由不一而足，卻無一非指向文學雜誌會有若干欣賞者。也許，這也是一項理論吧，然而事實卻根本不是這麼回事。還有一個不可解卻又冷酷的事實：日據時代，前輩作家辦了文學刊物，總有二千份左右以上的銷路，在活字人口增加了幾十倍的今日，文學雜誌銷路反不如當年。這一切指出了一個趨向：消費型態的社會上，文化也指向消費商品式的通俗讀物傾向，一些通俗雜誌仍有其可觀讀者，這就是明證。

我接受了小兒延豪的建議，讓他辦起了出版工作，繼之也成立了門市部──泛臺書局，也都未獲成功。社會上，經濟方面在谷底低迷，連年的不景氣，造成百業蕭條。《臺灣文藝》很快地又陷入窘境。我不得不另覓途徑了。再去尋找支持，否則便減縮篇幅，效當年吳濁流的「細水長流」方式。這裡的所謂支持，最好是長期性的，能夠一勞永逸的。臺灣這麼多富人，難道不會有一個願意支持《臺灣文藝》嗎？其實這也是明白不過的事，資本家都不會考慮，爲了他們的命脈握在人家手上，故而鐵定是「拔一毛而不爲」。不過總算讓我找到了不是資本家的陳永興。他竟表示願意進一步接辦過去！這真是個天大的消息。自己辦不下去了，讓人家去試試，是天經地義。再說，我也有頗爲自私的考慮：我已爲它盡了力，也苦了不少年頭，可以卸下仔肩了。這也是年輕人的時代，急流勇退，該是時侯了。於是我同意把這個沉重的棒子交出來。

我唯一念茲在茲的是那批年輕新銳的作家。自從離開了《民眾日報》

以後，他們之中已有多人脫落──也許停筆，也許仍在默默地苦寫沒人要的小說，依然在文壇上活躍的，大概不到一半。從事文學，所能依靠的只有自己吧。在這種想法下，我只有把這番繫念藏入心底了。

　　事情決定了以後，我迫不及待地想回到創作的崗位。猛回頭，這才發現自接辦《臺灣文藝》以來的六年間，我除了爲數極少的短篇及一些應景性文字外，在寫作上簡直是交了白卷。而在這六年間，文壇傾向丕變，文學天地在大家的努力下，拓展了更廣闊的境界。我也覺得六年來已積了些可以表達的題材。我面臨艱難的抉擇：我該爲自己開拓新境呢？抑先消化題材？我覺得一些即將湮滅的歷史，如果不去設法留下紀錄，便可能永遠埋沒。山地問題即其一例。我有現成的一些新資料，只要再經過一番實地調查與印證，即可動筆。於是在決定交出《臺灣文藝》的 1982 年入冬之後，連跑幾趟霧社。我的收穫頗爲滿意，我無暇再去思慮以前在心中形成嫌厭感的種種切切，被胸臆中猛然而起的對山地的關懷，驅動荒疏多時的禿筆，撰寫「高山組曲」第一部《川中島》與第二部《戰火》，預定中的第三部因資料不足、決定暫緩執筆。繼之，又寫起了以臺北大稻埕爲背景的長篇〈夕暮大稻埕〉，這幾部作品都次第完成，並發表出來。

以願待償，且從小處先著力
老兵未凋，鼓起餘勇面夕陽

　　回憶接辦《臺灣文藝》的六年間，應該說是我這大半輩子平靜的生涯當中，有過較大波瀾的日子。前此，雖然在東吳大學任教，但每個禮拜不過跑一趟或兩趟，日常生活可以說都是在鄉間，輕易不肯外出。到報社上班以後，生活情形完全改變，再也不能做個安安分分的鄉下人了。這是個人方面的，至於外界，先有鄉土文學論戰，繼之有美麗島事件、軍法大審，都給臺灣社會，尤其臺灣文學帶來莫大的衝擊。最近兩年，我交出了《臺灣文藝》，自以爲一個寫作者，回到寫作的崗位，其他便可不聞不問。似乎也是這種想法造成了我對時代警覺性的遲鈍。

　　去歲（1984 年）我有過一趟北美洲之旅，歷時 85 日，九月下旬始返。此行聽聞，在我來說，自是非同小可。特別是那種形形色色，大概就是最近常有人提起的所謂「多元化」社會吧，眼花撩亂之餘，卻也不無心領神會之處。

　　在美幾場演講，我曾略提臺灣文學發展基金會的構想，由於鄉親們的反應出乎意外地熱烈，因而帶了若干信心回來的。今春，我有一篇小文寫下了這樣的話：

　　「我這個（成立臺灣文學發展基金會的小小）心願，也許是不切實際的，也許是太天真的。我之所以有這樣的心願，動機倒是極為單純。二十幾年前，鍾理和齎志以歿，到死仍念念不忘以未能有一本著作行世而引為遺憾。老友的這樣的死，恐怕就是觸發我第一次有了設一個什麼機構，來完成窮困的臺灣作家這麼一個小小心願的想法吧。其後，我看到另一個老友張良澤，以蒐集、整理、研究臺灣文學為職志，卻只能憑一己的毅力與微弱的經濟力量來做，以致每逢假期不得不北上，以大學教席之尊而從事打工，賺取一點工資來充作購置舊資料之需。結果因太過勞累而病倒，差一點命歸黃泉。

　　（中略）這兩三年，更有另一老友葉石濤，為了寫臺灣文學史，而步上了與張良澤類似的荊棘之途。再者：近兩三年來，外國研究臺灣文學的風氣漸開，這是臺灣自有新文學 60 年來的創舉。例如日本幾家大學已有了由日本學人講授的臺灣文學課程，彼邦臺灣文學研究會也宣告組織成功。人家在整理（按：「人家」大約已蒐羅齊全了！）研究臺灣文學，而我們自己呢？還有研究心得的交換、交流呢？可以說，我們的文學，對這個基金會的需求，較以前更迫切了！」

　　然而，我這個小小心願，在故鄉卻得不到回應，因而很快地就破滅了。在一陣失望過後，我倒也覺得，我這個心願，目前儘管形同癡人說夢，但也可能在更多的有心人領悟了其中道理以後，會形成一股力量也說不定。也許五年後或十年後，它終究會成立才是。徒歎自己力量渺小，似

乎大可不必；即令卑微渺小，總也有若干小小的事可著力吧。在這樣的想法下，我和幾個年輕朋友合作，又開始了一個小小的工作，那就是《臺灣文學全集》的出版。這也是為臺灣文學留下一點系統紀錄的工作，先從日據時代的前輩作家做起，每家一冊，內容除了以代表性的作品為主體之外，還包括照片、手跡、手譜等資料。以我們微弱的力量，目前尚不敢預定做多少──能做多少算多少，直到力量耗盡為止。如果能邀到多一些讀者與朋友的贊同，使得發行量達到收回成本的程度，那就可以長期做下去了。這裡附帶一筆：《臺灣文學全集》第一冊《龍瑛宗集》──一位曾經在日據時期熠熠發亮過的著名作家的選集，本文發表時書應該也印出來了。與我合作從事是項出版工作的，就是張恆豪與蘭亭書局的陳信元及呂昱。對這批年輕朋友的識見、熱忱與魄力，我要脫帽致敬。

　　至於個人執筆方面，不敢說有多麼大的預定與展望。我大概還可以再寫幾部作品；計畫、構思多時的一部，已如箭在弦上，許久以來即急著要展開積極活動──文獻蒐集已告一段落，田野調查則尚待全面開展，然後便是靜下來開筆了。正如一向來都是如此，我目前也處於開始一件工作前的渴切與焦灼的心理狀態之中。一個文學老兵，竟也禁不住地，想禱告上蒼賜我這個勇氣與毅力了。

〔附記〕

　　去歲旅美途次，在洛杉磯與心儀多年的林衡哲見面，然後在芝加哥的臺灣文學研究會年會上又有了同席的機會。他是目前在美以業餘精力投入於臺灣文化工作，用力最勤的旅美鄉親之一。也許是由於他的這方面的工作而有所感的吧，慫恿我寫「臺灣文壇人物記」一類的文章，為歷史多留一點紀錄。林君的用意我非常明白，因為我也早就想過這一點，並且曾經做了那麼一點點類似的工作，就是我在《民眾日報》副刊及《臺灣文藝》上闢了一個專欄，叫「歷史的一頁」，請前輩們以短短的隨筆文字，為自己過去的若干見聞留下一鱗半爪的紀錄。我承認這工作做得不夠好，而老先

生們也多數惜墨如金，求取片言隻字，難如登天。然而，最近我在謝里法的巨著《出土人物記》裡看到有幾處引用這些短文裡的資料，幾乎當作信史來處理，雀躍之餘，不免感到無限的欣慰。因為這個專欄畢竟產生了小小的作用。

話說回來：林衡哲的建議固然有價值，我也同意在當今臺灣文學圈內，我算得上交友不少的一個，可是生平沒有作讀書筆記的習慣，朋友們的大作隨看隨忘，寫作家不可不及於作品，光憑有限的印象，恐怕難以下筆，從頭再看作品，事實上已沒有這樣的精力與時間，故而沒敢冒然接受這個任務。我倒是想，這樣的文章，何不讓各作家自己來做呢？這便有了「文學傳記」的構思。我的原意是這傳記，既可以由自己來執筆，即「文學自傳」，也可以由別人來寫，包括「專訪」等。

我把這個意思向《臺灣文藝》主編張恆豪提了一下；張君同意了，還要我自己先交出一篇來。自己說的，如果自己都不能做或不願做，那不成了天大的笑話嗎？我又成了無法說個「不」字的可憐蟲。我只有硬著頭皮，勉強寫下了這篇禿文。最擔心的，是不是在自吹自播，或自我辯解，也怕落入「當年勇」或「白頭宮女」的窠臼。如果給人這種印象，那是我的不是了。謹在此叩頭。（1985 年 3 月 5 日・久雨不息中）

〔又一個附記〕

昨晚世勛與幾個好友連袂過訪，一夕歡談，還要我供稿。世勛居然還記得我有這麼一篇「舊作」，堪稱一奇。未敢違命，把這篇舊稿找出來。看看日期，已近兩年，且目前心境，迴異曩日，發表與否，頗覺徬徨。既是老友們一番好意，也就不好推辭了。為存原貌，一字未易；自慚蕪雜，卻也只有請老友們原諒了。（1987 年 1 月 4 日）

——選自《臺灣新文化》，第 6 期，1987 年 2 月

論鍾肇政

◎何欣[*]

　　在文學園地裡苦苦耕耘 28 載[1]的鍾肇政先生，同很多作家比起來，該算是很幸運的了。所謂「幸運」，就是他的作品發表之後，受到了很多讀者的注意，從他獲得的獎金次數之多[2]，就可以證明，尤其是他榮獲第三屆吳三連文藝獎，更說明他已被公認是屬於「有卓越成就者」的作家了。[3]迄今為止，鍾肇政已出版長篇小說 16 部，短篇小說集 7 部[4]。在這眾多作品中，雖然他最珍視《臺灣人三部曲》，但無疑《濁流三部曲》也是他認為滿意的作品[5]，且是「對於鍾肇政有深刻的意義」[6]的代表作。這是一部頗具野心的大書[7]，作者要通過一個人物——陸志龍個人的經驗反映一個大時代的轉變和這個時代裡臺灣的社會[8]。鍾肇政曾說陸志龍就是他的化身[9]，或者說，他把自己的影子投進他創造的小說人物身上。讀過《濁流三部曲》後，自然會深深感覺到它是部「自傳體」的小說，因此對作者略做介紹，應該是必要的。

---

[*]何欣（1922～1998）散文家、翻譯家、文學評論家。河北深澤人。

[1]自 1951 年起開始創作。

[2]中華文藝獎金委員會採用他的〈老人與山〉，也算是獲獎。1967 年獲教育部的文學獎；1968 年獲嘉新小說創作獎；1979 年獲第二屆吳三連文藝獎。

[3]這個獎是給予「……舉凡詩歌、散文、小說、報導文學等之創作及繪畫、音樂等之藝術造詣具有卓越成就者」。

[4]關於鍾肇政的作品（包括創作與翻譯）的目錄，請參看應鳳凰女士所編《作家書目》，臺北：爾雅出版社，1979 年。

[5]申請吳三連文藝獎時，鍾肇政便是以此書申請，筆者忝為該獎金評審委員，故知。

[6]參看葉石濤的〈鍾肇政論〉，收錄於《臺灣鄉土作家論集》，臺北：遠景出版公司，1979 年，頁145。

[7]從量上來說，《濁流三部曲》的遠景版，凡 1124 頁，分裝為 3 冊。

[8]參看葉石濤文，見註 6。

[9]參看〈鍾肇政談鄉土文學〉，《中央日報》讀書周刊，1979 年 10 月 24 日。

　　鍾肇政於 1925 年生於桃園龍潭，讀中學時始離開故鄉到淡水去，就讀於私立淡水中學，後來又考取彰化青年師範學校。1945 年 3 月，被日本徵召服役，擔任防守臺灣本土的任務，但服役時間不過半年，第二次大戰即告結束，日本無條件投降，所以他並沒有參加過任何實際戰鬥，軍中生活只是服勞役和受折磨。在服役時，他不幸患了一次熱病，由於醫師疏忽，醫藥缺乏，致使他的聽覺受損。臺灣光復後，曾在故鄉龍潭擔任國民小學的教師；1948 年曾考入臺灣大學，但因聽覺障礙不得不輟學，再返故鄉教書，並致力於學習國語與寫作，稍後開始從事其他有關文藝方面的工作[10]。

　　前邊的一點點介紹，雖然沒有提供鍾肇政在創作方面的發展歷程和成就，但至少可以說明他在形成性格與思想時期的生活環境。在這個時期，日本對於臺灣的統治已趨鞏固，前一代的轟轟烈烈的抗日活動漸趨沉寂，或是改變成不會招致太大摧殘與傷害的方式。日本統治者不再需要血淋淋的屠殺，他們已開始積極地推動偏於利誘的所謂「皇民化運動」。當然在這段不復聽到戰鼓笳聲的較平靜的時代裡生活的年輕人，縱然有些心裡仍燃燒著對日本統治者的憎恨與憤怒，但他們不再通過戰鬥行動表現出來了，他們在現實生活的壓力下，也就莫可奈何地被動地接受現狀。直到第二次大戰時日本軍閥同美國宣戰而臺灣青年被征入軍隊，到南洋地區或中國戰場上作戰的時候，因為同外界的接觸，而使那多眠的民族意識再度澎湃。在鍾肇政的這一代，在未被徵入伍前的求學時期所追求的自然不是民族獨立運動，而是如何在同日本人共處時能夠獲得平等的對待與保持一己的尊嚴不受踐踏。就這一點，如果不同日本人合作的話，恐怕也是很難取得的。處處受歧視的屈辱常會造成某種的逃避與自卑感，有自卑感者會常常在能夠表現的情況中盡量強調一下自己的優越。但僅在臺灣本土接受限制頗多的中等教育的一代，恐怕也很難有出人頭地的機會，不願「皇民化」者，難免就在平凡的生活中混過去，直到第二次大戰末期才能聽到使他們

---

[10] 此簡介係根據《自立晚報》，1979 年 10 月 19 日的吳三連文學獎專輯對鍾肇政的介紹。

覺醒的雷聲。鍾肇政選擇了陸志龍來做爲這個時代的代表人物，然而這個
被視爲是知識分子的陸志龍，正如葉石濤所說，「……沒有真正的生活過；
沒有嚐到愛情的禁果，沒有嚐到生活的苦味，生活還沒有折磨得使他活得
氣餒和不耐煩」[11]，所以讓陸志龍的個人經驗和遭遇來反映那個時代的臺灣
人民和知識分子的心聲，就顯得非常單薄無力，而《濁流三部曲》也難成
爲「一部氣象宏偉的活的歷史」了[12]。從很多被稱爲是「偉大的」小說裡，
我們不難看到，「宏偉的活的歷史」所觸及的生活層面與範圍必然是相當廣
闊的，只局限於個人的小圈子裡的生活不可能代表出整個社會的民心。陸
志龍的世界只是偏僻的小山村，單純的小家庭，一所國民學校和被孤立在
一個鎮上的日本軍營。他所接觸中的人物多屬這群在任何方面均不夠成熟
的年輕知識分子，他們之中大部分似乎也沒有爲爭取臺灣擺脫異族統治的
大志。這種「生活舞臺之狹窄」[13]限制了陸志龍，所以把有關現實生活的片
鱗半爪推開後，剩下的便只是無時不尾隨著陸志龍的一些戀愛故事了。

　　這個三部曲的第一部《濁流》主要敘述陸志龍在一所國民學校服務的
情形，那時他只有 18 歲，中學畢業，通過他父親陸維祥在教育界的地位而
謀得一個教席之職，而且不是一個正式的合格教師。這是他的開始同社會
接觸，自然我們看到那「脾氣古怪」「並且是以嚴厲高傲出名的」日籍校長
岡本太郎兵衛嚴肅得令人害怕，嚴厲是嚴厲，但他並沒有表現出對臺籍教
師無理性的歧視與高壓，他對日籍和臺籍教師間沒有明顯的差別待遇。我
們也看到日籍教師和臺籍教師之間雖有某些距離，但並沒有任何具有深遠
意義的衝突，臺籍教師的一些不滿與牢騷，多半不是產生於「不公」對
待。陸志龍說，「但我總覺得自己彷彿成了個雙重人格的人，一個個性軟弱
的人，他與環境的關係是永遠站在被動的地位的，我也正是如此。」[14]他在

---

[11]見葉石濤的〈鍾肇政論〉，《臺灣鄉土作家論集》，臺北：遠景出版公司，1979 年 3 月。
[12]語出〈鍾肇政談鄉土文學〉，見註 9。
[13]見前引葉石濤文，他說：「陸志龍生活舞臺之狹窄，使得他如何努力伸出他的觸角也摸不著光復
半年以來這鼎沸、動盪不已、形形色色、變化無窮的社會各樣相。」，頁 147。
[14]《濁流三部曲》，頁 57。

面對任何新情勢時，總有個應付它的口頭禪，就是「一切都要過去的」。這個「一切的一切都要成為過去」使他「在以後的許多歲月中，把我從失望與屈辱中救出來，使我得以在萬般的難堪中過日子。」[15]實際上他這種處世哲學乃是一種莫可奈何的被動，也可以說是在面對新現實時的一種逃避，這種被動消極也表現在他的臺籍同僚的身上，他們具體地表現了那種莫可奈何的屈服，對於不關緊要的小事情的屈辱不曾產生任何精神壓力。然而陸志龍並不完全是個蒼白的妥協者，他要在不與冷酷現實正面衝突的領域裡表現他的優越感和年輕人的幼稚的英雄主義，在對日本人的鞠躬彎腰和「哈」的聲中，他無選擇地就只有成為女孩子們喜愛的對象一展其「抱負」了。我們看到，在這所學校教書時，他並未認真考慮對教書的問題，而只注意到長得漂亮的女教師如「她那豔麗的笑卻是那樣慷慨地投向我」的「處處發散著天然的青春美色」的藤田節子、有浮世繪裡的人物那種韻味的古典美人谷清子。回到家裡──一個偏僻的小村莊五寮鄉，他父親是「五寮分教場」的主管──時，就有村中首富邱戀嬰老人要他同他的孫女兒秀霞定親，秀霞是山村中最美麗的女孩，也是在外邊念書的；還有常到他宿舍裡來玩的一群他妹妹美蓮的女同學。對於年才 18 歲的陸志龍，女性自然構成對他的誘惑，這誘惑產生於他的生理的反應，裡邊感情上的「愛」的成分並不大。不過在那麼多女孩子圍繞身旁且都對他很羨慕時，自然會使他覺得自己是優於其他人的英雄了，尤其是在幾位男同事間，顯然覺得自己是「天之驕子」。

真正涉及到感情的是他和谷清子間的關係。谷清子年齡比他大，有過痛苦的愛情經驗。她曾以「從前有個女孩……」的講故事的形式把她的身世告訴陸志龍：她曾有個愛人，出征戰死，使她痛不欲生。差不多兩年後，一個大學生愛上了她，她那枯木般的心被他感動，產生了感情，但在他們結婚前夕，他又被徵入伍，在往南洋途中沉船而死。後來她同現在的

---

[15]同上註，頁 5。

丈夫結了婚，但兩人間沒有任何愛存在，他也出征快兩年了，她是出征軍人眷屬。而今遇到一個年輕的小伙子，而他又有點兒與眾不同，覺得他「又純潔，又正直，而且也很有為」[16]，故而有了愛意。自然像谷清子這樣的人的愛，不會是柏拉圖式的單純的愛，也不會停留於她所稱的姊弟之愛，在他訪她於宿舍中而巧遇警報時，發生於兩人間的親密擁抱[17]。雖說是臨時發生，而且發生得很自然，但谷清子這個年輕的征人眷屬所求的恐怕也是欲望的滿足吧。陸志龍被谷清子激起了相當深的愛，雖然他並未真正體會到愛的真諦，他了解的愛是個十八、九歲的年輕人了解的愛，吻一吻和抱一抱的肉體接觸之愛而已。當谷清子向他說為什麼她把身子獻出給那個州督學板垣重雄，「……越是愛你，心就越痛苦。你不曉得那痛苦多麼難受，多麼厲害。……我本來可以拒他於千里之外，可是想到你，想到我會給你招來不幸，我閉眼咬牙，獻出了身子……」[18]時，陸志龍說他不十分了解她的話。是的，他不會了解，因為他還不能了解這種為了愛而自己犧牲的偉大，谷清子最後為他自殺對他的撞擊也不大，他似乎並未從這次的戀愛中得到什麼。

在《濁流》裡當然也「片鱗半爪」地敘述了戰爭末期臺灣同胞在日本的掠奪搜刮下所過的困苦生活，也描寫了臺灣同胞所受的不公平待遇，但這些都不是作者要發揮的主要部分，只是次要的點綴，缺乏排山倒海的力量。日本正在侵略中國和東南亞的國家，正在建立大東亞共榮圈，正在加緊壓榨臺灣同胞，臺灣的一些青年在被迫送往外地作戰，難道這些都不為知識分子所知曉？他們為什麼沒有強烈反應？陸志龍和他的臺籍男同事私下裡所談論的只不過是追求女人的瑣事而已，彷彿他們連看看報談談戰爭的情緒都沒有。這當然是難以令人相信的，然而他們的內心中都沒有一絲兒反抗的思想存在。

---

[16]參看《濁流三部曲》，頁 208 的描述。
[17]同上註，頁 223。
[18]同註 16，頁 274。

　　在第二部《江山萬里》裡，我們看到陸志龍過的軍營生活，這段生活不同於學校了，在軍營中能夠更切身地看到日本統治者的真實的猙獰面貌，應該促使陸志龍和他同代的年輕人覺醒，加深他們的民族意識。年已20 歲的陸志龍被徵入伍當新兵時，盟國的飛機已開始轟炸臺灣，且已有「日夜不停的空襲」，我們也可以說，戰爭的火焰已經燃到了臺灣，且日軍也漸露敗跡，雖然日本軍方的宣傳仍在巧妙地掩飾戰敗的消息。雖然日本的小隊長們仍在積極地向他們灌輸忠於天皇的軍國主義思想和日本絕不會向敵人曲膝的大和民族精神，但平時抱著「寧可不思不想，一切隨他去吧」的對死「看得很平淡、很達觀」的陸志龍，在面對已是「學徒兵」和「皇軍的一員」時，也不能不「全身起了一陣顫慄」[19]了，這一「顫慄」使他從糊糊塗塗相信「一切都會過去」中醒來，使他漸漸蛻掉那「傷感和頹廢」，軍營中的受折磨的艱苦生活把他從思念谷清子、邱秀霞們的小世界裡拖出來，同伴們如今談論的是戰爭，是臺灣的安危，是「如果來了臺灣，是不是也要全員玉碎？600 萬人口，全員玉碎？陸地，父、母、妹妹們的映像在我的腦子裡勾上來」。我們先看看陸志龍這輩年輕人在軍隊中的生活。

　　我們都知道日本軍人素以訓練嚴格、絕對服從和寧死不退而著稱的，他們訓練臺灣的「學徒兵」也是用同樣的方式，軍官似乎有絕對的權力，美國式的吊兒郎當是絕對不允許的。我們看到那些負責訓練新兵的小隊長們如虎似狼，動不動就來個集體懲罰，他們的皮靴猛踢狠踩著疲乏癱瘓的兵士們的肩、背和腿。他們迫使這些「學徒兵」做苦工，動不動就毆打，「皇國軍人的無敵攻擊精神都是靠一個打字鍛鍊出來的，所以我們也要多打多揍」，「事後還要檢查每一個人的臉頰，沒有被打得通紅的，打者便要受到毒打。」[20]還有使他們受不了的就是飢餓，這些兵「一天到晚，除了睡

[19]同註 16，頁 320。
[20]同註 16，頁 402。

覺以外，都在盼望開飯」，每餐飯七、八口就吃完[21]。這類的身體虐待自然
會引起兵士們的不滿與憤怒，激起他們的恨，但也僅如此而已。那些日籍
小隊長們要這些兵士們相信「皇軍」的崇高使命時，他們在精神上感受的
壓迫並不大，因為他們對於日本軍閥發動的這場「聖戰」並沒有深入的理
解，對於日本侵略中國也沒有基本的認識，在兵士們之間，也沒有任何的
疑問。當日本軍隊在戰場上愈失敗，這些小隊長愈暴橫時，兵士們抱怨的
是工作時間更延長和折磨更難忍的痛苦，而不是對異族的更深的仇恨。

　　在求學時期「曾為羅亭哭過，也曾為巴札洛夫悵然良久」的陸志龍一
向偏於厭世、頹廢，現在仍想在文學作品裡尋求他的慰藉，但是軍營裡不
會使他躲藏到文學作品創造的世界裡去。但陸志龍真是幸運的，他在一個
國民學校裡發現了一位女教師——擔任四年甲班教師的李素月，「她給了我
這個忽然變得渴盼異性的人很深刻的印象」。這個學校裡的教師對這些「兵
隊桑」當然會表示歡迎的，而他們特別喜歡陸志龍，請他常常到學校裡彈
琴，也是由於被要求彈琴而同李素月逐漸接近，陸志龍又獲得一個女孩子
的愛來減緩軍營生活的單調與痛苦，又有了鎮痛劑！別的人也從追求女性
活動中解脫一部分的痛苦，如林文章之追求一家冰店的小姐等。但在這群
年輕兵士中有一位很特別的人物，就是林鴻川。在德國無條件投降歐洲戰
場的砲聲結束，日本將單獨同全世界為敵時，他散布這個消息，他說出
「機會是要造出來的……這仇恨，我永不忘卻……那是我們血液裡原來就
有恨……我們都有熱血，欲已不能已的熱血……」[22]他們只聽到林鴻川講出
「仇恨」與「熱血」這類的富有煽動性的名詞。陸志龍在思索這些名詞
時，也沒有產生激動，他只擔心林鴻川的蠻幹會給他帶來不幸。然而這有
熱血的林鴻川終於「蠻幹」起來，舉著手槍，對著那些小隊長咆哮說：「兩
個月來，你們作威作福，肆意欺負人，哼，我們並不是每個都沒有骨頭的

---

[21]同註 16，頁 400。
[22]同註 16，頁 554。

軟體動物，我們都忍著……你們的末日到了!」[23]那些被罵為狗仔的小隊長一個繼一個跪下來，哀求饒恕。林鴻川的行動使陸志龍了解「……這次的事倒也可以說是他一手造出來的機會了。至於他早就有一套完整的，包括心、物兩方面的準備，然後，勇敢地攫住了機會……」[24]這「心」的準備該解釋做精神武裝了。為什麼別的人都是「沒有骨頭的軟體動物」呢？因為他們沒有精神的準備，陸志龍這時候總算開了竅。

在林鴻川的事件發生之後，陸志龍又聽蔡添秀告訴他的話（蔡添秀轉述他爸爸告訴他的話——他的爸爸為反抗日本而英勇犧牲）:「……吾兒，你曉得你的祖國嗎？她不是日本，而是中國，我們的祖先都是從中國來的，我們的血液都是中國人的血液，骨頭也是中國人的骨頭。」[25]這時候陸志龍「才」開始想，「才」開始形成一個逐漸清晰的概念，知道中國人的血液和骨頭裡滿含著仇恨。這時候，「江山萬里」四個字「才」驀然映現在他眼前，他「才」知道「不管這四個字是出自鄭成功也好，或者後人也好，精神是一樣的，那就是血液的呼聲，對祖國河山的渴慕之情」，了解林鴻川的行動是「顯示了我們民族的熱血」。陸志龍在開始了解這種民族仇恨和自覺懦弱後，按著又發生一件使他振奮的事，那就是小隊長野村勇被謀殺，作威作福的小隊長，而今「衣服都撕碎了，全身血肉模糊，雙眼爆出，嘴邊全景血漬，慘不忍睹」，[26]「皇軍」的血終於在他們面前流出來了，這是他們做夢也想不到的。原來把野村隊長推下山崖摔死的就是蔡添秀，雖然陸志龍說他「索還了一筆血債」，可是十幾歲的蔡添秀卻受到刺激，心情緊張。這一段描寫得雖不夠深刻，但卻非常適當。蔡添秀的作法和林鴻川的完全不同，但兩人都是陸志龍的知心朋友，所以給予他很大的影響。他對被捕後的蔡添秀的關懷，流露出的可貴的友情，是以前沒有過的，他甚至能為營救蔡添秀而計畫，而採取行動同蔡的母親聯繫等等，他開始「變」。

---

[23]同註 16，頁 563。
[24]同註 16，頁 568。
[25]同註 16，頁 569。
[26]同註 16，頁 586。

　　接著故事轉到陸志龍和李素月的關係的發展，陸志龍仍是被動者，自卑感極強的他覺得他不配和素月來往，因為素月來自一個臺灣典型的有錢人家，而他則是窮人家的孩子。這種自卑一直在控制著他，使他膽怯、躊躇、矛盾。後來在一次空襲中，他逃警報時忽然病倒，在他病中素月曾來照顧他，也像谷清子那樣率直地表示了對陸志龍的愛意。後來他因病而失聰，成為半聾，這更增加了他的自慚殘穢的意識，越發不敢接受素月的愛，而且特別誇張自己的痛苦，實際上那痛苦只不過是個空洞的名詞，陸志龍現在仍不真正了解痛苦的意義。直到他聽過富田和他講的一番話之後，他同意富田說的「人，既然活在這世上，終歸有條路可走」[27]的話。

　　緊接著就是日本的宣布無條件投降，戰爭結束，這群青年的苦難也隨之結束。

　　這第二部《江山萬里》應該是三部曲裡最重要的一部，因為陸志龍過的軍營生活雖只是短短幾個月的時間，但對他的發展有極重要的影響，我在前邊已經提過。不過，由於結構散漫，選擇的事件不夠集中，未能獲得強度，陸志龍的了解《江山萬里》和產生的「祖國之愛」顯得相當無力，這愛還沒有浸滲到他的思想、感情裡，成為他的一部分。

　　第三部《流雲》寫戰爭結束臺灣光復，本省同胞擺脫異族統治者的枷鎖和桎梏的歡快情形，惜乎作者只簡單描寫了一些表相，而未能把握住「光復半年以來這鼎沸、動盪不已、形形色色、變幻無窮的社會各樣相」，[28]於是陸志龍就又投身戀愛的渦流裡，推拒了一個他在軍營時決定要投入的社會。

　　《流雲》開始寫陸志龍離營返鄉，帶著他的耳聾給他的屈辱、恐懼、痛苦和哀傷回到父母身邊，父母給他的關懷和溫暖雖使他心情平靜些，但他——這位多愁善傷感的青年——仍被孤獨感攫住不放，這種孤獨感是怎樣產生的呢？經他自己的分析，是來自乍置身於一個新環境的生疏感，對

---

[27]關於這些討論的根據，見《濁流》頁696～697敘述。
[28]參看註13。

茫茫前途的畏懼,朋友們的離開,同李素月的別離等。就在這孤獨的時候,他初遇在他生命史上占了極重要地位的阿銀,一個鄉野的姑娘,完全不同於他以前愛過的谷清子和素月,「她有一頭很豐滿的黑髮,蓬蓬亂亂地散在背後。上身的衣服,分明是一領舊軍服,下面卻又是農村常見的半長不短的黑色褲子,露著膝蓋以下的部分。」一個牧牛的女孩,竟然引起這位不願同土裡土氣的年輕人結交[29]的知識分子陸志龍的注意呢,也許因為她這份裝束太奇異了吧,「真的,這女人太奇異了。說年輕,好像不年輕;說是中年婦人,卻又有些很年輕的模樣。從神采來判斷,她可能是個正常的人,可是我覺得更像個瘋女,或者說神經不十分正常的女人。」他的妹妹美蓮告訴他,阿銀一點也不瘋,而且是個大她一歲的能幹的女孩,她是莊稼人葉阿富的養女,是要給他那個白癡兒子蕃仔做媳婦的,當然聰明伶俐的阿銀不願接受這個悲劇的命運,自然地她的行為也就怪誕起來。她的怪異引起了陸志龍的極大興趣。

在鄉居的時候,陸志龍閒來無事吧,因此開始了他的學習漢文的苦讀功夫,他的父親年輕時讀過四書,認得漢字,可以教他,他也有朋友一起,所以這學習國語的興趣愈來愈高。作者對他苦苦學習的過程也有不厭其煩地敘述,使不熟習當時情形的讀者能完全了解那時臺灣同胞學國語的熱忱和困難以及他們克服困難的決心與毅力。作者也描寫了陸志龍到他的真正故鄉靈潭街上歡迎國軍的情形,在歡迎的群眾裡,他遇到兒時的同學,包括他的「童戀」的對象徐秋香,雖然小學畢業後徐秋香到臺北第三高等女學校讀書,他便很難看到她,但這次再見到她時,他卻表現得相當緊張,過去的一段戀情還活在他的心裡,雖無熊熊火焰,但餘燼未滅。他此刻遇到的徐秋香被描繪成是「她變得不少了,好像不再有從前那種動人的色彩」,是「略微清瘦的」、「略呈蒼白」。

在陸志龍接觸的女性中,我們還看到他的朋友林盛光的堂妹林完妹,

---

[29] 見《濁流》頁743。

一位國民學校的教師，只見過她一面，陸志龍就「有些心旌搖晃。完妹的影子在我的眼底留下了很鮮明的印象。真的，她確是個美人。」他向林完妹借了文學名著。這時，陸志龍告訴我們，「在我這些日子裡，已經有幾個異性出現在我身邊了。一個是街上的我那位童戀的小情人徐秋香，一個是借書給我的三洽水美人林完妹。還有一個是住在我家對面的怪女孩阿銀。另外一個，我雖還沒有讓她在前面的文章裡登場，但我已經相當熟悉，而且在本書仍將占一席地的屋主水炎伯的女兒六妹。」六妹是個「勤奮的女孩，年紀 18 或 19，天天早出晚歸，不是到山上摘茶，便是在田裡種菜，也常常去打柴揀草」，她的「面貌似乎是很平常的，但體態很輕盈，曲線玲瓏，仍然是個動人的」。[30]她有些像阿銀，是屬於鄉野的姑娘。這些女孩子時時浮現在他的幻想裡，尤其是完妹，他把她當做結婚的對象來想她。20歲的陸志龍覺得每個「胸前隆起的」女孩都是動人的，對他都是一種誘惑，都能激起他的慾的衝動，但他沒有愛情，真摯的、犧牲的、奉獻的強烈感情，是他的自卑感閹割了他？他口口聲聲所說的愛只是蒼白空虛的抽象的字眼兒而已，他不具備成為大情人的條件，他只好從閱讀文學作品中慰藉自己。

　　但他必須成長，必須了解真正的愛，谷清子沒有使他了解，現在阿銀負起了這一任務，阿銀向陸志龍發出了「野性的呼喚」，他說他能「從她那兒感到一種奇異的威壓」，[31]他覺得她那很大很圓也很深邃的眼睛「有一股懾人的寒光」[32]。此外，也在想阿銀的別的男孩說「她真是個誘人的妖精」[33]而為她所迷，這種誘惑人的力量不是人們誇讚女孩子的溫順、安靜之類，她的行動的怪異和誘惑力是來自她那股咄咄逼人的狂野，所以我說她發出了「野性的呼喚」。不過阿銀所代表的並不完全是未受折磨的天然的野性，事實上她一直在受著精神上的折磨與虐待，她必須保護自己，她的看來有

---

[30]同上註，頁 821～822。
[31]同註 29，頁 819。
[32]同註 29，頁 831。
[33]同註 29，頁 833。

些瘋癲的怪異行為是她的保護色，這顏色正漸漸滲入她的皮膚中去了。對於她，陸志龍好像著了魔似的，時常偷看她的一切行動，觀察她的言行，同她無所忌憚地談天或在田野間的追奔。在同阿銀的來往中，因為她不過是個山野間的牧牛女郎，陸志龍的自卑感不再緊緊地抓著他，去除了自卑感的束縛，他自然能流露出不矯飾的態度，他的這種態度自然也會容易獲得阿銀的愛。在陸志龍的追求中，他並沒有敢縱情地去愛阿銀，彷彿他永遠不能夠像隻鷹般在愛的天空中傲然地翱翔，這愛情的堤防是他心裡的恐懼，他去找阿銀的時候總是有偷偷摸摸的觀念在作祟；是他周遭的人們給他的壓力，他們都在鼓勵他追求林完妹，他並沒有為了阿銀而放棄其他的女孩子，當然在各方面對他都更合適的完妹成了一股不小的力量拉著他。在夜晚，陸志龍想到同阿銀結婚的困難——阿銀的養父不會放棄她，他自己的父母不一定答應這門親事，而他自己也在猶豫，「可是……難道我沒有旁的路子嗎？我的耳朵不會忽然痊癒嗎？我豈不是應該有一個廣大的世界供我馳騁嗎？」[34]在「廣大的世界」中「馳騁」時，阿銀就不是他的「恰當的幫手」了。在這情形下，他自然地又想到完妹，她「又那麼漂亮，教育程度也合適」，又「門當戶對」，將是他的「晴耕雨讀」生活中的好幫手。如果我們看看阿銀的言行，就會感覺到做為一個知識分子的陸志龍夠有多少顧慮，多麼畏畏縮縮。阿銀決定犧牲自己，她同白癡蕃仔結婚，五天後離家出走，消失在茫茫的人海裡。她這樣做既完成了她對養父的交代，也斬斷了她同陸志龍的愛情繩索，使陸志龍可以去「馳騁於廣大的世界」，而對陸志龍給她的那點感情永遠珍藏在心頭。阿銀是個敢愛的人，也懂得如何愛。

我們曾發現谷清子和阿銀間許多相似處，這可能是作者故意的安排。當然這兩個人的生活環境與教育背景如南轅北轍，但她倆的遭遇和同陸志龍的關係卻成為相對應的人物。谷清子有兩次愛情的挫折，最後嫁個毫無

---

[34]同註29，頁1024。

感情的丈夫，而這丈夫出征在外，有名無實；阿銀爲童養媳，未來的丈夫是白癡，不了解任何感情之事，也是有名無實的。谷清子在那一群庸庸碌碌的男同事間找不到一個使她愛的人，陸志龍來了，她便撲向他。阿銀在山村中被認爲是個有神經病的人，她的內心善良不爲人解，追求她的皆是鄉愚，陸志龍出現，燃起她的愛情之火。兩個人都大膽而主動地獻身給陸志龍。谷清子在被迫之下同督學發生關係，動機出自保護陸志龍。阿銀也同樣地是被迫同蕃仔結婚，也是爲了不再拖累陸志龍。谷清子最後自殺，阿銀則悄然消失。這兩個對陸志能有深深影響的女人都不是「正常」的，我的意思是說，像完妹那樣正常發展的人物，所以她們的愛也如暴風雨後的激流，而不是一步步自然成長的。這樣的愛給予陸志龍的影響是否也是不正常的？作者似乎沒有對這個問題做一深究，結尾時陸志龍說他「對阿銀的愛心漸漸穩定、專一了」，但是他能否找到阿銀還是個大問號哩，這穩定與專一尚待證明。

　　《濁流三部曲》既如作者鍾肇政所說是「一篇自傳體小說，書中情節主要是以自己的經歷構成的」，那麼，我們可以說，鍾肇政——陸志龍是要通過他的經歷來敘述一個人的開始進入社會和生長過程：從孩提時期經過青年期而達於成熟期，這種成熟不僅僅是因嚐過禁果而有身體之成熟，也必是在智能上、道德上、精神上均有發展而臻於成熟，因此在選擇促使他成熟的「經歷」是非常重要的。通常這類小說的主人翁必須經歷一連串的外來的壓迫、挫折、矛盾，而他憑著他的機智和毅力應付這些，由此理解它們，理解自己同它們的關係，最後理解自己和自己選擇之路。同時鍾肇政欲把陸志龍雕塑成一個具有歷史意義的人物，使《濁流》成爲一部「氣象宏偉的活的歷史」，可是陸志龍這個被稱爲很敏感的青年，只是對於一些傷害他自尊心的事情敏感，他既不能分析，又不能思考。如果他能夠，他的經驗一定會使他體會到在生活中團結、忍耐和勇氣的意義，實際生活會磨練他具有這些性質，但他對於遭遇的那些「經歷」，不能夠了解其更深遠更普遍的意義，因此做爲其有代表性人物的力量就大大地打了折扣。我們

看到的是一連串的單獨的「經驗」被記錄下來，而每個經驗後面卻沒有那使每個人的生命燃燒的火照亮它們。既然陸志龍是文學的熱愛者，想要成一位偉大的藝術家，他在 20 歲的時候還不曾嘗試著磨練自己如何去創造他的藝術世界，而只在經驗的碎石片砌成的小山徑上徘徊。我想鍾肇政——陸志龍是太珍惜那些個人的特殊經驗了，便不厭其詳地要作翔實記錄，因此這些經驗只是放在一個由特定時空構成的框架中，至於這些部分與部分間的關係，部分與整體間的關係，各個部分為了一個統一整體應做的適應，幾乎全被忽略了，而這才是一部文學作品所必須的技巧。

沒有衝突便沒有故事，衝突是小說的核心，這衝突的範圍是極廣大的，而理想與現實的衝突則是作家們最喜愛的主題。《濁流》裡缺乏這種強烈的衝突。陸志龍是受的日本教育，這種教育的目的自然是要臺灣的青年們接受日本的那一套「皇民化」的思想，因此陸志龍就默默地接受，直到日本在第二次世界大戰失敗的時候，他才知道臺灣與祖國的關係。他的父親陸維祥是位老師、知識分子，他應該熟知臺灣那些抵抗日本統治者的血淋淋的事實，如果他能把這種愛國情緒和民族意識灌輸給他的兒子，使他成為一個有思想的有抱負的青年，使他能以忍辱負重的精神忍受或抗拒日本人加給他的凌辱，那麼，無論在從事教育工作時，或是在軍營中服役時，就不會只感到自卑或抱怨他和他的同伴所受的肉體上的痛苦了。精神上的折磨會使他去沉思，使他了解異族侵略的本質，因而把他對抗日籍小隊長的行動提升到同惡魔之戰，理想與現實交戰，那將會有多大的撼震力啊！在愛情上也是如此，只看到他的猶豫，不敢勇往直前，不深究愛的意義。在他所接觸的女孩裡，只有阿銀是個會呼吸有生命的活人，其他的女孩都是過於觀念化的無血無肉的人。我不太同意葉石濤所說的這本小說寫的是靈與肉的衝突。[35]銀妹可以說是「肉」的象徵，但那高不可攀的徐秋香並非聖潔的靈的象徵，而且陸志龍也沒有在這靈與肉之間掙扎。徐秋香只

---

[35]前引葉石濤文。

像幽靈般偶爾在陸志龍的心裡掠過，究竟陸志龍對她崇拜到什麼程度？只是一個想起來頗甘美的童戀而已，如果拿勞倫斯的《兒子與情人》裡保羅和陸志龍比一比就可以知道，徐秋香和阿銀屬於兩種不同類型的人，但這些相對的性格並沒有在紙上表現出來，勞倫斯筆下的密瑞阿姆（Miri—am）和克拉拉（Clara）的形成對比是多麼鮮明，多麼有力量。

　　也和很多小說中的主角一樣，陸志龍既是行動者，同時也是批判者，而這兩個角色時常響著不和諧的聲音，此外，作者有時候也會把做為批判者的陸志龍推向一旁，直接向讀者作一番解說。陸志龍是個富於內省的人，作者一再這樣告訴我們，所以行動者陸志龍每逢做過一件事或做一個什麼決定之後，批判者陸志龍便站出來，說出一番道理以為這些行動辯護，或是予以批評，這些都是近於內心獨語的自我表白。陸志龍對自己的批評常常是今天的陸志龍回頭看昨日的陸志龍所做所為的批評，所以顯得那麼格格不入。如果把這一部該刪除的刪除該修訂的修訂，這部小說在藝術的完整性上就完美得多了。

　　由於希望把個人的經驗全部記錄下來而未加剪裁，對於它們未能技巧地重組、變形，甚至創造新經驗以適應的歷史的目的，作者恐怕也深深感覺到龐大臃腫的《濁流三部曲》的結構之鬆懈了。使這部小說「臃腫」者是許多性質上差不多的事件的重複，就以出現的那些女孩子而言，也是如此，她們的出現，除了表示陸志龍的能引起女性注意之外。又有什麼必要呢？譬如說，那位水炎伯的女兒，「天天早出晚歸，不是到山上摘茶，便是在田裡種菜」的六妹，有出現的必要嗎？作者自己也曾說：「本書校對之際，本來想好好修刪一下，一則因為時間匆促，再則也覺得保持原來面目亦是需要的，所以改動之處不多，一些日語詞句也都保留下來。走筆至此，倒又覺得，如果有仁人君子幫我大刀闊斧刪節，另以更簡鍊的方式印行節本，那就值得我頂禮膜拜了。」[36]問題是它所需要的不僅是「大刀闊斧

[36]遠景版《濁流三部曲》的跋。

刪節」後的節本，是要做一番重組的功夫。而且要注入血液，使它成爲有
生命的，這是藝術家自己的責任，尤其是這部小說，如有更藝術化的處
理，可以成爲一部很好的作品。

在這部巨著結束時，陸志龍說：「我又開始邁步了。是的，我要走向那
陽光所照來的方向。」我們也希望陸志龍在思想、感情上更成熟，也希望
以寫作爲矢志的他能在藝術上往前邁進[37]。

——選自何欣《當代臺灣作家論》
臺北：三民書局，1983 年 12 月

---

[37]葉石濤的文章裡有這樣的話：「鍾肇政應該嘗試追求真理，塑成真正屬於一己的世界觀，燃燒裡
想主義的火焰了。」葉書，頁 144。

他為什麼躲在書房

除了養豬、種菜，我還關心他的寫作

◎張九妹*

　　我出生在偏遠山村，從小便少有機會接觸書本，更談不上閱讀文學書籍。也因此，在結婚之前，我幾乎不知道我的先生有這方面的興趣和才能。在我做少女的時代，社會上仍存在對女性的不平等對待，特別是鄉下人受教育的機會更有限。算來我是比較幸運的，因為父母眷顧，我還接受過一些日本教育，當然只是相當基礎性的。

　　後來，經由媒人的介紹，我和肇政結婚，先前互相只見過兩次面。婚後的生活在社會物資艱困的狀況下，他由教職所領到的薪津相當有限，通常從學校回到家後，又往往將多數的時間投入書房中，繁雜瑣務便由我獨自承擔和處理。現在回憶起來，那真是一段艱苦的歲月，我得養豬、種菜，像一般的鄉間客家婦人，難能尋找到休憩的片刻。除此之外，我的公婆還有孩子，也需要費心神精力照顧，就這樣在貧困中涉渡過來。

　　有一位熱心於寫作的先生，在早期的鄉下，自然是一家的光榮的事。記得他剛開始寫小說時，鄉里親人偶爾相聚聊天，都會露出訝異的神情，詢問我到底肇政在寫些什麼，為什麼竟日都躲在書房中，難得出來與人打交道。每每聽到別人這樣提問時，我便一時啞然不知如何答覆。

　　我是一個平凡的家庭主婦，從大女兒出生，他發表第一篇作品至今，匆匆又是三、四十個年頭。我知道他的許多短篇小說，得自我向他講的鄰里街坊故事，也曾經與他到霧社收集山地小說的題材，但這一切對我而

*鍾肇政妻子。

言，只是為人妻應盡的職責。

　　這些日子以來，因為翻譯工作接得較多，他比起過去寫得少多了。我隱隱約約知道他的苦悶，他很少將無可奈何的情緒表現出來，但為了經濟壓力的重擔，我們還得繼續撐下去。

　　我只希望，過些年他能再提起小說的筆，完成未竟的理想。

　　（本文由張九妹女士口述，鍾喬筆錄）

——選自《中時晚報》，1988 年 4 月 5 日，7 版

臺灣文學的領袖
鍾肇政

◎鍾鐵民[*]

　　我一直認為鍾肇政先生是為臺灣文學而生的。東方白兄為其大著《浪淘沙》的問世作了「命定」的說法。那麼，鍾肇政先生數十年來為臺灣文學所作的澆灌培植，也是一種「命定」吧！

印《文友通訊》串聯文友

　　1950 年代，臺灣脫離日本政治、文化控制之初，文學上是一片荒蕪，由大陸橫向移植到臺灣的那股中國文學，內容和精神上是完全與臺灣民眾的生活脫節的。那時擠在隙縫中探求空間的少數臺灣文學工作者，他們十分孤獨無助。像李榮春、文心、廖清香、鍾肇政、鍾理和等諸先生，各自默默耕耘，到 1950 年代中期，仍幾乎沒有任何發表作品的園地。他們都沒有怨言，因為他們大部分對自己中文表達能力沒有信心。他們的臺灣人思想和感覺所表現的作品內容，在那時又完全無法得到文學圈的認同，他們無奈寂寞的悲苦心情可以想像得到。幸而透過介紹使這些寂寞的心靈得以彼此結識，他們分處南北各地，全靠書信來互相安慰及鼓勵。這時，鍾肇政先生就開始顯示出他為拓殖臺灣文學園地的努力了。他首先將散居各地文友串聯起來，各人提出自己的作品輪番閱讀，共同研討批評，由鍾肇政先生統合大家的意見，刻寫鋼版（編者按：早期油印，必需用鐵筆寫在腊紙上，腊紙墊以鋼版。）油印分送，稱作《文友通訊》，供大家參考改進，

---
[*]發表文章時為高雄旗美高中教師，現為鍾理和紀念館館長。

頗有些類似同仁雜誌的形式。大家藉此交換心得，取得信心。這個工作是完全無償的奉獻。

為「臺灣文學」無悔付出

從先父與肇政先生討論文學的通信中，慢慢出現了「臺灣文學」的名稱和規模，並且形象愈來愈清楚。那是指落實臺灣民眾生活上的，完全有別於大陸來臺作家所寫充滿懷鄉情思或仇恨撻伐中共的那套作品。由《文友通訊》的討論肯定，這些徬徨的心靈慢慢建立了信心，他們定出了寫作的方向，不再妥協和模仿，他們表明了他們要創作的是「臺灣文學」。而鍾肇政先生正是催生者，也從此注定了他要為此目標作無悔的付出。

聯副連載《魯冰花》的鼓舞

常常有人問我：「鍾肇政和鍾理和是不是親戚？」他們同樣是客家人倒是不錯的，但是一在桃園一在高雄，除了同姓，生前雖然互相知心，卻連面都沒有會見過。而我一直以為，先父理和先生從他那兒得到的安慰及鼓勵，正是支持他後期拚命創作的動力。1960 年，當肇政先生名著《魯冰花》終得林海音女士青睞，能在《聯合報》副刊連載發表，那是本省籍作家和本土題材的作品首次在臺灣的報紙上連載，對一直沒有園地的這群文友真是大事一件。得到這種鼓舞，肇政先生要先父把握時機，希望能在《魯冰花》連載結束後，再接下空檔繼續發表。這使先父立即抱病趕稿，完成了中篇〈雨〉，可惜在修改原稿時病發含恨而終。這篇作品後來雖然繼《魯冰花》而得連載，但已是以遺作發表了。先父過世之後，當我表示想要繼承父志，投身文學，肇政先生立即不厭其煩的指導我，讓一個鄉下沒見過世面對寫作又一無所知的青年，順利進入文學之門。我完成首篇作品〈四眼和我〉，他比我還要興奮，為我投稿。從此為我改稿投寄，一如對待當年隱居山中的先父，儼然成了我們父子兩代的義務經紀人。

《濁流》的問世轟動一時

　　肇政先生自己熱愛文學，自從發表的空間比較自由以後，他的佳作便源源問世，短篇、中篇、長篇小說、散文、評論、電視劇本，無所不包。當長篇小說〈濁流〉在《中央日報》副刊連載時，轟動一時。許多那時還在讀書的朋友都還有印象，說是報紙一來先翻副刊，要先知道〈濁流〉故事的發展。在提攜年輕文學工作者方面，他更是不遺餘力。跟他保持連繫的，每天都有十數人，他指導、鼓勵所有的文學朋友，共同來耕耘「臺灣文學」這塊荒蕪的園地。當年經過他鼓舞而如今卓然成家的及現在在臺灣文壇上活躍的人，很少沒有跟他接觸過，沒有受到他直接或間接影響的。

一個精力充沛文思敏捷的人

　　鍾肇政先生個子不高，但是體力充沛、精神飽滿，好像從來不知什麼叫疲倦。年輕時他是運動場上的好手，網球聽說還有實力呢！他在小學任教職，也有一段時期在大學講授文學課程。每天他要看書、寫稿、接待賓客，還要回一大疊的信件。他才思敏捷，反應快速，令人心服。1965 年暑假，我住在他家裡跟著他寫稿，早飯後我們使用龍潭國小保健室小房間，一個人占一個桌子，我花了幾天擠出了 4,000 字的短篇〈憨阿清〉，而正在趕寫長篇《八角塔下》的他，每天悠悠閒閒的便要寫下 10,000 字，而且不擬草稿。晚上飯後是看信回信時間。我為母親寫了一張報平安的明信片，苦苦思索了半天，他早已回完了十幾封信。或明信片或平信，來自不同的人和不同的各種問題。這種生活數十年如一日，至今未變。

悲天憫人的胸襟

　　肇政先生眼中一向沒有惡人，任何人在他看來都是真誠可信的好人。特別是對愛好文學的人，更是沒有隔閡。有一年有一個文化騙子去拜訪

他，談了大半天文壇近事，也提出了許多文學主張，招待過晚餐後對方開口要借點車錢。這雖然讓他感到不安，但沒有拒絕對方。因為那天寒流入侵，看到對方衣著單薄，竟然還將一件親人遠自國外帶回來送他的新大衣借給對方。這是他自己捨不得穿的呢！他不相信一個深愛文學的人會醜陋得去欺騙一個關心自己的人。

提攜後進，不遺餘力

對臺灣文學，他一直把有使命感。只要有機會發展，他絕不輕易放過。1978 年他接編《民眾日報》副刊，雖然《民眾日報》是剛在南臺灣發刊的地區報，但他仍十分重視。在臺灣文學長久寂寞之後，他認為這是一個可以珍惜的園地。在他督促下許多停筆的文友紛紛復出，而且有不少精彩的作品令人耳目一新。培植新進則更是不在話下。吳錦發、東年、鍾延豪等等，都是那時產生的人才。這塊園地上所發表的許多作品能真正代表臺灣民眾心靈感情，直指臺灣社會的各種問題，在嚴厲思想鉗制的戒嚴政體下，民眾副刊這種作法遭到封殺，並未特別叫人意外。

《臺灣文藝》的革新

吳濁流先生創辦了《臺灣文藝》雜誌。在吳老去世後，文化界人士及文友們都覺得《臺灣文藝》應是社會公器，不應隨吳老去世而停刊消失。鍾肇政先生毅然負起了這個傳承的責任。《臺灣文藝》在他手下得以革新號完全不同的面貌，重新面世。革新號第一期即是老友「鍾理和紀念專輯」，第二期專題作家是七等生，以後每期都作專題，從各角度一一介紹臺灣作家的作品。使《臺灣文藝》成為臺灣文化及文學重鎮。文學雜誌要生存是非常困難的，為了要讓這份雜誌長久生存，他想盡辦法籌措經費，辦出版社、開書局，甚至提出一份工商鉅子名單，願意為這些人編寫傳記，只希望能獲得支持，使《臺灣文藝》能有永遠如期出刊的基金。這些努力雖然沒有達成，但我想他所作的貢獻是應予肯定的，將來歷史應有交代。

為臺灣文學而生的「鍾老」

　　領袖是自然形成的，不是靠自吹自捧或者去爭取可以搶得到。肇政先生幾十年為文學所作的奉獻，使他自然的有了令人尊敬的地位。我個人深深覺得，他真是為臺灣文學而生的。相信不只是我，認識了解他的人，無一不是要尊敬的稱他一聲「鍾老」或「鍾老師」。他是臺灣的文學魂。

【附表】1970 年代鍾肇政著作年表（初稿）　錢鴻鈞、張良澤合編

篇（書）名	著譯	發表日期	發表處所	字數	備考
飛躍的一年——首屆吳濁流文學獎評選感言	著	1970 年 1 月	《臺灣文藝》第 26 期	3500 字	評論
小說創作研究之一——怎樣做一個小說家言	著	1970 年	《桃園青年》	9000 字	評論
小說創作研究之二——小說的本質	著	1970 年 5 月	《桃園青年》	4000 字	評論
建立民族文學	著	1970 年 6 月 1 日	《文壇》第 120 期	400 字	評論
安部公房及其作品	著	1970 年 7 月	《這一代》創刊號	5000 字	評論
燃燒的地圖	譯	1970 年 7 月至 11 月	《這一代》第 1 卷第 1 期至第 5 期	15 萬字	長篇小說
豪雨	著	1970 年 7 月 1 日	《文壇》第 121 期	2 萬字	短篇小說
腳色	著	1970 年 10 月	《臺灣文藝》第 29 期	5500 字	短篇小說
燒字紙的故事	著	1970 年	《中國智慧的薪傳》第 2 冊	1000 字	短篇小說
談日本的出版與讀書	著	1970 年		8000 字	隨筆
三島由紀夫之死	著	1970 年		8000 字	隨筆
一種「愛」的探索——讀《愛的飢渴》	著	1970 年		1500 字	評論
兩件小事	著	1970　年	《中央月刊》第 12	1000 字	隨筆

			卷第 3 期		
臺灣年糕種種	著	1971 年 3 月	《中華文藝》創刊號	3300 字	隨筆
端節在臺灣	著	1971 年 6 月	《中華文藝》第 1 卷第 4 期	6000 字	隨筆
山路	著	1971 年 7 月	《臺灣文藝》第 33 期	7000 字	短篇小說
青春行	著	1971 年 8 月 27 日至 1972 年 1 月 11 日	《臺灣日報副刊》連載	20 萬字	長篇小說
戰火、少年行	著	1971 年 9 月 1 日	《大同》	2 萬 3 千字	短篇小說
馬黑波風雲	著	1971 年 10 月 26 日至 1972 年 1 月 11 日	《臺灣日報副刊》連載	10 萬字	長篇小說
《水月》川端康成短篇小說選	著		文皇出版社		長篇小說
「砂石之女」改版後記	著	1975 年		1500 字	評論
「乳房喪失」的女詩人的悲慘世界——讀渡邊淳一「冬日煙火」	著	1975 年		1 萬 5 千字	評論
低盪的局面——吳濁流文學獎、新詩獎評選感言	著	1976 年 1 月	《臺灣文藝》第 50 期	1700 字	評論
一年來的回顧	著	1976 年		500 字	隨筆
希臘神話	譯	1976 年 1 月 1 日至 12 月 16 日	《大同》連載	8 萬字	愛密爾原著
洛克希德事件及其他	著	1976 年		3000 字	評論
暢銷書種種	著	1976 年		3000 字	評論
危機中的讀書週	著	1976 年 5 月	《文壇》第 120 期	3000 字	隨筆
日本人的衰亡	譯	1976 年 5 月	志文出版社	9 萬字	瑪文杜凱耶原著

國際出版協會大會及其他	著	1976 年		3000 字	評論
風樹篇──牽牛花蕾	著	1976 年 6 月 1 日	《文壇》第 192 期	4000 字	隨筆
高中生心理學	譯	1976 年 6 月	林白出版社	8 萬字	白石浩原著
龍瑛宗其人其作品	著	1976 年 6 月 20 日		1500 字	評論
望春風	著	1976 年 9 月 29 日至 1977 年 2 月 17 日	《中央日報副刊》連載	6500 字	長篇小說
敬致讀者	著	1976 年 10 月	《臺灣文藝》第 53 期	1500 字	隨筆
以殖民地文學眼光看吳濁流文學	著	1976 年 10 月	《臺灣文藝》第 53 期	6500 字	評論
悼吳老	著	1976 年 10 月 23 日	《中華日報副刊》	800 字	隨筆
往事二三──《鍾理和日記》代序著	著	1976 年 11 月	遠行出版社	3000 字	隨筆
卡爾曼的故事	譯	1976 年 11 月	志文出版社	10 萬字	梅里美原著
從講談社學術文庫談起	著	1976 年 11 月		4000 字	評論
臺灣文壇的拓荒者	著	1976 年		3000 字	評論
吳公濁流先生生平事略	著	1976 年 10 月 15 日		700 字	評論
新潮社、岩波書店小小奇珍本	著	1976 年 12 月		8000 字	評論
序《吳濁流文學獎作品集》	著	1977 年春	鴻儒堂	7000 字	評論
序許秀憐新書	著	1977 年春		7000 字	評論
編輯室報告	著	1977 年 3 月	《臺灣文藝》第 54 期	8000 字	隨筆
名曲的故事	著	1977 年 3 月 1 日至 1978 年 10 月	《大同》連載	10 萬字	評論

		11 日			
談臺灣鄉土文學	著	1977 年 3 月	《大同》	7300 字	評論
荊棘之路	著	1977 年 4 月	《自由青年》	500 字	隨筆
談日本出版界的兩個極端現象	著	1977 年 1 月	《自由青年》	8000 字	評論
多情報社會與百科辭典	著	1977 年 1 月		8000 字	評論
從「現代史資料」四五卷的出版談起	著	1977 年 4 月		8000 字	評論
近訊二三	著	1977 年		1000 字	隨筆
從芥川獎談起	著	1977 年		8000 字	評論
日本近代史文學館種種	著	1977 年		8000 字	評論
鳥瞰日本全國雜誌圈	著	1977 年		8000 字	評論
憶昔紅顏少年時	著	1977 年 4 月		4500 字	隨筆
序《扶桑之旅》	著	1977 年 6 月		1000 字	隨筆
回顧與前瞻——有關吳濁流文學獎、新詩獎的幾點報告	著	1977 年 6 月	《臺灣文藝》第 55 期	6000 字	評論
非洲故事	譯	1977 年 6 月	志文出版社	10 萬字	史懷哲原著
史懷哲傳	著	1977 年 6 月	志文出版社	10 萬字	評論
鐵血詩人吳濁流——敬悼濁流先生	著	1977 年	《夏潮》	1000 字	隨筆
風雨憶故人	著	1977 年 10 月	《臺灣文藝》第 56 期	4000 字	隨筆
丹心耿耿屬斯人——姜紹祖傳	著	1977 年 10 月	近代中國出版社	10 萬字	長篇小說
走出迷惑	譯	1977 年 10 月	文華出版社	10 萬字	久保克兒原著
從兩本新書談起——並簡介陳少廷著《臺灣新文學運動史》	著	1977 年 12 月		2400 字	評論

從相對論到人類的良知讀「愛因斯坦傳」	著	1977 年		1000 字	評論
一部永恆的傳記文學傑作——讀「居里夫人傳」	著	1977 年		1000 字	評論
箱子裡的男人	譯	1978 年 1 月	《臺灣文藝》第 57、58、59 期	6 萬字	短篇小說
編輯報告	著	1978 年 3 月	《臺灣文藝》第 58 期	700 字	隨筆
現實的扭曲——打牛湳村」的文體與觀點	著	1978 年 3 月	《臺灣文藝》第 58 期	1 萬字	鍾肇政對談部分
法蘭克福之賽	著	1978 年 12 月	《聯合報副刊》	4000 字	短篇小說
我的第一篇作品	著	1978 年 12 月	《人間副刊》	1500 字	隨筆
日本文壇面面	著	1978 年		8000 字	評論
日本文壇登龍種種	著	1978 年		8000 字	評論
我的第七個初戀情人	著	1978 年 6 月 23 日至 24 日	《聯合報副刊》	8000 字	短篇小說
剝狗皮的日子	著	1978 年 6 月		3000 字	短篇小說
編輯報告	著	1978 年 6 月	《臺灣文藝》第 59 期	800 字	隨筆
諷刺文學的佳構	著	1978 年 9 月 18 日		2000 字	評論
寒夜孤燈話李喬	著	1978 年 9 月 27 日	《民眾日報副刊》	2200 字	評論
叔和他的孫子們	著	1978 年 10 月	《現代文學》副刊第 5 期	1 萬 3 千字	短篇小說
編輯報告	著	1978 年 10 月	《臺灣文藝》第 60 期	1000 字	隨筆
世界文壇上的日本文學	著	1978 年 11 月		8000 字	評論
中國古典名著精華	著	1978 年 11 月 16 日至 1980 年 12 月 16 日	《大同》連載	20 萬字	評論
日本的文學評論	著	1978 年		8000 字	評論
編輯報告	著	1978 年 12 月	《臺灣文藝》第 61	2000 字	隨筆

			期		
月夜的召喚	著	1978 年		1 萬 5 千字	短篇小說
白翎鷥之歌	著	1978 年		10,000	短篇小說
不堪回首話當年	著	1978 年春節	《人間副刊》	1500 字	隨筆
朝鮮的抗日文學	譯	1979 年 3 月	文華出版社	10 萬字	宋敏橋原著
編輯報告	著	1979 年 3 月	《臺灣文藝》第 61 期	1000 字	隨筆
序《名片的故事》	著	1979 年 3 月		1000 字	評論
馬利科灣英雄傳	著	1979 年 3 月	照明出版社	10 萬字	長篇小說
黃家	譯	1979 年 4 月 8 日	《聯合報副刊》		龍瑛宗原著
大肚山上——我來談林梵	著	1979 年	《民眾日報副刊》	200 字	評論
父親的手蹟	著	1979 年 5 月	《宇宙光》	800 字	隨筆
建立嚴肅的批評風氣	著	1979 年 5 月	《民眾日報副刊》	800 字	隨筆
名片的故事	譯	1979 年 6 月	志文出版社	15 萬字	呂赫若等原著
從「臺灣第一」到「臺灣百人傳」	著	1979 年		2000 字	評論
鄉土文學二題	著	1979 年		1500 字	評論
關於「小說望春風」	著	1979 年		1200 字	評論
編輯報告	著	1979 年 7 月	《臺灣文藝》第 63 期	1000 字	隨筆
日據時期臺灣文學的盲點——對「皇民文學」的一個考察	著	1979 年 7 月	《臺灣文藝》第 63 期	8000 字	評論
黃昏月	著	1979 年 7 月	遠景出版社		
貘	譯	1979 年 7 月	《臺灣文藝》第 63 期	1 萬 4 千字	龍瑛宗原著
夜猿	譯	1979 年 7 月	《臺灣文藝》第 63 期	2 萬 7 千字	張文環原著
林君寄來的信	譯	1979 年 7 月	《臺灣文藝》第 63	6000 字	葉石濤原

			期		著
關於眾副小說集	著	1979 年 8 月 28 日	《民眾日報副刊》	1500 字	評論
序《名著的故事》	著	1979 年 9 月		1500 字	評論
眾副小說選輯序	著	1979 年 9 月	《臺灣文藝》第 55 期	1500 字	評論
臺灣作家的日本經驗與中國經驗（一）從日文到中文	著	1979 年 10 月 28 日	《時報週刊》	2500 字	隨筆
文學老兵的話	著	1979 年	《中央月刊》第 13 卷 4 期	600 字	隨筆

——選自《客家雜誌》，第 16 期，1991 年 5 月

關於鍾肇政老師

◎塚本照和[*]

一、與臺灣文學的際遇

我初次到臺灣是在 1975 年的夏天。那一年我服務的天理大學，派遣我到姊妹學校關係的中國文化學院，擔任交換教授，在東方語文系執教。天理大學跟文化大學的姊妹關係是在 1965 年，第二次大戰後國際情勢危急之中，為了學術文化交流而締結為姊妹學校。那時以來 38 年之間，互相交換教授、學生、出版物等，其他還進行親善交流等各種活動，一直持續到今天。

通常到新的地方赴任時，一般人都會事先認識當地的文化或歷史，還有社會情勢等基本知識。但是，我完全沒有準備就前往報到。現在想起來，當時真是厚臉皮而感到很慚愧。

八月抵達臺灣時，實際來說，我對此地的印象有一種說不出的，內心感到非常地緊張。我本身經歷了戰前、戰爭中、戰後的各種混亂時期，後來生活在平穩的日本社會，對沉浸在世上所說的「和平癡呆」的我來說，那種緊張感絕不是因為初次造訪臺灣而來。

當我到達炎熱的臺北，滿身大汗地踏入機場的第一步，面對的是入境官員嚴格的護照審查、驗明正身、搜身、徹底檢查行李，辭典等書籍也被沒收，一旁還有面孔嚴肅、張著銳利眼神巡邏的憲兵，還有配槍的警察……，整個機場裡充滿著刺激旅客、令旅行者內心不安、感到緊張的氣

---

[*]發表文章時為日本天理大學外國語學部教授，現已退休。

氛。一旦走出機場，街上到處可看到張著鐵絲網，各角落也可見肩托上刺刀步槍的憲兵站崗。路上還有不停往來的憲兵及警察巡邏，到處張掛著「反攻大陸」、「消滅共匪」的大幅標語。在那種異樣緊張的氣氛中，讓我感到喉乾舌燥。

　　我就在長期實施「戒嚴令」的期間中抵達臺灣。

　　在那種充滿緊張感的每天生活當中，鬆解緊張精神的就是跟學生的交流。老實說，我當時還很無知，在那個時候我才第一次知道「臺灣文學」的存在。

　　日本的大學對於傳統性中國文學的教育、研究，大部分從先秦的韻文、散文以至現代的人民文學的誕生、展開為止，範圍相當廣泛。但是，據我所知一直到 1970 年代末期為止，在日本或中國出版的中國文學史，好像找不到有關臺灣文學的記述，到底為什麼呢？到底是什麼狀況造成的呢？很不幸，到那時為止的我，對於那種實際情況，並沒有任何疑問，也不放在心上，認為是當然的事情，沒有感覺到有什麼地方不對。不只如此，後來我又發覺到日本文學史也好，關於領臺時期的文學也都沒有記述。與其說因為老師沒有教過而沒有發覺或不知道，還不如說，為什麼不找出沒有記述的原因呢？回顧自己的文學歷史，我才發覺到自己欠缺主動認識這件事的態度而感到羞恥。剛才也說過，在那個時候我才初次知道了臺灣文學的存在。從那個時候開始，我就很努力的去中央圖書館臺灣分館或臺灣大學的研究圖書館，由於負責人員的好意，查閱了雜誌、報紙，欣賞作品，認識了作家們的大名。而且認清到當時為止自己對中國近代、現代文學，日本近代、現代文學有關的知識或理解，是多麼地淺薄、狹隘，而感到慌張（晴空霹靂似的）。由那樣的衝擊到恢復冷靜，我費了相當長的一段時間。那時我就想將不知何時積存在我的腦海裡對歷史理解不充分，認識不足的灰塵，一點一滴的清除，並且修正繆誤之處，學習、補充遺落的部分。那時以交換教授的身分到文化學院赴任，與臺灣文學的遭遇，能夠認識臺灣的人、物、心，使我有了很大的轉變。

二、初識鍾肇政老師

　　就在那一陣子，我一知道了鍾肇政老師在東吳大學日語系執教，馬上前往拜訪。鍾老師也很熱誠的接見且不吝賜教，實在令人感激。以後我一直稱呼爲鍾老師就是這麼來的。後來，我也不管忙碌的鍾老師有沒有時間，只顧一味地，有時去《民眾日報》社、有時到府上打擾，請教種種事情。這在理解臺灣文學的基礎上打樁，擴展見聞；加深認識上，認識了很多位經常支持我的臺灣人士，還有大家對我的好意，我終生難以忘懷。尤其認識鍾肇政老師，對我來說是用語言無法表現出來，格外地令人懷念。

三、認識「益壯會」的人們

　　有一天，鍾老師招呼我說：「有一個日本時代的文人、作家們組成的親睦團體，稱爲「益壯會」，每個月舉辦一次聚會聊天，跟我一起去吧！我把你介紹給大家認識……。」

　　那時以前，我曾經冒昧地拜訪老師，因爲日本時代臺灣文學關係的資料蒐集相當困難，希望老師介紹熟識當時狀況的人們，還有請老師將尚未成文的種種過去回憶或經驗等說出來參考，那不知有多麼榮幸。

　　當天，鍾老師就帶我到作爲會場的餐廳。在那兒我認識了很多人，大部分的人從資料上曾經見過名字，但是直接見面當然是第一次。接著，介紹在座的人們，更再認識了多位年輕階層的人們，得到的建議及資料也越來越多。與人們的交際越來越廣，加深認識的同時，我本身對臺灣文學的關心也越來越強烈、越深入。但是意想不到的事情也就跟隨而來；當時，嘴巴上談論臺灣、論臺灣文學、對人訪談或收集關係資料等，在那個時候是「禁忌」的時期。尤其，那方面監視的眼睛，不知在哪個時候也對著我這個日本人而來。再怎麼疏於世俗事情的我，對那種事情也多多少少察覺得到。而早就體察出這種情況的鍾老師，不久就在《聯合報》副刊（1982

年 4 月 25 日）上以「益壯之記——與塚本照和教授一夕歡聚」爲題投稿。主要寫著文人、作家們每月聚會一次，開懷暢飲，歡樂地聊天說地，以及介紹當夜集會的情況。

後來，鍾老師去美國回程途經天理（1984 年 9 月 11 日～13 日）時，提到上列投稿的心意，大概如下的內容：

> 我想到要寫那一篇文章，其實是怕出席這個會的人們，被情治人員懷疑，如成爲調查的對象的話，將造成他們很大的困擾。要嘛就做到底，由我來寫出這個會本來就是一個一面吃喝，一面聊天爲目的的聚會，並沒有任何政治上的企圖。我將這些內容讓他們知道，是出自於這種想法而提筆的。日治時代的作家、文人的聚會，在當時只有那些人以外並不曾集會過。一般人除了結婚式、葬儀式、同學會以外，在戒嚴時期，假如文人想聚會，就必要先向警察局申請，取得許可才有可能舉辦。「二二八事件」以後，我想知識人是處在不安的狀況下。我想到在這麼嚴苛的環境下，但是日治時期出生的文人、作家還敢像這樣子聚會……真正是想像不到的事情。這些人雖然在政治上完全沒有任何企圖，但如被當局知道的話，不知他們將會多麼緊張戒備。在那種處境之中，還膽敢聚會，我想最初一定費了相當的精神，真正需要相當大的勇氣才有可能做到吧！
>
> ——《呷哑》第 24、25 期合併號，1989 年 7 月 1 日

我聽到了這些事之後，對文人前輩們，膽敢舉行座談會及勇氣感到敬佩，同時感受到鍾老師爲了怕這些人，以及我本身被「情治人員」或「當局」，嚴厲監控的眼睛盯上，而苦心設想的深厚心意。

四、關於《臺灣連翹》的原稿

第二次世界大戰末期，吳濁流先生在嚴厲的監視及檢查，並且不可能

出版的情況下，也是偷偷的寫下原稿，到了戰後，《胡志明》（《亞細亞的孤兒》）終於問世。同樣地，也就是在戒嚴令嚴厲的言論管制之下，還不知道有沒有可能發表的時期，吳先生將「二二八事件」有深厚關係的人名，以及事件的始末，極詳細、具體的在《臺灣連翹》（鍾肇政譯）之中描繪出來。吳先生在生前就很想將這個作品留給後世，讓人們知道事件的真實情形，不管十年後也好、二十年後也好，能夠出版這本書是他最大的期待，於是偷偷的委託鍾老師。而鍾老師也沒有辜負吳先生的期待，將日文原稿翻譯成中文，並想盡辦法如何才能夠出版等費盡了心思。那時爲止鍾老師也多少透露一點，因此我對於前後的情節也有些程度的了解。

　　有一年夏天，我依照慣例帶領研習中國語的學生，前來文化大學訪問，大約滯留一個月期間。那時，鍾老師委託我將吳先生的那一件原稿，寄給住在美國的林衡哲先生。這件事也就是在那一段戒嚴期間，人們懼怕談論臺灣，怕會被情治人員盯上的時代。而這個原稿正是描寫「二二八事件」的作品，如果在機場安全檢查時被沒收了怎麼辦……一瞬，我感到全身毛細孔都張開來。回醒過來時回答「好！我知道了。」到了研修結束整理行李時，我將相當厚重的原稿分成幾份，並拜託學生們幫忙，我自己也帶了一份，各自收藏在行李箱裡。各位也都知道，當時出國辦手續時，不像現在用感應器檢查行李，而是一個一個打開用肉眼確認的方法。我們研修團的行李一直到檢查平安無事地結束，那種緊張感無法以語言能夠形容。等確認最後一個行李登上輸送帶，緩緩的進入裡面，瞬間感到全身像脫水似的，又感到胸口的一塊大石頭落下似的輕鬆。回到日本後當然沒忘了向學生們致謝。過一天就依照鍾老師交給我的便條紙上的地址，郵寄給林衡哲先生，了卻一件大事。這一次整理原稿時，又讓我回憶起當時的情景。關於吳濁流先生的《臺灣連翹》，就像上面所說的經過，順利過關，才有可能在美國出版。我最近才知道鍾老師將當時的事情記載下來，我想藉這個機會介紹一下。

剛剛好到暑假的時候，我看一批日本朋友過來了。以前在文化大學當交換教授的，我那時在東吳大學開幾堂課，經常有來往的。這些來文化大學教書的日本朋友，到了臺灣以後對臺灣文學發生了興趣，所以後來變成臺灣文學研究會的核心人物，就是那批人。後來他們每年都會帶學生過來這邊研習，學一點北京話。那一年暑假他們又來了，我就靈機一動，請他把我這部稿子帶到日本然後寄到美國去，他一口就答應了，把這部稿子分散開給每個學生帶一點，以避免引起注意。就這樣順利地帶出去，順利地寄到美國，也順利地在美國出版。《臺灣連翹》就是這樣出來的。

——《臺灣文學十講》，第 9 講，前衛出版社

五、關於臺灣文學——由「譯腦」的經驗說起

剛才也說過，鍾老師從美國的回程，順便到天理來。那時，特別請老師以第五的小標題為主題演講（《臺灣文學研究會會報》十收，1985 年 7 月 31 日）。

在日治時代受日語教育長大的鍾老師，到了戰後，一夜之間就面對中文的社會，嚐到語言上為數不少的困難和苦惱。鍾老師講述了他克服這些困難，使用中文展開創作活動的過程。或許太長了一些，而且整理得不是很完整，請讓我來介紹一下當時的演講內容。

1.日本統治下的 50 年期間，日本當局在臺灣施行了日語教育，就是向臺灣的兒童施行日語教育，這和日本國內幾乎沒有兩樣。我就是接受這樣的教育。到了 20 歲面臨終戰，同時臺灣回歸中華民國而脫離了日本統治。因此，我從 7 歲起到 20 歲為止，大約 13 年受過日語教育，而且使用日本語過生活。

2.我從相當幼小的時候就受過日語教育，學習日文，說日本話，看日文書，使用日文教科書上課，甚至被迫養成使用日語思考的習慣。

3.臺灣「光復」後回歸中華民國。接著日語被驅逐，同時做為標準語不得不學習「北京話」。那時我是 20 歲的青年，向中國人的老師學習北京話，費了相當辛苦的代價。

4.我本來很喜歡文學，從小就喜愛看少年小說，以及描述劍術名家、或賭徒俠客之類的小說。所以，面對已經學成而且用慣的日語，不得不放棄的處境，內心非常混亂。不過，處在這樣的苦惱中，我還是隨時抱持著守住自己的語言，也就是守住客家話和閩南語的決心。

5.臺灣人本來擁有自己的語言，也就是客家話和閩南語。但是，在日本時代身為日本國民被強迫使用日語；而這次則必須放棄日語，重新學習外來的語言──北京話，畢竟是一件相當辛苦的事情。尤其對矢志文學的我來說，那更是加倍的辛苦。

6.我到了 20 歲才開始學中文。而且那也是把自己語言的客家話和閩南語放置一旁才開始學習的。

7.我從小非常嚮往文學，曾經有過用北京話寫些什麼文章的念頭。

8.我第一次寫下作品，是終戰後經過了六年的 1951 年。現在回想起來，那是一篇還不敢說是「作品」的文章。但是，我為了寫那篇文章，嘗試了從來沒體驗過的苦惱。為什麼呢？因為我從小慣用日文，因此，看東西而思考的詞彙，對我來說除了日語之外是不存在的。也就是說，用日語看東西、加以思考，然後用日文表達自己的想法，就是我最自然、最簡便的方法。

9.我有了寫文章的念頭時，一想再想，該如何表現出自己的想法。最初想到的就是用日文寫出來。當然，那時的臺灣回歸中華民國，也已過了六年的時間，使用日語是被國民政府禁止的。報紙、雜誌都是使用中文，若用日文寫的話根本沒有發表的舞臺。於是，我先用日語寫出全文，然後自己翻譯成中文而完成一篇作品。我經過這樣的過程，一步一步地進行了創作。後來，由當初純粹翻譯的階段漸漸地熟練起來，接著而來的是跟以往一樣，雖是用日語思考，但是將想到的句子在腦海裡當場翻譯成中文，

然後寫在稿紙上。也就是說,到了這個階段寫出來的時候已經是中文了。我將這個階段叫做「譯腦」。首先將想寫的內容用日語思考,而後將想出來的單字或句子,在腦子裡翻譯成中文寫出來,這就是第二個階段。將這樣的訓練,累積到某種程度之後,我才漸漸地能夠不使用日語,純粹地用中文思考事物,進而用中文表達出來。到了這個階段,我終於學好了中文,擺脫了日本文化的枷鎖。這也就是我創作活動的第一步⋯⋯。

一直到 20 歲受日語教育,用日語思考,使用日語過著日常生活的鍾老師,到了戰後只好放棄日語,並且費了相當的辛苦來學習取代日語的北京話;戰後經過了六年的時間,終於寫出現在想起來還不敢說是一篇「作品」的寫作。但是,為了寫那篇作品,甚至嚐到了過去從來沒體驗過的苦惱,至於其原因,鍾老師說:因為當時只有使用日語,才能將他自己的心情或想法最坦率、最自然地表現出來,而且能夠流利使用,但是卻被禁止使用日語。那時候,我第一次聽到鍾老師所說的「譯腦」這一句話。「譯腦」到底包含著什麼意思呢?當初我完全不懂。聽了老師的說明後才能理解。被奪取自己的語言,更被強迫使用外來支配者的語言;過了一段期間,逐漸習慣地成為自己的生活用語時,卻又從外面進來了新的支配者,再一次被迫學習支配者的語言。很慚愧,我一直都沒有想過這種歷史上的苦惱和悲劇,而日本人正是最近為止君臨臺灣的支配者,我身為一個日本人深深地感到愧疚不已。

大家所知道的,進入 1920 年代,在臺灣萌生了新文學,而且茁壯成長。當時的臺灣不用說是在日本統治的時代,可想而知新文學的一部分是用中文,另一部分就是日文。在那個時代裡出生的人們,幾乎從小就接受日語教育,所以那時的作品很自然地用日語寫作。從 1920 年代到終戰的大約 25 年,確實是日治時代裡臺灣的文學最興盛的時期。

鍾老師在演講「譯腦」的經驗中最後說到:

日本統治時代的臺灣文學,在日本國內並不是一個很重大的存在,但是

對我們來說，在表現當時臺灣人的心境而言，是非常重要的文化遺產。

我聽到鍾老師說：「日本統治時代的臺灣文學，在日本國內並不是一個很重大的存在」這一句話，受到非常大的打擊而令我沉思。在日本文學史上，為什麼都沒有提到日本統治時代臺灣的作家或作品——在臺灣的文學呢？現在，《日本統治期文學臺灣人作家作品集》、《日本統治期臺灣文學日本人作家作品集》（東京：綠蔭書房）等已經出版了。這是由於對臺灣本地的文學的關心和研究已經逐漸提升，而且積極地進行。但是，像楊逵、呂赫若、龍瑛宗、王昶雄、陳火泉、翁鬧、張文環以及巫永福等諸先生，或者西川滿、濱田隼雄、中山侑、川合三良等這些人以及他們的作品，依然從日本文學中遺漏，這到底是為什麼呢？當時，這裡面的確有「內地人」和「本島人」等表現上的差別，但是毫無疑問地他們都是「日本人」。或許因為站在中央（內地）的立場，將臺灣的文學看成地方、邊疆（外地）的文學的心態存在的緣故；還是，傲慢地以為沒有一個值得評論的作家或作品的結果。不管怎樣，現在也還來得及，我想應該對外地文學（殖民地文學）和內地文學，進而對日本文學中的記述遺漏部分，加以調查、檢討，並且彌補缺失才是。不過，鍾老師所說的：「對我們來說，在表現當時臺灣人的心境這一點而言，是非常重要的文化遺產」這句話，令我感到安慰，同時由此感覺到鍾老師身為作家，有著相當深邃且銳利的眼光。

最近我想到了一件事，說不定鍾老師是這一世代，以北京語、臺灣語（閩南語、客家語）、日本語寫作的最後一位多語言（bilingual）作家。過去在家庭裡使用臺灣的語言（客家語），而在學校則接受日本語教育成長的鍾老師，剛才也引用鍾老師說過的話「臺灣人本來有自己的語言，就是客家語、閩南語」就像這樣，鍾老師經常意識到自己是一位臺灣人，卻以日本語思考事物，而且極關心日本文學，這從「譯腦」的體驗可以充分地理解；還有作品《怒濤》（前衛出版社，1993 年 2 月）或「日記」、「書信」，以及透過無數的日本文學作品的「翻譯」，我想也可以窺視出來。

　　鍾老師說不定能成為一位優秀的日本語作家，我曾這樣想過。日本時代曾出現了幾位優秀的前輩日本語作家。雖說當時日本語是被迫學習的語言，但是使用日語書寫作品，追求問題意識，那樣的成果必定連帶著改變臺灣人的立場。充滿幻想的青春時代的鍾老師，說不定是抱著這種理想。我深信鍾老師是懷著創造出那種文學世界的理想吧！

　　　　　　──選自陳萬益主編《大河之歌──鍾肇政文學國際學術會議論文集》
　　　　　　桃園：桃園縣文化局，2003 年 12 月

一九七〇年代的鍾老大
煎熬與希望的中年時代

◎張良澤[*]

一、前言

我於 1961 年 6 月認識鍾肇政時、便以「老大」稱他，而他以「老弟」稱我，迄今 42 年，從未變更稱呼。

這 42 年間，我虧欠他很多，尤有三事令我耿耿於懷：

1.當年我考上成功大學中文系時，他苦苦勸我轉入外文系，我偏偏不聽，致使今日我連半句英文也不懂。

2.他叫我翻譯日文時，要多查字典；我卻偷懶不查字典，憑空想像，致使他爲我的譯文修改得「吃盡苦頭」。

3.我生性懶得寫信（除了情書之外），他卻勤於寫信，往往經他三催四催，我還是「好整以暇」，徒令他「會急瘋」。

今日借鍾老大文學會議之盛會，深深致懺悔之意。

主辦單位指定我講 1970 年代的鍾老大，可能是因爲我於 1970 年 4 月留學歸來之後，直到 1978 年底再度出國赴日爲止的八年間，與他共度「八年抗戰」的緣故吧。

的確這八年間，我跟隨鍾老大投入臺灣文壇的第一線，做了點小事，親身體驗臺灣文壇的風浪。不過由於我在成大任「萬年講師」，既無家累，又有系主任尉素秋教授庇護，故比起身爲龍頭的鍾老大，可謂安逸多了。

---

[*]發表文章時爲日本共立女子大學教授，現爲真理大學臺灣文學資料館名譽館長、真理大學臺灣文學系客座教授、《臺灣文學評論》雜誌主編兼發行人。

翻開 1970 年代鍾老大的書信集,幾乎沒有一天不爲文友,後進或讀者而苦心焦慮。諸如:爲葉老的矢言折筆而惻然,爲李喬的肝疾而憂慮,爲黃文相的婚姻而擔心,爲鍾鐵民的謀職不利而懊喪,爲張彥勳的眼疾而操心,爲江文雙賣稿而奔走,爲林瑞明之喪父而難過,爲林國隆在玻璃廠打工而著急,爲拉黃春明的稿子而傷透腦筋,爲東方白的三部曲而催生,爲張良澤的遲遲不交稿而焦急,更爲彭瑞金、陳恆嘉、王世勛、鍾瑞圓、李秋鳳、陌上桑、鄭素娥等無數後進指導寫作。

其實,鍾老大這種爲文友效勞,爲後進犧牲的精神,早在 1957 年手刻《文友通訊》時就開始了。

只因 1970 年代正值鍾老大 45 歲至 55 歲的中年時代,也是活力最強、負擔最重的人生階段,加上臺灣的特殊環境,因此他的煎熬除了爲別人之苦而苦、爲別人之痛而痛之外,我歸納此階段的鍾老大有三大方面煎熬如下:1.爲《臺灣文藝》之存續而奔波。2.爲「窮」而賣命。3.爲忠實與「文學」而掙扎。

二、為《臺灣文藝》之存續而奔波

1964 年 4 月 1 日,吳濁流創刊《臺灣文藝》(以下簡稱《臺文》)。從刊物命名開始,鍾老大即堅持「以重建臺灣文學的拓荒者自居」,不但爲它供稿、邀稿,還要擔負小說方面的編務,可是,鍾老大「雖然爲它工作得起勁,但由於它其貌不揚,每期又是薄薄的一本,加上「臺灣」兩字,有不少人,尤其是年輕一輩,對它極爲輕蔑,根本不屑一顧。」在這種狀況下,鍾老大「努力爲它鼓吹,爭取朋友,總算使它每期都湊足篇幅。」

《臺文》缺稿的情形,進入 1970 年代亦無改善。鍾老大常向友人訴苦道:「《臺文》仍缺稿,目前最傷腦筋的事莫過於此。稿荒似乎還一期比一期嚴重,怎麼辦呢?」

該刊更於 1965 年 1 月創設了戰後臺灣民間第一個「臺灣文學獎」。1969 年 7 月,改組爲「吳濁流文學獎」,而鍾老大被選任「吳濁流文學獎

管理委員主任委員」，兼「評審會召集人」。此一吃力不討好的工作，徒增鍾老大的困擾。1970 年 10 月，召開第一屆評審會後，即遭到外界抨擊，令鍾老大吐苦道：「這次評選，咱們都惹了不少困擾，很覺難以淡然置之。（略）李篤恭更來信大罵『吳獎會』有眼無珠，使我倍覺這個差使，尤其是『主委』難做。」

後為顧全大局，增聘評審委員，但似乎仍無法擺平內部歧見。令鍾老大歎道：「我清楚感覺出我遭嫉已久。私心亦一直力持中正，可是我這個主委兼召集人已『失格』了。林與廖的參與，都只有敗事，奈何奈何！」

《臺文》的財政困難，更使鍾老大焦頭爛額。原先單靠吳老的個人退休金與他沿門托缽似的募款，雖付不起稿費，但還勉強出版每年四期的單薄刊物和支付少許的文學獎金。

此一窘狀入 1970 年代亦無法改善。鍾老大曾建議找經銷商，但吳老反對，因為經銷商剝削，多賣多賠。致使鍾老大歎道：「這是甚麼世界呢？老弟，我欲無言矣。」

由於 1976 年 10 月，吳老逝世，文友聚會商議此刊之廢存問題。鍾老大在「大家合力來承擔的許諾下，勉為其難地接下了這份重負」。於是自 1977 年 3 月的第 54 期（革新第一期）起，名副其實地全副重擔都落在鍾老大的肩上了。

鍾老大大膽地增加篇幅、策劃專輯，遂使《臺文》起死回生。果然才出了兩期精彩的內容之後，竟被當時出版了臺灣文學史上最初的個人全集《鍾理和全集》而雄心萬丈的年輕出版家沈登恩看上眼，表示願意支出經營《臺文》，而編輯權仍歸鍾老大。眾議結果，遂於 1977 年 10 月的第 56 期（革新第三期）起，交由「遠景出版社」發行。創刊以來，歷經 13 年風霜，首次有編輯費、車馬費、稿費，而且厚厚一大本精美印刷，使鍾老大大為振奮，陸續推出新的構想。

可是好景不常，一年後，「遠景」取消了編輯費，但稿費照舊。1979 年 10 月，沈登恩因不堪賠累，決定不再支持《臺文》，鍾老大只好收回自

辦。終於結束了兩年（共九期）的「蜜月」時期，進入 1980 年代「期期虧損」的「黑洞」時期。

三、為「窮」而賣命

　　儘管 1970 年代臺灣經濟已開始起飛，但「窮」仍是臺灣作家的「特權」。鍾老大雖任小學教員，但微薄薪水實難供養一家九口（父母、五個孩子、夫妻同住）之生活，何況又要獨撐《臺灣文藝》的發行。

　　1970 年代雖與張老弟通過不少信，但多談工作而少談生活。可是李喬與鍾老大走得很近，除了討論寫作之外，鍾老大也把自己的困境毫無保留地向李喬傾訴。因此在鍾老大寫給李喬的信函中，隨處可見其窮困之狀。茲抄錄數條如下：

　　1、1970 年 2 月 10 日——電視劇本「已將簡略故事送審，如可通過，目前窘境不難打發。」「今秋又一兒高中畢業，學費將更重。」（頁 228）

　　2、1970 年 2 月 27 日——「迫於生活，不得不打算再寫二三 TV 劇本。」「以後即除了給老郭寫二三小稿外，就寫劇本了。以便能應付生活之需，下期註冊費也得早做安排。」（頁 232）

　　3、1970 年 6 月 21 日——「就暫時翻譯外國作品了，看看能否藉此維持生活。屋前從本月起正式成立了菜市。」「本想藉機會做做小生意，例如賣冰等等，卻拿不定注意。」「老妻打毛線，每日進帳十幾、二十幾塊，我這個一家之主不好幹得很。」（頁 245）

　　4、1971 年 9 月 18 日——「計算一下，沒有 TV 方面收入，我每月都至少要賣掉 4、5 萬字才可以維持，不寫怎麼可以呢？尤其這個學期孩子們得學費，使我負了一筆債，故非賣力不可。」（頁 299）

　　5、1972 年 2 月 23 日——「二長稿的稿費剛花完（只要是還了債），目前又再發愁了，大女兒近中還要開甲狀腺腫大症的刀，真不簡單哩！」（頁 308）

　　6、1972 年完 3 月 28 日——「年來辛苦寫作，竟無法求得生活安定，

頗有山窮水盡之慨。」「舊債還清，新債又開始積，糟的是因孩子們正在讀書，褲帶勒緊竟也無濟於事！文字可以苦煮（弟臺言），其奈不能當飯吃何！」（頁317）

7、1972 年 11 月 8 日——「純負債已有七萬之譜，每月還利九百多，零星債積了個時期便得標個會還，並付註冊費等，因此目前尚有二萬元的死會，每月千餘，加上國宅每月還四百多，總共月必支出 2,500，四個通車學生也 500、600，這是固定的支出，因此每月均有約三千稿費，仍還不了半文積債。這是我的經濟情形，債無力還，卻仍有增加之勢。」（頁348）

為了孩子的學費，為了女兒的開刀，為了「山妻」的生病，為了老父的受傷，為了房屋的貸款，為了被倒會，搞得鍾老大債臺高築。其後又為了《臺灣文藝》的出版費用，怎不叫他喘不過氣來呢！

四、為忠實於「文學」而掙扎

為了還債務，鍾老大拚命譯書，可是翻譯的稿費低廉，又不知何時才拿到錢。他說：「多月來拚老命譯東西，仍還是趕不上窮，眼看又要添新債了。《太》書（按：《太陽與鐵》）艱奧之極，更是嘔心瀝血，45,000 字僅 2,000 元，那幾天每天苦吟十小時左右，弄得渾身疲累，困憊之極！（略）共 6,000 元還不知幾時才能拿到錢呢！」

熬夜寫稿，能賣得幾塊錢倒也甘心。可是臺灣人作家，尤其是代表臺灣人作家的鍾老大，其處境實與 1950 年代、1960 年代的白色恐怖時代無異，只差有形的「捕手」變成無形的「怪手」而已。鍾老大證言道：「長篇已去函詢問，剛三個月了。心情頗不平靜，唯恐此稿已遺失，亦可能遭「搗亂」，真是欲哭無淚。無獨有偶，目前寄出的劇本大綱（共七集）竟亦石沉大海，也去信問了。看樣子，我已受到四面楚歌，若是，則往後日子不堪設想矣！」

從 1951 年發表第一篇作品以來，孜孜苦幹到 1971 年，寫了 20 年，鍾老大不禁歎道：「前塵歷歷，一片榛莽，往後仍是荊棘滿途吧，一歎！」

　　由鍾老大帶頭的老、中、青三代臺灣作家的力爭上游，大約於 1975 年以後，「臺灣鄉土文學」漸露頭角。致使余光中於 1977 年 7 月發表〈狼來了！〉，開始打壓臺灣文學，而引起了一陣「鄉土文學論戰」。結果逼得國民黨政戰頭子王昇將軍在第二屆全國文藝會議的閉幕會上，承認「鄉土文學」與「反共文學」都是「愛國文學」。表面上，「鄉土派」似乎爭取到了「法定地位」，其實那隻幕後的怪手仍然不放過鍾老大。此時鍾老大雖沒有直接介入「論戰」，但當局知道鍾老大一直是臺灣文學的「推手」。因此對鍾老大積極推展的計畫，無不暗中阻擾。鍾老大說：「我兒子服務的照明出版社，最近老闆有了背後出主意的人（叫周伯乃的傢伙），所以我透過兒子所策劃的出版書目當中，《臺灣文藝對談集》、《當代作家代表作全集》等全部被撤下（前者已排版完畢），我想可能是忌諱鄉土旗幟過度鮮明所致。小犬因此憤而辭職，這也是沒辦法的事，畢竟是外省子仔，這也是沒辦法的事。」

　　幾經折騰的鍾老大，跟鍾理和一樣地自暴自棄起來。只是鍾理和在悔恨之下寫成「遺書」，而鍾老大則宣洩於信上──

　　　對文學，已失去一份狂熱，（略）。在臺灣，文學恐不是條路子，常常幾乎禁不住寧願勸年輕朋友學學電視機修理技術──這不是一時情緒激動，由來久矣。

　　直到 1978 年，鍾老大還在自怨自艾道：「放假以來，寫了幾則〈名著的故事〉，想到都是為了稿費，心底就有火；《大同》上的下一個專欄也決定為「中國名著精華」，還是為了稿費的東西，我懷疑我這枝筆有啥用啦！」

　　對一位「畢生信仰繆司女神」的鍾老大而言，為生活而操筆，寫一些他不想寫的東西，無疑在浪費自己的生命，難怪他會自暴自棄，自怨自艾。不過當文友激勵他說：「老大啊！我們微笑著幹吧！文學萬歲，人生多

美！」時，鍾老大便也振作起來，說：「我實在沒理由消沉的，（略）我會挺下去的。我相信我依舊堅強有力，對不？（略）我仍要盡所能追求文學之意境與內涵。」

跌倒了，再爬起來。鍾老大跟所有的人一樣，有消沉、心灰意冷的時候，但即使掉入絕望的深淵，他還是再爬起來，只因他從未放棄「追求文學之意境與內涵」的信仰。

日後，他回顧這段日子，說：

> 這對一個畢生信仰繆司女神的人來說，好像有點不可思議——我不該這麼大言不慚，誇言自己信心堅篤。許多年來，也不知有過多少次心灰意冷的心理曲折。然而，事過境遷，好像一絲絲漣漪都消失無蹤。

事實上，自 1975 年 3 月，蔡茂豐邀請鍾老大去東吳大學開課之後，行動更趨積極。首先計畫編譯《臺灣鄉土文學全集》，預定於臺灣光復 30 周年推出十卷，後因出版社不敢惹麻煩而作罷。可是這項計畫終於 16 年後以《臺灣作家全集》而實現夢想。

1977 年 8 月，辭退東吳的兼課。翌年八月，「為了許許多多的文學使徒闢出一塊純文學的乾淨園地，而重要的則是供給臺灣作家發揮的據點」，毅然退休了小學教職而接受了《民眾日報》的副刊部主任職務，意氣風發，打算「放手一拚」。

《臺灣文藝》也於 1979 年 7 月增設了「巫永福文學評論獎」。10 月，鍾老大以《濁流三部曲》榮獲第二屆吳三連文藝獎。同時也應聘參與「中國時報小說獎」及「國家文學獎」的評審工作；臺灣第一所民間文學館的「鍾理和紀念館」也由鍾老大與葉老積極籌建中，並已確定要拍製「鍾理和傳」的電影。

如此在 1970 年代落幕的前夕，臺灣文壇終於掀起了「臺灣文學尋根的熱潮」。種種活動，雖使鍾老大「忙昏了頭」，但過得「多才多姿」。於是鍾

老大充滿希望地說：「此間文壇困難重重，但大家在困局中仍勉力以赴，再努力十年，也許有大成的。這是我的最大心願。」

黑夜即將過去，光明的 1980 年代即將來臨。

五、結語

綜觀 1970 年代鍾老大的文學生涯，可謂充滿了荊棘之路。為承繼吳老精神而負起《臺灣文藝》的重責，為生活的煎熬而賣稿，為無數後進而衝鋒陷陣，為忠實於文學而掙扎。

在重重煎熬下，鍾老大沒有棄筆去修理電視機，也沒有轉行去賣冰，卻仍在文學的園地裡苦苦煮字療飢。然則在這十年間，作家鍾肇政到底寫了多少作品呢？

根據鍾肇政研究專家錢鴻鈞博士的調查結果（詳見附表），大致如下：

長篇小說創作計 9 篇，共 1,500,000 字。

短篇小說創作計 31 篇，共 312,100 字。

論文、隨筆計 35 篇，共 690,500 字。

長短篇翻譯計 33 篇，共 2,313,500 字。

電視劇本計約 10 篇，共 500,000 字。

總共 178 篇，合計字數約 532 萬字。

另外，這十年間鍾老大共收到來信 3,945 封。鍾老大對誰都有信必回、有求必應，而且回信必比來信寫得更勤更長。因此若以最保守的計算——即對 3,945 封的來信，鍾老大各回一信，而平均每信以 500 字計算的話，則鍾老大最少寫了 200 萬字。

是故，作品字數與寫信字數合計起來，共 732 萬字。易言之，鍾老大平均每天至少要寫 2,000 字。

我不知臺灣文學史上有誰比鍾老大更勤快於寫文章？寫漢字不比寫イ

ウエオ或 ABCD 那般輕鬆。一個漢字有多少筆劃，而鍾老大每天坐在案前多久才能寫出 2,000 字？他緊握得鋼筆的墨汁彷彿他的血汗，一滴滴滲入紙上，想到此，就不禁由衷向最辛勤的文筆家鍾老大致最高敬意。

──選自陳萬益主編《大河之歌──鍾肇政文學國際學術會議論文集》

桃園：桃園縣文化局，2003 年 12 月

從日據時代活過來的
鍾肇政訪問記

◎洪醒夫[*]

一、戴著天線的人

　　朱西甯先生在他的隨筆裡，說鍾肇政「耳朵戴著助聽器，使人覺得他是戴著天線，受無線電操縱的太空怪人。」還說他有一張「農民型的臉」。這些說法都不差，鍾先生耳朵壞了，需借助助聽器之力，才能用語言與別人溝通。他一直住在龍潭，一個樸實無華的小鄉鎮，鄉間的生活鍛鍊出他那拙樸剛毅的個性，這些可親的美德都在他的臉上表現出來。他是一位教師，但對於生於斯長於斯的土地的感情，卻比任何農民都來得深厚。他寫了許多鄉下人，尤其是臺灣光復前後的鄉下人，他曾經活過那個時代，對當時人們的生活背景、想法與做法，都有很深刻的體認。

　　鍾先生出生於民國 14 年，畢業於彰化青年師範學校，20 歲以前就做教員，一直做到今天，從小學教到大學。教書之餘，編寫譯都來。編：《省籍作家作品選輯》，《臺灣文藝》季刊。寫：《濁流三部曲》、《臺灣人三部曲》、《中元的構圖》、《大肚山風雲》等長短篇小說、評論、雜文，凡數百萬言。譯：安部公房的《砂丘之女》、《燃燒的地圖》，井上靖《冰壁》、三島由紀夫、芥川龍之介、川端康成等許多人的作品，也有兩三百萬言之譜。這些作品裡邊最重要的，還是他的長篇小說，像得過教育部文藝獎的《濁流三部曲》（《濁流》、《江山萬里》、《流雲》），得過嘉新文藝獎的《沉

*洪醒夫（1949～1982）詩人、散文家、小說家、評論家。本名洪媽從。彰化人。發表文章時為國小教師。

淪》（臺灣人三部曲的第一部）等等。

讀書寫作是鍾肇政最大的樂趣，下了班以後，點上一根煙，泡上一杯茶，一疊稿紙也好，一本書也好，都能使他沉潛其間，活在知性與感性的世界裡，忘了身之所處。鍾肇政東籬無菊，庭前無竹，抬頭是一面遮陽的窗簾，無遠山可望，但他胸中自有山水。他平常不喜歡喝酒，但若與二三好友把盞話舊，也能小酌幾杯，喝到微醺處，也能仿那關東漢子，唱大江東去，儘管荒腔走板，牛聲馬喉，也自得其樂。

他對青年寫作者一直愛護有加，關心，鼓勵，以自己的經驗與心得給他們提供意見，二十幾年來一向如此。在我去訪問他的時候，一位青年先我而到，他要寫一部書，鍾先生替他找資料，介紹許多書，許多可以幫忙找到資料的人。言詞懇切，態度親切。許多年輕人都曾侵占了他大量的寫作時間，他都不以為意。

現在，他是「吳濁流文學獎」主任委員，這個獎是由老作家吳濁流獨資捐獻，每年頒發乙次，小說獎 8,000 元，新詩獎 1,000 元，以該年內發表於《臺灣文藝》季刊的作品為給獎對象，對年輕的作者，不無鼓舞力量。

二、鍾肇政是這麼說的

在日本統治時期，我一直扮演一個十分渺小的角色。

臺灣光復那年，我正好 20 歲，一個 20 歲的青年，談不上對時代會有什麼作用，那是不可能的。不過，那個時期，我當然也有自已的看法和想法，我希望在一個時代裡頭，使自己成為一個不被淹沒的角色，渺小也好，只要不被淹沒就好了。因為那時候，我們過的是一種朝不保夕的日子，天天有空襲，飛機來扔炸彈，隨時隨地，我都可能捱一個炸彈。就算幸運的不至於捱到炸彈，我們還是要等待徵兵，被迫把生命扔在戰場上。

我是第一屆徵兵適齡的役男。日本人一開始是搞志願兵，志願兵搞了好多年，記得我十七、八歲那年，就有志願兵，名義上是志願，可是做為一個年輕人，不志願是不行的，因為環境是那種環境，空氣是那種空氣，

而且，在學校裡頭，也有一種限制，要是你不志願的話，他們有一種叫做「教練及格證明書」的，就不發給你。這一紙證明書，在那時來講，有相當大的作用。那時候，志願兵當然也是兵役年齡，十八歲到四十幾歲，這一個年齡階層的人，人人都志願，許多父子都得一起去志願，實在非志願不可。那時，我雖然去志願了，但每次體格檢查的時候，我都盡量想辦法使自己不通過。那時我耳朵並沒有毛病，只好想了別的方法，好比有一次，色盲的檢查，用我們所知道的那種表來檢查，我就把表背熟了，檢查的結查，我是色盲。後來，我想起來了，才覺得害怕，那種假是很容易被發覺出來的，被發覺了，就是逃避兵役，那下場只有一個：槍斃！

我雖然逃過了志願兵，但終究沒辦法逃過兵役。民國 33 年。他們公布了一項兵役法，臺灣也要實施徵兵制度。我是民國 14 年出生的，剛好是第一屆。我不知道是怎麼樣漏掉的，第一屆第一梯次的兵，我沒有被徵去。那時候，緊接著又公布一項學生的動員令，把所有中學三年級以上的學生通通動員，那是一種海防的工作，不是正規的軍人。於是我被派到大甲，差不多半年的時間，一直到光復。我們擔任海防工作時，生活非常苦，因為那些日本人都會打人的，打起來很兇，這些大家都知道，不必我講。不過，我們這些臺灣的同學，大家都想，如果美軍來登陸了，我們是準備先把日本人幹了，再跑進山裡頭的，或者，能夠的話，跟美軍合作。所以一空下來，大家就偷偷的研究逃跑的路線。

活在日本統治的那個時代，實在沒有什麼指望！

三、坐在墓穴裡面看書

從小，我就是一個標準的小說迷。從小學四、五年級開始，我就看很多種刊物，譬如：《少年俱樂部》、《譚海》（月刊，是給不大不小的少年看的），《少女俱樂部》、《幼年俱樂部》、《新青年》等，好幾種，也有刊物的名稱我都忘記了，這些刊物都是日本人辦的。到了中學，閱讀的範圍就比較寬廣了，偶爾也看一些翻譯的作品。

　　中學畢業後，我沒有考上上級學校。那個時候，很多同學都跑到日本去了，因為在臺灣升學是難上加難的。我那個學校的畢業生，能升學的，每年只有一兩個，於是大約有一半以上的同學都跑去日本，日本學校多，限制又少，比較容易弄個學校念念。我家境不好，父母又不贊成我老遠跑到日本去。那時正好日本人在彰化創立「青年師範」，我就去念這個學校。

　　進了青年師範，我的興趣又改變了，那時我碰到了許多很好的朋友，他們有外國名著的翻譯本，我一看這些東西，就馬上被吸引住了，那時，時常都有空襲，我們住在那個學校，晚上都沒有燈，這個學校是軍隊式的管理，晚上到天亮都有人輪流放哨，我們是不必站的，坐著輪流守到天亮，那個地方有一盞小小的燈光，我常常跑到那個地方去看書，跟一兩個同學一起去看。那小小的光圈放兩本三本書是很勉強的，光線十分陰暗，不過還是看，拚命地看，那個時候，可以說，我對文學是第一次開竅。當然，白天也能夠看，因為時常發警報，警報發了，就要躲。學校在山上，附近都是墓地，那些墓都遷葬走了，因為他們要把那個地方開墾出來種東西，留下了很多墓穴，我們每個人都要自己準備一個防空壕，我就利用一個墓穴，棺材挖走了，剩下一個洞，我在裡頭挖了一個階臺，可以坐，警報一響，我就跑進裡面，坐在那裡，看書！警報一發就是三、四個鐘頭，不會馬上就解除的，所以我看書的時間相當充裕，看了不少書。看膩了，或是有美國飛機來轟炸，我就起來看看，數一數飛機有多少架，看他們扔炸彈，看他們在空中打架。日本同學看到飛機被打下來，就拍手，歡呼。哈！其實我時常看到被打下來的，都是日本飛機，日本同學照樣歡呼，那我們也就一起歡呼了！

　　坐在墓穴裡，站在小燈下的這一段日子，第一本書看的是盧騷的《懺悔錄》，給我的感受非常深刻，我到現在還能回味那種受感動的樣子。其實那並不是怎麼樣動人的書，不過是一種思想，一種以前所沒有想到過，看到過的世界，在我眼前突然展現，我很感動，常常看得流淚，不是因為它的故事而流淚，而是接觸到新思想的一種感激，一種欣悅。我可以舉出一

長串的書名，都是那時候看的，例如：屠格涅夫的《父與子》、《處女地》、
還有《劫後英雄傳》、歌德的《浮士德》……這個文學全集大概有三、四十
本，我看了差不多一半，都是日譯本，那時我還不會看中文本。

這一段時期，我札記做了很多，思想性的、句子美的、含意深的，我
抄了厚厚幾本筆記本，後來我去當海防警備兵（日本話叫「學徒兵」），根
本沒有書看，我就靠這些札記過日子，一次又一次的看，這些札記真是我
的精神食糧，離開它，我就沒辦法活下去，我確實有這種感覺。不管十分
鐘二十分鐘，只要有時間我就看，甚至如廁的時候也看，有一天，上廁
所，站起來的時候，不知怎樣麼搞的，竟把這幾本筆記本弄下便坑去了，
那以後好幾天，我生活失去了憑依，失魂落魄的，心裡難過了好一陣子。

不久，我就病了，病了兩三個月，熱帶瘧疾，天天發高燒，我耳朵就
是那時候壞的，因為吃的藥叫做「金雞納霜」，吃了以後，耳朵就漸漸聽不
到，產生耳鳴現象，沒有其他的藥，不吃這個又不行，這樣持續兩三個
月，聽覺受到嚴重的損害，所以現在必須戴著助聽器。

四、大家來學ㄅㄆㄇ

病好了不久，臺灣就光復了，大家都很高興，全省同胞都歡欣鼓舞的
準備過另一種生活，一切都叫人十分滿意。

這個時候，我們有一項新的難題：學國語。

現在想起來，我學習祖國的語言，並沒有感到太嚴重的困難。

開始的時候，讀《三字經》、《百家姓》、《幼學瓊林》等，這些書看起
來，大略的意思還懂，因為我日文的基礎已經到了相當的程度了，日文裡
頭漢字很多，那些國字，意思我都懂，就是不懂也能猜想幾分。那時還有
些書房的老先生，可以請教，所以很快就把這些書看完。

這以後，我找出中學時候念的漢文教科書，裡面收了一點唐宋八大
家，李白杜甫，四書五經，我把它找出來唸。以前用日文唸的時候，意思
也大略懂一些，現在有個困難是：我唸不出來。那裡頭的字，有許多我不

會的，拿到書房去問那些老先生，沒有一個會的，因為那些老先生，多半只有一套《三字經》而已，離開了這套，便沒有辦法了。找來康熙字典，音也切不出來，為什麼切不出來呢？因為用我們的方言，音是切不出來的，而唸所謂的漢文，都是用方言來唸，那時還沒有「國語」這個名詞。

好了，讀不出來怎麼辦呢？因為我《三字經》那一套讀了一些啦，大致有一個印象，中國字不走唸偏就是唸旁，所以我就用這一套「想當然爾」的道理，不會唸的字，自己給它按一個音，自己來唸，唸得對不對，不去管它，我就用這個辦法，把漢文教科書，和唐詩宋詞之類的，都背熟了，所以說，我的國學方面，雖然懂得不多，不過，我自己認為是有一點基礎的。

後來，國語來啦，人家也就說：哎，我們要來學國語了。

那麼，誰來教呢？

那時我那個村子有兩個大陸來的，他們開補習班，補習國語，結果，兩個補習班，兩種國語完全不一樣，我們這邊也有人去過大陸的，他也要開個補習班，不一樣就是不一樣，三個補習班三種國語，我們實在徬徨得很。有的人就主張不要管什麼國語了，唸漢文，用方言來唸，方言走到底；有的人就認為不可，非學國語不可。這種情形又僵持了一段日子，後來有了收音機，情形就有一點改觀，還有，政府辦的，臺北的補習班，比較可觀，有的人去學了回來，他就可以教我們了。那時我已經回到龍潭教書了，下午的時間就去學國語，由老師的老師來教（補習班回來的），往往，今天下午我們舉了幾個ㄅㄆㄇ，明天站在講臺上就去教學生了。

這種情形又拖了一陣子，後來我拿到幾本白話文的文學作品，我一看就懂，毫不吃力，雖然不會用國語唸，用方語唸起來恐怕也亂七八糟，可是我懂，看得懂。

我開始寫稿子，寫稿子就不能這樣隨便，我要用日本話思考，寫草稿，然後自己來翻，翻成國語，我經過這樣的階段，不過很短，試了幾次，就可以不必用日文打草稿了，在腦子裡面就可以直接翻成國語寫在紙

上。這個階段也很快就過去了。然後我就可以直接用國語來思考了。

　　總括來說，我學國語，困難是有，但並不很嚴重，最頭痛的是讀音問題，這個問題也因為大家學了ㄅㄆㄉㄇ，又買到字典，也就慢慢解決了。

五、答客問

　　洪：一開始，是什麼動機引發您寫作的興趣？

　　鍾：沒什麼特別的動機，因為書看多了，自然就想寫，我想，很多人都是這個樣子，當然，我內心裡有許多要表達的東西，又是經過大動亂的時代，想把它表達出來，我想，這也是一種動機。

　　洪：您曾經把您個人的生長，和那個時代，當時的社會動向緊密地連在一起，企圖展示時代與社會蛻變的過程與民族的自覺，到目前為止，這件龐大的工程您已完成多少了？您自己有什麼感想？

　　鍾：我一向住在鄉下，接觸面不廣，只能以自己親身經驗來抒發，這其中當然免不了範圍不容易擴大，不能把眼光放得更遠大，但在我個人來說，就我所能夠做的範圍內，我自己認為都做了，而且做得十分完滿。我不是說我的作品在文學上有多大價值，而是說，我自己所想到的，所要表達的，在過去的作品中已經做了，那麼，我的感想是什麼呢？這個工作，我想，萬變不離其宗，主要就是那個時代的民族自覺，為時代留下一點痕跡，留下一個見證，凡是活過那個時代的，人人都可以做，而且做出來也會有其個人的特色，不過它的思想內容還是差不了多少的。個人力量雖然有限，如果大家能合力起來，你做你的，我做我的，我想可以把那個時代的精神、思想、和人們的喜怒哀樂呈現出一個整體概況，這是我的希望。

　　洪：有人認為《濁流三部曲》可以說是您的自傳，您認為這種說法是正確的嗎？

　　鍾：我不承認也不否認，它不是我的自傳，卻是我的自傳體小說。在我認為，如果硬要把某人的作品和他的私生活扯在一起，那是無聊的。

　　洪：寫作自傳體的小說是否較容易失去客觀立場，因它的寫作素材比

較偏重自身經驗，用它來描述整個社會，整個時代，是否容易以偏概全？

鍾：嚴格的講，文學離不開自傳，你自己沒有親身經歷的事情，要寫成小說，恐怕不容易收到很好的效果，如要用本身的經歷來寫，眼光就難免狹窄。當然，能夠多經歷一些事，多跑一些地方，對於寫作來講，是很有幫助的，但目前我們寫小說的，本身大都有一種職業，時間難免受到圍限，想要多多經歷，實在不可能，連最起碼的，蒐集資料都感到力不從心，所以，不得已的辦法，只好用自己親身的經歷來寫我們的作品。當然，我也是很希望能夠有廣泛的經驗，但是，認真說來，廣泛並不是太重要的問題，最重要的是深淺，如果有更深遠的眼光，更優秀的才華，也可把貧乏的經驗寫成很好的作品，文學史上這種例子很多，我想不必多說了，經驗的廣泛與否，並不必過分去顧慮。

洪：您認為小說的任務是什麼？

鍾：小說的任務，我想，它應該表現社會的精神，這個精神對人類未來應有所幫助。

洪：對您而言，長篇和短篇有什麼不同，在創作上有什麼分別？

鍾：長篇跟短篇，本質上就有很明顯的不同。短篇，在我的領略裡，是一種銳角的，就是說，不管是感受也好，感覺也好，都是比較深入於人的生活裡的。至於長篇呢？它的角度是廣角的，也就是說，它包羅的社會面是廣大的，所以我寫長篇主要的是對社會演變，思想演變的表達。在我而言，寫作短篇小說主要的是靠靈思的閃現，長篇就不是這樣，從構思到蒐集材料，時常要花很多的手腳。我當然也希望能寫較好的短篇，但我似乎沒有那麼敏銳的觸角，纖細的感情，所以，總是寫不好。

洪：您同意人們將您的作品歸入鄉土文學嗎？對於鄉土文學，您認為應該怎樣發展？

鍾：我認為「鄉土文學」的說法相當籠統，如果要嚴格的賦予定義，我想是不可能的，沒有所謂「鄉土文學」。用一種比較廣泛的眼光來看，所有的文學作品都是鄉土的，沒有一件作品可以離開鄉土，我們看到的許多

中外的文學作品，百分之九十九還是有它的鄉土味，因為一個作家寫東西必須有一個立腳點，這個立腳點就是他的鄉土，或者，我不如說，那是一種風土，是不是「風土」的意思要比較廣泛一點？「鄉土」，人人的眼光都放在那個「鄉」，說那是鄉下的，很土的，這種說法我是不能贊同的。那麼，「風土」呢？你在都市裡頭，也可以有一種風土，不管你說你的作品是什麼世界路線的，但也離不開風土。所以我向來的看法是這樣的，鄉土也好，或者是說風土也好，最出色的作品，它在世界文壇上，也是最出色的。所以，也就沒有所謂「如何發展鄉土文學」了。

洪：做為一個作家，您以為會失去生活中的一些樂趣嗎？您以為創作是否為全無保留的奉獻？是種可以去獻身的工作嗎？

鍾：我從事寫作，我不認為犧牲了什麼，因為寫作就是我的樂趣，我為了寫作，自自然然的，非看很多書不可，看書，就是我的樂趣。當我有什麼東西想要表達的，我就拿起筆來，一心想要把這個東西好好組織起來，表達出來，這是一種期待、盼望，甚至於，也是一種禱告，雖然那種過程是十分的艱辛、困苦，但我時常把它當做一種樂趣。所以，我不敢說，我從事寫作是一種奉獻，因為我的生活已離不開寫作，離不開文學。不寫作，我就是在看書，不然，就是在教書，那麼，另外有些什麼空下來的時間呢？如果有的話，我就在想我的小說，想我的人物，跟我那些人物活在一塊，總之，這都是我的樂趣。

洪：《濁流三部曲》和《臺灣人三部曲》可以說是您最重要的作品，您自己對它們的評價如何？《臺灣人三部曲》您寫完了嗎？

鍾：《臺灣人三部曲》，我目前在寫的是第二部，第三部就是《插天山之歌》（洪註：曾在《中央日報》副刊連載），我本來是把它當第三部來寫的，將來是不是還會改變，另有作品當作第三部，那是說不定的，或者，我另外有同樣的作品，我會變成第四部，總之，《臺灣人》這部作品，完成的日子已經快了。

對於這些作品，我認為表達得並不十分滿意，雖然我所要講的都講出

來了，不過，從結果來看，到底個人的才華是有限的，筆力也沒有自己理想中那麼敏銳，所以，我不敢說，它是我的代表作，我也不敢認為它是我最重要的作品，我想將來我要寫出更可以稱為我的代表作，更可以說是我的重要作品的作品，這是我所想望的。

　　洪：現在您是「吳濁流文學獎」的主任委員，您能不能談談吳獎的過去，以及未來？

　　鍾：這個獎的過去：我們推荐了好幾篇作品，有些作品，並不如理想中的那麼好，當然，也有些作品，我們認為是很滿意的。那麼，為什麼我們把認為不十分滿意的作品也給獎呢？這是因為我們原則上每年都要選出一篇作品給獎，最好不要有從缺的現象發生。對於作品水準的提高，向來是我最盼望的事情，可是這需要很多年輕的朋友來合作，如果他們願意將他們認為滿意的作品交給我們，我們纔會有更具分量，更好的作品。

　　這個獎的作用，在目前來說，不算很大，影響也有限，做為一個負責人，我希望在客觀因素上能夠有更好的條件，好比提高獎金，有更充裕的經費來辦這件事，引起更多人的注目，讓很多年輕的朋友，都願意把作品交出來，如果能夠做到這一點，我想會有更好的成績呈獻給我們文壇的。

　　洪：能不能談談您的寫作習慣？譬如寫作時間，寫作時有什麼嗜好？

　　鍾：因為一個教書的，時間都是被分割的，所以我只能利用有限的，公餘的時間，特別是寒暑假，所以我比較重要的作品，都安排在寒暑假來寫。有時候，被逼急了，那麼，放假以外的時間不得不寫，好比我目前有一個長篇，是準備交給某一家報館的，它大約八月份就要登臺，那我現在就非寫不可，像最近這些日子以來，常常就只有零碎的時間，有時候筆拿起來，把前面的一段看看，把思緒整理好，動筆寫不到幾個字，下面一個事情就來了，有時候只寫兩行三行，有時候根本只有幾個字，所以，這樣拖拖拉拉，進展得十分緩慢，寫得非常困苦。我最希望，是有時間讓我靜靜地構想，然後利用假期中較多的時間，一口氣寫下來，這是我的理想！

　　跟我同來的王鶴群補充了一個問題：請問您對目前世界文壇的發展有

些什麼看法？

　　鍾：目前最新的作品我看得很少，因為很多新的作品我們都沒有翻譯本，看不到，在日本買書有時候也買不到，所以，新的文學思潮，我老實說，懂得非常有限。根據我狹窄的涉獵的範圍來說，小說作品，好像是在這二十年來，就開始蛻變，在這以前，我們可以說是傳統的，這二、三十年來，都在一種變局當中，很明顯地可以看出來，小說作品非常嚴重地把傳統的那一套揚棄了，新的作品都是比較偏向心理的，潛意識的，說起來，這也已經是很舊的，不是很新的，不過，到了戰後，這種作品就比以前更強烈、更尖銳、更明顯。那麼，演變到目前，是不是文學就照目前演變的路子走下去呢？或者是另外開拓一個新的局面？我相信現在是到了一個分歧點了。因為戰後的演變，好像是走進了一個死胡同，很多作品都是很「晦澀」的，讓者都往往跟不上，那麼，沒有讀者的作品，當然也不是不值得寫，有些作家根本就是把讀者置之度外，他是不管讀者看不看，或是看得懂看不懂，他只要表達他的意念；這樣一來，文學跟讀者發生了一種脫節的現象，寫的東西就沒有人看，沒有人看就沒有人會出版，沒有人出版作家就沒辦法生活，那麼，作家寫作之路可能斷掉。但是，有些人，他堅守他的據點，很固執地把這條路子走下去，將來會演變成什麼狀況，是很值得我們注目的。另外一種演變，我們可以想像的，到了死胡同了是轉回頭呢？還是拐彎呢，或者衝破？我們都要密切給予注意。這是我對目前文藝思潮的，一種很籠統的，概略的看法。這裡趕快附帶一句：我用了死胡同這個字眼，其實我的意思，絕不包含不敬的意義在內。寧可說，我對他們這方面的嘗試性、冒險性的努力，是非常崇敬的。

——選自《書評書目》，第 29 期，1975 年 8 月

探索臺灣人的原型

生活誠實的再現

◎鄭清文*

　　鄭：您是臺灣戰後第一代作家。第一代作家往往要負起開路和帶路的任務。那時候，寫作環境不好，您又必須先克服文字障礙，勤奮寫作，另一方面還要協助文友張羅發表園地，出版書集，後來還要替用日文寫作的老一輩作家翻譯作品。當時老、中、少三代，有不少人受過您的照料。請您簡單敘述一下當時的情況。

　　鍾：不敢說那是「照料」，幫幫小忙是有吧。或者，也許也可以說是小小的服務。我這個小小的服務，開始於《文友通訊》時代。1950 年代，勉強可算「出道」的臺灣作家大約不滿十指，各在南北且互不相識。我覺得他們多數已有成就，我則毫無。沒有成就沒有才華的人為有成就有才華的人服務，是天經地義，便辦起了《文友通訊》。它結束後，鍾理和處境最險惡，且又看不到報刊雜誌，寫了作品也不知投寄何處何刊，便把稿子寄來給我，要我代為處理。我為幾個文友服務的工作既已結束，這個小小的服務在我自然是輕而易舉的事，因而自然地執行了這個任務——以後鍾理和每稿必寄我，由我轉投出去。所稱「照料發表園地」大約只是為鍾理和做了一些，其後的幾十年間，偶亦有年輕寫作者寄稿來要我看看，有時覺得不錯，也曾代為投寄過，算是「介紹發表」吧。其他如幾位海外作家也有過類似情形。

　　1960 年鍾理和逝世，引生前未有專著出版為最大遺憾，乃痛感作品出

發表文章時任職於華南銀行，1998 年退休，現專事寫作。

版的需要。這方面做的第一件事就是與幾位當時文友合作爲理和出版作品集,乃有《雨》(中短篇集)之問世。當時是反共作品當道的年代,臺灣作家不屑爲,在文壇上便難以覓得一席之地,欲求著作印行,實屬難中之難。幸而不久(1965 年)是臺灣光復 20 週年,我覺得是個機會,便下了決心要來個臺灣作家作品之總展示,同時並爲文友爭取出書的機會,乃有《本省籍作家作品選集》十卷(文壇社)及《臺灣省青年文學叢書》十卷(幼獅書店)由我獨力編輯上梓問世。前者爲多人合集,後者則一人一冊,且限未有專著出版者。這也是小小的服務,其後偶亦曾替朋友張羅過出版事宜,已微不足道矣。

1960 年代初與吳濁流結識,1964 年吳氏創辦《臺灣文藝》,並重拾創作之筆。吳氏除了短製用中文寫作,長篇作品則仍沿用日文,需覓翻譯者,我既忝爲知交,自然受託,我於是義不容辭地負起這項任務,確實爲吳氏做了不少這方面的工作。唯其中由多位諳日文的文友分擔著譯出來的恐怕較多吧。除吳氏之作,龍瑛宗氏亦有一部日文長篇新著寫成(1970 年代),我也同樣受託代爲迻譯。至於像遠景版的《光復前臺灣文學全集》(1979 年)及最近的前衛版《臺灣作家全集》,其中若干篇章確係我所譯,不過這已不再是私人間的請託,而是爲了出版的需要而譯了。

鄭:好像是劉捷先生,在某一次聚會中,一再強調臺灣作家和知識人,是不可能沒有受「五四」影響的。我不知道他指的臺灣作家,是否只含他們那一代。當然,也會有人主張必是受過 1930 年代作家的影響。對我自己而言,在我起步的時代,那些作品大部分是禁書。等我有機會接觸,早已超過不惑之年了。讀您的作品,您曾寫到《暴君焚城錄》,看樣子,您是受西洋文學和日本文學的影響較深的。像《文友通訊》中,似乎也看不到您受五四或 1930 年代作家的影響的文字。當然,談禁書本身也是一種禁忌,請談談您的文學師承?

鍾:我也說不上來我的文學有何明顯師承。戰後初期,臺灣讀書界確實氾濫過 1930 年代如魯迅、巴金、老舍等人的作品,我自然也涉獵過,但

數量不多，期間也不長。以言戰後初期，除了為克服文字轉換問題，我勤於閱讀當時可看到的書報之外，占去較多我閱讀時間的，依然是世界名著日譯本，連日本文學，記得也未刻意地去找來看。

談師承（或云影響），我覺得一個作家的「悟性」應該是個關鍵吧？像我悟性這麼差的一個人，從人家作品中去領略技巧或內涵，恐怕是極有限的。不過我讀世界名著，確實是相當能專注的，也相當能虔誠的，也唯有世界名著才能使我專注、虔誠。

《文友通訊》時代，就是像當時橫行無忌的反共作品，我們還是不得不去接觸，不過說到談論這種東西，自然是不屑一顧，連 1930 年代的作品也在視野之外了。

鄭：目前，第一代作家，有的已過世，如鍾理和、文心，有的又停筆，如鄭煥，有的作品較少，而您的創作力依然那麼旺盛，那是因為您熱愛文學？因為您有使命感？還是其他有什麼力量使您創作不輟？

鍾：熱愛文學，該是每一個從事文學的人的本能吧。至於使命感，我只能說好像有。毋寧更是一種「欲望」吧。有個什麼題材之類，欲望被觸發了——想寫寫、想把它寫出來，以至非寫不可，便有執筆之舉。也許我可以做一個更簡單的解釋：像我這種無其他一技之長的，除了拿拿筆之外還能做什麼呢？

鄭：不管是那一國的文學，其成就，往往以長篇小說的成就來衡量。臺灣，目前短篇小說的水準並不低。依我的看法，您的主要成就在長篇。您同意嗎？是個性、或者是環境，使您更著力於長篇創作？

鍾：作品寫出來，在我就是已盡了能事，其他我似不必表示同不同意吧。多致力於長篇創作，大概是因為抓到的題材多是長篇的，或著說我總是喜往長篇方面抓題材，也或者是因為我喜把一個題材弄成長篇的。有人善跑百米，有人善跑馬拉松，也許「體質」也有關係。我還屢屢鼓勵朋友寫長篇，似乎自己吃苦還不夠，把朋友也想拉下海。臺灣作家處惡劣環境，迫使長篇難產，出路也更少，這是很使我不服氣的。或許，這也是一

種反抗吧。

鄭：我以前讀您的作品，往往會看到作家本身的影子，有些作品中的人物，也很相似。我認為一位作家的成長過程是認知自己、表達自己，超越自己。您能不能說明一下，您如何達到最後境界的過程？

鍾：超越自己——據我粗淺的領略，似有更大部分屬於表現的推陳出新與內涵之擴大與深化。若就此以言，一個作家的超越自己，應該是永遠的「進行形」，一個作家筆下的形形色色人物，極言之，無一非作家的「分身」，特以有的人物「分」得多，有的則少，但也都僅止於「分身」而已。

鄭：我認為，文學是生活、藝術、思想。我曾經指出您是一位思想性較弱的作家。我也為此辯護過，生活本身就是一種思想。這也許是我對您的誤解。一位創作力那麼旺盛的人，是不可能沒有自己的見解和想法的。您能不能舉一兩本自己的作品為例，說明一下您的思想體系？

鍾：所謂思想體系，該是評鑑者（包含評家與讀者）談作家的作品（包含單數與複數）抽繹或歸納乃至「發現」出來的。創作力旺盛，恐怕也不能成為不是「思想性較弱」的註腳。我也從未反對過我的作品「思想性較弱」的說法。很久很久以前，有一文友向我透露他的「人生觀」與「世界觀」，得意之狀溢於言表，使我深感我「跟不上」他。過了這幾十年之後，如果再有人向我說明他的人生觀、世界觀，我依然可能有「跟不上」的感覺吧。我就是這麼「貧乏」的人。

鄭：您為原住民寫了不少作品，我很感動，什麼觸發使您走上這一條路？

鍾：記得是中學三年級時偶然看到一本有關霧社事件的書，書名好像是《霧社兇蕃討伐史》一類的，從此對山地民族有了了解與好感。我這方面的興趣一直維持不斷，每有這方面的專著或文獻，總要抽空閱讀，加上少年時期在山裡住過一段時間，與山地民族略有接觸經驗，因而自以為對他們有些許了解。這些也正是使我由衷喜歡山地民族的原因。有了這些因素，驅筆為他們寫些作品，應該是很自然的。

鄭：您最近作品《怒濤》中，對話插入不少日語。海明威的作品中有西班牙語，有義大利語。這是「音容宛在」式的表達方式。您的意圖想必一樣。彭瑞金曾指出，您「用語言的形狀來顯現那一個語言所代表的世界，用當代的語言呈現當代的社會。」這是一個很重要的發現，也是您很重要的成就之一。貼切使用語言，是您的小說藝術方法之一。您對小說藝術有什麼說明？

鍾：我一直有一個想法，認為小說藝術就是驅遣反文字的藝術。有個常被提起的說法：「把最恰當的字詞，用在最恰當的地方」，我覺得這只是一種相對性的說法，更進一步，大約可以說：「文字的藝術，應以獨特的風格為貴」。亦即需有創造性或獨特性之意。

據此，我們不得不認為以臺灣的語言環境，臺灣文學的藝術性之建立，先天地存在著局限性。例如臺灣文學發軔之初即有白話文、臺灣話文、日文等的問題，亦曾發生過相當激烈的爭論。而這樣的爭論還註定得不到結論。戰後情形又一變。我在《文友通訊》裡提出來的第一個命題也是有意向這個問題做一個挑戰。近年本土意識抬頭，同一個問題又顯現出來，至今猶在擾攘之中，一時似尚難解決。如何使生活與文學表現一致，該是臺灣文學必須謀求解決的重要命題之一。

《怒濤》的文字用法也只是一項嘗試，旨在生活的誠實再現，尚難謂為直通上述命題的核心。而同樣只是誠實再現的表達方式，例如李喬、東方白等，就已經非做血淚般的辛苦經營不可。這也是臺灣作家必須背負的十字架吧。至於我使用文字貼切與否，算不算「成就」，我殊不敢說，也不敢當。

鄭：您已是望七的人了，還不停向巨大作品挑戰，實在令人敬佩。您還有多少東西可寫？打算再寫多久？

鍾：問我還要寫多久，還不如問我還要活多久吧。

這不是故作豪語，亦無關雄心壯志，心中反倒是有著幾許無奈的。目前我確亦有體力腦力明顯減退之苦楚，尤其受制於視力不濟。這可從進度

減到幾年前（《怒濤》之前我停止創作約三年半之久）的三到四分之一以見一斑；若數更早時期，則僅及五至六分之一矣！

我確實還有幾部東西「想」寫——只是「想」而已。我曾與故友施明正有約，寫二、三百年前的難民潮，施從福佬觀點，我從客家觀點。當時兩人一拍即合，乃因覺得此著想正符合我心中探索臺灣人原型的命題之故。雖然故人墓木已拱，青山之約猶在。這也可能是我的另一個三部曲，希望能夠完成。

順便一提：《怒濤》是我的兩個三部曲《濁流》、《臺灣人》的共通續部。又我的《高山組曲》也還少第三部，也希望能寫出來。其他也還有，此處就不擬再列舉了。

鄭：展望臺灣文壇，我曾說過，年紀大的一輩，將繼續發掘過去的生活資源寫作，年輕一代的，將在現代生活中尋找題材。年紀大的，將繼續採取比較平實的風格，而年輕的，將不斷向新的技巧挑戰。我讀您較早的短篇，像〈中元的構圖〉、〈骷髏與沒有數字板的鐘〉，發現您也曾經年輕過，新潮過，而現在您又反璞歸真了。您能否說明這種變化？您對未來的臺灣文壇有什麼展望？您對年輕人的追求新奇的作法有什麼見解或建言？

鍾：1950 年代即接觸了不少前衛思想，並有過嘗試性實驗性的作品，不用說是得不到發表機會的。1960 年代吳濁流創辦臺灣文藝，始有較自由的園地，所以一連寫了多篇那種試驗作品。其實那時我也已近不惑之年，並不年輕。並且那時代已經開始寫篇幅相當大的長篇，同時運用前衛與傳統的手法。前者試了幾年即停止，後者則繼續不斷。我覺得前衛手法較不易運用在長篇上，尤其像我這種有「本職」的薪水階級，寫作還不脫「業餘」方式，易言之是從忙累裡偷取一些時問來執筆的，故前衛手法若用在長篇上，恐怕更不易。這種情形，用一個「懶」來形容，好像也無何不可。

年輕人追求新奇，不僅是平常的，也是應該的。在寫作上亦然。熟悉各種手法、技巧，探索推陳出新之道，在藝術上是非常必要的。而一己風

格的建立，這該也是必要的途徑。不過在這過程上，停留於模仿階段，或爲新奇而新奇，則又未必可取了。

　　臺灣文壇的未來，端看當代年輕作家未來的作爲。有一種說法，目前的文壇上多半只是一些「輕薄短小」的作品。這表示真正肯下工夫（不論在讀、寫上）的年輕作家可能較少了。這是很令人憂慮的事。我似乎只能寄望於那些默默地在努力的年輕人吧。

　　前面提到「業餘」兩字。日前我不再有職業，寫作幾乎已是專業了。在這麼寫著的時候，我禁不住想到：在寫作上追求「新奇」，我不以爲我已無能爲力。特以更重要的工作逼使我無暇再彈此調而已。──這幾句話算是「蛇足」了。在此告罪如上。

──選自《新地》，第 2 卷第 2 期，1991 年 6 月

臺灣鄉土小說討論會（一）

時　間：1993年12月19日下午2時30分
作　品：《臺灣人三部曲》之二──《滄溟行》
主講人：彭瑞金先生（文學評論家）、鍾肇政先生（作者）
記　錄：賴明森先生

薛榮昌先生：首先歡迎鍾肇政老師和彭瑞金老師之光臨與演講（掌聲），也歡迎各位學員前來參加。鍾老師從事文學創作超過 40 年，著作等身的成就，以及彭老師對本土文學評論的專精，相信大家都非常的熟悉。現在就請鍾老師開始講述。

鍾肇政先生：這次桃園縣立文化中心舉辦作家的專題研討會，把我的小說作品做為研討的對象，個人感到非常的榮幸。看到這麼多年輕朋友前來參加，內心有一股說不出的興奮。

首先介紹一下彭瑞金老師。彭老師和我已經是幾十年的老朋友了，他是新竹縣北埔鄉客家人，高雄師範學院（現已改制為高雄師範大學）國文系畢業。在學的時候就跟我認識了。那個時候他就已經漸漸開始研究臺灣的本土小說，特別是在評論方面，下了很大的工夫。這許多年來，有關評論方面的專著已經有好幾本了，可說是我們本土評論界最重要的評論家。

目前他在左營高中教書，正在進行一個很大的計畫 ──《臺灣文學史》的執筆。準備工作已經花了好幾年了，預計明年暑假會有眉目。這是非常艱鉅的工程，以彭老師的努力，相信這部文學史會很順利的產生。這也是本土文學界長久以來一致的期盼。

今天，我特別指名請彭老師來擔任這場討論的主講人，一方面因為我

們過去的友誼關係；一方面因為彭老師對我們本土文學有全盤非常深刻的了解，對我個人的作品，相信也有很多的卓見。

現在就先請彭老師發表高見。彭老師講完後，我再簡單的報告一下。然後，大家再交換意見討論。（掌聲）

彭瑞金先生：（略）

鍾肇政先生：非常感謝彭瑞金先生剛才做了這麼詳盡的解說，個人覺得聽他的這麼精彩的演講，非常值得。不過對我個人的諸多溢美之詞覺得受之有愧，好像沒有像他所說的那麼了不起嘛！

站在作者的立場，接下來，我想提供幾點意見給大家參考：

首先，聽到彭瑞金先生講起《臺灣人三部曲》這個作品最早的動機，提到鍾理和先生，我在一旁聽著，真的是非常的感動，流下辛酸的眼淚。那已是幾十年前的事，過去的一段歲月，真的已經離開我很遠很遠。我那老友早已過世了，已經超過三十年了。那麼，我流眼淚只是想到當時，在一種非常困難的情況下，我們都覺得我們必須有所堅持。剛才彭先生也提到什麼反共文學啦……的，我們臺灣作家在當時所能發揮的空間，小到超乎各位的想像。以彭先生一個後生的文學研究者來說，那個時代對他完全是陌生的，白色恐怖下戰鬥文學的、反共文學的、還有哥德派——歌功頌德的。因此，我那不幸英年早逝的老友，他自居退稿專家。這些塵封往事我就不提了，會讓我講不下去。

彭先生所提，前幾天聯合報系的「四十年來中國文學會議」，在第一天第一場的論文宣讀，我被拉去當講評。我發現到，坐在第一排的就是王蒙，當過中共的文化部長。開始，我也不能免俗的客套一番，之後，當我提到：「臺灣文學的發軔，在 70 年前，是當做一種反日抗日的工具發展開來的。那時候，有人用中文、有人用日文，也有用臺灣話文。在當時，臺灣是日本殖民地，用日文是相當自然的現象。那麼，有日文的、有中文的、有所謂臺灣話文的這個文學是什麼文學？這是日本文學嗎？不！是中國文學嗎？不！這就是臺灣文學。」王蒙好像突然驚醒過來，忙掏出筆

記，不知在寫些什麼。臺灣文學，就是臺灣文學，而不是其它任何文學。這就是我最基本的立場。剛剛彭瑞金先生一路講下來，大致上已詳盡的闡釋了我這個基本立場。

《臺灣人三部曲》之二《滄溟行》的寫作過程，前後顛倒，先寫第一部《沉淪》，次寫第三部《插天山之歌》，最後完成第二部《滄溟行》，爲什麼這樣子呢？我必須加以說明。本來第一部《沉淪》寫完了以後，我一直在等待機會寫第二部《滄溟行》。第二部的時代背景、故事人物在第一部中，都已經佈置好了，就是第一部裡活躍過的，拿刀拿槍跟日本人打過的、剛誕生的，我甚至也安排了還有肚子裡的小孩。這些都是第二部的重要人物。可是，當時發生了一件事，李喬告訴我，在立法院發生了一些傳言，說在臺灣的臺獨有三巨頭，一是高玉樹，二是 XXX，還有第三個就是鍾肇政啦！這在白色恐怖的年代，聽起來讓我非常的害怕。另外，那時候還發生了幾件事。陌上桑在臺中辦了一份《這一代》的雜誌，來向我拉稿，我便以正在翻譯的安部公房的小說交該刊物發表。結果陌上桑遭受警告說，不能登鍾某人的文章。過了一期，那刊物便垮了。還有，那時候，我是臺視的基本編劇，每月要寫一篇一個小時的單元劇劇本，爲避免故事內容重覆，須先送大綱給臺視。當時，我爲了有時間慢慢經營我的長篇，我一口氣提出七、八篇劇本大綱，想快點先解決劇本。不料全部給打回票，沒有一篇通過，這在基本編劇來說，是匪夷所思的。這又給我一個衝擊，我是臺獨嗎？我思想有問題嗎？《這一代》不能登我的作品，臺視又不採用我的劇本，我就怕起來！我於是做了一個決定，我必須馬上寫一部長篇，計畫之外的，而且，這個長篇一定要在國民黨最重要報紙《中央日報》刊出來。《中央日報》不像現在，當時是最重要的報紙，而「中央副刊」當時也號稱第一副刊。我希望能夠在那裡發表，那麼，內容一定要寫有些反共意識的。什麼反共啦、反俄啦、歌功頌德啦、我們不願寫，寫寫抗日的，總可以吧！我心中有個令人恐懼的國民黨，我就趕快寫，這就是《插天山之歌》。

　　剛才彭瑞金先生說寫《魯冰花》是花了一個暑假，錯了，是花了一個寒假半個月的時間寫出來的，《插天山之歌》字數超過一倍以上，大概是一個暑假寫完。《插天山之歌》寫完之後，就馬上投稿，隔沒多久，「中央副刊」便刊登出來了。你們看！我的東西都在《中央日報》發表出來了，那我還有什麼問題！我是在這樣不得已的情況下，硬是用最快的速度寫下《插天山之歌》的。

　　後來沒再聽說我是臺獨分子，什麼大頭、小頭的。臺視我也不再給他寫劇本了，《這一代》也垮了。但是，我附近的人經常告訴我：「鍾老師你要小心啊！你每次上臺北都有人跟蹤你啊！」郵局的人告訴我：「鍾老師你要小心啊！寫信的時候不要亂寫，他們把你的每一封來往信件都拆開來檢查，而且每一封都有照相版存檔。」由於我在小學教書，在鄉公所、在農會、在郵局都有我教過的學生，他們常常替我擔心。可是我想，我是搞不過這些特務，沒有辦法，要捉就來捉吧，你總不致於賞我一顆子彈吧！還好，很平安的渡過來。

　　寫第三部《插天山之歌》是這樣渡過來的，所以，我原來在第一部《沉淪》所設計的人物、伏筆、布局均沒辦法用上。接著寫第二部《滄溟行》的時候，當然也只好統統都放棄不用，重頭構思，就有了第二部現在的這些人物。剛剛彭瑞金先生所提到的，如果有機會的話，我希望重寫，正是因為第一部裡面所伏筆的、所布局的，我都沒用上，跟最早的最原始的構思均不一樣的緣故。不過，三部作品裡面的時代背景卻是依照原訂的格局寫的。

　　彭先生說過了，《滄溟行》的時候，抗日已從武力抗爭轉換到據法理以爭，或者是用文的不再用武的方式。用武的犧牲慘重，太可怕了，而且，接受新的教育的人越來越多，知識分子越來越多，乃改採文的，從事文化、政治的、社會的抗日。所以，才有文化協會、臺灣民眾黨、農民組合等的成立。這中間也有許多困難。從第一次世界大戰以後，全世界都澎湃著自由思潮，「民族自決」的口號就是那個時候喊出來的。社會上也成了個

自由主義抬頭的年代，很自由很民主，日本人稱「大正民主」的年代（日本明治時代下來就是大正，再下來昭和，現在是平成）。

受到大正民主的時代風氣的影響，臺灣也有過一個思想自由的年代。到了 1931 年，在中國發生了九一八事變，日本把滿州，也就是東北地方搶去了，開始走向軍國主義窮兵黷武的年代。

在民主的年代，一切主義都是開放的。尤其在那個時候，共產主義、社會主義成為一種流行，特別是年輕一輩的、或帶有自由思想的，特別對社會主義、共產主義發生共鳴。基於人道立場，來設想到社會分配的問題。有生產就應該有分配，而分配就應該要平均，而不是由資本家獨占，獨占就會造成貧富的差距。

《魯冰花》已經是三十多年前的作品，是我的第一部長篇小說，拍成電影才沒多久。我在《魯冰花》裡面就抨擊，臺灣已出現貧富的差距，可惜文學作品對社會的影響太小了。那時候所批判的，今天變本加厲。例如賄選問題，我那時候寫的很天真，你選我，我當選後，再送一套西裝給你。現在呢？鈔票換選票！

《滄溟行》這部作品的寫作過程，彭先生只提到困難度很高，是沒有錯。他沒提到的是，如何處理這些知識分子。他們代表左傾思想、社會思想，而在當時白色恐怖的年代，共產主義和社會主義都是最大的禁忌，是千萬碰不得的。那我要碰的時候，要怎麼樣讓人家感覺到我沒有碰，這中間的困難度，的確使我很費了一番手腳。

李喬後來用三個同樣的時代背景，來寫《寒夜三部曲》。那已經是1980 年代、或者 1970 年代末尾，黨外運動黨外雜誌拚命衝撞，已經稍稍有點突破禁忌的年代。所以，李喬在第二部《荒村》裡面，把農民組合就處理得非常詳細。當時，我要處理農民組合的時候，心裡實在怕怕。

接下來，談到當時在中壢事件所謂的「無斷墾地」問題。「無斷」翻譯中文就是擅自、沒有得到許可，沒有得到許可擅自開墾的地就叫做「無斷墾地」。滿清時候，要開墾土地，也是要先向官廳申請執照後才能開墾。不

過比較偏僻的地方，官府不容易管到的地方，都有一些私自開墾的地。這在日本時代就叫「無斷墾地」，事實上是滿清時代就已開墾出來的。日本人來了以後，開始全面丈量，調查全臺灣有多少土地，那一塊地是屬於誰的。

我們前幾代當時的臺灣人，多半沒有現代的知識，法律常識恐怕也非常有限，一聽到日本人要丈量，心裡非常害怕，丈了以後要登記誰是地主，登記了以後，跟著就是稅單。很多人都害怕。因此日本人來丈量的時候，很多人不敢出面指認那些地屬於自己的。結果這些土地丈量了以後，就變成無主的。日本官方的登記就叫做「無斷墾地」。這些擅自開墾地，結果就沒收為官有地。然後，日本政府「拂下」——放領給那些退職官吏。像這種情形，中壢地區就有數千甲的土地變成日本人的，而那些原有的農民呢，反變成可憐的佃農。

最後要說明的是，我寫《滄溟行》的資料來源。當然我看了很多官方的文獻、私人的資料。那時候，史明的《臺灣四百年史》，臺灣當然看不到，我也不知道有這麼一本書。不過我對文獻的涉獵、研究、收集方面，一直盡量的在做但很難達到完整、使自己滿意的地步，還有很多的缺漏。

以上是我對《滄溟行》這部書寫作過程的補充說明，最後，希望各位對我本人或對彭瑞金先生，有什麼問題想提出來討論的，以書面或口頭的方式均可以，請盡量發言。（掌聲）

問題討論

問題一：鍾老師在《滄溟行》裡，最後安排了男主角去國留學。請問：當時的臺灣青年選擇那些地方去留學？為什麼想要去留學？

鍾肇政先生答：當時臺灣年輕一輩的到國外去留學的，一部分限於日本，一部分則到大陸。

選擇到日本留學，一方面是由於日本在學術上較進步；另一方是由於語文又可以通。那時候的知識青年說的、讀的、寫的、想的都是用日語，

到日本去留學非常的方便。我們從歷史上來看,通過日本學術上的陶冶,特別是現代學術思潮的吸收,效果非常的良好。

經歷過日本留學的人,都會有民主的覺醒,並且普遍產生對現代化的一種認識。這種現代化的認識,對當時臺灣充滿封建迷信、不講究衛生的落後社會講起來,顯得格外重要。所以,這些知識分子有心要揚棄過去的武力抗爭,而走上用文的來抗爭的時候,首先考慮的就是民眾的啓蒙。啓蒙也就是追求現代化的意思。所以剛才彭老師提到有演講會、講座等民間的啓蒙活動,在臺灣非常的普遍。當時所造就培養出來的人才,也就是戰後臺灣的菁英分子,也就是二二八發生的時候,中國政府獵捕的對象。臺灣的菁英分子在二二八差不多被殺光了,因爲他們有現代化、有民主法治的精神,跟當時的國民政府國民黨自然是格格不入。國民黨爲求順利的統治臺灣,必須把這些菁英分子,領導分子通通消滅掉。這就是二二八那一場腥風血雨發生的最主要的原因。

到中國大陸留學的人數相對的少,這些知識青年心理上都有一種祖國的情懷。因爲臺灣被外國人統治之下,處處受到嚴厲的壓制、剝削掠奪,如剛剛所講的土地問題,造成一股壓抑,很自然地,心裡面有一個祖國出現。這種祖國情懷比較濃的青年就跑到大陸。

留學大陸的這些知識分子在臺灣文學發軔的時候,帶回白話文,後來演變成臺灣話文,在所謂的白話文裡面,有很多屬於臺灣的語詞,及臺灣化的日本語詞。所以我們現在來看當時賴和等人的作品,會覺得很不容易看,不容易看下去,原因就是有太多日本式的語詞、臺灣語詞在裡頭。

在我所寫的書裡面,我不止一次的安排,到小説末尾,主角都是向外跑。主要也在反應當時的青年有這種心態。當時,他們完全是在追求知識的、追求現代化的一種心態下,萌生留學的意念。不管到日本留學、到大陸留學,心裡面都是有共通的一理想:我們要求得更多更多的學問,要對當代思潮更深入的了解。這個向外跑,和今天我們所看到的,到美國留學、到加拿大、奧地利留學……,是不同的。

　　問題二：請問《滄溟行》書名之意義何在？是否有客語的諧音？

　　鍾肇政先生答：我取「滄溟行」這三個字，並沒有客語的考慮在內。這三個字是從我所唸過的杜甫的一首詩裡找來的，但我記不起來是那一首詩，翻遍了手頭上的唐詩三百首，也沒找到。後來，我問漢學基礎很深厚的李喬，李喬也想不起這三個字在那裡，他把全唐詩從頭翻到尾，幫我找出來了。果然是杜甫的一首詩。當時是經過了這樣的曲折，我才取定了書名。至於是杜甫的那一首詩，現在我也忘了。

　　臺灣是一個島，四周都是海，滄溟的意思就是海，滄溟行就是往海上發展的意思。

　　問題三：《聯合報》有提到，鍾肇政先生認為：「鄉土文學是臺灣文學，不是中國文學。」但未深入說明，請問為什麼？

　　鍾肇政先生答：我剛剛已略微說明過了，臺灣文學一開始發展出來的時候，我認為不屬於日本文學。用日文寫的不屬於日本文學，那麼，用中文寫的，同樣的也不屬於中國文學。理由很簡單，因為小說也好，詩也好，寫的都是臺灣的事、臺灣的人，當然是屬於臺灣文學。

　　現在有種種解釋，認為臺灣文學是中國文學裡面的一支，或者說在臺灣的中國文學，這些評論家有他解釋的自由。像我就不這認為。現在世界上很多國家的文學是用英文來寫的，用英文寫的，你可以說它是英國文學嗎？當然不是！比方說，美國、加拿大、奧地利、紐西蘭、冰島、南非等這些個國家用英文來寫，他們都有各自把自己國家冠在頭上的文學名稱，美國文學、加拿大文學、奧地利文學……南非文學等。我想，「臺灣文學不是中國文學」意思是一樣的。

　　問題四：客家女人的健康形象都很好，像奔妹、像玉燕、像鳳春，但是讀後，似乎都覺得面目模糊。

　　鍾肇政先生答：很抱歉，我沒有把她寫得活靈活現，這是我在技巧上有不周、或者笨拙、或者沒有成熟的緣故，所以，讓妳覺得面目模糊。可是，我想，如果讓彭瑞金先生來講，他恐怕未必認為面目模糊。這是讀者

自由心證的問題。我只能說，對於這樣的一個意見，表示我的歉意。

　　問題五：原鄉是怎麼解釋？

　　鍾肇政先生答：原鄉是我們所來自的地方。我們客家大部分來自廣東，廣東有幾個縣份是客家縣。也有小部分客家來自福建，像李登輝先生是來自福建永定。這些就叫原鄉。像講福佬話的原鄉就是福建。

　　不管是福佬人也好，客家人也好，常常喜歡標榜是中原民族，我非常反對這樣的說法。原鄉也許你可以上溯到最原始的地方是中原，陝西或者西安什麼的（地理我不太了解），由那一帶一步步南遷。由於北方匈奴的壓迫，每個朝代動亂的時候都有南遷。往南遷到長江流域一帶，然後再繼續南遷。那麼，最早的原鄉可能是河南，所謂中原一帶。你說你的原鄉在哪裡？這中間就會模糊起來。

　　不過，今天我們不必記掛原鄉在那裡，只有後期移民較有原鄉情結。自從大陸開放以後，很多人紛紛回大陸，回到他們的原鄉探親，探親的結果，卻變成凱子。等帶去的錢財散盡了，又只好乖乖的回到臺灣來。因為他已經變成臺灣人了，只是口頭上不肯承認而已。你說你是安徽人，是山東人，是那裡那裡人，今天你一到了大陸，大陸一定發給你一張臺胞證，把你當做臺胞。事實上，你已是臺灣人了，管你承不承認都一樣。

　　現在有所謂的新黨，被稱為賣臺集團。他們希望早日把臺灣賣給中共，想投靠中共，這是否就是原鄉情結呢？我想也不見得，他們是利字當頭，沒有權力就沒有利，所以他們急著要跟大陸統一。這樣是不是他們原鄉情結比較重呢？我們就可以看明白了。

　　問題六：改良戲和採茶戲有什麼不同？

　　鍾肇政先生答：關於民間，特別是客家的採茶戲，我知道的非常有限。採茶戲一般來說，是客家傳統的戲劇。採茶戲的內容都是有關採茶、賣茶的。過去在大陸，因為客家人大都住在丘陵地區，水稻的種植非常有限，都利用山坡地種很多茶，製成了茶葉就要人出外經商去賣。因此，聽說從前做茶生意的商人很多。採茶戲也跟著出現。

採茶戲通常由一個小生、一個旦、一個丑三個腳演出,也叫三腳戲。這個戲不管在臺上演出多久,二小時或更久,都是這三個人在演。演出的情節很簡單,唱得都是採茶歌,所以叫採茶戲。

在臺灣後來有所謂的歌仔戲,其戲服、臉部造形都跟京戲一樣,應該是京戲,或稱平劇演變過來的。我有個朋友他經過多方的田野調查,發現歌仔劇最早是在宜蘭出現,而教歌仔戲的是客家人。客家人跑到宜蘭,在那裡發展出來一種新的民間戲劇,就叫做歌仔戲,應該也是屬於改良戲的一種。

我小時候也是戲迷,對採茶戲我興趣不大,特別喜歡京戲。根據我的記憶,在我小時候,臺灣民間就有京劇,講正音的。正音就是官話,跟現在的國語——北京話非常相似。正音為主的京戲,為什麼在臺灣民間會流行呢?因為他本來就是用那種語言,唱腔以及做官的出場口白就是文言的,用正音發音。至於丑角之類的,他就講普通民間的語言,在客家莊就用客家話。在福佬地區就用福佬話。所以,這樣的平劇。會在民間流行。

歌仔戲出來的時候,口白完全是福佬話,所以也算是一種改良戲。也傳到客家莊,一樣的畫臉,一樣的戲服,動作也差不多,唱腔和對白正音的部分通常被取消掉了,而且,唱歌的曲調往往也是採茶戲的。所以,這樣稱為改良戲。

在這方面,我也稱不上什麼研究,只是從小憑記憶,大概這樣的回答,也不知道對不對,還要請教專家,才能有一個正確的解答。

問題七:鍾老師在小說創作上面,對鄉土文學和那些外國的、中國的文學間的界線,一直壁壘分明。而彭老師研究的是鄉土文學,但在求學過程中一直念的是中國文學,在這兩者間是不是有一個折衷的地方?或者是說,鄉土文學在創作上是否需要這個中國文學來做基礎?

彭瑞金先生答:我很簡單的回答這個問題。文學的通性是有世界性的,這是文學作品或是說好的文學作品的必要條件。臺灣文學不管是怎麼樣的發展,它最後都還有一個大目標,那就是我們常講的,它需要世界

觀，需要巨視性，這是必然的。然而，我們不能因為這樣一個世界觀，而忘記我們做為一個作家所應該具備的最基本的立足點。

所謂鄉土文學（事實上，我覺得不宜再用鄉土文學稱呼臺灣的文學），只是臺灣文學衍化的一個過程。從日據時代，一直到戰後，這七十多年來，臺灣作家一直追求的，就是臺灣文學的本土化。臺灣文學，是臺灣的作家所寫的文學，是立足在臺灣這塊土地上的文學。在臺灣作家要寫自己的文學的過程中，總有一些外在力量，讓你不能寫屬於臺灣自己的文學。因此，臺灣作家一直要想辦法，譬如在語言方面，必須經過臺灣話文運動，去追求屬於自己的文學語言。由於臺灣作家在寫作時，這樣的立足點無法由自己掌握，因此，在日據時代就有所謂的臺灣鄉土文學運動。

臺灣話文運動主張：你腳踏臺灣地，頭頂臺灣天，喝的是臺灣的水，吃的是臺灣的米，為什麼不唱臺灣的歌？當然，所謂唱臺灣的歌，指的就是寫臺灣人的心聲，寫在臺灣的土地上生活的人的心聲。這是文學的基礎。我前面曾提到英國著名文學史作家泰恩，他也是講說：「文學的三要素：一是環境，一是歷史，一是種族。」所以，「鄉土」是文學出發點。

可以這麼講，臺灣文學跟日本文學、甚至跟中國文學、跟英國文學之間，都具有文學的共通性，但是，也有他的個別性，但文學要先確立個別性，就是鄉土文學運動的目標。

問題八：鍾老師的作品這麼豐富，請問在尚未開始動手寫之前，是否先擬妥寫作大綱？用怎麼樣的方式去經營一篇長篇小說？

鍾肇政先生答：我寫長篇有一個習慣性的方式，那就是構思的時間往往很長。構思包含了調查資料、查閱文獻。等到自己認為構思真的成熟了，就準備執筆了，我首先需要有一個人物表。通常長篇裡面的人物很多，根據我的經驗，往往這個人物剛出現的時候，是矮矮胖胖的，寫到後來，說不定卻變成瘦瘦高高的。這是一個很極端的例子，這種情形有可能也會發生。當然，一個人物通常是很複雜的，不但是他的外貌、他的思考模式、甚至他心理活動的變動乃至傾向，往往我事先都必須想好。所以，

人物表我認爲是不可少的。

人物表裡，首先包含出場人物的年紀多少。以前就曾經發生過明明年紀是 25 歲的，寫到後面卻變成 30 歲，年紀多少或者發生那個事件的時候是幾歲要列出來。然後，包含故事人物的外貌長得如何。一般來說，人物最好有一個特徵。譬如他臉上這裡長了一顆痣，一看就看到，那麼，我現在先寫他的痣，人家馬上就知道這是那一位，甚至我不必提他的名字。又如你說一個女的是怎麼樣的美麗，她美在那裡。諸如此類，我都在人物表上寫下來。

人物表最早列出來的，是最主要人物。可能想像得到的副主要人物，也都要列出來。可是，臨時決定有需要的新的人物時，再安排再增加。在寫作的過程中，人物是自然會增加的。

人物表有了，然後，就要有年代表，年代表是根據歷史事件來做的。以歷史事件爲基礎，然後，採編年方式，譬如《滄溟行》事件前後年份爲1920 年、1921 年……到 1924 年，各該年份發生了那些歷史事件，一一列出來。然後，我在書裡面可能會有什麼事件，也一一列出來。到我真正寫作的時候，當然不會照年代表的次序寫。比方說這部書是寫 1920 至 1930年這十年間的事情，我說不定從 1925 年開始寫，再回溯到前面，又跳到其次，然後，又再回溯到前面。如此，避免編年代的流水帳式的寫法，讓作品自然呈現出曲折有緻的風貌，增加它的複雜性。

至於大綱，我在剛開始寫長篇小說的時候，通常也準備大綱。像寫《魯冰花》時，我就備有相當完整的大綱，不過寫著寫著，我就不能照大綱寫下去了，有時候跑野馬跑開了；有時候，故事的發展出乎自己的意料之外。因此，這個大綱對我來講，作用並不是挺大。後來，我就取消大綱。反正人物表、年代表擬出來了，我就跟著男主角、女主角、某某角、某某角，隨著他們的行動、他們的糾葛、他們的事件發生一路發展下去。

所以，後來我寫小說都不用大綱，只訂下一個大目標。大目標就是這個角色到最後會怎麼樣。譬如《魯冰花》這個男主角，我安排他最後會死

掉，這最早一開始就決定的。但是，從開始到他死這中間，我倒沒有很嚴密的大綱，對他的言行舉止，我都沒有嚴格的限制。

我想，每一個寫小說的人，在這方面，都會有他們自己獨特的一套方式，不能一概而論。不能說誰的對誰的不對，誰的好誰的不好，沒有這回事，要看你自由的去發揮。最好發明一套獨特的東西出來，這樣，才是一種文學的創作。「創作」兩字是最重要的。

鍾肇政先生答：今天的問題討論到此結束。這次的討論會一共三場，希望一次比一次精采，是我最期盼的。不過，今天我們聽到彭瑞金老師的演講，的確非常精采，對我個人也是非常有幫助。我們大家再感謝他一次。（掌聲）

薛榮昌先生答：我們大家也感謝我們的作者鍾肇政先生（掌聲），鍾老師精神非常好，已經坐了兩三個小時了，還神采奕奕的。謝謝！兩位老師。（掌聲中散會）

——選自莊紫蓉、錢鴻鈞編《鍾肇政全集 37‧年表、補遺、演講大綱》
桃園：桃園縣文化局，2004 年 11 月

傳燈者
鍾肇政

◎彭瑞金[*]

長跑、遙遠的文學路

　　到現在爲止，鍾肇政在文學大道上整整跑了 35 年，曾經有客問他：
「30 年文學生涯，滋味如何？」鍾肇政的回答是：「說不盡的悲歡歲
月。」又問：「投身文學中途動搖過嗎？」答：「不記得有過。不動搖乃因
別無良策。」再問：「如果時光倒流，還你 30 年則如何？」再答：「……如
果時光倒流，我願把幾部作品重寫……。」寥寥數語，告訴我們，他是如
何無悔地在文學道上奔跑了大半輩子。文學創作如果也是競技，那是一生
一世的長途賽跑，不過文學史上能有長達 35 年以上遙長的創作歲月的作
家，也是十分難得吧！何況鍾肇政還有一段艱辛的文學起步呢！

　　鍾肇政 1925 年出生，20 歲時臺灣光復，受的是制式的日本教育，光
復後才開始接觸中文，奮鬥六年後於 1951 年 4 月在《自由談》發表第一篇
作品〈婚後〉，迄今年間還陸續完成以臺東卑南文化考古爲主題的長篇小說
──〈卑南平原〉，悲也好、歡也好，35 年歲月流逝，交出的是 20 部長篇
小說，8 部中短篇小說集，2 本民間故事集。加上 30 本譯著，和文學理論
介紹，未結集出版的短篇小說、雜文、電視劇本……，保守的估計，也應
超過一千萬字的作品，是張輝煌的成績單。

　　在日據下受教育，由公學校而私立中學，升學考試失敗，而任國民學

---
*現爲靜宜大學臺灣文學系教授兼系主任。

校助教，光復前入彰化青年師範就讀，畢業後隨即因「學徒動員令」被徵服「學徒兵」，迄日本戰敗投降，光復後自修「國語」，旋任職國民小學。鍾肇政這一段略見黯淡的青少年歲月，正經歷日本據臺的後期，「皇民化運動」和「大東亞戰爭」如火如荼展開之際，對於一個首當其衝的知識青年衝擊之大，影響之深遠，自不難想像，他耳朵失聰，一直藉助助聽器，便是一個看得見的「殖民」後遺症，至於那不是肉眼可見的心靈挫折創傷，當十倍、百倍於肉體、生理的，自亦不在話下。鍾肇政以情感敏銳的青年人面對這些，加上青春期的心靈苦悶，構成了鍾肇政文學一再反覆咀嚼的題材，甚至和鍾肇政同時代的作家，差不多也都有過這類題材的寫作經驗。

論者習慣稱這類題材為臺灣文學或臺籍作家的「日本經驗」，的確，上溯自吳濁流的《亞細亞孤兒》，漫衍及廖清秀的《恩仇血淚記》、文心的《泥路》……，都是根據被殖民經驗寫下來的作品。鍾肇政代表的是戰爭結束後、背負著被殖民的創傷、戰後臺灣現代文學的拓荒者。他們的年齡和鍾肇政不相上下，在日本統治下受過完整的日式教育，從小被教導做「日本人」，無論上學或就業都飽受被殖民者的不公平的「支那人」待遇，他們親眼或親身感受過異族統治的暴力，經歷過戰爭的殘酷、恐懼，承當了戰爭的匱乏，人間的雜亂，戰爭結束，又被告知自己並非「日本人」，一切恍若隔世……，他們身上共同具備了文學因緣孳生的最有力條件，他們選擇文學是在一種自因、自發加速培育、快速成長的情況下發展出來的。

他們被習慣稱為第一代臺籍作家，鍾肇政曾經在一份油印的同仁刊物《文友通訊》上驕傲地以「臺灣新文學的開拓者」自許，其實這是誤會，也是戰後臺灣文學發展的盲點。熟悉臺灣新文學發展歷程的人，當不難明白，日據時代已有一段相當規模的新文學運動，只不過在光復後出現了斷層而已，活躍在日據時代的新文學大將們紛紛由於語言的障礙，以及內在失去了武裝作品靈魂的抗爭對象，而放下彩筆，安心地宣告一個文學世代的落幕。設若我們肯去翻動 1945 年到 1949 年這段期間塵封的檔案，從雨

後春筍般出現的文學刊物或報紙雜誌的文藝欄，我們可以發現，已是一批全新的面孔，正和早一步來臺的大陸籍作家攜手準備「重建臺灣新文學」，正雀躍地高舉雙手歡呼新的文學世代的到來，這當頭，上一個文學世代的火炬，則被冷冷地拋棄一旁，可惜他們只在文學史上曇花一現，1949 年以後，幾乎不再看到他們的名字。因此，鍾肇政四顧蒼茫之餘，認為眼前的臺灣文壇是一片荒原也是合情合理的，只不過他站在斷層的另一面瞭望而已。

迷惘、追尋、拓荒者

這段文學公案，說明所謂第一代本省籍作家，是在布滿濃重的文學因緣的環境中自我萌發的文學種子，卻在缺乏文學傳統火炬的照引下摸黑前進的。這也就是我們從鍾肇政的作品中很容易就可以讀到的憨厚、樸拙的文學本質的原因，雖然他對臺灣新文學的過去茫無所知，卻又自負不已，失去了承受傳統的瑰寶，十分可惜，然而也正因為目空一切的自負，使得他的文學更具原創性，更具拓荒者的探索精神。

「日本經驗」或稱做「殖民地傷痕」，幾乎是所有第一代本省籍作家心靈的夢魘，他們的作品幾乎全在這股牢牢地擒住他們心靈的夢魘中打轉，不厭其煩地反芻自己的身世、境遇，甚至有人還顯得沉溺其間無法自拔，他們在歷經這近乎戲劇性的生活體驗之後，有若置身幻夢中，生命的過去充滿辛酸、屈辱、苦難、挫折、迷惑，生命的未來也因大震盪而顯得迷惘不安。認真說來，他們是處在愛、恨交迸，既感傷而又生機無限的世代，他們不自覺地要緬懷、咀嚼過去的滄桑歲月，對外來有一些期待，也有一些惶恐。理論上，他們歷經劫難，應有金剛不壞身的堅忍，應該不再畏懼什麼才對，然而深層裡，他們的心靈創傷未必完全平復，嘗遍苦難的人，縱有歡欣與愛，也是有所保留的。因此第一代臺籍作家的文學不僅在形式上面是一片荒原，在精神意識上也面臨空無與迷惘，因此摸索的、試探的、拘謹的，成為他們作品精神層面最重要的特質，他們沒有我們期待中

邁步向前的豪勇，也沒有昂首闊步迎接新文學世代的歡躍，正說明他們為自己的身分、角色還有疑慮，而他們的文學正是從這層疑慮出發，企圖衝破迷惘，追尋安身立命的依憑，開墾這塊地域心靈的荒原。

也許正因為這些文學墾荒先鋒的姿態比較低，他們幾乎是以敬謹的態度，藉助自己受苦的經驗，回想這塊土地上的人民克服苦難的經歷，進而探討這個人民的性格，刻畫他們的精神面貌，特別是他們在戰爭期間，為戰火、死亡、離亂、貧窮、匱乏、恐懼包圍時，歷劫歸來的經驗，他們拘謹地緊握被殖民的經驗，而寫作，已經成為他們作品共同的特色，或許也正如所有的文學演進故事一樣，在起跑線上蜂擁而出的第一代拓荒的文學工作者，匆忙得還來不及寫下足夠的回憶，來不及深層刻畫臺灣人民在日據下奮鬥、抗爭的經驗，便已因種種緣故，中止他的文學生命，因此留給評論家謳歌歷史亡靈的譏評。

這種譏刺未盡公允，至少對鍾肇政就不恰適。鍾肇政雖然和第一代作家有著完全相仿的創作出發點，然而鍾肇政差不多寫完《濁流三部曲》，便擺脫了被殖民創傷經驗的糾纏，掃除了迷惘，為自己的身家性命找到依據，那就是他在咀嚼、反芻經驗的過程中，逐漸從異族統治者愛恨恩怨中找到這群歷經 50 年劫難、飽受災難的人群憂苦面貌內裡的堅毅力量，因此他擺脫自己走向人群，捨棄恩怨情仇，走向歷史，他立志讓祖先開荒拓墾留下的樸實刻苦的精神層面再現，他要讓先民保鄉衛土留下的血淚哀歌傳誦下去，很顯然，鍾肇政的作品是在這種使命感出現後才壯大挺立下來的。所以若以「第一代作家」們開拓了光復後臺灣新文學的荒原，那麼鍾肇政則是獨力墾拓臺灣文學精神荒原的拓荒者。

面對被殖民的傷痕‧跨過歷史的亡靈

讀鍾肇政的作品，除了讓人感覺有糾纏不去的「日本經驗」以外，便是很自然地要和鍾肇政這個人聯想在一起。常有人振振有詞地指出《魯冰花》的「郭雲天」、《濁流三部曲》裡的「陸志龍」就是鍾肇政；也有人說

《插天山之歌》裡的「陸志驤」、《滄溟行》裡的「陸維棟」、「陸維樑」都是鍾肇政的化身，那麼鍾肇政幾乎是用了「分形大法」把自己的身影投射在所有長短篇作品的主要男主角身上了，為什麼？論者不乏粗率地將他視做「自傳體」作家的，也有將他的作品比擬為「私小說」的，面對這些含有挑釁意味的批評，鍾肇政的回應是相當執著的，他執拗地寫了三十多年「日本經驗」，也堅定地守住自己的風格，這之中應該有可以試著被了解的奧意。

臺灣脫離日本人統治，於今已整整 40 年了，還有歷史學者高呼臺灣社會應該盡速敉平被殖民的傷痕，足以證明，遲至今日，臺灣社會依然殘留著相當嚴重的殖民地傷痕，臺灣受日本統治 50 年所受到的挫傷，以 40 年的歲月療治仍未痊癒。正如許多西方歷史、社會學者注意到西方社會在歐戰結束後、整個社會都被勝利沖昏了頭，而警告說，戰爭期間鼓起的囂張氣焰，恐怕 50 年都平復不過來。似此，我們也可以相信，鍾肇政以一個作家，面對一個瘡痍滿目的時代，面對布滿創痛的民族歷史，面對苦悶抑鬱的少年歲月，應當可以體認到為歷史亡靈誦經超渡，不是他終極的創作使命，他也不可能為之自瀆、自溺在這亡靈裡，他不厭其煩地出入其間，反覆徘徊不去，糾糾擾擾，我們應當想到他在這之中必有繫念，必有肯定。

問題在於鍾肇政是個謎樣的作家，他在作品裡沒有旗幟，也沒有解說，他把持的是人生風景呈現者的客觀作家位置。葉石濤在讀過《濁流三部曲》的第三部《流雲》之後，曾戲謔他這位同庚的文友說：「流雲，流雲，你流向何處？」意在譏刺鍾肇政文學「昧於知悉以往臺灣文學一段艱辛悲慘的日子」，在思想意識上成了無根無依的飄泊者。正如我們在前面的分析，文學檔案已告訴我們，鍾肇政文學出現在文學薪傳斷層的時代，他站在斷層的這一面，一片蒼茫，什麼也望不到，面對「昧於知悉」的指陳，無言辯解，也成了理所當然了。但是從時間上推算，以為臺灣光復 20 年了（《流雲》出版於 1965 年），高喊臺灣文學的「黃金時代已來臨，新的世代摒棄了過去的亡靈，拂去日本人糾纏不清的猙獰幻影，逐漸攀登文學

之山峰。」未免是過分樂觀的誇口吧！

　　到底鍾肇政寫作的原始動機是消極地承受亡靈的糾纏，還是主動的出擊，存心就在亡靈中找到什麼？答案在另一部巨著——《臺灣人三部曲》的第一部《沉淪》的序言裡。

　　《臺灣人三部曲》——《沉淪》、《滄溟行》、《插天山之歌》緊接在《濁流三部曲》之後，論者大都看重它為鍾肇政迄今為止最重要也最具典型的作品，當年（1968 年）刊在第一部《沉淪》連載前的序言（遠景本刪去）等於為他的文學志業做了完整的詮註。他說：「這部《臺灣人三部曲》，幾乎是我開始走上文學這條路的時候就想要寫的。」「我以一份微怯的心情，讓這部花費我最多心血，執筆期間最長久的作品面世。並且……還要以這部卑微而拙劣的作品，獻給在過了 50 年間異族統治之後……的我的故土……。」「在夜以繼日的空襲裡，在日本人的鐵拳與刺刀下，……在目睹同胞被炸得成了一堆支離破碎的肉血的剎那。……二十多年來，在奮鬥裡——不管是對或不對，不管是合理不合理，不管是明智或愚蠢——我發現了我的人生的賴以生存的唯一依據。而我賴以寫這部作品的唯一依據，不外也是它。」

　　這段文字是鍾肇政寫作生涯中難得一見的充滿感性，兼具智慧的自剖，在這裡，他赤裸裸地袒露他的創作原由，毫不遮掩地吐露了他熱烈的鄉土之愛，也等於間接駁斥了他的文學不能忘情於被殖民經驗、緊抱歷史亡靈不放手的譏諷。鍾肇政以文學不能接受傳統火炬光芒的照引，嚴格說來，一絲兒也不是他的錯，而且鍾肇政也的確以作品證明了文學的愛與智慧可以凌越時空而顯現真理。鍾肇政以面對歷史的劫難出發，咀嚼苦難進而穿過整個族群的現實、精神層面，以鄉土之愛做為他創作靈魂的最後依歸，應該足以反駁他的作品缺乏思想的批評。

　　或以為日據時代的臺灣新文學運動是以「反帝」、「反封建」為主要的精神主導，並以抗議精神為其標誌，並因而診斷日據下臺灣新文學的傳統斷絕。其實以鍾肇政的寫作歷程看來，我們應該允許作家以另外的姿勢進

入文學，擎著大纛、意識流派高高懸起的文學形式應該只是文學的一格，不見得就是主流、宗師。我們從文學史上可以發現有一類作家，只是虔誠地把自己的見聞呈現出來，像描摹人間風景的工筆畫家一樣，認真地記錄了一輩子的人生真實，也自然地呈現人間真象。這類作家通常都是透過創作找到自己，在實際創作運作中完成自己心靈世界的規模，我們應該承認這種從創作中學習、體驗、成長的創作型態。鍾肇政、李喬是這種類型的作家，李喬在寫《寒夜三部曲》之前，諸多意識、歷史的盲點，都在作品完成後有若脫胎換骨、剔透清明。艾略特也這麼說：「莎士比亞從普魯塔克所獲得的歷史精髓遠較大多數從整個大英博物館所能獲得的還多。我們必須強調的是：詩人必須發展或是獲得對過去的意識，而且這種意識在詩人的生涯中必須不斷地發展下去。」(傳統和個人的才能)，可見作家從接觸歷史中教育自己、成長自己的例子是所在都有的。鍾肇政從《濁流》到《沉淪》的心路歷程，正是從「尋覓」、「獲得」、「發展」的典型。

　　鍾肇政的《臺灣人三部曲》出現之前，有若龐然巨像的作品型態、內容、意念隱隱有波瀾壯闊之勢，卻依然令人對其主題意識、中心思想興起「流雲，流雲，流向何處？」的感慨，這說明鍾肇政的作品風格呈現出謎霧般的不可捉摸。這使我們想起日據時代被日本評論家視為具有可怕威力的「大陸謎」樣作家的張文環。張文環這位日據下臺灣新文學運動的一員猛將，作品風格獨樹一幟，他所留下來的眾多膾炙人口的作品中，無論〈夜猿〉、〈論語與雞〉、〈閹雞〉抑或長篇《在地上爬的人》，毫無例外的只是最平凡的生活素描，徹頭徹尾的甚至堪稱瑣碎的生活，只是不斷地呈現生活的真實面貌而已，卻被明眼的評論家認識之中的蘊含而被看作可畏的對手。張文環的文學走向，無論如何都不如賴和、楊逵、楊華等人的文學搶眼，賴和奮勇地站出來反抗統治者的壓迫，楊逵堅毅地向「大東亞共榮圈」纏鬥不休，楊華為勞動者沉痛地提出控訴，不但旗幟鮮明，反抗、控訴都是強勁有力，很容易傳達他們的文學主張。張文環文學卻讓人在霧中摸索不已，無論如何，都可以視為不同的創作典型。鍾肇政早期種下的如

謎霧般的文學步法，嚴格說來，便是張文環文學的傳燈人，可惜隔著時代
的斷層，鍾肇政的文學沒有得到心法口訣，而是在文學的涵洞中摸黑練就
的。

　　樸實的寫實文學信條，使我們想起作家具有作家眼的說法，平凡無
奇、真實得不能再真實的生活素材，通過作家之眼，生活便得以顯現其力
量，附著予意義。其實，追溯早期寫實文學的若干經典之作，如雷蒙特的
《農夫們》、哈姆生的《土地的成長》，無疑都是企圖心極大的作品，分別
刻摹了特定時代、特定族群農民奮鬥爭生存的歷史與命運，然而他們幾乎
沒有例外地只肯做一個誠實的寫實文學信徒，敬謹而誠實地傳布一種生活
的原貌。做為沒有儀式與不具形式的傳燈者。鍾肇政這三十多年來，一直
是個沒有主義、沒有理論的創作者——從不高談理論，從不侈談理想，然
而這並不意味他的文學缺乏自覺。易言之，冥冥中鍾肇政正是為一種獨立
自主的文學信念在奮鬥，隱約中他已承續了新文學運動的潛流。賴和與張
文環的例子已經告訴我們，他們不過只是以不同的形式抵抗異族統治者而
已，他們的文學本質都不外是保鄉衛土的鄉土愛和延伸。

　　準此，我們若把鍾肇政視作第一個跨越歷史亡靈、超越殖民歷史傷痕
的作家，洵非虛美。在述說身世兼具呈現時代風貌的《濁流三部曲》中顯
現的有如深不可測的雄渾篤定的作品風貌，可以確定他並沒有被亡靈牽著
走，他可說相當平靜、公允的面對歷史的傷痕、創口，他利用過往而不沉
溺於過往，他驅遣歷史亡靈而不為亡靈糾葛，他吟哦苦難而非自傷，他舔
舐傷口而不削平。總之，鍾肇政面對歷史的從容大度足以讓人產生兩種不
同的聯想，他必在無知冥頑與跨越凌駕兩者間居其一，要非全無良知，便
是謎樣深邃不可測，《沉淪》的序言為我們揭開了謎底。我們從鍾肇政發心
寫臺灣人的歷史的誓言裡，肯定他在寫作中自我成長了。結集在《殘照》、
《輪迴》、《大肚山風雲》中較早期的短篇作品裡，試著將他的學徒兵生涯
中經驗到的戰爭風景。人間離亂、悲歡、血肉橫飛的轟炸、日本軍人的殘
暴、物資的困乏、生活的艱辛描繪下來，是他的創作試練，大約十年的時

間，他才逐漸賦予這些試練以「概念」。他自我分析說：「……儘管起初還只是個模糊的概念，當我從事學習寫作屆滿十年的時候，這模糊的概念方才漸趨具體……。」證明了這個自發自我摸索的「拓荒者」以整整十年的寫作體驗，了悟自己做爲作家的使命所在，意指他找到了《沉淪》的寫作方向。

認真說來，鍾肇政所以能從咀嚼日本經驗、啃嚙苦難歲月的亡靈糾擾中脫身出來，成爲光復 40 年來一代文學的標竿，真正仗恃的，應是他能推開現實的迷惘，洞燭出入歷史而不爲歷史所惑的道理，所以他才能毫不激動將左手撫住被殖民的傷痕，右手寫《濁流三部曲》，置身戰爭歲月的恐怖慘烈中正視苦難、擁抱苦難、謳歌苦難的日子，他不肯採取羞怯地遮蔽傷痕的消極作法，反而勇敢、肯定地面對創傷，不僅幫助鍾肇政突破緊抱歷史亡靈不放的譏刺，而且助長他把這段往事賦予積極的歷史意識，擴張到族群的前程，命運來觀照，進而成爲民族的史詩。

也許鍾肇政自覺這個抱負實在太遠大了，因此轉而自嘲：「我是個──也許是可笑的──唐・吉訶德，不自量力而且盲目狂妄」、「向我的風車挑戰」，這段自白，使我們完全有理由肯定鍾肇政文學，是掙脫了歷史亡靈圈繞進而驅遣亡靈療治被殖民創傷的強勢文學、出擊的文學。

「個性」消失、浮現「時代」

然而「風車」在哪裡？顯然鍾肇政在剖開童年、少年以來糾纏不清的被殖民夢魘，甩落了自傳體小說，邁向新的創作里程碑，他把長劍擊向整個臺灣史，至少是 50 年的淪日歷史，是他的文學志業所要挑戰的風車。我不知道這是巧合，還是鍾肇政在文學創作上已奠立了近似標竿的地位。這種以切身、以自傳爲模擬創作經驗，由經驗推向歷史，由個人推向族群的寫作方式，既不是日據時代臺灣新文學家熟稔的創作方式，卻在鍾肇政出現的世代極爲流行，而成爲極多數後起作家寫作進境的階梯。鍾理和的〈貧賤夫妻〉、《笠山農場》，廖清秀的《恩仇血淚記》，文心的《泥路》，鄭

煥的《茅武督的故事》，都是明晰地呈顯作者自己個性的出發期作品，這個光復後臺灣文壇的奇特風景，多少隱含了一些當時文學空氣中不問蒼生問亡靈的訊息。這群作家，鍾理和天不假年，其餘的不是創作生涯中道而止，便是堅毅地割捨了亡靈，證諸「沉溺」中的旦旦誓言，若云鍾肇政以《沉淪》衝破了他的創作之繭、開創新一層次的寫作生命，應是合理的推許。

一如艾略特在詮釋作家的「個性」中所強調的，創作者是一個特殊的「媒體」並不是個性的表現。他說：「詩不是情緒的放縱，而是情緒的逃避；詩不是個性的表現，而是個性的逃避。」一個作家的成長與發展，便是在創作中化解為經驗左右的「個性」的成效來決定。

《沉淪》裡的化解是否全然成功是另外一個問題，然而鍾肇政埋首寫了 17 年後，毅然以《沉淪》的自序做為他的文學宣言，顯然證明他有脫離「個性」而壯大的自覺，以脫離「個性」為他奮鬥的目標，我們在這之中看到了光復後第一代臺籍作家自我教育、自力成長、艱辛的蛻變路程，這也就是我們可以視鍾肇政為那個時代的文學篩漏裡碩果僅存的理由。若將鍾肇政的作品按創作年代順序予以縱的排列，那麼便可以看出，寫作《沉淪》之前，他幾乎每一部、每一篇作品都流露著對自身、對自我經驗濃重的眷戀，對自傳體的寫作極為執著，當他找到「臺灣人」、「向 50 年間的臺灣淪日史」這座風車挑戰之後，即毅然割捨了昔日的創作資源。葉石濤看過《流雲》之後，曾經引了阿拉伯人傳奇《一千零一夜》中阿拉丁的奇妙話語：「開吧！胡麻！」勉勵鍾肇政培養「充沛的力氣」、喝開「偉大文學之門」，或許《沉淪》的磅礴氣勢正是針對此語而來。在〈傳統與個人的才能〉一文中艾略特強調作家個性的消失，是作家邁向終極點的說法，正可以拿來做為鍾肇政文學在《沉淪》前後蛻變的詮註。在這裡，鍾肇政把自己的創作視野由「一己」推向「臺灣人」，形成他個人作品的重要分水嶺，敲開了另一扇文學之門。

1952 年，廖清秀便以長篇〈恩仇血淚記〉獲獎，接著文心、鍾理和、

李榮春都有作品獲得肯定，鍾肇政算是第一代作家起步較晚的了，表示光復後的臺灣文學拓荒者群有極為旺盛的生創能力。然而以鍾肇政為例，寫了 17 年後，幾乎是到了他創作生命的中途點──1967 年的《沉淪》他才算擁有叩啓偉大文學之門的功力，說明光復後臺灣文學的成長和步調相當緩慢。對這一群受的是日本教育，原本完全不懂中文的青年，既無文學傳統可資依憑，摸黑前進，既有語言的困難，又要克服寂寞的創作環境，孤獨地去探索自己的思想依歸，找到作品安身立命的處所，劫後尚有餘子，可謂十分不容易，鍾肇政的脫殼蛻變，便顯得特別珍貴。

大河與巨石

文學作品依附時代的脈跳而生，光復後第一代作家的作品和日據時代作家的創作，在精神內涵上出現極大的差異自是不難理解，然而體態上也迴異恐怕也有值得探討之處。所謂日據下的臺灣新文學運動史，從寬估計也不會超過 20 年，因此在那麼短促的時間裡，不曾出現氣勢磅礡的長篇鉅構，並不值得大驚小怪。我約略的估計過，日據時代的新文學如果不包括光復後零星、游擊性質的「再出發」，沒有一位作家的創作生命是超過十年的，因之講求效率、速度的短擊、快攻成為日據下新文學優先的形式，在小說方面除了徐坤泉，幾乎無例外地發展短篇小說。光復後的文學環並沒有足夠發展優容文學的條件，然而說也奇怪，廖清秀、鍾理和、文心、李榮春等第一代作家幾乎不約同地，迅即走向長篇創作的行列，並幾乎都以長篇作品名世，我不以為這種情形，該以「偶然」視之，或許他們真正地都以文學青年的敏銳心靈共同地感應了相同時代脈跳，一致覺得這是一個一言難盡、無法長話短說的世代吧！

「大河小說」的出現，應該是鍾肇政為他所屬的那個文學世代大力劃下的、醒目的句號，雖然我並不認為大河小說以巨大的篇幅劃下的狂野、龐巨的符號，必然和雄渾偉鉅的文學內容相應和，然而，在鍾肇政、在第一代作家，不但有為臺籍作家克服中文寫作立碑的形式價值，應該還有為

臺灣新文學刻石的意義，代表臺灣文學邁開探索人類命運的偉大小說群的第一步，即使這臺灣文學史上的第一部大河小說——《濁流三部曲》，由於有著濃重的自傳性意味，脫離不了以人物情欲為糾葛的不夠恢宏的格局，被批評為「缺乏有力的思想背景，患了思想的貧血症」。然而它能夠避開上一個世代短促、急切的文學形式，勇於去擁抱聳立文學大河中的巨石，說句不怕傷及別人的話——好多人都跑到海邊、河畔去拾貝殼，撿彩色的小石頭的時候，鍾肇政卻獨自鍾情於那塊外貌平庸、色澤黯淡、不見眉、不見目的巨石，一刀一斧鑿下去，一定有其獨具的懷抱吧！

不少人批評鍾肇政的長篇小說，甚至大河小說，幾乎都沒有虛構，題材、人物個性也顯得拘謹保守，永遠不超出「陸志龍」（濁流主要人物）這個怯懦的鄉村知識青年角色，小說的場景、學生、教員、學徒兵生活的空間，是絕對坦誠無遮的文學，再加上「思想貧血」的指責，我想鍾肇政的文學予人一種謎霧般的感覺是很自然的，龐然大物，卻找不到文學思想的小旗子，寧不怪哉？然而我們換另一個角度看，他竟然可以用長達 30 年的歲月去磨拭一道少年時代的傷痕——設若我們同意他被亡靈纏繞的說法，我們也應該驚覺鍾肇政的「磨功」真怕人，竟然能持續 30 年反覆彈奏著極原始、極令人不耐的思想基調。然而我們何以不想到他那被稱做「近乎狂妄的執著」、「執拗的追求」，是不是別有懷抱呢？鍾肇政在接受訪問時自謙是「才華太平庸」，只要想想驚人的歲月數字，吾人當知「平庸」亦要有可畏的「內力」才是。

基本上鍾肇政文學是座巨型石雕，他就是那一斧一鑿、年深日久、不見疲累的、向自己耐力、信心挑戰的石雕藝術家。他是暗自立誓將巨石雕鏤成自己理想的形貌，抑或相信巨石是寶玉，我們無法得知，不過他的文學顯現了古人卞氏對璞玉的貞定，則十分近似。回望這三十多年的艱辛創作歷程，其慘澹，心靈上恐亦不下於卞和肉體上刖足的痛苦吧！

以整個廣大的文學體貌觀察鍾肇政的作品世界，但有大河般狂野渾厚的氣勢，缺乏可以提振人心的鮮明思想旗幟。以 1980 年代若干語不驚人死

不休的文壇新風氣、不太願意將貞定的石雕藝術家和刻墓碑的糟老石匠加
以區別來看，讀鍾肇政的作品要穿越一層迷霧去找，否則但見其呆滯、稚
拙的步法，令人焦急。在創作上自歎弗如的葉石濤以旁觀者清的急躁口吻
說道：「有些作家擅長旁敲側擊，用輕鬆、灑脫、詼諧的手法把生與死的本
質和真諦具象化，凝結成鮮明的印象，可惜這方法和鍾肇政無緣。他永遠
是像揮矛挑戰的唐‧吉訶德，用最認真和嚴肅的態度正面刺去，想一刺就
刺到生命的核心。」這和我們喻之為石雕藝術的看法暗合。這大概也是近
年來許多人對鍾肇政文學疑慮的總合，鍾肇政文學是座龐然大物，大得令
人難以捉摸、無從登臨、無從穿越，就是不見彩旗飄揚，因此最直率的疑
惑便是──會不會只是一點點的自我無限膨脹？會不會只是自敘傳的無限
發酵？到底做為終身的作家，他追求的是什麼？除了抽象的、可以泛用於
大部分作家的說法：「流露著對生命本質強烈的感觸、執拗的追求」之外，
是否還有更具特性的具體目標呢？想必許多人乍讀鍾肇政都有這層疑慮
吧！

　　問題在於我們如果擺脫審視 1970、1980 年代作品的批評窠臼，避免以
作品主題詮訂作者的創作視野，打破這股風氣帶來的，論者與作家之間頗
微妙的互動關係，創作分工分類的觀念，將使作者、作品都喪失許多可
能，這是不難明白的道理，卻是我們走進鍾肇政作品前的心理難題；面對
龐然巨物，我們該如何詮訂它？當我們習慣以農民小說、工人小說、校園
小說、反跨國業小說……之類的框框套作家、圈作品時，我們將發現沒有
一個框框能圈住霧裡的鍾肇政。這也就是何以葉石濤指出《臺灣人三部
曲》是典型的農民小說時，李喬以為是「開山高論」的原因了。

　　我以「巨石」喻之，或許艾略特視「個性」的消失為作家成長的測試
論調已經做了最好的詮釋。鍾肇政以濃重的自我出發──一顆憂傷的殖民
地青年心靈，在撫觸、傷懷、療治中，有怨、有怒、有悲、有喜，盡情的
吐露、發洩，因而找到了這些恩怨、情仇的來源，發現這一切原是來自整
個族群、民族共同的苦難，在疑慮、傷逝、感懷之餘，又想到這個歷劫歸

來依然挺立人間的族群，有其堅毅、勇邁、傲視人間的可貴特質，因而由自傷、自憐、憂傷、怯懦，變得昂揚、自信、激越。從《濁流三部曲》到《臺灣人三部曲》的確奏出了不同的樂調，說明他內在的變動。

葉石濤剛讀了《流雲》，《沉淪》還不見踪影的時候，便焦急地替老友代籌道：

> 他自己已有不少的收穫的時候，猛地裡，他來了一個疑惑；猶如拚命攀登高山的人，一爬到山頂，便要佇足看望，……他定會發覺從中華文藝獎金會採用的〈老人與山〉開始，其後《魯冰花》、《大壩》，一直到《濁流三部曲》，他的小說有何中心思想，他走的究竟是怎樣的一條路，這條路又是走向那裡去的？假若，鍾肇政並不發生這念頭，連一絲疑問也沒有，這簡直是不可思議的，要是沒有把這鬱結打開，再來一次飛躍，鍾肇政的路愈來愈狹窄，布滿陷阱，難以舉步前走得了。

——〈鍾肇政論〉

現在我們當然知道這個憂慮是多餘的，但當年確能一語道破鍾肇政小說的瓶頸所在。鍾、葉是同庚的畏友，吳濁流戲呼之為四丑將（且為乙丑年出生，另二人為鄭煥及張彥勳），兩人的人生際遇、文學風格、心路歷程都不相同，做為鍾肇政文學的知音，葉石濤看了《流雲》之後期待老友：「鍾肇政應該嘗試追求真理，塑成真正屬於一己的世界觀，燃燒理想主義的火焰了。」妙的是鍾肇政果然不負老友的期待，在緊接而來的《沉淪》裡，真的浮現了「巨石」。

當然我無意說，葉石濤有點石成金的魔術，也許這只是一段文學史上的佳話而已。鍾肇政在《沉淪》一作裡，將自己的小說境界由「個人」推向族群，由經驗推向歷史，以刻摹 50 年淪日史下的臺灣人形貌為其作品的磐石，以雕刻藝術家的沉篤、耐心走向具有使命感的文學志業，應該是鍾肇政寫作生涯中最值得刻記的轉變。不過我不認為這一切是偶然的；相反

的，我肯定這是努力與成長。我們不妨把濁流三部曲的人物造型、無論男的或女的，或者人物性格中袪除不去的、執拗的所要刻畫的個性提出來，串接起來，將可發現都有尋尋覓覓的蛛絲馬跡可察。他將「陸志龍」——日據末期臺灣知識青年的象徵，塑造成卑屈、怯懦、優柔寡斷，使我們很容易聯想到龍瑛宗〈植有木瓜樹的小鎮〉裡蒼白的知識青年畫像，除了「自傳」之外，「陸志龍」應該也有時代空間的地位吧！透過靈魂解剖的方法，筆法雖然是寫實的，將這一個時代臺灣青年潛藏的苦悶、疑惑、抑鬱、探索、追尋，忠實地刻畫出來，隱隱若現的是整個時代醒覺、律動的表徵，誰曰不宜？

　　若以《流雲》與《沉淪》其中間隔地帶為界，前段的鍾肇政小說基調是浪漫，空間、時間的警覺不夠明確，每一階段都安排了數種類型的女性圍繞著陸志龍，讓他備受情慾、現實、理想交錯的煎熬試練，我們不能否認之中有時代影像的片段。壹闡提在論鍾肇政的女性塑像時也指出其具有許多弦外之音，因此「巨石」的浮現——鍾肇政成為臺灣文學史上第一個成功地以臺灣歷史為素材寫作的作家，絕非偶然。《臺灣人三部曲》的文學藝術成就如何是另外一回事，其將文學與歷史結合，以史詩的創作為作者追尋鵠的之實驗可以說在沒有傳統文學的指引下，開創了文學的新頁，在埋首創作的漫長歲月中，已是一項最值得稱道的成就，為臺灣文學立起了巨石，因此可以順著巨石浮現的軌跡了解鍾肇政文學建立的過程。

拓荒者的腳跡

　　整座鍾肇政文學看來，是龐巨的、惑人的，但是我們還是要進去看看，包括已寫成未出版的。

　　《卑南平原》在內，29 部作品裡，有八本是中短篇集，之中有兩本——《靈潭恨》和《大龍峒的嗚咽》——是民間故事集，兩本是自選集和傑作選集。相形之下，中短篇小說創作集的分量極有限，僅得《殘照》（中短篇）、《輪迴》（中短篇）、《大肚山風雲》、《中元的構圖》四本。20 部長篇

中大約可以根據前敘的分段法，將它歸入兩大系統來討論，一類是以《濁流》、《江山萬里》、《流雲》——《濁流三部曲》爲代表的有自傳性題材軌跡可循的系統；《魯冰花》、《青春行》、《八角塔下》爲其支系或輔系；大部分的短篇作品也可以稱做這個系列的旁註。《沉淪》、《滄溟行》、《插天山之歌》——謂之《臺灣人三部曲》，是以臺灣淪日 50 年史爲依歸的歷史素材小說，另成一系統；寫霧社事件的《馬黑坡風雲》、「高山組曲」爲其旁支；人物傳記小說《望春風》，是以音樂家鄧雨賢的身世爲藍本，《姜紹祖傳》是抗日烈士姜少祖的傳記小說，《原鄉人》則是作家鍾理和的傳記電影劇本改編的小說，三者可歸入後一系列。

　　《濁流三部曲》完成於 1961 到 1963 年間，奠定了鍾肇政作品的格局。日後作品的規模，舉凡形式、內容、風格都可以在這三部作品裡找到最原始的軌跡。譬如第一人稱的敘述觀點，平穩的寫實筆調，按部就班不急不徐的情節推衍，真實的生活影像、濃重的情感投入，以鄉村的知識青年爲主的意識層面觀照……，都成了鍾肇政作品的基本色調。《濁流三部曲》演述了「陸志龍」——成長於日據下的臺灣知識青年，18 歲到 22 歲的心路歷程。時間背景也歷歷可考，大約可以換算成日據結束的兩年前——1943 年，到光復後半年——1946 年間，臺灣中北部的幾個特定聚落，如國民小學、學徒兵營、小山村。第一部《濁流》從陸志龍中學畢業，升學考試落第，到大河的宮前國民學校任代課教員，從報到的那一天寫起，直到倉促地考入彰化青年師範，辦理離職止。第二部《江山萬里》則寫就讀彰化青年師範學校的第二年，應徵入伍到大肚山當學徒兵。從坐火車開赴大甲營地開始寫起，到日本戰敗投降，與同學好友在車站揮別止。第三部《流雲》緊接在第二部之後寫光復後半年間，從坐車回故鄉，近鄉情怯的心情寫起，賦閒在家數月間，勤學國語準備再出發，「尾聲」則是他趕路赴靈潭國小再任教職。

　　作爲《濁流三部曲》背景的短短三年多的時間，是臺灣歷史命運的轉激點，也是臺灣社會波濤衝天、巨浪漩渦蜂擁而至的年代。這時經歷日本

人奴役 50 年的末期，更是日本軍閥發動太平洋戰爭到了強弩之末，加緊對殖民地壓榨迫害的時刻。在臺的日本人一方面面臨戰爭勝負的決定性時刻，一方面戰敗的跡象已露，在心態上顯現得極不平衡，以加倍的殘暴壓迫做為垂死的掙扎，又有末世無地自容的恐慌。處此統治者陰鬱的統治下，臺灣人民的處境面臨艱困的極點——因戰爭征走了大量的物質，社會普遍貧窮匱乏，年輕人面臨徵兵投入戰爭，轟炸使他們眼見、耳聞了死亡離亂。緊接而來的「光復」也可以說是翻天覆地的社會巨變。在間隔了 51 年後，「日本統治」在臺灣社會制度、民情風俗、文化型態、語言上都刻意動了手腳，使得「復歸祖國」也成了臺灣人心靈、現實上的大震撼，有許多事需要重新思考以便揚棄和重建。《濁流三部曲》正是抓住了這個偉大而震撼人心的歷史時刻，企圖從那充滿囂嘩、狂熱、詭譎、迷惘的時代風暴中捕捉大時代的足跡輾痕，他把一個年輕人、最敏銳的年輕人——18 歲的知識青年的成長，和時代、社會的動向緊密地連接在一起，企圖從他生活、心靈的衝擊，來說明整個社會蛻變的軌跡，不能不說是雄偉的寫作構想。

　　這是部寫作意態相當從容的大河小說，但內容還是經過擠縮而來的，作者用這三年間的巨大蛻變濃縮的歷史點，傳述 50 年淪日史下的臺灣人、臺灣社會。設若這段歷史是整個歷史的點，那麼是沸點，透過這個點足以關照整個歷史面貌。作者以「陸志龍」這個性格凸出的人物貫串全書。我們在前段文字中曾經提及，陸志龍的性格塑造頗有象徵性，等於是經過 50 年異族奴役後被殖民性格的縮影，三部曲等於分三個角度控訴異族統治者對人的扭曲傷害。《濁流》以學校為背景，雖然多角而綺麗的愛情啟蒙故事遮蓋了一些，但是仍然反應了異族統治者在教育上奴化的猙獰本質，殘暴的毆辱、歧視、猜忌，更重要的是因而帶給自己同胞間人格的異化，作者展布了醒覺的憂慮。《江山萬里》指向兵營、軍隊，在這裡歧視對抗更形尖銳，不過更重要的是試圖解析戰爭，雖然這裡並不是實戰場，由於轟炸，有死亡、有潛在的危險恐懼，因此也揭露了若干異族統治階級假戰爭軍隊

之名所行的蹂躪凌辱臺人的惡行。第三部《流雲》寫帶著戰爭後遺症——耳聾，成為光復後異族統治留下的傷痕，既是生理的，也是心理的。儘管書中的主角——陸志龍是一性格略嫌懦弱，甚而殘廢的青年，遇事優柔，但是他愛恨分明，光明磊落，透過他映現了統治者卑下汙穢的面目，透過他反映了日據下知識青年的生活現實與心曲。但是鍾肇政並沒有把它寫成教條，他也公道地對待日人，他適度地還予軍國主義下受害的日人本來面目。基本上鍾肇政把《濁流三部曲》寫成價值與角度多元化的大小說，企圖畫下時代的真跡，寫了很多生活的風景，還時代予真面貌，因此它是生活與真實堆積起來的小說，卻具備了恆遠的歷史價值。

比起三部曲，《魯冰花》是涓涓細流了，但卻是鍾肇政寫下的第一部長篇作品，這部作品有點像「少年故事」，在結構上十分簡單，寫休學的大學生當代課教員，其純真的道德情操與地方權勢的一番交戰，故事雖然憂傷地結束了，但主角郭雲天純真正直、行動略嫌懦弱的性格、優雅的文藝氣質造型，現實與理想衝突的困局，甚至談戀愛的模式，都成為日後作品的雛型，值得一記。

為受難的先民寫史詩

對照鍾肇政的年表，我們會發現《濁流》的故事架構有揮不去的鍾肇政個人的影子，有人稱它為自傳體小說，它的確具備身歷其境的真實與細膩；但以自傳來看它，卻將因而錯失了作者在之中隱含的創作意圖和苦心，平心而論，它實在不只是個人的哀史悲歌，雖然「個性」強些濃些，稍嫌浪漫、瑣碎，但它還是無愧於是一個時代、一個社會的一闋驚天動地的歷史樂章。

誠如我們前面的分析，《臺灣人三部曲》是鍾肇政寫作生涯的里程碑，無論文學的境界，思想的層次都在這裡得了躍升。《濁流三部曲》中自我療治臺籍青年的殖民創傷的經驗，可能帶引他接觸了族群和歷史的苦難，因而發心許願寫臺灣的史詩。相較之下，《臺灣人三部曲》才是真正的歷史素

材小說，長達 50 年的淪日史，祖孫三代的故事，遠遠超過個人的經驗範疇，藉助史料是很明顯的。鍾肇政將這 50 年的史事分做三段，分由三個點去呈現，在題材的處理上顯然較《濁流》面臨更多的考驗。

《臺灣人三部曲》的完成前後近十年（1967～1975 年），顯得十分艱鉅，第一部《沉淪》以乙未年（1895 年）臺灣割讓日本，以胡老錦的抗日歷史為間架，寫臺灣北部民眾的抗日戰鬥。從「割臺」的消息寫起，一直寫到陸家第二代領袖再出征、投入吳湯興等人的抗日義軍共同策畫反攻新竹止。雖然「戰役」並沒有綜括全島，然其鋤耰棘荊的抗暴方式、保鄉衛土的抗日精神，見微知著已足以反映割臺初期臺灣居民對日軍領臺一事的心聲。積習使然，《沉淪》裡人間兒女的恩怨情天也占了不少的篇幅，不過這些未必是多餘的筆墨，對於善於描述人間風景以呈現時代歷史真實面目的鍾肇政而言，這些亦是彌足珍貴的收穫。

《滄溟行》成書最晚，在三部曲中卻正好是歷史的中間點。小說的故事承接於《沉淪》中虛構的陸氏家族的子弟，此時大約是臺灣淪日的二十多年後，臺胞經歷過初期的武裝抗日，又經過了苗栗羅福星事件、西來庵事件，日人的統治漸趨組織化、制度化，深悟再以血肉之軀對抗現代化槍砲，難以奏功，於是改變抗日的型態，「文化協會」、「農民組合」的成立，正代表臺胞抗日的第二波。《滄溟行》的主要歷史背景便是由農民組合領導的農民運動引發的中壢事件。日本統治臺灣經過初期的武力鎮壓之後，第二階段便是進行經濟壓榨。臺灣總督府勾結日本的大商社，在臺用威逼計誘等種種卑劣的手段誘騙逼迫農民放棄蔗田、竹林、農田……而淪為商社奴工，受其剝削。《滄溟行》裡的陸維樑以年富力強的少壯農民投入農民運動，接受農民組合的指導，領頭對抗這種剝削。故事以維樑與當了「教諭」的哥哥意識形態的分歧開始描寫，迄陸維樑出獄接受簡溪水醫師的建議，從基隆上船準備到原鄉開開眼界止。被認為是一部曲中最具歷力透視力的作品，清楚刻畫了抗日運動的轉型。

《插天山之歌》寫日人統治的最後一年半，與《江山萬里》的背景重

疊，不過這是從另一個角度落筆的，筆尖指向日本人在戰爭末期發起的皇民化運動下對臺胞的思想壓迫。「陸志驤」是一位負有任務、準備潛回臺灣工作的青年，然而從神戶上船後便為日本「特高」一路跟蹤，船在基隆外海被擊沉，死裡逃生游上岸後仍未擺脫跟蹤，此後便是一連串和特高游鬥的逃亡過程。「特高」一步步逼近，陸志驤便一步步往內山躲，逐漸接近臺灣的心臟——插天山，「特高」找到他時，正巧日本投降，而插天山也正挺立眼前。有論者以為這樣的情節安排極富象徵性，也有人為這部小說結構，以「逃亡」做主線，氣勢不足，鍾肇政自己也覺得寫出來的不是原先構想的樣子。我不曉得這些意見是不是指向堅定有力、脈絡奇突的主題而言，不過透過陸志驤的「逃亡」經歷，把這個特定時空裡的人的生活、思想做了很清晰的描繪，「特高」的步步進逼，等於是一隻日本統治者箝制臺灣人民的魔手，這時候的臺胞已不是用鋤頭、竹竿來反抗了，也不是再走議會設置運動、文化協會的步子了，這是面臨決定性的時刻，要用智慧、耐力、意志來和統治者競賽，或許陸志驤的故事，正可以給我們這樣的啟示。想想，《插天山之歌》更浪漫、綺情的一面，遠超過前兩本作品，而且一直走的是「男性中心主義」小說路線的鍾肇政，好像突然也寫了一部女性為中心的小說，創造了「奔妹」這麼一個有擔待、勇敢、熱情的客家女性，成為極端艱難的時刻固若磐石的力量，豈不也失之東隅、收之桑榆？

　　《臺灣人三部曲》結構上萬萬不及《濁流三部曲》緊密，鍾肇政在遠景重刊本後記裡對這部分已有說明，不過卻無損於其開臺灣歷史素材小說的先河地位。雖然這部作品延續了鍾肇政小說崇高真實的風格，然而將 50 年的史事，用三個歷史的點加以貫串，這三個點分別暴露日本治臺的三個不同階段的手腕，《沉淪》進暴露的是武力統治的殘暴；《滄溟行》則是經濟喉結的鎖制、進行剝削壓榨；《插天山之歌》則象徵特務統治在思想上箝制，頗能綜括全局。這說明他不是寫歷史，而是以自己觀點看歷史。歸結起來，他是和張文環持相同的文學觀，從真實的生活中顯示漢民族堅毅生存、抗爭的力量，在精神上則延續了吳濁流保鄉衛土的觀念，臺灣人三部

曲是先民和土地的史詩。

　　關於歷史素材小說,《臺灣人三部曲》之外,以霧社事件爲藍本的《馬黑坡風雲》可以說是鍾肇政寫史詩志業的另一支。1930 年 10 月 27 日,霧社山胞因無法忍受日警的侮辱、欺凌和無止境的勞動力的剝削,由莫那魯道領導奮起抗暴,幾乎殺盡了當地所有的日人。然而日方後來卻動員三千餘名的軍警部隊用飛機、大砲、毒瓦斯進行報復,使得霧社山胞人口由事件前的 1,236 人銳減爲 513 人,其後又有二次霧社事件及藉受降儀式誘殺 15 歲以上壯丁等手段,1937 年他們被強徙「川中島」時總人口僅餘老弱婦孺 230 人──這又是鍾肇政另一三部曲──高山組曲的開端,霧社事件慘絕人寰,日本對事變的原因、事後的報復、手段嚴加封鎖,消息暴發之後,受到全世界輿論的譴責,日本國會議員也不以爲然。五十餘年來臺、日兩地雖有不少報導文學作品試圖爲染血的櫻花立傳做註,然以長篇小說,以深入的方式爲山胞寫這一頁英勇奮鬥的歷史的,這是第一本。霧社事件悲慘壯烈,但事件的真相一直受日方的封鎖,片面的扭曲,傳說紛紜。《馬黑坡風雲》的寫作動機當在還其歷史的本來面,也在了卻先民史詩的創作心願。鍾肇政在浸淫過民族的抗日史後,再著手山胞的抗暴史,絕不是爲他人作嫁,而是基於一體的意識。日後他寫不少山地神話故事,山地背景的短篇,再寫高山組曲……在文學史上也有一點開疆拓土的意味在內。實際上歷史素材小說的寫作,等於將鍾肇政的作家眼放進了寶庫,取之不盡,用之不竭的素材可能終其生也寫不完,《姜紹祖傳》、《望春風》、《原鄉人》……,等於一條無限寬廣的寫作之路,這也說明《臺灣人三部曲》在其寫作生命上的重要地位。鄭清文說得好:「從他的長篇小說,我們可以看到一個人的成長,從短篇小說,卻可以看到一個作家的成長。」

從短篇小說可以看到一個作家的成長

　　鍾肇政的短篇小說在量上和長篇小說不成比例,他一共出版了六本短篇小說集,其中還有兩本是與前面四本內容頗多雷同的「傑作選」和「自

選集」。雖然確有不少散落或未結集的，不過多數的論者鮮有根據其短篇小說來評論他的文學思想或文學價值的。除了由於長篇的光芒太烈之外，這些「短跑」性質的作品，不過是他寫作練習而已，鄭清文以爲：「我們從這些作品中，可以看到一個作家迅速成長的過程。」鍾肇政的短篇作品大部分出現於早期，正如許多受過日文教育的作家一樣，語言的障礙是他們創作之路的最大絆腳石，他們大都經過將「思想」由日文構畫再翻成中文寫出來的創作過程，他們一旦克服語言的問題，便能一舉衝天；從《殘照》與《輪迴》最早的短篇集中，看到鍾肇政顛跛學步的文字試驗痕跡，令人難以想像何以如此快速地便出現「濁流」中流暢的文字。

有限的短篇作品中，《輪迴》、《中元的構圖》、〈溢洪道〉、〈大機里潭畔〉等數篇詳爲人知的作品，已足以爲我們描繪出鍾肇政短篇小說的世界來。《中元的構圖》利用民俗祭典交揉戰爭後遺症與深入的心理刻畫，觸及隱密神異的現實深層，開拓寫實幻想交揉的新型態，若發展爲長篇，應是和馬奎斯《百年孤寂》相埒的作品，細膩的筆觸，人情人性的敏銳感應，令人感覺鍾肇政是一俯身擷拾便可以成篇的小說家。《輪迴》、〈溢洪道〉……可以看出鍾肇政對人間的恩怨、愛情、隱密的人類心理癥結，都伸出過試探的觸角，這些作品見出他有化平淡爲神奇的技巧，和他對文學的刺探，如果將他的短篇視作長篇的「習作」、「練習」，視作長篇的起頭，視作成長的痕跡，是大致不誤的。

爲文學傳燈

細細展讀鍾肇政的文學圖卷，等於讀了一部光復後本省籍作家投身中文創作的奮鬥、成長史，整個文學世代從迷惘、探索到再生，都可以從他個人的作品進境變革中找到刻痕，至少他像一盞不熄的燈傳遞下來。在本質上，它是從現實出發，以追求真實爲標的的寫實文學，從療治殖民地的傷痕出發，通過仇怨的布洩、生命的省思，逐漸找到鄉土、民族的愛，而有所託寄，終而成爲奮力追求的創作使命。

　　有人說，鍾肇政在作品裡創作的永恆人物——陸志龍，太過卑屈懦弱，沾染了太多的殖民地傷痕，充其量只是悲劇英雄，不夠滿足我們療傷的期望，由於陸志龍耳聾、愛好文藝的外觀極為接近鍾肇政，因而有了他創造的是怯懦文學的說法。我寧願從他的創作歷程、環境去考察，他能在文學崗位上孜孜寫了 35 年，在臺灣文學史上是空前的，若非陽剛、堅韌的文學信念，豈可得乎？這又豈是沒有剛強的文學使命感所能達成的？也許鍾肇政文學在本質上具有濃厚的知識分子色彩，它是典型的名士文學，他所憂思、所關懷的焦點受到本質的限制，使它多少沾了一些龍瑛宗一系的蒼白的知識分子文學色調，所以描寫乞丐的〈阿枝和他的女人〉以及題材十分前衛的、關心生態污染的〈白翎鷥之歌〉出現後，被許多人視為鍾肇政作品中不可解的「異數」。問題便在於他誠實而拘謹地從不踰越自己、踰越知識分子的本色。無論如何，鍾肇政文學都像是臺灣文學的一座橋樑，度過了迷惘的世代，臺灣文學要走向哪裡，別說鍾肇政，誰也不知道。對於還在誓言寫先民開山拓土為背景的巨構的文壇老兵，不必妄加斷言他是否已開啓了「偉大文學之門」，但從日據時代的臺灣新文學到光復後的臺灣文學，我肯定他以創作、不斷的創作，盡了傳燈的使命。

——選自《聯合文學》，第 18 期，1986 年 4 月

鍾肇政論

流雲，流雲，你流向何處？

◎葉石濤[*]

一、

　　是的，黃金時代已來臨，新的世代摒棄了過去的亡靈，拂去日本人糾纏不清的猙獰的幻影，逐漸攀登著文學之山峰。

　　造成臺灣作家今天蓬勃的創作活動，其因素固然很多；正如鍾肇政在光復節那一天發表的評論〈二十年來臺灣文藝的發展〉，他提到眼光遠大的祖國作家慨然相助這一事，毫無疑問的這就是重要因素之一，但並非決定性的主要因素。在此論文的開端，顯然鍾肇政把本末顛倒了。

　　今天臺灣作家由萌芽而開花，呈現著一片百花撩亂的景致，乃是以傳統為其礎石的；雖然有些作家昧於知悉以往臺灣文學一段艱辛悲慘的日子，或者年輕一代的作家忙於追逐現代文學潮流，而對於過去漠不關心，甚至有意加以否認，但歷史的現實絕不能一筆勾銷。我們之所以有今天乃是繼往開來的，絕非一朝一夕之間就突然出現於我們眼前。無可否認，的確有一條鴻溝把日據時代的臺灣文學和光復後的臺灣文學截然分開了。乍看這鴻溝是如此的深，如此的難以填滿，致使我們之間的佼佼者鍾肇政以為臺灣文學的歷史開始萌芽於光復之後，沒有直的繼承，就只有橫的聯繫。

　　這也不能怪誰，在日本人威壓之下，日據時代的臺灣作家很少人有辦

[*]葉石濤（1925～2008）散文家、小說家、翻譯家、文學評論家。臺南人。發表文章時為宜蘭縣冬山鄉廣興國小大進分校教師。

法付梓一本像樣的書本！

　　光復帶給我們民族的驕傲，帶給我們復歸祖國的無上欣悅；然而不幸的是當我們著手埋葬日本人遺毒的時候，竟也一併把我們先人之遺產裡面最純淨又充滿慘痛記憶的文學成就也埋進墳墓裡去。時代的火炬照亮了我們的前途，但也一樣不分皂白地燒毀了值得留下的遺產。傳統永不會凋謝，也不會消滅，也許你看不見它，然則它仍在你的血管裡脈脈搏動著。

　　光復以後有一段時期，本是一片沃土的臺灣文學，因乏人耕耘，被人遺忘，任其荒蕪變成荊棘叢生的曠野；而這時有人在曠野裡召喚，用涓涓滴滴的河水滋潤這荒廢已久的土地。他們是孤立無援的拓荒者，他們對於以前有人在這原野上播種過而且有了收穫一事卻懵然無知。這實在也不能怪他們，因為他們既不知道臺灣文學以往的歷史，而且背負著語言障礙的擔子，這擔子是那麼的重，幾乎壓扁了他們的身體。但是他們仍孜孜不倦地矢志克服語言的屏障，幸而獲得了祖國文人帶來的一些贈予，有一天種籽終於開始萌起芽來了。這一系列的拓荒者裡面的佼佼者，鍾理和、施翠峰、廖清秀、文心、鍾肇政等人的艱辛可想而知。但他們並沒有知難而退，他們仍背負著那沉重的十字架走到底。已去世的鍾理和是一個最令人心酸的例證。鍾理和是藝術的個人主義者，他卻具有謙虛、誠實、溫和等諸美德，更有悲天憫人的心腸，是個正人君子。他在有限的生命中忙於燃燒自己，在憂患和悲傷交錯的生涯中，他始終堅忍不拔地寫作，終於實現了一己的心願而告別了多事的塵世。鍾理和在貧病交迫之中去世的悲劇，對獻身於臺灣文學的年輕一代作家深具警惕之作用。一個作家所要走的路，並非用芬芳薔薇花片鋪成的，你必須經得起生活之考驗，你必須把自己鍊成鋼鐵一樣堅強。鍾理和在藝術的領域上他已經並不單單是嘗試者，他用以摸索、學習語文的時間很快的過去，而且他的年齡使他容易接受傳統，他對於臺灣文學的路沒有懷疑和徬徨，於是他得以美滿地充實了一己的風格，留下了許多圓熟的作品。

　　這一群拓荒者裡面鍾肇政給人的印象是既骨梗又帶有陽剛性；這資質

幾乎決定了他在臺灣作家中的位置。當這未經開拓的文學荒原展開在他面前的時候，立刻有一股興奮高昂的熱血奔放地流貫著他整個身體。他有不可磨滅的使命感，堅忍的魄力，他開始掘石頭，拔樹根，除莠草。這十多年來他忘寢廢食地寫作，他同日本作家丹羽文雄一樣既多產，寫作的速度也頗快。當曠野裡已開放朵朵花蕾，他自己已有了不少的收穫的時候，猛地裡他來了一個疑惑；猶如拚命攀登高山的人，一爬到山頂，便要佇足看望，俯瞰山腳壯麗的景物。他定會發覺從中華文藝獎金委員會採用的〈老人與山〉開始，其後《魯冰花》、《大壩》，一直到「濁流三部曲」，他的小說有何中心思想，他走的究竟怎樣的一條路，這條路又是走向那裡去的？假若，鍾肇政並不發生這念頭，連一絲絲疑問也沒有，這簡直是不可思議的；要是沒有把這鬱結打開，再來一次飛躍，鍾肇政的路越來越狹窄布滿陷阱，難以舉步前走的了。他的「濁流三部曲」最後的一部《流雲》的故事尚未結束，《流雲》的主角陸志龍的路或者就是鍾肇政的尚未走完的路，這正是時候了；鍾肇政應該嘗試追求真理，塑成真正屬於一己的世界觀，燃燒理想主義的火焰了。而後，正如那阿拉伯的故事《一千零一夜》之中阿拉丁奇妙的話語：「開吧！胡麻！」當你有充沛的力氣說出這一句話的時候，那通往偉大文學之門始為你開。

二、

對於鍾肇政的身世有一些認識而讀過《流雲》的人，定會發生一些困惑；因為流雲的主角陸志龍多麼像鍾肇政自己，而最後幾乎以為鍾肇政就是陸志龍了。然則，這種觀念頗值得商榷；因為作家和作品的關係，不過是「詩與真實」，讀過歌德和艾克曼對話的人，就有一些印象，不會把作家和作品混為一談了。鍾肇政和陸志龍之間，雖然有一段距離，可是我們值得注意陸志龍顯然是鍾肇政的分身，倘若硬說在陸志龍身上找不著鍾肇政的影子，那也言過其實，令人難以首肯。無疑的，鍾肇政把他過去生活歷程的一段時光加以昇華寫成了《濁流》、《江山萬里》、《流雲》三部曲，這

一系列的長篇小說可以說是鍾肇政的自敘傳，但並非「私小說」（ "Ich Roman" ），因為有冷嚴的客觀性為其骨骼的緣故。在一部長篇小說裡面幾乎找不到這作家所投射的影子是絕無僅有的事；試看托爾斯泰的《戰爭與和平》與喬伊斯的著名小說《年輕藝術家的肖像》，雖然這是兩部風格截然不同的小說，但你在小說裡仍明顯地看得出作者生存的氣息。在巴爾扎克、左拉及福祿貝爾的小說裡，作者已隱晦不見，不過蛛絲馬跡仍可瞥見，你仍可以感覺到作者的哭泣、徬徨、欲望與頹喪。

把一個人的生長和時代、社會的動向緊密地連結在一起，企圖從一個人的生活史上發掘時代、社會蛻變的巨大力量，鍾肇政的「濁流三部曲」所採取的手法是如此的。《流雲》是最後一部，作者的技巧已達到圓熟的地步，完成了這一部作品，作者也差不多能坦然向過去的亡靈告別，他底精神也獲得了解脫；因此，這一部作品對於鍾肇政有深刻的意義。分析解剖這篇小說不僅對於鍾肇政有所啟示，而且對於臺灣作家也不無裨益。

光復是本省歷史上巨大的一個轉捩點；荷蘭人的占據臺灣，滿清的統治，日本人半世紀的奴役，固然對於臺灣的社會制度、風俗習慣、文化、語言上留下了些痕跡，但不足以造成天翻地覆的改變。臺灣人的心靈一如往昔，臺灣人仍是漢民族的一分子，民族的驕傲依然存在。臺灣人的心坎深處始終埋藏著一個堅強的信念，無法拂去的願望：那就是復歸祖國，重新做一個頂天立地的中國人。光復是震撼整個臺灣人心靈上活生生的現實，因此，以抒寫臺灣人心靈為職志的臺灣作家，必然地猶如夏天撲火的飛蛾，會回到光復這一件事來，重新思考它的意義，離不開它的蠱惑，並且嘗試把這偉大的歷史再現於作品上。臺灣作家幾乎每一個人或多或少都曾經被這狂熱的欲望所抓住，而且已有了些作品。今後這題材並不會因時代的轉變而褪色，喪失價值，它仍然會吸引著眾多作家以不同的觀點，不同的手法，不同的感觸寫成作品。在這數不盡的作品之中，鍾肇政的《濁流》、《江山萬里》、《流雲》這三部小說將是最出色的作品之一，而在它的雄壯的構想之前，其它作品似乎顯得黯然無光了。這三部作品從其量來說

敢情是一部巨作，洋溢著這作家澎湃的雄志，流動著豐富絢麗的鄉土色彩，有細膩的筆致，以光復後才學習祖國語文的臺灣作家來說，遣詞用字已達到可媲美大陸籍作家的水準。

陸志龍這主角的選擇剛好是要闡明這時代精神最恰當不過的人物。他長大成人於日據時代，自幼目睹日本人迫害的事實，剛步入青春時期，感覺最銳敏的時候，被迫踏進日本軍隊，身受日本軍閥的殘暴，致使聽覺盡失，幾乎變成殘廢者。由於他是個日據時代臺灣青年之中稀少的知識分子之一，又是在苛酷的戰鼓笳聲中形成他的人格和思想，因此他的思想比較純粹，行動較率直，沒有在昇平時代長大的老一輩臺灣知識分子，蒼白的懷疑和妥協，及對現實生活無可奈何的屈服。年老一代的知識分子並非沒有對日本人的憎恨和抵抗，因為明哲保身，苟全性命的傳統人生哲學，生活沉重的擔子，皇民化運動的巨浪，把他們的意志沖淡了。陸志龍沒有真正的生活過，沒有嚐到愛情的禁果，沒有嚐到生活的苦味，生活還沒有折磨得使他活得氣餒和不耐煩，他的世界只限於家庭、學校和日本軍營。他是初生之犢，因此，當他認清日本人猙獰真面目的時候，他不再遲疑，他直覺地明白了日本軍閥靠近毀滅的邊緣，他渴望回到祖國的懷抱。正當他鞏固這念頭的時候，光復來臨，時代的巨輪也剛好輾過了他。他被歷史的巨浪捲入漩渦，他被播弄，他翻騰，然而他的徘徊和驚奇是短暫的，他既有了民族的意識，自然他走的路也不會離譜太甚，他醒覺得快，但這醒覺的過程並非完全沒有代價的。

描寫光復以後半年間的臺灣底時代、社會的動向的《流雲》，寫的是陸志龍重新發現自己是漢民族的一分子，著手清理自己身心裡日本軍國主義教育的遺毒，揚棄偏見的殘渣，學習中國語文的一段辛酸歷程。

陸志龍既為知識分子，又是個有志於文學的年輕人，這種主角的設定，必然地限囿了這小說的深度和風格。透過陸志龍的觀點來看的時代，社會的潮流和轉變既貧弱又乾癟的。陸志龍生活舞臺之狹窄，使得他如何努力伸出他的觸角也摸不著光復半年以來這鼎沸，動盪不已，形形色色，

變幻無窮的社會各樣相。

　　一個作家把自已影子投進小說的主角身上，本是無可厚非的事，然則，這可先天地圍囿了他活動的範疇，較易顯露出不少的弱點；倘若作者不好好地事先設定驚心動魄，波瀾起伏，狂風怒濤的情節，把小說的主角投入於心理和外面景物造成的複雜錯綜的生活之網，那麼這種小說就止於作者發洩的工具，充其量不過是賺取傷感的青年男女之眼淚罷了。人性的光輝，客觀的時代性皆消失殆盡。去年去世的英國作家毛姆曾經譬喻說：人生猶如花紋交叉的一張氍毹，作家就是織成氍毹的人。爲什麼安德烈‧紀德會揚棄《背德者》、《窄門》等一連串情感小說的手法而標榜純粹小說（Roman）呢？他晚期的作品如《梵蒂岡的地窖》、《僞幣製造者》（1926年）《剛果紀行》等已有較深遠的患性，尤其對「無償的行爲」哲學的領悟，使他接近現代，使他的小說永垂不朽。

　　《流雲》雖然抓住了時代社會趨向的片鱗半爪，予人以流轉不息的時間觀念，可沒有廣闊的歷史性和世界性，這就是這部小說的嚴重缺陷，使這三部曲成爲「臺灣」的，但卻無法成爲夠格的偉大小說。

三、

　　倘若硬要求所有小說都應該有前述的特性，那就淪於吹毛求疵了。然則，至少凡是夠得上稱爲「大河小說」（Roman-fleuve）的長篇小說必須以整個人類的命運爲其小說的觀點。要是作者缺乏一己的世界觀和獨特的思想，對於人類的理想主義傾向茫然無動於衷，那麼這種小說就只是一連串故事的連續，充其量也不過是動人心弦的暢銷讀物而已。膾炙人口的名作，杜思妥也夫斯基的《卡拉馬助夫兄弟》之所以在世界文學史上永垂不朽，並非單靠幾個異常人物如第米特里、伊凡、阿劉夏特異性格的創造，也並非發掘帝俄社會中各階層的罪愆；主要的是他否定了伊凡機械的唯物論，藉末弟阿劉夏的行爲指出人類未來社會的美麗遠景，企圖把唯物和唯心兩大哲學潮流熔於一爐找出一條人類可行的道路。

《流雲》這一書顯然缺乏有力的思想背景，患了思想貧血症。因此，到底陸志龍走向那裡去呢？流雲流向那兒，我們沒有鮮明的印象，摸不著頭緒。我們能夠期待陸志龍同人性不相悖，真摯的生活下去，並且可能有許多迂迴曲折的遭遇，但除此而外，他能告訴我們什麼，可想而知，那就是一點點皮相的見解，瞬即逝去的歷史的泡沫、時代、社會裡所發生的瑣屑插曲；可是斷不能發人猛省，使人從心底裡掀起憧憬，抑或激起思想的漣漪。簡而言之，陸志龍是這一代臺灣青年的象徵；在臺灣皇民化運動之束縛中長大現今已成為臺灣社會的中堅分子。他們青春時代的創傷，覺醒後的心理轉變，將使他們信仰什麼，他們將來喜怒哀樂的生活是怎樣的一個情景，他們的夢，他們的理想，挫折和頹喪，欣喜和哀愁，我們應該在陸志龍的身上找到那原始因素。可是我們找不到它。在這一點上顯然鍾肇政創造的陸志龍較他的前輩作家吳濁流的《亞細亞的孤兒》的主角胡太明遜色些；生活在日本人奴役下的殖民地臺灣的胡太明，他象徵著該時代臺灣知識分子的命運，而吳濁流賦予胡太明的環境又相當巧妙，以後能藉胡太明的流浪而指出了歷史的動向，臺灣的歸宿。我這樣說對於鍾肇政似乎刻薄些、挑剔些，然則，作為一個作家而沒有一己的思想和哲學，又不注意思想貧困的嚴重性，那是可悲的。不過話又說回來。陸志龍也並非完全沒有思想性的，像鍾肇政筆下的任何人物一樣，他有執拗的「妄執」想成為文學的旗手，除此而外我們便說不出他有任何崇高的理想了。倒是鍾肇政發表於《臺灣文藝》的諸短篇，描寫暗鬱的本能和欲望，性與心理，人性的美麗和醜陋，有獨樹一幟的卓越成就，具有文學藝術特有的芬芳。

　　雖然陸志龍有堅定不移的意志，卻也具備了現代人特有的心理陰翳；那就是在殘廢者身上可找到的幾個特徵──自卑感、情緒不穩定和英雄主義。可注意的是陸志龍的自卑感絕不是由日本軍閥的殘暴而造成的「耳聾」來的；那是與生俱來的，凡是讀過《濁流》的人可處處找到陸志龍自卑感極深的例證。一個人有強烈的自卑感並非壞事；近代心理學已證實了自卑感會成為有勁的動機，往往使得一個人產生反抗之念，進而迫使他去

創造奮鬥，獨裁者希特勒就是顯著的例證。極端根深柢固的自卑感驅使他，使得他掙扎著要出人頭地，因此，他夢想成為文學家，這決定了他人生的方向，使他發憤用功。大凡一個作家都在潛意識裡有挫折的創傷，因為他較常人情感豐富，感覺敏銳的緣故，於是他自然有自卑感。鍾理和少年時沒有進中學的自卑，也就使他發現自己才華的動機之一。

聽覺的損傷加深了陸志龍的自卑，使他企求在別的地方獲得補償和慰藉。陸志龍必須有較尋常人高一等的優越感，以便維繫自己是個 elite 的意識，他必須有睥睨眾人，唯我獨尊的高超氣質。因此，他不得不以英雄主義來武裝自己。在日據時代，他無須於顧慮這些，他是個受過中等教育的臺灣知識分子，鄉土之精華，天之驕子，他在各方面定會吃得開，除非他犯了禁忌，妄想做官與日人一較長短。因為在日據時代受過中等教育的臺灣青年屈指可算，他自然成為人群中的佼佼者。然則，光復的來臨和苛酷的長期戰爭摧毀了這價值標準，把人們才華之差異，貧富之間隔，一律拉平了。因而陸志龍更迫切地需要證明他底與眾不同。他需要維持心高氣傲的英雄主義，他暗地裡卑視那山村裡的一群青年，其原因在於此。不管鍾肇政是否有意刻畫出這一特性，毫無疑的，陸志龍正是個光復前後年經臺灣知識分子逼真的寫照。在戰爭中長大的臺灣青年多少帶著這影子。某種英雄主義和自我犧牲是日本人軍國主義神道教育的產物，自殺飛機就是最好的證據。陸志龍對於他心理的陰翳是毫無知覺的，他靠著這些日本教育的遺毒，才得以生存，不被時代所吞沒，不被歷史轉變的巨流捲走而不知所終。鍾肇政所創造的陸志龍所以有生命的氣息，就是能把這過渡時期臺灣青年的典型緊抓不放，以寫實的手法毫無遺漏地雕刻成功的緣故。

陸志龍也有他的永恆的女性；猶如但丁之有他的貝阿妥里朵，浮士德之有他紡車旁的葛烈卿。戀愛是陸志龍情感燃燒之結晶，點綴著他的苦鬥和摸索生活中的花朵，沒有了這一群女人圍繞，我懷疑陸志龍是否能志高氣昂的活下去。女人溫柔美麗的映像時時刻刻激動著他，在他心底掀起了陣陣憧憬和擾亂。然而，陸志龍的愛情生活極其矛盾又是不能自圓其說

的。自卑感使得他發生錯覺；他自以爲不配去追求那孩提時代的偶像，蒼白沒有血氣的徐氏秋香。其實徐秋香不過是他「靈」的象徵，使人想不到她是有柔軟溫暖的血肉軀殼的人。思念她，充其量就只是滿足他一己的虛榮心罷了。而且徐秋香的所以成爲他高不可攀的偶像，其理由毫無理性可言，甚至是令人發噱的，就只是爲了她是臺北第三高等女學校的高材生！青春之所以令人值得回憶也許就在於這荒謬。自古以來讀書人所夢寐以求的佳人，就是陸志龍念念不忘的這孱弱，毫無血色，缺乏熊熊燃燒的生命火焰之女人。當他遠遠地瞥見她撐著如花似彩色瑰麗的陽傘蹣跚而來的時侯，他屛住了呼吸，壓不住心悸，茫然若失，這一幅畫面可名之爲未成熟的自卑病者的畫像。

真正的值得男人傾心而愛的，卻是那有豐滿胸脯、有野性的村姑銀妹。鍾肇政創造了這一類型女人值得喝采。他刻畫了臺灣文學中最令人心折的臺灣女人的典型。阿銀是陸志龍「肉」的象徵，她慷慨的奉獻了她的貞操，並沒有卑劣的打算，沒有怨恨，她爲愛情率直地用肉體慰撫了陸志龍。這行爲乖謬的童媳婦有至高至純的女人特有的犧牲精神。雖然她無法分析她就是臺灣封建制度桎梏下的供品，也不知道命運之神加在她身上的不公平，不過與生俱來的聰慧使她懂得愛的真諦，愛是偉大的施捨並非強奪。同銀妹比較，陸志龍相形見絀；對於銀妹的犧牲和純愛，陸志龍卻處處爲自己打算，拿不定主意，甚至懼怕她會阻礙著他的前途，他對於她也許有愛，但遺憾的是功利主義者的愛，有所求而無所施。《流雲》以陸志龍找尋離家失蹤的銀妹爲其結尾，留下些餘音嫋嫋如嚼橄欖的韻味，甚美！但銀妹不會被毀滅，她有旺盛的生命力，她棄家出走，唾棄了白癡丈夫，去探索能像個人活下去的天地，她的路走對了，她的路將是光明璀璨的，至少比那野獸的囚籠般悲慘的「家」更好。陸志龍的意識使得他盲了眼把人間最美好的被造物銀妹錯待了。可見，摒棄一個人的偏見，正確地下判斷覓取幸福是何等不容易的一件事。

四、

　　陸志龍的路還沒走完，流雲也不知會流向何處，同樣的，鍾肇政的路亦沒有走完。一個作家在他生命歷程的某一階段，偶爾也停了下來，回顧走過來的險巇的路，睜眼凝視展開在他未來茫茫無涯的道路時，他猶疑未決的駐足不前。我以為鍾肇政正踏入這舉棋不定的境遇。骰子握在他的手裡，將它擲下以前，必須要有心理上的一番整理。這 15 年來，鍾肇政堅定的走了一段頗長的路，豎立了里程碑。這濁流三部曲是臺灣文學史上值得紀念的收穫。

　　然而，這一代的臺灣作家單單是那先知約翰；在約旦河用水給眾人施洗，在曠野裡喊著說，預備主的道，修直他的路的人嗎？我們單單是那流雲，且不知將流向何處嗎？

——選自《臺灣文藝》，第 12 期，1966 年 7 月

小論《插天山之歌》

◎壹闡提*

《插天山之歌》是鍾肇政先生最近出版的長篇創作。

鍾肇政二十年來，努力寫作，作品類型繁多，已結集出版短中長篇小說類就有廿多部。《插天山之歌》在芸芸篇什中，是很特殊的作品，在他個人說，是一座高峰，在國內文壇說，也是重要的收穫。

雖然作者本人表示過，對於這部作品，並不十分滿意。個人以為，除了文士的謙虛外，創作了一部迥異於往常的作品，未被全然肯定接受前，作者心中的惶惑，勿寧說是自然的。

《插天山之歌》的時代背景，是臺灣在日人占據的末期，臺灣同胞在其淫威下，生存的條件瀕於極限的時候。這個痛苦經驗，在中年以上的人，不論南北行省，凡是國人，都是記憶猶新，餘悸尚存；這是亞洲華人共同的夢魘。如果真有所謂民族共同潛意識的話，這個「經驗」將潛藏於世代子孫的心底。就像我們對於「天火」（雷公）、「怪鳥」（烏鴉）、洪水、龍蛇等的悸怖一樣。

鍾肇政以往的作品，有一共同特色：人物繁多，情節繽紛。浩蕩陣容滾滾濁流，固然造成雄厚氣勢與迫人威力，但有時不免紛綸葳蕤，損及主幹。《插天山之歌》則一反往常，以最簡單的人物，「演出」最單純的情節；尤其捨其常用的「全知敘事觀點」，採用第三身的「單一觀點」，[1]個人以為對鍾肇政來說，是一種挑戰。如此說法，並非指作者原不擅於駕馭此

---

[1]《插》著仍然有少許作者自身勉強插入抒發見聞的部分（例如：頁 109，4～5 行），也有部分跳出「單一」約束力進入「全知」現象的。但基本上還是單一的，而且約束頗為嚴謹。

「觀點」，而是捨易就難，是如此簡單的「動作」，是接近三十萬字的巨大長篇。

然而，作者的「自討苦吃」，竟然是極有收穫的，本作在其作品群中，所以卓然有成，個人以為是「自討苦吃」得來的。

故事十分簡單：主角志驤是胸懷大志的臺灣青年，他負笈東京，因決心為對日抗戰及臺灣光復盡力，潛返故鄉，準備有所作為。志驤一上船，日本「警部」桂木即已盯上。故事於焉展開。

志驤逃過沉船之劫後，回到故土——在插天山下，蓊鬱密林中，在親友協助下，一程又一程，往深山逃亡。在逃亡期間，向純樸山居青年，學習裁製木材，向勤勞內山農民，學習耕園，向精悍如豹的山胞青年，學習釣鮎鈎鰻的奇技。一位天真爛漫，一如太古的大自然孕育出來的少女——奔妹，使志驤領略純淨的愛情。逃亡的終站是凌雲老人的隘寮——張凌雲是在中國大革命期間，投奔中國的人物；曾經當過總理的衛士，也帶兵與軍閥作戰的不凡老者。

小說的結束，餘韻裊繞而令人欣喜：奔妹為他生下一個男嬰，志驤在初為人父之際被桂木逮捕，在拘留所監禁一夜後卻被釋放——大戰結束。

在此，試提出三點，小論這本成就頗為可觀的小說：

一、創作一個寓言

看了前段敘述不難明白，《插》著的故事骨架，實在簡單之至，簡單得令人不屑一顧。但是細讀全文，掩卷沉思後，當會霍然發現，男主角周圍幾位樸實山鄉男女，在主角的「進行」上，都有他們的特殊涵義的；平淡無奇的情節，是替主角「修行」設計的精細程式，主角之外兩個重要角色：凌雲老人和少女奔妹，都是必然而唯一的。質言之，這兩位人物，使主角的修行成為可能，使修行得以完成。

對於這些人物的心理狀態，作者極力約束筆鋒，維持單一的拘謹；盡量由主角去發現，或他們「無心」地表現出來。這種苦心經營，使全文的重點，所有情節的「力點」更形集中在主角身上。

　　作者在本作裡，用了最大的心力，從事野鄉莽林的描寫，而筆法是平實的、寫實的，這樣呈現的山鄉，維持了本來面目，悠然而神祕，親切而浩蕩。就個人二十年來閱讀過國人作品論，其寫山之深刻、細膩、獨到，實無出其右，此點可以斷言。

　　至此，我們看出了作者的企圖，也可以說，作者已經完成了他的創作：這是一個寓言。「志驤」是日人統治下的臺灣青年「志向」的化身。「志向」雖然一現即被鷹犬嚴密監視，但是可以走向他唯一的前程：投向山的懷抱。山是土地，是根，是大自然，是最後的依據。在「山」裡，樸素的山鄉男女會協助他，莽林幽潭會掩護他；更重要的，「山」會養活他。因為從質素言，彼此是一體的。一滴墨綠，投入無邊的綠海，任誰也捕捉不到那一滴墨綠啊。

　　「志向」單憑這些自然力還不可能完成、成熟，還必須有文化的力量，那就是凌雲老人的安排。唯其經過這位老人的引導，其心智才得以開發；接受族群文化的灌溉，才能尋獲其血脈的根源，使「愛國」的天性衝動，提升到理性的必然行為。老實說，甫由東京返鄉的「志向」，只是年輕人單純的熱情而已，他的反日堅度和韌度都還大有問題。經過凌雲老人的洗禮後，可謂脫胎換骨，至死不屈。

　　反抗侵略，不是短時間可完成的，是全民族的職責，也是一代一代賡續不已的事業。因此奔妹必須為他留下一後代，莽莽山林，緜緜瓜瓞，唯其如此，我臺灣人民才不可能征服！「志向」在後代呱呱落地之際，就被逮了；萬一從此一去不回，其火種已經傳遞下去。十七、八年後又一「志向」。事實上，只被拘一宿就釋放（好個一宿）。釋放於強權屈服，山河光復。這是天理昭彰，人間之極則。

　　要之，《插天山之歌》是設計詳密，苦心經營的一則大寓言。文中的一草一木，樸實鄉民，都是另有隱喻的，至於深山的意義，老人與奔妹的存在，已經由隱喻提升到象徵的境界了。

二、鑄造一位典型

這是最有趣的一則課題。作者在本書裡成功地鑄造了一位典型：臺灣婦女，尤其客家婦女的典型。

如果讀遍鍾君的幾部長篇著作，當有一個有趣的發現，每一部小說裡，出現的女主角，都是同一類型的女性：她是堅定刻苦的，捨己認命的，是苦命而不屈的，是明朗而勇敢的；體態上，她是健康而略爲過於莊重的，胸脯豐滿、肥臀結實，充滿生命力。她是丈夫精神上的伙伴，也是事業的得力助手。

伊人何人？伊正是傳統臺灣賢婦的化身，客家婦女的典型。

如果有人指其拙於塑造人物，不能擺脫窠臼，那是錯誤的。凡是曾經從事文學創作的人當能瞭然於心；作者之於人物，其心中理想化的人物，是不變的，作者永遠爲這些理想人物嘔心瀝血，不斷使彼「再生」。得而且者，只是是否不斷完成、不斷「再生」而已。

茲試順手拈出鍾肇政筆下的幾位這一典型婦女一觀：

《流雲》裡的阿銀：她是養女，一個默默忍受命運箠楚，肯犧牲、能堅持的小女人，令人心痛的好女人。

《沉淪》裡的「秋菊」：失怙小女，受辱過，誤聽情人戰死，準備殉死，但堅強本性使伊活下來，但情人意外出現時，終於自求解脫。

《大圳》裡的「秋雲」：和「秋菊」遭遇相近，結局比秋菊幸運些。

《綠色大地》裡的「竹香」……（爲了篇幅，不再引述）。

在《插天山之歌》裡的奔妹，是集以往這一典型人物的大成者——客家婦女特性的典型。這是一種創作的鑄造；作者對於經驗人物的重組，再加上自己理想的造型。

「奔妹」除了具備「阿銀」、「秋菊」、「秋雲」、「竹香」等美慧與特質外，比起他們，奔妹在質量上是更進一步的，是更原始的，更有力更明智的。我們進一步考查：原來她是自然的形體化，是生命力的化身，是女人

的原型——除了可愛的情人，動人的妻子之外，她還涵蘊著母性的特質。

志驤留學東京，是高高在上的人物，臺日淑媛，閱人多矣，但是一和奔妹相見，便爲她而意奪神馳，豈是尋常的？奔妹是何種「存在」就値得三思了。

奔妹曾救志驤於危崖邊，在志驤危急之際，適時傳遞了消息，並毅然不顧人言忌諱，領帶志驤逃亡。她「雙腳到處是割破的傷口，有些仍在殷殷滲血，有些血漬已凝固了。她是赤著腳走了許多滿地荊棘的山坡密林地的！」

這一段描繪，奔妹的逼人巨像，巍然浮現眼前。

奔妹並非男性化的「硬女人」，相反的，她還是十分溫柔的女性。她爲夭逝的鄰居和小女孩堆築墳墓，喃喃禱祝而流淚滿面。和志驤相許之初，那份處女嬌羞，似水柔情，其動人處，或非明槍硬仗的「現代女性」可比的。

兩人定情後，她體貼而又能顧及安危大局，女性情韻，明智果敢，無一次缺；她陪伴志驤墾地種植，尋求自力維生；她在名分未公諸於世前，毅然把身子交給朝不保夕的情人；兩人生活在窮山陋寮中。最後爲情人生下一男嬰，也就在此刻，情人被捕離去。她並未尖叫暈倒，或瘋狂撲撞過去，她只是「眼淚奪眶而出，嚶嚶飲泣」而已。這是何等不凡的女性！欣賞及此，又豈止肅然起敬而已。

作者心中那個理想化的形象，終於被活生生的鑄造出來了。這是一個艱苦的完成，以一個臺灣男士言，希望這位客家婦女的典型，從此「開光」，走入不朽的歷史之流裡。

三、完成一種語言

鍾肇政小說，以往被人評議最大的大概有二，一是所謂「鄉土風格」，二是他的語言。從某一角度看，這兩者幾乎是指同一事實。

鍾肇政驅使的語言，自然是以普通話爲基調，不同的是，它滲入了相當分量的方言，甚至還有譯音譯義的日語。誠然，這是他學習「國語」的

特殊過程造成的。而他在語言上，主張不求雕琢強工，不事華麗彩飾；他總在疏落有致，自然平易中行文裁章。如此一來，對於部分讀者，造成某一程度的疏隔感。

就以個人言，亦有此類經驗。在閱讀其作品時，每每感覺到，其語言文字和期盼捕捉並予表達的意象間，似乎有一種說不出所以然的「不協和」感，一種近乎彆扭的感覺。

這種現象，在《插天山之歌》裡，已消逝無形。個人也因此有進一步的認識：當年鍾肇政是在飢不擇食狀態下，囫圇吞棗地吸收「北京語」的。當時其基本語言已經十分穩固：客家語為主，另加外爍的日本語。一種語言的特點，往往在語氣表達上（客家和北京語，同屬漢語系，語法相當接近，所以語法問題不必考慮）具體說：那些兒、呢、呀、哪、喂等語尾助詞和語氣詞，在當初用起來，和心中的意念不協調，是必然的現象。以往對於鍾肇政作品的不協和感，關鍵正在這裡：學來硬生生的北京語，又混摻上硬生生的方言。

如果，鍾肇政是對於語言欠乏野心之士，此種現象（困境）並不難排除，因為習慣於北京語，並運用來寫作，絕非如何困難的事。

「文藝，就是言語文字的藝術」，一位作者如果要臻至一家之言的境界，言語文字的風格，是首先被考慮的因素。鍾先生曾多次表示希望完成一種比較陽剛、乾燥、堅硬的語言。然則，他顯然陷入三面夾谷的困境裡：1.不甘心停留在一般所謂的行雲流水，實際是稀淡膚濫的語言裡。2.是理解到，「方言文學」的終極，將形成根本改變的事實。3.是自己什錦茶式的語言，也不可恃。至此，他唯一的出路是：如何在既有普通話基調上，豐富方言的內涵，採擷其菁華，同時還要獨運匠心，熔鑄新詞，建立屬於自己的獨特風格。

本書出現的語言，就是這種已經完成的語言。

鍾先生這方面的努力並非自本書開始，而是一直在摸索追求中。關於這點，只要將其作品群，依寫作時間順序研讀，便可證明不訛。

　　當然所謂語言風格的完成，實際上只是作者的一個高峰而已。作者對於言語的追求，是一場無窮盡的挑戰，無限的攀援跋涉。也許有一天，作者鍛鍊出一種絕對適於自己的語言，用以表達其對於人生，對於生命最洞澈的了悟與解釋，那正是文學的極致，也是這位作者人格與文格合一，也是其生命的極致。

　　前文提及「方言文學的終極，將形成根本的改變」，此說或將引起各種反響，所以在本文結束前，再略作引申：

　　此處所指將「根本」的「方言文學」，是指想完全以方言寫作，或抱持以方言為基調從事寫作而言。

　　我們是「方言發達」的國家，除北平人外，除非從學語時就以「國語」為母語，長大學來的「國語」，使用起來，多少難免與心中意念牴觸扞格。同時也懷念自己方言裡的精采傳神處來。這是必然的。

　　另一方面，我們來自同一根源的方言，幾乎每語有根據，每句有出典。就試引數詞為證：

　　客語口吃曰「謇舌」。孟子：「今也南蠻鴃舌之人」。
　　客語聰明曰「精」，禮記緇衣：「精，知略而行之。」
　　說文：「精，擇也。」廣韻：「精，明也。」
　　客語哭曰「噭」，說文：「楚謂兒泣不成止曰咷噭。」
　　公羊傳云：「昭公於是噭然而哭。」

　　又如：小兒耍賴哭曰：「打撥賴」，回曰轉，臀曰后斗，無羞恥曰生毛面……等都是有古書經典可梳理出處的。

　　如此說來，「方言文學」果然縱有繼承，橫有讀者矣。但是退一步想；我等長大後學習北京語的，對於普通話的感應尚且如此，不同方言的讀者，對於「貴方言」感應又是如何？「將心比心」，其餘勿論矣。

　　再觀一例：客家中，表示祈求語氣，或期許語氣，用一個「哈」字。

個人用起來讀起來，真是神氣活現，曲折盡達。可是除客家人能領略個中妙趣外，「非我客胞」就莫名於何「哈」之有了。「哈」，張口噓氣，或以唇啜飲也，笑聲也。說完一句話，突然綴以笑聲，或張口噓氣，或以唇啜飲。如此這般，成了什麼「話」？

我們是不是要一種各族群人共同使用的「普通話」？其中爭論極多。就小說家而言，自由使用語言的權利不可奪，豐富自己的母語，並多多提倡是一種責任。

《插天山之歌》作者當是通悉個中竅訣，吞納眾流，揚帆江河，激起獨有浪花，乘風而進，千軍萬馬，兇猛直前，龍翔鳳舞，無不恰到好處。合於自然而超越自然；是個人底，亦是全民族底。《插天山之歌》是言語上的一度完成，但若這個境界說，它又只是一個開端而已。

其他：本文令人覺得未盡人意處有：1.受觀點的限制，奔妹的心理狀態，神情模樣，仍然不夠鮮活凸出。2.男主角從頭到終，只是逃亡而已，毫無作為，令人洩氣。這一點，作者曾予簡略的交代，第 360 頁有一句話：「可是怎麼樣呢？人，總是無力的，尤其做一個失去國家的臺灣人！」失去國家的人，哪來力量？能逃亡不死就是最大的努力成果了。讀來令人感慨萬千，不覺鼻酸。3.本書有一小小疏失：謂「隘勇」之設立，在日人據臺初期。據史書記載，在未化蕃界設置隘寮，駐守隘勇，始於乾隆 53 年，到劉銘傳主臺乃完成全島的隘勇線云云。

——選自《中華日報》，1975 年 12 月 20～22 日，11 版

臺灣鄉土小說討論會（二）

時　間：1993 年 12 月 26 日下午 2 時 30 分
作　品：《臺灣人三部曲》之三《插天山之歌》
主講人：李喬先生（小說家）、鍾肇政先生（作者）
記　錄：賴明森先生

　　薛榮昌先生問：今天討論的是，鍾老師的小說《插天山之歌》。我們邀請到了參與評論的小說家李喬先生——坐在左手邊這一位，我們大家歡迎李老師（掌聲）。另外一位，也是原作者鍾老師，大家已經見過面了（掌聲）。我們待會兒進行討論的時間，先請鍾老師幫我們來介紹李喬先生，然後再進行演講。另外要提醒的是，最後由學員發言討論的時候，希望大家踴躍發言提出問題，不便用口頭提出的，用紙條也可以，不妨預做準備。發言討論的時間非常寶貴，大概只有二、三十分鐘的時候，機會難得，請大家好好的把握。由於鍾老師對李老師非常的熟悉，現在，請鍾老師開始介紹。（掌聲）

　　鍾肇政先生答：薛組長、各位朋友，大家好，續上禮拜一場研討會之後，很高興今天又進行第二場研討。今天我們請到李喬先生，李喬和我已經是超過 30 年以上的老朋友了。相信各位對李喬先生的作品並不陌生，他早期從事小說創作，以創作為主，短篇、長篇都來。我印象最深的是，他剛一出道，就寫出和別的所謂鄉土作家不同風格的作品，無論在文字風格、在技巧方面，都有不同的非常非常「鄉土」的短篇小說。然後，他也開始染指長篇的創作，前後完成的長篇已有 10 部以上。其中，最重要的就是《寒夜三部曲》，總共將近一百萬字。《寒夜三部曲》，不用說，已在我們

臺灣文學史上豎立了一座巍峨的高峰，真的是佳評如潮！為什麼《寒夜三部曲》會得到這麼大的、這麼高度的肯定呢？因為，李喬先生把我們臺灣五十年左右，受日本統治的時代，用小說創作的方式，選擇三個重點，把它表現出來。每一部都有很傑出、很深入的表現。

在 1980 年代以後，除了小說創作之外，李喬同時寫了很多文化方面的評論。根據他的研究，臺灣文化是獨立的，恰如我說臺灣文學是獨立的，剛好成了一個對比。我這樣講，似乎有點沾他的光的味道。事實上，李喬先生所寫的文化方面的評論，照樣也是佳評如潮！他的深入度，真的是前無古人，非常的了不起。

五十幾年前，魯迅曾經說過：「中國的禮教是吃人的」，非常的可怕！臺灣當然是脫離不了跟中國的文化的關係，臺灣的住民就是外出人，是移民，我們的祖先厭棄大陸的生活、大陸的戰亂等等，還有貧窮、落後，為找尋新的天地，才跑到臺灣來。所以，臺灣的文化是由這樣的移民所建立起來的。由於臺灣是個島嶼，四面環海，很自然的會形成獨特的文化出來。再加上臺灣四百年來的歷史，都是受外族統治，被人家騎在頭上的關係，這中間就產生種種屬於臺灣非常獨特的一種文化出來。李喬對這方面的闡釋，非常的獨到，非常的深入，其成就應該也是前無來者。

今天，我們很高興的請到李喬先生來演講。不過，我有一個心裡面的疑問，希望等一下他講述的時候能提到，我有好多本書，為什麼他挑中這部《插天山之歌》？譬如說，《臺灣人三部曲》裡面，第一部《沉淪》是我用力較深的，第三部《插天山之歌》相形之下，我自己的感受，就免不得有些急就章的感覺。我希望他能夠給我一個解答。

現在，我們就來靜聽李喬先生的高見。（掌聲）

李喬先生：（略）

鍾肇政先生答：非常感謝李喬先生這麼詳盡的解說，我跟上週一樣，不能免俗的，很多溢美之詞，我坐在旁邊聽了，實在感到受之有愧。有關我個人的種種，我就不再多提。

　　針對《插天山之歌》，我還是要提出我個人的看法。首先一句話，李喬是把它化腐朽為神奇。這本書他剛剛也提到，當時也遭到相當嚴厲的批評。這個男主角毫無作為，只是一路在逃，大概這樣的說法。這一點確實沒有錯，這是無可否認的。

　　事實上，在戰爭末期，臺灣島上仍然有一些並不為一般社會人士所熟悉的反日抗日運動。日本統治很嚴格，雖然有一些小股的抗日運動，在偶發情形下發生了，社會上並沒有受到太大的衝擊。我當然也可以在文獻上找到一些這方面的資料。一部作品，要找一些歷史事件，或者要硬給它產生某些關聯，這是非常容易的事。我只能說，當時我在文獻的調查，並沒有下很多功夫。

　　上禮拜，我曾提到過關於這三部曲寫作的情形。剛剛李喬先生也提過，《臺灣人三部曲》的寫作，在第一部完成了以後，是第三部先出來，我就不再提。基本上，《插天山之歌》這部書是有這樣的缺陷，這是最嚴重的，沒有多安排一些轟轟烈烈的事件。這也許有仁智之見，不過我可以把它寫得更熱鬧一些，更轟轟烈烈一些，這是我可以做到的。

　　剛開始的時候，李喬也問過我，有沒有到過插天山？事實上，從《濁流三部曲》開始，明顯的可以看出，我的作品是以臺灣深山為背景，或以整本的、或以部分的都可以看出來。

　　剛才李喬也提到的角板山，那個地點看起來像木板一樣，平平整整的躺在深山裡面。由於周遭都是高山，那個地方雖然也屬於山頂，但高度不高，顯得較矮許多。位於現在所謂的大漢溪上游，也就是石門水庫上游。福佬人叫做「牌仔山」，根據我的判斷，那是泰雅族的一個地名翻譯過來的。化成文字變成角板山的稱呼，是什麼時候才開始，我沒有去查，但意思跟福佬話是一樣的。

　　角板山東方就有一座插天山，標高只有 1907 公尺，在中央山脈來講，並不能算是非常高的山。中央山脈在北部並不高，超過 2000 公尺的很少。插天山旁邊有個鳥嘴山，再過來就是李棟山。再往南，就可以看見以前叫

次高山的大雪山。在臺北、桃園地區，插天山算是比較挺拔的比較高的山，跟李棟山、跟鳥嘴山都差不多一樣高。

插天山的山麓，叫做馬利科彎，當然是泰雅族的地名。這邊李棟山的山麓，叫做三光，同樣是泰雅族語的一個地名。鳥嘴山、李棟山在南邊，插天山在北邊，中間有一條河流是大漢溪上游，再往北就是巴陵。最近幾年，我有機會到巴陵神木群、到馬利科彎、到三光去看看。因為那裡是我年輕時候走過的地方。

事實上，那個時候還屬於戰爭末期，我大約十七、八歲或十八、九歲的樣子（20 歲的時候，我就去當了短期間的日本兵）。我父親那時候，從大溪到復興鄉中間，一個叫八結的地方教書。這地方是開墾時代一結、二結……這樣留下來的地名。我們舉家便搬遷到八結住下來。由於我在那裡住了幾年，所以，有了很多機會到山裡走走，有機會受到山裡少女的媚惑。我覺得那些深山，深山裡的寧靜，化身而成為一個少女，多半是原住民的、還有以奔妹為代表的到山裡去住的平地人的這樣一位女性。

我還必須告訴各位，即使以現在交通這麼方便，那些地方還是不容易到。在插天山麓，緩緩的山坡變成當地原住民的耕地。在日據末期，原住民已經大規模的發展了農耕的生活。當然，原住民的男的，還是要打獵啦！不過，原住民的男士漸漸的學會了農耕種稻。山坡地沒辦法闢成水田，這樣的地方，他們選擇種陸種。這陸稻在平地看不到。還有他們種蕃薯，還有一些玉米、一些粟。到現在，我都還有非常深刻的印象。

在那一段時間，我也學會了在深山大河裡釣香魚。現在香魚成為歷史名詞，特別是釣香魚。聽說這幾年，石門農田水利會從日本引進了受過精的香魚卵，到上游地區放進河裡，讓她繁殖。香魚在受精排卵後，便順流而下，然後死亡。卵孵化出來的幼魚，也順流而下到海裡，長大到某一程度以後，又再逆流而上，找到原來的地方產卵繁殖。對於香魚，我現在就有鄉愁一樣的懷念。雖然，今天從日本進口的冷凍香魚，要買非常方便，可是，味道吃起來好像跟天然的不太一樣的感覺。

後來，我曾經寫了一本書，叫《馬利科彎英雄傳》，就是馬利科彎這個地方為背景寫的。

剛才我提的李棟山，山頂上日本人設了砲臺。由於馬利科彎和三光地方的原住民最為慓悍，日本人根本拿他們沒辦法。特別打起山岳戰，原住民在山裡可說是健步如飛、神出鬼沒；日本兵在山裡可說是呆呆的，只有挨打的份。日本人在山頂所設的砲臺，聽說遺跡還在，各位喜歡爬山的朋友，有機會不妨爬爬李棟山去看看。這座砲臺所對準的地方，就是我剛剛提的幾個村落。他們反抗到最後，後來為什麼會歸順呢？就是被那座砲嚇壞了。他們以為雷一天到晚轟轟的在響，嚇得都躲起來不敢再打。聽說，從前日本人就是用這種方法，讓馬利科彎、還有三光的原住民投降的。

所以，我對插天山那個地方，可以說，算是非常的熟悉，不單單只是去過而已。

其次談到奔妹，在李喬口裡是化腐朽為神奇的（鍾先生一陣笑聲）。我先解釋一下。奔妹照字面解釋有什麼含義沒有？有的，奔，就是客家話分來的（抱養的）。用福佬話解釋也是一樣的。就是養女的意思。

我塑造奔妹這個女性，是憑我所知道的幾個女性，把她們揉合起來塑造成的。其中，有原住民的女性，特別是常常媚惑住我的年輕一代的原住民少女；也有若干個我在山村所認識的平地女孩。

那時候，平地人到山裡，主要的工作，就是製造樟腦——焗腦。我在《插天山之歌》裡寫的，大概也是這個樣子。那麼，製造樟腦，有一些比較原始的好像化學式的做法，當然是不怎麼複雜的，好像是把樟木鉋成一片一片，蒸餾出來的樟腦油浮在水面，收集後就成了原始的樟腦油。做這個工作，必須要到深山裡住下來，隨便搭個草寮，遠離人煙，跟外界隔絕。當時，我父親在八結那個地方教書，有幾個從事製腦人家的小孩到學校念書，枚寄宿在我家。所以，製腦這方面，我算懂一些。

我所寫的奔妹，她的身世背景，大概就是這樣。當然，她是少了些嬌媚的成分。她在山裡面要健步如飛，而且做的是粗工，幫父親扛木頭。父

親把樟樹砍下來，要一根一根的扛回他們居住的草寮，通常叫腦寮。除了做這樣的粗工以外，種種菜之類的工作，也是分內的事。這個女孩就特別的被賦予，在日本戰時軍國主義下，或皇民化教育下，一個稍為接觸到現代化空氣的這麼一種身分。

　　根據東方白的一種解釋，奔妹的「奔」字是太好了！她是「奔」向情人的。我在取這個名字的時候，根本沒有想到（鍾先生又一陣笑聲），我的意思只是，她只懂得在山裡面東奔西跑的，她有個情人跟著他在奔跑而已。並不是奔赴情人的。那是東方白的解釋。

　　再其次，談到有關我個人學習中文的過程。我是念日文長大的，戰後，才又從ㄅㄆㄇㄈ開始學習中文。那麼，最早想要用中文來寫東西，第一步，一定要用日文起個草稿，然後，再翻成中文。一定要這樣做的。很多戰後第一代臺灣作家或長或短，都經歷了這個階段。接著，對中文漸漸熟悉一點啦！語彙也漸漸多了，第二步，不再寫日文的草稿，但還是用日文來想一個句子，在腦子裡翻譯成中文，思想跟寫之間，隔著一道翻譯的手續。開始用筆來翻譯，然後是用腦來翻譯。

　　這兩個階段，都是我們在學習過程中所經歷的。說起來，也是痛苦的經驗。我們臺灣的人，好像是命中註定的，都要經過這樣的磨鍊。在別的地方可說是不必要的折磨。通常，我們是講福佬話的、講客家話的，在戰前學日語，戰後學北京話，這些都是臺灣人所必須肩負的包袱。將來，說不定還會被壓迫著學另一種語文也不一定，我希望最好是沒有這回事！將來，我們建立一個臺灣語文的文學，是我們自主的，而且是自己的語言的，這才是最理想的。不過，這個目標可能還是很遙遠。

　　附帶一提的，這就牽涉到李喬剛剛所提到的，也就是文字的問題。因為讀日本書讀慣了，講日本語講慣了，用日文來思考慣了，這樣的人一旦接觸到完全新的語文的時候，一如各位在初中開始學英文一樣，一定會產生一種新奇感、一種眩目感，讓人眼花撩亂。這當中，當然，我一開始的時候，看一些像魯迅啦、巴金啦 1930 年代的東西。那時候，他們的作品，

還未被查禁。不過，這時間很短，那時我住在鄉下，看得很有限。

後來，國民政府搬到臺灣來了，這些東西完全被禁掉。那麼，就變成只能在當時報刊上所看到的文章，來做爲欣賞的學習的範本。剛剛李喬先生所提到的有林海音，她也是當時很多年輕一輩的，包括我們這一批年紀稍大的人，所模仿學習的對象。好像那個時候是女作家的年代，有四、五位，她們的文章真是風靡一時。

那些作品看多了，漸漸的就有一個自覺，這就是成語的問題。成語是一個模式，你照這個模式把自己的意思套進去，就變成一篇文章。這種說法，對於資文學創作嚴密的來講，是有違創作的真正含意。創作不應該是這樣子，因爲成語裡面有很多是跟實際脫節的，譬如說，我們要去那邊參觀，就說是走馬看花。走馬看花你是騎在馬上看花，很快看過去，花也看不清楚。光從字面上解釋，當然，我們都知道它所意指的，你是匆匆的走過去，那何必要用走馬看花呢！何況我們現在看不到馬啦！諸如此類的，漸漸的覺得它是不合理的。

我從事教育，在小學教書教了很長一段時間。那時候，變成不能免俗的，自己教的學生寫的作文，成語用的好的，就給他「○○○○」表示嘉許。這到目前，還是如此。我想小學開始，教中文寫文章的老師，這一點應該改正過來。你寧可去鼓勵他自己想盡辦法，把一件事情表現出來，而不是你自己去參觀的時候，很輕易的走馬看花一筆帶過的。

在模仿學習的中間，所謂「兒」，什麼什麼「呢」，「兒」很自然的浮現了。那時候，那些女作家寫這個「兒」字，用得相當普遍。當然，我跟李喬一樣，現在自己也覺得這個「兒」字，看起來真的很刺目。莫名其妙，爲什麼要這樣！因爲我們臺灣的國語，根本沒有什麼「兒化韻」，所以，我們文章裡面，這些「兒化韻」大可不必。

我附帶又想講，大陸的文學作品，實際上，我看的非常有限。比較早期的，有所謂的傷痕文學，臺灣也出版了好幾本，有人也好心的寄來幾本要我看，事實上，我都沒有看。四、五年前，臺灣跟大陸之間，好像有點

開放了，有大量的文學作品進來了，變成一種風潮。那時候，我也沒去找來看。說起來，是對大陸文學作品沒有關心，還有，我自己工作也很忙，視力也很差，沒有餘力來看這些東西。

最近，大概是前年，我參加《聯合報》的文學獎的評審工作，才正式的用心的看過好幾篇短篇小說。我發現到，大陸你光看文字本身的表現，那種生活化的，生動的活潑的，是臺灣的文章所沒有的。像我們寫小說的，對於文字的用法，往往都是比較敏感的。臺灣跟大陸是不同的，不是差距，不是一高一低，或一好或一壞的差距，而是距離的，在不同狀況下發展出來的兩種文學。我看的大陸投稿，都是經過初選、複選，留到最後的比較好的作品，我就覺得，光是文字方面，大陸作家寫的，還是給我一種漂亮的感覺。

比較早期，大概十年左右以前，有一次我參加《聯合報》的評審，有個廣州來的，叫做鍾曉陽這個作家，聽說那時候還是很年輕的女孩，我那時就很想給她高的評分。她所使用的文字就跟臺灣不一樣，給我一種新鮮感，新鮮感附帶就有這文字很漂亮的一種感覺。覺得有這麼樣的一種表達方式，跟我們臺灣，特別是我自己的完全是不一樣的。

到最近《聯合報》的一次評審之後，我就很痛切的感覺到，大陸跟我們臺灣的，真的是不一樣的。同樣用的華文漢字，同樣是北京語系統的文章，其中自然的有不同的文字風味。我想，這是值得我們來好好研究，體會一下的。所以呢！如果談到我自己的文體方面，像「兒化」的問題啦，成語的問題啦，李喬先生指出來的，都非常令我欽佩、敬服。

接下來還有男主角強弱的問題，李喬剛才提的自敘傳，是自傳的問題嗎？（李喬先生在一旁說不同於自傳）自敘傳是日本人常用的，他們拿自傳就叫自敘傳。我很多書裡的男主角，年輕的，都有我自己的投影。請各位不要認為那就是我。那是我的投影，就是說有我的影子，我的影子投在他（男主角）身世你說他是我，當然不算是錯誤，不過，很嚴密的講，跟我應該不是一樣的，只是有我的影子而已！所以自然的帶有我個人的個性

在裡面。或者是類似、相像的，或者是一脈相通的，跟我有這樣的關係。

根據我看的這麼多名著小說，特別是西洋名著，我發現到，書中的這個角色，不管是主角、配角、或ＸＸ角，都會有作者的投影在裡面。甚至一個男作家在寫一個女性的時候，還是有作者的投影在裡面。從前，法國有一位非常了不起的作家，叫福洛貝爾，他寫了一部書《波華利夫人》，他說：「這個女主角就是我！」一個男作家說女主角就是他，有他的道理在。我想道理是一樣的，這也沒什麼好補充的。

還有隘勇的問題，我確實在書裡面弄錯，滿清的時候就有了。寫的時候，我還沒有想到這一點。

這有，張凌雲這個角色，李喬先生提到的，在別的幾本書裡面，也有類似的安排。我現在稱之為一種「祖國情懷」。像我這一代，或寧可說在我上一代臺灣人中間，可以說是相當普遍存在著的一種心態，被異族統治之下，心靈希望有一個依靠，那就是他的祖國。他的祖先所來自的地方就是祖國，認為那個地方就是原鄉，對他還是有一份懷念。

比方說，直到我年紀相當大了，還聽到我父叔輩的人說，一個人死了叫「轉長山」，回長山去了。為什麼人死了，不說死了，而說回長山、回原鄉去了？我不曉得福佬話有沒有這類說法？（當場討論，福佬話一樣講「回長山」）我們通常不願用「唐山」這字眼，我們通常用長山。

我一直不願用唐山的「唐」這字眼，我有我的堅持。因為口頭上沒有人講唐山的，戰後才有唐山這種說法，那是中國式的說法。根據我從小聽慣的，那是「長山」，客家話長山，指長長的山。福佬話講「長山」，也不是「唐山」，也是長的意思。

這是不是一種祖國情懷的很明顯的表露呢？我一直沒有仔細去想，不過，模糊的感覺到，上一代人都會有一種祖國情懷，這個很難怪。

我是來臺第六代，我的祖先（來臺第一代）來臺……。

賣個關子，我們先休息十分鐘，等一下我會解答。有要用寫紙條的，問李喬先生的放李先生那邊，問我的放我這邊。當然，也可以口頭來問。

發言討論

問題一（李喬先生問）：你最喜歡你寫的那一部小說裡面的那一個女主角？

鍾肇政先生答：我說每個都喜歡。（鍾先生一陣笑聲）

問題二（李喬先生問）：你自己寫的那一本書的那一段，最令自己感動？感動到什麼程度？

鍾肇政先生答：我很難說得出來，像這些完成的年代已經有一段歲月的作品，在我的記憶裡面，都已經漸漸模糊掉了。我很難想起那一段是自己最感動的。不過，我最近完成的一本，即下一場要討論的《怒濤》裡面，有幾段是自己很感動的，那就是男主角之一，替一個二二八被打死的堂兄送葬的那個場面。後來，我每次回頭來看，我都會淚流滿面，真的我自己非常感動。好像那時候執筆時，也有那種強烈的感動的狀況。

問題三（李喬先生問）：你自己來評一下，《臺灣人三部曲》與《濁流三部曲》這兩部三部曲，如果讓你二選一，一定要選的話，你選那一部？

鍾肇政先生答：《濁流三部曲》與《臺灣人三部曲》我要選那一部呢？恐怕我都不會選。我在《臺灣人三部曲》三部合起來出版的時候，在後記我曾提到，我寫那些東西，在當時是不得不然。可是，事後想起來，覺得不滿的地方太多太多了，如果有機會的話，但願能夠把它重寫。當然，現在我是做不到啦！只好這個樣子了。

問題四：請李先生談一談自己的文學創作的重要過程。謝謝！

李喬先生答：今天重點不在這裡，我的過程簡單說明。

實際上，我這一生有兩件事情很幸運。第一件，我很早就發現自己天資很平庸（我自己是學教育的，我這句話不是謙虛），而平庸當中，唯一的那一方面的專長，那就是我對於文字本身有特別的敏感性。每一個人天生才能的高低不能改變，但是除了天才之外，每個人的天資是呈現這樣一個

斜度的，這方面差，總有另一方面好。天才是樣樣均好。那麼，在不好的當中，其中有最好的，像我這樣的人，我在不好當中找最好的去發揮，這是我唯一的機會。

我早在十八、九歲，就發現自己有文字這方面的特長。但是我真正的寫呢！很晚！因為那時候沒有受到好教育，為求生活的改善，為了考試，讀很多書，花費很多的心力。我全心去寫很慢，是在 30 歲以後。你如果去讀世界文壇名著，作者都是二十五、六歲到三十二、三歲間寫出來的。我都 30 歲以後才全心去寫，起步太慢。

第二個幸運呢！我從開始到今天，在寫作的過程當中，我碰到了好幾個亦師亦友的朋友，剛才我也談到了。

30 歲開始寫，十年當中，幾乎都是短篇小說。十年以後慢慢的走上長篇，中篇幾乎都沒有。在這段期間，有幾個好朋友，像葉石濤先生，我是很尊敬他，但是他害我也害得很慘。他寫評論評別人，但是，他自己也是小說家，小說寫得很好，卻沒有一個人給他講好話。所以，我寫一篇評論葉石濤。我落水一次從此就脫不了身。從那時候開始，我也慢慢的寫一些評論。我這第二個十年，寫些評論，慢慢由短篇小說走入長篇。20 年以後，幾乎都是長篇。

48 歲以後，除小說以外，因為對臺灣現象的思考，我慢慢的涉及文化。這幾年除了長篇小說的寫作以外，我所思考、我所閱讀、我用功的部分，幾乎都是文化面的部分。30 年的歲月，大概就這樣。

問題五：首先對鍾先生數十年筆耕不輟，表示敬意。剛才李喬先生提到，在《插天山之歌》裡，鍾先生已經形成他的語言風格，所謂乾淫適中、明朗舒爽語言口張力，似乎很抽象，難以領會，請就《插天山之歌》這部書，試舉一、二實例。

李喬先生答：這個東西我不好舉例，其實，我原先有準備將本書好多地方夾起來，準備做範文讀的，可是，現在應該是時間不允許。我這樣說好了，這篇文章比較能明顯看出來的，就是說，一段一段直接敘述的部

分，看得比較明顯。

什麼乾溼適中呢？基本上我認為，中文漢字本身就是很潮溼的文字。就他本身文字的一個比較，修辭學上有什麼平明體、什麼體，我是根據這個而來的。

中國的文字裡面，本身就是很潮溼的，這文字寫的東西，舉我自己為例，我如果寫一個非常現代工業社會的一個人的思想感情的表達方式，那就要一種很硬、很陽剛的文字。而寫一種比較老式的女性、或農業社會，那種感情成分比較多的，則文字的感情面比較多，理智面的東西比較少。那就是我講的潮溼、黏的東西。我曾經用了 16 萬字改寫過《白蛇傳》的故事本身，就是非常柔情的陰性，很感情性的。

感性的相反，就是很理智性的東西，呈現的那個景物，那個風、那個陽光、那個空氣、那個土地，就比較乾的、比較硬的，你所呈現的文字就會不一樣。

這個東西要講實在是比較抽象，我剛才也舉例子，像德國，德國的文章對於外文裡面名稱的代名詞，稱呼德國用男性，稱呼法國用女性。中文也是女性稱呼。在這樣一個思考之下，他這種文字，甚至他的民族性被認為是比較柔性的東西，那個叫做潮溼。中文本身是比較潮溼的東西，和德文比起來，德文就很乾燥、很陽剛。平明體，另外一種柔曼體，修辭學裡面有這個分法。

我想，中文本身的性格就是這樣。鍾先生他的過程，一開始不是使用很原始的很潮溼的中文式的東西思考，一開始母語不是中文式的。所以，他學習的過程，有過濾的過程，尤其他大量的翻譯，然後自己苦學。他的語言的過程，是自己後天提鍊、凝練的過程，他沒有先天帶有中文的底子的那種東西。

我提到這一點，是強調我們臺灣有一個發展的機會，因為是後天學的東西，還有從外面吸收的東西。我們現在用那潮溼的東西，不是不可以，只是有些東西用潮溼的比較難表現。鍾先生這部書裡面產生的文體，是一

個很新的文體。事實上，鍾先生剛才已經點到一點，這個我們要明白的解釋很難，只有用比啦！中國大陸的文章就是不一樣！我們只能講就是不一樣。你要詳細的去分，就只有用比啦！我以爲臺灣所形成的漢文，有重新鑄造的成分，也有外來東西影響的成分。大陸的是從原始的慢慢轉化過來，我只能做這樣的回答。很抱歉。

　　問題六：《插天山之歌》多處出現，由某人口中得到如下的情形，如此交待情節，是否流於刻板的變化？

　　李喬先生答：我想他的長篇小說，他的頭緒比較多，有的地方，他要從這個小節裡面跳過去，他不得不做此處理。另一方面，我也說過，他這裡面對敘事觀點、人物的處理不是很嚴格，也會出現這種情形。

　　像這本書他的主角只有志驤和奔妹，如果我處理的話，我要這樣：以段爲單位，在這一段是以志驤爲敘事觀點，且是單一觀點，以外人物想些什麼不能夠寫進去，只能夠就志驤所看得到、所聽得到，或者是志驤替她想；到下一段，我們跳到奔妹去表現。這樣就很集中，銜接的地方，就不會根據口中述說這種狀況發生。

　　當然，長篇小說頭緒萬端，會有這樣跳接的，大概是很難免。我的回答是這樣，待會兒，看鍾先生是否再補充一下。

　　問題七：鍾老師的《插天山之歌》和鍾理和先生未完成的《大武山之歌》，北插天，南大武，我們臺灣真有其地，取名含義又非常好，是真正屬於「本土文學」的，使人感動！請問：當初命名的動機是什麼？是否隱含紀念老友鍾理和的意思？

　　鍾肇政先生答：這個我在跟鍾理和通信時，確實提到我心中有個理想的長篇，在鍾理和來說，就是《大武山之歌》，在我來說，那時就只有一個輪廓，就是《臺灣人》三個字。我記得前一場對三部曲寫作的過程，已經報告過了，是有過一番波折，所以，我在第一部所佈置的人，後來通通都沒有用上，這是我覺得不滿意的原因之一。我現在很難說有沒有紀念老朋友的意思呢？好像是沒有啦！只不過是實踐了當初我們之間——我跟鍾理

和之間的約定，把心中理想的長篇寫出來，完成了當初之約這樣的意思。

問題八：《插天山之歌》可以說是鍾老師「有心避禍，無心插柳」之作，但令人讀起來最感浪漫。尤其寫活了奔妹，未出場就「先聲奪人，不同凡響」，難怪男主角甘心拜倒，連東方白也愛上她了！奔妹為生活「奔」波，是孝女；「奔」馳山林，「奔」放高歌，是大地的兒女；翻山越嶺為情「奔」，是有情有義的女人；還有，陪老公「奔」走革命（抗日），生小孩孕育新生，是好妻子，也將是個好母親。真是「奔」得好！「奔」得妙！「奔」向本土文學的插天之峰！請問：

1.是否奔妹的命名，也是您「有心『奔』逃（避禍），無心插柳」的傑作？

2.您所寫過的作品裡，那一位女性是您的最愛？（或者說，是您創作塑造出來最感滿意的？）玉燕？鳳春？銀妹？奔妹？秋香……。

鍾肇政先生答：這是把我捧得比插天山還高了，真是當擔不起！（鍾先生一陣笑聲）。

前面李先生講過，我也補充了一下，像在那個心理狀況下寫出來的東西，有一種心裡面的恐懼的反應，這是必然的。不過在我自己來說，當然在那種心理狀態之下，恐怕也只能這樣做，說不定這就是「無心插柳」！

至於所寫過的女性，我現在只能說，每一個都是我所最愛的，要不然我就不會寫她了。不過，是不是也可以說，作品裡面反映出來的，你認為這個作者最浪漫，說不定，他剛剛好是相反。（鍾先生又是一陣笑聲）

問題九：有人評《插天山之歌》和前兩部比較，顯得虎頭而蛇尾，主要是男主角太軟弱無力，缺乏表現的緣故。請問：男主角的處境，是否也隱含了您寫作當時的心境？

鍾肇政先生答：這個問題前面已約略的提到了，大概就是這個樣子。

問題十：李老師在 1988 年給鍾逸人《辛酸六十年》所寫的序文，曾提到過你「此生最後一部『歷史的債務』當然就是『一九四七……』」，現在《埋冤，一九四七》已在發表中。一來沒耐心，二來不過癮，所以報上沒

機會看。請問：該書寫作概況？預計何時，由那一個出版社出版？

　　李喬先生答：有關這部書我簡單的報告一下，我總共花了十年的時間，去研究 1947 那──災難的故事。我把它分成上、下兩冊，上冊《埋冤，一九四七》35 萬字，已經寫完，已經連載完畢。現在寫的是下冊《埋冤，埋冤》。

　　上冊寫的是 1947 年 2 月 27 日到 4 月 23 日為止的那段時間，所發生的那種事情，花了很多的工夫，以一種接近冷寫的方式，也就是報導形式把它再現。寫這一部沒有虛構，我覺得很不過癮。沒有虛構就沒有文學，這句話各位可以帶回去做參考。虛構是什麼？大家可不要被中文的「虛」字弄砸了。

　　我的下冊就寫以後的發展。我的男主角在監獄裡坐了 17 年的牢；另外一條線是男主角的未婚妻等他等了 17 年；還有另外一條線，當時受災難的一個人，自己養了一個私生子，養了 17 年以後心理的變化。下冊現在已經寫了 25 萬字，還有 10 萬字沒有寫，大概 35 萬到 40 萬字。

　　上下冊合起來叫做《埋冤，一九四七，埋冤》，名字轉來轉去的。大概明年六月左右要出版。

　　問題十一：繼《臺灣人三部曲》之後，是李老師的《寒夜三部曲》。在第二部《荒村》後記裡，您曾經預告了《荒村之外》這部且待下回分解的書。請問：

　　1.您正在寫的《埋冤，一九四七》，是否已經解開了《荒村》所遺留的歷史迷霧？

　　2.如否，是否仍有《荒村之外》的寫作計畫？或留待後人接力完成？

　　李喬先生答：在我的《寒夜三部曲》裡面，有兩個東西沒有處理掉，一個就是對於《荒村之外》的歷史迷惑。講明白一點，就是農民組合已經左傾，和臺灣共產黨聯盟以後的那一段歲月的東西。當時的狀況是不敢碰啦！所以說迷惑。這個迷惑有沒有解？現在臺灣是大鳴大放，完全民智大開，肆無忌憚，什麼都可以談。現在臺灣居然可以紀念毛澤東，這個迷惑

一定解了，但是我沒有去解、沒有空啦！因為弄這個東西的人很多。

　　關於《荒村之外》寫作計畫，我的想法是，我現在的關心點很多，這一部分我比較忽略。關心這一部分的人非常多，譬如，我苗栗籍的有個藍博洲，比較傾向統派的朋友，他們念茲在茲非常熱烈的去研究。我想這一部分，第一、由那些朋友去寫可能比較適當；第二、給別人來寫，我還有別的部分。

　　我說過，寫完二二八的故事以後，我對臺灣歷史的債務已了，我準備老年要寫一部愛情小說，要寫幾部給小孩看的小說。因為，我這十幾年來，都咬牙切齒的，寫的面目全非，我本來是比較慈祥和藹的啦！現在這樣寫，後面要寫些比較輕鬆一點的。

　　我想今天就此簡單潦草的報告。我住在苗栗，臺灣非常小，歡迎各位有空來我家，我們聊天談文學。因為我要趕一下場，抱歉！（掌聲）

　　鍾肇政先生：今天我們談論到此，時間已差不多了。我忍不住要再補充一下，李喬說他自己是很平庸的，其實不然，對文字敏感，就是做為一個文學家最大的本錢。所以，一開始，在三十幾年前我看他的文章，我就有這樣的感覺，他對文字本身的感應，實在是不同凡響的。做為一個文學作家這是最大的本錢。各位年輕朋友當中，對於寫作有興趣的，或有志於做一個文學家的，不妨多向他請教，多看他的作品。這是我最後的補充。

　　薛榮昌先生：謝謝李喬先生百忙之中，抽空前來給我們做這麼精彩的講演，同時也要謝謝我們的作者鍾老師。我們大家再一次鼓掌，謝謝！謝謝兩位老師。（掌聲中散會）

──選自莊紫蓉、錢鴻鈞編《鍾肇政全集 37・年表、補遺、演講大綱》

桃園：桃園縣文化局，2004 年 11 月

後戒嚴時期的後殖民書寫
論鍾肇政《怒濤》中的「二二八」歷史建構

◎陳建忠[*]

> 歷史常是反覆的，歷史反覆之前，我們要究明正確的史實，來講究逃避由被歪曲的歷史所造成的運命的方法。所以，我們必須徵諸過去的史實來尋求教訓。(《亞細亞的孤兒》日文版序，1956 年)[1]
>
> 在這種幻滅的情況下，一旦發生了事，真不曉得會怎樣。我說可怕，就是這個意思，所以我想有必要看看事情的經過。這應該就是歷史的一幕吧，我是非親眼看個究竟不可。(志鈞語，《怒濤》，1993 年)[2]

一、前言：再殖民或後殖民？

　　究竟，我們當中有誰能幫我們看清事情發生的經過，見證歷史的一幕？誰又能真正獲得歷史給予我們的教訓？對於鍾肇政（1925～）而言，他親眼所見的歷史在延宕了近半個世紀後終於被敘述出來，只不過他仍然不免要遲疑地自問：「這一代的年輕人究竟有幾個能理解呢？！」（全集11，頁 658）

　　二次大戰後（1945 年），進入後殖民階段的臺灣文學史裡，具有日據

---

[*]發表文章時爲靜宜大學臺灣文學系助理教授，現爲清華大學臺灣文學研究所副教授。

[1]吳濁流，〈日文版序〉，《亞細亞的孤兒》，臺北：草根出版公司，1999 年 5 月，IV～VI。該序作於1956 年。

[2]本論文所引用之版本爲鍾肇政，《鍾肇政全集 11・原鄉人、怒濤》，桃園：桃園縣立文化中心，2000 年 12 月，頁 503。原書 1993 年 2 月由前衛出版社出版。後文中由於引證次數繁多，未免雜蕪，率以（全集 11：頁數）的方式標示，特此註明。

經驗（或自覺繼承此一傳統者）的本土作家素有「敘史情結」的傳統，他們敘述的乃是中華民國史以外的臺灣史，「隱然」形成一種敘事傳統，鬱結成為不得不書寫的情結（complex）[3]，幾乎成為本土作家的民族病（national disease）。幾乎成為本土作家的民族病（national disease）。

之所以稱為「隱然」，是因為無論在 1950 年代反共文學、1960 年代現代文學或 1970 年代鄉土文學成為文壇主流的當時，這些臺灣歷史小說（或稱大河小說），卻一直因為與主流意識型態（反共、西化、左統）不容，而滑落在臺灣人歷史認知的視野外。[4]並且，在國民黨政府「戒嚴時期」（Martial Law Era, 1949～1987 年），臺灣本土作家所進行的「後殖民書寫」（"Postcolonial writings"），[5]如幾部大河小說，敘事時間都斷限於 1945 年，至於國府治下的臺灣史則形同禁區，無人敢於論議。但一如鍾肇政所言，對於戰後初期國府的統治模式與引發之「二二八事件」（1947 年），書寫大河小說的他卻一直都在戒嚴令與白色恐怖陰影下無法述說，一直要到 1987 年解嚴，正式進入「後戒嚴時期」後，才得以有被視為《臺灣人三部曲》後之第四部曲的《怒濤》（1993 年）正面地建構這段歷史記憶。

就像彭小妍論及解嚴與歷史重建的關連時所說的：「1987 年解嚴後，本土化的方向確立，不僅官方的歷史教科書採取了與中國歷史逐漸劃清界限的企圖，平民百姓由個人角度來詮釋歷史的現象，似乎已是勢之所趨」。[6]

---

[3]敘史情結下的作者，每每強調有這樣一本他此生必定要寫的作品，鍾肇政、廖清秀、李喬都有過類似的發言。

[4]時至今日，仍有論者談起「鄉土文學」一詞時，並不把 1970 年代李喬或鍾肇政的歷史大河小說納入其中，因為這與其強調階級與人道關懷不合，其所承認的鄉土文學乃是：「扛大旗的尉天驄、工人作家楊青矗、人道主義者陳映真、及夏潮團隊」，由此可見人們編造歷史時的視野之不同有若此者。參考丁榮生報導，〈文建會：年鑑內容不代表文建會立場。聯合報：鄉土文學是臺灣文學支流〉，《中國時報》「藝術人文 C8 版」，2003 年 11 月 5 日。

[5]筆者按：本文標題原為先前向大會提報時所訂定，但撰寫論文時才發現陳芳明教授另一篇標題類似之論文，惜不及更改，筆者不敢掠美，特此說明。然筆者亦認為，鍾肇政的戰後初期經驗一再被延遲、被壓抑敘述出來，到了後戒嚴時期才得以發聲，因此，對於先前已經從事後殖民書寫的鍾肇政而言，他的後殖民階段顯然特別漫長，橫跨兩個政權更迭尚未終止，此標題亦頗能顯示其創作之精神與內涵，故敢東施效顰，再依此題加以論述。陳芳明文見〈後戒嚴時期的後殖民文學——臺灣作家的歷史記憶之再現（1987～1997）〉，《後殖民臺灣——文學史論及其周邊》，臺北：麥田出版公司，2002 年 4 月。

[6]彭小妍，〈解嚴與文學中的歷史重建〉，《解嚴以來國際學術研討會論文集》，師大國文學系編，臺

　　問題是，究竟是什麼樣的社會讓作家的歷史記憶必須壓抑近半個世紀？戒嚴與解嚴對作家的創作為何影響如此之大？此一問題觸及到戰後臺灣社會的「社會性質」為何，亦即是「再殖民」或「後殖民」社會的難題，但想確切回答諒非易事。更明確地說，那便是指：戒嚴時期的臺灣社會，究竟是脫離日本殖民後，恢復民族主體性的後殖民時期；或是國府為戡亂反共需要，而殖民此地的再殖民時期？必須涉及此問題，在於鍾肇政創作的時空背景，與他建構臺灣歷史圖像這一書寫行為的意義關係密切。

　　要探討這問題，1999 年至 2001 年發生的「雙陳論爭」，應該是頗為重要的論爭，它的起因是陳映真對陳芳明正在的寫作中的文學史觀提出批判。其中最重要的爭議點，在於臺灣社會究竟是屬於「殖民地社會」或「殖民地、半封建社會」此種「臺灣社會性質論」；以及在二戰之後，中國國民黨來臺的統治方式，究竟是「再殖民」或「光復」，是「殖民者」或「獨裁者」，這樣兩個主要的重點。之所以要談論「社會性質」，是因為這牽涉到臺灣與中國社會發展的差異程度，牽涉到中國與臺灣「融合」的困難度；而國府政權的殖民性格若確立，則中國形同外國，當然也就變成有兩種國家文學史。

　　對照雙方的觀點，明顯地可以看到文學史觀的競逐，其背後正是兩造關於國族想像圖像之差異，所謂統與獨的史觀，已然正式地公開論辯。一個強調差異，一個強調一統，顯影了各自不同的國族想像。[7]

　　然而事實上，兩者雖有「去中國化」或「一統中國」的意識型態差異，卻都不約而同指出所謂繼日本殖民後的另一次「殖民」史實，戰後臺灣不是淪為美國經濟與文化的新殖民地（國府為其屬從），便是國府依賴戒嚴體制進行再殖民統治。陳映真認為要強調日據下臺灣的半封建性（這與中國本部同步），戰後則強調新殖民地性質（臺灣是受制於美國的威權體

北：萬卷樓圖書公司，2000 年 9 月，頁 12。
[7] 陳建忠，〈陳映真與陳芳明的臺灣文學史論爭〉，《2001 臺灣文學年鑑》，臺北：行政院文建會，
　2003 年 4 月，頁 50～51。

制）；陳芳明則秉持「後殖民史觀」，認爲國府實施的戒嚴體制，較諸總督體制，毫不遜色。依賴戒嚴體制的支配，強勢的中原文化才能夠透過宣傳媒體、教育制度與警察機構等等管道而建立霸權論述。[8]

我們則要說，戒嚴統治下的臺灣究竟是否是再殖民，並非本文論證重點，重點在於，鍾肇政於後戒嚴時期的小說創作，是如何呈現戰後初期國府治下的臺灣社會？《怒濤》並非一個抵拒日本殖民、重建後殖民主體的文本，但卻是針對戰後初期歷史，在壓抑近半個世紀後，才有機會重建這段戰後初期「二二八事件」的歷史記憶，如果說這段時間內臺灣人的歷史記憶（降服、降伏）受到另一種歷史記憶「殖民」（光復），似乎也不爲過。鍾肇政的《怒濤》如果是恢復這段歷史記憶的歷史小說，其發揮的作用與先前的後殖民文本幾乎是雷同的。因爲若按照後殖民批評家艾勒克・博埃默（Elleke Boehmer）的說法，重建歷史幾乎是所有後殖民作家的第一主題，因爲說起殖民地的過去，歐洲人往往把他們占領之前說成是的一片空白（blank），沒有任何事跡，沒有任何成就，在這種情況下，重寫過往歷史（rewrite the past）就顯得愈加地迫切。[9]

鍾肇政的《怒濤》因致力於呈現我族被湮沒的真相，雖有強烈的抵殖民（de-colonize）意圖，難免忽略了歷史變化的複雜性，其族群立場與政治傾向多少使歷史圖像趨向於另一種本土大敘事的型態（有別於過往強勢的中國大敘事，仍存在對特定族群文化過度化約或忽略的現象）。但，我們卻無法全然認可某些論者所說的，把臺灣這類文化本質主義的創作視之爲膚

[8] 陳映真，〈以意識形態代替科學知識的災難──批評陳芳明先生的〈臺灣新文學史的建構與分期〉〉，《聯合文學》第189期，2000年7月，頁153～156。陳芳明，〈馬克思主義有那麼嚴重嗎？──回答陳映真的科學發明與知識創見〉，《聯合文學》第190期，2000年8月，頁161～165。此外，陳芳明的「再殖民」觀點亦可見陳芳明，〈後戒嚴時期的後殖民文學──臺灣作家的歷史記憶之再現（1987～1997）〉，《後殖民臺灣──文學史論及其周邊》，臺北：麥田出版公司，2002年4月，頁110～111。文中說：「戒嚴體制對島上文化主體構成的損害，並不亞於日據時期的殖民體制。無論是戰前的殖民時期，或是戰後的戒嚴時期，臺灣本地的語言、歷史、政治、文化等，都被統治者以排除異己的方式徹底予以歧視與壓力」。
[9] 請參見（英）艾勒克・博埃默（Elleke Boehmer），《殖民與後殖民文學》（Colonial and Postcolonial Literature, Oxford University Press, 1995年），盛寧、韓敏中譯，遼寧：遼寧教育出版社，1998年11月，頁222。

淺，並把這種缺失歸咎於「臺灣 1949 年以後人文教育上層建築上的缺失」，而導致「臺灣的文化民族主義者通常都是那些沒有什麼文化資本的人」這樣的說法，[10]因爲這無疑是把文化本質主義者欠缺所謂「人文教育」素養（如果是以中國人文教育爲準的話）的問題，凌駕了本土作家以「膚淺」的創作來抵殖民的企圖。相較於文化資本的爭奪，對於本土主義的作家來說，實質上重返歷史的企圖，會遠比美學上的符合戰後國府治下生產的中產階級美學標準更爲重要。

　　本文便試圖探討，戰後初期這段國府取代日帝的統治，除前述將鍾肇政文本置於「再殖民」或「後殖民」的問題中以凸顯其後戒嚴書寫的特殊意義外。以下還將探討：戰後小說作者的歷史記憶被政權所壓抑，這種延遲的記憶書寫、歷史建構，置於臺灣人獨特的歷史經驗中，是否也形同另一種後殖民書寫？弔詭的是，鍾肇政關於戰後初期「二二八事件」的歷史建構圖像裡，提出日本精神對比中國文化的觀點，似乎見證了臺灣文化主體的混雜與不完整，我們應如何自此找到建構臺灣後殖民主體性的啓示？論文最後，將歸結到後戒嚴時期文學發展上，歷史敘述蔚爲風潮的情形，提出探討各個族群建構歷史記憶的可能議題，顯示臺灣文學中的國族認同政治正方興未艾，有待進一步探討。[11]

二、延遲的後殖民記憶書寫

　　從鍾肇政文學創作的歷程來看，他無疑是戰後「敘史情結」這一歷史敘事傳統的延續者。我以爲，他所接受的便是戰後以來吳濁流《亞細亞的

[10]Sung～sheng Yvonne Chang, Beyond Cultural and National Identities :Current Re-evaluation of the Kominka Literature from Taiwan's Japanese Period, *Journal of Modern Literature in Chinese*1.l(July 1997):82.此處文字轉引自陳麗芬，〈爲伊消得人憔悴──尋找臺灣〉，《現代文學與文化想像：從臺灣到香港》，臺北：書林出版公司，2000 年 5 月，頁 196～197。
[11]筆者對於戰後臺灣作家相關戰後初期問題的創作，頗爲重視，先前的研究已援用後殖民論述對吳濁流小說有所討論，本論文亦爲系列論作之一，請參見〈自我殖民與「近親憎惡？」──以吳濁流小說〈波茨坦科長〉爲中心看臺灣戰後初期的後殖民情境，「吳濁流作品國際研討會」論文，2000 年 5 月 27 日～28 日。後收入林柏燕主編，《吳濁流百年誕辰紀念專刊》，新竹：新竹縣文化局，2000 年 12 月。

孤兒》（1946 年）、《波茨坦科長》（1948 年）、《無花果》（1968 年）到《臺
灣連翹》（1973～1974 年）等系列的遺緒，在戒嚴統治下書寫臺灣人以日
據史為背景之歷史大河小說。

　　鍾肇政的《濁流三部曲——濁流、江山萬里、流雲》（1962～1969
年）、《臺灣人三部曲——沉淪、滄溟行、插天山之歌》（1966～1976 年）、
《八角塔下》（1975 年）、《高山組曲——川中島、戰火》（1985 年），當中
所建構的歷史圖像，是戒嚴時期在「中華民國史」之外，對臺灣史的重構
與認同，當中已涉及族群與文化認同的端倪，但彼時的時空所限，畢竟無
法明朗化。毋寧說，各種政治考量的結果，反讓許多問題糾葛難明，遂使
小說在處理臺灣歷史變動的動因與特質的線索模糊難辨。用匈牙利馬克思
主義文論家盧卡奇在《歷史小說》（The Historical Novel，1938 年）一書中
對歷史小說的論點來說，能夠掌握歷史演變的動因，並反映出典型整體社
會關係的寫實主義作品便是好的歷史小說。[12]受制於戒嚴文化的鍾肇政，自
然難以釐清或言明其歷史記憶中的各種政經、文化變動對臺灣歷史產生的
造型作用。然而，被延遲正確釐析的臺灣史，尚不僅止臺灣後殖民時代的
後殖民記憶書寫而已。

　　事實上，包括鍾肇政的小說在內，對於臺灣歷史小說在解嚴前只能走
到 1945 年，這個時間點，不僅是小說的敘事時間的終點，也是臺灣人面對
臺灣歷史的盲點。1945 年後，臺灣史的面貌究竟為何？卻始終受制於中華
民國史對戰後初期歷史的定位問題，而一再被延遲書寫。難道，新政權對
於戰後初期的歷史解釋權的護衛，是意謂這段歷史已然成為統治者的新禁
臠？或者說，後殖民時期的臺灣人尚且沒有主體性來訴說、書寫自己的歷
史，正意謂著新政權壓制臺灣人歷史解釋權與前殖民者一樣，都是殖民主
義所慣用的「消滅歷史」、「同化政策」等手法的再現？

　　我以為，可以從鍾肇政在解嚴前後所建構的歷史圖像來加以進一步解

---

[12]劉昌元，〈第六章 論歷史小說〉，《盧卡奇及其文哲思想》，臺北：聯經出版公司，1991 年 12 月，
　頁 144～148。

釋。戒嚴時期中，鍾肇政的日據史小說，雖說是標準的後殖民文本，涉及對於臺灣人在被殖民期間武裝抗日、文化抗日與身心流亡的三個歷史階段。不過，這段不見容於日本殖民主義史（總督府《警察沿革誌》中的記載是以負面呈現這段歷史）的歷史重構，除了具備後殖民理論中所說的重建「後殖民主體」（"post-colonial subjectivity"）必須的我族正面歷史記憶外，卻很弔詭地因為它過於強調「臺灣」的字眼，而使當年廁身於中華民國轄下的《臺灣人》（《沉淪》發表時原名）受到查禁、監視的運命。[13] 抗日的臺灣人卻不見容於抗日的中華民國史，說明了戰後在歷史解釋權的爭奪戰中，臺灣作家邊緣化的處境竟與戰前若合符節。

也就因此，楊照認為：「『大河小說』這個名詞、說法，過去基本上是流傳於處於邊緣地位的本土文學論述裡，……『大河小說』還有一項沒有明說的內容標準：那就是『大河小說』要刻畫、建構的歷史敘述，是相對於中國史，外於中國史的臺灣歷史」。[14] 陳麗芬也提出看法說，臺灣大河小說訴求特定族群的價值取向是很清楚的，「這文類是頗為自覺地並刻意地自我定位為邊緣或賤民（subaltern），而且這自我邊緣化與對『邊緣』傳承性的強調不但表現在意識型態上，也在作品表現形式上，即它以極為不尋常的長度與體積，那白紙黑字，頗為可觀的具體文字存在，在一個美學品味上崇尚短小精悍的文學環境裡表達一種立場、信念與歷史視野。」[15]

戒嚴下的臺灣人除了接受以中原版圖為對象的中華民國史教育，對於臺灣史的理解可謂空白，這似乎是常識之見。因此，鍾肇政的日據史小說雖然是個後殖民文本，目的原來便在抵拒日本殖民主義的文化霸權，再建

---

[13] 鍾肇政在訪談中曾說，當初在復刊之《公論報》上試刊《沉淪》時，乃是以「臺灣人」為名，結果便被警備總部將原稿帶走。一、二年後之後才改名《臺灣人三部曲第一部——沉淪》在《臺灣日報》連載。參見莊紫蓉訪談，〈為伊消得人憔悴——尋找臺灣〉，《臺灣文藝》第163～164期合刊，1998年8月，頁65～66。

[14] 楊照，〈歷史大河中的悲情——論臺灣的「大河小說」〉，《文學、社會與歷史想像——戰後文學史散論》，臺北：聯合文學出版社，1995年10月，頁96。

[15] 陳麗芬，〈為伊消得人憔悴——尋找臺灣〉，《現代文學與文化想像：從臺灣到香港》，臺北：書林出版公司，2000年5月，頁198～199。

我族歷史與文化主體；但是置於國府統治下的歷史脈絡來解讀，它所受到壓抑的運命，卻弔詭地也使這份重建歷史主體的企圖與抵殖民的力量，指向壓抑它的國府政權。

饒富深意的是，在戒嚴時期鍾肇政以日據史為背景的歷史大河小說中，對於中國、日本與臺灣三地、三股歷史力量所構成的歷史圖像的描繪，對比於後戒嚴時期三邊歷史圖像的重繪，甚至是其他大河小說作者（如李喬）的歷史想像，頗有值得比較之處。

以《臺灣人三部曲》（沉淪、滄溟行、插天山之歌）這部鍾肇政最典型的大河小說為例，小說中所塑造的陸氏家族自陸信海老人以降承擔起抗日使命，這一絕無弱者的家族當然也是為了護土衛家，但和後來李喬的《寒夜三部曲》相較，對於臺灣人如何與臺灣這片土地產生不可分割的連帶感，亦即「土地認同」此上一上層結構的物質基礎，則由於缺少「開發史」的描寫而直接進入「武裝抗日」階段，可以發覺兩者對於描繪臺灣歷史變動之動力的差異。我以為，鍾肇政對於抗日的描繪，多以知識分子角度敘述（也即是用他個人主觀認知的歷史視角來敘述），意欲塑造臺灣客家先民英勇抗日的形象應是他作品的重點。然而，從此作看來，鍾肇政對於整體臺灣歷史中臺灣人的土地意識與反抗意識之由來，似缺乏更全面的關照；也就是說，缺乏一種屬於鍾肇政的「歷史哲學」（ "Philosophy of History" ），一種尋求臺灣整體歷史演變規律的形上思索。[16]這自然不是以李喬之有來比鍾肇政之無的論證方式，而是與下文中論及戰後日本精神與抵殖民活動關係時，可以進一步看到此一歷史哲學有無之作用（詳下文）。

同樣地，在《臺灣人三部曲》當中，「祖國」的存在似乎也提供陸家一種超越現實意識的文化認同對象，「長山」這經常出現的符號，除了在《滄

---

[16]例如奧古斯丁就認為歷史是一幕世人贖罪的歷史，歷史是塵世世界和上帝之城之間的鬥爭；史賓格勒則被認為是「歷史循環論者」；克羅齊則認為歷史知識是思想的產物，一切歷史都是當代史。這些歷史哲學的理論，提醒了我求取歷史小說家們，如何建構他所認為的臺灣歷史變動的一套哲學看法。此處所引述之歷史哲學家之論述，參見湯恩比等著，張文杰編，《歷史的話語：現代西方歷史哲學譯文集》，桂林：廣西師範大學出版社，2002年3月，頁1～11。

溟行》中是陸維樑文化抗日末期遁逃以待來日的後方外（暗示著祖國未來是解救臺灣的力量），也是《插天山之歌》中陸志驤在皇民化運動中喚醒民族意識的重要解毒劑（林瑞明語）。[17]但是，從鍾肇政文本中透露出來的訊息是，這種祖國意識似乎是缺乏真實體會的一種虛構的產物，它也許是戒嚴時期的安全色，也許是處理臺灣歷史人物必然無法忽略的重要問題，鍾肇政並未迴避但卻也未曾賦予祖國意識更具體的描繪，一直要到《怒濤》當中才得以落實此一祖國意識。因此，我以爲《插天山之歌》當中凌雲老人大談中國之強大時，陸志驤所觀察志流與秀吉等皇民化運動中臺灣青年的反應，多少可以顯示祖國意識在這些皇民化世代當中的地位，而這才是鍾肇政對於祖國真正的印象。陸志驤說：「他們只是默默地聽，志驤看到他們眼裡充滿疑惑與驚悸。……一整晚都是凌雲老人在高談闊論，有時三個年輕人也會提出一些問題，但是發言則幾乎沒有。……秀吉與志流可是墮入五里霧中了，只有傻楞楞地看著老人的份」。[18]

　　因此，在戒嚴時期的政治氛圍下，前述鍾肇政對於臺灣與中國間關係之描繪，與同樣在戒嚴時期書寫的李喬相較，在祖國意識與抗爭意識之由來兩問題上，我們對於鍾肇政的後殖民文本的認同狀態有了參照。如同王淑雯的觀察：「《寒夜》與《臺灣人》不同的地方，在於前者對中國幾乎是放入括弧、存而不論的，臺灣人就是臺灣人，雖然缺乏祖國的庇蔭，但臺灣人仍有母土作爲依恃的對象。因此，相對於鍾肇政對於祖國的憧憬，李喬則用心在讚頌土地的恩澤」。[19]只不過，如果說鍾肇政作品中對祖國的憧憬是缺乏實感的，那麼，他的日本經驗則顯然非常具體，且弔詭地充滿肯定與認同。

---

[17]林瑞明，〈戰爭的變調——論鍾肇政的《插天山之歌》〉，《臺灣文學的本土觀察》，臺北：允晨文化公司，1996 年 7 月，頁 113。（原 1982 年發表）

[18]鍾肇政，《鍾肇政全集 4.臺灣人三部曲（下）》，桃園：桃園縣立文化中心，1999 年 6 月，頁1193～1194。

[19]王淑雯，《大河小說與族群認同：以《臺灣人三部曲》、《寒夜三部曲》、《浪淘沙》爲焦點的分析》，臺灣大學社會學研究所碩士論文，1994 年 6 月，頁 93。

　　說弔詭，並非指鍾肇政的抗日意識有何問題，事實上，《臺灣人三部曲》本就是一部抵殖民的抗日史話小說。但是，鍾肇政筆下對於乙未割臺後，日本軍隊與臺灣民兵對抗的描寫裡，卻顯示了對比於不堪一擊的清軍，那威武、整備精良的日軍的形象。在對追捕陸志驤的警視廳桂木警部的描寫，則更顯示其作為可敬對手的不凡氣度。更不用說，在《滄溟行》當中，那位教養高雅、可望不可及的日本女性松崎文子。整部小說結尾時，陸志驤歌唱日本軍歌歡迎戰爭結束的一幕，更是神來之筆，點出了即將迎接新時代的青年的文化屬性：「我要唱歌！我要唱歌！日本歌也好，怕什麼，只要是歌就好。就『予科練之歌』吧」。[20]我們或許已經在此窺見了鍾肇政對於日本殖民現代性與進步性的某種認可，這與他的抗日意識其實並時而存。明乎此，那麼日後他援引日本精神來抵拒國府殖民的思考，似乎也就不難索解。

　　以上就戒嚴時期鍾肇政的大河小說創作，試圖論證他在後殖民階段書寫日據史的特殊意義，除了重建後殖民臺灣歷史主體，抵殖民的矛頭也隱隱指向對壓抑臺灣歷史人記憶的國府。而更值得注意的其實是，《臺灣人三部曲》，甚至是鍾肇政其它寫於戒嚴時期的歷史小說創作，在描繪中國、日本與臺灣三邊關係時的特殊歷史認識，因為，解讀後戒嚴時期作品《怒濤》的鑰匙就在這些演繹鍾肇政歷史觀點與文化認同的早期作品中。

三、光復還是降服：祖國面貌的重繪

　　我們不難發現，鍾肇政自《濁流三部曲》到《臺灣人三部曲》，幾乎都是以知識分子為歷史的觀察者與紀錄者的角度來書寫，因此，把這段臺灣史稱之為知識分子的精神史亦不為過，甚至當中亦不乏自傳色彩。[21]後戒嚴時期出現的《怒濤》，則更是全然以幾個不同型態的客家知識分子形象，來敘述這段 1945 年至 1949 年間受到國府壓抑的戰後初期歷史記憶。

---

[20]同註 18，頁 1277。
[21]可參見林明孝，《鍾肇政長篇自傳性小說研究》，中山大學中文系碩士論文，2001 年 6 月。

　　《怒濤》雖然是後戒嚴時期的作品，但它的故事卻發生在國府統治時期，這段歷史記憶在戒嚴時期一直無法被談論，更遑論檢討其意義。如果像我們上一小節所論，鍾肇政在戒嚴時期的日據史大河小說的後殖民批判同時指向日本與國府，那麼，將恢復被國府所壓抑的「二二八事件」歷史記憶的書寫行為，稱之為另一次的「後殖民書寫」，應該是頗為符合鍾肇政文學在兩次政權更迭過程中所展現的意義罷！

　　然而，對鍾肇政而言，在戒嚴時期的歷史小說中，與後來代表中國的國府來自同一片土地的「祖國」形象，卻曾經鬼魅一般地糾纏住他的筆端。《濁流三部曲》之《江山萬里》中，陸志龍的認同掙扎，最終在祖國夢中得到虛幻的解決：「江山萬里，豈不也是這種血液，骨頭裡自自然然的絕叫聲嗎？」[22]而《臺灣人三部曲》的《滄溟行》裡陸維樑以巨鯨西游自許，自我的期許是：「你將這樣與祖國溶合而為一體，為開拓自己的前途，也為同胞們而奮鬥」，[23]祖國成為臺灣人自我期待救贖的存在，實際上小說中臺灣從來未因知識分子的西渡而獲得解救。鍾肇政筆下的知識分子，在殖民地下把祖國高舉，用原生血緣式地認同觀來描繪祖國形象，作為解決認同與前途的方法，實則只讓小說以一種無奈的方式終結（宣示或頓逃）。鍾肇政的知識分子其實並未有確切地認同對象，更多時候是自我懷疑，懷疑歷史能否為我所改變，或者祖國為我改變歷史。施正鋒便歸結鍾肇政在解嚴前作品的認同觀，提出建議說：「認同原本就是隨情境而變動的。漂泊的靈魂並不會因為自我的深刻內省而獲得救贖，除非行動。面對客觀的外塑力量，健康的認同應該是經過選擇而來的，而非聽命於原生的本質羈絆」。[24]

　　是以，《怒濤》就可視為鍾肇政處理他祖國形象的一大轉變之作，也就看到他對認同問題做出更主動而誠實的選擇。做為時代的同路人，葉石濤

---

[22]鍾肇政，《鍾肇政全集 2‧濁流三部曲（下）》，桃園：桃園縣立文化中心，2000 年 12 月，頁 622。

[23]同註 18，頁 871。

[24]施正鋒，〈鍾肇政的認同觀——以《濁流三部曲》為分析主軸〉，《臺灣人的民族認同》，臺北：前衛出版社，2000 年 8 月，頁 120。

的解讀很清楚地將此作置放在戰後第一代作家的祖國經驗與青春時代此一問題上，並直指小說強烈透露出來訊息焦點是：「臺灣人認同爲中國人過程中的抗拒、受辱及挫折」，「把這認同感從高昂刻畫到低落，都用當時曾經在社會上發生過的現象的細微末節予以呈現，認同感的毀滅是基於臺灣人對中國統治者冷靜而仔細的評估所產生的批判」。[25]

　　值得注意的是，鍾肇政所建構的戰後初期國府接收的歷史，多半是透過「講述」（"telling"），而不是透過「展示」（showing, or the dramatic method）的手法來達成的，[26]對於這個一直被壓抑的「二二八事件」歷史記憶，與過去在戒嚴時期的書寫方式相較，作者可謂不加修飾地表露了他的愛與憎的情緒。如黃秋芳所說的：「和以前的作品比起來，最特別的是，收起了壓抑猶豫，強烈賁張的情緒到處都是，可以說，他是在上了年紀以後，才瘋狂地去宣洩年輕時的縱恣和激情」。[27]小說主要透過小說中陸家這一鍾肇政鍾愛的陸姓家族第七代的青年——志鈞、志麟與志駿（似乎就是《臺灣人三部曲》中的陸志驤的同輩人）來講述他們的看法，當然對「祖國」接收的印象是他們共通的時代話題。

　　李喬曾指出，鍾肇政此作採用爲臺灣人精神史而寫的筆法，並不特別著重在血淋淋場面的重現，而是在捕捉那逝去的、令人哀傷的時代中，臺灣年輕人的感受。[28]這一解讀，無疑是對照李喬自己的《埋冤，一九四七，埋冤》而來，李喬在 1995 年出版的這部巨著中，便對大屠殺的過程以照相寫實的手法做了精細刻繪。顯然在鍾氏這裡，場面寫實不是重點，心理寫實更爲重要。鍾肇政便說過，本書是要「把這個時代一種價值觀的轉換，一種道德標準的變革……，怎樣抓住這種轉換、變化，一種來龍去脈也

---

[25]葉石濤，〈接續「祖國」臍帶後所目睹的怪現狀——臺灣人的譴責小說《怒濤》〉，《展望臺灣文學》，臺北：九歌出版社，1994 年 8 月，頁 81～82。
[26]M.H.Abrams（文布拉姆斯），《歐美文學術語辭典》，朱金鵬、朱荔譯，北京：北京大學出版社，1990 年 11 月，頁 37。
[27]黃秋芳，《鍾肇政的臺灣塑像》，臺北：時報文化出版公司，2000 年 12 月，頁 154。
[28]李喬，〈那時代的感受——介紹《怒濤》〉，《新觀念》第 106 期，1997 年 8 月。

好，或者凝聚一種精神也好」。[29]

　　因此，祖國形象的負面描寫，幾乎成爲《怒濤》所要建構的最重要的歷史圖像。這將與《臺灣人三部曲》時期的祖國形象，相差天壤，直接吳濁流的《波茨坦科長》，而表現更爲激進。換言之，日據時期以來，在賴和〈前進！〉、吳濁流《亞細亞的孤兒》，乃至鍾肇政其它戒嚴時期的作品中，「孤兒意識」或「祖國意識」（實爲一體兩面）成爲弱小民族臺灣自我命運的想像物，其目的不外乎渴求一個「祖國」（可以是一個「虛位化」的父祖之國的意象）或「母親」來呵護弱小的孤兒，其主體性無法建立可謂其來有自。而《怒濤》則不然，我們將會看到「去祖國化」的企圖強烈地展現，孤兒似乎已然認清並指出臺灣歷史與命運的去向。

　　從小說一開始的「序章」中，那些自中國大陸乘船回臺的人們，就已經充滿了對時代轉換的疑慮，包括三腳仔、半山隨船回臺的問題。對於各種戰前戰後美麗的謊言，如同舟共濟、患難與共，從建設大東亞新秩序到建設三民主義模範省，但：「多美妙的前景！但是現實卻是殘忍的。他們只知道在舊秩序崩潰後迫在眼前的嚴厲事實：逃難、流浪、威脅、危險。外加飢寒」（全集 11，頁 241）。鍾肇政對此的描繪，所要讓讀者感受到的確乎不是臺灣被「光復」的喜悅，而是「降服」後的社會與價值的混亂（全集 11，頁 277）。

　　同時，戰後初期重新聚於一堂的陸家族人，兩代間的文化差距，就從第一章「陸家的晚宴」中透露出來，當中有大陸歸來的，留日返臺的，以及待在臺灣故鄉的，陸家也等於是臺灣社會在戰後初期文化混雜的一種象徵。陸志駿說：「奇怪，上一輩的叔叔們都是從大陸回來的，同輩的卻又幾乎無例外地從日本內地回來。……他們不是到祖國去幹一番事業，便是到日本內地留學去的，哪像他待在故鄉，……他有一份莫可名狀的自卑。而他們那種高談闊論的模樣，也確實使他痛切地感到自己比人家著著實實矮

---

[29] 鍾肇政，〈從《怒濤》到臺灣文學〉（講詞），《鍾肇政全集 30・演講集》，桃園：桃園縣立文化中心，2002 年 11 月，頁 462。（原講於 1994 年 3 月）

了一大截」（全集 11，頁 246）。

這裡存在著重要的歷史圖像的變動，即對於鍾肇政而言，過去在日據史小說中把祖國當作解決殖民地問題的精神寄託，實際上卻不曾有過中國體驗的事實，在《怒濤》當中第一次有了印證的機會。

由滿洲回來的「滿洲客」志鈞，後來加入武裝部隊，是陸家最積極而堅定的反抗者。他的角色由於是曾在滿洲國擔任過關東軍囑託，因此對中國現況有最深刻的理解，他的中國觀很顯然就帶有知其內幕者的強烈批判意味。第二章「平安宴」中，他對「半山」姜云的厭惡，以及對支那的惡評，在在顯現出他這一角色所代表的挖掘黑幕的功能。[30]志鈞面對眾人時的談話是：

> 在志鈞口裡，姜云隱去「蕃著」的身分，把自己說成梅縣人，連對自己
> 妻子也瞞著。那是「卑怯者」——卑鄙加上懦弱，是不可饒恕的「三本
> 足」（「三腳仔」、「半山仔」）。中國就是這樣的地方呢。黑社會幫派啦，
> 流氓的火拼啦，還有政客們的暗殺、私刑，到處橫行，根本不當回事
> 的。
>
> ——《鍾肇政全集 11》，頁 288～289

鍾肇政於此，似乎忘情地讓志鈞忘情地發言，使文本一面倒地成為譴責小說，在單調的敘事中反倒顯出他的祖國觀念的變化之大。不過，日後弔詭的是，「半山仔」因為具備中國經驗而擠身統治階級，而以日本精神自認的臺灣知識人卻被打上「奴化」的烙記，反而被污名化為「皇民」。[31]這，倒是鍾肇政以凸顯日本精神的價值時未曾觸及的問題，不過，在戰後

---

[30] 盧建榮便說，鍾對施暴者正面描寫多流於刻板印象，為其不足之處。見氏著，〈鍾肇政《怒濤》中的大屠殺與記憶政治〉，《臺灣後殖民國族認同 1950～2000》，臺北：麥田出版公司，2003 年 8 月，頁 194、167。

[31] 關於奴化問題的討論，請參見筆者的〈徘徊在「祖國認同」與「臺灣認同」之間：戰後初期臺灣文化的重建與頓挫〉，《島語：臺灣文化評論》創刊號，2003 年 3 月 31 日。

初期臺灣人已遭受到類似的質疑，鍾的《怒濤》對於中國人如何對待臺灣人的深入描寫毋寧是較欠缺的，而只透過人物講述予以評價，言其敘述單調原因在此。

至於農林學校畢業，擔任過帝國陸軍二等兵的志駪，代表的是土生土長的臺灣知識人，有時還會因為自己缺乏東京經驗與祖國經驗而自卑。但是，擁有日本精神的他，在林務局內灣與尖石工作站中，見到長山人盜採、貪污的習性，也見到臺灣人被「污染」的過程。日後他且僥倖不死，成為這段歷史的見《哭泣的山林》中，有一段志駪與山林管理所主任的對話，即可看出端倪：

> 「揩油」——一個奇異的字眼，是降服後才出現的說法。並且也幾乎是在頃刻之間成為臺灣社會上的「流行語」，人人都會把它掛在嘴邊的。而據說第一次公開說出這個詞的，不是別人，正是陳儀長官。……不過它也絲毫不艱深難解，尤其對照那些來自大陸的接收人員的行徑與作為，人人一下子便領略過來了。
>
> ——《鍾肇政全集 11》，頁 319～320

這個對於新詞彙的解析，透露出鍾肇政掌握戰後初期特殊時代語境的敏感度，如同陳萬益所論：「鍾肇政對於新詞彙的把握、反思，則更加與其小說創作的主題密切相關」。[32]事實上，鍾肇政由於皆以知識分子為觀點人物，因此都賦予他的人物擔任新時代概念解析的任務，這樣透過講述建構歷史圖像的方式，無疑也是這部小說充滿知性風采，而較缺乏場面描寫的原因所在，作為抵殖民文本的功能是成功了，但論美學表現則往往失之粗略。我們的看法似乎也呼應了施正鋒對這種敘述方式的意見：「在暢意中卻表達了另一種形式的政治正確，反而缺乏人物在認同上的模稜兩可，也就

---

[32]陳萬益，〈誰能料想三月會做洪水——二二八小說《怒濤》與《反骨》比較〉，《于無聲處聽驚雷》，臺南：臺南市立文化中心，1996 年 5 月，頁 103。

無靈魂搜尋的苦澀了」。[33]

　　其實,知識分子靈魂的苦澀絕對還是有的,只是有點單調,那更顯得鍾肇政無暇去挖掘那被祖國給攪亂了生活的臺灣人更複雜的靈魂樣貌。鍾肇政是將他所看到的歷史,假陸家的後生之口,滔滔地再現於失憶的臺灣人眼前。前此鍾肇政以血緣認同爲取向,實則不免流於虛構的祖國夢,一旦落實下來,他的小說人物與他一樣,必須面對那祖國夢碎時的情感衝擊,這也是後續二二八事件發生以及武裝抗暴報的導火線。志駿在第五章「純潔的影像」中的獨白,再次訴說了臺灣知識人祖國認同的幻滅過程:

　　臺灣回到祖國的懷抱後,必定會給整個國家帶來光明與進步。臺灣不再是日本的,臺灣人也不再是日本人。可是初出社會,一下子就被擲進那種把貪瀆、賄賂視爲常事的結構當中。一個自懂得人事起就被灌輸正義、潔白、守法精神的純潔青年,又如何能不滿懷失望與幻滅呢?

　　　　　　　　　　　　　　　　　　　　——《鍾肇政全集11》,頁379

　　這裡,似乎也暗示日本精神教育對臺灣知識人品行上的正面影響,反而成爲抵殖民的精神力量(詳後文)。

　　而唯一出現過較爲具有實感的中國人形象,大概非韓萍莫屬。第六章〈迸發的火花〉與第七章〈醉生夢死的人〉,甚至第八章〈怒濤巨浪〉中「二二八事件」前夕,都描繪了東京帝大生志麟迷戀中國人韓萍的故事,似乎暗示了臺灣人無力自持的迷亂之一面。饒富意味的一段是,兩人在言語不通的情況下,只能使用英文交談。但在時代的潮流下,實際上人人在學習北京語,堂堂帝大生志麟終於不無疑問地說,爲何都是順從她學她這「外來者」的語言?「問題是在他們這寄居臺北多年的陸家來說,她是個外來者。豈不是應該由她來學他們陸家的語言才對嗎?這不免讓他想到臺

---

[33]同註24,頁106。

灣人過去面對殖民者的屈從表現：

> 當志麟想到這種情況時，又碰到那個字眼，並為此瞿然心驚。那便是：
> 「屈從」。對一家人都在屈從她。在某種意義下，她差不多成了這個家的
> 中心！
>
> ——《鍾肇政全集 11》，頁 489～490

所謂的「北京化」（包括飲食）正在進行中，屈從的陸家人似乎繼日本化後，自願或被迫進行另一次的「北京化」（全集 11，頁 490）。而這接收者祖國面貌的立體化，以及陸家的屈從，或許正應了文本中的一句話，兩人（中、臺）這對原本不可能、也不應該湊在一起的男女，居然會湊在一起，這真是：「運命」（命運的惡作劇）（全集 11：頁 413）。

四、不完整的主體：日本精神與抵殖民

作為一個後殖民文本，《怒濤》抵殖民的對象是很清楚的，但是，在抵拒殖民化過程中所要建立的歷史主體性究竟為何？恐怕是對比於被殖民者形象，另一個構成歷史圖像的主角。

如果存在著一種臺灣人歷史主體性的話，其內裡不是（至少不全然是）中國性（Chineseness）或日本性（Japaneseness），那麼所謂「臺灣性」（"Taiwaneseness"）又是什麼？有一種純粹的「臺灣性」嗎？[34]這裡就由建構歷史的必要與困難，引申出後殖民文化所具有的「混雜性」（"hybridity"）的特質，這尤以「語言」最為明顯，《怒濤》中所呈現的多語交響書寫策略，無疑也暗合了後殖民論述中對混雜性的描述與論證。對臺灣來說，試圖全部剷除殖民者「餘毒」的想法，無疑是另一次對被殖民

---

[34]關於「臺灣性」的論說，本文指由臺灣文學文本中分析出來的相對於其它地區的文化特質，並且尚待進一步確認。相關論述可參考邱貴芬，〈後殖民之外：尋找臺灣文學的「臺灣性」〉，「臺灣文學史書寫國際學術研討會」論文，成大中文系主辦，2002 年 11 月 22 日～24 日。

者的純潔懷疑，就像戰後初期國府全面禁止日文在公共空間的運用就是著例。因而，如同後殖民批評家所提議的，語言的去殖民（decolonize language）當然是重要的問題，但，對於作家們來說，最好的選擇就是參加到業已發生的本土化的進程之中，並且應該掌握好殖民者的語言，用來爲自己的創作服務。另一方面，作家們其實也可以強調，後殖民條件下各種衝突和異常都已經在這種混雜的媒體中得到了有聲有色的反映，從而說明他們選擇這一語言是有道理的。[35]

　　問題在於，作爲辨識臺灣文化或歷史主體性「臺灣性」若已然是混雜的，那麼，對於臺灣人抵拒外來入侵勢力的歷史，我們應當要如何在臺灣性當中，提出一種足以詮釋臺灣人對應此種歷史變動的論述。是祖國意識在指導臺灣人抗日嗎？[36]或者，是臺灣人的土地意識、生存意識在指導臺灣人抵拒外力入侵？[37]又或是，在日本殖民後，承受了殖民現代性洗禮的臺灣性，會被掏洗了原先的中國性與臺灣性，而讓日本精神化成新鑄成的臺灣性，變爲指導臺灣人抵殖民的主體性價值？這就是鍾肇政《怒濤》中繼祖國形象的破滅後，爲我們帶來的主體重建的問題。究竟，我們要如何重建歷史與重建主體？

　　在《怒濤》當中，第九章〈燃燒的火焰〉、第十章〈死城的故事〉、第十一章〈鮮血、灑在大地上〉，敍述了臺灣人武裝反抗國府鎮壓的經過，以及事件中大屠殺（Holocaust）的片段，令人恍然又回到《沉淪》當中陸家先祖力拒日本軍隊入侵的段落，鍾肇政用極其煽情的手法，將我們帶領去

---

[35]同註9，頁241。
[36]黃重添便說鍾肇政的《臺灣人三部曲》是：「有意識地把臺灣人民的抗日運動投射到中華民族反對外敵入侵的歷史天幕上，使之成爲中國人民愛國主義長河的一個分支。它蕩漾著民族精神的朵朵浪花。見氏著，〈第二章——孤兒的歷史與歷史的孤兒〉，《臺灣長篇小說論》，臺北：稻禾出版社，1992年8月，頁33。（原1989年作）
[37]李喬自己詮釋過《寒夜三部曲》說：「由《荒村》的完成，我還得到一個結論——即對本地歷史事件的看法：此地的居民，是政治意識很薄弱的一群人，也是特殊意識形態很難生根的地方；到臺灣光復爲止，在臺灣發生的『事件』，或『民變』，可以用一句話來解釋：反抗來自生活，爲生活而反抗。僅此而已。如果再進一步的『解釋』，都是誤會，或者是扭曲」。見氏著，〈「寒夜」心曲〉，《文訊》第6期，1983年12月，頁273。

目睹志鈞與托西的死亡，喚醒我們記取歷史中純情熱血的臺灣先民愛臺灣的精神，也逼使罹患歷史失憶症的你我，共同面對臺灣戰後認同問題起源的「創傷」（"trauma"）記憶。[38]這些描繪大抵是戰後二二八文學中，值得肅穆以對、細細體會的段落。然而何其弔詭的是，這些抗官的臺灣青年，他們賴以對抗官方的主體思想，與其先祖已然全然對反，《怒濤》裡的抵殖民軍事活動，事實上便是依據日本戰時的軍事訓練為原則，更以日本軍人的武士道精神自勉，處處流露著以此優越、高尚的日本精神來對抗腐壞、低劣的支那文化的思考，實隨處可見。例如把日本精神與支那文化對立並加以絕對化地評價：

> 好久以來，志驥就常覺得臺灣人都是沒用的。長山人一到，把他們那一套惡劣的做法，如貪污、腐敗、搜括、自私自利等都帶來了，於是臺灣人很快地就學會了，日本時代那種清白、磊落、守法等等社會道德一下子就扔光了，成了醉生夢死的敗類。
>
> ——《鍾肇政全集 11》，頁 574

此外，敘事者也試圖解釋這種時代氛圍下，日本精神會變成知識青年口頭禪的原因，這無疑是對照國府統治下的結果。自然，用盧卡奇的說法，這就是鍾肇政所認為的歷史變動的動因與整體環境，而這是說明：臺灣人的抵殖民活動的確是透過日本精神來確立後殖民主體性的嗎？志驥這位歷史的見證人說：

> 志驥是很明白這種情形的，不過有時他也會更進一步地去思索這些人之所以喜歡叨唸這四個字，原因在乎日本人走後代之而來的那些人，相較

---

[38] 關於二二八事件這場影響戰後臺灣甚巨的「創傷」病歷，目前由大屠殺的角度來探討者尚侷限於所謂本省籍人士，至於外省籍、加害者等其它當事人，似未見更有建設性的討論。關於這點，西方世界對猶太人大屠殺事件的反省與創作，可以作為日後的戒鑑。參見費修珊、勞德瑞，《見證的危機——文學、歷史與心理分析》，臺北：麥田出版公司，1997 年 8 月。

之下太惡劣太差勁了。出自一種失望，也發自一種鄙視，所以才會把這四個字口頭禪般地掛在嘴邊的。也許含有對離去者的懷念，但分明更多的，是對新來者怨恨與鄙夷。像托西這樣的年輕人開口閉口都是日本精神，那種心情是可以理解的。不，不但可以理解，簡直還人同此心，心同此理⋯⋯。

——《鍾肇政全集11》，頁543

　　如果說，在《臺灣人三部曲》當中，抗日的動力來自於捍衛家園的必然與祖國的加持（李喬《寒夜三部曲》便純然以土地與臺灣人的關係來詮釋抗日）。在《高山組曲》中對於原住民高砂義勇軍志願從軍的描繪，就已出現協力皇軍出征南洋的場面。與高砂義勇軍青年一樣身屬「皇民化世代」[39]的鍾肇政，小說中對日據以降的家族描寫，約略呈現出第一代、第二代抗日，第三、四、五代被殖民或留日、內渡，而第六、七代為皇民化世代的知識分子系譜。他對於原住民族高砂義勇軍不畏死、求平等的殖民地人民的心理狀態描寫，已經由土地與祖國情感的認同，轉為以日本精神來詮釋。原住民族則對於自己也能擁有日本精神，甚至比日本人更為勇武不畏死，來作為獲取個人乃至我族尊嚴的方法；而戰後在對照國府所代表的中國文化之腐敗時，便被詮釋為延續戰時日本精神來對抗中國文化（如《怒濤》中之原住民托西），這似乎是作者對於知識分子精神圖像的一種認知歷程。

　　不過，這也是我的問題所在。原住民族尚武勇、重名譽的思想，究竟是原住民精神還是日本精神？[40]同樣地，臺灣人在戰後初期反抗國府所憑藉的，究竟又是臺灣人精神還是日本精神？下村作次郎教授在一次「霧社事

---

[39]關於此戰爭期的歷史世代說明，可參見周婉窈，《海行兮的年代——日本殖民統治末期臺灣史論集》，臺北：允晨文化公司，2003年2月。

[40]關於此問題的論證，可參見錢鴻鈞，〈《戰火》論——日本精神與賽達卡精神〉，《戰後臺灣文學之窗——鍾肇政六百萬字書簡研究》，臺北：文英堂出版社，2002年11月，頁183〜295。下文中也會對此觀點有所回應。

件」研討會上，就曾經對戰後把原住民精神詮釋爲日本精神一事，感到不安，他的發言說道：

> 到了 1938 年，甚至於戰爭時期，山地原住民還組成了「高砂義勇隊」，義勇隊這一種奮戰的精神，在當時來講，被當作是一種日本精神，現今存在原住民當中，都還可以看到的精神。
>
> 問題是，這種義勇隊的精神是原住民的 gaga 的精神（按：gaga 所指爲泰雅族如祖訓之類的文化範式），而現在卻被認爲是日本精神（按：底線爲筆者所加）。從這一點來看的話，老實說，現在原住民所擁有的，被認爲是日本精神的，其實是原來他們 gaga 的精神，而這樣一個 gaga 精神的被誤解，事實上也是等於說，從這一點來看，我們就可以知道，當時日本政府的罪惡之深了。[41]

　　作爲原住民文化主體的原住民精神，被殖民主義以日本精神代換，正是所謂文化同化的策略之一。原住民精神無法再爲他們族群的反殖民活動效力，反而被用來向殖民者證明自己的能力不遜於殖者，並透過志願從軍效死來貫徹此一日本精神。回到鍾肇政對臺灣人抗拒國府的行動描寫上，志鈞、志駿、托西所賴以反殖民的精神力量，是否也該是臺灣人歷代反殖民精神的集體無意識，而並非臺灣人的文化主體已然失卻了抗爭的文化原質（如果臺灣人武裝抗日及原住民霧社事件都是一種臺灣人精神的象徵的話），並且是因延續日本精神才能有此抵殖民的動力？這是鍾肇政對於戰後初期二二八事件中，以知識分子階級之眼來記錄、講述此一歷史圖像時，頗爲獨到，但又令人充滿疑惑之處。

　　鍾肇政在後戒嚴時期，當然也曾經明確地說過，所謂臺灣人精神是在二二八事件後才型塑出來的話語，他說：

---

[41] 下村作次郎發言記錄，朱教授翻譯，見施正鋒等編，《霧社事件——臺灣人的集體記憶》，臺北：前衛出版社，2001 年 2 月，頁 174。

該也是這樣的一搏，「臺灣人」「臺灣精神」才被型塑出來的。臺灣確乎
是臺灣，而非中國；臺灣人確實是臺灣人，而非中國人。在二二八之
後，「祖國」的幻象破滅了。[42]

不過，也在同樣的話語脈絡裡，鍾肇政對於抗拒國府的戰鬥精神與正
義感之由來，做出他的解釋，他認爲：

除了臺灣人自古以來成爲傳統的冒險犯難、奔向自由的精神之外，明眼
的讀者當不難從本書裡領悟到那是受了外來思想影響的。那些臺灣青年
從日軍軍營裡復員回來的居多數，此外全是尚在學的青年、青少年學
生。這些年輕學子都受過嚴格的軍事訓練，復員回來的青年受過戰爭的
鐵血洗禮，更不用說了。[43]

鍾肇政並非沒有意識到促成臺灣歷史變動的力量有兩種，一是「臺灣
人自古以來成爲傳統的冒險犯難、奔向自由的精神」，一是「外來思想影
響」下的日本精神。但顯然，前者被視爲是隱性的基因，後者卻是直接的
也是更重要的動力來源。鍾肇政於此又把前期作品中作爲外力的祖國意識
忽略，而把新外力的日本精神作爲抵殖民的利器。

值得注意的是，鍾肇政所提醒我們「日本精神」作爲戰後初期臺灣知
識嫻熟的文化系統的事實，應是重要的現象，不應由中國統治者的角度率
以「奴化」來論斷。[44]然則，日本精神與臺灣人抵殖民的關係，在日本統治
時期是對立、對抗的，在戰後卻成爲重疊、從屬的，這種歷史圖像的呈

[42]鍾肇政，〈重建臺灣精神——寫給鍾逸人著《辛酸六十年》〉，《鍾肇政回憶錄（二）——文壇交遊錄》，臺北：前衛出版社，1998年4月，頁318。
[43]鍾肇政，〈迷幻的二七部隊真相——讀鍾逸人著《辛酸六十年》〉，《鍾肇政回憶錄（二）——文壇交遊錄》，臺北：前衛出版社，1998年4月，頁311。
[44]當時，有許多臺灣作家即曾對「奴化」論述提出反論，可參見王白淵，〈所謂「奴化」問題〉（讀者投書），《臺灣新生報》，1946年1月8日；楊雲萍，〈臺灣未嘗「奴化」〉，《民報》「社論」，1946年4月7日。

現，是否說明了臺灣文化主體在後殖民時期的某種「混雜」或「錯亂」？戰後初期，這被迫改造的不完整的主體要由抵拒國府殖民來獲得主體完整，但卻是以日本精神來證成此一臺灣主體的內涵。究竟，是鍾肇政對於臺灣文化主體的詮釋已然與賴和、楊逵等漢文化或左翼世代的認知有所差異；或者，是鍾肇政小說中的皇民化世代對於自我認識產生了「鏡像誤識」[45]有以致之？

我覺得鍾肇政固然在後戒嚴時期再次展現他後殖民書寫的企圖，繼建構臺灣日據史後，再以戰後初期臺灣史來抵拒殖民政權對於「二二八事件」歷史記憶的竄改與刪修，重建臺灣文化與歷史主體。但，此一重建歷史圖像的企圖，卻可能因為作者對於文化主體組成因素認知的偏向，而把臺灣混雜文化的特質，以小說中知識菁英的觀點，詮釋出讓人誤以為僅有日本精神影響一端的印象。我可以同意盧建榮所謂的：「對於前後兩位殖民主，臺民以日本殖民主的文化精髓──日本精神──作為觀照中國殖民主道德和能力俱低的一面照妖鏡」，[46]這種「殖民者的比較政治學」（"The Comparative Politics of Colonized"）。[47]但比較是一回事，把中國（支那）文化絕對卑賤化為日本精神之對比，並把日本精神作為臺灣人抵殖民的主體性價值，則顯然是作者主觀的歷史見解，或曰歷史詮釋。

事實上，臺灣具備混雜文化的主體特性，正是臺灣多元族群共存的精神與物質基礎，日本文化作為臺灣史中某一個世代的文化影響來源可以想見，但將日本精神視為臺灣人文化主體的內涵（可能只是知識人階級的認知而已），卻無疑反倒使恢復文化主體的企圖再次落空。以日本精神自我定位的臺灣文化主體，若果然為真，《怒濤》的後殖民書寫，除了抵拒中國文

---

[45]參見陳建忠，〈曲折的鏡像──小論王昶雄的〈鏡〉〉，《自由時報》副刊，2003年6月8日。
[46]盧建榮，〈鍾肇政《怒濤》中的大屠殺與記憶政治〉，《臺灣後殖民國族認同1950～2000》，臺北：麥田出版公司，2003年8月，頁186。
[47]關於「日本精神」在戰後初期的傳播與論述，可參見黃智慧（Hung Chih-Huei），"The Transformation of Taiwanese Attitudes toward Japanese in the Postcolonial Period." in Narangoa Li and Robert Cribb eds., Imperial Japan in Asia,1895～1945,(London: Rout ledge Curzon,2003).

化或國府殖民此意義外，對於臺灣人遭受日本殖民以來抵拒殖民主義的種種行為，豈不有自我否定，從而無法凸顯臺灣人抵殖民真正精神本質的危機存在？

　　相較之下，李喬從《寒夜三部曲》、《藍彩霞的春天》到《埋冤，一九四七，埋冤》對於臺灣人文化主體的詮釋與批判，同樣涉及臺灣人後殖民主體的重建問題，同樣對戰後初期的抵殖民活動有所詮釋，卻不見日本精神的困擾，而是以「反抗哲學」來作為其歷史哲學與人生哲學。這究竟是稍晚於鍾肇政一個世代的李喬的認知有誤？或是說明了，對於臺灣人抵殖民精神的詮釋，並不能僅由皇民化世代的觀點來描繪，而應該找到更能表現出臺灣歷史演變之動力的文化主體之本質，即出於臺灣先民（原住民族與漢族移民者）歷來對土地的愛戀與捍衛，而非日本精神的加持有以致之。這也是前文中強調「歷史哲學」有無所產生的歷史詮釋差異所在。張恆豪在論及李喬〈泰姆山記〉時，也非常準確地道出李喬從「庶民的反抗觀點」來為生存而抗暴，比起強調知識菁英之反抗是基於尊嚴、主義、理念、意識型態有很大差異，他說：

> 李喬準確地指出一個事實，做為一個庶民階層的曾淵旺，他們若是有所謂反抗，則反抗的動機，是不是來自知識分子所謂的民族意識呢？不是的，絕非這般空泛的理念，反抗純粹來自於生存，他只是活不下去了，才反對害他活不下去的人或事。[48]

　　因而就像錢鴻鈞所言：「日本精神在鍾肇政來講，已經不是什麼效忠日本的問題、認同的問題。而是『要拿出來給人家看的問題，我們臺灣人並非都是怕死的族類』。在苦難當中，越是苦難越要堅忍、向上精進、奮

---

[48]張恆豪，〈二二八的文學詮釋——比較〈泰姆山記〉與〈月印〉的文學觀點〉，「第二屆臺灣本土文化學術研討會：臺灣文學與社會」論文，師大國文系、人文教育研究中心主辦，1996 年 4 月 20 日～21 日，頁 3～4。

鬥」。[49]若然，那標榜日本精神作爲臺灣性之內裡，應只是臺灣人後殖民主體暫時性癱瘓的徵狀，臺灣人在苦難中堅忍、精進、奮鬥的抵殖民精神，本就是具足於文化主體之中，不需以日本精神詮釋才是；並且也可看到日本精神成爲抵殖民的臺灣性的代表，顯然與李喬所詮釋的同一段時間的臺灣歷史動因並不相容。

結語：一種歷史，各自表述：後戒嚴時期的歷史敘述風潮

在一個後戒嚴時期，或者說後威權時期裡，歷史失憶症的癒合程度真的如許多論者所說的那樣，已然把我們的臺灣史裝進吾人的腦中？本土主義已然成爲主流論述？[50]如果只把政權的移轉視爲記憶與歷史的重返，那未免太小看過去五十年來官方歷史教育的成就。事實上，人們並不特別關心歷史記憶的重返，而更重視現實記憶中是否有足夠的富足感受。對於歷史造成的苦果，人們通常更多地用現實主義或浪漫主義來取代歷史主義，讓下一代來解決歷史難題是我們所想留給他們最美好的禮物；更或許，後現代主義的遊戲精神更會比歷史悲情來得動聽，因爲歷史的對與錯絕不會比虛擬世界中的真與假更令人心動。

本文中對於《怒濤》的探討，目的便在於重新將文本或歷史「問題化」，再一次透過問題的考察，繼續後殖民時期臺灣主體性建構未竟的工程。也因此，作爲一個後殖民的文本，《怒濤》可能因爲延續著多次殖民的經驗，而出現如何詮釋臺灣歷史主體性的問題。「去殖民」如果是一個漫長的工程，臺灣作家與知識分子一代又一代的接力是很重要的，文中我們強

---

[49]錢鴻鈞，〈《怒濤》論——日本精神之死與純潔〉，《戰後臺灣文學之窗——鍾肇政六百萬字書簡研究》，臺北：文英堂出版社，2002 年 11 月，頁 166。
[50]陳麗芬，〈爲伊消得人憔悴——尋找臺灣〉，《現代文學與文化想像》，臺北：書林出版公司，2000年 5 月，頁 205。陳文甚至以此主流論述之說，鄙薄東方白的《浪淘沙》是模擬、再生產先前大河小說的歷史論述，以漢人中心主義宣示對臺灣本土的詮釋權，伴隨的是粗淺的美學觀。這顯示了作者以十年後的歷史語境來看待寫作時間橫跨 1980 年代的這部小說，對於 1990 年出版的小說（雖已解嚴）稱之爲再生產、沙文、粗淺，不免有點像局外人被臺灣主流媒體反本土主義論述誤導下產生的錯覺。此說見該文，頁 206。

調能夠「同情地理解」了解鍾老《怒濤》或其原住民素材小說中對於「日本精神」強調的歷史必然性；但，臺灣歷史並非只有知識分子階級創造的（鍾老的歷史詮釋則多半如此）。而作為延續去殖民工程的當代臺灣人，如何從整體臺灣人角度（特別是庶民史的角度），對於臺灣民族與臺灣本土產生共同體的歷史與文化出發來重建後殖民主體，有朝一日，能夠誕生一個活潑、嶄新而多元混雜、多元融合的臺灣主體性文化，相信會是鍾肇政所樂見，也是論文中一再反覆辯證，希望揭示出來的歷史哲學。

而如果把這種對於臺灣史重構或詮釋的工程，置諸後戒嚴時代的臺灣文學史中來看，誠如許俊雅所說，二二八事件之所以被詠寫不盡：「它之所以會成為一個在半個多世紀以來被詠歎不盡的文學題材，正是因為它作為一種文學象徵的意義遠遠超越了歷史事件本身對社會歷史認知的覆蓋率」，[51]其他重大的歷史事件與記憶又何其不然。因而，對於各個族群歷史記憶重疊雜沓的臺灣人來說，同一個臺灣史，豈不常常各自表述，藉著文學來釋放過往歷史所帶給各個族群沉重不堪的記憶，尋求救贖與超越的可能。

後戒嚴時期是臺灣社會「集體無意識」釋放的階段，由於族群政治成為 1990 年代臺灣社會的焦點，各個族群作家排除了戒嚴時代的各種桎梏後，都有從事我族歷史建構的敘事欲望與自由，形成一波歷史敘述的風潮。這時，東方白《浪淘沙》（1990 年）、蔡德本《蕃薯仔哀歌》（1995年）、李喬《埋冤一九四七埋冤》（1995 年）、大致還能以敘史傳統來概括。但，更多地由性別政治（李昂《迷園》、〈彩妝血祭〉與陳燁《泥河》）與族群政治（陳映真《忠孝公園》、王家祥《倒風內海》、朱天心《古都》），甚至由後現代歷史學角度對敘史傳統的質疑，提出歷史文本化的說法，認為歷史終歸不過是作者有意拼貼、解釋的結果亦不鮮見（林燿德《一九四七高砂百合》、張大春《撒謊的信徒》）。

作為後戒嚴時期的後殖民書寫現象，鍾肇政文學的個案以其具有日據

---

[51] 許俊雅，〈小說中的二二八〉，《無語的春天——二二八小說選》，臺北：玉山社出版公司，2003 年 9 月，頁6。

經驗而歷經不同政權的「殖民」，故而頗具辯證的張力。本文對鍾肇政《怒濤》的討論，便是對「後戒嚴」這一物理時間產生的敘事內容與型態的改變，提出初步的思考。而關於整個歷史敘述風潮的討論，特別是敘史情結傳統的作品，將是筆者日後會以系列論作繼續深究的問題。

——選自陳萬益主編《大河之歌——鍾肇政文學國際學術會議論文集》

桃園：桃園縣文化局，2003 年 12 月

臺灣鄉土小說討論會（三）

時　　間：1994 年 1 月 9 日下午 2 時 30 分
作　　品：《怒濤》
主講人：黃秋芳小姐（文學評論家）、鍾肇政先生（作者）
記　　錄：廖子嫣小姐、錢鴻鈞先生

鍾肇政：各位朋友大家好！今天終於到了第三場，我們非常高興請到黃秋芳小姐，根據我所知道的黃小姐，有一個很特殊的地方，向各位報告一下，黃秋芳本身是講福佬話的，可是她在客家莊住了有段時間，對於客家的語言、文化種種，有濃厚的興趣及相當深入的體會、觀察，所以，從這一點來看，臺灣幾千萬人口中，恐怕很難找到對客家種種如此有心的年輕福佬女性。這一點也是使我非常佩服的地方。現在她的客家話已可琅琅上口，剛才我們同一輛車子來，在路上用客家話交談，談得非常愉快。對於客家語言、民情風俗等她有特別的體會，也曾經寫過一本專書，用報導方式散文筆調寫出來的，我作了序，叫作《臺灣客家生活紀事》，她本來是個優秀的年輕一輩的小說家，我為什麼會找到她來參與這場講座呢？因為我看了她那篇討論《怒濤》的論文，這篇論文本身可以說還不夠完全，只站在評論的門口就站住了，還沒有跨過門檻，後來和她交談我才明白，她由許多不同的角度來觀察、體會，這篇論文只是許多角度中的一種，所以看來還不是很完整。每本文學作品，都可以有多角度的討論，特別是從讀者的立場，說不定可由這不同的角度，漸入作品的核心，這也是看一本文學作品重要的態度，往往單一的角度，只能看到其中的一部分，從不同的角度看，也許可以看到更多的、更深的內容意義。今天這場講座，黃小姐

又要從另一個不同的角度來看《怒濤》這本書，作為一個原著的人，我內心裡面充滿期待。這樣用心的去挖掘、思索的讀者，真的是最寶貴、最珍貴的。今天黃小姐就從迥異於那篇論文的角度來看《怒濤》，現在我們大家鼓掌歡迎她。

黃秋芳：（略）

鍾肇政：非常感謝黃秋芳小姐，這麼詳細的解說這本書，滔滔不絕講了七、八十分鐘，真是驚人啊！我不知道還要作什麼補充，因為她已經講了非常的夠深入、夠廣泛。

可是好像也不得不，以作者的立場，來作小小的補充，是希望對各位朋友在欣賞這本書時，會有小小的幫助啊！

這本書裡頭，主要要探討的，就是戰後那一段，臺灣整個社會陷入最混亂時期的社會狀況，特別是對當時的人們，尤其年輕一代的人，所造成的相激相盪，或者衝突。

現在回想起來，當然我是活過那個年代，這本書裡面的故事，也是依照我親身經驗的所目睹的，來作為創作的藍本。

那時候用一句話來說就是社會道德價值整個的崩潰，有人對這個時期的，特別是二二八提出了一個解釋，就是不同文化在相碰的時候所發生的衝突，當然這種說法，不能說不對，不過根據我的領略，從整個經過，從整個期間那個社會這樣子演變過來，那麼我們臺灣人，也就是秋芳在強調臺灣人的問題，臺灣人本來就有一種劣根性，就是中原民族，從幾千年來的封建制度，所造成的一種劣根性，根據我個人的思維、思考，日本人在統治臺灣 50 年間，這種劣根性，有某種程度的校正，說校正也許不很對，而是用一種強壓手段，來迫使臺灣人原來就有的劣根性的一些導正。

所以這裡面，我一直在強調，臺灣青年內心的一些想法，他的思維，他的思想，就像我這一輩人，比如拿我來說，從六、七歲接受日本人的教育，又稍微懂事了以後，碰上一種日本軍國主義的抬頭，一種軍國主義的教育，特別是戰爭以後的，所謂的皇民化教育。

　　我在書裡面，安排一個人物一個小角色，不停的把日本精神掛在嘴邊，這個日本精神，我想像我這一輩的人，有相當程度的了解，深入的體會，我甚至也認為，我精神裡面，所體會到的日本精神，光明好的一面，你說日本人發動侵略戰爭，兇殘成性，當然有這一面，但有另外一面，讓我這些臺灣青年感受到，我認為那是一種相當正面的對日本精神的體會，所以我在這本書裡面，就經常的要把這樣的精神在我可能的範圍裡面，經常的突顯出來，所以就演變成，當時的臺灣青年，心裡面所想的。

　　我們被異族統治 50 年間，從那壓迫解放開來，就回到祖國的懷抱，當時大家所體會到的一種說法，曾真正內心裡面感受到的一種欣悅一種高興，自然就會有一種想法，我們有那日本精神，好的一面的精神，還有臺灣有工業的基礎，科技方面，當時來講，臺灣是先進的，所以憑這些，對臺灣來講已是一種文化資源，現在回歸祖國的懷抱，就有祖國那邊廣大的土地、人力資源、天然資源樣樣都有。這兩者結合起來，中國可成為一個強大的祖國，對強大祖國的憧憬，一種渴求啊！是存在於，根據我的說法，是存在於當時每個青年內心中。

　　為什麼需要一種強大的祖國？因為被外族統治過，就會有這樣一種渴切的憧憬，格外強烈，如果我們有那強大的祖國，又有我們臺灣的像我剛剛說的，工業基礎也好，科技基礎也好，建設起來，就可不受外族欺負。

　　我這樣的說法，有一個評論家說：令人哭笑不得，現在年輕一輩的可能會哭笑不得，但對當時的我來講，是一種懇切的，切實的感覺啊！

　　這本書根本就是想要透露這樣的一個時代，我說的那個時代的精神。

　　那麼嗯！後來很快的那種精神被污染了，變成了無所不貪、無官不貪，像那個停在飛機場上的戰鬥機，本來在陽光下，那麼光輝燦爛，我們就會想到我們有這本來是日本人的最新銳的戰鬥機，而中國所沒有的，祖國所沒有的，現在變成我們的啦！這象徵著我剛剛所提到的那樣的心理狀態；這樣的東西，變成了我們的，但是飛機後來被支解了，希望也隨之破滅了。

　　不過我們可以用一種想法來看，中國人原本就有一種結構性的貪污啊！到了無所不貪、無人不貪、無處不貪的這樣的一個程度，使當時青年相當的失望，使整個所謂建設一個世界上強大的祖國，這個願望，完全的破滅。

　　戰鬥機的問題，我在《濁流三部曲》中《流雲》末尾有提到，一個青年人從山上看下來，在陽光下，戰鬥機燦爛的發出光芒，至於《濁流三部曲》未提到後來飛機被破壞，因為是在戒嚴時代下，使我沒辦法觸及。

　　《怒濤》，解嚴後，我可放手去寫，對我來說快慰生平，所以這本小說的完成，給我有欣慰感，我應該做的事情，又完成了一件。在這樣的心情下來寫作，當然不是文學作品，應有的態度。

　　那麼以上便是這本書所要探索的。描述臺灣人精神史中，其中的一段，400 年來，臺灣人的精神是非常的重要的值得去探討的，將來有人能寫出來，對臺灣人便能有更清楚的瞭解。現在來交換意見。

　　問：鄭清文先生曾訪問鍾老師，談到《怒濤》中插入日語的問題，認為這是「音容宛在」似的表達方式，可不可以請您具體說明一下為何要用日語來書寫其中人物的對話？

　　鍾肇政答：這一點經常被人提起的，大部分的反應是高興的居多，簡單說是我希望能在這部作品裡面重組當時社會的真實情況，用一種最原始的所謂的寫實的方式。那時候的年輕人都是用日本話交談，那是日本時代的「國語」。不但是日語，書中也有一些福佬話、不少的客語等，甚至來自大陸的女性與臺灣青年言語不通，只好以英語交談。

　　問：這個問題和《怒濤》不太相關，但本人很感興趣，請鍾老師談一下您 在 1950 年代曾接觸不少前衛思想指的是什麼？作品內容、手法如何？不知目前稿子還在嗎？

　　鍾肇政答：前衛思想是對傳統思想的一種翻新或稱叛逆，發源於本世紀法國，以文學言，從古典主義到浪漫主義、新古典主義、自然主義、寫實主義，這是西洋文學演變的大概，到了本世紀有所謂前衛思想崛起，注

重心理的追求，如意識流的手法，把一個人內心的思考轉變，化為文字表達出來，描述一個人意識像河流般的流動，所以叫作意識流，最近幾年來又有後現代啦，結構主義等五花八門。臺灣 1950 年代末期，白先勇一批人發起的現代文學理念，介紹了很多前衛的作品，漸漸擺脫了過去的反共八股文學，歌功頌德所謂「歌德派」作品，有新的小說出來。當時我所嘗試寫的一些實驗性作品多半沒有發表，後來《臺灣文藝》創刊，有大部分作品在此發表，少部分也遺失了。

問：請黃小姐回憶一下妳第一次讀《怒濤》的情形。

黃秋芳答：回憶我第一次讀《怒濤》的時候，先是感到悲慘，想到這個時代誰願意讀這麼厚的書——很快的我第一次讀完這本書，很感動，也希望大家都能擁有這本書、讀完這本書。第二次讀時，我就分章節、作大意，第三次才開始找各種不同的角度去欣賞它。

問：鍾老師在《怒濤》中有精采的各種語言、對話，何以獨漏原住民的聲音，請鍾老師說明。

鍾肇政答：溢美的話我是不敢當，獨漏原住民的聲音確實是我沒有設想周到的地方，不過日語、福佬、客語、北京語、英文，我都還能處理出來，獨對於原住民的語言我是一竅不通，算是本書一個缺陷，我非常同意這位朋友的見解。

問：鍾老師老而彌健，李喬說您至少還有 15 年的創作生涯，在此預祝鍾老師再創高峰，佳作源源不斷，為臺灣文學留下更寶貴的篇章，鍾老師完成《怒濤》後是否有接下來的寫作計畫？

鍾肇政答：非常感謝這位朋友的關照，我是老而彌健嗎？我自己也不敢肯定，在《怒濤》完成後，下一部作品一直在我的眼前可望而不可及，就是《高山組曲》的第三部，寫原住民參與二二八事件的那場壯烈的戰事，原住民一直是我關心的，我已經寫了不少原住民為背景的作品小說，而白色恐怖牽涉到共產主義，能不能處理好，對我還是個問題，我認為人類生存在地球上，最理想的境界就是所有的生產分配都是平均，不會有富

人、窮人，然而如此理想的境界，愚昧的人類恐怕永遠都不會達到。我能寫，活著就覺得有意思，不能寫活著也無趣啊。

　　問：請問黃小姐自己本身有沒有什麼寫作計畫？關於本土？

　　黃秋芳答：我已經在寫了，早期是不怎麼成功的寫了一個漁村背景的小說，發表在《自立早報》，當時的主編是劉克襄，他寫了封信給我，對我來說這是一個里程碑，一個比較難看的里程碑，我會再努力的。《客家生活紀事》這一系列發表完之後，最近在《自由時報》我又發表了一系列的《臺灣風物一百》，就是記錄一些閩南也好，客家也好的過去用的一些東西，一個小東西一小篇，我是站在一個等待更寬闊更包容的新族群的立場寫每一樣東西，希望自己有一天能用比較好的里程碑寫一篇閩南語創作的好小說。謝謝。

　　主辦單位：感謝各位學員的辛苦用心，討論會在此結束，謝謝。

　　　　　　　　——選自莊紫蓉、錢鴻鈞編《鍾肇政全集 37・年表、補遺、演講大綱》
　　　　　　　　桃園：桃園縣文化局，2004 年 11 月

輯五◎
研究評論資料目錄

作家生平、作品評論專書與學位論文

專書

1. 鍾肇政，東方白著；張良澤編　　臺灣文學兩地書　臺北　前衛出版社　1993
年 2 月　333 頁

本書收錄東方白與鍾肇政 1979 年至 1991 年間的書信往來，記錄美麗島事件後臺灣
社會文化情勢及兩人之文學觀與情誼。

2. 錢鴻鈞編　　臺灣文學兩鍾書　臺北　草根出版公司　1998 年 2 月　413 頁

本書是鍾理和與鍾肇政在 1957—1960 年間書信往返的集結，共 138 封信，信中可見
兩人對臺灣文學深刻的反省，亦是第一手的臺灣文學史料。正文後附錄 2 篇〈文友
書簡〉及 16 次的〈文友通訊〉。

3. 鍾肇政　　鍾肇政回憶錄〔全 2 冊〕　臺北　前衛出版社　1998 年 4 月　344
頁

本書共二冊：第一冊又名《徬徨與掙扎》，為鍾肇政自述其生活歷程之著作。全書
共 13 部分，1.徬徨少年時——記五十年前的中學生活；2.我的頑童生涯；3.歌仔戲到
宜人京班——一個頑童的傳統戲劇經驗；4.失落的靈潭；5.六十六首未完成的詩篇—
—一個小小樂迷的回憶；6.翠谷門樓夕陽中；7.讀書生活瑣憶——《西洋文學欣賞》
後記；8.蹣跚步履說從頭——卅五年筆墨生涯哀歡錄；9.感慨話五〇年代；10.細數滄
桑話當年——卅年來《臺灣文藝》出版回顧；11.旅美三週鱗爪——初提「臺灣文學
發展基金會」構想；12.血淚的文學、掙扎的文學——七十年臺灣文學的發展縱橫
談；13.永恆的摯情——記我的兩位同窗好友好從「老朋友」說起。第二冊又名《文
壇交遊錄》，為鍾肇政自述過去在文壇中與其他作家交往的情形，兼及悼念故世好
友。全書共收錄 19 篇文章：1.那一段青春歲月——記《文友通訊》的青春群象；2.
倒在血泊裡的筆耕者——鍾理和；3.鐵血詩人吳濁流；4.勞動者之歌——談楊逵和他
的戲劇集；5.殖民地文學巨擘——龍瑛宗；6.臺灣文學之鬼——葉石濤；7.文壇狂士
——施明正；8.滾滾大河天上來——談東方白和他的《浪淘沙》；9.含淚的歡呼——
聞東方白巨著《浪淘沙》完成書感；10.臺美文學旗手——黃娟和她的《愛莎岡的女
孩》；11.重建臺灣文化的拓荒者——談我所認識的謝里法；12.青春的日子——悼念
老友文心；13.老兵不死——懷念老友張彥勳；14.我來寫劉還月——和他的的《尋訪
臺灣平埔族》；15.從新潮文庫到臺灣文庫——簡介林衡哲和他的新著《雕出臺灣文
化之夢》；16.光的追尋——施明德和他的《囚室之春》；17.迷幻的二七部隊真相—
—讀鍾逸人著《辛酸六十年》；18.重建臺灣精神——寫給鍾逸人著《辛酸六十

年》；19.我與臺灣歌謠之父——鄧雨賢。

4. 真理大學臺灣文學系編　福爾摩莎的文豪——鍾肇政文學會議論文集　臺北 真理大學臺灣文學系　1999 年 11 月　193 頁

本書為鍾肇政文學會議論文集，全書包含 3 部分：1.專題演講，收錄錢鴻鈞〈《插天山之歌》與臺灣靈魂的工程師〉、李喬〈鍾肇政文學面面觀〉；2.論文發表，收錄陳姿蓉〈傳記與小說——鍾肇政的傳記小說〉、胡紅波〈鍾肇政兩套《三部曲》裡的山歌、採茶和民俗語言〉、曾喜城〈試論鍾肇政《魯冰花》小說及電影〉、彭錦華〈南北二鍾的傳統空間論述〉、莫渝〈借鑑、慚愧與虛擬——談鍾肇政的翻譯書《朝鮮的抗日文學》〉、施正鋒〈鍾肇政的認同觀——以《濁流三部曲》為分析主軸〉；3.專題座談「文學兩國論大家談」——主持人：李敏勇；與會者：李喬、李魁賢、施正鋒、陳萬益。正文後附錄〈會議緣起〉、〈為臺灣堅持土地的風標——寫在「鍾肇政文學會議」之前〉、〈鍾肇政先生學、經歷〉、〈鍾肇政先生文學年譜〉、〈鍾肇政先生著作目錄〉、〈鍾肇政文學成就佳評如潮〉。

5. 鍾肇政著；張良澤編　肝膽相照：鍾肇政・張良澤往返書信集　臺北　前衛 出版社　1999 年 11 月　430 頁

本書為《肝膽相照——鍾肇政・張良澤往返書信集》的鍾肇政卷，收錄 1961—1997 年間，鍾肇政寫給張良澤的信，共 263 封。

6. 黃秋芳　鍾肇政的臺灣塑像　臺北　時報文化出版公司　2000 年 12 月　180 頁

本書為第 3 屆國藝會文藝獎得獎者傳記，記錄了鍾肇政從少年至今的生命和文學歷程。全書共 7 章：1.徬徨少年時；2.不會消失的足跡；3.如果這樣就過了一輩子；4.忽然開了一扇窗；5.生命主題；6.繁華高原；7.禮物。正文後附錄〈閱讀年表〉。

7. 陳萬益主編　大河之歌：鍾肇政文學國際學術會議論文集　桃園　桃園縣文 化局　2003 年 12 月　419 頁

本書為祝賀鍾肇政八十大壽所舉辦之「鍾肇政文學國際學術會議」的論文集。共收論文 12 篇：1.胡紅波〈鍾肇政的鄉土關懷與實踐——「河壩系列」作品試析〉；2.余昭玟〈鍾肇政的跨語歷程與創作轉折〉；3.錢鴻鈞〈《滄溟行》與法理抗爭——論鍾肇政的創作意識〉；4.黃秋芳〈從《馬利科灣英雄傳》談鍾肇政的英雄追尋、浪漫嚮往與在地時空構築〉；5.陳建忠〈後戒嚴時期的後殖民書寫：論鍾肇政《怒濤》中的「二二八」歷史建構〉；6.林瑞明〈論鍾肇政的「高山組曲」——《川中島》的戰火〉；7.彭瑞金〈《插天山之歌》背後的臺灣小說書寫現象探所〉；8.王昭文〈《八

角塔下〉的臺灣連翹精神〉；9.歐宗智〈臺灣文學的萬里長城——鍾肇政相關書簡對
於建構臺灣文學之意義〉；10.陳芳明〈鍾肇政小說的現代主義實驗——〈中元的構
圖〉的再閱讀〉；11.呂新昌〈從《臺灣文藝》的發行看戰後臺灣文學的發展——以
吳濁流、鍾肇政爲中心〉；12.鍾佩伶〈從《魯冰花》尋找客家臺灣人的根——一位
海外臺灣人的觀點〉。正文後附錄塚本照和〈關於鍾肇政老師〉、葉笛〈鍾肇政—
—臺灣文壇的長跑健將〉、應鳳凰〈勤寫譯、多參賽、砥礪文友——鍾肇政與五〇
年代臺灣文學運動〉、鄭清文〈六〇年代的鍾肇政〉、張良澤〈一九七〇年代的鍾
老大——煎熬與希望的中年時代〉、李喬〈八〇年代的「臺文」運動〉、張恆豪
〈夢想依然在心中澎湃——九〇年代鍾肇政的文學運動〉、下村作次郎〈春風化雨
——受教於鍾肇政先生的臺灣文學〉等 8 篇文章。

8. 楊和穎主編　桃園縣老照片故事 3・鍾肇政的文學影像之旅　桃園　桃園縣文
化局　2005 年 7 月　120 頁

本書收錄鍾肇政照片以呈現其生活歷程。全書共 4 部分：1.滄海隨筆；2.澎湃不息的
臺灣文學大河；3.大事紀；4.行跡地圖。正文前有〈前言〉、謝小韞〈局長的話〉、
莊育振〈編者的話〉、鍾肇政〈自序〉。

9. 錢鴻鈞　臺灣文學的萬里長城：鍾肇政六百萬字書簡研究　臺北　文英堂出
版社　2005 年 11 月　431 頁

本書主要論述鍾肇政的文學創作與思想，以「書簡」作爲輔證。全書包含「評論
集」、「推介文」及「後記、隨筆」3 部分，共 18 篇論文：1.《滄溟行》與法理抗
爭——論鍾肇政的創作意識；2.《魯冰花》與《法蘭達斯的靈犬》的比較——談鍾肇
政的創作歷程；3.戒嚴體制下的反抗書寫：鍾肇政小說《沉淪》的臺灣人形象；4.
《濁流三部曲》的愛戀心理三典型；5.客家臺灣文學網站鍾肇政的作家導讀；6.客家
臺灣文學網站鍾延豪的作家導讀；7.「行政院文化獎」推薦書；8.「總統文化獎」推
薦書；9.作家介紹——《臺灣文學十講》與《歌德激情書》；10.慶賀新版兩部大河
小說出版——談鍾肇政文學風格與思想成就；11.附錄：蹦至龍潭的天外文學巨石—
—《鍾肇政全集》朱立倫縣長序；12.《情深書簡》編後記；13.《歌德激情書》讀者
迴響——痛苦的幸福；14.實現夢想——從「鍾肇政文學國際學術會議」到「國家鍾
肇政文學館」；15.一粟隨筆（一）尖石鄉之春；16.一粟隨筆（二）鍾老八十大壽祝
賀文——憑藉的只有筆與柔軟的心；17.爲《客家雜誌》專輯寫鍾老——臺灣和平社
會的推動者；18.「南葉北鍾」的遺產——臺灣文學。

10. 鍾肇政主講；彭瑞金總編輯　鍾肇政口述歷史：「戰後臺灣文學發展史」十
二講　臺北　唐山出版社　2008 年 7 月　393 頁

本書爲鍾肇政演講及講談紀錄集結，內容涵蓋鍾肇政之寫作理念、經驗及戰後臺灣文壇活動發展。共 12 講：1.ㄅㄆㄇㄈ是啥麼哇糕？──戰後語言轉換期的臺灣；2.臺灣文學的秘密結社──文友通訊時期的臺灣文學；3.我是臺獨三巨頭？──我在白色恐怖的年代；4.南北兩鍾與文壇四將──與同輩作家的交誼；5.大主編與小作家──臺灣文藝與民眾日報副刊；6.橫看成嶺側成峰──與戰後第二代作家的交誼；7.街頭狂飆的年代──臺灣筆會與客家運動；8.濁水後浪推前浪──與戰後第三代作家的交誼；9.自古英雄出少年──90 年之後的文學展望；10.陸志龍就是鍾肇政──我的兩部自傳體小說；11.他們不是中華民族──我小說中的原住民經驗；12.八旬老翁的秘辛──我小說中的愛情與女人。正文後附錄〈鍾肇政生平大事記〉。

學位論文

11. 王淑雯　　大河小說與族群認同──以《臺灣人三部曲》、《寒夜三部曲》、《浪淘沙》爲焦點的分析　臺灣大學社會學系　碩士論文　蕭新煌教授指導　1994 年 7 月　121 頁

本論文從族群認同角度切入，試圖勾勒出小說文本及社會脈絡中臺灣意識與中國意識之變遷，以及小說與社會之間在族群認同上所可能產生的互動。全文共 5 章：1.導論；2.悲劇英雄的鄉土悲歌；3.從亞細亞孤兒的哭聲中覺醒──《寒夜三部曲》的分析；4.在歷史的裂痕中求存──剖析《浪淘沙》；5.結論。

12. 黃靖雅　　鍾肇政小說研究　東吳大學中國文學研究所　碩士論文　施淑女教授指導　1994 年　153 頁

本論文析論重點爲鍾氏之「大河小說」、「知識份子形象」、「婦女形象」及「原住民文學」。全文共 7 章：1.緒論；2.鍾肇政傳略與文學因緣；3.論鍾肇政的大河小說；4.論鍾肇政的原住民文學；5.論鍾肇政小說中的知識份子形象；6.論鍾肇政小說中的女性形象；7.結論。正文後附錄〈鍾肇政作品一覽表〉。

13. 張謙繼　　鍾肇政《臺灣人三部曲》研究　文化大學中國文學系　碩士論文　陳愛麗教授指導　1996 年　158 頁

本論文旨在確立《臺灣人三部曲》在臺灣「大河小說」發展史的地位，並釐清鍾肇政的「文學體」，從而顯出其作品對臺灣文學發展的意義，得到應有的文學定位。全文共 7 章：1.緒論；2.《臺灣人三部曲》成書始末；3.小說類型；4.主題研究；5.寫作技巧；6.人物研究；7.結論。

14. 王慧芬　　臺灣客籍作家長篇小說中人物的文化認同　東海大學中國文學系

碩士論文　洪銘水教授指導　1999 年　350 頁

本論文以吳濁流《亞細亞的孤兒》、鍾理和《笠山農場》、鍾肇政《濁流三部曲》、《臺灣人三部曲》、《怒濤》、李喬《寒夜三部曲》等長篇小說為主軸、其他個人作品為參考資料印證，從個人自我意識開始，接著談論歷史與經驗所造成的民族意識，最後解讀臺灣意識的建構與臺灣本土文化的認同。全文共 6 章：1.緒論；2.吳濁流的臺灣意識；3.鍾理和幻滅的烏托邦；4.鍾肇政的客族精神；5.李喬的悲苦大地；6.比較與結論。

15. 林明孝　　鍾肇政長篇自傳性小說研究　中山大學中國文學系　碩士論文　龔顯宗教授指導　2000 年　146 頁

本論文以鍾肇政的《濁流三部曲》、《八角塔下》及《青春行》為研究材料，從生平與時代背景切入，以分析鍾肇政長篇自傳性小說所體現出的意義。全文共 6 章：1.序論；2.鍾肇政生平及其時代背景；3.鍾肇政文學思想於作品中的映現；4.鍾肇政長篇自傳性小說分析；5.鍾肇政長篇自傳性小說的意義；6.結論。正文後附錄〈鍾肇政年表〉。

16. 楊嘉玲　　臺灣客籍作家文學作品改編電影研究　成功大學藝術所　碩士論文　石光生教授指導　2001 年 1 月　201 頁

本論文探究臺灣客籍作家的文學作品與電影的結合，以鍾理和《原鄉人》、鍾肇政《魯冰花》、吳錦發《秋菊》、藍博洲《幌馬車之歌》為分析文本。全文共 5 章：1.臺灣客籍作家的文學軌跡；2.原著與電影之情節鋪陳；3.人物與語言之異同；4.時空‧韻律與主題之比較；5.客家文化意識在原著與電影的省思。正文後附錄：鍾肇政、鍾鐵民電話訪談摘錄；鍾肇政、鍾理和生平寫作年表。

17. 郭秀理　　論鍾肇政的《魯冰花》　臺東師範學院兒童文學研究所　碩士論文　林文寶教授指導　2002 年　145 頁

本論文旨在分析《魯冰花》，包括作家與作品的關係、故事背景、結構、基調、人物刻畫及形象、主題等，並指出其成就。全文共 6 章：1.緒論；2.鍾肇政與《魯冰花》；3.《魯冰花》的結構與基調；4.《魯冰花》人物刻畫與形象；5.《魯冰花》的主題；6.結論。正文後附錄〈鍾肇政得獎紀錄一覽表〉。

18. 林美華　　鍾肇政大河小說中的殖民地經驗　成功大學歷史學系　碩士論文　李漢偉，林瑞明教授指導　2004 年 1 月　177 頁

本論文主要是透過鍾肇政 3 部大河小說：《濁流三部曲》、《臺灣人三部曲》、《高山組曲》的文本與主題研究，來綜合探討 1945 年大戰結束以前，臺灣人被日

本人統治的殖民地經驗有何相異之處與共同點。全文共 6 章：1.緒論；2.認同觀的矛盾、游移與衝突；3.「內臺」絕望的情愛；4.武力抗日到文化抗日；5.皇民教育與「志願兵」；6.總結。正文後附錄〈鍾肇政年表〉。

19. 楊明慧　　臺灣文學薪傳的一個案例——由吳濁流到鍾肇政、李喬　東海大學中國文學系　碩士論文　魏仲佑教授指導　2004 年 10 月　145 頁

本論文從文學史的角度探討吳濁流、鍾肇政及李喬三者之間的承襲、影響關係。全文共 5 章：1.緒論；2.吳濁流及其文藝心靈；3.《臺灣文藝》與「吳濁流文學獎」；4.文學工作的繼承人——鍾肇政、李喬；5.結論。

20. 郭慧華　　鍾肇政小說中的原住民圖像書寫　臺灣師範大學國文學系在職進修碩士班　碩士論文　許俊雅教授指導　2004 年　243 頁

本論文研究鍾肇政的 7 部長篇、8 部短篇「原住民相關作品」，將其作品所呈現的思想內容與寫作策略做較清晰的整理，依各項主題加以分析、歸納其所塑造的原住民圖像中男性女性的特色，追索這些圖像反映出的作者情感投射與浪漫想像。除緒論及結論外，全文共 9 章：1.鍾肇政的原住民相關寫作背景；2.《馬黑坡風雲》中的原住民圖像書寫；3.《插天山之歌》中的原住民圖像書寫；4.《馬利科彎英雄傳》中的原住民圖像書寫；5.《川中島》中的原住民圖像書寫；6.《戰火》中的原住民圖像書寫；7.《卑南平原》中的原住民圖像書寫；8.《怒濤》中的原住民圖像書寫；9.其他短篇作品的原住民圖像書寫。正文後附錄〈族群融合的神話——試論《泰姆山記》〉、〈鍾肇政訪問記錄〉。

21. 曾盛甲　　鍾肇政小說鄉土情懷之研究——以《大壩》與《大圳》為例　臺灣師範大學國文學系在職進修碩士班　碩士論文　廖吉郎教授指導　2004 年　214 頁

本論文研究針對鍾肇政小說一貫之「鄉土情懷」精神作探討，並以《大壩》與《大圳》為例，試圖自「點」的論述，延伸成「線」，最後擴大成「面」，以綜括鍾肇政在臺灣文學這條路上的辛勤付出與偉大貢獻。全文共 6 章：1.緒論；2.鍾肇政創作背景之探討；3.《大壩》作品內容之探討；4.《大圳》作品內容之探討；5.《大壩》與《大圳》作品思想之探討；6.結論。正文後附錄〈鍾肇政年表略編〉。

22. 洪正吉　　鍾肇政長篇小說中的女性人物研究　臺南大學語文教育學系教學碩士班　碩士論文　張清榮教授指導　2005 年 7 月　170 頁

本論文引用西方女性主義理論，與歷史文本結合，再從外在形象、內心世界、言行刻畫，以及情節刻畫分析鍾氏所塑造的女性形象，從「日、臺之戀」、理想女性的

追求、各類型女性追求愛情之異同討論鍾氏小說群中所刻畫的女性情戀故事。全文共 6 章：1.緒論；2.鍾肇政小說中的女性主題；3.鍾肇政小說中的女性情戀；4.鍾肇政小說中的女性形象刻畫；5.人物形象的對比刻畫；6.結論。正文後附錄〈鍾肇政長篇小說中的女性角色一覽表〉、〈鍾肇政筆下女性追求愛情的方式及結果〉。

23. 劉奕利　　臺灣客籍作家長篇小說中女性人物研究——以吳濁流、鍾理和、鍾肇政、李喬所描寫日治時期女性爲主　高雄師範大學國文學系　碩士論文　李若鶯教授指導　2005 年 7 月　393 頁

本論文以吳濁流《亞細亞的孤兒》、鍾理和《笠山農場》、鍾肇政《濁流三部曲》及《臺灣人三部曲》、李喬《寒夜三部曲》爲主，探討日治時期（1895—1945）及其前後的女性人物的形象、主要性格和自身境遇的理解及其反應，分析客家男作家筆下形成女性的共相與殊相的創作特色，以及客籍作家與非客籍作家之間的差異。全文共 6 章：1.緒論；2.生命源頭的母親；3.蓬草飄飛的童養媳；4.勞動階層的女性；5.知識階層的女性；6.結論。

24. 丁世傑　　臺灣家族敘事的記憶與認同　臺北教育大學臺灣文學研究所　碩士論文　趙天儀教授指導　2007 年 1 月　201 頁

本論文以吳濁流、庄司總一、鍾肇政、李喬與李榮春 5 位具代表性的前行代作家，探討其家族敘事涉及殖民地經驗的小說，再就歷史記憶與自我認同的角度，解析在殖民現代化下，臺灣人從家鄉游離出後的認同歸屬、家族及其文化於其中扮演的作用，進一步了解作家們如何透過家族敘事演繹其意識形態，細膩描繪臺灣人的命運。全文共 5 章：1.緒論；2.殖民地經驗：吳濁流與庄司總一的認同小說；3.主體性的建構：鍾肇政與李喬的大河小說；4.記憶的呼喚：李榮春的懷舊小說；5.結論。

25. 董砡娟　　鍾肇政小說中反殖民意識之研究——以《臺灣人三部曲》、《怒濤》爲例　臺東大學教育所　碩士論文　詹卓穎教授指導　2007 年 8 月　107 頁

本論文主要以鍾肇政這 2 部分別於戒嚴與解嚴時代完成的小說——《臺灣人三部曲》、《怒濤》的文本與主題研究，探究鍾肇政在不同的殖民經驗下，所傳達的反殖民意識內涵及其意義。全書共 5 章：1.緒論；2.鍾肇政的生活經驗與文學創作背景；3.《臺灣人三部曲》、《怒濤》中，殖民體制下的衝突與現象；4.《臺灣人三部曲》、《怒濤》中反殖民意識的觀察；5.結論。正文後附錄〈鍾肇政生平紀事〉及〈寫作年表〉。

26. 王偉音　　鍾肇政與吳錦發成長小說研究——以《八角塔下》、〈春秋茶室〉為例　雲林科技大學漢學資料整理研究所　碩士論文　葉連鵬教授指導　2008 年 1 月　173 頁

本論文藉由鍾肇政的《八角塔下》與吳錦發的〈春秋茶室〉為研究對象，探討在成長小說的創作中，作品所隱含的蘊意以及寫作表現的手法。全文共 6 章：1.緒論；2.作者介紹；3.青少年面臨的成長課題；4.作者傳達的成長體悟；5.《八角塔下》與〈春秋茶室〉的寫作手法；6.結論。正文後附錄〈鍾肇政所處時代與生平〉。

27. 徐惠玲　　臺灣現代小說中的淡水校園成長書寫——以鍾肇政《八角塔下》、蔡素芬《橄欖樹》為研究對象　臺灣師範大學國文學系在職進修碩士班　碩士論文　許俊雅教授指導　2008 年 12 月　180 頁

本論文以鍾肇政的《八角塔下》與蔡素芬的《橄欖樹》為研究對象，透過對作品的分析，進一步了解在日治時代和 1980 年代的時空背景下，學生生活所涉及的各種複雜面向。全文共 6 章：1.緒論；2.文化場域——淡水的發展與變遷；3.《八角塔下》文本研究；4.《橄欖樹》文本研究；5.綜合分析；6.結論。

28. 劉玉慧　　歷史記憶與傷痕的書寫——鍾肇政《怒濤》研究　中興大學臺灣文學研究所　碩士論文　羅秀美，朱惠足，陳建忠教授指導　2010 年 1 月　120 頁

本論文以鍾肇政作品《怒濤》為研究藍本，以作者的生平事蹟、成長背景、寫作風格為起點，運用俄國文學評論家巴赫汀（Bakhtin）的文化理論、薩依德（Edward W. Said）的「後殖民理論」、傷痕文學理論及傅柯的新歷史理論，從後殖民、傷痕文學及歷史小說三個面向，剖析鍾肇政的《怒濤》。最後，再與其他親身經歷「二二八事件」的小說家之作品做比較，藉以釐清「二二八事件」在臺灣文學史上的意義。全文共 5 章：1.緒論；2.活在大歷史中：鍾肇政的生活世界及文化背景；3.歷史記憶與身分認同：從後殖民／再殖民看《怒濤》；4.歷史記憶與二二八傷痕：從傷痕論述看《怒濤》；5.結論。

29. 王志仁　　臺灣客家小說移民書寫之探究——以吳濁流、鍾理和、鍾肇政、李喬作品為例　高雄師範大學客家文化研究所　碩士論文　彭瑞金教授指導　2010 年 2 月　150 頁

本論文以文本分析及史料分析作為論述方法，比較吳濁流、鍾理和、鍾肇政、李喬作品中的移民形象。全文共 6 章：1.緒論；2.吳濁流作品中的漢民族意識與殖民地

命運衝擊；3.鍾理和的爲愛離開故鄉；4.鍾肇政筆下被外力擠迫出來的住民意識；5.李喬撰寫《寒夜》裡不能回頭的移民；6.結論。

30. 吳欣怡　　敘史傳統與家國圖像：以呂赫若、鍾肇政、李喬爲中心　清華大學中國文學系　碩士論文　祝平次、柳書琴　**2010 年　159 頁**

本論文以呂赫若、鍾肇政及李喬的小說作品爲研究對象，探討歷史事件、社會現象對於臺灣大河小說的發展所形成的影響，並進一步比較不同世代作家的敘史手法與風格。全文共 5 章：1.緒論；2.1940 年代「臺灣」敘史欲求的浮顯；3.大河小說登場與敘史傳統的確立；4.大河小說中的家國圖像；5.結論。

作家生平資料篇目

自述

31. 鍾肇政　　《濁流》後記　中央日報　1961 年 12 月 31 日　7 版

32. 鍾肇政　　《濁流》後記　鍾肇政全集・年表、補遺、演講大綱　桃園　桃園縣文化局　2004 年 11 月　頁 337—339

33. 鍾肇政　　我怎樣寫《濁流》（上、中、下）　中華日報　1962 年 12 月 25—27 日　7 版

34. 鍾肇政　　我怎樣寫《濁流》　鍾肇政全集・隨筆集 7、歌德文學之旅、八十大壽紀念文集（上）　桃園　桃園縣文化局　2004 年 3 月　頁 59—67

35. 鍾肇政　　光復廿年來的臺灣文壇　自由談　第 16 卷第 1 期　1965 年 1 月 1 日　頁 73

36. 鍾肇政　　光復廿年來的臺灣文壇　鍾肇政全集・隨筆集 3　桃園　桃園縣文化局　2001 年 4 月　頁 540

37. 鍾肇政　　二十年來臺灣文藝的發展　徵信新聞報　1965 年 10 月 25 日　10 版

38. 鍾肇政　　二十年來臺灣文藝的發展　鍾肇政全集・隨筆集 3　桃園　桃園縣文化局　2001 年 4 月　頁 551

39. 鍾肇政　　佳作作者簡介——自傳　臺灣文藝　第 11 期　1966 年 4 月　頁 44

　　　　　　　　　　—45

40. 鍾肇政　　蹉跎歲月說從頭　幼獅文藝　第 169 期　1968 年 1 月　頁 139—
　　　　　　　167

41. 鍾肇政　　《沉淪》自序　臺灣日報　1968 年 5 月 3 日　8 版

42. 鍾肇政　　《沉淪》自序　鍾肇政全集・年表、補遺、演講大綱　桃園　桃園
　　　　　　　縣文化局　2004 年 11 月　頁 360—362

43. 鍾肇政　　願做一個辛勤的園丁　臺灣文藝　第 25 期　1969 年 10 月　頁 11
　　　　　　　—12

44. 鍾肇政　　一年間　幼獅文藝　第 193 期　1970 年 1 月　頁 32—33

45. 鍾肇政　　我們對文學的意見——建立民族文學　文壇　第 120 期　1970 年 6
　　　　　　　月　頁 12

46. 鍾肇政　　關於《馬黑坡風雲》（上、中、下）　臺灣新生報　1972 年 1 月
　　　　　　　12—14 日　10 版

47. 鍾肇政　　關於鍾肇政三書[1]　文學臺灣　第 22 期　1977 年 4 月　頁 29—41

48. 鍾肇政　　我的第一篇作品、我的第一步　中國時報　1978 年 4 月 12 日　12
　　　　　　　版

49. 鍾肇政　　我的第一篇作品　我的第一步（上）　臺北　時報文化出版公司
　　　　　　　1981 年 5 月　頁 238—244

50. 鍾肇政　　我的第一篇作品　鍾肇政全集・隨筆集 4　桃園　桃園縣文化局
　　　　　　　2002 年 11 月　頁 738—745

51. 鍾肇政　　憶昔紅顏少年　聯合報　1978 年 4 月 25 日　12 版

52. 鍾肇政　　光復節，文學，我　自由談　第 28 卷第 10 期　1978 年 10 月　頁
　　　　　　　12—13

53. 鍾肇政　　《濁流三部曲》——完整問世　民眾日報　1979 年 3 月 10 日　12
　　　　　　　版

54. 鍾肇政　　日據時期臺灣文學的盲點——對「皇民文學」的一個考察　聯合報

---

[1]「鍾肇政三書」為《臺灣文學兩鍾書》、《鍾肇政回憶錄〔2 冊〕》。

1979 年 6 月 1 日　12 版

55. 鍾肇政　日據時期臺灣文學的盲點　臺灣文藝　第 63 期　1979 年 7 月　頁 11—21

56. 鍾肇政　關於眾副小說選集　民眾日報　1979 年 8 月 31 日　12 版

57. 鍾肇政　力事耕耘　中國文藝協會創立卅週年紀念文集　臺北　中國文藝協會　1980 年 5 月　頁 185—187

58. 鍾肇政　剝狗皮的日子　書與我（一）　臺北　中華日報社　1980 年 6 月　頁 205—211

59. 鍾肇政　安部公房與砂丘之女　砂丘之女及其他　臺北　純文學出版社　1981 年 2 月　頁 1—10

60. 鍾肇政　歲首偶感　臺灣時報　1983 年 2 月 17 日　8 版

61. 鍾肇政　艱困孤寂的足跡——簡述四十年代本省鄉土文學　文訊雜誌　第 9 期　1984 年 3 月　頁 132—133

62. 鍾肇政　艱困孤寂的足跡——簡述四十年代本省鄉土文學　鍾肇政全集‧隨筆集 2　桃園　桃園縣文化局　2000 年 12 月　頁 471

63. 鍾肇政　小小的「一年之計」　臺灣時報　1985 年 2 月 24 日　8 版

64. 鍾肇政　我從事文學的經驗　臺灣文學的過去與未來　臺北　臺灣文藝雜誌社　1985 年 3 月　頁 156—164

65. 鍾肇政　山地文學的嘗試——談「高山組曲」寫作的經過　自立晚報　1985 年 4 月 23 日　10 版

66. 鍾肇政　山地文學的嘗試——談「高山組曲」寫作的經過　臺灣文學入門文選　臺北　前衛出版社　1989 年 10 月　頁 228—233

67. 鍾肇政　自序　川中島　臺北　蘭亭書店　1985 年 4 月　頁 3—10

68. 鍾肇政　自序　戰火　臺北　蘭亭書店　1985 年 4 月　頁 3—10

69. 鍾肇政　小小小說迷的故事　少男心事　高雄　敦理出版社　1985 年 5 月　頁 174—177

70. 鍾肇政　徬徨少年時　人生船　臺北　爾雅出版社　1985 年 7 月　頁 6—7

71. 鍾肇政　文學行腳——臺灣文學在日本　聯合文學　第 18 期　1986 年 4 月　頁 94—103

72. 鍾肇政　蹣跚履痕說從頭——卅五年筆墨生涯哀歡錄　臺灣新文化　第 6 期　1987 年 2 月　頁 26—41

73. 鍾肇政講；鍾喬記　我的寫作衝動仍在　中時晚報　1988 年 4 月 15 日　7 版

74. 鍾肇政講；鍾喬記　我的寫作衝動仍在　鍾肇政全集・訪談集、臺灣客家族群史總論　桃園　桃園縣文化局　2004 年 3 月　頁 300—301

75. 鍾肇政　悲歡歲月　文訊雜誌　第 35 期　1988 年 4 月　頁 16—17

76. 鍾肇政　悲歡歲月　結婚照　臺北　文訊雜誌社　1991 年 5 月　頁 81—84

77. 鍾肇政　我的老編生涯——40 年來臺灣文學發展之一側面　臺灣文學研究會筑波國際會議　日本　臺灣文學研究會　1989 年 7 月 31 日—8 月 2 日

78. 鍾肇政　我的老編生涯　鍾肇政全集・訪談集、臺灣客家族群史總論　桃園　桃園縣文化局　2004 年 3 月　頁 441—446

79. 鍾肇政講；蕭秀秀記　長篇小說的創作與欣賞　中縣文藝　臺中　臺中縣政府　1991 年 10 月　頁 76—79

80. 鍾肇政　序　臺灣文學兩地書　臺北　前衛出版社　1993 年 2 月　頁 1—6

81. 鍾肇政　自序　永恆的露意湖　桃園　桃園縣立文化中心　1993 年 6 月　頁 5—6

82. 鍾肇政　寫在前面　阿信（精華版）　臺北　文經出版社　1994 年 6 月〔5 頁〕

83. 鍾肇政　「退稿專家」之後　聯合文學　第 147 期　1997 年 1 月　頁 22

84. 鍾肇政　春夢了無痕——三談《文友通訊》　臺灣史料研究　第 9 期　1997 年 5 月　頁 28—33

85. 鍾肇政　序　臺灣文學兩鍾書　臺北　草根出版公司　1998 年 2 月　頁 1—6

86. 鍾肇政　後記　八角塔下　臺北　草根出版公司　1998 年 4 月　頁 397—399

87. 鍾肇政　又一個後記　八角塔下　臺北　草根出版公司　1998 年 4 月　頁 400

88. 鍾肇政　序　鍾肇政回憶錄（一）　臺北　前衛出版社　1998 年 4 月　頁 1—4

89. 鍾肇政　自序——也是回憶錄　鍾肇政回憶錄（二）　臺北　前衛出版社　1998 年 4 月　頁 1—5

90. 鍾肇政　發自後山的嘹亮歌聲　走過後山歲月　臺北　玉山社出版公司　1999 年 3 月　頁 4—9

91. 鍾肇政　非得獎感言　民眾日報　1999 年 8 月 8 日　17 版

92. 鍾肇政　鍾肇政序[2]　肝膽相照：鍾肇政・張良澤往返書信集　臺北　前衛出版社　1999 年 11 月　頁 1—5

93. 鍾肇政　肝膽相照——爲《張良澤、鍾肇政書簡集》出版而寫　臺灣日報　1999 年 12 月 6 日　31 版

94. 鍾肇政　鍾肇政序　鍾肇政全集・書簡集 2　桃園　桃園縣文化局　2002 年 11 月　頁 3—7

95. 鍾肇政　鍾肇政序[3]　臺灣文藝　第 171 期　2000 年 8 月　頁 123—124

96. 鍾肇政　鍾序　鍾肇政全集・書簡集 7　桃園　桃園縣文化局　2004 年 3 月　頁 3—5

97. 鍾肇政　一個臺灣作家的成長　臺灣文學十講　臺北　前衛出版社　2000 年 11 月　頁 25—78

98. 鍾肇政　一個臺灣作家的成長　鍾肇政全集・演講集　桃園　桃園縣文化局　2002 年 11 月　頁 37—69

99. 鍾肇政　小說創作經驗　臺灣文學十講　臺北　前衛出版社　2000 年 11 月　頁 175—190

---

[2]本文後改篇名爲〈肝膽相照——爲《張良澤、鍾肇政書簡集》出版而寫〉。
[3]本文後改篇名爲〈鍾序〉。

100. 鍾肇政　　小說創作經驗　鍾肇政全集・演講集　桃園　桃園縣文化局　2004 年 3 月　頁 146—158

101. 鍾肇政　　小說創作種種——《怒濤》　臺灣文學十講　臺北　前衛出版社　2000 年 11 月　頁 208—211

102. 鍾肇政　　小說創作種種——《怒濤》　鍾肇政全集・演講集　桃園　桃園縣文化局　2004 年 3 月　頁 173—175

103. 鍾肇政　　小說創作種種——發表《臺灣人》的曲折經過　臺灣文學十講　臺北　前衛出版社　2000 年 11 月　頁 214—220

104. 鍾肇政　　小說創作種種——發表《臺灣人》的曲折經過　鍾肇政全集・演講集　桃園　桃園縣文化局　2004 年 3 月　頁 178—183

105. 鍾肇政　　自傳體小說——《濁流三部曲》　臺灣文學十講　臺北　前衛出版社　2000 年 11 月　頁 272

106. 鍾肇政　　自傳體小說——《濁流三部曲》　鍾肇政全集・演講集　桃園　桃園縣文化局　2004 年 3 月　頁 226

107. 鍾肇政　　苦寫的年代——《圳旁人家》後記　臺灣新聞報　2001 年 7 月 8 日　20 版

108. 鍾肇政　　苦寫的年代——《圳旁人家》後記　鍾肇政全集・隨筆集 7、歌德文學之旅、八十大壽紀念文集（上）　桃園　桃園縣文化局　2004 年 3 月　頁 178—180

109. 鍾肇政　　臺灣精神《插天山之歌》及其他　臺灣文藝　第 178 期　2001 年 10 月　頁 6—10

110. 鍾肇政　　老編瑣憶——序《臺灣文藝小說選》　鍾肇政全集・隨筆集 4　桃園　桃園縣文化局　2002 年 11 月　頁 417—421

111. 鍾肇政　　關於《小說望春風》　鍾肇政全集・隨筆集 4　桃園　桃園縣文化局　2002 年 11 月　頁 476—477

112. 鍾肇政　　鍾肇政序　鍾肇政全集・書簡集 3　桃園　桃園縣文化局　2002 年 11 月　頁 3

113. 鍾肇政　　後記　鍾肇政全集・演講集　桃園　桃園縣文化局　2002 年 11 月
　　　　　　　頁 299—301

114. 鍾肇政　　從《怒濤》到臺灣文學　鍾肇政全集・演講集　桃園　桃園縣文
　　　　　　　化局　2002 年 11 月　頁 460—474

115. 鍾肇政　　少年維特的故事（7—9）　臺灣日報　2003 年 9 月 11—13 日　25
　　　　　　　版

116. 鍾肇政　　後記　歌德激情書　臺北　草根出版公司　2003 年 12 月　頁 197
　　　　　　　—202

117. 鍾肇政等[4]　論臺灣文學——從「譯腦」的體驗談起　臺灣文學評論　第 4
　　　　　　　卷第 1 期　2004 年 1 月　頁 96—101

118. 鍾肇政　　台湾文学について——「訳脳」の体験から[5]　鍾肇政全集・隨筆
　　　　　　　集 7、歌德文學之旅、八十大壽紀念文集（上）　桃園　桃園縣文
　　　　　　　化局　2004 年 3 月　頁 310—320

119. 鍾肇政著；戴嘉玲譯　　論臺灣文學——從「譯腦」的體驗談起　鍾肇政全
　　　　　　　集・八十大壽紀念文集（下）、大河之歌：鍾肇政文學國際學術會
　　　　　　　議論文集　桃園　桃園縣文化局　2004 年 11 月　頁 243—250

120. 鍾肇政　　鍾肇政自傳———一個由日文過渡到中文的寫作者自述　鍾肇政全
　　　　　　　集・隨筆集 7、歌德文學之旅、八十大壽紀念文集（上）　桃園
　　　　　　　桃園縣文化局　2004 年 3 月　頁 199—202

121. 鍾肇政　　臺灣文學與我　鍾肇政全集・演講集　桃園　桃園縣文化局
　　　　　　　2004 年 3 月　頁 499—516

122. 鍾肇政　　我與文學　鍾肇政全集・演講集　桃園　桃園縣文化局　2004 年
　　　　　　　3 月　頁 517—540

123. 鍾肇政　　談臺灣文學——從一個作家的成長說起　鍾肇政全集・訪談集、
　　　　　　　臺灣客家族群史總論　桃園　桃園縣文化局　2004 年 3 月　頁 81
　　　　　　　—88

---

[4]主講：鍾肇政；紀錄：下村作次郎、井川直子；譯者：戴嘉玲。
[5]本文由戴嘉玲譯為〈論臺灣文學——從「譯腦」的體驗談起〉。

124. 鍾肇政　　文藝創作心得　鍾肇政全集‧訪談集、臺灣客家族群史總論　桃
園　桃園縣文化局　2004 年 3 月　頁 410—412

125. 鍾肇政　　旅北鄉親會演講詞　鍾肇政全集‧訪談集、臺灣客家族群史總論
桃園　桃園縣文化局　2004 年 3 月　頁 433—437

126. 鍾肇政　　翻譯心得　鍾肇政全集‧訪談集、臺灣客家族群史總論　桃園
桃園縣文化局　2004 年 3 月　頁 447—458

127. 鍾肇政　　期許與鼓勵　鍾肇政全集‧八十大壽紀念文集（下）、大河之歌：
鍾肇政文學國際學術會議論文集　桃園　桃園縣文化局　2004 年
11 月　頁 255—256

128. 鍾肇政　　健忘者言——序《臺灣文學兩地書（續）》　鍾肇政全集‧書簡集
8　桃園　桃園縣文化局　2004 年 11 月　頁 52—53

129. 鍾肇政　　《流雲》後記　鍾肇政全集‧年表、補遺、演講大綱　桃園　桃
園縣文化局　2004 年 11 月　頁 342—345

130. 鍾肇政　　《吳濁流致鍾肇政書簡》序　鍾肇政全集‧年表、補遺、演講大
綱　桃園　桃園縣文化局　2004 年 11 月　頁 346—353

131. 鍾肇政　　《臺灣人三部曲》概要　鍾肇政全集‧年表、補遺、演講大綱
桃園　桃園縣文化局　2004 年 11 月　頁 367—368

132. 鍾肇政　　新文化運動春雷乍起——北美文學之旅外一章　鍾肇政全集‧年
表、補遺、演講大綱　桃園　桃園縣文化局　2004 年 11 月　頁
448—461

133. 鍾肇政　　熬過廿年霜雪的《臺灣文藝》滄桑史簡述　鍾肇政全集‧年表、
補遺、演講大綱　桃園　桃園縣文化局　2004 年 11 月　頁 505—
518

134. 鍾肇政　　《插天山之歌》後記　鍾肇政全集‧年表、補遺、演講大綱　桃
園　桃園縣文化局　2004 年 11 月　頁 614

135. 鍾肇政　　後記　原鄉人　高雄　財團法人鍾理和文教基金會　2005 年 3 月
頁 195—198

136. 鍾肇政　自序　桃園縣老照片故事 3・鍾肇政的文學影像之旅　桃園　桃園縣文化局　2005 年 7 月　頁 10

137. 鍾肇政　滄海隨筆　桃園縣老照片故事 3・鍾肇政的文學影像之旅　桃園　桃園縣文化局　2005 年 7 月　頁 13—80

138. 鍾肇政　打開天窗說亮話——寫在「戰後臺灣文學發展史」十二講之前　鍾肇政口述歷史：「戰後臺灣文學發展史」十二講　臺北　唐山出版社　2008 年 7 月　頁 21—22

139. 鍾肇政　仲秋南遊一日記　臺灣文學館通訊　第 21 期　2008 年 11 月　頁 30—33

140. 鍾肇政　殘兵乎・敗卒乎——我的青春夢碎記　臺大八十，我的青春夢　臺北　臺灣大學出版中心　2008 年 11 月　頁 8—14

141. 鍾肇政　〈殘簡零墨〉前言　文學臺灣　第 69 期　2009 年 1 月　頁 150—151

他述

142. 林海音　臺籍作家的寫作生活〔鍾肇政部分〕　文星　第 26 期　1959 年 12 月　頁 26—28

143. 百　篇　鍾肇政的奮鬥精神　幼獅文藝　第 142 期　1965 年 10 月　頁 214

144. 鄭　煥　我所認識的鍾肇政　自由青年　第 35 卷第 1 期　1966 年 1 月 1 日　頁 24—26

145. 鄭　煥　我所認識的鍾肇政　作家群像　臺北　大江出版社　1968 年 10 月　頁 141—145

146. 鄭　煥　我的「惡補老師」鍾肇政　幼獅文藝　第 154 期　1966 年 10 月　頁 45—50

147. 〔文壇〕　封面介紹——鍾肇政　文壇　第 83 期　1967 年 5 月　頁 17

148. 中　南　寫作潛力最深厚的鍾肇政先生　文壇　第 83 期　1967 年 5 月　頁 17

149. 葉石濤　神獸之間　幼獅文藝　第 189 期　1969 年 9 月　頁 37

150. 鍾鐵民　我敬愛的鍾肇政老師　純文學　第 42 期　1970 年 6 月　頁 98

151. 林柏燕　滿臉鄉景　幼獅文藝　第 214 期　1971 年 10 月　頁 136—138

152. 心平〔朱西甯〕　戴天線的人　幼獅文藝　第 231 期　1973 年 3 月　頁 236

153. 朱西甯　作家速寫——戴天線的人　朱西甯隨筆　臺北　水芙蓉出版社 1975 年 4 月　頁 46—47

154. 朱西甯　作家速寫——戴天線的人　微言篇　臺北　三三書坊　1981 年 1 月　頁 52—53

155. 林小戀　鍾肇政的世界——寫作、教書與讀書　出版家雜誌　第 52 期 1976 年 11 月　頁 64—65

156. 戴昌芬　臺灣傑出的客籍作家鍾肇政，作品中充滿濃郁鄉土氣息　中原月 刊　第 155 期　1977 年 1 月　頁 3—8

157. 吳濁流　覆鍾肇政君的一封信併希望青年作家讀一讀　吳濁流作品集・臺 灣文藝與我　臺北　遠行出版社　1977 年 9 月　頁 9—16

158. 黃武忠　鍾肇政不服老——近將寫一部表現客家婦女的小說　聯合報 1978 年 7 月 4 日　12 版

159. 黃武忠　鍾肇政不服「老」——近將寫一部表現客家婦女生活的小說　文 藝的滋味　臺北　自立晚報社　1983 年 10 月　頁 215—218

160. 碧　玉　文壇常青樹——鍾肇政　文藝月刊　第 114 期　1978 年 12 月　頁 25—33

161. 侯惠芳　鍾肇政寫作是為創作而創作　民生報　1979 年 10 月 19 日　7 版

162. 佚　名　客家省籍作家鍾肇政獲得吳三連獎，將撰寫一部《客家婦女美 德》　中原月刊　第 190 期　1979 年 12 月　頁 24

163. 葉石濤　鍾肇政與我　民眾日報　1980 年 3 月 24 日　12 版

164. 葉石濤　鍾肇政與我　臺灣文學的回顧　臺北　九歌出版社　1983 年 4 月 頁 67—75

165. 葉石濤　鍾肇政與我　葉石濤全集・隨筆卷一　臺南，高雄　國立臺灣文

學館，高雄市文化局　2008 年 3 月　頁 209—217

166.　周　　錦　　中國新文學第四期的特出作家〔鍾肇政部分〕　中國新文學簡史　臺北　成文出版社　1980 年 5 月　頁 261—262

167.　馮輝岳　　我寫作的啓蒙師[6]　自由日報　1981 年 9 月 28 日　10 版

168.　馮輝岳　　我的啓蒙師　鍾肇政全集・隨筆集 7、歌德文學之旅、八十大壽紀念文集（上）　桃園　桃園縣文化局　2004 年 3 月　頁 617—620

169.　曾心儀　　鍾肇政先生印象記　臺灣文藝　第 75 期　1982 年 2 月　頁 297—299

170.　呂　　昱　　在分裂的年代裡——試論臺灣文學的自主性〔鍾肇政部分〕　臺灣文藝　第 79 期　1982 年 12 月　頁 215—216

171.　〔王晉民，鄺白曼主編〕　　鍾肇政　臺灣與海外華人作家小傳　福州　福建人民出版社　1983 年 9 月　頁 35—37

172.　龍瑛宗　　崎嶇的文學路——抗戰文壇的回顧：葉石濤和鍾肇政[7]　文訊雜誌　第 7、8 期合刊　1984 年 2 月　頁 259—260

173.　龍瑛宗　　抗戰時期臺灣文壇的回顧——葉石濤和鍾肇政　抗戰時期文學回憶錄　臺北　文訊雜誌社　1987 年 7 月　頁 160—161

174.　龍瑛宗　　崎嶇的文學路——抗戰文壇的回顧：葉石濤和鍾肇政　龍瑛宗全集・中文卷・隨筆集 2　臺南　國家臺灣文學館籌備處　2006 年 11 月　頁 44—46

175.　齊邦媛　　江河匯集成海的六十年代小說——鍾肇政　文訊雜誌　第 13 期　1984 年 8 月　頁 56

176.　齊邦媛　　江河匯集成海的六○年代小說——鍾肇政　霧漸漸散的時候　臺北　九歌出版社　1998 年 10 月　頁 70—71

177.　應鳳凰　　臺灣文藝的耕耘者——鍾肇政[8]　文藝月刊　第 198 期　1985 年 12 月　頁 8—18

---

[6]本文後改篇名爲〈我的啓蒙師〉。
[7]本文後改篇名爲〈抗戰時期臺灣文壇的回顧——葉石濤和鍾肇政〉。
[8]本文主要論述鍾肇政的文學創作歷程。

178. 應鳳凰　　臺灣文藝的耕耘者——鍾肇政　筆耕的人　臺北　九歌出版社
　　　1987 年 1 月　頁 239—253

179. 張九妹口述；鍾喬筆錄　　他爲什麼躲在書房　中時晚報　1988 年 4 月 5 日
　　　7 版

180. 張九妹口述；鍾喬筆錄　　他爲什麼躲在書房　鍾肇政全集・訪談集、臺灣
　　　客家族群史總論　桃園　桃園縣文化局　2004 年 3 月　頁 302—
　　　303

181. 黃秋芳　　濁流裡的臺灣人——鍾肇政爲歷史作證　明道文藝　第 150 期
　　　1988 年 9 月　頁 69—76

182. 黃秋芳　　濁流裡的臺灣人——鍾肇政爲歷史作證　風景　臺北　希代書版
　　　公司　1989 年 1 月　頁 237—251

183. 王俊彥　　臺灣文壇長青樹鍾肇政　臺灣文化名人列傳　北京　解放軍出版
　　　社　1989 年 10 月　頁 152—159

184. 〔臺灣新生報〕　　藝文短訊——鍾肇政越來越年輕　臺灣新生報　1990 年
　　　2 月 28 日　22 版

185. 秋　鹽　　播種者——鍾肇政　自立早報　1990 年 9 月 17 日　10 版

186. 鍾鐵民　　臺灣文學的領袖——鍾肇政　客家雜誌　第 16 期　1991 年 5 月
　　　頁 39—47

187. 陳　燁　　永遠的赤子——鍾肇政紀事　臺灣文藝　第 127 期　1991 年 10 月
　　　頁 6—31

188. 王南堯　　老作家鍾肇政憶當年　臺灣日報　1991 年 12 月 7 日　9 版

189. 黃重添　　承上啓下的作家鍾肇政　臺灣新文學概觀　臺北　稻禾出版社
　　　1992 年 3 月　頁 93—107

190. 岡崎郁子著；涂翠花譯　　二二八事件與文學〔鍾肇政部分〕　臺灣文藝
　　　第 135 期　1993 年 2 月　頁 13—14

191. 岡崎郁子著；涂翠花譯　　二二八事件與文學〔鍾肇政部分〕　臺灣文學研
　　　究在日本　臺北　前衛出版社　1994 年 12 月　頁 177—178

192. 黃文相　　永遠的長者——與鍾肇政先生的一段文學因緣　精湛　第 19 期　1993 年 7 月　頁 84—85

193. 黃文相　　永遠的長者——與鍾肇政先生的一段文學因緣　臺灣時報　1995 年 7 月 1 日　22 版

194. 彭瑞金　　活的臺灣文學史〔鍾肇政部分〕　臺灣文學探索　臺北　前衛出版社　1994 年 1 月　頁 93—95

195. 天　穹　　鍾肇政　臺港小說鑑賞辭典　北京　中央民族學院出版社　1994 年 1 月　頁 154—155

196. 曾信雄　　文學創作的檢討與再出發〔鍾肇政部分〕　鄉土與文學：臺灣地區區域文學會議實錄　臺北　文訊雜誌社　1994 年 3 月　頁 374—375

197. 〔鍾肇政編〕　鍾肇政　客家臺灣文學選　臺北　新地文學出版社　1994 年 4 月　頁 157

198. 彭瑞金　　陪我們成長的臺灣作家——鍾肇政的文學歲月　中國時報　1994 年 10 月 14 日　30 版

199. 阿盛等[9]　各家看鍾肇政（上、下）　中國時報　1994 年 10 月 14—15 日　30，34 版

200. 王昶雄　　還我當初美少年——樂天豁達的「益壯」一群人〔鍾肇政部分〕　阮若打開心內的門窗　臺北　草根出版公司　1996 年 3 月　頁 255—256

201. 王昶雄　　還我當初美少年——樂天豁達的「益壯」一群人〔鍾肇政部分〕　王昶雄全集・散文卷二　臺北　臺北縣文化局　2002 年 10 月　頁 266

202. 葉石濤　　生命力和創造力豐沛的巨匠——鍾肇政（上、下）[10]　臺灣新聞報　1997 年 6 月 27—28 日　13 版

203. 葉石濤　　生命力和創造力豐沛的作家——鍾肇政　從府城到舊城：葉石濤

[9]合著者：阿盛、孫大川、陳燁、詹澈。
[10]本文後改篇名為〈生命力和創造力豐沛的作家——鍾肇政〉。

回憶錄　臺北　翰音文化公司　1999 年 9 月　頁 147—156

204. 葉石濤　生命力和創造力豐沛的作家——鍾肇政　葉石濤全集・評論卷六　臺南，高雄　國立臺灣文學館，高雄市文化局　2008 年 3 月　頁 1—9

205. 張良澤　寫在「張良澤致鍾肇政書簡」之前　民眾日報　1998 年 2 月 19 日　17 版

206. 鍾鐵民　心靈的慰藉——《臺灣文學兩鍾書》序　臺灣文學兩鍾書　臺北　草根出版公司　1998 年 2 月　頁 7—9

207. 鍾鐵民　心靈的慰藉——《臺灣文學兩鍾書》序　鄉居手記　臺北　未來書城公司　2002 年 5 月　頁 195—199

208. 錢鴻鈞　鍾肇政回憶錄（一）編後記　鍾肇政回憶錄（一）　臺北　前衛出版社　1998 年 4 月　頁 333—344

209. 錢鴻鈞　鍾肇政回憶錄（二）編後記　鍾肇政回憶錄（二）　臺北　前衛出版社　1998 年 4 月　頁 337—350

210. 董成瑜　鍾肇政累了，仍有自我期許　中國時報　1998 年 5 月 21 日　43 版

211. 黃恆秋　客家文學的類型——鍾肇政　臺灣客家文學史概論　臺北　客家臺灣文史工作室　1998 年 6 月　頁 118—122

212. 彭瑞金　鍾肇政——臺灣史詩的開創者　臺灣文學步道　高雄　高雄縣立文化中心　1998 年 7 月　頁 199—203

213. 彭瑞金　鍾肇政——臺灣史詩的開創者　臺灣時報　1998 年 10 月 19 日　29 版

214. 黃秋芳　鍾肇政的客家路　文訊雜誌　第 159 期　1999 年 1 月　頁 57

215. 曹銘宗　鍾肇政獲臺灣文學家牛津獎　聯合報　1999 年 5 月 8 日　14 版

216. 邱　婷　鍾肇政一生宛如一部臺灣文學史　民生報　1999 年 8 月 8 日　7 版

217.〔民眾日報〕　第三屆臺灣文學獎——小說貢獻獎——得獎人：鍾肇政先

生　民眾日報　1999 年 8 月 8 日　17 版

218. 〔民生報〕　　第三屆國家文藝獎桂冠落定——文學類——鍾肇政——臺灣
大河小說奠基前輩作家　民生報　1999 年 8 月 10 日　4 版

219. 〔中央日報〕　　國家文藝獎得主揭曉〔鍾肇政部分〕　中央日報　1999 年
8 月 11 日　9 版

220. 丁榮生　　藝術典範，落槌定音——第三屆國家文藝獎公布——文學類：鍾
肇政　中國時報　1999 年 8 月 11 日　11 版

221. 〔中華日報〕　　第三屆文藝獎鍾肇政等五人獲殊榮〔鍾肇政部分〕　中華
日報　1999 年 8 月 11 日　4 版

222. 楊惠婷　　第三屆國家文藝獎得獎名單出爐〔鍾肇政部分〕　民生報　1999
年 8 月 11 日　19 版

223. 王凌莉　　第三屆國家文藝獎揭曉〔鍾肇政部分〕　自由時報　1999 年 8 月
11 日　39 版

224. 許湘欣　　第三屆國家文藝獎公布〔鍾肇政部分〕　臺灣日報　1999 年 8 月
11 日　12 版

225. 〔臺灣新生報〕　　國家文藝獎得獎名單揭曉〔鍾肇政部分〕　臺灣新生報
1999 年 8 月 11 日　6 版

226. 〔臺灣新聞報〕　　第三屆國家文藝獎得獎名單出爐〔鍾肇政部分〕　臺灣
新聞報　1999 年 8 月 11 日　6 版

227. 李玉玲　　五文藝獎得主，戴上桂冠〔鍾肇政部分〕　聯合報　1999 年 8 月
11 日　14 版

228. 郭士榛　　五文藝獎得主貢獻成就——將於下旬起作一系列推廣活動〔鍾肇
政部分〕　中央日報　1999 年 8 月 14 日　9 版

229. 〔中國時報〕　　文藝獎大師齊聚一堂〔鍾肇政部分〕　中國時報　1999 年
8 月 14 日　14 版

230. 王蘭芬　　國家文藝獎得主相見歡〔鍾肇政部分〕　民生報　1999 年 8 月 14
日　6 版

231. 李玉玲　　文藝獎五桂冠〔鍾肇政部分〕　聯合報　1999 年 8 月 14 日　14 版

232. 王蘭芬　　他們的成就，豐富了我們的心靈〔鍾肇政部分〕　民生報　1999 年 8 月 25 日　7 版

233. 曹銘宗　　幕後工作者，列名文藝獎〔鍾肇政部分〕　聯合報　1999 年 8 月 25 日　14 版

234. 陳大鵬　　元智大學駐校作家，鍾肇政開講　民生報　1999 年 10 月 10 日　5 版

235. 詹伯望　　鍾肇政、葉石濤成功對談　中國時報　1999 年 10 月 21 日　11 版

236.〔中國時報〕　　文藝獎昨頒贈得主任重遠道〔鍾肇政部分〕　中國時報 1999 年 10 月 26 日　11 版

237. 郭士榛　　國家文藝獎五人獲殊榮〔鍾肇政部分〕　中華日報　1999 年 10 月 26 日　9 版

238. 許湘欣　　國家文藝獎簡單隆重頒獎〔鍾肇政部分〕　臺灣日報　1999 年 10 月 26 日　14 版

239. 李玉玲　　文藝獎頒獎禮改成茶會——鍾肇政等五人得獎人省下百萬元經費，移為震災重建之用　聯合報　1999 年 10 月 26 日　14 版

240. 吳碧娟　　大河作家，成功湖文學對話　聯合報　1999 年 10 月 26 日　18 版

241. 吳碧娟　　南葉北鍾會成大，話臺灣文學　聯合報　1999 年 10 月 26 日　18 版

242. 曾心儀　　臺灣鄉土文學——被迫害的心靈呼聲——鍾肇政推動鄉土文學　臺灣時報　1999 年 10 月 29 日　25 版

243. 彭瑞金　　福爾摩莎的文豪——賀鍾肇政先生獲臺灣文學家牛津獎　臺灣日報　1999 年 10 月 31 日　31 版

244. 黃盈雯　　李喬、鍾肇政獲臺灣文學獎　文訊雜誌　第 168 期　1999 年 10 月 頁 70

245. 江中明　　鍾肇政獲頒臺灣文學家牛津獎　聯合報　1999 年 11 月 4 日　14

版

246. 宇文正　鍾肇政永遠醞釀著下一部小說　聯合報　1999 年 11 月 5 日　37
　　版

247. 林政華　為臺灣堅持土地的風標──寫在「鍾肇政文學會議之前」　中央
　　日報　1999 年 11 月 5 日　22 版

248. 林政華　為臺灣堅持土地的風標──為「鍾肇政文學會議」　民眾日報
　　1999 年 11 月 7 日　8 版

249. 林政華　為臺灣堅持土地的風標──寫在「鍾肇政文學會議」之前　福爾
　　摩莎的文豪──鍾肇政文學會議論文集　臺北　真理大學臺灣文
　　學系　1999 年 11 月　頁 162─164

250. 林政華　為臺灣堅持土地風標的鍾肇政　臺灣文學教育耕穫集　臺北　文
　　史哲出版社　2002 年 3 月　頁 127─130

251. 林政華　為臺灣堅持土地風標的鍾肇政　臺灣古今文學名家百人百篇　桃
　　園　開南管理學院通識教育中心　2003 年 3 月　頁 59

252. 陳文芬　鍾肇政獲頒真理大學臺灣文學家牛津獎　中國時報　1999 年 11 月
　　7 日　11 版

253. 邱勝安　文壇大老鍾肇政榮獲臺灣文學家牛津獎　民眾日報　1999 年 11 月
　　7 日　8 版

254. 徐慈憶　本土文壇耆宿鍾肇政獲臺灣文學家牛津獎　聯合報　1999 年 11 月
　　7 日　14 版

255. 陳大鵬　臺灣文學多元觀，鍾肇政課堂辯證　民生報　1999 年 12 月 1 日
　　6 版

256. 耕　雨　鍾肇政受益於《文壇》　臺灣新聞報　1999 年 12 月 18 日　13 版

257. 曹銘宗　在各領域耕耘投入，文藝獎得主貢獻大〔鍾肇政部分〕　聯合報
　　1999 年 12 月 24 日　14 版

258. 陳益裕　提筆寫信，重溫舊時的情懷！──從鍾肇政收藏書信談起　臺灣
　　時報　2000 年 4 月 22 日　16 版

259. 錢鴻鈞　鍾肇政內心深處的文學魂——向強權統治的周旋與鬥爭　文學臺灣　第 34 期　2000 年 5 月　頁 258—271

260. 李鴛英　譯後記　臺灣文藝　第 171 期　2000 年 8 月　頁 120—122

261. 李鴛英　譯後記　鍾肇政全集・書簡集 7　桃園　桃園縣文化局　2004 年 3 月　頁 8—13

262. 錢鴻鈞　石濤書簡——致肇政編後紀念　臺灣文藝　第 171 期　2000 年 8 月　頁 114—119

263. 葉石濤　葉石濤序[11]　臺灣文藝　第 171 期　2000 年 8 月　頁 124—125

264. 葉石濤　《鍾肇政全集》情純書簡序　鍾肇政全集・書簡集 7　桃園　桃園縣文化局　2004 年 4 月　頁 6—7

265. 葉石濤　《鍾肇政全集》情純書簡序　葉石濤全集・隨筆卷五　臺南，高雄　國立臺灣文學館，高雄市文化局　2008 年 3 月　頁 267—268

266. 葉石濤　鍾肇政和我[12]　舊城瑣記　高雄　春暉出版社　2000 年 9 月　頁 27—30

267. 葉石濤　總序　鍾肇政全集・濁流三部曲（上）　桃園　桃園縣立文化中心　2000 年 12 月　頁 5—7

268. 葉石濤　鍾肇政和我——《鍾肇政全集》總序　葉石濤全集・隨筆卷五　臺南，高雄　國立臺灣文學館，高雄市文化局　2008 年 3 月　頁 275—278

269. 陳國偉　鍾肇政——1999 是鍾肇政年　1999 臺灣文學年鑑　臺北　行政院文建會　2000 年 10 月　頁 229—230

270. 莊紫蓉　感謝與感動——序鍾肇政《臺灣文學十講》　自立晚報　2000 年 11 月 11 日　15 版

271. 莊紫蓉　感動與感謝——代序　臺灣文學十講　臺北　前衛出版社　2000 年 11 月　頁 3—9

272. 林政華　牛津獎：臺灣文學家好事連連心　民眾日報　2000 年 11 月 29 日

---

[11] 本文後改篇名為〈《鍾肇政全集》情純書簡序〉。

[12] 本文後篇名為〈總序〉。

15 版

273. 彭瑞金　戰後的臺灣小說〔鍾肇政部分〕　國文天地　第 187 期　2000 年 12 月　頁 62—63

274. 莊紫蓉　編輯《鍾肇政全集》二三事　自立晚報　2001 年 1 月 9 日　17 版

275. 郭士榛　文藝獎得主傳記出版〔鍾肇政部分〕　中央日報　2001 年 2 月 10 日　16 版

276. 丁榮生　四書記述四大師——彰顯本屆國藝會文藝獎得主專著時報發行〔鍾肇政部分〕　中國時報　2001 年 2 月 10 日　21 版

277. 李玉玲　第三屆文藝獎得主傳記上市〔鍾肇政部分〕　聯合報　2001 年 2 月 10 日　14 版

278. 藍建春　讀本與演講——兩種臺灣文學耕耘法〔鍾肇政部分〕　中央日報　2001 年 2 月 16 日　19 版

279. 呂新昌　鍾肇政軼事　臺灣文學評論　第 1 卷第 2 期　2001 年 10 月　頁 46—49

280. 錢鴻鈞　論陳火泉、鍾肇政的戰後文學歷程　臺灣文學評論　第 2 卷第 1 期　2002 年 1 月　頁 195—218

281. 應鳳凰　北鍾南葉與臺灣文壇　文訊雜誌　第 196 期　2002 年 2 月　頁 8 —9

282. 林政華　臺灣本土小說名家與名作——日政時期的臺灣本土小說名家及其作品——鍾肇政　臺灣文學汲探　臺北　文史哲出版社　2002 年 3 月　頁 145—146

283. 林政華　福爾摩莎的文豪——鍾肇政文學會議記　臺灣文學教育耕穫集　臺北　文史哲出版社　2002 年 3 月　頁 131—134

284. 陳文芬　日本國書刊行社出版，編選鍾肇政、李喬等人作品，客家小說選映入日文視界　中國時報　2002 年 4 月 4 日　14 版

285. 錢鴻鈞　談鍾老的「保守」　臺灣文學評論　第 2 卷第 2 期　2002 年 4 月　頁 17—18

286. 馬　森　　關於臺灣文學的定位——請教鍾肇政先生　文學的魅惑：馬森文論六集　臺北　麥田出版公司　2002年4月　頁209—210

287. 李　喬　　李喬序——千載餘情　鍾肇政全集・書簡集3　桃園　桃園縣文化局　2002年11月　頁4—6

288. 李　喬　　千載餘情　李喬文學文化論集（二）　苗栗　苗栗縣文化局　2007年10月　頁174—177

289.〔編輯部〕　　鍾肇政——作家小檔案　叫醒快樂精靈　桃園　桃園縣文化局　2002年　頁8—9

290. 李魁賢　　鍾肇政原籍廣東嗎？　臺灣文學評論　第3卷第2期　2003年4月　頁24

291. 李魁賢　　鍾肇政原籍廣東嗎？　詩的越境　臺北　臺北縣文化局　2004年12月　頁196—197

292. 廖清秀　　狂熱與苦功　臺灣日報　2003年6月5日　25版

293. 廖清秀　　狂熱與苦功　鍾肇政全集・隨筆集7、歌德文學之旅、八十大壽紀念文集（上）　桃園　桃園縣文化局　2004年3月　頁643—644

294. 施英美　　驚蟄後的臺灣芳華——林海音對臺籍作家的提攜〔鍾肇政部分〕《聯合報》副刊時期（1953—1963）的林海音研究　靜宜大學中國文學系　碩士論文　陳芳明，胡森永教授指導　2003年6月　頁108—115

295. 何思祁　　79歲鍾肇政喜抱百合獎　聯合晚報　2003年7月28日　2版

296. 郭士榛　　總統文化獎殊榮〔鍾肇政部分〕　中央日報　2003年7月29日　5版

297. 楊一瑋　　聖嚴等五人獲總統文學獎〔鍾肇政部分〕　中華日報　2003年7月29日　5版

298. 賴素鈴　　第2屆總統文化獎〔鍾肇政部分〕　民生報　2003年7月29日　A10版

299. 康俐雯　　第二屆總統文化獎揭曉——百合獎／鍾肇政　自由時報　2003年

7 月 29 日　45 版

300. 陳玲芳　第二屆總統文化獎誕生五得主〔鍾肇政部分〕　臺灣日報　2003年 7 月 29 日　12 版

301. 黃俊銘　第二屆總統文化獎揭曉〔鍾肇政部分〕　聯合報　2003 年 7 月 29日　A10 版

302. 張良澤　「追悼」與「祝壽」　臺灣文學評論　第 3 卷第 3 期　2003 年 7月　頁 31—32

303. 張良澤　「追悼」與「祝壽」　鍾肇政全集・隨筆集 7、歌德文學之旅、八十大壽紀念文集（上）　桃園　桃園縣文化局　2004 年 3 月　頁463—465

304. 歐宗智　臺灣文學最美麗的風景——賀鍾肇政先生八十大壽　臺灣文學評論　第 3 卷第 3 期　2003 年 7 月　頁 32—37

305. 歐宗智　臺灣文學最美麗的風景——賀鍾肇政先生八十大壽　鍾肇政全集・隨筆集 7、歌德文學之旅、八十大壽紀念文集（上）　桃園桃園縣文化局　2004 年 3 月　頁 481—489

306. 蔡文甫　時空與角色不斷變易——記與鍾肇政兄的文學因緣　文訊雜誌第 214 期　2003 年 8 月　頁 10—11

307. 施懿琳　臺灣文壇的傳燈者——客籍作家鍾肇政　臺灣文學館通訊　第 1期　2003 年 9 月　頁 1—7

308. 鍾清漢　賀硬頸的風骨人士——鍾家之寶肇政宗長天錫遐齡　臺灣文學評論　第 3 卷第 4 期　2003 年 10 月　頁 90—92

309. 鍾清漢　賀硬頸的風骨人士——鍾家之寶肇政宗長天錫遐齡　鍾肇政全集・八十大壽紀念文集（下）、大河之歌：鍾肇政文學國際學術會議論文集　桃園　桃園縣文化局　2004 年 11 月　頁 251—254

310. 楊鏡汀　戒嚴時期客語教學的醞釀　臺灣文學評論　第 3 卷第 4 期　2003年 10 月　頁 109—114

311. 楊鏡汀　戒嚴時期客語教學的蘊釀　鍾肇政全集・八十大壽紀念文集

（下）、大河之歌：鍾肇政文學國際學術會議論文集　桃園　桃園縣文化局　2004 年 11 月　頁 207—212

312. 黃　娟　鍾老的成就——賀鍾肇政先生八十大壽　臺灣文學評論　第 3 卷第 4 期　2003 年 10 月　頁 114—118

313. 黃　娟　鍾老的成就——賀鍾肇政先生八十大壽　鍾肇政全集・八十大壽紀念文集（下）、大河之歌：鍾肇政文學國際學術會議論文集　桃園　桃園縣文化局　2004 年 11 月　頁 201—206

314. 錢鴻鈞　臺灣和平社會的推動者——鍾肇政　客家雜誌　第 160 期　2003 年 10 月　頁 13—15

315. 錢鴻鈞　爲《客家雜誌》寫鍾老——臺灣和平社會的推動者　鍾肇政全集・八十大壽紀念文集（下）、大河之歌：鍾肇政文學國際學術會議論文集　桃園　桃園縣文化局　2004 年 11 月　頁 237—242

316. 錢鴻鈞　爲《客家雜誌》專輯寫鍾老——臺灣和平社會的推動者　臺灣文學的萬里長城：鍾肇政六百萬字書簡研究　臺北　文英堂出版社　2005 年 11 月　頁 409—417

317. 黃恆秋　小小的喝采　客家雜誌　第 160 期　2003 年 10 月　頁 16—17

318. 黃恆秋　小小的喝采　鍾肇政全集・八十大壽紀念文集（下）、大河之歌：鍾肇政文學國際學術會議論文集　桃園　桃園縣文化局　2004 年 11 月　頁 198—200

319. 朱真一　祝鍾老八十大壽　客家雜誌　第 160 期　2003 年 10 月　頁 18—19

320. 朱真一　祝鍾老八十華誕　鍾肇政全集・隨筆集 7、歌德文學之旅、八十大壽紀念文集（上）　桃園　桃園縣文化局　2004 年 3 月　頁 570—573

321. 陳康宏　臺灣客家運動的精神領袖——鍾肇政　客家雜誌　第 160 期　2003 年 10 月　頁 20—23

322. 陳康宏　臺灣客家運動的精神領袖——鍾肇政　鍾肇政全集・八十大壽紀

念文集（下）、大河之歌：鍾肇政文學國際學術會議論文集　桃園　桃園縣文化局　2004 年 11 月　頁 150—157

323. 梁榮茂　我所認識的鍾老　客家雜誌　第 160 期　2003 年 10 月　頁 24—26

324. 梁榮茂　我所認識的鍾老　鍾肇政全集・八十大壽紀念文集（下）、大河之歌：鍾肇政文學國際學術會議論文集　桃園　桃園縣文化局　2004 年 11 月　頁 105—110

325. 余惠蓮　活潑又沉穩的鍾老師　客家雜誌　第 160 期　2003 年 10 月　頁 27—28

326. 余惠蓮　活潑又沉穩的鍾老師　鍾肇政全集・八十大壽紀念文集（下）、大河之歌：鍾肇政文學國際學術會議論文集　桃園　桃園縣文化局　2004 年 11 月　頁 55—57

327. 吳月蕙　波瀾壯闊的臺灣客家新文學（下）〔鍾肇政部分〕　中央日報　2003 年 11 月 7 日　17 版

328. 〔人間福報〕　鍾肇政將獲頒總統文化獎　人間福報　2003 年 11 月 14 日　10 版

329. 王世勛　澎湃不息的臺灣文學大河（上、下）　聯合報　2003 年 11 月 20—21 日　E7 版

330. 王世勛　澎湃不息的臺灣文學大河　鍾肇政全集・八十大壽紀念文集（下）、大河之歌：鍾肇政文學國際學術會議論文集　桃園　桃園縣文化局　2004 年 11 月　頁 35—45

331. 王世勛　澎湃不息的臺灣文學大河　桃園縣老照片故事 3・鍾肇政的文學影像之旅　桃園　桃園縣文化局　2005 年 7 月　頁 81—112

332. 成　漢　總統文化獎得主鍾肇政新書舊憶入視聽・國際學術研討會回顧時代經歷與文學運動　民生報　2003 年 11 月 21 日　A13 版

333. 中央社　總統文化獎五人獲殊榮，文壇耆老鍾肇政獲頒百合獎　中央日報　2003 年 11 月 23 日　14 版

334. 丘尚英　　　總統文化獎，扁頒獎褒揚五得主〔鍾肇政部分〕　中華日報
　　　　　　　　2003 年 11 月 23 日　4 版

335. 中央社　　　總統文化獎，鍾肇政等獲殊榮　民生報　2003 年 11 月 23 日　A6
　　　　　　　　版

336. 陳姿羽　　　鍾肇政七十不惑，揣想歌德黃昏之戀　聯合報　2003 年 11 月 23
　　　　　　　　日　B4 版

337. 沈繼昌　　　鍾肇政九龍書房藏古今　自由時報　2003 年 12 月 29 日　45 版

338. 塚本照和　　　關於鍾肇政老師　大河之歌：鍾肇政文學國際學術會議論文集
　　　　　　　　桃園　桃園縣文化局　2003 年 12 月　頁 347—358

339. 塚本照和　　　關於鍾肇政老師　鍾肇政全集・八十大壽紀念文集（下）、大河
　　　　　　　　之歌：鍾肇政文學國際學術會議論文集　桃園　桃園縣文化局
　　　　　　　　2004 年 11 月　頁 627—638

340. 葉　笛　　　鍾肇政——臺灣文壇的長跑健將　大河之歌：鍾肇政文學國際學
　　　　　　　　術會議論文集　桃園　桃園縣文化局　2003 年 12 月　頁 359—
　　　　　　　　362

341. 葉　笛　　　鍾肇政——臺灣文壇的長跑健將　鍾肇政全集・八十大壽紀念文
　　　　　　　　集（下）、大河之歌：鍾肇政文學國際學術會議論文集　桃園　桃
　　　　　　　　園縣文化局　2004 年 11 月　頁 639—642

342. 葉　笛　　　鍾肇政——臺灣文壇的長跑健將　葉笛全集・評論卷三　臺南
　　　　　　　　國家臺灣文學館籌備處　2007 年 5 月　頁 181—185

343. 張良澤　　　1970 年代的鍾老大——煎熬與希望的中年時代[13]　大河之歌：鍾
　　　　　　　　肇政文學國際學術會議論文集　桃園　桃園縣文化局　2003 年 12
　　　　　　　　月　頁 375—390

344. 張良澤　　　煎熬與希望的中年時代——70 年代的鍾老大　聯合文學　第 230
　　　　　　　　期　2003 年 12 月　頁 147—151

---

[13]本文主要描述七〇年代正值中年的鍾肇政，在面對生活的重擔、困境與煎熬之際，如何堅持他的
　文學創作之路。全文共 5 小節：1.前言；2.爲《臺灣文藝》之存續而奔波；3.爲「窮」而賣命；4.
　爲忠實於「文學」而掙扎；5.結語。

345. 張良澤　1970 年代的鍾老大——煎熬與希望的中年時代　鍾肇政全集·八十大壽紀念文集（下）、大河之歌：鍾肇政文學國際學術會議論文集　桃園　桃園縣文化局　2004 年 11 月　頁 653—663

346. 錢鴻鈞　實現夢想——從「鍾肇政文學國際學術會議」到「國家鍾肇政文學館」　大河之歌：鍾肇政文學國際學術會議論文集　桃園　桃園縣文化局　2003 年 12 月　頁 411—417

347. 錢鴻鈞　實現夢想——從「鍾肇政文學國際學術會議」到「國家鍾肇政文學館」　鍾肇政全集·八十大壽紀念文集（下）、大河之歌：鍾肇政文學國際學術會議論文集　桃園　桃園縣文化局　2004 年 11 月　頁 680—689

348. 錢鴻鈞　實現夢想——從「鍾肇政文學國際學術會議」到「國家鍾肇政文學館」　臺灣文學的萬里長城：鍾肇政六百萬字書簡研究　臺北　文英堂出版社　2005 年 11 月　頁 355—367

349. 李　喬　為臺灣文學壽鍾肇政——鍾家之寶肇政宗長天錫遐齡　臺灣文學評論　第 4 卷第 1 期　2004 年 1 月　頁 22—23

350. 李　喬　為臺灣文學壽鍾肇政　鍾肇政全集·隨筆集 7、歌德文學之旅、八十大壽紀念文集（上）　桃園　桃園縣文化局　2004 年 3 月　頁 612—615

351. 蘇進強　鍾老與我的「公案」　臺灣文學評論　第 4 卷第 1 期　2004 年 1 月　頁 24—27

352. 蘇進強　鍾老與我的「公案」　鍾肇政全集·八十大壽紀念文集（下）、大河之歌：鍾肇政文學國際學術會議論文集　桃園　桃園縣文化局　2004 年 11 月　頁 257—260

353. 王　婕　阿公與阿公的細阿芳[14]　臺灣文學評論　第 4 卷第 1 期　2004 年 1 月　頁 27—34

354. 王　婕　阿公和細阿芳　鍾肇政全集·八十大壽紀念文集（下）、大河之

---

[14] 本文後改篇名為〈阿公和細阿芳〉。

歌：鍾肇政文學國際學術會議論文集　桃園　桃園縣文化局　2004 年 11 月　頁 21—34

355. 陳秋濤　我的臺灣文學經驗與回憶　臺灣文學評論　第 4 卷第 1 期　2004 年 1 月　頁 48—55

356. 盧孝治　爲鍾老祝壽　臺灣文學評論　第 4 卷第 1 期　2004 年 1 月　頁 55 —62

357. 盧孝治　爲鍾老祝壽　鍾肇政全集・八十大壽紀念文集（下）、大河之歌：鍾肇政文學國際學術會議論文集　桃園　桃園縣文化局　2004 年 11 月　頁 225—233

358. 呂新昌　從老照片思想起　臺灣文學評論　第 4 卷第 1 期　2004 年 1 月　頁 62—64

359. 呂新昌　從老照片思想起　鍾肇政全集・隨筆集 7、歌德文學之旅、八十大壽紀念文集（上）　桃園　桃園縣文化局　2004 年 3 月　頁 644 —646

360. 曾盛甲　客家精神的再發揚——鍾肇政先生八十誕辰紀念專文　臺灣文學評論　第 4 卷第 1 期　2004 年 1 月　頁 64—71

361. 曾盛甲　客家精神的再發揚——鍾肇政先生八十誕辰紀念專文　鍾肇政全集・八十大壽紀念文集（下）、大河之歌：鍾肇政文學國際學術會議論文集　桃園　桃園縣文化局　2004 年 11 月　頁 164—172

362. 莊華堂　典範的建立與追尋　臺灣文學評論　第 4 卷第 1 期　2004 年 1 月　頁 71—75

363. 莊華堂　典範的建立與追尋　鍾肇政全集・隨筆集 7、歌德文學之旅、八十大壽紀念文集（上）　桃園　桃園縣文化局　2004 年 3 月　頁 506—511

364. 錢鴻鈞　一粟隨筆——賀鍾老八十大壽[15]　臺灣文學評論　第 4 卷第 1 期　2004 年 1 月　頁 75—86

---

[15]本文後擴寫爲〈一粟隨筆（二）鍾老八十大壽祝賀文——憑藉的只有筆與柔軟的心〉，發表於《臺灣文學的萬里長城：鍾肇政六百萬字書簡研究》。

365. 錢鴻鈞　　一粟隨筆——鍾老八十大壽祝賀文　鍾肇政全集・隨筆集 7、歌德
　　　　　　　文學之旅、八十大壽紀念文集（上）　桃園　桃園縣文化局
　　　　　　　2004 年 3 月　頁 523—542

366. 錢鴻鈞　　一粟隨筆（二）鍾老八十大壽祝賀文——憑藉的只有筆與柔軟的
　　　　　　　心　臺灣文學的萬里長城：鍾肇政六百萬字書簡研究　臺北　文
　　　　　　　英堂出版社　2005 年 11 月　頁 385—407

367. 邱　婷　　「筆架」「龍潭」依舊在，只是人事改　鍾肇政全集・訪談集、臺
　　　　　　　灣客家族群史總論　桃園　桃園縣文化局　2004 年 3 月　頁 69—
　　　　　　　71

368. 錢鴻鈞　　鍾肇政其人其事　鍾肇政全集・訪談集、臺灣客家族群史總論
　　　　　　　桃園　桃園縣文化局　2004 年 3 月　頁 89—109

369. 〔陳宏銘，莊紫蓉，錢鴻鈞編〕　　鍾肇政簡歷及生平略述　鍾肇政全集・
　　　　　　　訪談集、臺灣客家族群史總論　桃園　桃園縣文化局　2004 年 3
　　　　　　　月　頁 385—386

370. 〔陳宏銘，莊紫蓉，錢鴻鈞編〕　　鍾肇政先生簡介　鍾肇政全集・隨筆集
　　　　　　　7、歌德文學之旅、八十大壽紀念文集（上）　桃園　桃園縣文化
　　　　　　　局　2004 年 3 月　頁 159—160

371. 〔陳宏銘，莊紫蓉，錢鴻鈞編〕　　鍾肇政小傳　鍾肇政全集・隨筆集 7、歌
　　　　　　　德文學之旅、八十大壽紀念文集（上）　桃園　桃園縣文化局
　　　　　　　2004 年 3 月　頁 197—199

372. 余惠蓮　　和鍾老師的同事緣　鍾肇政全集・隨筆集 7、歌德文學之旅、八十
　　　　　　　大壽紀念文集（上）　桃園　桃園縣文化局　2004 年 3 月　頁
　　　　　　　511—514

373. 陳秋濤　　我的臺灣文學經驗與回憶　鍾肇政全集・隨筆集 7、歌德文學之
　　　　　　　旅、八十大壽紀念文集（上）　桃園　桃園縣文化局　2004 年 3
　　　　　　　月　頁 515—523

374. 鍾鐵民　　父執　鍾肇政全集・隨筆集 7、歌德文學之旅、八十大壽紀念文集

（上）　桃園　桃園縣文化局　2004 年 3 月　頁 543—548

375. 蔡文甫　文學與嵩壽同高　鍾肇政全集・隨筆集 7、歌德文學之旅、八十大壽紀念文集（上）　桃園　桃園縣文化局　2004 年 3 月　頁 548—551

376. 莊永明　「臺灣第一」與肇師　鍾肇政全集・隨筆集 7、歌德文學之旅、八十大壽紀念文集（上）　桃園　桃園縣文化局　2004 年 3 月　頁 553—556

377. 莊永明　「臺灣第一」與肇師　文學臺灣　第 50 期　2004 年 4 月　頁 67—70

378. 杜文靖　鍾老大與我的一段文壇軼事　鍾肇政全集・隨筆集 7、歌德文學之旅、八十大壽紀念文集（上）　桃園　桃園縣文化局　2004 年 3 月　頁 557—559

379. 杜文靖　鍾老大與我的一段文壇軼事　文學臺灣　第 50 期　2004 年 4 月　頁 35—37

380. 莊金國　鍾老大　鍾肇政全集・隨筆集 7、歌德文學之旅、八十大壽紀念文集（上）　桃園　桃園縣文化局　2004 年 3 月　頁 559—562

381. 莊金國　鍾老大　文學臺灣　第 50 期　2004 年 4 月　頁 58—61

382. 姜慧婷　我認識的鍾老　鍾肇政全集・隨筆集 7、歌德文學之旅、八十大壽紀念文集（上）　桃園　桃園縣文化局　2004 年 3 月　頁 562—564

383. 楊允言　回憶鍾老　鍾肇政全集・隨筆集 7、歌德文學之旅、八十大壽紀念文集（上）　桃園　桃園縣文化局　2004 年 3 月　頁 564—568

384. 傅銀樵　臺灣文壇的驚嘆號——鍾肇政、鍾老大、鍾老　鍾肇政全集・隨筆集 7、歌德文學之旅、八十大壽紀念文集（上）　桃園　桃園縣文化局　2004 年 3 月　頁 568—570

385. 傅銀樵　臺灣文壇的驚嘆號——鍾肇政、鍾老大、鍾老　文學臺灣　第 50 期　2004 年 4 月　頁 44—45

386. 余惠蓮　大家的好朋友──鍾肇政老師　鍾肇政全集・隨筆集 7、歌德文學之旅、八十大壽紀念文集（上）　桃園　桃園縣文化局　2004 年 3 月　頁 573─578

387. 李魁賢　臺灣文學長老的風範　鍾肇政全集・隨筆集 7、歌德文學之旅、八十大壽紀念文集（上）　桃園　桃園縣文化局　2004 年 3 月　頁 597─599

388. 李魁賢　臺灣文學長老的風範　文學臺灣　第 50 期　2004 年 4 月 15 日　頁 29─31

389. 李魁賢　臺灣文學長老的風範　詩的越境　臺北　臺北縣文化局　2004 年 12 月　頁 206─208

390. 朱元隆　鍾老與客家的後生人　鍾肇政全集・隨筆集 7、歌德文學之旅、八十大壽紀念文集（上）　桃園　桃園縣文化局　2004 年 3 月　頁 599─603

391. 朱元隆　鍾老與客家的後生人　文學臺灣　第 50 期　2004 年 4 月　頁 62─66

392. 黃榮洛　鍾老與我　鍾肇政全集・隨筆集 7、歌德文學之旅、八十大壽紀念文集（上）　桃園　桃園縣文化局　2004 年 3 月　頁 621─624

393. 張瑞麟　松柏聯想　鍾肇政全集・隨筆集 7、歌德文學之旅、八十大壽紀念文集（上）　桃園　桃園縣文化局　2004 年 3 月　頁 625─628

394. 沙　漠　祝福　鍾肇政全集・隨筆集 7、歌德文學之旅、八十大壽紀念文集（上）　桃園　桃園縣文化局　2004 年 3 月　頁 628─630

395. 葉日松　我還記得　鍾肇政全集・隨筆集 7、歌德文學之旅、八十大壽紀念文集（上）　桃園　桃園縣文化局　2004 年 3 月　頁 631─633

396. 陳銘堯　真理之刺　鍾肇政全集・隨筆集 7、歌德文學之旅、八十大壽紀念文集（上）　桃園　桃園縣文化局　2004 年 3 月　頁 634─635

397. 陳銘堯　真理之刺　文學臺灣　第 50 期　2004 年 4 月　頁 71─72

398. 林勤妹　文以載道的鍾老師　鍾肇政全集・隨筆集 7、歌德文學之旅、八十

大壽紀念文集（上）　桃園　桃園縣文化局　2004 年 3 月　頁
635—636

399. 吳萬鑫　至情至性的鍾先生　鍾肇政全集・隨筆集 7、歌德文學之旅、八十
大壽紀念文集（上）　桃園　桃園縣文化局　2004 年 3 月　頁
637—639

400. 陳千武　題爲「我」的一首詩　鍾肇政全集・隨筆集 7、歌德文學之旅、八
十大壽紀念文集（上）　桃園　桃園縣文化局　2004 年 3 月　頁
639—641

401. 陳千武　題爲「我」的一首詩　文學臺灣　第 50 期　2004 年 4 月　頁 26
—28

402. 梁　田　鍾老阿公　鍾肇政全集・隨筆集 7、歌德文學之旅、八十大壽紀念
文集（上）　桃園　桃園縣文化局　2004 年 3 月　頁 642

403. 莫　渝　仰望——記一段文學因緣　鍾肇政全集・隨筆集 7、歌德文學之
旅、八十大壽紀念文集（上）　桃園　桃園縣文化局　2004 年 3
月　頁 646—649

404. 莫　渝　仰望——記一段文學因緣　文學臺灣　第 50 期　2004 年 4 月　頁
46—50

405. 賴悅顏　鍾老與賴和紀念館　鍾肇政全集・隨筆集 7、歌德文學之旅、八十
大壽紀念文集（上）　桃園　桃園縣文化局　2004 年 3 月　頁
652—654

406. 彭瑞金　北鍾南葉都是我的文學導師　文學臺灣　第 50 期　2004 年 4 月
頁 22—25

407. 莊紫蓉　回憶訪問鍾老種種　文學臺灣　第 50 期　2004 年 4 月　頁 51—
57

408. 莊紫蓉　回憶訪問鍾老種種　鍾肇政全集・八十大壽紀念文集（下）、大河
之歌：鍾肇政文學國際學術會議論文集　桃園　桃園縣文化局
2004 年 11 月　頁 111—117

409. 下村作次郎著；嘉澤譯　　我所認識的臺灣文學〔鍾肇政部分〕　臺灣文學評論　第 4 卷第 2 期　2004 年 4 月　頁 134—135

410. 劉慧真　　臺灣文學的傳燈者——鍾肇政（1925—）　客家文學精選集‧小說卷　臺北　天下遠見出版公司　2004 年 4 月　頁 155—158

411. 〔彭瑞金編選〕　　作者簡介　國民文選‧小說卷 2　臺北　玉山社出版公司　2004 年 7 月　頁 134—135

412. 王文仁，陳沛淇　　臺灣文學兩地情——北鍾南葉　臺灣文學館通訊　第 5 期　2004 年 9 月　頁 36—40

413. 林建農，辛啓松　　北鍾南葉，臺文館慶生，葉石濤：請不同族群的作家共同爲臺灣寫作　聯合晚報　2004 年 10 月 17 日　2 版

414. 林建農，辛啓松　　北鍾南葉 80 歲，臺文館慶生，鍾肇政說小說家都是騙人的，葉石濤笑稱「有鍾在就很熱鬧」　聯合報　2004 年 10 月 18 日　A10 版

415. 陳慧明　　八十北鍾南葉與周歲臺文館同慶　民生報　2004 年 10 月 18 日　A6 版

416. 林政華　　鍾肇政與葉石濤的「兄弟情」　臺灣文學評論　第 4 卷第 4 期　2004 年 10 月　頁 268—269

417. 林政華　　鍾肇政與葉石濤的兄弟情　鍾肇政全集‧八十大壽紀念文集（下）、大河之歌：鍾肇政文學國際學術會議論文集　桃園　桃園縣文化局　2004 年 11 月　頁 75—77

418. 吳達芸　　大河之水長流——鍾肇政的創作生命韌性　鍾肇政全集‧八十大壽紀念文集（下）、大河之歌：鍾肇政文學國際學術會議論文集　桃園　桃園縣文化局　2004 年 11 月　頁 58—62

419. 林建隆　　鍾老的支氣管　鍾肇政全集‧八十大壽紀念文集（下）、大河之歌：鍾肇政文學國際學術會議論文集　桃園　桃園縣文化局　2004 年 11 月　頁 78—79

420. 林裕凱　　『有沒有價值？』　鍾肇政全集‧八十大壽紀念文集（下）、大河

之歌：鍾肇政文學國際學術會議論文集　桃園　桃園縣文化局
2004 年 11 月　頁 80—84

421. 郭慧華　　參加「鍾肇政文學國際學術會議」點滴　鍾肇政全集・八十大壽
紀念文集（下）、大河之歌：鍾肇政文學國際學術會議論文集　桃
園　桃園縣文化局　2004 年 11 月　頁 118—123

422. 陳恆嘉　　「墮落的開始」——遲到三十年的一封信　鍾肇政全集・八十大
壽紀念文集（下）、大河之歌：鍾肇政文學國際學術會議論文集
桃園　桃園縣文化局　2004 年 11 月　頁 158—163

423. 黃文相　　病中札記——寄情　鍾肇政全集・八十大壽紀念文集（下）、大河
之歌：鍾肇政文學國際學術會議論文集　桃園　桃園縣文化局
2004 年 11 月　頁 173—197

424. 賴志城　　登高必望遠　鍾肇政全集・八十大壽紀念文集（下）、大河之歌：
鍾肇政文學國際學術會議論文集　桃園　桃園縣文化局　2004 年
11 月　頁 234—236

425. 謝小韞　　序——鍾肇政的文學人生　鍾肇政全集・八十大壽紀念文集
（下）、大河之歌：鍾肇政文學國際學術會議論文集　桃園　桃園
縣文化局　2004 年 11 月　頁 263—264

426. 〔莊紫蓉，錢鴻鈞編〕　　鍾肇政簡歷　鍾肇政全集・年表、補遺、演講大
綱　桃園　桃園縣文化局　2004 年 11 月　頁 366

427. 細阿芳　　《影像集》編後記　鍾肇政全集・年表、補遺、演講大綱　桃園
桃園縣文化局　2004 年 11 月　頁 471—477

428. 細阿芳　　影像摘要與分享　鍾肇政全集・年表、補遺、演講大綱　桃園
桃園縣文化局　2004 年 11 月　頁 479—501

429. 七燈出版社編輯部　　關於《滄溟行》及作者　鍾肇政全集・年表、補遺、
演講大綱　桃園　桃園縣文化局　2004 年 11 月　頁 608—609

430. 志文出版社編輯部　　關於《插天山之歌》及作者　鍾肇政全集・年表、補
遺、演講大綱　桃園　桃園縣文化局　2004 年 11 月　頁 610—

613

431. 李魁賢　　鍾肇政的貢獻　詩的越境　臺北　臺北縣文化局　2004 年 12 月
　　　　　　　頁 198—199

432. 蘇　林　　慶鍾肇政八十壽辰，遠景推《濁流三部曲》、《臺灣人三部曲》新
　　　　　　　版　聯合報　2005 年 1 月 9 日　C6 版

433. 細阿芳　　不說出的期望——家人眼中的鍾肇政——青春思想起，賀文學耆
　　　　　　　碩鍾肇政八十大壽　自由時報　2005 年 1 月 16 日　47 版

434. 彭瑞金　　人的因緣地的因緣　聯合報　2005 年 3 月 18 日　E7 版

435. 林奇伯　　勇渡濁流：鍾肇政以生命書寫歷史長河　光華　第 30 卷第 3 期
　　　　　　　2005 年 3 月　頁 36—45

436. 林安蓮　　鍾肇政　2004 臺灣文學年鑑　臺南　國家臺灣文學館　2005 年 7
　　　　　　　月　頁 130

437. 陳運通　　大作家鍾肇政　客家菁英　臺北　〔自行出版〕　2005 年 7 月
　　　　　　　頁 170—171

438. 黃文相　　吾愛吾師——為總統府資政鍾肇政老師八十一大壽而作（上、
　　　　　　　下）　臺灣文學評論　第 5 卷第 4 期，第 6 卷第 1 期　2005 年 10
　　　　　　　月，2006 年 1 月　頁 162—175，216—228

439. 錢鴻鈞　　一粟隨筆（一）尖石鄉之春　臺灣文學的萬里長城：鍾肇政六百
　　　　　　　萬字書簡研究　臺北　文英堂出版社　2005 年 11 月　頁 369—
　　　　　　　383

440. 〔聯合報〕　　相惜一甲子，鍾肇政、葉石濤憶談文學生涯，北鍾南葉迎春
　　　　　　　開講　聯合報　2006 年 3 月 11 日　E7 版

441. 許俊雅　　鍾肇政　我心中的歌：現代文學星空　臺北　文史哲出版社
　　　　　　　2006 年 6 月　頁 361—362

442. 史屄伯　　魯冰花開鏡，眾星拱鍾肇政　客家雜誌　第 194 期　2006 年 8 月
　　　　　　　頁 48

443. 莊華堂　　微觀鍾肇政——臺灣現代文學之母　書香遠傳　第 41 期　2006 年

10月　頁44—47

444. 顧敏耀　　鍾肇政（1925—）榮獲「桃園奉獻獎」　2005 臺灣文學年鑑　臺南　國家臺灣文學館籌備處　2006 年 10 月　頁 371

445. 龍瑛宗著；葉笛譯　　《今日之中國》作者生平簡介——鍾肇政　龍瑛宗全集・中文卷・文獻集　臺南　國家臺灣文學館籌備處　2006 年 11 月　頁 104

446. 龍瑛宗　　《今日の中國》作者の略歷——鍾肇政　龍瑛宗全集・日本語版・文獻集　臺南　國立臺灣文學館　2008 年 4 月　頁 69

447. 高燈立　　客家貢獻獎，鍾肇政獲「終身貢獻獎」　人間福報　2007 年 4 月 26 日　11 版

448. 羅添斌　　鍾肇政期新血傳承客家運動　自由時報　2007 年 4 月 26 日　A14 版

449. 〔臺灣時報〕　　鍾肇政、李能棋獲頒客家終身貢獻獎　臺灣時報　2007 年 4 月 26 日　5 版

450. 周美惠　　鍾肇政、李喬，獲客家終身貢獻獎　聯合報　2007 年 4 月 26 日　C7 版

451. 〔更生日報〕　　鍾肇政，李喬——獲客家終身貢獻獎　更生日報　2007 年 5 月 7 日　24 版

452. 黃國樑　　首屆客家貢獻獎——文壇雙瑰寶〔鍾肇政、李喬〕，獲終身貢獻獎　聯合晚報　2007 年 6 月 16 日　6 版

453. 〔中國時報〕　　鍾肇政——以文學為工具，推動客家運動　中國時報　2007 年 6 月 18 日　D4 版

454. 〔自由時報〕　　鍾肇政——以文學為工具，推動客家運動　自由時報　2007 年 6 月 18 日　B6 版

455. 〔鹽分地帶文學〕　　作家寫真簿——鍾肇政：我的小說就是想要塑造臺灣人　鹽分地帶文學　第 10 期　2007 年 6 月　頁 14

456. 陳芳明　　希望樹　印刻文學生活誌　第 46 期　2007 年 6 月　頁 150—156

457. 陳芳明　希望樹　昨夜雪深幾許　臺北　印刻出版公司　2008 年 9 月　頁 90—104

458. 〔編輯部〕　鍾肇政　文學家　臺北　東和鋼鐵公司，大觀視覺顧問公司 2007 年 12 月　頁 57—64

459. 葉石濤　他與我有同樣的烙印　葉石濤全集・隨筆卷三　臺南，高雄　國立臺灣文學館，高雄市文化局　2008 年 3 月　頁 124

460. 許俊雅　淡水河流域的文化與文學——淡水河流域的文化——文學中淡水文本的構成類型的作家群——鍾肇政（一九二五年一）　續修臺北縣志・藝文志第三篇・文學（上）　臺北　臺北縣政府　2008 年 3 月　頁 25

461. 〔封德屏主編〕　鍾肇政　2007 臺灣作家作品目錄　臺南　國立臺灣文學館　2008 年 7 月　頁 1373—1374

462. 謝鴻文　大河浩蕩：鍾肇政文學展開展　文訊雜誌　第 278 期　2008 年 12 月　頁 147

463. 趙慶華，許倍榕　鍾肇政——獲頒客委會「終身貢獻獎」　2007 年臺灣文學年鑑　臺南　國立臺灣文學館　2008 年 12 月　頁 136—137

464. 何來美　北鍾南葉，成孤影〔鍾肇政部分〕　聯合報　2009 年 1 月 16 日 10 版

465. 何來美　暗戀日少婦，化為筆下女主角　聯合報　2009 年 1 月 16 日　10 版

466. 何來美　魯冰花養分孕育，鍾肇政衝破濁流　聯合報　2009 年 1 月 16 日 10 版

467. 甘嘉雯　客家資料庫啟用，為鍾肇政慶生　中國時報　2009 年 1 月 17 日 A14 版

468. 林文義　鍾老不老　人間福報　2009 年 3 月 26 日　15 版

469. 陳昱成　向大師致敬——鍾肇政文學展系列活動報導　臺灣文學館通訊　第 22 期　2009 年 3 月　頁 44—46

470. 黃秋芳主講；許秀芝、陳伊雯記　　鍾肇政的真性情　鍾肇政青春顯影：桃園縣客家文化館鍾肇政文學研習營　桃園　桃園縣文化局　2009年6月　頁60—70

471. 黃秋芳主講；陳伊雯記　　鍾肇政的原則　鍾肇政青春顯影：桃園縣客家文化館鍾肇政文學研習營　桃園　桃園縣文化局　2009年6月　頁71—80

472. 許秀芝　　珍惜，青春顯影劑　鍾肇政青春顯影：桃園縣客家文化館鍾肇政文學研習營　桃園　桃園縣文化局　2009年6月　頁97—101

473. 黃秋芳　　鍾肇政，一個八十五歲的大孩子　鍾肇政青春顯影：桃園縣客家文化館鍾肇政文學研習營　桃園　桃園縣文化局　2009年6月　頁145—153

474. 黃秋芳　　瞄準文學大師——鍾肇政立足桃園眺向臺灣　小作家　第183期　2009年7月　頁46—48

475. 彭瑞金　　《鍾肇政文學評傳》自序　文學臺灣　第71期　2009年7月　頁45—48

476. 黃秋芳　　開放書房‧移動書房——客家文化的引領師鍾肇政[16]　文訊雜誌　第302期　2010年12月　頁68—70

477. 黃秋芳　　鍾肇政的開放書房‧移動書房　我在我不在的地方——文學現場踏查記　臺南　國立臺灣文學館　2010年12月　頁182—186

訪談、對談

478. 洪醒夫　　從日據時代活過來的——鍾肇政訪問記　書評書目　第28期　1975年8月　頁56—66

479. 洪醒夫　　從日據時代活過來的——鍾肇政訪問記　洪醒夫全集‧散文卷　彰化　彰化縣文化局　2001年6月　頁204—221

480. 沈　鍾　　臺灣的文學使徒——鍾肇政　文壇　第194期　1976年8月　頁164—171

---

[16] 本文後改篇名為〈鍾肇政的開放書房‧移動書房〉。

481. 沈　鍾　　臺灣的文學使徒——鍾肇政　綜合月刊　第 147 期　1981 年 2 月
　　　　　　　頁 164—171

482. 沈　鍾　　臺灣的文學使徒——鍾肇政　鍾肇政全集・訪談集、臺灣客家族
　　　　　　　群史總論　桃園　桃園縣文化局　2004 年 3 月　頁 168—179

483. 黃武忠　　訪鍾肇政談——傳記小說[17]　臺灣時報　1978 年 9 月 21 日　9 版

484. 黃武忠　　談傳記小說——訪鍾肇政先生　小說經驗——名家談寫作技巧
　　　　　　　臺北　富春文化公司　1990 年 8 月　頁 149—157

485. 黃武忠　　傳記小說——訪鍾肇政先生　鍾肇政全集・訪談集、臺灣客家族
　　　　　　　群史總論　桃園　桃園縣文化局　2004 年 11 月　頁 130—135

486. 彭碧玉　　鍾肇政的創作道路——跨越語言的小說家　聯合報　1979 年 10 月
　　　　　　　19 日　8 版

487. 彭碧玉　　跨越語言的小說家——鍾肇政的創作道路　鍾肇政全集・訪談
　　　　　　　集、臺灣客家族群史總論　桃園　桃園縣文化局　2004 年 3 月
　　　　　　　頁 310—315

488. 林淑蘭　　鍾肇政談鄉土文學　中央日報　1979 年 10 月 24 日　9 版

489. 陳正一　　刻苦力學著作等身的鍾肇政[18]　今日生活　第 166 期　1980 年 7
　　　　　　　月　頁 30—34

490. 陳正一　　從日據時代活過來的——鍾肇政訪問記　鍾肇政全集・訪談集、
　　　　　　　臺灣客家族群史總論　桃園　桃園縣文化局　2004 年 3 月　頁
　　　　　　　180—192

491. 黃武忠　　文壇的長跑者——鍾肇政印象　臺灣時報　1981 年 4 月 18 日　12
　　　　　　　版

492. 黃武忠　　文壇的長跑者——鍾肇政印象　臺灣作家印象記　臺北　眾文圖
　　　　　　　書公司　1981 年 4 月　頁 119—126

493. 黃武忠　　文壇的長跑者——鍾肇政印象　鍾肇政全集・訪談集、臺灣客家
　　　　　　　族群史總論　桃園　桃園縣文化局　2004 年 3 月　頁 355—361

---

[17]本文後改篇名為〈談傳記小說——訪鍾肇政先生〉。
[18]本文後改篇名為〈從日據時代活過來的——鍾肇政訪問記〉。

494. 仙　枝　　訪省籍先進作家專輯——才華橫溢的鍾肇政先生　中央月刊　第
　　　 14 卷第 10 期　1981 年 8 月　頁 107—109

495. 蕭　文　　鍾肇政先生答客問　臺灣文藝　第 75 期　1982 年 2 月　頁 287—
　　　 290

496. 鍾肇政等[19]　　臺灣文學往哪裡走？　臺灣時報　1982 年 3 月 28 日　12 版

497.〔益世〕　　橫槊賦詩江山萬里——訪鍾肇政先生　益世　第 26 期　1982 年
　　　 11 月　頁 59—61

498.〔益世〕　　橫槊賦詩，江山萬里——訪鍾肇政先生　鍾肇政全集・訪談
　　　 集、臺灣客家族群史總論　桃園　桃園縣文化局　2004 年 3 月
　　　 頁 304—309

499. 鍾肇政；方梓專訪　　荒謬的誤認　人生金言（下）　臺北　自立晚報社
　　　 1983 年 9 月　頁 223—226

500. 呂　昱　　道不盡文學創作的艱苦歷程——訪鍾肇政先生談臺灣文學界的一
　　　 些「雜務」　臺灣文藝　第 89 期　1984 年 7 月　頁 194—202

501. 呂　昱　　道不盡文學創作的艱苦歷程——訪鍾肇政先生談臺灣文學界的一
　　　 些「雜務」　鍾肇政全集・訪談集、臺灣客家族群史總論　桃園
　　　 桃園縣文化局　2004 年 3 月　頁 110—119

502. 張洋培　　龍潭的秋色——訪遊美歸來的老作家鍾肇政　新書月刊　第 16 期
　　　 1985 年 1 月　頁 28—32

503. 張洋培　　龍潭的秋色——訪遊美歸來的老作家鍾肇政　自立晚報　1985 年
　　　 4 月 23 日　10 版

504. 張洋培　　龍潭的秋色——訪遊美歸來的老作家鍾肇政　當代作家對話錄
　　　 臺北　傳記文學出版社　1986 年 10 月　頁 220—232

505. 張洋培　　龍潭的秋色——訪遊美歸來的老作家鍾肇政　鍾肇政全集・訪談
　　　 集、臺灣客家族群史總論　桃園　桃園縣文化局　2004 年 3 月

---

[19]與會者：葉石濤、彭瑞金、鍾肇政、高天生、鍾鐵民、洪銘水、林素芬、廖仁義、陳坤崙、鄭泰
安、楊文彬、鄭烱明、宋澤萊、吳福成、潘榮禮、黃春明、潘立夫、陳映真；列席：吳基福、陳
陽德、陳若曦、陌上桑、吳錦發；紀錄：林清強、蔡翠英。

頁 151—161

506. 康　　原　　歷史爲證，鄉土爲懷——訪大河小說家鍾肇政[20]　自立晚報　1986
年 1 月 10 日　10 版

507. 康　　原　　歷史爲證，鄉土爲懷——鍾肇政・龍潭　作家的故鄉　臺北　前
衛出版社　1987 年 11 月　頁 31—40

508. 康　　原　　歷史爲證，鄉土爲懷——訪大河小說家鍾肇政　鍾肇政全集・訪
談集、臺灣客家族群史總論　桃園　桃園縣文化局　2004 年 3 月
頁 144—150

509. 彭明輝　　大隱——到龍潭訪問鍾肇政先生[21]　聯合文學　第 18 期　1986 年
4 月　頁 68—71

510. 吳鳴〔彭明輝〕　　大隱——鍾肇政印象　結愛　臺北　圓神出版社　1988
年 7 月　頁 179—187

511. 彭明輝　　大隱——到龍潭訪鍾肇政先生　鍾肇政全集・訪談集、臺灣客家
族群史總論　桃園　桃園縣文化局　2004 年 3 月　頁 162—167

512. 張國立　　由日文而中文的鍾肇政　中華日報　1986 年 8 月 13 日　11 版

513. 吳錦發　　像大地般坦蕩——訪名作家鍾肇政先生（上、中、下）　民衆日
報　1989 年 4 月 10—12 日　18 版

514. 吳錦發　　像大地般坦蕩——訪名作家鍾肇政先生　鍾肇政全集・訪談集、
臺灣客家族群史總論　桃園　桃園縣文化局　2004 年 3 月　頁
120—129

515. 魏可風　　中國文化腐敗的驗證——訪鍾肇政　臺灣春秋　第 10 期　1989 年
7 月　頁 305—307

516. 彭　　嫦　　鍾肇政、彭嫦談新个客家人　客家雜誌　第 15 期　1991 年 4 月
頁 23—25

517. 彭　　嫦　　鍾肇政、彭嫦談个客家人　鍾肇政全集・訪談集、臺灣客家族群
史總論　桃園　桃園縣文化局　2004 年 11 月　頁 243—253

---

[20]本文後改篇名爲〈歷史爲證，鄉土爲懷——鍾肇政・龍潭〉。
[21]本文後改篇名爲〈大隱——鍾肇政印象〉。

518. 鄭清文　探索臺灣人的原型，生活誠實的再現[22]　新地　第 2 卷第 2 期　1991 年 6 月 5 日　頁 6—14

519. 鄭清文　作家身影訪談　鍾肇政全集・訪談集、臺灣客家族群史總論　桃園　桃園縣文化局　2004 年 3 月　頁 60—67

520. 黃靖雅　歷史的大河啊，清明地流！——鍾肇政訪問記　聯合文學　第 96 期　1992 年 10 月　頁 146—150

521. 黃靖雅　歷史的大河啊，清明地流！——鍾肇政訪問記　鍾肇政全集・訪談集、臺灣客家族群史總論　桃園　桃園縣文化局　2004 年 3 月　頁 136—143

522. 鍾肇政等[23]　客家文學的可能與限制　客家臺灣文學論　苗栗　苗栗縣立文化中心　1993 年 6 月　頁 42—62

523. 劉慧真　大河之歌——訪鍾肇政　臺灣評論　第 10 期　1993 年 8 月　頁 23—25

524. 劉慧真　大河之歌——訪鍾肇政　鍾肇政全集・訪談集、臺灣客家族群史總論　桃園　桃園縣文化局　2004 年 3 月　頁 234—239

525. 呂政達　談客家文化和文學經驗　自立晚報　1995 年 1 月 9 日　13 版

526. 呂政達　談客家文化和文學經驗　鍾肇政全集・訪談集、臺灣客家族群史總論　桃園　桃園縣文化局　2004 年 3 月　頁 329—336

527. 王旻婷　走進時間流裡的舊夢，訪臺灣耆老作家——巫永福、葉石濤、鍾肇政　自由時報　1995 年 4 月 16 日　29 版

528. 黃秋芳　永遠的青少年顯影——專訪鍾肇政　文訊雜誌　第 120 期　1995 年 10 月　頁 66—69

529. 王開平　不凋的魯冰花　聯合報　1998 年 5 月 25 日　48 版

530. 王開平　不凋的魯冰花　鍾肇政全集・訪談集、臺灣客家族群史總論　桃園　桃園縣文化局　2004 年 3 月　頁 348—354

---

[22] 本文後改篇名為〈作家身影訪談〉。
[23] 主持人：羅肇錦；與會者：鍾肇政、林柏燕、古國順、范文芳、陳萬益、梁景峯、彭欽清、林郁方、涂春景、陳國義、黃子堯、徐正光、陳文和。

531. 莊紫蓉　　探索者、奉獻者——鍾肇政專訪　臺灣文藝　第 163、164 期合刊　1998 年 8 月　頁 58—68

532. 莊紫蓉　　探索者、奉獻者——專訪鍾肇政之一　臺灣文學十講　臺北　前衛出版社　2000 年 11 月　頁 283—302

533. 莊紫蓉　　探索者、奉獻者——專訪鍾肇政之一　鍾肇政全集・演講集　桃園　桃園縣文化局　2002 年 11 月　頁 233—247

534. 莊紫蓉　　女性、愛情與文學——鍾肇政先生專訪　文學臺灣　第 32 期　1999 年 10 月　頁 22—48

535. 莊紫蓉　　女性、愛情、文學——專訪鍾肇政之二　臺灣文學十講　臺北　前衛出版社　2000 年 11 月　頁 303—332

536. 莊紫蓉　　女性、愛情、文學——專訪鍾肇政之二　鍾肇政全集・演講集　桃園　桃園縣文化局　2004 年 3 月　頁 248—270

537. 黃靖雅　　想寫情色文學的總統府資政——專訪鍾肇政　自由時報　2000 年 6 月 24 日　39 版

538. 黃靖雅　　想寫情色文學的總統府資政——專訪鍾肇政　鍾肇政全集・訪談集、臺灣客家族群史總論　桃園　桃園縣文化局　2004 年 3 月　頁 368—343

539. 莊紫蓉　　音樂與文學——專訪鍾肇政之三　臺灣文學十講　臺北　前衛出版社　2000 年 11 月　頁 333—356

540. 莊紫蓉　　音樂與文學——專訪鍾肇政之三　鍾肇政全集・演講集　桃園　桃園縣文化局　2004 年 3 月　頁 271—290

541. 楊嘉玲　　作家訪談錄——鍾肇政電話訪談摘錄　臺灣客籍作家文學作品改編電影研究　成功大學藝術研究所　碩士論文　石光生教授指導　2001 年 1 月　頁 149—151

542. 楊嘉玲　　鍾肇政電話訪談摘錄　鍾肇政全集・年表、補遺、演講大綱　桃園　桃園縣文化局　2004 年 11 月　頁 605—607

543. 莊紫蓉　　鍾肇政專訪：談第二代作家　臺灣文藝　第 181 期　2002 年 4 月

頁 13—36

544. 鍾肇政講；陳萬益專訪[24]　鍾老開講——臺灣文學臺灣精神　臺灣文藝　第182 期　2002 年 6 月　頁 6—21

545. 潘弘輝　遲暮，春雷乍響——專訪鍾肇政　自由時報　2003 年 1 月 1 日　39 版

546. 高麗敏　疼惜與祝福——和鍾肇政先生聊近況、談教育　臺灣文學評論　第 3 卷第 4 期　2003 年 10 月　頁 105—108

547. 高麗敏　疼惜與祝福——和鍾肇政先生聊近況、談教育　鍾肇政全集・隨筆集 7、歌德文學之旅、八十大壽紀念文集（上）　桃園　桃園縣文化局　2004 年 3 月　頁 603—607

548. 陳文芬　鍾肇政在龍潭　印刻文學生活誌　第 2 期　2003 年 10 月　頁 166—175

549. 岡崎郁子，唐立訪問；嘉澤譯　訪鍾肇政先生——談「臺灣作家全集」編輯秘聞及其他　臺灣文學評論　第 4 卷第 1 期　2004 年 1 月　頁86—95

550. 岡崎郁子，唐立訪問；嘉澤譯　訪鍾肇政先生　鍾肇政全集・八十大壽紀念文集（下）、大河之歌：鍾肇政文學國際學術會議論文集　桃園　桃園縣文化局　2004 年 11 月　頁 63—74

551. 莊紫蓉　家庭、學校、文學——專訪鍾老之十——美與文學　鍾肇政全集・訪談集、臺灣客家族群史總論　桃園　桃園縣文化局　2004 年 3 月　頁 3—32

552. 莊紫蓉　美與文學——專訪鍾老之十一　鍾肇政全集・訪談集、臺灣客家族群史總論　桃園　桃園縣文化局　2004 年 3 月　頁 32—59

553. 張娟芬　望得春風的原鄉人　鍾肇政全集・訪談集、臺灣客家族群史總論　桃園　桃園縣文化局　2004 年 3 月　頁 72—73

554. 莊紫蓉　東吳日語系談鍾老　鍾肇政全集・訪談集、臺灣客家族群史總論

---

[24]召集人：呂新昌；紀錄：王韻如、黃麗香。

　　　桃園　桃園縣文化局　2004 年 3 月　頁 74—80

555. 鍾肇政，張彥勳，張大春　　那一夜，我們有約——臺中縣週末文藝營小說
　　　創作經驗分享　鍾肇政全集・訪談集、臺灣客家族群史總論　桃
　　　園　桃園縣文化局　2004 年 3 月　頁 213—233

556. 王之樵　　大河小說上游的長跑老兵——鍾肇政　鍾肇政全集・訪談集、臺
　　　灣客家族群史總論　桃園　桃園縣文化局　2004 年 3 月　頁 240
　　　—242

557. 胡文青　　鍾肇政訪問記　鍾肇政全集・訪談集、臺灣客家族群史總論　桃
　　　園　桃園縣文化局　2004 年 3 月　頁 292—293

558. 吳念真，鍾肇政　　吳念真、鍾肇政對談　鍾肇政全集・訪談集、臺灣客家
　　　族群史總論　桃園　桃園縣文化局　2004 年 3 月　頁 294—299

559. 陳明清，黃靖雅，唐鎔　　筆轉春秋三十載・文壇碩彥一席談——訪作家鍾
　　　肇政先生　鍾肇政全集・訪談集、臺灣客家族群史總論　桃園
　　　桃園縣文化局　2004 年 3 月　頁 337—347

560. 伍良之　　臺北走訪鍾肇政　鍾肇政全集・訪談集、臺灣客家族群史總論
　　　桃園　桃園縣文化局　2004 年 3 月　頁 362—367

561. 錢鴻鈞　　鍾肇政訪談：拍攝作家傳記　鍾肇政全集・訪談集、臺灣客家族
　　　群史總論　桃園　桃園縣文化局　2004 年 3 月　頁 401—409

562. 王　婕　　人物訪談——鍾肇政獲總統文化百合獎　2003 臺灣文學年鑑　臺
　　　北　行政院文建會　2004 年 8 月　頁 133—135

563. 沈慧娟　　從日本芥川賞到兩報文學獎　鍾肇政全集・訪談集、臺灣客家族
　　　群史總論　桃園　桃園縣文化局　2004 年 11 月　頁 203—212

564. 曾米虹　　廚房飯桌的午後——作家鍾肇政先生訪談記　鍾肇政全集・訪談
　　　集、臺灣客家族群史總論　桃園　桃園縣文化局　2004 年 11 月
　　　頁 226—233

565. 陳亦伸　　面對作家——文濤與鍾肇政的約會　鍾肇政全集・訪談集、臺灣
　　　客家族群史總論　桃園　桃園縣文化局　2004 年 11 月　頁 254—

263

566. 曾心儀　「願做一個辛勤的園丁」——訪鍾肇政談《臺灣文藝》　鍾肇政全集・訪談集、臺灣客家族群史總論　桃園　桃園縣文化局　2004 年 11 月　頁 316—328

567. 元生國小　臺灣文學的推手——鍾肇政網站建構與訪談　鍾肇政全集・八十大壽紀念文集（下）、大河之歌：鍾肇政文學國際學術會議論文集　桃園　桃園縣文化局　2004 年 11 月　頁 46—54

568. 凌雲壯志隊；陳韋瀧記　鍾肇政訪談　鍾肇政全集・八十大壽紀念文集（下）、大河之歌：鍾肇政文學國際學術會議論文集　桃園　桃園縣文化局　2004 年 11 月　頁 85—100

569. 郭慧華　剛健、真樸與純美——鍾肇政的原住民世界訪談記實[25]　鍾肇政全集・八十大壽紀念文集（下）、大河之歌：鍾肇政文學國際學術會議論文集　桃園　桃園縣文化局　2004 年 11 月　頁 124—149

570. 郭慧華　鍾肇政訪問記錄　鍾肇政小說中的原住民圖像書寫　臺灣師範大學國文學系在職進修碩士班　碩士論文　許俊雅教授指導　2004 年　頁 228—243

571. 邱秀年　訪《魯冰花》原著鍾肇政　鍾肇政全集・年表、補遺、演講大綱　桃園　桃園縣文化局　2004 年 11 月　頁 616—620

572. 王鈺婷　書寫，要耐得住寂寞——專訪鍾肇政　自由時報　2005 年 1 月 16 日　47 版

573. 申惠豐　世紀性對談菁華錄——鍾肇政葉石濤憶談文學生涯（上、下）　聯合報　2006 年 4 月 6—7 日　E7 版

574. 黃玉芳　鍾肇政，成名前十稿九退　聯合晚報　2007 年 6 月 16 日　6 版

575.〔行政院客家委員會〕　鍾肇政 V.S. 李喬，客家大師紙上對談　中國時報　2007 年 6 月 18 日　D4 版

576.〔行政院客家委員會〕　鍾肇政 V.S. 李喬，客家大師紙上對談　自由時報

---

[25] 本文後改篇名為〈鍾肇政訪問記錄〉。

2007 年 6 月 18 日　B6—B7 版

577. 簡弘毅　　以文學，爲臺灣人塑像——鍾肇政專訪　臺灣文學館通訊　第 22
期　2009 年 3 月　頁 40—43

578. 高有智，張傳佳　　文壇大老，回憶杏壇歲月——戰前／戰後，鍾肇政ㄅㄆ
ㄇㄷ現學現賣　中國時報　2010 年 9 月 2 日　A6 版

年表

579. 〔編輯部〕　　略年譜　鍾肇政自選集　臺北　黎明文化公司　1979 年 7 月
頁 1—6

580. 聯合文學編輯室　　鍾肇政寫作年表　聯合文學　第 18 期　1986 年 4 月　頁
120—128

581. 鍾肇政增訂　　鍾肇政生平寫作年表　鍾肇政集（臺灣作家全集）　臺北
前衛出版社　1991 年 7 月　頁 299—302

582. 〔編輯部〕　　寫作年表　永恆的露意湖：北美大陸文學之旅　桃園　桃園
縣立文化中心　1993 年 6 月　頁 229—237

583. 林政華　　鍾肇政先生學、經歷　福爾摩莎的文豪——鍾肇政文學會議論文
集　臺北　真理大學臺灣文學系　1999 年 11 月　頁 165—166

584. 林政華　　鍾肇政先生文學年譜　福爾摩莎的文豪——鍾肇政文學會議論文
集　臺北　真理大學臺灣文學系　1999 年 11 月　頁 167—184

585. 黃秋芳　　閱讀年表〔生平年表〕　鍾肇政的臺灣塑像　臺北　時報文化出
版公司　2000 年 12 月　頁 169—180

586. 林明孝　　鍾肇政年表　鍾肇政長篇自傳性小說研究　中山大學中國文學系
碩士論文　龔顯宗教授指導　2000 年　頁 134—138

587. 楊嘉玲　　作家生平寫作年表——鍾肇政　臺灣客籍作家文學作品改編電影
研究　成功大學藝術研究所　碩士論文　石光生教授指導　2001
年 1 月　頁 163—169

588. 林美華　　鍾肇政年表　鍾肇政大河小說中的殖民地經驗　成功大學歷史學
系　碩士論文　李漢偉，林瑞明教授指導　2004 年 1 月　頁 130

　　　　　　　　　　　　—164

589. 王梅香　　鍾肇政年表　臺灣文學館通訊　第 5 期　2004 年 9 月　頁 18—25

590. 〔莊紫蓉，錢鴻鈞編〕　　鍾肇政年表　鍾肇政全集・年表、補遺、演講大
　　　　　　　綱　桃園　桃園縣文化局　2004 年 11 月　頁 133—202

591. 曾盛甲　　鍾肇政年表略編　鍾肇政小說鄉土情懷之研究——以《大壩》與
　　　　　　　《大圳》為例　臺灣師範大學國文學系在職進修碩士班　碩士論
　　　　　　　文　廖吉郎教授指導　2004 年　頁 189—192

592. 〔自由時報〕　　鍾肇政創作大事年表——青春思想起，賀文學耆碩鍾肇政
　　　　　　　八十大壽　自由時報　2005 年 1 月 16 日　47 版

593. 〔楊和穎主編〕　　大事紀　桃園縣老照片故事 3・鍾肇政的文學影像之旅
　　　　　　　桃園　桃園縣文化局　2005 年 7 月　頁 113—116

594. 許俊雅　　鍾肇政創作大事記　鍾肇政——白翎鷥之歌　臺北　遠流出版公
　　　　　　　司　2005 年 7 月　頁 84—85

595. 董砡娟　　鍾肇政生平紀事及寫作年表　鍾肇政小說中反殖民意識之研究—
　　　　　　　—以《臺灣人三部曲》、《怒濤》為例　臺東大學教育所　碩士論
　　　　　　　文　詹卓穎教授指導　2007 年 8 月　頁 93—107

596. 莊華堂　　鍾肇政生平大事記　鍾肇政口述歷史：「戰後臺灣文學發展史」十
　　　　　　　二講　臺北　唐山出版社　2008 年 7 月　頁 387—393

其他

597. 〔臺灣日報〕　　揭示藝術先驅的熱情與執著——文藝獎得主發表「藝術大
　　　　　　　師系列」〔鍾肇政部分〕　臺灣日報　2001 年 2 月 10 日　14 版

598. 張夢瑞　　文協榮譽獎章，五四將贈兩人〔鍾肇政，張秀亞〕　民生報
　　　　　　　2001 年 4 月 11 日　A7 版

599. 羅茵芬　　文協文藝獎章張秀亞、鍾肇政、蔡文甫等人獲獎　中央日報
　　　　　　　2001 年 5 月 4 日　18 版

600. 洪士惠　　資深作家鍾肇政榮獲總統文化獎　文訊雜誌　第 215 期　2003 年
　　　　　　　9 月　頁 73

601.〔中華日報〕　　扁贈勳五資深作家〔鍾肇政部分〕　中華日報　2004 年 10
月 16 日　2 版

602. 胡萬川　　序——鍾肇政文學國際學術會議　鍾肇政全集・八十大壽紀念文
集（下）、大河之歌：鍾肇政文學國際學術會議論文集　桃園　桃
園縣文化局　2004 年 11 月　頁 265

603.〔莊紫蓉，錢鴻鈞編〕　　獲獎紀錄　鍾肇政全集・年表、補遺、演講大綱
桃園　桃園縣文化局　2004 年 11 月　頁 205—206

604.〔人間福報〕　　鍾肇政和李喬，獲首屆客家終身貢獻獎　人間福報　2007
年 4 月 28 日　14 版

605. 李麗慎　　首屆客家貢獻獎——鍾肇政、李喬，獲終身貢獻獎　臺灣時報
2007 年 6 月 17 日　4 版

606.〔中華日報〕　　鍾肇政、李喬，獲客家終身貢獻獎　中華日報　2007 年 6
月 17 日　A4 版

607. 詹宇霈　　鍾肇政塑像揭幕暨主題展　文訊雜誌　第 293 期　2010 年 3 月
頁 141

作品評論篇目

綜論

608. 王鼎鈞　　作品充滿鄉土色彩的臺灣作家——鍾肇政　文星　第 26 期　1959
年 12 月　頁 24—25

609. 鄭清茂　　鍾肇政及其作品　自由青年　第 25 卷第 1 期　1961 年 1 月 1 日
頁 18

610. 葉石濤　　兩年來的省籍作家及其小說（上、下）〔鍾肇政部分〕　臺灣日
報　1967 年 10 月 25—26 日　8 版

611. 葉石濤　　兩年來的省籍作家及其小說〔鍾肇政部分〕　臺灣文藝　第 19 期
1968 年 4 月　頁 39—40

612. 葉石濤　　兩年來的省籍作家及其小說〔鍾肇政部分〕　葉石濤評論集　臺

　　　　　　　北　蘭開書局　1968 年 9 月　頁 145—146

613. 葉石濤　　兩年來的省籍作家及其小說〔鍾肇政部分〕　臺灣鄉土作家論集
　　　　　　　臺北　遠景出版公司　1979 年 3 月　頁 71—72

614. 葉石濤　　兩年來的省籍作家及其小說〔鍾肇政部分〕　葉石濤全集・評論
　　　　　　　卷一　臺南，高雄　國立臺灣文學館，高雄市文化局　2008 年 3
　　　　　　　月　頁 152—153

615. 〔青溪〕　　鍾肇政　青溪　第 5 期　1967 年 11 月　頁 169

616. 葉石濤　　一年來的省籍作家及其作品——兼論省籍作家的特質（1—6）
　　　　　　　〔鍾肇政部分〕　臺灣日報　1968 年 12 月 28—31 日，1969 年 1
　　　　　　　月 1—2 日　8 版

617. 葉石濤　　這一年來的省籍作家及其作品——兼論省籍作家的特質（上、
　　　　　　　下）〔鍾肇政部分〕　臺灣文藝　第 22，27 期　1969 年 1 月，
　　　　　　　1970 年 4 月　頁 24，35—36

618. 葉石濤　　一年來的省籍作家及其作品——兼論省籍作家的特質（上、下）
　　　　　　　〔鍾肇政部分〕　臺灣鄉土作家論集　臺北　遠景出版公司
　　　　　　　1979 年 3 月　頁 89，94—95

619. 葉石濤　　一年來的省籍作家及其作品——兼論省籍作家的特質（上、下）
　　　　　　　〔鍾肇政部分〕　葉石濤全集・評論卷一　臺南，高雄　國立臺
　　　　　　　灣文學館，高雄市文化局　2008 年 3 月　頁 268—269

620. 張彥勳　　堅毅剛強的鍾肇政　臺灣文藝　第 33 期　1971 年 7 月　頁 67—
　　　　　　　73

621. 張彥勳　　堅毅剛強鍾肇政　淚的抗議　臺北　益群出版社　1975 年 2 月
　　　　　　　頁 194—210

622. 張良澤　　鍾肇政　青溪　第 50 期　1971 年 8 月　頁 75—79

623. 彭瑞金　　論鍾肇政的鄉土風格　師院文萃　第 8 期　1972 年 6 月　頁 40—
　　　　　　　42

624. 彭瑞金　　論鍾肇政的鄉土風格（1—6）　臺灣日報　1973 年 7 月 6—11 日

9 版

625. 彭瑞金　　論鍾肇政的鄉土風格　臺灣文藝　第 40 期　1973 年 7 月　頁 35
　　　　　　　—44

626. 彭瑞金　　論鍾肇政的鄉土風格　泥土的香味　臺北　東大圖書公司　1980
　　　　　　　年 4 月　頁 37—56

627. 楊昌年　　鍾肇政　近代小說研究　臺北　蘭臺書局　1976 年 1 月　頁 565

628. 葉石濤　　論鍾肇政文學的特質　臺灣鄉土作家論集　臺北　遠景出版公司
　　　　　　　1979 年 3 月　頁 153—156

629. 葉石濤　　論鍾肇政文學的特質　葉石濤全集・評論卷二　臺南，高雄　國
　　　　　　　立臺灣文學館，高雄市文化局　2008 年 3 月　頁 107—110

630. 杜文靖　　鍾肇政的小說天地　自立晚報　1979 年 10 月 19 日　10 版

631. 杜文靖　　鍾肇政的小說天地　人物特寫　臺南　鳳凰城圖書公司　1982 年
　　　　　　　12 月　頁 9—16

632. 壹闡提〔李喬〕　　女性的追尋——鍾肇政的女性塑像研究[26]　臺灣文藝　第
　　　　　　　75 期　1982 年 2 月　頁 251—282

633. 壹闡提　　女性的追尋——鍾肇政的女性塑像研究　臺灣文學造型　高雄
　　　　　　　派色文化出版社　1992 年 7 月　頁 211—257

634. 壹闡提　　女性的追尋——鍾肇政的女性塑像研究　鍾肇政全集・年表、補
　　　　　　　遺、演講大綱　桃園　桃園縣文化局　2004 年 11 月　頁 38—73

635. 莊園〔鄭清文〕　　讀鍾肇政短篇小說札記　臺灣文藝　第 75 期　1982 年 2
　　　　　　　月　頁 283—286

636. 鄭清文　　讀鍾肇政短篇小說札記　臺灣文學的基點　高雄　派色文化出版
　　　　　　　社　1992 年 7 月　頁 67—72

637. 莊　園　　讀鍾肇政短篇小說札記　鍾肇政全集・年表、補遺、演講大綱
　　　　　　　桃園　桃園縣文化局　2004 年 11 月　頁 74—78

638. 花　村　　鍾肇政小說裡的愛情觀　臺灣文藝　第 75 期　1982 年 2 月　頁

---

[26]本文主要探討鍾肇政小說作品之中，女性形象的塑造與描寫。全文共 3 小節：1.前言；2.群像；3.
　意義。

291—295

639. 高天生　臺灣文學的耕耘者——鍾肇政　暖流　第 1 卷第 5 期　1982 年 5 月　頁 51—55

640. 高天生　臺灣文學的耕耘者鍾肇政　臺灣小說與小說家　臺北　前衛出版社　1985 年 5 月　頁 27—38

641. 高天生　The Tiller of Taiwan Literature：Chung Chao-cheng（臺灣文學的耕耘者鍾肇政）　Taiwan Literature:English Translation Series　第 13 期　2003 年 7 月　頁 147—157

642. 吳錦發　略談臺灣三位作家小說中的性（1—4）〔鍾肇政部分〕　自立晚報　1983 年 5 月 31 日—6 月 3 日　10 版

643. 彭瑞金　追尋、迷惘與再生——戰後的吳濁流到鍾肇政　臺灣文藝　第 83 期　1983 年 7 月　頁 42—48

644. 彭瑞金　追尋、迷惘與再生——戰後的吳濁流到鍾肇政　臺灣文學的過去與未來　臺北　臺灣文藝雜誌社　1985 年 3 月　頁 64—71

645. 彭瑞金　追尋‧迷惘與再生——戰後的吳濁流到鍾肇政　臺灣文學探索　臺北　前衛出版社　2003 年 4 月　頁 240—249

646. 封祖盛　臺灣光復後期二十年鄉土小說一瞥——鍾理和、鍾肇政、林海音等的創作　臺灣小說主要流派初探　福州　福建人民出版社　1983 年 10 月　頁 37—71

647. 武治純　臺灣鄉土文學的源流及其理論要點〔鍾肇政部分〕　臺灣香港文學論文選　福州　福建人民出版社　1983 年 10 月　頁 28

648. 林海音　說不盡（之四）〔鍾肇政部分〕　聯合報　1983 年 12 月 30 日　8 版

649. 林海音　說不盡〔鍾肇政部分〕　剪影話文壇　臺北　純文學出版社　1984 年 8 月　頁 241—243

650. 林海音　說不盡〔鍾肇政部分〕　林海音作品集‧剪影話文壇　臺北　遊目族文化公司　2000 年 5 月　頁 232—234

651. 何　欣　　論鍾肇政　當代臺灣作家論　臺北　東大圖書公司　1983 年 12 月
　　　　　　　頁 53—73

652. 汪景壽　　鍾肇政　臺灣小說作家論　北京　北京大學出版社　1984 年 3 月
　　　　　　　頁 306—335

653. 張良澤　　台湾文学の現況──《寒夜三部曲》を主に──鍾肇政氏の快著
　　　　　　　台湾青年　第 290 期　1984 年 12 月　頁 23—24

654. 武治純　　臺灣當代文壇的小說大家──鍾肇政　壓不扁的玫瑰花──臺灣
　　　　　　　鄉土文學初探　北京　中國廣播電視出版社　1985 年 7 月　頁
　　　　　　　227—245

655. 葉石濤　　臺灣文學史大綱（後篇）──六十年代的臺灣文學：無根與放逐
　　　　　　　〔鍾肇政部分〕　文學界　第 15 期　1985 年 8 月　頁 169—170

656. 葉石濤　　六○年代的臺灣文學──無根與放逐──作家與作品〔鍾肇政部
　　　　　　　分〕　臺灣文學史綱　高雄　文學界雜誌社　1991 年 9 月　頁
　　　　　　　130

657. 葉石濤　　臺灣文學史綱──六○年代的臺灣文學──無根與放逐〔鍾肇政
　　　　　　　部分〕　葉石濤全集・評論卷五　臺南，高雄　國立臺灣文學
　　　　　　　館，高雄市文化局　2008 年 3 月　頁 145

658. 潘亞暾　　鍾肇政創作淺說　臺灣香港文學論文選　福州　海峽文藝出版社
　　　　　　　1985 年 9 月　頁 139—153

659. 彭瑞金　　傳燈者──鍾肇政[27]　聯合文學　第 18 期　1986 年 4 月　頁 104
　　　　　　　—119

660. 彭瑞金　　傳燈者──鍾肇政　中華現代文學大系（臺灣 1970—1989）評論
　　　　　　　卷（壹）　臺北　九歌出版社　1989 年 5 月　頁 583—612

661. 彭瑞金　　傳燈者──鍾肇政　港臺海外華文文學　第 2 卷第 4 期　1990 年
　　　　　　　10 月　頁 183—189

662. 彭瑞金　　傳燈者──鍾肇政　鍾肇政集（臺灣作家全集）　臺北　前衛出

---

[27]本文從鍾肇政的文學歷程談起，進而綜論其小說創作，並肯定鍾肇政以不間斷的創作負起文學傳
　燈的使命。

版社　1991 年 7 月　頁 259—291

663. 彭瑞金　　傳燈者——鍾肇政　瞄準臺灣作家　高雄　派色文化出版社
　　　1992 年 7 月　頁 63—98

664. 彭瑞金　　傳燈者　鍾肇政全集・年表、補遺、演講大綱　桃園　桃園縣文
　　　化局　2004 年 11 月　頁 83—109

665. 宋田水　　要死不活的臺灣文學——透視臺灣作家的社會良心——鍾肇政、
　　　李喬、鍾理和　臺灣新文化　第 14 期　1987 年 11 月　頁 40—41

666. 劉　潔　　鍾肇政　現代臺灣文學史　瀋陽　遼寧大學出版社　1987 年 12 月
　　　頁 393—411

667. 鄭清文　　《臺灣當代小說精選》序〔鍾肇政部分〕　臺灣當代小說精選
　　　（1945—1988）　臺北　新地文學出版社　1989 年 1 月　頁 13

668. 古繼堂　　一顆閃亮的小說巨星——鍾肇政　臺灣小說發展史　臺北　文史
　　　哲出版社　1989 年 7 月　頁 207—224

669. 彭瑞金　　埋頭深耕的年代（一九六〇——一九六九）——本土文學的理論與
　　　實踐〔鍾肇政部分〕　臺灣新文學運動 40 年　臺北　自立晚報社
　　　1991 年 3 月　頁 127—129

670. 彭瑞金　　回歸寫實與本土化運動（一九七〇——一九七九）——鄉土文學的
　　　全盛時期〔鍾肇政部分〕　臺灣新文學運動 40 年　臺北　自立晚
　　　報社　1991 年 3 月　頁 167—168

671. 彭瑞金　　心路歷程的碑石——《鍾肇政集》序　鍾肇政集（臺灣作家全
　　　集）　臺北　前衛出版社　1991 年 7 月　頁 9—12

672. 彭瑞金　　心路歷程的碑石——《鍾肇政集》　短篇小說卷別冊（臺灣作家
　　　全集）　臺北　前衛出版社　1994 年 3 月　頁 79—82

673. 邱　婷　　鍾肇政文裡文外皆歷史　民生報　1992 年 5 月 23 日　28 版

674. 周昭翡　　走在淡淡的茶香裡——鍾肇政的文學思考與社會關懷　活水文化
　　　雙週報　第 25 期　1992 年 7 月　頁 1

675. 金漢，馮雲青，李新宇　　鍾肇政　新編中國當代文學發展史　杭州　杭州

大學出版社 1993年1月 頁703—704

676. 王耀輝 鍾肇政的小說創作 臺灣文學史（下） 福州 海峽文藝出版社 1993年1月 頁286—296

677. 彭瑞金 臺灣客家文學的可能性及其以女性爲主導的特質〔鍾肇政部分〕 客家臺灣文學論 苗栗 苗栗縣立文化中心 1993年6月 頁95—96

678. 彭瑞金 臺灣客家文學的可能性及其以女性爲主導的特質〔鍾肇政部分〕 臺灣文學探索 臺北 前衛出版社 2003年4月 頁194—196

679. 黃子堯 臺灣客家文學及其客籍作家「身份」特質〔鍾肇政部分〕 鄉土與文學：臺灣地區區域文學會議實錄 臺北 文訊雜誌社 1994年3月 頁360

680. 王幼華 政治與文學的分類詮釋——以中國及臺灣爲例〔鍾肇政部分〕 當代臺灣政治文學論 臺北 時報文化出版公司 1994年7月 頁440—441

681. 王晉民 鍾肇政和七等生的小說 臺灣當代文學史 南寧 廣西人民教育出版社 1994年10月 頁308—321

682. 履 彊 鄉土的脈動，文學的傳承——臺灣鄉土小說的思潮〔鍾肇政部分〕 社會變遷與文學發展論文集 臺北 中華日報社 1995年9月 頁40—44

683. 葉石濤 60年代的本土小說 臺灣新聞報 1996年5月23日 19版

684. 葉石濤 六〇年代的本土小說 葉石濤全集・評論卷五 臺南，高雄 國立臺灣文學館，高雄市文化局 2008年3月 頁299—301

685. 張堂錡 臺灣客家文學中所反映的社會關係〔鍾肇政部分〕 臺灣文學中的社會：五十年來臺灣文學研討會論文集（一） 臺北 行政院文建會 1996年5月 頁162

686. 彭瑞金 水・水，未必嫲嘡嘡！[28] 臺灣新聞報 1996年6月3日 15版

---

[28]本文論述修辭在文學評論上的問題，分述鍾理和、吳濁流、鍾肇政3人的文學修辭，以說明作品

687. 張素貞　臺灣小說中的抗戰經驗（上、中、下）[29]　中央日報　1997 年 7
月 7—9 日　18 版

688. 古繼堂　臺灣當代小說創作——鍾肇政、李喬、鄭清文　中華文學通史・
當代文學編（9）　北京　華藝出版社　1997 年 9 月　頁 443—
449

689. 皮述民　從反共小說到現代小說〔鍾肇政部分〕　二十世紀中國新文學史
臺北　駱駝出版社　1997 年 10 月　頁 318—319

690. 彭瑞金　鍾肇政與葉石濤的殖民地經驗小說比較[30]　第一屆臺灣文學學術研
討會　臺中　靜宜大學中國文學系主辦　1998 年 12 月 19—20 日

691. 彭瑞金　比較鍾肇政與葉石濤小說裡的殖民地經驗　殖民地經驗與臺灣文
學：第一屆臺杏臺灣文學學術研討會論文集　臺北　遠流出版公
司　2000 年 2 月　頁 195—217

692. 彭瑞金　鍾肇政與葉石濤的殖民地經驗小說比較　驅除迷霧找回祖靈：臺
灣文學論文集　高雄　春暉出版社　2000 年 5 月　頁 277—299

693. 胡紅波　南北二鍾與山歌[31]　民間文學及作家文學研討會論文集　新竹　清
華大學中文系　1998 年 12 月　頁 175—202

694. 賴素鈴　築基奠石——建構臺灣現代小說史：寒空中星光幾點〔鍾肇政部
分〕　臺灣現代小說史綜論　臺北　聯經出版公司　1998 年 12 月
頁 643—644

695. 宋　剛　鍾肇政　中國文學通典・小說通典　北京　解放軍文藝出版社

的特色。

[29]本文論述臺灣小說中的抗戰經驗，文中舉鄭清文、王昶雄、葉石濤、李喬、鍾肇政等人之小說作
品為例。全文共 4 小節：1.皇民化的衝擊；2.反日抗日的活動；3.徵調南洋作戰的夢魘；4.終止殖
民統治的企盼。

[30]本文以鍾肇政、葉石濤兩位同時代的作家為主軸，探討擁有相同殖民地人民意識與經驗的兩人，
在文學創作風格及形式上的差異性。全文共 4 小節：1.鍾肇政與葉石濤的生平比較；2.鍾肇政小
說作品裡的殖民地經驗；3.葉石濤小說裡的殖民地經驗；4.鍾肇政與葉石濤殖民地經驗小說的比
較。

[31]本文以鍾肇政、鍾理和兩位客籍作家為主軸，探討客家山歌對兩人作品的影響和呈現手法，並分
析兩人文學創作的異同。全文共 7 小節：1.前言；2.兩位作家暨作品的同質性與異質性；3.山歌
在二鍾作品中的運用情形；4.山歌與作品風格；5.山歌與其他民間文學素材運用的問題；6.山歌
與作者的民間意識；7.結語。

　　　　　　　1999 年 1 月　頁 1014

696. 彭瑞金　　第三屆臺灣文學獎「小說貢獻獎」專輯——臺灣大河小說的奠基
　　　　　　　者開拓者〔鍾肇政部分〕　民眾日報　1999 年 8 月 8 日　17 版

697. 方　　忠　百年臺灣文學發展論——小說文體的自覺與更新〔鍾肇政部分〕
　　　　　　　百年中華文學史論：1898—1999　上海　華東師範大學出版社
　　　　　　　1999 年 9 月　頁 53

698. 葉石濤　　總序　鍾肇政全集〔全 38 卷〕　桃園　桃園縣文化局　1999 年 9
　　　　　　　月　頁 5—7

699. 黃靖雅　　文藝桂冠：《文學類》鍾肇政——提筆寫臺灣，投筆上街頭　自由
　　　　　　　時報　1999 年 10 月 3 日　40 版

700. 藝文前衛兵　福爾摩莎的文豪——鍾肇政文學會議　臺灣時報　1999 年 10
　　　　　　　月 30 日　25 版

701. 李　　喬　土地的苦戀——從《寒夜三部曲》談臺灣的大河小說　中央日報
　　　　　　　1999 年 11 月 1 日　31 版

702. 李　　喬　鍾肇政文學面面觀　福爾摩莎的文豪——鍾肇政文學會議論文集
　　　　　　　臺北　真理大學臺灣文學系　1999 年 11 月　頁 47—48

703. 陳姿蓉　　傳記和小說——鍾肇政的傳記小說[32]　福爾摩莎的文豪——鍾肇政
　　　　　　　文學會議論文集　臺北　真理大學臺灣文學系　1999 年 11 月　頁
　　　　　　　49—76

704. 彭錦華　　南北二鍾的傳統空間論述[33]　福爾摩莎的文豪——鍾肇政文學會議
　　　　　　　論文集　臺北　真理大學臺灣文學系　1999 年 11 月　頁 105—
　　　　　　　132

705. 曾增勳　　鍾肇政詮釋臺灣文學　聯合報　1999 年 12 月 1 日　14 版

706. 黃秋芳　　鍾肇政的臺灣塑造　中國時報　1999 年 12 月 24 日　23 版

707. 吳幼萍　　鍾理和與鍾肇政　鍾理和笠山農場語言運用研究　輔仁大學中國

[32]本文主要探討傳記與小說之間的關係，並論述鍾肇政的傳記小說作品。全文共 3 小節：1.前言；2.
　鍾肇政的傳記小說；3.結語。
[33]本文比較鍾肇政以及同為客家人的鍾理和作品之差異，並分析兩人的傳統空間論。全文共 4 小
　節：1.前言；2.傳統居宅與文意氛圍；3.二鍾對傳統空間論述的運用；4.結論。

文學系　碩士論文　左松超教授指導　1999 年　頁 92—98

708. 彭瑞金　勇敢的臺灣作家〔鍾肇政部分〕　臺灣日報　2000 年 3 月 5 日
31 版

709. 陳文芬　三年前與歌德「神交」醒悟——鍾肇政向情色靠攏　中央日報
2000 年 8 月 12 日　11 版

710. 彭小妍　解嚴與文學中的歷史重建——文學典律的建立〔鍾肇政部分〕
解嚴以來臺灣文學國際學術研討會論文集　臺北　萬卷樓圖書公
司　2000 年 9 月　頁 11—12

711. 王澄霞　鍾肇政——「鄉土文學」的承前起後者　臺港澳文學教程　上海
漢語大辭典出版社　2000 年 10 月　頁 40—41

712. 錢鴻鈞　「臺灣文學」——鍾肇政的鄉愁　臺灣文學十講　臺北　前衛出
版社　2000 年 11 月　頁 357—444

713. 錢鴻鈞　「臺灣文學」——鍾肇政的鄉愁　鍾肇政全集・演講集　桃園
桃園縣文化局　2004 年 3 月　頁 291—298

714. 邱貴彥，吳中杰　客家的筆端丰采與樂音流轉〔鍾肇政部分〕　自由時報
2001 年 5 月 25 日　39 版

715. 李　喬　臺灣文學中的鍾肇政　臺灣日報　2001 年 6 月 16 日　23 版

716. 李　喬　臺灣文學中的鍾肇政　文學臺灣　第 40 期　2001 年 10 月　頁 6
—9

717. 李　喬　臺灣文學中的鍾肇政　鍾肇政全集・年表、補遺、演講大綱　桃
園　桃園縣文化局　2004 年 11 月　頁 35—37

718. 彭瑞金　圳水流處——鍾肇政的文學家園　誠品好讀　第 15 期　2001 年
10 月　頁 52—54

719. 應鳳凰　鍾肇政與 5、60 年代臺灣文化生產場域——論戰後初期本土文學
位置的形成　葉石濤及其同時代作家國際學術研討會　高雄市中
正文化中心　行政院文建會主辦　2001 年 12 月 8—9 日

720. 應鳳凰　鍾肇政與 5、60 年代臺灣文化生產場域——論戰後初期本土文學

位置的形成　臺灣新聞報　2001 年 12 月 12 日　13 版

721. 莊紫蓉　鍾肇政——鍾肇政的臺灣塑造　2000 臺灣文學年鑑　臺北　行政院文建會　2002 年 4 月　頁 190—193

722. 古繼堂　大河小說家鍾肇政　簡明臺灣文學史　北京　時事出版社　2002 年 6 月　頁 279—284

723. 張典婉　臺灣客家文學中對女性角色描述原型〔鍾肇政部分〕　臺灣文學中客家女性角色與社會發展　世新大學社會發展研究所　碩士論文　李松根教授指導　2002 年 7 月　頁 27—28，38—40

724. 歐宗智　臺灣文學的推手——談鍾肇政書簡集　臺灣新聞報　2002 年 8 月 7 日　13 版

725. 歐宗智　臺灣文學的推手——談《鍾肇政書簡集》　書評　第 60 期　2002 年 10 月　頁 6—10

726. 朱立倫　縣長序　鍾肇政全集〔全 38 卷〕　桃園　桃園縣文化局　2002 年 11 月　頁 3—8

727. 朱立倫　附錄：蹦至龍潭的天外文學巨石——《鍾肇政全集》朱立倫縣長序　臺灣文學的萬里長城：鍾肇政六百萬字書簡研究　臺北　文英堂出版社　2005 年 11 月　頁 331—337

728. 余昭玫　客籍小說家——鍾肇政、鍾理和、吳濁流、林鍾隆、鄭煥　戰後跨語一代小說家及其作品研究　成功大學中國文學系　博士論文　吳達芸教授指導　2002 年 1 月　頁 53—55

729. 余昭玫　鍾肇政的實驗精神　戰後跨語一代小說家及其作品研究　成功大學中國文學系　博士論文　吳達芸教授指導　2002 年 1 月　頁 324—325

730. 陳芳明　鄉土文學運動的覺醒與再出發〔鍾肇政部分〕　聯合文學　第 221 期　2003 年 3 月　頁 413—417

731. 邱麗敏　「二二八」書寫之創作者——鍾肇政生平及其「二二八」作品　二二八文學研究——戰前出生之臺籍作家對「二二八」的書寫初

探　新竹教育大學臺灣語言與語文教育研究所　碩士論文　范文芳教授指導　2003 年 6 月　頁 134—140

732. 施英美　鄉土文學作家的現代性追求〔鍾肇政部分〕　《聯合報》副刊時期（1953—1963）的林海音研究　靜宜大學中國文學系　碩士論文　陳芳明，胡森永教授指導　2003 年 6 月　頁 144—146

733. 高麗敏　桃園縣的新文學——戰後桃園縣新文學代表作家作品——戰後第一代——鍾肇政　桃園縣文學史料之分析與研究　東吳大學中國文學系　碩士論文　陳明台教授指導　2003 年 7 月　頁 127—152

734. 高麗敏　桃園縣兒童文學作家與作品——鍾肇政　桃園縣文學史料之分析與研究　東吳大學中國文學系　碩士論文　陳明台教授指導　2003 年 7 月　頁 216—217

735. 王景山等編[34]　鍾肇政　臺港澳暨海外華文作家辭典　北京　人民文學出版社　2003 年 7 月　頁 854—858

736. 鄭清文　大與細——鍾肇政和「情色小說」　中國時報　2003 年 9 月 2 日 E7 版

737. 鄭清文　大與細——鍾肇政和「情色小說」　鍾肇政全集・隨筆集 7、歌德文學之旅、八十大壽紀念文集（上）　桃園　桃園縣文化局　2004 年 3 月　頁 607—611

738. 王宗法　鍾肇政　20 世紀中國文學通史　上海　東方出版中心　2003 年 9 月　頁 601—603

739. 歐宗智　臺灣文學的萬里長城——鍾肇政相關書簡對於建構臺灣文學之意義[35]　鍾肇政文學國際學術會議　桃園　桃園縣文化局　2003 年 11 月 22—23 日

---

[34] 合編者：王景山、王玉斌、張恆春、武治純。

[35] 本文藉由鍾肇政與其他作家的相關書簡，探討許多臺灣文學作家作品的產生背景、寫作經過，以及鍾肇政相關書簡對於臺灣文學的建構與發展所帶來的影響。全文共 4 小節：1.前言；2.已問世鍾肇政相關書簡數量及分析；3.鍾肇政相關書簡對於建構臺灣文學之意義；4.結語。正文後附錄〈已問世鍾肇政相關書簡統計表〉。本文後改篇名爲〈臺灣文學的發聲原音帶——鍾肇政相關書簡對於建構臺灣文學史之意義〉。

740. 歐宗智　　臺灣文學的萬里長城——鍾肇政相關書簡對於建構臺灣文學之意
　　　　　　　義　大河之歌：鍾肇政文學國際學術會議論文集　桃園　桃園縣
　　　　　　　文化局　2003 年 12 月　頁 269—306

741. 歐宗智　　臺灣文學的萬里長城——鍾肇政相關書簡對於建構臺灣文學之意
　　　　　　　義　鍾肇政全集・八十大壽紀念文集（下）、大河之歌：鍾肇政文
　　　　　　　學國際學術會議論文集　桃園　桃園縣文化局　2004 年 11 月　頁
　　　　　　　545—586

742. 歐宗智　　臺灣文學的萬里長城——鍾肇政相關書簡對於建構臺灣文學之意
　　　　　　　義　橫看成嶺側看成峰——臺灣文學析論　臺北　臺北縣文化局
　　　　　　　2004 年 12 月　頁 1—49

743. 歐宗智　　臺灣文學的發聲原音帶——鍾肇政相關書簡對於建構臺灣文學史
　　　　　　　之意義　國文天地　第 240 期　2005 年 5 月　頁 101—103

744. 歐宗智　　寫作理念的呈現與文學批評的建立——鍾肇政相關書籍對於臺灣
　　　　　　　文學的嶄新意義[36]　臺灣新聞報　2003 年 11 月 23—24 日　16 版

745. 歐宗智　　反映早期臺籍作家內心的苦悶——鍾肇政相關書簡對於建構臺灣
　　　　　　　文學的歷史意義[37]　臺灣新聞報　2003 年 12 月 24 日　16 版

746. 歐宗智　　催生大河小說，立下臺灣小說里程碑——鍾肇政書簡對於建立臺
　　　　　　　灣文學的重大意義　更生日報　2003 年 12 月 28 日　13 版

747. 余昭玟　　跨語一代作家筆下殖民與再殖民的世界[38]　從語言跨越到文學建
　　　　　　　構：跨語一代小說家研究論文集　臺南　臺南市立圖書館　2003
　　　　　　　年 11 月　頁 143—170

748. 胡紅波　　鍾肇政的鄉土關懷與實踐——「河壩系列」作品試析[39]　大河之

---

[36] 本文節錄自〈臺灣文學的萬里長城——鍾肇政相關書簡對於建構臺灣文學之意義〉。
[37] 本文節錄自〈臺灣文學的萬里長城——鍾肇政相關書簡對於建構臺灣文學之意義〉。後改篇名為
〈催生大河小說，立下臺灣小說里程碑——鍾肇政書簡對於建立臺灣文學的重大意義〉。
[38] 本文主要以日本殖民時期和國民政府殖民時期，探討陳千武、鍾肇政、文心、林鍾隆、吳濁流等
跨語一代的作家，其作品中關於殖民經驗的文學題材。全文共 4 小節：1.前言；2.日本的殖民世
界；3.國民黨的再殖民統治；4.結論。
[39] 本文主要分析鍾肇政以描寫水邊人家為題材的「河壩系列」小說，探討鍾肇政早期作品中對於鄉
土、自然生態環境以及小人物的生活情感之關懷。全文共 8 小節：1.前言；2.「河壩系列」小說
的形成；3.「河壩系列」主題的現實意義；4.老農何癸土的愛與恨；5.養女和童養媳的晦暗人

歌：鍾肇政文學國際學術會議論文集　桃園　桃園縣文化局 2003 年 12 月　頁 1—40

749. 胡紅波　鍾肇政的鄉土關懷與實踐——「濁流系列」作品評析　鍾肇政全集・八十大壽紀念文集（下）、大河之歌：鍾肇政文學國際學術會議論文集　桃園　桃園縣文化局　2004 年 11 月　頁 266—306

750. 余昭玫　鍾肇政的跨語歷程與創作轉折[40]　大河之歌：鍾肇政文學國際學術會議論文集　桃園　桃園縣文化局　2003 年 12 月　頁 41—70

751. 余昭玫　鍾肇政的跨語歷程與創作轉折　鍾肇政全集・八十大壽紀念文集（下）、大河之歌：鍾肇政文學國際學術會議論文集　桃園　桃園縣文化局　2004 年 11 月　頁 307--337

752. 應鳳凰　勤寫譯、多參賽、砥礪文友——鍾肇政與 50 年代臺灣文學運動　大河之歌：鍾肇政文學國際學術會議論文集　桃園　桃園縣文化局　2003 年 12 月　頁 363—370

753. 應鳳凰　勤寫譯、多參賽、砥礪文友——鍾肇政與 50 年代臺灣文學運動　聯合文學　第 230 期　2003 年 12 月　頁 141—144

754. 應鳳凰　勤寫譯、多參賽、砥礪文友——鍾肇政與 50 年代臺灣文學運動　鍾肇政全集・八十大壽紀念文集（下）、大河之歌：鍾肇政文學國際學術會議論文集　桃園　桃園縣文化局　2004 年 11 月　頁 643—663

755. 鄭清文　60 年代的鍾肇政　大河之歌：鍾肇政文學國際學術會議論文集　桃園　桃園縣文化局　2003 年 12 月　頁 371—374

756. 鄭清文　長篇小說的能手——60 年代的鍾肇政　聯合文學　第 230 期　2003 年 12 月　頁 145—146

757. 鄭清文　60 年代的鍾肇政　鍾肇政全集・八十大壽紀念文集（下）、大河之

生；6.派系與階級鬥爭；7.困境與解脫——兩種悲情人生；8.結語。

[40]本文針對小說語言的重要性，探討臺灣在歷史演變之中，語言的轉換過程，藉以分析鍾肇政從日文跨越到中文的困境，以及跨語言對其文學創作所帶來的影響。全文共 4 小節：1.小說的語言；2.戰後臺灣的語言政策；3.語言轉換的困境；4.鍾肇政的創作轉折。正文前有〈前言〉，正文後有〈結論〉。

歌：鍾肇政文學國際學術會議論文集　桃園　桃園縣文化局
2004 年 11 月　頁 650—652

758. 張恆豪　　夢想依然在心中澎湃——90 年代鍾肇政的文學運動　大河之歌：
鍾肇政文學國際學術會議論文集　桃園　桃園縣文化局　2003 年
12 月　頁 399—404

759. 張恆豪　　夢想依然在心中澎湃——90 年代鍾肇政的文學運動　鍾肇政全
集·八十大壽紀念文集（下）、大河之歌：鍾肇政文學國際學術會
議論文集　桃園　桃園縣文化局　2004 年 11 月　頁 671—674

760. 下村作次郎著；王惠珍譯　　春風化雨——受教於鍾肇政先生的臺灣文學
大河之歌：鍾肇政文學國際學術會議論文集　桃園　桃園縣文化
局　2003 年 12 月　頁 405—410

761. 下村作次郎著；王惠珍譯　　春風化雨——受教於鍾肇政先生的臺灣文學
鍾肇政全集·八十大壽紀念文集（下）、大河之歌：鍾肇政文學國
際學術會議論文集　桃園　桃園縣文化局　2004 年 11 月　頁 675
—679

762. 歐宗智　　留下《臺灣文藝》的屐痕——再談鍾肇政相關書簡對於建構臺灣
文學的歷史意義　臺灣新新聞　2004 年 1 月 2 日　16 版

763. 歐宗智　　鍾肇政相關書簡三題（上、中、下）　臺灣新聞報　2004 年 2 月
11—13 日　11，9 版

764. 侯浩生　　喔！鍾肇政文學——向至深感動的巨靈致敬　鍾肇政全集·隨筆
集 7、歌德文學之旅、八十大壽紀念文集（上）　桃園　桃園縣文
化局　2004 年 3 月　頁 551—553

765. 張典婉　　客家女性的原型——在文學家筆下的客家女子〔鍾肇政部分〕
臺灣客家女性　臺北　玉山社出版公司　2004 年 4 月　頁 77—80

766. 陳建忠　　戰後臺灣文學（1945—迄今）——七〇年代的鄉土文學〔鍾肇政
部分〕　臺灣的文學　臺北　群策會李登輝學校　2004 年 5 月
頁 85

767. 游勝冠　　臺灣文學的大河——鍾肇政及其文學　臺灣文學館通訊　第 5 期　2004 年 9 月　頁 18—24

768. Christin aNeder　　歌德與臺灣文學：鍾肇政的歌德文學之遊系列　臺灣文學研究新途徑國際研討會　德國　中央研究院中國文哲研究所，德國波鴻魯爾大學中國語文學系主辦　2004 年 11 月 8—9 日

769. 彭瑞金　　鍾肇政作家介紹　鍾肇政全集・年表、補遺、演講大綱　桃園桃園縣文化局　2004 年 11 月　頁 110—130

770. 李魁賢　　鍾肇政的青春文學　詩的越境　臺北　臺北縣文化局　2004 年 12 月　頁 200—202

771. 錢鴻鈞　　談鍾肇政文學風格與思想成就——青春思想起，賀文學耆碩鍾肇政八十大壽　自由時報　2005 年 1 月 16 日　47 版

772. 韓彥斌　　臺灣「大河小說」綜論〔鍾肇政部分〕　陰山學刊　2005 年第 2 期　2005 年 4 月　頁 41—44

773. 邱各容　　六○年代的臺灣兒童文學——作家與作品——鍾肇政　臺灣兒童文學史　臺北　五南圖書出版公司　2005 年 6 月　頁 94

774. 古遠清　　與「臺北文學」相悖的作家和媒體——鍾肇政　分裂的臺灣文學　臺北　海峽學術出版社　2005 年 7 月　頁 106—107

775. 彭瑞金　　鍾肇政——臺灣大河小說的拓荒者　臺灣文學 50 家　臺北　玉山社出版公司　2005 年 7 月　頁 290—294

776. 陳昭儀　　傑出作家創作歷程之探析〔鍾肇政部分〕　特殊教育研究學刊　第 29 期　2005 年 9 月　頁 295—312

777. 錢鴻鈞　　《客家臺灣文學》網站——鍾肇政的作家導讀　臺灣文學的萬里長城：鍾肇政六百萬字書簡研究　臺北　文英堂出版社　2005 年 11 月　頁 257—279

778. 錢鴻鈞　　慶賀新版兩部大河小說出版——談鍾肇政文學風格與思想成就　臺灣文學的萬里長城：鍾肇政六百萬字書簡研究　臺北　文英堂出版社　2005 年 11 月　頁 323—330

779. 黃萬華　　臺灣文學——小說（上）〔鍾肇政部分〕　中國現當代文學・第 1
　　　　　　　卷（五四—1960 年代）　濟南　山東文藝出版社　2006 年 3 月
　　　　　　　頁 461—462

780. 謝鴻文　　成長：以自覺之心呵護兒童文學———一座文學的高山：鍾肇政
　　　　　　　凝視臺灣兒童文學的重鎮——桃園縣兒童文學史　臺北　富春文
　　　　　　　化公司　2006 年 12 月　頁 66—90

781. 應鳳凰　　「反共＋現代」：右翼自由主義思潮文學版——五〇年代臺灣小說
　　　　　　　——五〇年代文學生態與主導文化〔鍾肇政部分〕　臺灣小說史
　　　　　　　論　臺北　麥田出版公司　2007 年 3 月　頁 152—153

782. 李壽林　　客家人根在中原——評鍾肇政與「臺灣客社」對客家精神的背叛
　　　　　　　海峽評論　第 204 期　2007 年 12 月　頁 59—61

783. 葉石濤　　七〇年代臺灣文學的回顧〔鍾肇政部分〕　葉石濤全集・隨筆卷
　　　　　　　二　臺南，高雄　國立臺灣文學館，高雄市文化局　2008 年 3 月
　　　　　　　頁 45，56

784. 胡民祥　　從文學視野窺探臺灣原住民族群的社會生活——戰後原住民文學
　　　　　　　與覺醒〔鍾肇政部分〕　臺灣文學評論　第 9 卷第 1 期　2009 年
　　　　　　　1 月　頁 176—177

785. 鄭靜穗　　gaya 精神的展現與彰顯——論鍾肇政霧社事件系列書寫之詮釋觀
　　　　　　　點[41]　臺北教育大學語文集刊　第 15 期　2009 年 1 月　頁 133—
　　　　　　　165

786. 林欣誼　　大河浩蕩・走入鍾肇政文學世界　中國時報　2009 年 3 月 15 日
　　　　　　　9 版

---

[41]本文透過鍾肇政諸多關於原住民題材的小說之中，揀擇出長篇小說《馬黑坡風雲》及高山組曲
《川中島》和《戰火》這三本以霧社事件為背景的著作做為分析文本，試論作者以一客家籍的作
家身份，發自內心地對於原住民族陳述個人觀點和情感；並加上曾親自採訪當時參與霧社事件的
靈魂人物之經驗，將真實的臺灣原住民歷史事件，以不同於一般史實觀看的角度，探查在抗日意
識外，他們所奉行不渝的 gaya 精神，才是引領他們起身反抗的重要關鍵。另一方面，從主要故
事人物「莫那—魯道—畢荷—阿外—林兵長」這四人，藉由故事人物的性格描繪，融合作者個人
意識，重現人物外在形象和時代精神。

787. 黃秋芳　鍾肇政小說，雙鉤地景與人文[42]　我在我不在的地方——文學現場踏查記　臺南　國立臺灣文學館　2010 年 12 月　頁 170—181

分論
◆單部作品
論述
《臺灣文學十講》

788. 李　進　鍾肇政《臺灣文學十講》提示臺灣文學發展史　聯合報　2000 年 11 月 6 日　41 版

789. 柳　丁　書探子——《臺灣文學十講》　自由時報　2000 年 11 月 13 日　39 版

790. 芝　鍾肇政《臺灣文學十講》，臺灣史入門書　臺灣新聞報　2000 年 12 月 2 日　B8 版

791. 聞子健　《臺灣文學十講》　臺灣日報　2000 年 12 月 23 日　31 版

792. 邱秀春　鍾肇政《臺灣文學十講》研究　戀戀桃仔園——桃園文學與歷史學術研討會　桃園　萬能科技大學通識教育中心主辦　2008 年 5 月 9 日

散文
《原鄉人》

793. 林雙不　《原鄉人》　書評書目　第 90 期　1980 年 10 月　頁 87—89

794. 舒　坦　鍾理和、〈原鄉人〉、電影《原鄉人》　電影與文學　臺北　臺揚出版社　1992 年 2 月　頁 154—170

《永恆的露意湖》

795. 張行知　鍾肇政的《永恆的露意湖》　像一串璀璨的珍珠　桃園　桃園縣立文化中心　1996 年 6 月　頁 25—27

《鍾肇政回憶錄（一）——徬徨與掙扎》

796. 〔臺灣時報〕　徬徨與掙扎　臺灣時報　1998 年 4 月 21 日　30 版

---

[42]本文描述鍾肇政成長過程中曾在各地生活的經歷，並從人文、地景相互結合的角度，分析他在小說作品之中對於自身經歷與生活回憶的投射。

小說

《魯冰花》

797. 方圓客〔鄭清文〕　　讀《魯冰花》　聯合報　1962 年 10 月 11 日　8 版

798. 鄭清文　　讀《魯冰花》　臺灣文學的基點　高雄　派色文化出版社　1992 年 7 月　頁 99—101

799. 黃金清　　一部在鄉土文學上具有關係性的小說《魯冰花》　民眾日報 1979 年 10 月 27 日　12 版

800. 潘亞暾　　鍾肇政及其《魯冰花》　黔南民族師專學報　1983 年第 2 期 1983 年 2 月　頁 27—33

801. 鍾鐵民　　《魯冰花》前的愛情　臺灣文藝　第 88 期　1984 年 5 月　頁 62 —65

802. 鍾鐵民　　《魯冰花》前的愛情　鍾肇政全集・年表、補遺、演講大綱　桃 園　桃園縣文化局　2004 年 11 月　頁 79—82

803. 潘亞暾　　伯樂與千里馬的悲歌——評鍾肇政的《魯冰花》　文學知識 1986 年第 1 期　1986 年 4 月　頁 26—28

804. 鄭谷苑　　《魯冰花》——一個傷感的故事（上、下）　首都早報　1989 年 8 月 3—4 日　7 版

805. 趙天儀　　少年小說的現實性與鄉土性——以戰後早期臺灣少年小說創作為 例——少年小說欣賞舉隅——鍾肇政作品：《魯冰花》　兒童文學 學術研討會論文集——少年小說　臺東　臺東師院語文教育學 系，臺東師院兒童讀物研究中心　1992 年 6 月　頁 100—101

806. 趙天儀　　少年小說的現實性與鄉土性——以戰後早期臺灣少年小說創作為 例——少年小說欣賞舉隅——鍾肇政作品：《魯冰花》　兒童文學 與美感教育　臺北　富春文化公司　1999 年 1 月　頁 116—117

807. 王幼華　　《魯冰花》[43]　文學星空　臺北　國家文藝基金管理委員會　1992 年 9 月　頁 80—82

---

[43] 本文後改篇名為〈臺灣當代名著短評十四篇——《魯冰花》〉。

808. 王幼華　臺灣當代名著短評十四篇——《魯冰花》　當代文學評論集　苗栗　苗栗縣立文化中心　1997 年 12 月　頁 95—97

809. 黃榮洛　《臺灣連翹》與《魯冰花》　客家雜誌　第 41 期　1993 年 10 月　頁 45

810. 黃秋芳　解讀《魯冰花》[44]　臺灣文藝　第 145 期　1994 年 8 月　頁 145—151

811. 黃秋芳　從《魯冰花》的社會階層流動談鍾肇政　臺灣文學評論　第 3 卷第 4 期　2003 年 10 月　頁 100—105

812. 黃秋芳　從《魯冰花》的社會階層流動談鍾肇政　鍾肇政全集・隨筆集 7、歌德文學之旅、八十大壽紀念文集（上）　桃園　桃園縣文化局　2004 年 3 月　頁 489—496

813. 許俊雅　黃色小花的悲歌——解讀鍾肇政的《魯冰花》　讀你千遍也不厭倦——坐看臺灣小說　臺北　師大書苑　1997 年 3 月　頁 55—63

814. 許俊雅　黃色小花的悲歌——鍾肇政《魯冰花》　我心中的歌：現代文學星空　臺北　文史哲出版社　2006 年 6 月　頁 362—368

815. 孫卿堯　《妹妹揹著》與《魯冰花》讀後感　中華日報　1998 年 7 月 9 日　16 版

816.〔民生報〕　鍾肇政，臺灣大河小說的奠基前輩作家　民生報　1998 年 8 月 10 日　4 版

817. 傅林統　《魯冰花》的叛逆和交集（上、下）　國語日報　1999 年 1 月 17，24 日　13 版

818. 傅林統　《魯冰花》的叛逆與交集　豐收的期待：少年小說・童話評論集　臺北　富春文化公司　1999 年 4 月　頁 54—61

819. 曾喜城　試論鍾肇政《魯冰花》小說及電影[45]　福爾摩莎的文豪——鍾肇政文學會議論文集　臺北　真理大學臺灣文學系　1999 年 11 月　頁

---

[44]本文後改篇名為〈從《魯冰花》的社會階層流動談鍾肇政〉。

[45]本文主要探討鍾肇政小說作品《魯冰花》中的時代意義與教育價值，並與電影《魯冰花》之內容互相對照。全文共 5 小節：1.前言；2.《魯冰花》小說的寫作技巧；3.《魯冰花》的小說意義；4.《魯冰花》改編的電影；5.《魯冰花》小說及電影的再檢討——代結語。

95—104

820. 邱子寧　　閃閃的淚光——鍾肇政的《魯冰花》　國文天地　第 179 期　2000 年 4 月　頁 109

821. 張子樟　　《魯冰花》[46]　青春記憶的書寫：少兒文學品賞　臺北　幼獅文化公司　2000 年 10 月　頁 84—85

822. 張子樟　　溫柔的抗議——試論《魯冰花》　國語日報　2003 年 3 月 13 日　6，11 版

823. 楊嘉玲　　《魯冰花》小說與電影　臺灣客籍作家文學作品改編電影研究　成功大學藝術研究所　碩士論文　石光生教授指導　2001 年 1 月　頁 42—49

824. 陳姿羽　　從對比設計看《魯冰花》的人物刻畫　臺灣少年小說學術研討會　臺東　臺東師範學院兒童文學研究所　2002 年 6 月 8—9 日

825. 陳姿羽　　從對比設計看《魯冰花》的人物刻畫　少兒文學天地寬——臺灣少年小說學術研討會論文集　臺北　九歌出版社　2002 年 6 月　頁 167—185

826. 黃秋芳　　拓展少年小說的臺灣風情——少年小說的兩種典型：鍾肇政和林鍾隆　臺灣少年小說學術研討會　臺東　臺東師範學院兒童文學研究所　2002 年 6 月 8—9 日

827. 黃秋芳　　拓展少年小說的臺灣風情——少年小說的兩種典型：鍾肇政和林鍾隆　少兒文學天地寬——臺灣少年小說學術研討會論文集　臺北　九歌出版社　2002 年 6 月　頁 195—197

828. 張良澤　　慢慢品味《魯冰花》　鍾肇政全集·書簡集 2　桃園　桃園縣文化局　2002 年 11 月　頁 25—27

829. 鍾佩伶著；彭明偉譯　　從《魯冰花》尋找客家臺灣人的根——一位海外臺灣人的觀點　大河之歌：鍾肇政文學國際學術會議論文集　桃園　桃園縣文化局　2003 年 12 月　頁 343—345

---

[46]本文後改篇名為〈溫柔的抗議——試論《魯冰花》〉。

830. 鍾佩伶著；彭明偉譯　　從《魯冰花》尋找客家臺灣人的根──一位海外臺
　　　　　灣人的觀點　鍾肇政全集・八十大壽紀念文集（下）、大河之歌：
　　　　　鍾肇政文學國際學術會議論文集　桃園　桃園縣文化局　2004 年
　　　　　11 月　頁 624─626

831. 錢鴻鈞　　《魯冰花》與《法蘭達斯的靈犬》的比較──談鍾肇政的創作歷
　　　　　程　臺灣文學的萬里長城：鍾肇政六百萬字書簡研究　臺北　文
　　　　　英堂出版社　2005 年 11 月　頁 91─128

832. 許建崑　　SARS 的聯想〔《魯冰花》部分〕　閱讀的苗圃：我的讀書單　臺
　　　　　北　幼獅文化公司　2007 年 10 月　頁 139

833. 吳玫瑛　　臺灣男童文化初探：《魯冰花》與《阿輝的心》中的理想男童形構
　　　　　海峽兩岸兒童文學學術研討會　臺北　臺東大學主辦　2008 年 7
　　　　　月 25─26 日

834. 幸佳慧　　臺灣兒童文學主體意識形成之變奏曲，以《魯冰花》為例　第九
　　　　　屆亞洲兒童文學大會　臺東　亞洲兒童文學學會臺北分會　2008
　　　　　年 7 月 27─31 日

835. 戴華萱　　蒙蔽終要開啓──鍾肇政《魯冰花》的成長論述　臺灣文學評論
　　　　　第 8 卷第 4 期　2008 年 10 月　頁 95─106

836. 梁書瑋　　跳動在樂譜上的銅豌豆〔《魯冰花》部分〕　鍾肇政青春顯影：
　　　　　桃園縣客家文化館鍾肇政文學研習營　桃園　桃園縣文化局
　　　　　2009 年 6 月　頁 104─105

837. 閻瑞珍，賴明凱　　以《魯冰花》一書談小說與語言之創作技巧（上、下）[47]
　　　　　中國語文　第 641 期　2010 年 11─12 月　頁 79─91，94─104

《濁流》

838. 沙　漠　　讀《濁流》　中央日報　1962 年 5 月 19 日　7 版

839. 施明元　　《濁流》評介　文林　第 2 期　1962 年 8 月　頁 30─31

《殘照》

[47] 本文以鍾肇政小說作品《魯冰花》為主軸，從故事情節的描寫以及人物性格的刻畫，探討其文字
語言的書寫技巧與風格。全文共 5 小節：1.前言；2.敘事故事；3.對話；4.其他；5.結語。

840. 蘇蒼姚　　文藝創作與理論——讀《殘照》　臺灣文藝　第 2 期　1964 年 5 月　頁 54—59

《流雲》

841. 葉石濤　　鍾肇政論——流雲，流雲，你流向何處？[48]　臺灣文藝　第 12 期 1966 年 7 月　頁 31—36

842. 葉石濤　　鍾肇政論——流雲，流雲，你流向何處？　葉石濤評論集　臺北 蘭開書局　1968 年 9 月　頁 51—64

843. 葉石濤　　鍾肇政論——《流雲》，流雲你流向何處？　葉石濤作家論集　高 雄　三信出版社　1973 年 3 月　頁 43—54

844. 葉石濤　　鍾肇政論　臺灣鄉土作家論集　臺北　遠景出版公司　1979 年 3 月　頁 141—152

845. 葉石濤　　鍾肇政論——流雲，流雲，你流向何處？　當代中國新文學大 系・文學評論集　臺北　天視出版公司　1980 年 2 月　頁 508— 518

846. 葉石濤　　鍾肇政論——流雲，流雲，你流向何處？　鍾肇政全集・年表、 補遺、演講大綱　桃園　桃園縣文化局　2004 年 11 月　頁 23— 34

847. 葉石濤　　鍾肇政論——流雲，流雲，你流向何處？　葉石濤全集・評論卷 一　臺南，高雄　國立臺灣文學館，高雄市文化局　2008 年 3 月 頁 111—123

848. 錢鴻鈞講；莊紫蓉整理　　闊瓦迪斯——臺灣人你往何處去——《濁流三部 曲》第三部《流雲》[49]　臺灣文藝　第 174 期　2001 年 2 月　頁 28—46

《大圳》

---

[48]本文後改篇名為〈鍾肇政論〉。
[49]本文為錢鴻鈞於 1999 年 11 月 6 日真理大學「鍾肇政文學研討會」之演講稿。全文共 4 小節：1. 從《流雲》談起；2.小結；3.由楊照對《濁流三部曲》之評論，探討鍾老之認同問題；4.臺灣人 精神——鍾老文學永恆主題——即其生命主題。正文後有附錄一〈得獎人鍾肇政開頭謝詞〉、 〈主持人葉石濤介紹演講人〉。

849. 穆中南　評《合家歡》和《大圳》[50]　文壇　第 136 期　1971 年 10 月　頁 45—51

850. 穆中南　《大圳》　省政文藝評介選輯　臺中　臺灣省政府新聞處　1972 年 6 月　頁 9—12

《大壩》

851. 兩　峰　評《大壩》　文壇　第 50 期　1964 年 8 月　頁 12—13

《輪迴》

852. 葉石濤　論《輪迴》　幼獅文藝　第 167 期　1967 年 1 月　頁 179—186

853. 葉石濤　論《輪迴》　葉石濤評論集　臺北　蘭開書局　1968 年 9 月　頁 82—93

854. 葉石濤　論《輪迴》　葉石濤作家論集　高雄　三信出版社　1973 年 3 月　頁 71—80

855. 葉石濤　論《輪迴》　臺灣鄉土作家論集　臺北　遠景出版公司　1979 年 3 月　頁 157—167

856. 葉石濤　論《輪迴》　葉石濤全集・評論卷一　臺南，高雄　國立臺灣文學館，高雄市文化局　2008 年 3 月　頁 133—144

857. 金　典　鍾肇政的《輪迴》　民眾日報　1981 年 7 月 21 日　12 版

《沉淪》

858. 編　者　推介《沉淪》　臺灣日報　1967 年 11 月 14 日　8 版

859. 百　篇　鍾肇政新著臺灣人　幼獅文藝　第 168 期　1967 年 12 月　頁 297

860. 葉石濤　鍾肇政和他的《沉淪》　臺灣日報　1968 年 7 月 29 日　8 版

861. 葉石濤　鍾肇政和他的《沉淪》　葉石濤評論集　臺北　蘭開書局　1968 年 9 月　頁 160—169

862. 葉石濤　鍾肇政和他的《沉淪》　葉石濤作家論集　高雄　三信出版社　1973 年 3 月　頁 135—142

863. 葉石濤　鍾肇政和他的《沉淪》　臺灣鄉土作家論集　臺北　遠景出版公

---

[50] 本文後節錄為〈《大圳》〉。

司　1979 年 3 月　頁 169—177

864. 葉石濤　　鍾肇政和他的《沉淪》　葉石濤全集・評論卷一　臺南，高雄
　　　　　　　國立臺灣文學館，高雄市文化局　2008 年 3 月　頁 227—235

865. 林柏燕　　我讀鍾肇政《沉淪》　臺灣日報　1968 年 9 月 16 日　8 版

866. 黃漢欽　　一部以客家文學爲主體的大時代文學創作《沉淪》評介　中原月
　　　　　　　刊　第 140—141 期　1975 年 10，11 月　頁 15

867. 林梵〔林瑞明〕　　且看鷹隼出風塵——論鍾肇政的《沉淪》　綜合月刊
　　　　　　　第 147 期　1981 年 2 月　頁 172—180

868. 林　梵　　且看鷹隼出風塵——論鍾肇政的《沉淪》　南瀛文學選・評論卷 2
　　　　　　　臺南　臺南縣立文化中心　1992 年 6 月　頁 377—395

869. 林瑞明　　且看鷹隼出風塵——論鍾肇政的《沉淪》　臺灣文學的本土觀察
　　　　　　　臺北　允晨文化公司　1996 年 7 月　頁 88—106

870. 成遠鏡，方吉長　　臺灣人民愛國抗日的壯麗畫卷——讀鍾肇政的小說《沉
　　　　　　　淪》　婁底師專學報　1986 年第 2 期　1986 年 4 月　頁 51—56

871. 張典婉　　客家族群中的強勢特徵〔《沉淪》部分〕　臺灣客家女性　臺北
　　　　　　　玉山社出版公司　2004 年 4 月　頁 102—103

872. 錢鴻鈞　　戒嚴體制下的反抗書寫：鍾肇政小說《沉淪》的臺灣人形象[51]　第
　　　　　　　4 屆臺灣客家文學研討會　苗栗　苗栗縣政府主辦　2004 年 12 月
　　　　　　　14 日

873. 錢鴻鈞　　戒嚴體制下的反抗書寫：鍾肇政小說《沉淪》的臺灣人形象　臺
　　　　　　　灣文學的萬里長城：鍾肇政六百萬字書簡研究　臺北　文英堂出
　　　　　　　版社　2005 年 11 月　頁 129—204

《中元的構圖》

874. 葉石濤　　論《中元的構圖》　幼獅文藝　第 181 期　1969 年 1 月　頁 145
　　　　　　　—153

---

[51]本文主要分析《沉淪》的情節內容與故事結構，並進一步探討作者的寫作過程、創作意識。全文
共 5 小節：1. 文獻探討；2.創作胚胎的萌芽與構思脈絡；3.臺灣人與臺灣精神；4.結構與人物緊
扣主題；5.結論與申論。正文前有〈摘要〉、〈序章〉。

875. 葉石濤　　論《中元的構圖》　葉石濤作家論集　高雄　三信出版社　1973
　　　年3月　頁203—216

876. 葉石濤　　論《中元的構圖》　臺灣鄉土作家論集　臺北　遠景出版公司
　　　1979年3月　頁179—191

877. 葉石濤　　論《中元的構圖》　葉石濤全集・評論卷一　臺南，高雄　國立
　　　臺灣文學館，高雄市文化局　2008年3月　頁281—295

878. 黎湘萍　　陳映真與三代臺灣作家——兼論臺灣小說敘事模式之演變（下）
　　　〔《中元的構圖》部分〕　臺灣研究集刊　1993年第1期　1993
　　　年2月　頁95

879. 陳芳明　　鍾肇政小說的現代主義實驗——《中元的構圖》的再閱讀[52]　大河
　　　之歌：鍾肇政文學國際學術會議論文集　桃園　桃園縣文化局
　　　2003年12月　頁307—324

880. 陳芳明　　鍾肇政小說的現代主義實驗——《中元的構圖》的再閱讀　鍾肇
　　　政全集・八十大壽紀念文集（下）、大河之歌：鍾肇政文學國際學
　　　術會議論文集　桃園　桃園縣文化局　2004年11月　頁587—
　　　604

881. 謝秀雯等[53]　　黑夜不是今天才有——《中元的構圖》討論會　鍾肇政全集・
　　　訪談集、臺灣客家族群史總論　桃園　桃園縣文化局　2004年3
　　　月　頁254—263

《江山萬里》

882. 余昭玟　　跨語一代作家小說中的死亡觀照〔《江山萬里》部分〕　從語言
　　　跨越到文學建構：跨語一代小說家研究論文集　臺南　臺南市立
　　　圖書館　2003年11月　頁133—135

《馬黑坡風雲》

883. 周　錦　　中國新文學第四期的特出作品〔《馬黑坡風雲》部分〕　中國新

---

[52] 本文主要分析鍾肇政短篇小說集《中元的構圖》，並進一步探討其小說之中的現代主義風格。全
　文共5小節：1.重返六〇年代；2.後葉石濤的批評格局出發；3.殖民歷史記憶的烙印；4.性是批
　判，也是反叛；5.壓抑與壓制是歷史的真實。
[53] 與會者：鍾肇政、謝秀雯、葉靜雯、何天立、蔡中堅、吳孟恬、顏司奇、陳小萍。

文學簡史　臺北　成文出版社　1980 年 5 月　頁 280

884. 舒傳世　難忘「霧社事件」　臺灣日報　1982 年 2 月 9 日　8 版

885. 朱雙一　原住民文化：臺灣文學的文化基因之一——驍勇強悍性格在漢族
創作中的投影——當代臺灣作家的「霧社事件」書寫〔《馬黑坡
風雲》部分〕　臺灣文學與中華地域文化　廈門　鷺江出版社
2008 年 9 月　頁 46—47

《插天山之歌》

886. 壹闡提〔李喬〕　小論《插天山之歌》（上、中、下）[54]　中華日報　1975
年 12 月 20—22 日　11 版

887. 李　喬　小論《插天山之歌》　臺灣文學造型　高雄　派色文化出版社
1992 年 7 月　頁 309—321

888. 林梵〔林瑞明〕　戰爭的變調——論鍾肇政的《插天山之歌》[55]　臺灣文藝
第 77 期　1982 年 10 月　頁 41—52

889. 林　梵　戰爭的變調——論鍾肇政的《插天山之歌》　南瀛文學選・評論
卷 2　臺南　臺南縣立文化中心　1992 年 6 月　頁 414—428

890. 林瑞明　戰爭的變調——論鍾肇政的《插天山之歌》　臺灣文學的本土觀
察　臺北　允晨文化公司　1996 年 7 月　頁 107—121

891. 李　喬　當代臺灣小說的「解救」表現——「救贖型」主題表現〔《插天
山之歌》部分〕　臺灣文學與社會——第二屆臺灣本土文化國際
學術研討會論文集　臺北　臺灣師範大學　1996 年 4 月　頁 400

892. 李　喬　當代臺灣小說的「解救」表現——「救贖型」主題表現〔《插天
山之歌》部分〕　李喬文學文化論集（一）　苗栗　苗栗縣文化
局　2007 年 10 月　頁 86—87

893. 錢鴻鈞　《插天山之歌》與臺灣靈魂的工程師[56]　福爾摩莎的文豪——鍾肇

---

[54] 本文主要從故事架構、人物塑造、以及文字語言三方面，探討《插天山之歌》。全文共 3 小節：
1.創作一個寓言；2.鑄造一位典型；3.完成一種語言。
[55] 本文主要探討鍾肇政小說《插天山之歌》之創作過程與情節內容。全文共 5 小節：1.福爾摩莎的
命運；2.逃亡者；3.無限的江山；4.美麗的寓言；5.靜靜的插天山。
[56] 本文主要論述鍾肇政的《插天山之歌》一書，並藉由故事情節、人物的書寫，探討日本精神對於

政文學會議論文集　臺北　真理大學臺灣文學系　1999 年 11 月
頁 1—46

894. 胡紅波　《插天山之歌》就是鄉愁之歌　臺灣文學評論　第 3 卷第 3 期
2003 年 7 月　頁 38—50

895. 胡紅波　《插天山之歌》就是鄉愁之歌　鍾肇政全集・隨筆集 7、歌德文學
之旅、八十大壽紀念文集（上）　桃園　桃園縣文化局　2004 年
3 月　頁 465—480

896. 彭瑞金　《插天山之歌》背後的臺灣小說書寫現象探索[57]　大河之歌：鍾肇
政文學國際學術會議論文集　桃園　桃園縣文化局　2003 年 12 月
頁 215—238

897. 彭瑞金　《插天山之歌》背後的臺灣小說書寫現象探索　鍾肇政全集・八
十大壽紀念文集（下）、大河之歌：鍾肇政文學國際學術會議論文
集　桃園　桃園縣文化局　2004 年 11 月　頁 486—511

898. 彭瑞金　《插天山之歌》背後的臺灣小說書寫現象探索　臺灣文學史論集
高雄　春暉出版社　2006 年 8 月　頁 239—262

899. 李喬等[58]　臺灣鄉土小說討論會（二）——《插天山之歌》　鍾肇政全集・
年表、補遺、演講大綱　桃園　桃園縣文化局　2004 年 11 月　頁
417—439

900. 李魁賢　《插天山之歌》的象徵　詩的越境　臺北　臺北縣文化局　2004
年 12 月　頁 203—205

901. 錢鴻鈞　〈泰姆山記〉與《插天山之歌》的比較：李喬、鍾肇政文學風格
初探　第五屆臺灣文化國際學術研討會——李喬的文學與文化論述
臺北，臺南　臺灣師範大學臺灣文學研究所，長榮大學臺灣研究所

臺灣精神的影響，以及兩者之間的異同。全文共 5 章：1.前言；2.日本精神觀點與男性主角與作
者；3.朝陽下盛放的櫻花；4.逃亡故事的創作背景與表現；5.結論。正文後有附錄一〈逃亡者故
事大綱〉、附錄二〈陳俊光與鍾老往來書簡各一封〉。
[57]本文主要探討《插天山之歌》的故事內容、發表形式及寫作動機，並分析當時的政治社會環境對
於文學創作者的影響。全文共 4 小節：1.前言——「有心避禍，無心插柳」之作？；2.關於《插
天山之歌》的評論；3.《插天山之歌》的對話意圖；4.《插天山之歌》的絃外之音。
[58]主講人：李喬、鍾肇政；紀錄：賴明森。

主辦　2007 年 4 月 27—29 日

902. 李　喬　　文學與土地〔《插天山之歌》部分〕　李喬文學文化論集（一）
　　　苗栗　苗栗縣文化局　2007 年 10 月　頁 226—227

903. 熊宗慧　　《插天山之歌》作品賞析　閱讀文學地景·小說卷（上）　臺北
　　　行政院文建會　2008 年 4 月　頁 274

904. 黃玉珊　　《插天山之歌》討論：從文學到影像之路　「東亞移動敘事——
　　　帝國·女性·族群」國際　臺中　中興大學大學臺灣文學研究所
　　　主辦　2008 年 11 月 8—9 日

《八角塔下》

905. 花　村　　細讀鍾肇政的《八角塔下》　書評書目　第 95 期　1981 年 3 月
　　　頁 86—91

906. 劉慧真　　《八角塔下》的徬徨與掙扎：鍾肇政的青春紀事　聯合報　1990
　　　年 8 月 27 日　37 版

907. 許俊雅　　憶昔紅顏少年時——談鍾肇政的《八角塔下》　臺灣文學評論
　　　第 3 卷第 4 期　2003 年 10 月　頁 93—100

908. 許俊雅　　憶昔紅顏少年時——談鍾肇政的《八角塔下》　鍾肇政全集·隨
　　　筆集 7、歌德文學之旅、八十大壽紀念文集（上）　桃園　桃園縣
　　　文化局　2004 年 3 月　頁 496—505

909. 王昭文　　《八角塔下》的臺灣連翹精神[59]　大河之歌：鍾肇政文學國際學術
　　　會議論文集　桃園　桃園縣文化局　2003 年 12 月　頁 239—268

910. 王昭文　　《八角塔下》的臺灣連翹精神　鍾肇政全集·八十大壽紀念文集
　　　（下）、大河之歌：鍾肇政文學國際學術會議論文集　桃園　桃園
　　　縣文化局　2004 年 11 月　頁 512—544

911. 許俊雅　　臺灣文學中的淡水書寫〔《八角塔下》部分〕　見樹又見林——
　　　文學看臺灣　臺北　渤海堂文化公司　2005 年 2 月　頁 74—81

---

[59]本文主要論述《八角塔下》一書，透過小說中所描述的日治時期中學教育經驗，探討在高壓極權
的統治下，臺灣人如何保有自我意識而尋求生存之道。全文共 5 小節：1.當下與過去的對話——
《八角塔下》的創作背景；2.極權政治舞臺的形成——淡中經營權轉移；3.催眠與覺醒；4.隱藏
的根源與力量；5.小結與餘話。正文前有〈前言〉。

912. 歐宗智　《八角塔下》的異族愛戀　鹽分地帶文學　第 5 期　2006 年 8 月　頁 200—204

913. 歐宗智　《八角塔下》的異族愛戀　臺灣大河小說家作品論　臺北　前衛出版社　2007 年 6 月　頁 20—26

914. 許俊雅　淡水河流域的文化與文學——淡水河流域的文化——戰後現代文學中的淡水書寫——日據時期的淡水生活：鍾肇政的《八角塔下》　續修臺北縣志·藝文志第三篇·文學（上）　臺北　臺北縣政府　2008 年 3 月　頁 37—42

《滄溟行》

915. 史　銘　鍾肇政的《滄溟行》　自立晚報　1976 年 11 月 17 日　9 版

916. 馮輝岳　推介《滄溟行》　中華日報　1976 年 11 月 22 日　5 版

917. 傅銀樵　鍾肇政的《滄溟行》　年青人　第 7 期　1977 年 2 月　頁 17—25

918. 傅銀樵　鍾肇政的《滄溟行》　愛書人　第 54 期　1977 年 10 月　2 版

919. 馬有峰　讀《滄溟行》　書評書目　第 53 期　1977 年 9 月　頁 95—97

920. 馬有峰　讀鍾肇政《滄溟行》　自立晚報　1977 年 12 月 4 日　3 版

921. 方念國　悲苦大地——仰望祖國的《滄溟行》　民聲日報　1979 年 5 月 11 日　11 版

922. 林梵（林瑞明）　人間的條件——論鍾肇政的《滄溟行》　南瀛文學選·評論卷 2　臺南　臺南縣立文化中心　1992 年 6 月　頁 396—413

923. 林瑞明　人間的條件——論鍾肇政的《滄溟行》　臺灣文學的本土觀察　臺北　允晨文化公司　1996 年 7 月　頁 122—139

924. 彭瑞金　臺灣客家作家作品裡的土地三書——《笠山農場》、《滄溟行》與《寒夜》　客家學術研討會　屏東　美和技術學院通識教育中心　2002 年 5 月 25 日

925. 彭瑞金　臺灣客家作家作品裡的土地三書——《笠山農場》、《滄溟行》與《寒夜》　臺灣文學史論集　高雄　春暉出版社　2006 年 8 月　頁 51—76

926. 錢鴻鈞　　《滄溟行》與法理抗爭——論鍾肇政的創作意識[60]　大河之歌：鍾
　　　　　　　肇政文學國際學術會議論文集　桃園　桃園縣文化局　2003 年 12
　　　　　　　月　頁 71—128

927. 錢鴻鈞　　《滄溟行》與法理抗爭——論鍾肇政的創作意識　鍾肇政全集・
　　　　　　　八十大壽紀念文集（下）、大河之歌：鍾肇政文學國際學術會議論
　　　　　　　文集　桃園　桃園縣文化局　2004 年 11 月　頁 338—397

928. 錢鴻鈞　　《滄溟行》與法理抗爭——論鍾肇政的創作意識　臺灣文學的萬
　　　　　　　里長城：鍾肇政六百萬字書簡研究　臺北　文英堂出版社　2005
　　　　　　　年 11 月　頁 15—90

929. 彭瑞金等[61]　　臺灣鄉土小說討論會（一）——《滄溟行》　鍾肇政全集・年
　　　　　　　表、補遺、演講大綱　桃園　桃園縣文化局　2004 年 11 月　頁
　　　　　　　400—416

930. 周麗卿　　日據時代臺灣殖民法律的內化與反思——鍾肇政《滄溟行》與李
　　　　　　　喬《荒村》的比較研究[62]　東吳中文線上學位論文　第 8 期　2009
　　　　　　　年 12 月　頁 39—58

《望春風》

931. 應鳳凰　　春風相識——試評鍾肇政小說《望春風》　書評書目　第 63 期
　　　　　　　1978 年 7 月　頁 127—131

932. 鐵　英　　含淚猶讀《望春風》　鳳凰樹專欄　臺北　遠景出版公司　1979
　　　　　　　年 3 月　頁 10—11

933. 陳漪亭　　人如風後入江雲——談鍾肇政筆下的臺灣音樂家——鄧雨賢　臺
　　　　　　　灣與世界　第 4 期　1983 年 9 月　頁 32—35

---

[60]本文以《滄溟行》一書中，描寫臺灣人由武力抗爭轉為法理抗爭的過程為核心，分析故事情節，
並進一步探討作者的創作意識。全文共 5 小節：1.前言；2.文獻探討；3.法理抗爭的情節；4.創作
意識；5.結論與探討。

[61]主講人：彭瑞金、鍾肇政；紀錄：賴明森。

[62]本文以鍾肇政《滄溟行》和李喬《荒村》為主軸，比較其時代背景與故事內容，並藉由日治時期
的法律觀，探討兩書的異同。全文共 6 章：1.問題意識：從電影海角七號的日本記憶談起；2.殖
民地臺灣的日本法律溯源；3.現代性與殖民性——小說文本的日本法律觀差異；4.世代差異：皇
民化世代的記憶與認同；5.作為戒嚴時代的後殖民文本；6.結語：臺灣主體性的思索。

《馬利科彎英雄傳》

934. 杜偉瑛　　從鍾肇政的原住民小說《馬利科彎英雄傳》——談泰雅族[63]　淡水
牛津臺灣文學研究集刊　第 2 期　1999 年 8 月　頁 59—122

935. 黃秋芳　　從《馬利科彎英雄傳》談鍾肇政的英雄追尋、浪漫嚮往與在地時
空構築[64]　大河之歌：鍾肇政文學國際學術會議論文集　桃園　桃
園縣文化局　2003 年 12 月　頁 129—152

936. 黃秋芳　　從《馬利科彎英雄傳》談鍾肇政的英雄追尋、浪漫嚮往與在地時
空構築　鍾肇政全集‧八十大壽紀念文集（下）、大河之歌：鍾肇
政文學國際學術會議論文集　桃園　桃園縣文化局　2004 年 11 月
頁 398—423

《川中島》

937. 呂　昱　　解開苛政下隱忍圖存的奧秘——評鍾肇政「高山組曲」的第一部
《川中島》　臺灣時報　1983 年 12 月 12 日　12 版

938. 呂　昱　　解開苛政下隱忍圖存的奧秘——評鍾肇政的《川中島》　川中島
臺北　蘭亭書店　1985 年 4 月　頁 251—260

939. 林德政　　霧社抗日精神的延續——評介鍾肇政著《川中島》　文訊雜誌
第 19 期　1985 年 8 月　頁 92—97

《戰火》

940. 呂　昱　　歷史就是歷史——評鍾肇政「高山組曲」的第二部《戰火》　臺
灣時報　1984 年 5 月 1 日　8 版

941. 呂　昱　　歷史就是歷史——評鍾肇政「高山組曲」的第二部《戰火》　在
分裂的年代裡　臺北　蘭亭書店　1984 年 10 月　頁 139—148

942. 呂　昱　　歷史就是歷史——評鍾肇政的《戰火》　戰火　臺北　蘭亭書店

---

[63] 本文主要從《馬利科彎英雄傳》的故事情節中，探討泰雅族的生活面貌。全文共 4 章：1.前言；2.
內容概要；3.泰雅族的簡介、生活、習俗；4.結語。

[64] 本文以時間和題材為主軸，分析鍾肇政小說創作分期，並從《馬利科彎英雄傳》中蘊含的英雄追
尋、浪漫嚮往、及在地時空構築等特質，探討鍾肇政相關小說之作品風格。全文共 5 小節：1.前
言；2.在鍾肇政的時間縱座標與題材橫座標上；3.《馬利科彎英雄傳》浮出創作地表；4.《馬利
科彎英雄傳》的時代意義；5.結論。

　　　　　　　　1995 年 4 月　頁 285—294

943. 錢鴻鈞　　　「高山組曲」第二部《戰火》——日本精神與賽達卡精神[65]　臺灣

　　　　　　　　文藝　第 179 期　2001 年 12 月　頁 44—77

944. 錢鴻鈞講；莊紫蓉記　　解讀鍾肇政作品《戰火》　臺灣文學評論　第 2 卷 3

　　　　　　　　期　2002 年 7 月　頁 136—143

《卑南平原》

945. 東　年　　　在黑潮之畔嘆卑南之古——評鍾肇政的《卑南平原》　聯合文學

　　　　　　　　第 36 期　1987 年 10 月　頁 215—216

946. 林韻梅　　　鍾肇政《卑南平原》評述　東臺灣研究　第 1 期　1996 年 12 月

　　　　　　　　頁 147—154

947. 林韻梅　　　鍾肇政《卑南平原》評述　文學臺東：後山文化工作協會十年紀

　　　　　　　　念專輯　臺東　臺東縣後山文化工作協會　2003 年 8 月　頁 238

　　　　　　　　—246

948. 杜偉瑛　　　從鍾肇政小說《卑南平原》談卑南族與其遺址搶救、古文化[66]　淡

　　　　　　　　水牛津臺灣文學研究集刊　第 3 期　2000 年 8 月　頁 92—175

《怒濤》

949. 葉石濤　　　接續「祖國」臍帶後所目睹的怪現狀——臺灣人的譴責小說《怒

　　　　　　　　濤》　自立晚報　1993 年 3 月 5 日　19 版

950. 葉石濤　　　接續「祖國」臍帶後所目睹的怪現狀——臺灣人的譴責小說《怒

　　　　　　　　濤》　展望臺灣文學　臺北　九歌出版社　1994 年 8 月　頁 79—

　　　　　　　　87

951. 葉石濤　　　接續「祖國」臍帶後所目睹的怪現狀——臺灣人的譴責小說《怒

　　　　　　　　濤》　中華現代文學大系（貳）·臺灣一九八九一二〇〇三評論卷

　　　　　　　　（一）　臺北　九歌出版社　2003 年 10 月　頁 27—33

---

[65]本文主要從《戰火》一書中的情節內容，探討鍾肇政筆下所描繪的日本精神與原住民精神。全文
　共 4 章：1.創作者的心理基礎、素材與作品結構；2.前人評論研究與歷史學者的解釋；3.高山族
　形象與番刀；4.典型人物林兵長與獵首精神的傳承。正文前有〈序章〉。
[66]本文主要藉由《卑南平原》中的故事內容，探討卑南族的生活與古文化。全文共 5 章：1.前言；2.
　內容概述；3.卑南族；4.卑南遺址搶救考古；5.古卑南文化。

952. 葉石濤　接續「祖國」臍帶後所目睹的怪現狀——臺灣人的譴責小說《怒
濤》　葉石濤全集‧評論卷四　臺南，高雄　國立臺灣文學館，
高雄市文化局　2008 年 3 月　頁 357—363

953. 彭瑞金　《怒濤》　中國時報　1993 年 3 月 12 日　32 版

954. 李喬學　二二八註——評鍾肇政著《怒濤》　中時晚報　1993 年 4 月 11 日
15 版

955. 李喬學　二二八註——評鍾肇政著《怒濤》　書話臺灣 1991—2003 文學印
象　臺北　九歌出版社　2004 年 5 月　頁 37—40

956. 黃秋芳　解讀鍾肇政的《怒濤》[67]　臺灣文藝　第 138 期　1993 年 8 月
頁 50—71

957. 黃秋芳　解讀鍾肇政的《怒濤》　鄉土與文學：臺灣地區區域文學會議實
錄　臺北　文訊雜誌社　1994 年 3 月　頁 313—333

958. 林柏燕　從《怒濤》看中國文化　自立晚報　1993 年 12 月 6 日　19 版

959. 林柏燕　從《怒濤》看中國文化　咆哮山丘　新竹　新竹縣立文化中心
1997 年 7 月　頁 53—57

960. 羊子喬　比歷史還真實的小說——《怒濤》　自立晚報　1994 年 1 月 12 日
19 版

961. 鍾肇政，陳俊光，錢鴻鈞　鍾肇政撈後生閒談《怒濤》（1—4）[68]　客家雜
誌　第 47—48，50—51 期　1994 年 4，5，7，8 月　頁 58—60，
58—60，60—61，52—53

962. 鍾肇政，陳俊光，錢鴻鈞　鍾肇政撈後生閒談《怒濤》（1—4）　鍾肇政全
集‧訪談集、臺灣客家族群史總論　桃園　桃園縣文化局　2004
年 3 月　頁 264—291

963. 陳萬益　誰能料想三月會做洪水——二二八小說《怒濤》與《反骨》合論
于無聲處聽驚雷　臺南　臺南市立文化中心　1996 年 5 月　頁 91

---

[67] 本文從人文、地理、歷史事件等角度，探討《怒濤》一書中的章節內容以及人物書寫。全文共 2
章：1.怒濤掀浪；2.靠岸。
[68] 本文為鍾肇政、陳俊光、錢鴻鈞針對《怒濤》一書之討論。

—108

964. 陳萬益　誰能料想三月會做洪水！——二二八小說《怒濤》與《反骨》比較　臺灣文學中的歷史經驗　臺北　文津出版社　1997 年 6 月　頁 47—58

965. 李　喬　那時代的感受——介紹《怒濤》　新觀念　第 106 期　1997 年 8 月　頁 16

966. 許俊雅　憤怒的波濤巨浪——鍾肇政的《怒濤》　島嶼容顏——臺灣文學評論集　臺北　臺北縣文化局　2000 年 12 月　頁 170—173

967. 許俊雅　憤怒的波濤巨浪——鍾肇政的《怒濤》　我心中的歌：現代文學星空　臺北　文史哲出版社　2006 年 6 月　頁 369—372

968. 錢鴻鈞　《怒濤》論——日本精神之死與純潔[69]　臺灣文藝　第 176 期　2001 年 6 月　頁 30—57

969. 歐宗智　本土小說裡的族群情節——以《怒濤》、《埋冤一九四七埋冤》、《浪淘沙》為例　臺灣文學評論　第 2 卷第 1 期　臺北　臺北縣文化局　2002 年 1 月　頁 79—80

970. 歐宗智　本土小說裡的族群情節——以《怒濤》、《埋冤一九四七埋冤》、《浪淘沙》為例　走出歷史的悲情：臺灣小說評論集　臺北　臺北縣文化局　2002 年 12 月　頁 134—144

971. 歐宗智　本土小說裡的族群情節——以《怒濤》、《埋冤一九四七埋冤》、《浪淘沙》為例　臺灣大河小說家作品論　臺北　前衛出版社　2007 年 6 月　頁 27—37

972. 許俊雅　編選序——小說中的「二二八」〔《怒濤》部分〕　無語的春天：二二八小說選　臺北　玉山社出版公司　2003 年 9 月　頁 31—33

973. 許俊雅　小說中的「二二八」〔《怒濤》部分〕　見樹又見林——文學看臺灣　臺北　渤海堂文化公司　2005 年 2 月　頁 222

---

[69]本文以日本精神為主軸，分析《怒濤》一書的故事內容以及人物結構。全文共 4 章：1.序論；2.人物結構下所凸顯的日本精神；3.死與純潔；4.結論。正文後附錄〈後記〉。

974. 陳建忠　後戒嚴時期的後殖民書寫——論鍾肇政《怒濤》中的「二二八」歷史建構[70]　大河之歌：鍾肇政文學國際學術會議論文集　桃園　桃園縣文化局　2003 年 12 月　頁 153—188

975. 陳建忠　後戒嚴時期的後殖民書寫——論鍾肇政《怒濤》中的「二二八」歷史建構　鍾肇政全集‧八十大壽紀念文集（下）、大河之歌：鍾肇政文學國際學術會議論文集　桃園　桃園縣文化局　2004 年 11 月　頁 424—459

976. 陳建忠　後戒嚴時期的後殖民書寫——論鍾肇政《怒濤》中的「二二八」歷史建構　被詛咒的文學：戰後初期（1945—1952）臺灣文學論集　臺北　五南圖書出版公司　2007 年 1 月　頁 239—264

977. 黃秋芳等[71]　臺灣鄉土小說討論會（三）——《怒濤》　鍾肇政全集‧年表、補遺、演講大綱　桃園　桃園縣文化局　2004 年 11 月　頁 440—447

978. 洪英雪　論二二八小說的對話性〔《怒濤》部分〕　第二屆苗栗縣文學‧曜日明月‧研討會論文集　苗栗　苗栗縣文化局　2004 年 12 月　頁 168—187

979. 施莉荷　二二八小說的女性傷痛書寫〔《怒濤》部分〕　臺灣文學日日春　臺中　晨星出版社　2005 年 9 月　頁 189

980. 朱雙一　「二‧二八」文學書寫與臺灣意識的自我異化——鍾肇政長篇小說《怒濤》析論　臺灣研究　2007 年第 1 期　2007 年 2 月　頁 60—64

981. 黃舒品　混雜中的主體建構：論鍾肇政《怒濤》的語言與思想[72]　第四屆臺灣文學與語言國際學術研討會論文集　臺南　真理大學語文學院

---

[70]本文主要針對《怒濤》一書中所描繪的二二八事件，探討戰後一代作家在政權壓抑下的後殖民經驗與歷史記憶書寫。全文共 5 小節：1.前言——再殖民或後殖民；2.延遲的後殖民記憶書寫；3.光復還是降服——祖國面貌的重繪；4.不完整的主體——日本精神與抵殖民；5.一種歷史，各自表述——後戒嚴時期的歷史敘述風潮。
[71]主講人：黃秋芳、鍾肇政；紀錄：廖子嫣、錢鴻鈞。
[72]本文探討小說《怒濤》中語言的多重性。全文共 5 小節：1.前言；2.戰前／戰後殖民權力與語言文化的統治結構；3.語言的本位論；4.多語融合與自我再現；5.結語。

2007 年 12 月　16 頁

982. 許惠文　《怒濤》：臺灣主體的重構與定位　戰後非原住民作家的原住民書
寫　靜宜大學中國文學系　碩士論文　陳建忠教授指導　2008 年
7 月　頁 100—110

983. 朱雙一　「二二八」文學書寫與臺灣意識的自我異化——鍾肇政長篇小說
《怒濤》論析　百年臺灣文學散點透視　臺北　海峽學術出版社
2009 年 3 月　頁 202—221

《鍾肇政集》

984. 秋　樵　《鍾肇政集》導讀　書評　第 44 期　2000 年 2 月　頁 28—33

《圳旁人家》

985. 莊紫蓉　整理《圳旁人家》草稿後記　鍾肇政全集・綠色大地、圳旁人家
桃園　桃園縣文化局　2004 年 11 月　頁 569—577

《歌德激情書》

986. 鄭素娥　十七歲的清溪——評鍾肇政的《歌德激情書》[73]　臺灣文學評論
第 4 卷第 2 期　2004 年 4 月　頁 274—282

987. 鄭素娥　《歌德激情書》讀後感　鍾肇政全集・八十大壽紀念文集（下）、
大河之歌：鍾肇政文學國際學術會議論文集　桃園　桃園縣文化
局　2004 年 11 月　頁 213—224

988. 錢鴻鈞　《歌德激情書》讀者迴響——痛苦的幸福　臺灣文學的萬里長
城：鍾肇政六百萬字書簡研究　臺北　文英堂出版社　2005 年 11
月　頁 351

989. 陳國偉　從邊緣傾向中心：客家族群書寫的在場性表述——文學新風潮的
涵化〔《歌德激情書》部分〕　想像臺灣：當代小說中的族群書
寫　臺北　五南圖書出版公司　2007 年 1 月　頁 213—216

書信

《臺灣文學兩地書》

---

[73]本文後改篇名為〈《歌德激情書》讀後感〉。

990. 張良澤　　　編者序　臺灣文學兩地書　臺北　前衛出版社　1993 年 2 月　頁 9—12

991. 錢鴻鈞　　　從六百萬字書簡探討鍾肇政文學風格與人格（上、中、下）　自立晚報　2001 年 1 月 9—11 日　17 版

《肝膽相照——鍾肇政‧張良澤往返書信集》

992. 張良澤　　　《肝膽相照——鍾肇政、張良澤往返書信集》序　民生報　1999 年 11 月 22 日　4 版

993. 張良澤　　　張良澤序　肝膽相照：鍾肇政‧張良澤往返書信集　臺北　前衛出版社　1999 年 11 月　頁 6—7

994. 張良澤　　　《肝膽相照——鍾肇政、張良澤往返書信集》序　自立晚報　1999 年 12 月 25 日　15 版

995. 張良澤　　　張良澤序　鍾肇政全集‧書簡集 2　桃園　桃園縣文化局　2002 年 11 月　頁 8—9

996. 張良澤　　　編後記　肝膽相照：鍾肇政‧張良澤往返書信集　臺北　前衛出版社　1999 年 11 月　頁 429—430

997. 張良澤　　　編後記　鍾肇政全集‧書簡集 2　桃園　桃園縣文化局　2002 年 11 月　頁 682

998. 〔中國時報〕　鍾肇政、張良澤交誼，有書為證　中國時報　1999 年 12 月 2 日　43 版

《情深書簡》

999. 莊紫蓉　　　「我有十分寂寞的感覺」——閱讀鍾肇政給李喬書信有感　鍾肇政全集‧書簡集 3　桃園　桃園縣文化局　2002 年 11 月　頁 602—609

1000. 錢鴻鈞　　　《情深書簡》編後記　臺灣文學的萬里長城：鍾肇政六百萬字書簡研究　臺北　文英堂出版社　2005 年 11 月　頁 341—348

1001. 葉石濤　　　序　鍾肇政全集‧書簡集 7　桃園　桃園縣文化局　2004 年 3 月　頁 6—7

《臺灣文學兩地書（續）》

1002. 東方白　　文學淘汰論——序《臺灣文學兩地書（續）》　鍾肇政全集・書
　　　　　　　　簡集 8　桃園　桃園縣文化局　2004 年 11 月　頁 45—51

合集

《鍾肇政全集》

1003. 葉石濤　　《鍾肇政全集》即將出版　民眾日報　1999 年 4 月 15 日　19 版

1004. 葉石濤　　《鍾肇政全集》即將出版　追憶文學歲月　臺北　九歌出版社
　　　　　　　　1999 年 8 月　頁 159—161

1005. 葉石濤　　《鍾肇政全集》即將出版　葉石濤全集・隨筆卷五　臺南，高雄
　　　　　　　　國立臺灣文學館，高雄市文化局　2008 年 3 月　頁 187—188

1006. 黃秋芳　　《鍾肇政全集》的舵手　文訊雜誌　第 163 期　1999 年 5 月　頁
　　　　　　　　64—65

1007. 鄭清文　　大文學　民眾日報　2001 年 1 月 17 日　15 版

◆多部作品

《濁流三部曲》、〈初戀〉

1008. 葉石濤　　臺灣的鄉土文學〔《濁流》、〈初戀〉部分〕　葉石濤評論集　臺
　　　　　　　　北　蘭開書局　1968 年 9 月　頁 10—11

1009. 葉石濤　　臺灣的鄉土文學〔《濁流》、〈初戀〉部分〕　葉石濤全集・評論
　　　　　　　　卷一　臺南，高雄　國立臺灣文學館，高雄市文化局　2008 年 3
　　　　　　　　月　頁 82—83

「濁流三部曲」——《濁流》、《江山萬里》、《流雲》

1010. 何　欣　　評鍾肇政的《濁流三部曲》[74]　中外文學　第 8 卷第 11 期　1980
　　　　　　　　年 4 月　頁 82—96

1011. 詹宏志等[75]　時代社會再現的正圖——談鍾肇政的《濁流三部曲》　臺灣
　　　　　　　　文藝　第 75 期　1982 年 2 月　頁 235—249

1012. 天　穹　　《濁流三部曲》作品鑒賞　臺港小說鑒賞辭典　北京　中央民族

---

[74]本文主要論述《濁流三部曲》系列小說之情節內容。
[75]對談者：詹宏志、黃春秀；紀錄：花村。

學院出版社　1994 年 1 月　頁 164—165

1013. 施正鋒　　鍾肇政的認同觀——以《濁流三部曲》爲分析主軸（1—7）[76]
　　　　　　　　民眾日報　1999 年 11 月 28 日—12 月 4 日　18 版

1014. 施正鋒　　鍾肇政的認同觀——以《濁流三部曲》爲分析主軸　福爾摩莎的
　　　　　　　　文豪——鍾肇政文學會議論文集　臺北　真理大學臺灣文學系
　　　　　　　　1999 年 11 月　頁 141—160

1015. 錢鴻鈞　　從大河小說《濁流三部曲》看臺灣文學經典《亞細亞的孤兒》
　　　　　　　　臺灣文藝　第 180 期　2002 年 2 月　頁 21—26

1016. 錢鴻鈞　　從大河小說《濁流三部曲》看臺灣文學經典《亞細亞的孤兒》
　　　　　　　　臺灣新聞報　2002 年 7 月 31—8 月 1 日　13 版

1017. 楊子霈　　殖民／性別／情慾的多音對話——以吳濁流、王昶雄、鍾肇政小
　　　　　　　　說中的臺日異國戀爲例　第七屆青年文學會議論文集：臺灣文學
　　　　　　　　的比較研究　臺北　文訊雜誌社　2003 年 11 月　頁 323—337

1018. 余惠蓮　　鍾肇政作品所代表的時代意義以及對臺灣社會的影響——以《濁
　　　　　　　　流三部曲》爲探討範圍[77]　客家文學研討會　臺北　臺灣客家公
　　　　　　　　共事務協會，臺北市客家公共事務協會　2003 年 11 月　頁 47—
　　　　　　　　56

1019. 余惠蓮　　鍾肇政作品所代表的時代意義以及對臺灣社會的影響——以《濁
　　　　　　　　流三部曲》爲探討範圍　臺灣文學評論　第 4 卷第 1 期　2004 年
　　　　　　　　1 月　頁 35—48

1020. 余惠蓮　　鍾肇政作品所代表的時代意義以及對臺灣社會的影響——以《濁
　　　　　　　　流三部曲》爲探討範圍　鍾肇政全集・隨筆集 7、歌德文學之
　　　　　　　　旅、八十大壽紀念文集（上）　桃園　桃園縣文化局　2004 年 3
　　　　　　　　月　頁 579—596

---

[76]本文以《濁流三部曲》中的情節內容，探討鍾肇政的生命經驗，並進一步分析其認同觀。全文共
　4 小節：1.前言；2.文獻回顧；3.多重的認同基礎；4.含蓄的自我追尋。

[77]本文主要針對《濁流三部曲》之內容，探討鍾肇政的作品之中蘊含的時代意義、以及對臺灣社會
　所帶來的影響。全文共 5 小節：1.前言；2.《濁流三部曲》代表的時代意義；3.《濁流三部曲》
　所反映的臺灣社會；4.感想；5.祝福與期待。

1021. 彭瑞金　　臺灣小說躍昇的起點——鍾肇政《濁流三部曲》新版問世　聯合報　2005 年 1 月 16 日　E7 版

1022. 錢鴻鈞　　《濁流三部曲》的愛戀心理三典型　臺灣文學的萬里長城：鍾肇政六百萬字書簡研究　臺北　文英堂出版社　2005 年 11 月　頁 205—254

1023. 李湘齡，洪美華　　動盪的時代，曲折的愛——論鍾肇政《濁流三部曲》的愛情世界[78]　臺灣文學評論　第 6 卷第 3 期　2006 年 7 月　頁 38—55

1024. 錢鴻鈞　　從《亞細亞的孤兒》與《濁流三部曲》的比較——談吳濁流與鍾肇政的浪漫精神　戀戀桃仔園——桃園文學與歷史學術研討會　桃園　萬能科技大學　2008 年 5 月 3 日

1025. 歐宗智　　《濁流三部曲》的異族愛戀　臺灣時報　2009 年 3 月 12 日　10 版

1026. 錢鴻鈞　　《濁流三部曲》的大河小說定位研究[79]　臺灣文學的大河：歷史、土地與新文化——第六屆臺灣文化國際學術研討會論文集　高雄　春暉出版社　2009 年 12 月　頁 76—118

「臺灣人三部曲」——《沉淪》、《滄溟行》、《插天山之歌》

1027. 葉石濤等[80]　　臺灣文學的里程碑——鍾肇政《臺灣人三部曲》對談紀錄　臺灣文藝　第 75 期　1982 年 2 月　頁 214—233

1028. 葉石濤等　　臺灣文學的里程碑——鍾肇政《臺灣人三部曲》對談紀錄　臺灣文學的本土觀察　臺北　允晨文化公司　1996 年 7 月　頁 226—249

1029. 葉石濤等　　臺灣文學的里程碑——鍾肇政《臺灣人三部曲》對談紀錄　葉

---

[78] 本論文主要分析《濁流三部曲》中所刻畫的男女情愛，藉以探討在動盪時代下所產生的愛情之深層意涵、以及作者對愛情所抱持的觀點。全文共 4 小節：1.前言；2.動盪的時代；3.《濁流三部曲》中的愛情；4.結論。
[79] 本文以主題意識、心理學分析的觀點，探討鍾肇政小說《濁流三部曲》在人物生活的豐富性、人物結構的完美、審美的藝術性特質。全文共 4 小節：1.問題意識；2.老人與青年階層；3.愛情對象與景色的審美；4.結論。
[80] 與會者：葉石濤、鍾鐵民、彭瑞金、林梵；紀錄：康寶村。

石濤全集・評論卷七　臺南，高雄　國立臺灣文學館，高雄市政
府文化局　2008 年 3 月　頁 17─40

1030. 盧善慶　　啊！1895─1985 的臺灣同胞……──讀鍾肇政的《臺灣人三部
曲》　廈門日報　1982 年 10 月 13 日　3 版

1031. 潘亞暾　　一曲愛國抗日的悲壯戰歌──評鍾肇政的《臺灣人三部曲》　暨
南學報　1984 年第 3 期　1984 年 7 月　頁 69─77

1032. 蔡國煙　　《臺灣人三部曲》的藝術描寫　臺灣香港文學論文選　福州　海
峽文藝出版社　1985 年 9 月　頁 154─166

1033. 行　良　　臺灣文學史上的豐碑──鍾肇政的《臺灣人三部曲》述評　文學
報　1986 年 8 月 29 日　3 版

1034. 潘亞暾，汪義生　　臺灣長河小說中兩座相互輝映的豐碑──比較《臺灣
人》和「寒夜」兩個三部曲　當代文壇　1987 年第 4 期　1987
年 4 月　頁 66─70

1035. 黃　娟　　雄偉的史詩──論《臺灣人三部曲》[81]　文學界　第 23 期　1987
年 8 月　頁 15─35

1036. 黃　娟　　雄偉的史詩──論《臺灣人三部曲》　先人之血・土地之花　臺
北　前衛出版社　1989 年 8 月　頁 137─158

1037. 黃　娟　　雄偉的史詩──論《臺灣人三部曲》　政治與文學之間　臺北
前衛出版社　1993 年 5 月　頁 59─84

1038. 黃重添　　略論臺灣文學中的民族文化基因〔《臺灣人三部曲》部分〕　臺
灣香港澳門暨海外華文文學論文選　福州　海峽文藝出版社
1993 年 3 月　頁 119

1039. 王震亞　　寫「本省的史詩」──鍾肇政與《臺灣人三部曲》　臺灣小說二
十家　北京　北京出版社　1993 年 12 月　頁 91─106

1040. 天　穹　　《臺灣人三部曲》作品鑒賞　臺港小說鑒賞辭典　北京　中央民
族學院出版社　1994 年 1 月　頁 156─158

---

[81]本文主要論述《臺灣人三部曲》之情節內容，並探討鍾肇政的創作意識。全文共 5 小節：1.前
言；2.沉淪；3.滄溟行；4.插天山之歌；5.結語。

1041. 宋　剛　　《臺灣人三部曲》作品解析　中國文學通典・小說通典　北京
　　　　　　　解放軍文藝出版社　1999 年 1 月　頁 1014—1015

1042. 鍾肇政　臺灣文學精萃〔《臺灣人三部曲》部分〕　新世紀閱讀通行證
　　　　　　　臺北　賴國洲書房　1999 年 10 月　頁 144—145

1043. 彭瑞金　勇敢的臺灣人？　臺灣日報　2000 年 6 月 4 日　31 版

1044. 李魁賢　《臺灣人三部曲》　民眾日報　2000 年 11 月 16 日　15 版

1045. 李魁賢　《臺灣人三部曲》　李魁賢文集 8　臺北　行政院文建會　2002
　　　　　　　年 10 月　頁 368—369

1046. 應鳳凰　鍾肇政的《臺灣人三部曲》　國語日報　2001 年 5 月 11 日　5
　　　　　　　版

1047. 應鳳凰　鍾肇政的《臺灣人三部曲》　臺灣文學花園　臺北　玉山社出版
　　　　　　　公司　2003 年 1 月　頁 97—100

1048. 黃　娟　文學裡的歷史——講於聖地牙哥臺灣傳統週〔《臺灣人三部曲》
　　　　　　　部分〕　臺灣文學評論　第 1 卷第 2 期　2001 年 10 月　頁 239
　　　　　　　—240

1049. 莊華堂　『客家』與『土地』認同——論戰後客籍小說作家筆下的鄉愁
　　　　　　　〔《臺灣人三部曲》部分〕　客家文學研討會　臺北　臺灣客家
　　　　　　　公共事務協會，臺北市客家公共事務協會　2003 年 11 月　頁 67
　　　　　　　—69

1050. 李　喬　大河浩蕩——讀鍾肇政《臺灣人三部曲》　自由時報　2005 年 1
　　　　　　　月 16 日　47 版

1051. 余昭玟　論鍾肇政《臺灣人三部曲》中的山林意象[82]　臺灣大河小說家作
　　　　　　　品學術研討會論文集　臺南　國家臺灣文學館籌備處　2006 年
　　　　　　　12 月　頁 19—42

1052. 藍建春　在臺灣土地上書寫臺灣人歷史——論鍾肇政《臺灣人三部曲》的

---

[82]本文從《臺灣人三部曲》中所描寫的山林景物，探討山林的意象在小說中所代表的象徵意義。全
　文共 6 小節：1.前言；2.山林的空間喻意；3.從城市到山林；4.歷史論述中的山林意象；5.知識分
　子在山林；6.結論。

　　　　　　典律化過程[83]　臺灣大河小說家作品學術研討會論文集　臺南　國家臺灣文學館籌備處　2006 年 12 月　頁 43—74

1053. 藍建春　評介《臺灣人三部曲》　臺灣時報　2007 年 2 月 22 日　13 版

1054. 許惠文　「發現」美麗島：清治開發史與殖民大躍進——「寒夜三部曲」、《臺灣人三部曲》　戰後非原住民作家的原住民書寫　靜宜大學中國文學系　碩士論文　陳建忠教授指導　2008 年 7 月　頁 17—27

1055.〔導讀撰寫小組〕　《臺灣人三部曲》導讀　2008 閱讀臺灣・人文 100 特展成果專輯　臺南　國立臺灣文學館　2009 年 5 月　頁 55

1056. 呂　昱　血染櫻花的後裔們——談鍾肇政的「高山組曲」（上、下）　中華日報　1983 年 8 月 12—13 日　12 版

「高山組曲」——《川中島》、《戰火》

1057. 呂　昱　血染櫻花的後裔們——談鍾肇政的「高山組曲」　在分裂的年代裡　臺北　蘭亭書店　1984 年 10 月　頁 120—128

1058. 呂　昱　血染櫻花的後裔們（代序）　川中島　臺北　蘭亭書店　1985 年 4 月　頁 11—19

1059. 呂　昱　血染櫻花的後裔們（代序）　戰火　臺北　蘭亭書店　1985 年 4 月　頁 11—19

1060. 呂　昱　文史具備的「高山組曲」　中華日報　1985 年 4 月 22 日　11 版

1061. 葉石濤　塞達卡・達耶的英雄史詩——評鍾肇政的「高山組曲」　民眾日報　1985 年 5 月 1 日　8 版

1062. 葉石濤　塞達卡・達耶的英雄史詩——評鍾肇政的「高山組曲」　葉石濤全集・評論卷三　臺南，高雄　國立臺灣文學館，高雄市文化局　2008 年 3 月　頁 259—267

---

[83]本文針對鍾肇政及小說作品《臺灣人三部曲》，探討其文學典律化的過程。全文共 4 小節：1.前言；2.鍾肇政研究初步回顧——塑造經典作家；3.鍾肇政典律化的初步探討——本土化歷史與大河小說；4.結語——作家作品與典律。

1063. 吳錦發等[84]　山地文學的再出發——鍾肇政山地小說「高山組曲」討論會
（上、下）　民眾日報　1985 年 6 月 6—7 日　8 版

1064. 林深靖，林芳玫，魏貽君　山地文學發展的可能性——「高山組曲」討論
會　臺灣文藝　第 97 期　1985 年 11 月　頁 191—203

1065. 張玉欣　企望鍾肇政文學的另一高峰——對「高山組曲」兩部小說的沉思
南方　第 2 期　1986 年 11 月　頁 106—112

1066. 呂　昱　鍾肇政「高山組曲」——第一部《川中島》，第二部《戰火》
中國時報　1987 年 3 月 22 日　8 版

1067. 林瑞明　論鍾肇政的「高山組曲」——川中島的戰火[85]　大河之歌：鍾肇
政文學國際學術會議論文集　桃園　桃園縣文化局　2003 年 12
月　頁 189—214

1068. 林瑞明　論鍾肇政的「高山組曲」——川中島的戰火　鍾肇政全集・八十
大壽紀念文集（下）、大河之歌：鍾肇政文學國際學術會議論文
集　桃園　桃園縣文化局　2004 年 11 月　頁 460—485

1069. 傅素春　臺灣大河小說的時空結構與歷史敘事：以鍾肇政「高山組曲」為
主要討論對象　「文本的世界：敘事如何形成歷史」國際研討會
臺中　中興大學歷史學系主辦　2004 年 10 月 9—10 日

1070. 傅素春　事件史的編織與拋棄：從大河小說到後現代——臺灣大河小說的
時空結構與歷史敘事——鍾肇政「高山組曲」　霧社事件的歷
史、文學、影像之辯證　中興大學中國文學系　博士論文　陳器
文教授指導　2008 年 1 月　頁 287—308

《濁流三部曲》、《臺灣人三部曲》

1071. 包恆新　臺灣鄉土作家文藝美學思想初探〔《濁流三部曲》、《臺灣人三部
曲》部分〕　臺灣香港文學論文選　福州　海峽文藝出版社

---

[84]與會者：吳錦發、鍾肇政、林梵、呂昱、林文義、王麗芬、田雅各、黃樹根；整理：洪田浚。
[85]本文分析鍾肇政的「高山組曲」系列小說《川中島》與《戰火》，針對原住民的馘首、頭目制
度、生活與教育日本化等情形，探討日治時期臺灣原住民認同觀的轉移。全文共 9 小節：1.前
言；2.研究回顧；3.《川中島》與《戰火》內容簡介；4.小說中的同化教育；5.畢荷與小島源治；
6.從畢荷到阿外；7.新世代的泰雅魯；8.絕望中的出口；9.結論。

1985 年 9 月　頁 28

1072. 黃重添　臺灣鄉土文學的一個波瀾——讀鍾肇政的兩個三部曲　臺灣研究集刊　1986 年第 1 期　1986 年 2 月　頁 40—44

1073. 齊邦媛　時代的聲音——吳濁流、鍾肇政、李喬與陳千武　千年之淚　臺北　爾雅出版社　1990 年 7 月　頁 5—10

1074. 黃重添　孤兒的歷史與歷史的孤兒〔《濁流三部曲》、《臺灣人三部曲》部分〕　臺灣長篇小說論　福州　海峽文藝出版社　1995 年 5 月　頁 29—33，37—42

1075. 楊　照　歷史大河中的悲情——論臺灣的「大河小說」〔《臺灣人三部曲》、《濁流三部曲》部分〕　四十年來中國文學　臺北　聯合文學出版社　1995 年 6 月　頁 180—186

1076. 楊　照　歷史大河中的悲情——論臺灣的「大河小說」〔《臺灣人三部曲》、《濁流三部曲》部分〕　文學、社會與歷史想像：戰後文學史散論　臺北　聯合文學出版社　1995 年 10 月　頁 92—110

1077. 楊　照　歷史大河中的悲情——論臺灣的「大河小說」〔《臺灣人三部曲》、《濁流三部曲》部分〕　評論 20 家　臺北　九歌出版社　1998 年 3 月　頁 461—477

1078. 胡紅波　鍾肇政兩套《三部曲》裡的山歌、採茶和民俗語言[86]　福爾摩莎的文豪——鍾肇政文學會議論文集　臺北　真理大學臺灣文學系　1999 年 11 月　頁 77—94

1079. 歐宗智　塑造臺灣女性勇敢熱情的形象——談鍾肇政三部曲小說中的銀妹與奔妹　明道文藝　第 309 期　2001 年 12 月　頁 137—143

1080. 歐宗智　塑造臺灣女性勇敢熱情的形象——談鍾肇政三部曲小說中的銀妹與奔妹　走出歷史的悲情：臺灣小說評論集　臺北　臺北縣文化局　2002 年 12 月　頁 32—41

[86]本文主要以鍾肇政《濁流三部曲》及《臺灣人三部曲》兩套系列小說，分析其文學作品中所描寫到的山歌、採茶以及客家民俗語言等素材。全文共 7 小節：1.前言；2.兩套《三部曲》裡的客家情境；3.《濁流》裡的山歌與《流雲》裡的採茶；4.《沉淪》裡的山歌與採茶；5.《插天山之歌》究竟是什麼歌；6.兩套《三部曲》裡的民俗語言；7.結語。

1081. 歐宗智　　塑造臺灣女性勇敢熱情的形象——談鍾肇政三部曲小說中的銀妹
　　　　　　　與奔妹　臺灣大河小說家作品論　臺北　前衛出版社　2007 年 6
　　　　　　　月　頁 11—19

1082. 歐宗智　　絕望的愛戀及其象徵意義——以鍾肇政、東方白的大河小說爲例
　　　　　　　（上、下）[87]　臺灣新聞報　2002 年 4 月 11—12 日　13 版

1083. 歐宗智　　絕望的愛戀及其象徵意義——以吳濁流、鍾肇政、東方白日據時
　　　　　　　代背景小說爲例　國文天地　第 209 期　2002 年 10 月　頁 53—
　　　　　　　62

1084. 歐宗智　　絕望的愛戀與宿命的必然——以吳濁流、鍾肇政、東方白的小說
　　　　　　　爲例　走出歷史的悲情：臺灣小說評論集　臺北　臺北縣文化局
　　　　　　　2002 年 12 月　頁 119—133

1085. 高麗敏　　傳承與發揚——論鍾肇政文學下的客家文風——以《濁流三部
　　　　　　　曲》、《臺灣人三部曲》爲例[88]　臺灣文藝　第 184 期　2002 年 10
　　　　　　　月　頁 61—72

1086. 高麗敏　　傳承與發揚——論鍾肇政作品《濁流三部曲》、《臺灣人三部曲》
　　　　　　　中的客家文風　臺灣文學評論　第 3 卷第 1 期　2003 年 1 月　頁
　　　　　　　95—111

1087. 朱雙一　　「日本統治帶給臺灣現代化」流行論調辨析〔《濁流三部曲》、
　　　　　　　《臺灣人三部曲》部分〕　百年臺灣文學散點透視　臺北　海峽
　　　　　　　學術出版社　2009 年 3 月　頁 143—144

《馬黑坡風雲》、「高山組曲」——《川中島》、《戰火》

1088. 林承璜　　「山地文學」的萌生和發展——漢族作家的山地文學創作〔《馬

---

[87]本文以吳濁流《亞細亞的孤兒》、鍾肇政《濁流三部曲》與《臺灣人三部曲》、東方白《浪淘沙》四部大河小說，探討日治時期跨越族群的男女情愛之象徵意義。全文共 9 小節：1.前言；2.《亞細亞的孤兒》的絕望之愛；3.《濁流三部曲》的絕望之愛；4.《臺灣人三部曲》的絕望之愛；5.《浪淘沙》的異族愛戀；6.吳濁流、鍾肇政、東方白日據時代背景小說「絕望之愛」比較表；7.日據時代臺灣人「絕望之愛」成因探討及其象徵意義；8.吳濁流、鍾肇政、東方白「絕望之愛」寫作技巧之商榷；9 結語。
[88]本文後改篇名爲〈論鍾肇政作品《濁流三部曲》、《臺灣人三部曲》中的客家文風〉。

黑坡風雲》、「高山組曲」部分〕　臺灣文學史（下）　福州　海峽文藝出版社　1993 年 1 月　頁 811

《滄溟行》、《插天山之歌》、《流雲》、《魯冰花》、《八角塔下》

1089. 彭瑞金　從族群特性看客家文學的發展——臺灣客家作家作品的特質〔《滄溟行》、《插天山之歌》、《流雲》、《魯冰花》、《八角塔下》部分〕　客家臺灣文學論　苗栗　苗栗縣立文化中心　1993 年 6 月　頁 35，37—38

1090. 彭瑞金　從族群特性看客家文學的發展——臺灣客家作家作品的特質〔《滄溟行》、《插天山之歌》、《流雲》、《魯冰花》、《八角塔下》部分〕　臺灣文學二十年集 1978—1998：評論二十家　臺北　九歌出版社　1998 年 3 月　頁 94—97

1091. 彭瑞金　從族群特性看客家文學的發展——臺灣客家作家作品的特質〔《滄溟行》、《插天山之歌》、《流雲》、《魯冰花》、《八角塔下》部分〕　臺灣文學探索　臺北　前衛出版社　2003 年 4 月　頁 142—149

《臺灣文學兩鍾書》、《臺灣文學兩地書》、《情深書簡——鍾肇政、李喬往返書信集》、《情摯書簡》

1092. 歐宗智　鍾肇政的文學書簡　中央日報　2003 年 12 月 21 日　17 版

《臺灣文學十講》、《歌德激情書》

1093. 錢鴻鈞　作家介紹——《臺灣文學十講》與《歌德激情書》　臺灣文學的萬里長城：鍾肇政六百萬字書簡研究　臺北　文英堂出版社　2005 年 11 月　頁 317—322

《插天山之歌》、〈中元的構圖〉

1094. 許俊雅　記憶與認同——臺灣小說的二戰經驗書寫〔《插天山之歌》、〈中元的構圖〉部分〕　臺灣文學研究學報　第 2 期　2006 年 4 月　頁 68—71

1095. 許俊雅　記憶與認同——臺灣小說的二戰經驗書寫〔《插天山之歌》、〈中

　元的構圖〉部分〕　評論 30 家：臺灣文學 30 年菁英選 1978—
　2008（下）　臺北　九歌出版社　2008 年 6 月　頁 491—494

《濁流三部曲》、《魯冰花》

1096. 黃秋芳主講；黃蕙君記　　鍾肇政的突破（《濁流三部曲》、《魯冰花》〕
　　鍾肇政青春顯影：桃園縣客家文化館鍾肇政文學研習營　桃園
　　桃園縣文化局　2009 年 6 月　頁 81—91

◆單篇作品

1097. 鄭清文　第二屆臺灣文學獎評選委員選後感——選後感〔〈中元的構圖〉
　　部分〕　臺灣文藝　第 15 期　1967 年 4 月　頁 38

1098. 廖清秀　第二屆臺灣文學獎評選委員選後感——藝術與時代氣息〔〈中元
　　的構圖〉部分〕　臺灣文藝　第 15 期　1967 年 4 月　頁 41

1099. 顏元叔　臺灣小說裡的日本經驗〔〈中元的構圖〉部分〕　中外文學　第
　　2 卷第 2 期　1973 年 7 月　頁 113—114

1100. 葉石濤　一九七八年臺灣小說選〔〈白翎鷥之歌〉部分〕　民眾日報
　　1979 年 3 月 17 日　12 版

1101. 葉石濤　一九七八年臺灣小說選〔〈白翎鷥之歌〉部分〕　葉石濤全集・
　　隨筆卷一　臺南，高雄　國立臺灣文學館，高雄市文化局　2008
　　年 3 月　頁 137

1102. 葉石濤，彭瑞金　　對談與評論：〈白翎鷥之歌〉是現代問題的尖端化　白
　　翎鷥之歌　臺北　民眾日報出版社，民眾文化出版社　1979 年
　　11 月　頁 235—237

1103. 彭瑞金　成人的童話——鍾肇政〈白翎鷥之歌〉　泥土的香味　臺北　東
　　大圖書公司　1980 年 4 月　頁 197—199

1104. 陳　遼　鍾肇政的生態小說〈白翎鷥之歌〉　當代文壇　1991 年第 1 期
　　1991 年 1 月　頁 63—64

1105. 彭瑞金　鍾肇政與〈白翎鷥之歌〉　臺灣文藝　第 149 期　1995 年 6 月

頁 34—37

1106.〔彭瑞金編選〕　〈白翎鷥之歌〉賞析　國民文選・小說卷 2　臺北　玉
　　　山社出版公司　2004 年 7 月　頁 160—161

1107. 許俊雅　大地的哀歌〔〈白翎鷥之歌〉〕　鍾肇政——白翎鷥之歌　臺北
　　　遠流出版公司　2005 年 7 月　頁 86—89

1108. 彭瑞金　〈白翎鷥之歌〉導讀　二十世紀臺灣文學金典：小說卷（戰後時
　　　期・第一部）　臺北　聯合文學出版社　2006 年 1 月　頁 95—
　　　96

1109. 葉石濤，彭瑞金；許素貞記錄　　鄉土文學的實踐——葉石濤、彭瑞金眾副
　　　小說對談評論〔〈白翎鷥之歌〉部分〕　葉石濤全集・評論卷六
　　　臺南，高雄　國立臺灣文學館，高雄市文化局　2008 年 3 月　頁
　　　169—171

1110. 季　季　一個戰亂的謎題——誰犧牲了誰？——我讀〈零雁〉　臺灣時報
　　　1981 年 12 月 1 日　12 版

1111. 莊紫蓉　〈圳旁人家〉　臺灣新聞報　2001 年 3 月 19 日　19 版

1112. 莊紫蓉　光復節、孽障——閱讀鍾肇政早期短篇小說〈孽障〉有感　文學
　　　臺灣　第 43 期　2002 年 7 月　頁 29—33

1113. 許素蘭　〈阿枝和他的女人〉導讀　客家文學精選集・小說卷　臺北　天
　　　下遠見出版公司　2004 年 4 月　頁 213—215

1114. 張典婉　女性發聲的年代〔〈厐叔和他的孫子們〉部分〕　臺灣客家女性
　　　臺北　玉山社出版公司　2004 年 4 月　頁 165

作品評論目錄、索引

1115.〔編輯部〕　作品評論引得　鍾肇政自選集　臺北　黎明文化公司　1979
　　　年 7 月　〔2〕頁

1116. 許素蘭編　鍾肇政小說評論引得　鍾肇政集（臺灣作家全集）　臺北　前
　　　衛出版社　1991 年 7 月　頁 293—298

1117.〔莊紫蓉，錢鴻鈞編〕　作品評論　鍾肇政全集・年表、補遺、演講大綱

桃園　桃園縣文化局　2004 年 11 月　頁 218—334

其他

1118. 柳文哲〔趙天儀〕　《新詩集》　笠　第 13 期　1966 年 6 月　頁 59

1119. 趙天儀　《新詩集》　裸體的國王　臺北　香草山出版社　1976 年 6 月　頁 223—224

1120. 趙天儀　第一次全省詩展——評介《本省籍作家作品選集》第十輯《新詩集》（上、下）　臺灣文藝　第 32—33 期　1971 年 7，10 月　頁 76—83，79—86

1121. 劉正偉　《本省籍作家作品選集 10——新詩集》與苗栗縣籍入選詩人詩作探討　第五屆苗栗縣文學・多元共生・研討會論文集　苗栗　苗栗縣國際文化觀光局　2007 年 12 月　頁 145—151

1122. 唐吉田　我讀〈有螞蟻的山丘〉——鍾肇政譯　中華日報　1971 年 9 月 8 日　9 版

1123. 劉紹銘　五十年來家國——介紹兩套有關早期臺灣文學的書（1）李南衡編《日據下臺灣新文學》；（2）鍾肇政、葉石濤《光復前臺灣文學全集》（上、下）　聯合報　1979 年 9 月 6—7 日　8 版

1124. 傅醒民　《名著的故事》　中央日報　1980 年 3 月 25 日　5 版

1125. 袁則難　山窮水盡疑無路〔《砂丘之女及其他》〕　風簷展書讀　臺北　純文學出版社　1985 年 1 月　頁 99—108

1126. 廖玉蕙　看本事，要不要再看電影？〔《名著中的愛情》〕　聯合文學　第 18 期　1986 年 4 月　頁 155

1127. 〔編輯部〕　序　阿信（精華版）　臺北　文經出版社　1994 年 6 月　〔1 頁〕

1128. 張堂錡　都來採茶滿山香——從族群融合觀點看《客家臺灣文學選》　文訊雜誌　第 107 期　1994 年 9 月　頁 9—12

1129. 張堂錡　都來採茶滿山香——從族群融合觀點看《客家臺灣文學選》　文學靈魂的閱讀　臺北　三民書局　1998 年 1 月　頁 175—181

1130. 張金墻　擁抱臺灣的心靈，拓展文藝的血脈——鍾肇政時期（1977—1982）〔《臺灣文藝》〕　斷裂與再生——《臺灣文藝》研究（1964—1994）　成功大學歷史學系　碩士論文　林瑞明教授指導　1997 年 6 月　頁 86—91

1131. 張金墻　擁抱臺灣的心靈，拓展文藝的血脈——鍾肇政時期（1977—1982）〔《臺灣文藝》〕　斷裂與再生——《臺灣文藝》研究　臺南　臺南文化中心　1999 年 6 月　頁 238—254

1132. 呂新昌　從《臺灣文藝》的發行看戰後臺灣文學的發展——以吳濁流、鍾肇政為中心[89]　大河之歌：鍾肇政文學國際學術會議論文集　桃園　桃園縣文化局　2003 年 12 月　頁 325—342

1133. 呂新昌　從《臺灣文藝》的發行看戰後臺灣文學的發展——以吳濁流、鍾肇政為中心　鍾肇政全集・八十大壽紀念文集（下）、大河之歌：鍾肇政文學國際學術會議論文集　桃園　桃園縣文化局　2004 年 11 月　頁 605—623

1134. 張秀民　青春・夢與《臺灣文藝》　鍾肇政全集・八十大壽紀念文集（下）、大河之歌：鍾肇政文學國際學術會議論文集　桃園　桃園縣文化局　2004 年 11 月　頁 101—104

1135. 陳芳明　北鍾南葉的形成〔《臺灣文藝》〕　文訊雜誌　第 295 期　2010 年 5 月　頁 20—23

1136. 陳恆嘉　夜寒星光冷——五〇至六〇年代省籍小說家的出現〔《本省籍作家作品選集》部分〕　臺灣現代小說史綜論　臺北　行政院文建會，聯經出版公司　1998 年 12 月　頁 224—244

1137. 莫　渝　借鑑、慚愧與虛擬——談鍾肇政的翻譯書《朝鮮的抗日文學》　福爾摩莎的文豪——鍾肇政文學會議論文集　臺北　真理大學臺灣文學系　1999 年 11 月　頁 133—140

---

[89]本文透過吳、鍾二人之生平及《臺灣文藝》的發行瞭解臺灣戰後文學的發展。全文共 6 小節：1.緒言；2.戰後臺灣文學的全新局面；3.《臺灣文藝》創刊之前的文學背景；4.臺灣文藝的發行；5.從《臺灣文藝》看戰後臺灣文學的發展——以吳鍾二氏為中心；6.結論。

1138. 莫　渝　　借鑑、慚愧與虛擬——談鍾肇政的翻譯書《朝鮮的抗日文學》
　　　　　　　　螢光與花束　臺北　臺北縣文化局　2004 年 12 月　頁 160—169

1139. 彭瑞金　　從《臺灣文藝》、《文學界》、《文學臺灣》看戰後臺灣文學理論的
　　　　　　　　再建構　驅除迷霧找回祖靈：臺灣文學論文集　高雄　春暉出版
　　　　　　　　社　2000 年 5 月　頁 107—135

1140. 錢鴻鈞　　戰後臺灣文學的小窗——從鍾肇政書簡看兩大「臺叢」[90]〔《臺
　　　　　　　　灣作家叢書》、《臺灣青年文學叢書》〕　國文天地　第 185 期
　　　　　　　　2000 年 10 月　頁 45—53

1141. 錢鴻鈞　　戰後臺灣文學的文學小窗（系列一）——鍾肇政六百萬字書簡看
　　　　　　　　1965 年的兩大「臺叢」——《臺灣作家叢書》與《臺灣青年文學
　　　　　　　　叢書》　臺灣文藝　第 172 期　2000 年 10 月　頁 68—84

1142. 余昭玟　　《文友通訊》與戰後初期的臺灣文壇[91]　從語言跨越到文學建
　　　　　　　　構：跨語一代小說家研究論文集　臺南　臺南市立圖書館　2003
　　　　　　　　年 11 月　頁 89—124

1143. 余昭玟　　《文友通訊》與戰後初期的臺灣文壇　海峽兩岸華文文學學術研
　　　　　　　　討會論文集・2003　桃園　中國現代文學學會，南亞技術學院
　　　　　　　　2004 年 1 月　頁 57—86

---

[90] 本文後改篇名為〈後臺灣文學的文學小窗（系列一）——鍾肇政六百萬字書簡看 1965 年的兩大
「臺叢」——《臺灣作家叢書》與《臺灣青年文學叢書》〉。
[91] 本文主要探討《文友通訊》在戰後初期的臺灣文壇中具有的意義與價值性，並從內容之中剖析五
〇年代臺灣省籍作家之文學信仰與創作方向。全文共 3 小節：1.政治局勢與文學空間；2.重要報
刊的時代意義；3.《文友通訊》對跨語一代作家的意義。

國家圖書館出版品預行編目資料

臺灣現當代作家研究資料彙編. 14, 鍾肇政 / 彭瑞金
編選. -- 初版. -- 臺南市：臺灣文學館, 2011.03
面； 公分.

ISBN 978-986-02-7264-2（平裝）

1.鍾肇政 2.傳記 3.文學評論

863.4   100003472

【臺灣現當代作家研究資料彙編】14
鍾肇政

發 行 人／　李瑞騰
指導單位／　行政院文化建設委員會
出版單位／　國立台灣文學館
　　　　　　地址／70041 台南市中西區中正路 1 號
　　　　　　電話／06-2217201　　　　傳真／06-2218952
　　　　　　網址／www.nmtl.gov.tw　　電子信箱／pba@nmtl.gov.tw

總 策 書／　封德屏
顧　　問／　林淇瀁　張恆豪　許俊雅　陳信元　陳建忠　陳義芝　須文蔚　應鳳凰
工作小組／　王雅嫻　杜秀卿　林端貝　周宣吟　張桓瑋
　　　　　　黃子倫　黃寁婷　詹宇霈　羅巧琳
編　　選／　彭瑞金
責任編輯／　王雅嫻
校　　對／　林肇豐　黃寁婷　詹宇霈　趙慶華　蘇峰楠
計畫團隊／　財團法人台灣文學發展基金會
美術設計／　翁國鈞・不倒翁視覺創意
印　　刷／　松霖彩色印刷事業有限公司

著作財產權人／國立台灣文學館
本書保留所有權利。欲利用本書全部或部分內容者，須徵求著作財產權人同意或書面授
權。請洽國立台灣文學館研典組（電話：06-2217201）

經銷展售／　國家書店松江門市（02-25180207）
　　　　　　國立台灣文學館―雪芙瑞文學咖啡坊（06-2214632）
　　　　　　五南文化廣場（04-22260330）
　　　　　　文建會員工消費合作社（02-23434168）
　　　　　　南天書局（02-23620190）　　　唐山出版社（02-23633072）
　　　　　　府城舊冊店（06-2763093）　　台灣的店（02-23625799）
　　　　　　啓發文化（02-29586713）　　　三民書局（02-23617511）

初版一刷／2011 年 3 月
定　　價／新臺幣 400 元整　全套新臺幣 5500 元整
GPN／ 1010000405（單本）
　　　 1010000407（套）
ISBN／978-986-02-7264-2（單本）
　　　 978-986-02-7266-6（套）